大连市文艺精品创作生产“5511”工程长篇小说入选作品

花开岁月

李淑萍◎著

大连出版社
DALIAN PUBLISHING HOUSE

图书在版编目（CIP）数据

花开岁月 / 李淑萍著. —大连：大连出版社，2017.5
（大连市文艺精品创作生产“5511”工程长篇小说入选作品）
ISBN 978-7-5505-1142-2

Ⅰ. ①花…　Ⅱ. ①李…　Ⅲ. ①长篇小说－中国－当代
Ⅳ. ①I247.5

中国版本图书馆CIP数据核字(2017)第002860号

HUA KAI SUIYUE
花 开 岁 月

出 版 人：刘明辉
策划编辑：刘明辉　张　波
责任编辑：李　萤
助理编辑：魁宏达
书名题字：徐　铎
封面绘图：王　睿
封面设计：林　洋
版式设计：张　波
责任校对：彭艳萍
责任印制：阎　骋

出版发行者：大连出版社
地址：大连市高新园区亿阳路6号三丰大厦A座18层
邮编：116023
电话：0411-83620442 / 83621075
传真：0411-83610391
网址：http://www.dlmpm.com
邮箱：dlszhangbo@163.com
印 刷 者：大连金华光彩色印刷有限公司
经 销 者：各地新华书店

幅面尺寸：170 mm × 230 mm
印　　张：25.5
字　　数：390千字
出版时间：2017年5月第1版
印刷时间：2017年5月第1次印刷
书　　号：ISBN 978-7-5505-1142-2
定　　价：54.00元

大连市文艺精品创作生产“5511”工程

项目委员会

本书编委会

序

滕贞甫

2012年，中共大连市委宣传部按照市委十一届二次全会提出的建设东北地区文化领军城市和东北亚有重要影响的文化强市的目标要求，组织实施了文艺精品创作生产“5511”工程，即每年以5部长篇小说、5部影视剧（包括电影、电视剧、动漫剧、广播剧、纪录片）、1部舞台剧、1套文艺丛书为重点的文艺创作生产项目，旨在推动大连文艺的繁荣发展，加快文化强市建设步伐。

文艺精品创作生产“5511”工程是一项导向性工程。它立足本市，鼓励广大文艺工作者坚持以人民为中心的创作导向，以中国精神为文艺创作的灵魂，深入生活，扎根人民，坚持把社会效益放在首位，努力创作生产出社会效益和经济效益、社会价值和市场价值相统一的文艺作品。“5511”工程是大连市委、市政府组织实施全市文艺精品创作生产，繁荣发展大连文艺的重要工作载体和平台。

文艺精品创作生产“5511”工程也是一项品牌建设工程。它汇聚全市优质文艺创作生产资源，依托大连作家森林的“下午茶”“讲评会”“记忆写作”等多种多样的展览、展评、推介、评奖、研讨，尤其是各种规模和形式的文艺评论，不断深耕城市文学土壤，涵养创作生态，推介宣传有特色、有新意的文学作品，展示大连文艺创作生产成就，凝聚人才队伍，培育扶掖大连文艺出“名作、名人、名品”，推动大连文艺走出去，树立大连文艺新坐标。

入选年度文艺精品创作生产“5511”工程重点扶持项目的长篇小说，是大连本土作家创作、未经正式出版的原创优秀作品。“5511”工程评审委员会按照严格规范的评审程序，在向社会广泛征集作品的基础上，由专家库抽取人选组成专家评审组，对初评上来的作品，进行认真的审读、评点、论证、遴选，终经评审委员会批准编辑出版。这些入选作品题材不同、风格不同、创作视角不同，作者的身份、职业、经历甚至创作水平也不尽相同，相同的是，这些作品饱含着作家对生活的热爱，对人民的关切，对生命的尊重，他们用作品着力书写人们寻梦的理想和追梦的奋斗，用生动的艺术形象和熟悉的身边日常故事，描绘出我们这个时代的精神风骨。

值此文艺精品创作生产“5511”工程长篇小说入选作品出版之际，是为序。

（作者系中共大连市委宣传部常务副部长、市文联主席）

目录

第一章

早晨的空气通常是清新凉爽的，今天，却像是渗进了南方沿海登陆台风携带的水汽，变得湿滞闷热。金美来姑娘坐在最早一班开往大王山方向的客车上，两眼一直望着车窗外出神。夹道的白杨、田野里大片的青纱帐，电影镜头般“唰唰”扑近，闪退，模糊远去。

“嘟，嘟嘟！”客车突然鸣起喇叭，停在了路边。

“到家了！”美来猛回过神，心头不由一紧，忙起身下了车。她的宝蓝色太阳裙摆刚一闪出，“哐——哧”，身后车门跟着就紧关上了，车轮已“突突”卷起沙尘，转眼拐过前面山脚，只把她一个人孤零零地撂在了这仅有一根标杆的大王乡车站旁。

夏季里肥厚的绿色从贴着云层的大王山脊浪涛般跌落下来，一口气吞没了远近峰岭、河畔、灌木丛和田野。太阳已经升高，开始火盆样热辣起来，把公路两侧大片齐腰深的玉米烤得偃旗息鼓，远望上方，还蒸腾抖动着一层水波样的气浪。只有知了陡起的尖叫从绿色深处长鞭样抛向天空，仿佛压抑不住满腹心事，“吱，吱，吱……”把乡野深远的静谧打碎，复又合拢得更无边界。

一股陌生的气息凉风一样袭了上来。美来恍惚觉得不是回到家乡，而是到了别的什么地方，她那双顾盼生辉的大眼睛罩着一层往日所没有的迷惘。

她知道，眼前的一草一木都还是老样子，是自己内心起了变化。

从大王乡车站下车，沿凤凰河逆流北上，还要步行二十多里山路才能到家。她抬头看看空中越发烧红了的火盆，赶紧下了国道。

路边草丛中正热闹开放着的各色小花眯起黄晶晶、紫莹莹的眼睛，窥视她跨栏般的大步，诧异这位腰肢、脸蛋赛过模特明星的姑娘走起路来怎么全没有这类女孩的娉婷袅娜、一步三摇，竟是脚底生风，把正在河岸晒着美梦的青蛙们惊得“嗵嗵”跳下河去。

美来其实早就不会走那种三进两退的四方步了，即使不急于赶路。

而内心这无法删除的变化，是从大前天的下午猛刮过那阵来路不明的狂风后开始的。中午时候还都好好的，美来正坐在食堂吃着香喷喷的油炸茄盒，胡娜就像急着登台领奖一样，喊她快去百货大楼，说新到一款纯红色皮凉鞋，跟“绝了高”。胡娜已蹿到了食堂门口，回头对美来夸张地向外一抡手臂，自己先像风一样溜了出去。

胡娜是那种穿衣戴帽一向追风赶浪的女孩。她不管，也来不及讲究什么品位、风格，一听街头有流行，立刻就扬鞭策马杀过去。她赶时髦，还特别偏重在一个“头”和一个“脚”上。“长得丑俊，爹妈早给你先天定下来了，这变不了。”她说，“只有发型，想怎么变就怎么变！”关于脚，她的理论又是：“衣服一枝花，全靠鞋当家！”就是说必须有一双好鞋，衬着衣服才有效果。

美来当时要跟她一起去“追”了，眼下就不会有这苦恼！问题是，一切似乎宿命般早已埋下伏笔，她走不上来逛街那四方步，没事从不爱去商店。再说，她还惦记着回去操练那只“小巴掌”。

美来出了食堂，见胡娜早站在临街大门口，紧回头望着，美来就隔着食堂大院，远远向她拱起双手求饶。胡娜会意，一跺脚，对空使劲捣了她一拳，转身闪出大门。

美来一个人穿过食堂窗前的一排葡萄棚架，拐回北面宿舍。早起天阴，只开了扇小气窗，这会儿屋里很闷热，她关了气窗，又把对开的两个整窗扇全部打开，拉上底层挡帘。回身坐在床上，合眼往行李卷一靠，困意就像一条梦神撒下的床单，“唰”地罩住了她。她赶紧又睁开眼睛，打着哈欠，把手伸进行李底下摸着。

“在银行上班，算盘就好比当兵的肩头扛的枪，别看现在有计算机了！”第一天上班时就有老同志谆谆告诫，意思是算盘打得不准、不快可不行。她打算盘还真不行。小时候不知为什么，一见算盘就想起电影里戴瓜皮帽点头哈腰的商人，想起商人，就想起斤斤计较、唯利是图这些词来，珠算课就被盖在课本底下的小说偷吃掉了。现在她觉得，是不是枪也无所谓，八十年代都快过半了，计算机迟早是要取代算盘当家的。问题是银行年底要举办全省业务大赛，不知哪位老古董，还把算盘拿来当枪，列进了比赛科目第一项。

正阳县广信银行在以往这类竞赛中都是未出县就被淘汰。这次领导决心打翻身仗，专门召开了动员会，还把她这个最年轻的大学生推为团队首席。“你们都给我听好喽，咱们行这回就是头拱地也得给我在省里打出个响儿来！”新从部队转业的行长像下达攻城命令一样，虎着脸扫视每位队员，“只许胜，不许败！”

大家嘴上应着，心里各有小九九，都回去找理由，再悄悄去磨领导，把“忙不开”的自己换掉。谁愿意工作不算再加压力？美来也找了理由，可不知怎么，刚一出门却想起上大学时系里老主任退休，五六个人够不够条件的都一哄上来争抢空位。同学们就看热闹不怕乱子大，背后起哄：“说你行你就行，不行也行；说不行就不行，行也不行。”但结果，一位没有门路也没争抢的教授戏剧性地坐上了宝座。当然，他是最具备教学水平这样东西的。据说，上头是因各路关系争持不下，不得不拿他的“水平”来平衡镇场。但不管怎样，美来这个从大山里走出的农村孩子想起最终还是靠真刀真枪赢得天下的教授，她似乎悟到了什么，也闻到了“水平”这一样东西的永恒香气，于是，迈出门槛的双脚没去找领导，而是找到把算盘当枪扛了一辈子的老同志，借来一只巴掌大小、方便随身携带的小算盘。

从行李底下摸出那只“小巴掌”，“咔咔咔”举在空中使劲摇了几下，这才左手托起，右手在上，捡豆一样猛一阵翻飞：一百二十五递加至一万，再依次递减到零。一个回合的指法练习下来，美来正伸头要看看摆在床边计时的手表，窗外静谧的大院里，突然爆响一阵惊悚的呼叫：“救命啊！谁是Rh 阴性 AB 型血？快来救命啊，来——不——及——啦——”因喊得急，声音变成一面敲裂了纹的破锣，高亢、嘶哑。

一群同事睡意蒙眬中拥向大院，只有美来一个人匆匆随老刘上了车。坐进车里，她发现手中还握着小算盘，便揣进太阳裙兜里，把头靠在座背上，闭上眼睛，稳住“怦怦”跳的心。

“我这，从来还真就不知道，你说咱们人类，竟然还有你们这样一种血型！医院联系了七八家血站，就省城一家有，得六七个小时才能送到，你说，是不是连黄花菜都……你这，可准啊？”坐在旁边一直呼哧带喘的老刘往上推了推因汗水反复滑下鼻梁的眼镜，用四只眼仔细盯住美来玫瑰花一样的脸颊，仿佛在辨认她的血型。

美来点点头说放心，验过。

“谢天谢地，这下林先生有救了，你也有好事来到了。”老刘长舒一口气。

要救的是位加拿大华裔侨商林嘉伟先生，他们银行的客户，美来在工作中也有过接触。尽管是个商人，他却总是文质彬彬，很绅士，给人印象很好。上午陪大家考察他的贷款项目时，他突发急性阑尾炎，从乡下颠簸送返县城医院，竟已穿孔，因流血过多生命垂危。

“我有什么好事？”美来不解。

“你想啊，”老刘又往上一推眼镜，“那林先生，人家是何等样条件？多少姑娘，踮着脚带小跑都够不着、追不上。你本来条件就好，他这回对你必得感恩戴德加钟情，岂不是大好事一桩？”

“这都什么时候了，你说这个！”美来紧盯路口亮起的红绿灯，冲老刘哼了一句。

过了红绿灯，眼看县医院大门就在前面，一辆急匆匆并道的黑色面包车被他们“砰”地追了尾，幸而双方人员没事。车一时开不了，美来和老刘跳下车就开始跑。

“在急救室！”被落下老远的老刘又在后面敲破锣。

这时候，等待的病人似乎已摸不到脉搏，只剩下往外出的气息了。急救室一阵手忙脚乱之后，美来的血，一滴一滴，输进那个已经挣扎在阴阳交界处的脆弱生命的体内。医生和护士们渐渐松下一口气。他们说，这位先生命可真大啊！再晚到一两分钟，恐怕……

美来倒吸一口冷气。刚刚用自己的血把一个向黄泉迈去的年轻生命拉回来，她紧绷的神经还没松弛。老刘弄来一杯红糖水，他听说红糖水专门补血，让她趁热喝。医生白口罩上面两只大眼睛盯着美来由红玫瑰变成白莲花的脸庞，摇摇头说："姑娘，血输得过量了些，回去多休息，多加营养。没办法，你们这种血型啊，实在太稀缺啦！"

正在喝糖水的美来听见医生的话就随口一问："为什么那么少呢？"

"因为啊，从父母开始就有严格限定了呀！首先，双亲在 ABO 血系中都是普通 A 型、B 型的肯定不行，都是……也肯定不行……必须是 Rh 血系中……而且还要……"医生很专业地细数着。

糖水突然卡在喉咙。她记得母亲当年病重输血，老爸和母亲都验过血型，均在医生刚才所谓"肯定不行"的行列之中！她以前虽知这种血型稀缺，却并不清楚有如此复杂严格的限定。她僵着目光直直盯住医生，半天不甘心又问了一遍。回答还是铁板钉钉——肯定不行！

糖水杯"啪"地落下，摔得粉碎。"那自己怎么就 Rh……了呢？"缀在这个问号后面的答案如突然拉开保险的炸弹，"轰"的一声，美来眼前雪崩般一片空白。她双手抱头，身子摇摇晃晃，天地都旋转起来。

"快躺下！"医生以为是输血反应，握住她冰凉的手，扶她躺在床上，"放平，放平！"一面喊，一面命护士量血压、测脉搏。此刻，外面突然刮起一阵狂风，呼啸旋转，"呜呜"作声，飞沙走石，黄土漫天。风扑窗而入，草屑、枝叶穿堂横飞。

"都蹲下，蹲下。"医生喊。风持续了足有两分钟，才渐渐减弱下来。屋里一片狼藉，所有人还抱头蹲在地下，像刚退了潮时裸露在滩上的石头。

"是九号台风！广播不是说转向了，不路过正阳吗？还是刮来了。快关窗，说不定还来猛的！"老刘拍拍起伏的胸口站起来，一边分析，一边去把窗全都关上插好。

美来有气无力地躺在那里，仿佛刚刚经历了与外星球的猛烈相撞，周身血液僵凝；如脱了轨的货物，被结结实实甩到了另一个世界；又好像瞬间失忆，记不起从前是怎么回事。总之，反正，她一下子不知道自己是谁了！

天啊！原本一直都以为，人姓甚名谁、家住何方就如物品摆放需要的编码符号，不过是方便登记管理的标识，各种表格上的籍贯、出生地也只是一纸档案，怎知一旦发现差错，这档案竟变成了血管里流动的血、躯体里被拨动的神经，搅得人身心失控、头重脚轻。

连日，她像在大风中被吹得晕头转向。在家乡，老爸是出了名的“惯孩子佬”，怎么一下子自己会不是亲生的？她不肯相信这是真的。可检测仪下那一滴无声的血，是海枯石烂也改变不了的啊！谁知真情？谁会相告？她完全陷进迷雾中，整个人就像经历了一场惊心动魄的搏斗，煎熬得疲惫不堪。她干脆决定星期天回家，直接问老爸。有化验室里的白纸黑字，怎么说，他也得把谜底说清！

到了星期天，单位突然通知，参加竞赛的所有选手集体加班，进行抢答训练。她心神飘忽，无法静心训练，就找领导请假，被领导顶了回来。她自己也觉得影响大局不好，可心里慌慌的，像被那阵狂风卷上半空的苗木，找不到落地扎根的土壤就安定不了。于是她又重新站在领导办公室门口，低声说出刚刚编好的理由：“我爸他，生病好几天了，明天我真得回家一趟……”

可现在，越是临近家门，心越是慌乱地跳个不停。空中的火盆聚光灯一样追着她，烤得人心焦。脚下凤凰河的水势比往常充盈了不少，虽带着雨季的浑浊，但在水流平缓的河段仍能映出天空棉絮一般的朵朵白云，只是那色调，如同经历了岁月的陈年老画。

大王山的最高峰——大王峰已近在前方，山峰下的金三角村也渐渐清晰。那就是她家祖辈居住的地方。一个以宗族架构为主体的村庄，像一棵枝叶繁茂的千年老树，散落在漫山遍野的家家户户都是它扯筋连骨的末梢神经。美来自从大学毕业分配到正阳县广信行上班，几年来，每当走在这条路上，心情就像归巢的乳燕，欢快而急切。可今天，望见家园的一霎，她忽觉一种海市蜃楼般的虚幻不真。

接近晌午，她终于抹着汗水到了村前。与大王山一路宛转缠绵的凤凰河在这里变得松弛开阔，向外舒缓地绕了个大弯，把山脚下的整个村庄气定神闲地揽在怀中。一座木桩搭建的便桥横跨在浩浩水面上，颤悠悠担起了山里人进出的责任。美来一眼望见对岸半山坡自家那三间瓦房顶上老爸隐约的身影。整个村落上空升腾着炊烟，还有一缕音韵缥缈着，虽隔着“哗哗”河水游丝断续，却如老朋友的身影，只那么一闪，美来就知道是谁在吹什么曲调了。

一切都还是老样子，心里却仍如海市蜃楼般虚幻，她不觉又深叹了口气，掂掂手中拎着的双色五香糕和两瓶虎骨风湿药酒，提起裙摆上了桥。

家中院边的丝瓜和猪耳朵眉豆疯长的叶蔓爬伸到墙外，开着密密麻麻的小花，齐刷刷迎着她。院里各色青菜也一律长得有根有梢、整齐水灵，不像一般庄户人家院中那样葫芦搅茄子，鸡飞狗跳。她家的院落一年四季都这么有板有眼。老爸干什么就一定像什么。那年有棵果树被碰断枝杈修不成形了，他竟抡起镐头连根刨了重新栽！他总说：“是不是过日子人家，一看院子就知道。”她家不但院子像个过日子样，这些年虽说母亲不在了，屋里照样什么东西放什么地方，找什么，他闭着眼也不带拿错的。

“嘿，闺女回来喽！”金万东老汉刚才从房顶上一眼望到村口的美来，顺梯子就下到地面，一溜进了堂屋，弯腰给焖在锅里的饭菜添了最后一把柴火，起身归拢整齐灶台上下的瓢盆家什，就打开风门探头出去，大声招呼已走进院门的美来。跟着，他好像一步就跨到了院中央，屋内煮饭的热气，也随着滚滚涌出。

“哎，回来了。”美来应着。

每次从家走，老爸必问下回吃什么。她从来就一句：“什么都行！”每次回来，饭菜又准是最想吃的。老爸还总提早把饭菜做到锅里，然后就上到房顶，装一袋烟抽上，说是望望光景，敞亮。单等望见村口桥上美来一露头，他就像接通了开关一样，“唰”地溜下来，回堂屋收拾饭菜。

美来看着乐颠颠奔出屋来的老爸，心里的复杂情绪忽地挡不住上涌，忙迎上前去找话掩饰："爸，我又猜到您做什么饭啦。"她吸吸鼻子，"是芸豆炖土豆！"

"哈哈哈！馋猫鼻子尖！就知道你准想吃这个哩！"

金老汉见了闺女就合不拢嘴，两颊上笑纹像打开的折扇。一阵阵笑声在胸膛钢铃一样撞响，冲出喉咙，冲向天空，飘洒到左邻右舍的院落、灶间和炕头。于是，人们就知道村里飞出去的金凤凰回来了。吃饭时家家饭桌上必多了教训孩子的唠叨："你看人家美来，多出息，当上吃皇粮的国家干部，给祖宗脸上贴金。你们不好好念书，等打一辈子牛腚吧！"

往常，美来听到老爸的笑声心里就得意、熨帖，可今天，这笑声在空中散开飘远，却石板一样紧压心头。

金老汉撩起腰间的帆布围裙擦着手，伸出一只手去接闺女提的东西，另一只手抽出别在身后的芭蕉扇，给她上下打着凉风，脸膛就跟上了秋的高粱，红扑扑的。

"我这儿还有您爱吃的呢，快熥上。"美来说着抬脚大步走进堂屋，就着锅台边洗菜盆里的水洗了把手，拉开腾腾冒着热气的松木锅盖，把刚带回的双色五香糕"嗖"地放了进去。这是正阳城一家老字号的招牌点心，以黄、白两种糯米粉为主料，配以红小豆、甜杏仁、葵花子、核桃、黑芝麻五种辅料加工做成，稍热入口，软糯香甜。金老汉每次和乡亲们说起他早年在街里做活路的光景，都会提到这东西的地道好吃："那口味，绝了！"美来大学毕业分到正阳城，就是乡下人说的"街里"上班后，他就又续上了这口福。

美来把双色五香糕搁在锅边喷了亮晶晶油花的土豆上，就闻到一股嫩芸豆的清香气息扑鼻而来，胃中立刻一阵叽里咕噜，饿得慌了。

她吸着鼻子，把锅盖重新盖严，用抹布捂住漏气的缝隙，这才转身进屋换了轻便衣服出来。

堂屋后门口高桌上放着盘炒榛子，这是每次她回家老爸必备的。她走过去在桌边长凳上坐下，捏起一颗，剥了肉放进嘴里嚼着，回头瞅一眼院子里的老爸，见他正蹲在菜畦边劈着生菜叶子。

回到家，亲切熟悉的气息样样都在，不安的心跳渐渐缓和下来。吃了几颗榛子，她慢慢舒口气，起身准备动手帮老爸收拾饭菜吃午饭。

“快歇着，还用你？这晒葫芦的大热天，你说，走多老远！”金老汉已经蹲在压水井台边，把刚劈下的嫩生菜叶和新拔的几棵小葱洗净，都是美来爱蘸酱生吃的。他喊住美来，抄起脸盆，上下按了几下压水井杆，凉哇哇的井水落进盆中，溅起四面水花。他把盆放在旁边木墩上，心疼地招呼美来快洗把脸凉快凉快。

吃饭时，美来倒满一盅刚带回的风湿药酒，放在老爸面前。

“这是强筋壮骨祛风湿的,您每天喝上一口。那个老寒腿,要多保养才行。”

“没这么金贵。”金老汉一拍大腿，“你爹我这身子骨，活到九十九岁我也不说老。”已年过花甲的金老汉看上去身板硬朗，留着寸头，浑身一股精干劲。

“那也得保养，我就一个老爸，还要您长命百岁呢！”美来把酒盅送到老爸手边，故意想多拉拉话，再趁机询问。可这一句本来平常的话刚出口，心不由打鼓似的一阵慌乱。

“好，保养。这孩子！”

金老汉的脸兴奋得像在火塘边烤过，亮光光地透着红润，仰头一口干了杯，闷住半天才夸张地张大嘴巴，呼出一团醇厚的热气，心里就跟吃了仙丹一样受用。“嘿，闺女，”他的话开始多起来，“你说这水帘洞地里的芸豆，鲜不鲜？”

美来说鲜，好吃。

“就是！‘高地芝麻洼地烟，沙地瓜甜土豆面’，这都有数的。你说咱乌江天险这土豆，面不面？”

美来伸长脖子使劲咽下一口土豆，说：“是那块沙岗地上的呀？我说怎么都噎着我了！”

“嘿嘿！就知道你爱吃面的，像我！”金老汉摸着刮得精光的下巴笑着。

“像我”，往常听见这话美来就美滋滋的，此时却一阵窘迫迷茫。她机械地附和着打开话匣子的金老汉。金老汉越是高兴，她越是紧张。怎么问呢？

“来，喝口蛋花汤，送送。”金老汉把汤碗往美来面前挪了挪，“后坡你四楞叔家前两天抱了窝小鸡崽，他家种鸡是下蛋根，我抓了几只来家，母的留着下蛋，公的养着，过年吃，再等我过生日、你过生日，都吃。”

小时过生日，妈一定把一个煮鸡蛋剥了皮给她吃。母亲不在这些年，爸每年都会给她煮。上大学后自己都忘了，爸在家还是要为她煮鸡蛋、做生日面。

“爸，生我那天，是个什么样的天气，晴吗？我是什么时辰出生的呀？”说起过生日，美来突然找到灵感，试探着开了头。蛋花汤从牙缝中细粉丝一样被抽进嘴里，盛汤的大海碗挡着她大半个窘迫的脸。

“这个呀……没，没听你妈说过吗？……”金老汉突然被蜇了似的一愣，晴朗的脸上忽然变暗，喉头像塞堵了似的。他“咕嘟咕嘟”用力吞了吞唾沫，结结巴巴又说：“那，那天哪，我还常想着，可是，可是极好个大晴天啦，太阳，太阳……”

美来抬了下眼，瞥见老爸两颊扇子样的笑纹僵硬，喘息急促，拿筷子的手也不自然地在抖。她突然心“扑通扑通”跳起来。又见老爸身子从炕上挪下地，腿好像麻木抽筋一样板着，佝偻着身子，蹒跚往外屋走。“我再去给你加勺汤。”他咕哝说。美来从没见过他佝偻着腰板走路，心中更加翻搅，不知所措，一边端起碗接住老爸拿饭勺加进来的汤，一边咧嘴笑了下：“您，还记得这么清楚，都，都这些年了。”

她做出的笑像柜顶上摆的塑料花。本想拉拉话找机会问问，却一开头就像做贼一样心虚，大脑也灌了铅似的反应迟钝。更重要的是，老爸的过度反应，让她这些天麻木了的另一根神经突然苏醒。

老爸如今孤零零一人守在家，三间房朝廷整天乐哈哈，她知道都是因为有一股力量支撑着他，那就是他的闺女是金三角唯一的大学生，是他一辈子的荣耀。他们怎么能突然就不是自己的亲生父母了呢？老爸已经年过花甲，美来知道什么对他最重要。他要是突然知道美来已知真相，内心还会撑得住劲吗？她们银行就有个中年男同事，读高中时听说了自己是“要的”，就问养父母，可他们至今都说不知道他的亲生父母是谁，还闹得相互起了隔膜，两头苦恼。美来犹豫害怕起来，到底还问不问？她像站在交叉路口不知怎么走，压根不知道这些该多好啊！

问题是已经知道了。这世界上还有自己的亲生父母，他们是谁？做什么？在哪儿？不问，困惑就如碎石落水，搅得她阵阵心乱。或许太紧张，从牙缝吸进的蛋花汤呛进了气管又猛地喷出，美来大声咳嗽起来。汤碗也被碰翻，汤勺、筷子“哗啦啦”撒落在炕上，又滚落到地下。

“慢点儿！慢着点儿！”金老汉忙起身去堂屋拿抹布。

美来更加一声紧似一声，咳得眼冒金星，面红耳赤，气喘吁吁地抖着肩膀。心头几天来压抑的苦闷，好似一下子被咳破了封口，“哇”地一股脑涌上来，咳出的声音差一点儿变成号啕大哭。

金老汉从外屋返回身，放下新拿的筷子，又去抹掉洒在炕上的汤水，忽见美来嘴巴张得大大的，噎在那里似的，发不出声音也缓不上气来，眼泪汪汪地看着他，脸颊涨得通红，额头渗出细密的汗珠。他慌了，忙拍她后背，连声喊：“孩子，怎么了？哪儿难受？”

美来肩膀一抖一抖，终于缓上口气来，又使劲咳了半天：“没，没怎么，是呛的，刚才……”

“毛愣！这孩子。”金老汉转身出去拿了条湿毛巾来。美来擦了手和额头、脸颊，渐渐平息了些。

吃过饭，金老汉和往常一样，去院子喂他的猪鸡鹅鸭们，还专门抓了把小米粒，撒给那群刚抓回来被单独网在房西头的小鸡崽。院边的六月鲜苞米他昨天就查看过了，刚好，他要掰几穗，晚上做嫩苞米小白菜苗鲜饭，美来最爱吃。他脸上折扇一样的笑纹又打开来，挂在两颊。

美来默默收拾了桌子，涮干净锅碗瓢盆，归拢整齐堂屋家什，给灶前地面洒上点儿水，把烧饭的草木灰扫得一干二净，都干完了坐在炕沿上，还是安顿不住开了锅的情绪。

“爸……”她突然冲院子大声喊了一嗓子。还是要问一问的念头又像涨满了退不下去的潮水似的往上涌，她想再和老爸聊聊。

“怎么，哪儿还难受吗？”金老汉应声跑进来，惊慌地看着她，额头还沾着几根苞米缨，腰间的围裙兜着刚掰下的几穗苞米。美来下意识瞥见他握着围裙的右手指上那道清晰的疤痕，是妈刚去世那年为给她做顿嫩苞米鲜饭擦苞米粒时擦掉了皮肉留下的，流的血把苞米都染成了红色。美来的心不觉一阵刺疼。她屏气用力下咽着涨满喉头的潮水，半天说了句："下晌……下晌我还得回去！"

她不知自己怎么说出这么一句话，赶紧转身去掀开柜盖，佯装找东西，遮掩着面孔。

"还得回去？那……有事就趁早！别赶不上车了。"金老汉显然毫无准备，不仅晚上要做嫩苞米鲜饭，他还想晚饭摆在院子里吃呢。天热，和闺女在正开的饽饽花旁边乘着凉吃饭，再唠唠对象的事，他现在可就这一桩心事了。

见美来收拾东西准备走，金老汉才想起把怀里的苞米棒子往锅盖上一撂，奔向后门口的粮箱子，端出一瓢上午刚炒好的榛子，和高桌盘里没吃了的倒在一起，装进小白布袋系上口。美来小时候，他拿榛子当好吃的哄她，美来妈说别净弄些硬东西给孩子。谁知美来就爱要这硬东西吃。他就年年秋天进山把熟透的榛子捡回家，洗净晾干收进袋子，足够美来吃上一年，直到现在。

怕稳不住情绪被老爸看出来，决定回去的美来走到门口，两脚忽又停住。今天编了谎，请了假，耽误了培训，难道就为了这炎炎烈日下的徒劳往返？不问明白回去又怎样安得下心？"爸……我……"她转过身来。

"哎呀！我你放心。拿着，快走吧，赶车！"金老汉带小跑地从后门口急赶过来，把小白布袋塞在闺女手里。

美来接住，不觉鼻子一酸，眼泪差点儿涌出来，忙垂下眼睛说："那，下星期，有空我再回来！"她头也没敢再抬，转身走出去。

这时候的美来任凭上天入地也想象不出，她一个乡下女孩的身世中蕴藏着怎样的风云际会，更想象不出自己的命运还将会有怎样的跌宕起伏。

第二章

正晌午时的金三角，在吃饱喝足的困乏中，睡意蒙眬。偶有几声狗吠和下蛋母鸡懒洋洋的“咯咯哒”声，像村庄发出的一丝梦呓。

美来出了家门，一脚迈进了热烘烘的蒸笼，外面伸手就能捧起一团烫手的热气，浑身立刻就开始冒汗了。“要不然，”她昏沉沉地一边走着一边想，“回去后，先去找一下他？”

“哎呀，没歇晌吗，大妹子？”

“这是又往回走？”

“你看看哈，到底是街里人了，裙子飘飘的，赶上天仙了！”

村口河岸边，蹲着一溜洗衣服的女人。她们人手一根圆滚滚的木棒，把石板上自家男人、孩子穿“打铁了”的衣裳反复捶打干净，漂洗拧干，晾晒在岸边花草上，嘴里麻雀抢食一样，东家长西家短，叽叽喳喳说个不停。见美来走来，叽喳声忽地高了八度，把正在低头想心事的美来吓了一跳。

她抬头看见她们，笑了笑，一手提起裙裾，边上桥边也大声说：“嫂子们怎么也都没歇晌啊？我明儿一大早还有活，现走不赶趟。”

美来回了家，穿衣打扮还和城里上班一样，她知道老爸就希望她有个城里人的样，但和乡亲说话从来不改乡音土语，还是满口金三角的土腔土调。

“这个老金头，老有福了，闺女盯着往家跑，净拿好吃的东西……”

“老自个往回跑，赶快领个女婿来家呀！”

“哈哈哈！你光说，这闺女眼光高，主见头子硬，普通人看不上，是不是呀，妹子？你光说，啊哈哈！”

美来边走边听着身后的七嘴八舌，最后一句是村东远房五嫂的声音。她一说话就粗声大气，外带“嘎嘎”响的笑声，人送外号“大响号”。美来知道“大响号”说话没歹意却另外有音，装着没听见过了桥。

走到岭口拐角，美来回望村池，恍惚又有海市蜃楼般的虚幻。相传，这里自古有一脉龙凤之地气，主史上必出一朝帝后，后来被江南蛮子施巫术破坏，龙脉逃脱，却又为搭救凤脉误了时辰，便双双就地化作了这座大王山和依山绕转的凤凰河。美来很小就听堂三奶绘声绘色讲述过这个传说。

金三角是正阳县最北的山区大王乡的一个村，原名“九道沟”，金三角已是数易其名的结果。据老辈人讲，大约是在晚清时代一个夕阳西下的黄昏，从山东逃荒过来的金姓哥仨走进了大王山深处图画一样美丽的九道沟，再也不想跋涉了。他们放下肩头拖儿带女的箩筐，在这儿生起了第一缕炊烟。九道沟从此改叫“金三家子”。解放初，上面要给已发展成上百户的金三家子起个官名，见这里山峰入云，就叫“步云山村”了。

美来家据说就在那时从县城搬回。母亲有病，乡下女人少不了搂草、砍柴、推磨、喂猪，美来五六岁就分担了家务。一起上山背柴草的孩子半路就有哥姐来迎，她一个人驮着大捆草，脸快贴到了地面，想放下歇歇，又怕再也扛不上去了。滴着汗水回到家，系着旧花布围裙的母亲总是能掐会算似的站在院门口望她。美来就冲她发一通脾气：“怎么不先生一个哥哥？”母亲的眼圈总是红红的。

因常年给母亲花钱买药，家里虽只她一个孩子，但日子比别家还紧。特别困难那年，吃了一冬橡子面，转过年开春美来就病倒了，浑身发热躺在炕上。母亲喊吃饭，她爬起来看看还是橡面饼子野菜汤，就“扑通”又躺下，怕妈难过，摇头说：“我一点儿不饿。”

后来美来身上开始浮肿，脸色黄绿，妈眼睁睁看着她像枯萎的小苗一样，一声声喊着落泪。爹在山里守了两天，拎回一只瘦骨嶙峋的野兔。兔肉汤端上桌，美来挣扎着爬起，一阵头晕，“扑通”又倒下，什么也不想吃了。妈双手拍打炕席，大声哭喊。后街堂三奶来了。她进门没喊美来快起来吃饭，拿手里刚剪出的一对大红苹果在她眼前一晃。堂三奶原是大王山西面万福县城街里一位缫丝厂主的女儿，当年因战乱嫁到乡下，在村里老辈女人中，她是唯一念书识字的，还会剪纸绣花。

美来颤巍巍地把堂三奶剪的两只红苹果接在手里，看着，齿根舌尖生出津液，胃里跟着有了空隙，想吃东西了。上学后她知道了“望梅止渴”，才明白堂三奶的用意。

日子再艰难，爸妈都疼她，可他们的羽翼总在关键时刻压住她的伸展。那一年美来小学快毕业，全国学演样板戏高潮迭起，学校每堂课前都要学唱一段。步云山村来了一男一女两位军人，为参加全军样板戏会演挑选女兵，要选嗓子好、模样像铁梅或柯湘的女孩，人说山清水秀出美女，就到了大王山。

美来嗓子不好，长得也不像铁梅或柯湘，学校根本没推荐她。可巧，陪同女兵的军人在村小学操场上发现了她。

“团长，您看！”他指着正在一串女孩对面张开翅膀“叼小鸡”的美来惊呼。美来至今记得那女兵回头看她时的眼神，呆愣了半天都没说出话来。而现在，她才悟到其中或许还别有深意。

后来，女兵说她属于更难得的芭蕾人才，选定了要带回去演吴清华。

整个金三角，那时还叫步云山村，连着大王乡都轰动了。想想看，在戴一顶假军帽都会当街被抢的年月，女兵岂不同仙女一样。不想，被赞为老金家最能“看开事的媳妇”的美来妈居然一口拒绝：“不去！独子不当兵，何况独女。”

这话让全村老少笑掉大牙。

步云山虽偏僻贫瘠，思想却开化，大王山与凤凰河演绎出的几十里美丽风光在这里推向了高潮，早年就有画家、摄影家的身影，让乡下人闻到了山外的气息，后来知青、五七战士更带进了城市的色彩。接着是那个当年家喻户晓的魏司令，在“深挖洞、广积粮”“备战备荒为人民”的旗帜下来到大王山，各处视察转遍后，一指村后的大王峰说：“好！就这里！”

一夜间天兵降临。魏司令的人马驻扎进村里，挖防空洞，建战备工事，修盘山道，魏司令的吉普车直接开上海拔上千米的大王峰。山洞里的兵工场地能对开大解放车。

部队还帮村里开荒修渠，架线通电，打压水井，安有线广播。外面的世界风一样透过大喇叭，吹到了大山沟里的田间炕头，活泛了乡下人的心思。人们感谢魏司令，热爱解放军。在这里，人人崇尚当兵，到十八岁的小青年第一件事就是抢着当兵。人们还托关系、走后门，削尖脑袋把孩子往城里塞。就是打水、扫地、当临时工，也比在乡下风吹日晒打土坷垃出息人。所以，人们笑美来妈糊涂，天上掉下的馅饼往外踢。

美来从小熏陶在大王山的军事氛围里，喜欢看战士练兵、修工事，喜欢看军旅小说，看“打仗片”，心中早在做穿军装的梦。如今梦已成真，不能变成肥皂泡。

她扯住妈妈的衣襟屋里屋外央求。妈忽然变成了故事里的老狼精，猪肝一样黑紫着脸不作声，气得美来甩手抄起铁锹举过头顶，看着满院瓜果菜苗，左右拿不定先对谁下手，一回头瞥见刚帮妈垒好的鸡窝，奔过去，“哐当”一锹劈在上面，“呜呜”大哭。妈跟出屋，挓挲着手，半晌拿过镐头，三镐两镐，把她边哭边铲掀了顶盖的鸡窝全部推平。母女俩泪眼汪汪对看着，谁也不肯吭声。

现在，美来也隐约揣测到妈那时的“糊涂”或许是另有隐情。

当时见妈的劲头，她知道闹也没用，只觉像掉进了闷不见天的黑窟窿。有一天，她挣扎着一口气不停地往上爬，爬得两腿发软、嗓子冒烟，终于爬上了村后面的大王峰顶。站在八面来风的山峰上，眼前一片透亮。也许高处就是能让人生出希望。她望到了山外云天，心中一下子宽大了起来。她还俯瞰到了山下村小学的操场。那个给了她点拨指引的声音，就是在那里回荡升起的。那是魏司令的声音。春天在操场上召开军民备战备荒动员大会，她第一次也是唯一一次见到魏司令真人，听到他讲话。

魏司令并不像想象中的大官那样是千篇一律的胖子，他瘦高笔挺，头发也不像电影和小说中描写的那样乌黑油亮。美来至今不明白，和老爸年龄相仿的魏司令为什么当年就全白了头发，像厚厚的大雪。他的嗓音也并非声如铜钟，而是高亢中渗着细微的沙哑，让人想起大王山深处升起的白云。但他讲话的神情和手臂当空一挥的气势，和她想象中的一样威风。具体讲的什么记不清了，只记得他在最后手臂用力一挥，号召大家：“……坚持，走向胜利！”这样的口号太普通，可是一个山里孩子能亲眼看到司令，亲耳听到司令讲这句话，就有一种春风化雨的感觉，就有一种小溪遥望到了大海、井蛙见到了整个蓝天的兴奋，心中有一种蠢蠢欲动的东西，是什么，又说不清。

那天站在大王峰顶遥望远方，她觉得这东西又来了。她终于明白，那是一种向往，一种对未来的志向，虽然目标是什么她还想不具体，但总之是一定要走出大山，像老师常讲的那样“有出息”，像魏司令说的那样“走向胜利”。可她现在要怎样才能有出息，才能胜利？不知为什么，虽然到处是城里插队来的知青、五七战士，可她还是认定了只有念书才能和城里联系起来，和“有出息”“胜利”联系上。村里只有小学，十多里外的四道沟才有一个小学“戴帽”初中班。村里孩子大多小学毕业就下来，当了生产“二劳力”，女孩没一个再念下去的。那么远，她怎么坚持？

那天老爸随后也跟上山来。他一声不响坐在另一边，一袋一袋抽烟。夕阳渐渐落下，山下一家家炊烟升起，坐了一下午的美来终于拍拍手站起身，转头对不远处吞云吐雾的老爸大声说：“不走啦？”

金老汉哈哈大笑，抬脚磕着烟灰说：“走！我还当得坐到明早呢。”

美来也不作声，边下山边亮开嗓门唱：“听那边练兵场杀声响亮……”

回了家，母亲高兴地为他们烙白面饼。美来喝着老黄瓜片、细粉丝熬出的酸溜溜的汤，一声不吭，连吞下两张饼，抹着汗津津的额头，左右看一眼爹娘：“我要到四道沟上中学去！”

妈一愣，“啪”地放下筷子：“还上什么上？不上！”

大队卫生员找了部队上的排长，秋后就要出嫁了，腾出了空缺，就像早年官宦人家小姐招亲抛下的绣球，引来众人哄抢。美来妈以她城里商人女儿的智慧和魄力成功抓到了这只绣球。“我可是把家里年猪都搭上了，这么好的活，将来再招个养老女婿，守家在地，多好！念书念书，一个女孩，一天没念不也过日子？”

“别人不念拉倒，我就念！就念！”美来也“啪”地摔了筷子。

“这回你就由了她吧，啊？”老爸盯住妈使眼色。

“不行！不听话，看打不断你一条腿！”妈咬着牙根，不松口。

“要打就两条一起，打呀！你打呀！”美来梗着脖子。

僵持不下，她开始绝食。小小年纪，不知哪儿来的点子，每天不吃东西，只喝一点儿水，蜷在炕梢，一句话不讲，来回翻着手里的书本。那会儿女孩们都时兴攒糖纸，把闻着还有香气的糖纸用水润开，仔细压平，一张张夹进书页里。攒糖纸讲究图案、颜色、产地什么的，产地越远越觉得好。攒上了瘾，走路都不忘两边看，还互相换糖纸。美来有一张云南菠萝软糖纸，透明的油纸，比一般糖纸大，五彩图案，漂亮极了，原是五七战士家小姑娘的，美来就拿两张也很漂亮的换，结果人家挑走她四张才肯换。她总爱把上海、北京、天津这三大城市依序摆在前面，剩下的就越远越靠前。为什么？不知道。每一张都感觉连出一片天地，带给她奇妙的想象。她躺在炕上，迷迷糊糊反复翻看糖纸，神仙一样在那些想象天地里游走。

连着六七天，老爸急得像热锅上的蚂蚁，悄悄把一点儿砂糖加在她的水里，劝妈依了她，饿坏怎么办。妈抹泪，哄一阵，吼一阵，见美来就是哑巴一样躺在那儿翻糖纸，气得把正拿在手里擦灰、娘家祖上几代传下的一只汝窑瓷杯猛地砸在炕沿上，摔得粉碎。美来吓了一跳，有些害怕，慢慢爬起来，不知所措，忽听妈呜咽：“你个犟驴，等饿死了，还上哪门子学！”

美来一听，一骨碌下地，奔向饭桌。老爸一拍大腿，竖起拇指哈哈大笑：“三岁看老啊！我闺女，准出息！”

美来现在想起这些觉得对不住母亲，也不是后悔当初坚持念书，就是觉得没能让辛辛苦苦的母亲如愿，很心疼。

争取上中学获得了胜利，不知为什么，她总觉得有魏司令的力量。“坚持，走向胜利！”在人生后来的一路摸爬滚打中，她一直记着这句话。

九年一贯制后两年的高中要到二十多里山水路外的乡中学读。村里没人再念，老爸劝她，她摇头，一个人我也上。那时妈刚去世不久，老爸随后做出了一个让美来当时满意、越长大却越难过的决定，他向所有来提亲的人宣布：不再续娶。

老爸蹲在堂屋门口，对着满天星斗抽了大半夜烟，第二天带上饭盒，开始陪她一起上学。打那时起，他“惯孩子佬”的名声传遍了大王乡。

父女俩风雨黑白往返穿行，多少年后的现在，美来每走乡路，那情景还在眼前晃动。她至今脚步生风，不会慢走，也是那时赶路留下的“后遗症”。上大学时，她从不和同学在林荫道散步。

步云山村改名“金三角”有段故事。全国学小靳庄时，村里天天晚上演节目，一位七十多岁的老人在山里挖到一棵十品叶的老山参，乐得用红绸布包着捧上台，当天就要去北京献给毛主席。后来还是经公社革委会往上层层转送，到底毛主席收没收到再没听说，但据说魏司令听到后，一拍桌子说了句：“真是个金三角。”

步云山从此改叫“金三角”。魏司令并没解释为什么，但司令那一拍桌子的笃定让大家都觉得再合适不过。

美来高中毕业留校当了教师，老爸满足了，到底书没白念。他不知道美来心气还高着呢。可招工知青才有资格，上大学名额又有知青和乡下“三级干部”子女共同争抢，一连三四年她被推荐上，又被顶下来，有时在公社，有时到了县招生办。妈是小业主女儿这一条，足够反复压住她。政策说“重在表现”，那时，她多盼能有个公正的领导，为她这样的底层孩子说句话啊！后来她兼做公社报道员，先后被上面报社和广播电台看中选调做记者，政审这关又须祖宗三代是“红五类”，一次次都是竹篮打水。直到 1977 年全国恢复高考，她才有机会和无数青年一道，拥进只凭分数说了算的考场……

她一路深一脚浅一脚，梦一回醒一回，昏沉沉的，在距离国道一箭地的当口，猛然望见从邻县万福县那边开来的黄海大客已经驶近乡政府东面路边的那根标杆了。天哪，这是最后一班车了！她蓦地浑身着火，扬起手高喊：“等一等！”一面百米冲刺般飞奔起来。

第三章

金老汉看看撂在锅台上的苞米棒子，一屁股坐在地下的蒲团上摇头。可惜了这顿嫩苞米鲜饭，谁知这孩子下晌就走。你说，忙就别回来呗，走一趟坐车不算来回还得拿脚步量四十多里，早年上下学没走够怎么的？这会儿也不知能不能赶上车。

他又起身走出院门，手搭凉棚伸长脖子。哪儿有人影？只听见树丛的知了嗓子冒了烟一样尖叫得闹心。他转身回屋又想不起要干什么，一拍大腿："唉，今儿这是怎么了？"烟袋塞进嘴里，他掏出火柴，划了一根，不着，再划，没火柴棍了。他又抬腿奔里屋柜顶，拿起放在上面的一个明黄色打火机。

或许是心理上已成习惯，以往每回星期一早晨美来才走，前脚走，他后脚就开始准备她下星期回来的东西，吃什么，干什么，唠点儿什么……或许对女儿的疼爱就像积聚起来的一汪水，得一点点释放，美来这猛地提前一走，他心中的惯性刹不住车？但看今天的情形似乎远不止这些。他眯缝着双眼"咔嚓"打着了火机……

金老汉虽说是个地道的庄稼把式，却也见识过种庄稼地以外的世面。四十多年前，那个一瓢风一瓢雪的年根，他几乎是在转眼间偏离了庄稼人犁地种田的轨道。那时已过了腊八，碾盘上堆着新磨出来预备蒸年糕的黄米面，院子里有刚压好的热腾腾的豆腐，锅里炖的酸菜放了猪肉粉条，一家人刚要开锅吃饭，"啪啪啪"听到三声枪响，接着是一片"汪汪"的狗叫。一股过路的胡子闯来，在一片混杂的鸡飞狗跳中抢钱、抢粮，还顺手掳走青壮男丁。他的大哥还有村上十多个小伙子被反绑着双手，在胡子的枪口下走向白雪茫茫的大王山深处。

嫂子怀抱刚过周岁“哇哇”哭的侄儿，一屁股坐在院当央号啕大哭，背过气去。刚十六岁的他直愣愣站在堂屋地下，紧握拳头，憋了半天，忽然一拍大腿，操起菜刀“噌噌”追出门去。以后他心气一上来就习惯一拍大腿，就是那天起的头。

在村西凤凰河分流的凤凰湖大风啸叫的岸边，他一把拽住胡子头，呼哧带喘，大吼了声：“把俺大哥放了！俺跟你走！”喊完，就死猪不怕开水烫似的梗起脖子，直直瞅着已被冰雪封了冻的凤凰湖。那一片白茫茫的湖面上，竟然还有零星残荷枯萎了的枝叶和发黑的莲蓬裸露在寒风中。早年本家一位大爷闯荡南方带回来的荷花，谁都想不到，在北方这里成活连片了。

杀气腾腾的胡子头瞪起铃铛一样大的眼睛上下打量，像端详闯进机关的猎物一样把他扫了一遍，突然抬手在他的菜刀上轻轻一弹手指，哈哈大笑道：“好小子，有钢口，老子今天成全你了！”

他给胡子头当了两年勤务兵，跟着学打枪，练拳脚，心里却天天扒拉着怎么逃跑的算盘。如今这口烟瘾也是那会儿闷头盘算落下来的。后来胡子在县城和警局交了火，他趁乱猫进一家杂货店。东家听完他可怜巴巴的诉说，好心收留他当了柜上的伙计。

一天，东家叫他把装在筐里的一百个鸡蛋送到老主顾家，他回来把鸡蛋钱如数交到柜上。晚上东家太太无意间听见东家理账念叨卖鸡蛋钱，就说：“怎么多出五个蛋的钱？”

原来，上午隔壁大嫂过来说孩子着凉肚子疼，要找几个红皮鸡蛋用生姜炒了吃。东家太太就随手从筐里挑了五个红皮蛋给大嫂，回头还没来得及再补上就被他送走了。

东家一听，用手里的笔尖指指坐在炕头灯光里纳鞋底的妻子：“你呀，净做有头没有尾的好事。”“就是啊，你说。”老板娘悔愧地说着，一面抬手用针尖在头皮上慢慢划着，一面拿眼去看丈夫。夫妻两人对视着，脸上渐渐都泛出一种咀嚼之后回味甘甜的神色来。

东家是个规矩精明的小业主，看中老金的人品，竟招他为女婿，把独生女嫁了他，自己更悉心教他学做生意和处世的道理，未曾读过书的他自是大有长进。

解放前夕，城里遭到国民党溃兵山洪一样的洗劫。他家的杂货店被哄抢一空，风烛之年的岳父母受惊气伤相继去世。解放后，他和妻子整理家业，勉强撑起小店，日子又有了奔头。只是妻子当时已怀了三个月的身孕，受惊吓动了胎气，孩子没能保住，还坐下病根，不能再生养了。夫妻俩一年年眼巴巴盼望着能有个孩子……

“哟！”正愣着神的他手一抖，才觉出被火机“噌噌”跳的火苗燎了手指，这才把烟点着，连吸几口，吐出浓浓的烟气，熄了火，紧紧握住打火机。这是美来上高中时去县城参加运动会时给他买回的。因为护送美来上学挣不到工分，他就在学校附近公社和供销社之间的路边支了个摊，掌鞋加修自行车，把要交的义务工钱、学费钱、口粮钱和家里的零用钱一分一毛地积攒出来。美来见他夏天肩头层层爆皮，冬天手上道道裂口，心疼他，叫别再陪她了。他怎么能放心？十里八村，有说他惯孩子的，有说美来任性的，还有说他们爷儿俩没正形不好好过日子的，什么都有。可美来只要念，他就陪。那时谁能想到美来有今天的出息！中午美来常跑去帮他修车，他就坐下抽袋烟。他这辈子一天到晚，有活烟就叼嘴里，没活就端在手上，就是不抽，手只要空着，也必伸进烟袋里来回捻着烟末。他坐下抽烟，天冷风大，好容易划着的火又被反复刮灭。美来看着，眼圈含泪。后来，她到县城参加运动会，给他带回两样礼物：一样是五千米第一名奖励的大红塑料暖壶，他每天可带一瓶热水喝；另一样就是这打火机，听说是闺女晌饭都没吃，跑去给他买来的。“这个火力足，不怕风！”美来“咔嚓”打出火来给他看。这些年他平时抽烟舍不得用，怕随身带着丢了。

照理，都三十多年了，他也不用太紧张疑心，美来如今是公家人，有差事在身能都由着自己？巧的是他昨晚做了一个梦。从美来四五个月大到他们老金家以来，他从没梦见过她爹妈方面的事，单单昨晚，梦里好像说是她亲爹娘找来了。他并不迷信梦不梦的，一忙活就忘脑后了。可美来以往星期天回来都是等到星期一起早往回走的。她回家还有另一趟车，经过大王山后交界地三岔口车站，搁那儿下车，直穿八里山路就到金三角了。可那趟下午才发，她总是起大早赶六点半的车，再走二十几里地，就为能中午赶到家，和他一块儿吃顿晌饭。今儿冷不丁这上午回又下午走，关键是神情不对劲，还问起当年她出生时候那些蹊跷话来，这些都让他心里“咯噔”一下，又想起了昨晚的梦。

难道是美来知道了什么？或许真到了藏不住底细的时候了？

这么想着，他忽然两眼发黑，双膝变软，耳朵里也“嗡嗡”的，好像眼见山洪扑来，美来就要被从身边冲走，他成了一个鸡飞蛋打、没依没靠的孤老头子了。

美来是金三角第一个大学生，有出息，是他这辈子的骄傲，也是枝叶繁茂的整个金家的骄傲。村里家家老人都羡慕他养了个好闺女，都拿美来教导家里孩子，都拿美来向外人炫耀，凡提起他和亲戚们时，都是美来她爹，美来她三叔、她五嫂的那么叫，都把美来先提在前头。要是大家知道了底细，他没有了当爹的满足、骄傲不说，连在老亲故邻面前，他的脸面也碎了啊！

这一切让他有类乎“英明一世转头空”的感觉。惶恐、孤独和失落混合纠结在一起，乱麻一样堵得他胸闷。他好像又听到老伴临终前“千万可不能露了底”的叮嘱，脑子里不知怎么，又想起了早年前四道沟的张木匠。那张木匠要了个闺女，当宝一样。可闺女长大，不知怎么知道了亲爹妈在哪儿，天天往家跑，亲爹妈又想方设法往回要，两家官司都打到法院去了。最可怕的是，法庭上法官问闺女自己到底想跟谁，还没满月就被亲爹亲妈给了人的孩子眼看着把自己一口一口喂大、眼泪“哗哗”的养母养父，一口咬定要跟亲生爹妈走。这能不伤心、能过得来吗？张木匠老两口当场都昏过去了。

金老汉想到这里不禁从头到脚打了个寒战。现在看来，不用说美来一旦知道了底细会怎么样，先是他自个这一头就已经撑不住了。他觉得，要是没有了美来，他就没有了一切，美来就是他的命根子。美来的身世在清净的乡村被瞒得严严实实，甚至连他的母亲直到临终也不知美来不是亲孙女，她在所有孙辈里最心疼的就是美来。这件事，他至今内心仍多少怀有一些愧疚、矛盾和不安。可现在的切身感受让他忽然明白了，作为儿子，他今生对母亲最大的孝，其实就是成功隐瞒了美来不是亲生的这件事。眼下到底怎么办呢？

烟袋锅里忽明忽灭的烟末经了他一口一口的吸纳吞吐，化作团团升腾的灰白色烟雾，一圈一圈浓淡变幻，扩散弥漫着。他在烤烟浓烈的气息里回想着当年夫妻俩收养美来和这些年为了保密种种提心吊胆的心思和经历，直到又一次回想起昨夜的梦境，终于九九归一地理清了乱麻般的头绪，那就是——一定坚守住老伴“不能露了底”这一条叮咛，坚决保密。一枝不动才能百枝不摇，美来就是真有怀疑了，也来个一竿子不认账，她能怎么的？还能背个不认老子的骂名不成！

这么拿定主意，金老汉身子好像注入了能量，有了力气，一拍大腿，站起身，在满屋烟雾里抬脚扣扣烟灰，推门走了出去。

天已是黄昏，美来这孩子能赶上车吗？他身不由己地走到院门外，转了转又回身向墙根的梯子走去。美来上大学那年，他锯了几块木料做成这把梯子，一年到头卡在东屋檐下不动，秋天晒个苞米、高粱、地瓜干、咸萝卜瓜子都便利。一到快放寒暑假，他就见天爬梯子上房顶看光景，直到望见美来在村口露了头才不再爬。现在，每个礼拜天又忍不住爬上去。

他走到梯子前，把烟袋叼在嘴上，双手扶着两边棱框几步登上了房顶，坐在瓦片上，伸长脖子张望安静的村口。天色更昏暗下来，家家烟囱都冒着炊烟，不断传来女人们扯着嗓门招呼那些疯跑在外的“小野鬼们”回家吃饭的呼喊声。

西山尖上脸盆大的红火球已经沉不住气地在颤抖，转眼滑落下去，空剩下一堆乱纷纷的火烧云，渐渐变暗。背后山岭上好像下来一股凉风，金老汉忽觉身心一阵空冷，望着河岸坝边、田垄地头孩子们应着母亲们的大呼小叫飞跑回家的身影，竟不觉两眼涌出泪来。

第四章

客车已越过站牌远去。飞跑着冲上国道的美来眼望车影，颓然靠在站牌下，大口喘着气。暮色降临的天空，归鸟匆匆掠过，周围大量的红蜻蜓在低空盘旋，天似乎还有雨。在这样的时刻，在这样一个前不着村、后不着店的地方，错过了最后一班车，美来的情绪忽地紧张又沮丧起来，觉得自己好像什么都把握不住、拿捏不了，什么都离她远去。在空空的站牌下，她的心像落进水里灌饱了的棉花坨，越来越重，渐渐往下沉。

不知过了多久，突然传来一阵摩托车的轰鸣，接着听到一个熟悉的声音："阁下，能不能屈尊三个轮子呀？"

她抬眼看时，不觉浑身一震，已渐渐沉下去的棉花坨如鲤鱼打挺跃了起来。

"你这是从天上掉下来的吗？"她的大眼睛忽闪出发现新大陆般惊喜的光芒。

"当然！英雄救美，必从天而降也！"那人一仰头，绷住满脸得意的笑。

"怎么，星期天也没休息？"美来一边说，一边已经跨上了那人的三轮摩托。

"休息？休息岂不辜负了此番天赐的救驾良机！哎，你先等下，我去去就来。"那人说着，早闪身下了公路，走进旁边正要关门下班的供销社。

这位从天而降的摩托车主是个警察，正阳县公安局刑侦科副科长，名叫廖强。他身材挺拔，有双聚着团火一样的眼睛，自诩曾在太上老君的炉里炼过。

他转眼出来，手握一条薄荷色的尼龙绸纱巾，正与美来宝蓝色的裙子一唱一和。

“给，拿着。”他跨上车子，把方形的纱巾展开一抖，往美来手里送去。

“这……”美来看着他光焰炽烈的眼睛。

“千万别误会！”廖强一脸坏笑地摇头，把纱巾又一抖，“我这可绝对不是借机给阁下您送礼物。”他双手献哈达一样又向前一举。

美来还是不解，看着他。她的脸色在黄昏的霞光里晶莹洁白，清澈乌亮的大眼睛愈发动人。

“你看她们。”廖强笑着，转身朝国道下面大片玉米地里收工回家的妇女们一努嘴巴，又指指自己的头。

美来明白了。如今，大田干活的妇女们不知什么时候起，把苇席编的尖顶草帽从头上淘汰下来，一水儿换上了桃红柳绿的各色纱巾。她们的穿戴从不赶时髦，也没条件，独独这些颜色太过绚丽招摇、连城里女人还半遮半掩掖在脖子下面的纱巾，被她们就像吃大葱蘸豆瓣酱一样随便包在头顶，戴进日晒雨淋的田间地头。美来欣赏她们借遮风蔽日对美丽大胆的追求。

“亏你能想出。”美来明白了，他是怕摩托车扬起沙尘，要她照大田里劳作的女人一样挡一挡，于是接过纱巾，对折成三角形，戴在头上。

“这样不行。这样像偷地雷的！”廖强把头摇成拨浪鼓，一脸坏笑，“你得这样！”他边说，双手还绕自己脑门比画了一圈。

美来瞪他一眼：“你才像偷地雷的！”口里说着，手却照他的样子，展开纱巾把头和脸都裹了起来，像城里坐在爸妈自行车梁上去幼儿园的孩子。

“开——拔——啰——”廖强脚底一踩油门，大声吆喝，摩托车兴高采烈忽地蹿了出去。

要说细节决定成败，这话一点儿不假。廖强此举为他在美来的心中又赢得一份大哥哥般的体贴周到。这正是他需要的效果。

和廖强，美来是在刚毕业分到广信行那年年底一次极不适合风花雪月的情形下相识的，且沿袭了不打不成交的老套。但廖强后来却一直认为，那是一次天公作美。

美来当时刚参加工作，银行里贷给正阳农资公司推广农用革新机械的一笔款项出了问题。一家远在黑龙江的乡镇企业，款到了不按期发货，已构成违约诈骗。眼见过了年备耕就要开始，事关全县春耕大势，农资公司紧急报了案。

由于这类经济案件是近年才在各种体制企业发展中伴生的，正阳县公安局还没专门成立经济案件侦查科，案子归刑侦科办理，接到报案当即组成由廖强负责的办案小组。根据办理类似案件的经验，双方所在地多少都存有地方保护主义的倾向，完全按法律程序走，时间就要拖长，受害方即便挽回直接损失，间接的经济和社会损失或许更加不可估量，所以，一般都采取立即抓捕违约行骗方法人，令其及时发货或还款，事毕即可放人结案的不成文办法。廖强决定，借春节这个当口，利用上述办法打一个快攻，嫌疑人被抓捕后必急于出来过春节，会马上发货或退款，案子即可结清。

临近年关，案件多发，时间紧，警力缺，公安局要求银行出一名人员配合。那天一大早，廖强带着警察小秦、石毅和农资公司经理赶往广信行，准备接上行里的借调人员就直接出发。他来不及提前集中碰头，打算边赶路边给大家做任务交代和分工。

车到广信行，却被告知银行的人已直接去了公安局。

“净这么些聪明人！昨天电话里明白告诉就在银行等，偏给你弄出花来不可！”廖强心火上攻，面红气急，说着抬手冲脑后一指。身边的小秦立刻打转向掉头。越野大吉普沉闷地打着呼噜，避过一拨拨密集过往的行人车辆，原地转过身，轰鸣着。刚一起步，突然“嘎”地又猛一个刹车！

一条火红色的长围巾迎面飘舞过来，几乎扫在了前挡风玻璃上。吉普车刹住的瞬间，一个身穿米色呢子大衣、长发披肩的高个子姑娘双手扑按在了发动机盖上，胸脯一起一伏，漂亮的围巾在风中拂动飞扬。

“不要命啦你？”小秦气急大吼道。不待声音落定，那姑娘已转到侧旁，伸手打开车门问：“是公安局的车吧，尾号四个一？听你们值班室说车刚走，我就急追，刚才怕又错过才……对不起……”姑娘气喘吁吁，说着，抬脚就要上车。

“别，别上，停！怎么，广信行是派你去吗？”

刚被急刹车狠晃了一跟头的廖强定住神，两眼冒火，看着姑娘，几乎是在喝令她“停”。没想到广信行竟给自己派这么个女孩子来。冰天雪地，来去迢迢几千里，他需要的是精兵强将，不是嫩草娇花。他不让她上车，明显含着“你哪能行”的潜台词和要求换人的打算。

“您是廖副科长吧？广信行安排参加行动的就是我。”姑娘的声音从容干脆。她大概感觉出廖强的不屑，也报以不卑不亢的神情。

“这广信行也太离谱了吧！简直就是乱弹琴。”廖强一仰头，并没接姑娘话茬，眼中燃起两团火一样的光焰，拔高了嗓音大发牢骚，就要下车去要求换人。

“广信行怎么就乱弹琴了？”不等廖强动身，姑娘已跃身上车，端坐在廖强后排空位上，劈头就问，“为什么不能是我？因为我是女的？你凭什么认为派女同志就是离谱？”声音依旧从容平和，却透着义正词严、步步逼近的锋芒。姑娘说完也向后一甩长发，高傲地扬起两道清秀的眉毛，乌黑闪亮的大眼睛笃视前方。

廖强猝不及防。因为职业的特殊关系，他们这些当警察的，似乎都习惯了居高临下、生杀决断般地发号施令。姑娘这么一较真，虽也带些强词夺理，可他一时却找不到反驳之词，毕竟自己刚才态度语言都不合适。于是，他沉吟着回头瞟了一眼：“对不起，我并不是这个意思。”

“……”姑娘目视前方，没有作答。

“噢！我是说这长途跋涉、黑天白日的，当然，这也不是说你不行，我的意思是……”廖强不自在地挠了下后脑勺。

“……”依旧没有回答。

“我是说这一次时间紧、任务重，也许还有危险，你们女同志……当然，男女都一样，我也不是这个意思……”

“……”

对方始终不搭腔，廖强只能反复自圆其说，又圆不上去，可姑娘坐在那里就是不肯接话。

“真他妈的见鬼！老子当警察这么多年，从来都是理直气壮、说一不二，今天简直岂有此理！这话怎么一句也说不硬气？不是这个意思是他妈的什么意思？”廖强暗自着急，在心里嘀咕，头一次感到有理说不清、上不去也下不来、被噎在半空的窘迫，憋了半天，突然一扭头，闷声闷气冲身边的小秦低吼：“怎么还不开车！”

“廖副科长，我叫金美来，是刚参加工作不久的新兵。”车一开，姑娘就说话了，“年底我们银行里也很忙，其他人手头活都多，领导只能派我去。您放心，我能完成自己的任务，也保证不影响小组的整体行动。当然，还请各位上司们多多关照。”

美来一板一眼，主动做了自我介绍，还特意用了“上司”“关照”这些字眼调侃，想缓和一下尴尬的气氛。她本来也没打算闹别扭，可是廖强那股居高临下的火爆霸道劲让她来气、不服。

廖强尴尬地侧着耳朵，等待被她乘胜追击。不想这位银行女组员转换了话风。姑奶奶，可真谢天谢地！“好！只要能完成任务，怎么都好！”他急忙就坡下驴，打住了这支不经意间变调的插曲，随后开始给大家交代任务、分工，讲具体办法、要求等。他还说因抢时间，不能正常作息，大家要有个思想准备。

第一天，行程就摸黑带了夜。夜路上一辆接一辆的物流大货车，为躲避超载检查，它们专爱赶这个时候出动，在冰雪斑驳的国道上，小山一样紧贴他们吉普车的车身，“轰隆隆”颠簸着，随时都有倾压下来的感觉。在车灯光影交错的黑暗里，他们看见前面路边接连有两辆侧翻过去的“小山”，散塌落地的货物把路边的深沟都填满了。

大家终于忍不住一阵唏嘘惊叹。廖强发现，美来一声不响，果然很让人省心。就是换了女警察，这样连续劳顿又冻饿惊险，她们也会免不了尖叫几声，叫苦喊累，耍几分娇气。这让廖强暗生几许敬意和怜惜，就想借口男人坐在一起说话方便，让美来换到前面他坐的副驾驶位置上，多少也宽松舒服点儿。还不等他开口，却听见美来先说话了：

“廖副科长，我昨天翻了下地图，前面好像就到刘千户地界了，要不咱们先在镇子上住下？明天早一点儿起来赶路，光线更好些，也能再开快点儿。”

车里像真空一样静了五秒，又静了五秒。接着，连廖强自己也不知怎么就侧头对正在全神开车的小秦说了这样两个字：“此令！”

小秦应声一脚油门，大声道：“遵命！”

很快，他们到了前面一个叫作“刘千户”的古镇住下来。安排吃饭，廖强仍不忘问一下美来想吃什么，辣的行不行。晚上还留意查看一遍她房间的门窗插销。这些也让美来缓和了些最初对他的那种不满的感觉。

第二天一大早，刚上路车就出毛病了。超过四十迈，水箱温度就急剧升高。廖强的心火也忽地上升，又不觉暗吸一口冷气。多亏昨晚听取了银行女组员的建议，要依他继续赶路，准得抛锚在半路，这么一想又觉得有些幸运，平息了焦急。好容易找到一家汽车修理部。

满脸络腮胡子的修车师傅三下五除二就找到了毛病：“需要换钢垫。”他头也不抬地对廖强说，“拆装得两个点。”廖强重重点了下头：“换吧！”

络腮胡子拆下需要更换的旧钢垫，掂了掂，头也不抬，回手一甩，旧钢垫像流星一样被抛出去，不偏不倚落进十多米外墙根下面装废件的大木箱里。

“师父这个投篮，嘿嘿，真是练出来了，一投一个准！”小虾米一样精瘦的徒弟眼看“流星”落进大木箱，回头嘻嘻笑着，把取来的新件递给师父。络腮胡子拿在手里又一掂，看也不看，放上去就组装。

始终靠在一旁观看的廖强突然叫停，他直起身，坚持要求对比了新旧件规格再装。络腮胡子一听皱起眉头直摆手：“多余，我们是干什么吃的？这玩意儿一上手就知谁是谁了，还对什么比！”他边说边继续不停手。

“就是，错不了。”小虾米也一瘪嘴摇摇头。

廖强一把按住络腮胡子旋转的扳子，对小虾米喝道：“去拿旧件来，核对了再说。万一有错，我浪费两个点你能赔得起？”

“哪儿呀，万什么一……”见廖强虎着脸，师徒俩一对眼，没再多说，一溜都去旧件箱翻找刚才的“投球”。

结果，两相对比，还真差了个型号。络腮胡子红了脸：“见鬼见鬼，今儿掉链子了。这位警官兄弟，行家啊！”小虾米也在一旁点头："行家，行家！”

“行什么家？没耽搁时间就好，继续继续！”廖强反笑了一声，一努嘴要他们赶紧，并没计较师徒俩刚才的态度。

继续赶路时，廖强在后面和警察石毅低声讨论什么案子。美来坐在前面，望着道路两侧寒风中白雪斑驳的山野，心中回想刚才修车的情景，对廖强那种居高临下、急三火四的劲头竟有了新的理解，觉得他急中有稳，粗中有细，强硬却并不骄横刻薄。不知为什么，她还居然觉得他这种霸道劲也是干警察这一行应有的素质。

第三天一早到达黑龙江某县。兵分两路，美来和石毅去银行办冻结手续，廖强带小秦、农资公司经理去对方企业。

美来他们这边顺利结束，在约定时间，廖强他们却没赶过来。石毅分析那边可能遇到了麻烦，还说如果不能成功抓捕，案子速决不了麻烦可就大了。

“那咱们赶过去帮忙！”美来提议。两人在这边留了话，就赶到那家企业，果然见越野大吉普停在工厂大院里。大门口被一群人堵着，廖强他们都站在吉普车前。原来这家企业早有准备，提前安排了人，见有异常就堵住出口。

这时人群里突然一阵骚动，几个人一边嚷一边举起棍棒往上冲，要把他们厂长抢回去，廖强“唰”地拔出手枪，子弹上膛，高喊："谁再靠前？看谁再敢靠前！”几个人被镇住了，略停了一会儿又高举着棍棒喊："假警察，假警察，不准乱抓人，快放人！”围的人越来越多，纠集着又往前逼近，双方剑拔弩张。

石毅见状拔出手枪，要冲进去帮助压阵。美来一把拽住他："慢！快把你的墨镜给我！”

“你要干什么？”

“你不用管，这时候警察不一定比老百姓好使！”

“你别乱来！”

“真能开枪吗？放心，快给我！”

美来戴上墨镜，拉起围巾挡住大半个脸，挤了进去。她的双手揣在大衣兜里，边走边大声喊："谁是夏厂长？”

站在廖强身边的一个头发乱蓬蓬的小个子本能地应了一声。美来飞步上前，一把水果刀已逼在他喉咙上。“别动！”她厉声喝道。上初中时，一个省武校下放的五七战士教他们体育课，没有器材，就教了两年的武术，她多少也通些皮毛。

廖强一愣，马上会意，也虚张声势喊道：“你是谁？别来妨碍我们公务！”

“你，别别，你是谁？”姓夏的厂长浑身像被电击了一样抖着。

“我是谁你不用知道，我只数三个数，不想见血就快叫你的人让开！一——”

这突如其来的袭击让头发乱蓬蓬的厂长心里也没底，众人一时也搞不清美来到底是谁，唱的哪一出，会不会动真格的。

廖强顺势大喊：“让开，别出人命啦，让开！”

“二——”美来拖着的长腔像剑锋划在青石板上，火花四溅。

“别别，让开，你们都让开！”脸色煞白的夏厂长汗都出来了，扯着嗓子战战兢兢地喊。他的人已乱了阵脚，赶紧两面分开。

廖强早给左右使过眼色，大家迅速推着夏厂长上车，眼明手快的小秦在众人关车门的同时，已轰下油门，大吉普旋风般飞出。夹道懵懂的众人望着滚滚而去的一团烟尘，互相看了看，好像渐渐回过了味来。

车虽上路，廖强仍怕节外生枝，这在以往办案中有过经验。他命小秦避开出境必经的要道出口，绕行了几段小路，到底顺利出了县境，之后继续走偏僻路口，直到出了黑龙江省境。事后证明他的判断一点儿没错。就在他们返回的路上，据说黑龙江境内各要道出口都得到了截扣他们的命令。果然那些人反应过来后谎报案情，说他们厂长被黑社会绑架了，想利用当地公安先截住廖强他们把人留下。

在进入只需安全赶路的行程后，一直捏着把汗的廖强像辕马卸了鞍一样，浑身松弛下来。他心里明白，因为没时间迂回，这次行动的时机、地点都不太合适，到底还是出了麻烦，如果不是这位银行的姑娘急中生智，此战他廖强必走麦城。金美来，这个杨柳婀娜、文静优雅的姑娘，骨子里是透着些许桀骜，可她哪儿来这般现场发挥的大智大勇？虽是剑走偏锋，却成功帮他廖强扭转了乾坤！还有，他们在紧急情势下那种即兴的默契配合，更是让他打心坎里美气自得，不由就想要找话说。

他借活动活动肩膀、颈项回扫了一眼，见后座上美来正微闭双眼，神色恬静，虽没睡着，总不好这个时候去搭话。再说，人家一个女孩子，跟他们几个男人一起车马劳顿，冲锋陷阵，实在辛苦，可惜没条件安顿她好好休息。他心生怜惜和内疚，赶紧端坐好，也闭了眼睛静静养神，无奈心在躁动，像一蓬干草被火星点燃，大冬天，浑身一阵阵觉得灼热，很快又睁开眼，忍不住左右扭动一下脖子，回扫后排一眼。

旁边开车的小秦立刻警犬般嗅到了这异样的气息，许是被廖强心里的火舌舔舐到了，他飞速扫了一眼他们的头儿，正碰上廖强明显不对劲的灼热眼神。两人一齐转开，目视前方。

乡野的国道溜光锃亮，人少车稀，什么情况也没有，走了好远好远，才终于发现前方有处村庄。见临街有几间草舍，篱笆上晒着男人、女人、小孩子的衣服鞋袜，几只大白鹅从篱笆墙外大摇大摆晃上了公路，排着一字纵队，要过横道的意思。

按车速和距离本来足够提前越过它们，可小秦因瞥见后视镜里美来一直都在闭着眼睛，就猛地一脚刹车。“嘎”的一声，大家结结实实晃了个跟头。看见廖强使劲瞪他的眼神，小秦憋不住龇牙一笑，赶紧说：“我，我是怕它们，怕它们要突然飞起来怎么办。”

“行啦，好好开你的车，操闲心。”廖强伸了伸懒腰，瞅他一眼。

果然，后排几个人开始叽叽喳喳说话出声了。“哎，鹅可真怪，一般只要三个以上走路就排队，对不对？”石毅说。

“对，鹅爱排队。怪。”农资公司经理说。

“鸭子也这样，爱排队。”这是美来的声音。

“鸡就不。鸡这号货，谁看见过它们排队？天生散漫，不讲纪律，还会飞！”小秦在前面赶紧插嘴接话，为廖强铺路。

“喂！小金，要是你愿意，回去我向局长请示，干脆调你到我们局算了，你干公安，准大拿！”

廖强跷着二郎腿，十指交握，托住自己的后脑勺。他先是竖着耳朵听，听到美来的声音和前后接话了，就赶紧半开玩笑搭腔过来。这半天，他的脑海里老是在想象美来穿上警服是什么样子。

“廖副科长的意思是说就你们公安局好，谁都想去？”美来也半开玩笑，给了他一杯温吞水。

“啊，啊，我不是这个意思，我是觉得，你太有做我们这一行的素质了！”

“那你觉得我没有做我们这行的素质？”美来忍住笑，看着他交叉在后脑勺的手指松开，开始挠头皮。

“不不不，我是觉得你，你很适合干我们公安……哎呀呀，你看，我这话说得老是绕进去，容我想想，再想想，怎么说才能不犯错，啊哈……”美来的口才他早已领教过，觉得还是赶紧收兵为好，好端端的，可别再整出岔变了调。

他把头转向车窗外。田野里大片的积雪在暖洋洋的阳光照射下斑驳融化，心中不期而来的情愫也在滋生蔓延。此刻他就像被旋进巨大的潮涌，这潮涌一波一波鼓荡，漫过通体四肢，他猝不及防也毫不抵御，全身心沉浸在这有几分醉意又有几分梦境、从没有过的新奇澎湃的感觉里。美来这漂亮的一脚也踢飞了他高山流水的孤傲，美来手中那把尖尖的水果刀，已变成丘比特的神箭，刺中了他的心。中箭的滋味原来这样美妙，浑身迷醉无力又满腔热血沸腾，连空气都变得暖烘烘、甜丝丝、香喷喷的了。窗外的阳光就像流金，黄灿灿，一闪一闪，明亮耀眼。他真想叫小秦把车停下，冲出去，在田野里狂奔一阵，大笑一回，拥抱呼啸强劲的大风，拥抱穿透照亮一切的太阳。神箭啊，你终不负我廖强这么多年一片赤诚的等待之心啊！

他努力控制住自己，没笑出声来，收回目光，拉下帽檐盖住脸，佯装休息入睡。

在正阳县的后生中，他廖强的确算得上凤毛麟角。出身警察世家，本人公安大学毕业，虽说是工农兵大学生，他却绝非鱼目混珠，被同事戏称为全局三大“福尔摩斯”之一。想当年他刚当上警察，在城南派出所不显山不露水地做内勤。有一天，闹嚷嚷来了一帮人，说是百货公司卖减价手电筒，营业员收了一位工人师傅十块钱，却把手电筒和剩下的钱塞进旁边穿白上衣人的手里。白衣人一口咬定是他的钱。公司领导问营业员，她红着脸也咬定是白衣人的。工人师傅不依，闹到派出所，一帮人跟着看热闹，麻雀似的前后扑腾。

工人师傅空口无凭。白衣人有营业员作证。几个民警分析来分析去，半天不好定夺。乱哄哄的“麻雀”越扑腾越多。这时廖强走过来，他目光如炬，盯住二人看了一会儿，突然高声说：“你们两个，都给我把兜里的钱拿出来！”两人赶紧把口袋翻个底朝天。白衣人除开营业员找回的九块，还有一个五块、一个两块、两个一块。工人师傅兜里只有五毛。

廖强一拍桌子，厉声喝令白衣人：“把钱还给人家！”

白衣人“唰”地红了脸，却没动。廖强盯着他又说：“买一块钱的东西，有那么多零钱，反倒拿十块整的出来吗？这位师傅兜里只有五毛钱，他拿十块钱是合情理的，你有什么话说？”

白衣人脸上汗出来了，低下头说是一时糊涂，见营业员伸过手来就接住了。营业员也红了脸，说人多手乱，其实没记准到底收了谁的钱，已经递给了他，再反悔怕丢人，要检讨。看热闹的“麻雀”“哗”地鼓起掌来。百货公司领导竖起大拇指：“到底是警察，厉害！”

后来他被调到局里刑侦科当了侦查员，又提了副科长。这两年上门提亲的人，开玩笑讲，得拿鞭子往外撵。可他还是一支曲高和寡的《高山流水》，一路空叹知音难觅。

关键是他选女朋友的条件。首先一定要漂亮，漂亮姑娘再要聪明就少见，又要品格端正、气质脱俗就更少，以上纵有，还奢求文武兼备，最后再加上对脾气、合口味，也就只剩下可遇不可求的份了。而他这回到底还是遇上了。好你个金美来，我廖强这辈子就要定你了！

回到正阳，黑龙江那家企业果然很快发来那批机械，案子了结，小组行动大功告成。可是廖强这边要追美来，却万里长征迈不出第一步。

已经约了三次，每次都被人家婉言拒绝。照理应该知进退了，可他反倒像揣了一团火，怎么也放不下，越烧越旺。什么时候他廖强这德行样了啊？

那一张总是挂满战无不胜的光亮色彩的脸上，隐约似涂了层灰突突的无奈。

一天下乡办案，傍晚和小秦、石毅同车回返，他上了车就一声不吭闭上眼睛，往座背上一靠。小秦和石毅两人见了，心里都明镜似的，就在后座互相挤眉弄眼一番。小秦先咳了声，推了石毅一把："你看咱们廖头儿，这回算是被拿住了，你也不帮想想主意？"

石毅就慢吞吞说："能怎么办？要不，咱就答应农资公司一回吧！经理昨天还打电话，问什么时候安排，说这一趟太辛苦，挽回了公司巨大的损失，一定要请大家吃这顿饭。你想，请饭，那个金美来姑娘必定也是要请的啊，这不就是个好机会吗？"

见廖强不语，小秦想了想，摇头说："馊主意。你想啊，她可是个挺矜持的主，又不喝酒，这种酒局就算是去了，弄不好应付一会儿，拔腿说有事，提前走人，剩下不净成自己喝闷酒了？"他冲廖强噘了噘嘴，"这种事，关键得有能单独说话的机会。叫我说，就得让咱们头儿有个单独约见她的理由，一个让她拒绝不了的理由。"

"哪有什么理由，还单独约见、拒绝不了？集体约见都……"石毅皱眉摇头，苦思冥想。

"要不你看这样行不行？"小秦说，"照规定，这些单位要按比例给咱们科缴纳办案经费，咱们可从来都是能省就省，也不主动要。这回就让他们给全科每个人，包括参加办案借调的，买个公文包怎么样？你看我们大家啊，平时拿包的，拿文件夹的，还有拿档案袋的，什么样的都有，就算来个统一办案装备怎么样？"

"行了啊，酸溜溜的，还办案装备，过去没公文包不办案了？年纪轻轻的，来这一套！"廖强摇头，瞪他们两人一眼。

"不是，头儿，咱这也不是违规胡乱给企业添负担，对吧？这要照规定，那还更多呢！再说一个公文包能算哪一套，你说够奢侈还是够腐败，啊？"小秦噘起嘴。

"更多什么更多？去办案来回好几天，人吃马喂，我问你，都不是花销啊？"

"那也差得远，要算账十分之一都不到。咱这回就少一点儿高风亮节，兼顾一下公私，饭也不用请，都给他们省了，直接一个公文包，能几个钱，怎么就不行？”

“我看这办法行，廖副。”石毅附和小秦说，“要不真再没什么好主意了，除非你不再想约人家了。”他自觉说走了嘴，一吐舌头。

“就是，关键咱是当警察的，不能败下阵来，丢人不丢人你说？瞄准的目标就一定得拿下是不是？”小秦接过话头，故意刺激廖强。

廖强瞪着他。“哼，你小子！”他挠挠后脑勺，又“嘿嘿”笑了，摇摇头说，“嘿嘿，也还别说，这鬼点子，要不就听你们一回，就行？”

“就行就行！”两人一听连忙拍手点头说。

廖强一仰头：“那好吧，回头你把薛红玉叫上，女款的，叫她去挑。”

小秦一龇牙，嗤笑他：“真老土，这种公文包，哪有什么女款？”

“也许现在有了呢！”廖强坚持。

“行！之后就看你了。”小秦和石毅两个相视一笑，又眨眨眼，嘘着声音说，“不过……咱是不是剃头挑子呢？万一人家要是……”

“万一人家要是有对象呢？又怎么样，啊？”廖强回过头，两眼直瞪他俩，义正词严，大声说，“我告诉你们，她不是还没结婚吗？公平竞争，咱就得有那舍我其谁的劲头！”他像要掰手腕那样抬起手。

“好！好！就是要你这劲头！”两人冲他竖大拇指。

第二天傍晚，廖强堂而皇之地打电话给美来，说办案小组有事要找她，见面细说，下班务必在办公室等他。

下了班，廖强第一时间冲出公安局办公楼，大步向广信行走去。正想着见到美来要怎么打招呼才好，冷不防背后擦肩赶上来一个人，随手拍了他一掌，头也不回，超过去走在头前。

“好你个‘大头鱼’，真会挑时间，不长眼力见儿。”廖强在背后一眼认出那人是他一个外号叫“大头鱼”的线人。这肯定是临时有什么事要找他。他虽心急叫苦暗骂，脚早已拐了弯，不近不离跟在那人后面。两人一前一后拐到一处避人耳目的僻静地方停下，“大头鱼”回过头，佯装借火，向廖强报告了刚刚打听到的消息：一个重要的在逃多年通缉犯近期可能潜回来给老人过寿。

廖强听后,向他悄悄交代了几句什么,又掏出两张票子给他,两人各自分头走开。

廖强返身一路开始小跑赶到广信行。美来还在空荡荡的办公室里等着,廖强不觉一阵感动。费尽心机约到了人家，自己反倒不声不响晚了半个多点，她竟然还在等。他赶紧压着“怦怦”的心跳，上前打了招呼，就把手里拿的两个真皮公文包一起放在美来桌上，说是农资公司对参加办案人员的一点儿心意，每人送一个公文包。他这是专门过来完成转交任务的。

说完，他在美来对桌坐下，一时紧张慌乱，竟从衣兜掏出“大前门”，迅速打火点着，一连深吸两口，突然打住，把烟雾憋在口中，起身走出门外，在外面将烟雾吐出，掐灭了烟，又返回屋里，嘿嘿一笑。“对不起！”他说着重新坐下。

“你抽吧，没事。我们屋里的老刘也抽烟。”美来说，一边把一杯茶水递过去，自己也在对面坐下。

“两码事。”廖强说，“他是你同事，我不是。”

“你怎么不发火？”廖强看着美来又说，“问都不问？我比约定时间晚了半个多小时,还以为你不是要炮轰我就是脚底抹油早溜了！”说完讪讪笑着,双手端起茶杯,一仰头“咕嘟”喝下大半,放下杯子,手仍握在上面,看着美来。

美来拿过桌上栗紫色的公文包，和另一款黑色又大了一圈的对比，明显是女式的，边打量边说：“这有什么生气的，又炮轰又先溜的？就算不参加你们小组一起行动几天，公安局的工作性质我也还是略知一二的，你怎么会无缘无故来晚呢？既约定，就该不见不散。”

廖强双眸光团一亮，心想美来到底与众不同，要不怎么是我廖强看上要追的女孩子呢？他放开茶杯，双手抱拳，笑着冲美来连说：“谢谢！谢谢理解！”

“真漂亮，什么时候这种公文包也有女款的啦？”美来赞许，仍在打量手里的公文包。

“可能……也许，就是刚刚才为你设计生产出来的吧！”廖强看着美来，煞有介事。

“嗬！”美来看他一眼，“笑话。你这款男式的，也挺好看的啊！”

“喜欢就送你！我还正要谢谢你呢。这次小组行动，多亏你助我一臂之力，要不我可就掉链子、走麦城了。我原来有一个。你拿去，送男朋友吧。”他一脸严肃认真。

“噢，谢谢。你还是自己留着用吧。我看你原来那个小了点儿，该换换。再说那个什么相助、成败的，没捅娄子罢了，我也是小组人员哪，谢什么？”

美来没接受，也没明确说有没有男朋友。廖强想想又说：“你没发现，这其实有点儿情侣款的感觉，你就收下吧，送男朋友正好。”

美来白了他一眼，想了想，说：“不需要，谢谢。”

“别呀，一个包算什么，你看，送你了。”廖强说着双手往她面前一推。

“你这人！”美来看着他，“我还没男朋友，送谁去？”说着又推回。

“啊！没有？好，那好！”廖强喜出望外，“啊不，我是说没有那正好，那你现在就有了！”

美来板起脸：“胡说什么呀，你？”

“绝对不胡说！”廖强忽地站起来，两脚并拢立正，神色严肃，目视前方，大声说，“真的，有了，远在天边，近在眼前。”

美来蓦地垂下眼睛，不作声响。

“金美来，我是十二分认真的。今天，就是专门来向你表达的。从我见到你，啊不，从我后来认识了你，那天，我就……”廖强开始诉说，滔滔不绝，前前后后，他好像自己也不知都说了些什么，大概就是这些年众里寻觅千百度、曲高和寡的孤独，如今蓦然回首，对她一见倾心的钟情，还有，就是今生今世只想和她永远在一起之类的誓言什么的。

美来一直不吭声，是否在听也不知道。他说完，半天，她也站起身，低垂着睫毛，轻声说：“廖副科长，谢谢你。但这不可能。我今天也明确告诉你。”

无论他怎样执意表达，她始终坚持，拒不接受。好在毕竟上帝安排了他们那次几乎是生死与共的黑龙江之行，美来尽管不肯做他女朋友，还是答应他，两人从此成为很好的普通朋友。

然而他是决不罢休的。几年来无论美来怎么坚决，他始终一句话：“追！不是不犯法吗？”

第五章

暮色越来越低，渐渐收缩着光线。在笔直的国道上，亮起车灯的摩托奔跑的声音像一串串庆典的鞭炮回响着，终于远远看见城郊的山峦和上面矗立的电视塔影了。

“我们到家了。”廖强看一眼坐在身边裹着纱巾，一路上默不作声的美来，“扑哧”一笑，“早就说你应该改行干公安，你看，扮啥像啥！”

美来听他又在打趣自己，赶紧扯下纱巾，顺手系在脖子上。

“你难道没发现这一路全都绿灯放行？——鬼子哨卡当你是回娘家的小媳妇啦！”

“行啦，别贫。”

“别动！现在这般，又是女特务的干活啦！”廖强又一脸坏笑地看她。

“女特务？那也是我方特工、卧底！”美来绷起脸。

“是，那绝对是！你终于要做我们公安的卧底啦！”廖强哈哈大笑。

“别笑了，开慢点儿，到街里了，人多。”

“放心吧，有数！不过这华灯初上，看天色已晚，想必您也是腹中饥饿难耐，就让我好人做到底，如何啊？”

兴高采烈的廖强扫了一眼街道两旁酒家门口迫不及待闪烁起来的霓虹灯，庆幸又来到了的机遇，又故意拿腔拿调地请求她说。

美来知道他想请吃饭，虽然没有胃口，想了想还是说："好吧，那你得答应，我买单！"

"那……也行，你先回去歇一下，我去局里把材料收好就接你。"廖强知道犟不过她，能答应一起吃个饭，已经很给面子了。就把她送到了单位，自己返身回局里。

广信行临街的办公大楼和身后的平房宿舍、东西两厢的食堂、库房合围出一个宽敞的四合大院，大院内四边有银杏和芙蓉树，加上红砖砌的长条花坛、东西两端立起的篮球架，又勾勒成一个简易球场，打打篮球、排球都行。

这会儿大院空落落的。芙蓉树正梦境一样开着云霞般缥缈的粉红花朵，住宿的同事都还没回来，美来穿过空阔的球场向北面宿舍走去。

一百多里全程裹在纱巾里面，脸上还是一层灰尘。她简单洗了把脸，换了身衣裙，刚要坐下，警卫大叔送来两大袋礼品——麦乳精、葡萄糖粉、蜂王浆什么的，还有一个红包，说是开发区 LGV 公司的林董事长回省城时派人送来的，感谢美来为他输血。

美来的神情忽地就沉寂了。她递给大叔一袋礼品。

"这怎么行？你刚献了血，得补。"大叔再三推着往外走。"您看我哪吃得了这么些，帮帮忙。"美来拉住大叔硬塞过去，送出门，正碰上刚要进门的廖强。

廖强一进屋，微皱眉头，用两团光焰炽烈的眼睛上下盯了她半天，摇摇头说："离谱！"

显然他听出了他们刚才对话的端倪。美来抬起眼睛，神色淡然宁静地看着他，一声不响。

廖强就怵她这种近乎凛然的神情。那种沉静和淡定，就像战场上胸有成竹的指挥官，一声"执行吧"的命令，不容置辩。他怵，却又更为之着迷。

"噢，我不是说输血离谱，我是说你既然刚献了血就该休息，不该大老远来回行走折腾，吃不消！"

美来眼神慢慢垂下，仍没吱声。她面色苍白，嘴唇也有些发干，乌黑的大眼更显清亮忧悒。

“走，快吃饭去。”廖强命令般拉起她就走。

在一家餐厅大堂选了僻静位置。廖强先一步为美来拉开座位，让她坐下，又立刻点了鸡汤，并嘱咐：“要放红糖大枣，快！”

廖强一反往常进攻性的幽默调侃，悄没声地吃着饭，只是不断给美来夹菜盛汤。几乎走了一天路的美来软软地靠在桌前，像个听话的孩子，大口喝着汤。

餐厅大堂飘着轻缈的乐曲，和着温热的鸡汤徐徐饮下去，美来疲惫的身子像吸了甘露的禾苗，苍白的脸色渐渐透出红润。

“前几天去南方办案，什么都没敢买，可我还是不甘心，就给你带回一片云。”看美来吃得差不多了，廖强从衣袋拿出一张照片递过去说，“飞云贵高原时，那云海，一望无际，我们狠狠美餐一顿，这是顺手摘来带给你的。”

美来接过照片，果然层层叠叠的白云如海浪般滔滔滚滚，略略有些虚，却因此更显生动，美极了！她有些意外，看着廖强说：“还真有你的。”

“那是！”廖强一仰头，双眼中的火焰立刻拨云见日，放出光芒。

他知道美来不仅是夸他的照片，还是夸他的有心和能读懂她骨子里那种唯美浪漫。但他还是摇摇头，不甘道：“嘿，云南物产万千，可惜我是上下不得选，聊赠云一片啊！”

美来不接话。她垂着眼睛，依旧看照片，凭着手中铺天无际的白云，想象下面云贵大地的山川湖河，冥冥中蓦然觉得，自己会不会与这一方水土有关联？神情立刻又显出忧悒迷茫。

廖强看着她，问道：“你明天行里和个人有什么着急要办的事吗？”

“没有。”美来摇头随口回答。

“你是什么血型？”

“……”

美来愕然，猛抬头看着他。廖强特别的神情和突然不搭调的问话让她意识到，自己今天已经被这个侦查员的眼睛透视出了问题。

廖强脑海中的确有问号。而到此刻，他的问号似乎已基本得到了答案。

年轻的廖强与公安局另两位刑侦前辈被并誉为三大福尔摩斯，虽属同行们的玩笑戏说，却也不是空穴来风。搞案件，那两位前辈，一位只要看到脚印就大概知道主人是男是女、高矮胖瘦以及年龄，是女人甚至能看出生过孩子没有；另一位，听目击者描述，即可速描出涉案人的逼真画像；廖强的特长是通过察言观色或捕捉现场及周边环境氛围的蛛丝马迹，就能八九不离十推理出案中人所处的状态、心理意向和可能采取的行动的趋向，等等。

廖强的问话其实并非突然、不搭调。以一个侦查员的职业敏锐和他的专长，实际上从今天见到美来那一刻起，他就感觉到异常。先是猜测她可能明天单位和个人有什么待办急事，后来又无意间听到她刚献了血，既然并无急事就没有当天往返的逻辑，现在一提到献血又神色反常，以他的经验来看，问题很可能出在献血上。也就是说，美来在献血时无意中发现了自己血型有什么问题。

这事可是太大了。他想，如果判断没错，美来现在内心一定非常迷茫焦虑，又不便轻易倾诉，强忍压抑，她会憋闷生病呀！刚才他主动开头，美来的神情反应让他基本证实了自己的判断。他心疼，不忍美来受这样的打击，看着她，好像在看一枝正在经受风吹雨打的花朵，于是便进一步试探，他要帮她分担排解。“美来，你是不是有什么事情在心里，能对我说说吗？”

美来慢慢垂下眼睛，下意识咬住嘴唇，摇着头，心里一时很乱。廖强沉默了片刻，神情严肃，一板一眼又说：“美来，你如果有什么心事，千万别憋着，放心和我说。不管什么事，不管多么紧要，我都会当是我自己的事。你不用顾虑、担心我们之间将来怎么发展，不管你以后接不接受我，我们都是朋友，对吧？你以后就是嫁给了别人，请记住——”他眼眸深处那团炽烈的光焰突然变得像冬天暖洋洋的阳光一样，“我也永远都是你最可信赖和依靠的大哥哥！”

美来心头一热，颓然靠在椅背上，双眼看着他。他的庄重，不给她任何后顾之忧的宽厚，让她忽然产生了一种一个日暮不知乡关何处的游子在焦虑惶恐中听到了乡音的熟悉亲切感，那种踏实、放松传遍全身。她看着他眼眸中两团温暖的光焰，只觉鼻子发酸，两眼湿胀，真想靠上他肩头大哭一场。

可是，她的眼睛渐渐垂了下来。因为眼前忽然闪现出一片雨后彩虹和耀眼的橄榄绿色。她情不自禁地想起了另外一个人。

“廖强，我……”

由于想起另外一个人，她犹豫着垂下目光，深吸口气，撑住脆弱的情绪，依旧端坐在那里。但不管怎样，她相信廖强的话是发自肺腑的，相信廖强始终都会是她可以信赖的朋友，于是决定把一切都告诉他。其实，她今天一走出家门，心里就曾想过，回来要不要找廖强聊一聊，听一听他的意见，看他有什么办法能帮到她，可又矛盾着不知该不该说。现在，她什么顾虑也没有了，心怀感激地看着他：“我，廖强，你分析得很对，我现在，是，是一个身世不明的人了啊！”说着，眼泪“哗”地滚了下来。

廖强出奇地平静，宠辱不惊地略略点头，似乎在说，你这样就对了。

美来抹着眼泪，把输血前后怎么来怎么去的经过，以及今天回家前后的过程统统诉说了一遍。

廖强专心听着，思考着，点头安慰她：“美来，我觉得你今天的处理方法很好。先不问是对的，慢慢再查访。以我的经验和观点来说，无论从你们哪一方面、什么角度讲，这都不是能轻易捅破和直接面对的事情，包括将来如果找到了你的亲生父母，也是要本着对方方面面都稳妥的原则来处理才合适。我理解这样你很不易，但我相信你都能理解和处理好的。”

他又说：“既然这样了，你还得放平了心态，别太难过，也不能急躁和期望过高，慢慢来。不过，凡事都有蛛丝马迹，现在，我们就把一些情况理一理，好不好？”

廖强不觉已进入了“办案”状态，按他的思路分析需要，向美来询问了解她从小到大一些零碎情况，想尽快从中捕捉到一丝破译的线索。

之后，他看看时间还早，很想和美来再聊聊最近这次去南方一些挺精彩的办案经历。不知为什么，他喜欢把美来当作同行，交流和分享一些工作上的经历、得失成败和感受体会。可是今天，很遗憾不是机会，美来也应该早些回去休息。于是他站起来说：“我回头还要到局里去一趟，先送你回去吧。”

第六章

廖强骑着三轮摩托，穿过行人、车辆熙熙攘攘的正阳大街。美来不用他送，路很近，她想自己一个人走走。他只好点头，骑摩托先行路过广信行，停下，去了趟传达室，复又出来向局里开去。

美来步行回到银行，从临街大铁门上套嵌的小栅栏门进了后院，往北面宿舍走去，忽听旁边门房警卫大叔喊了声，提着一个饭盒送上来，是廖强才送来的，刚走，让交给她。

刚才在餐厅，廖强席间出去了一会儿，回来时美来瞪他说："你如果顺便结了账，那我就和你再结算一次。说好了，要算数。"廖强慌忙咧嘴笑说："没有没有，噢，对对，是说好了。可今天……这情况下，你总不能让我吃请吧！就算给我留个机会，下次一定你请，我等着！"美来没再相争，没想到他还格外要了这份鸡汤打包过来，想是留给她明天喝的，怕这几天缺营养。

美来摇摇头，双手把鸡汤接过来，温乎乎的还热着。警卫大叔又说："献了血可得重视，我家后院有几棵叫紫皮参的东西，紫根紫叶的，说能补血，家里老伴贫血，常拿着煮水打荷包蛋吃。我明天休班，回去劈些叶子给你，用电热杯煮就行。"美来说："谢谢大叔，我没事的。"

穿过空旷的大院回到宿舍，点亮灯，她把饭盒打开，怕热气滋润久了汤变酸。鸡汤的香气溢了满屋。她在窗前呆立着，惆怅了一会儿，回身一头扑倒在床上。

朦胧的月亮远在遥不可及的天边，淡淡清辉透过窗口送进来，洒在床前。她望着天空那亦真亦幻的月轮，发着呆。此刻，多么想有一个人在身边陪陪她，哪怕什么都不说，就一起静静相对着，待一待，坐一会儿。但这个人不是廖强。她其实也很希望就是廖强，也曾试着努力过，想把这人变成廖强。可是，没办法，那一道迷人的彩虹，那一片崭新的橄榄绿，那一直在心底闪动抹不掉的微笑神情……

大约还是在上高中时，给她提亲的人就上门了。虽说乡下女孩出嫁早，老爸还是依着她闭门谢客。等毕了业，当了乡里的民办教师，她还不肯找对象，老爸不肯了。看看周围和她一般大小的姑娘们都跟地里一茬茬秋后归仓的庄稼般接连出嫁，他开始逼美来相亲了。

美来觉得自己是一只羽翼刚丰满的小鸟，不能还没来得及飞翔就被修剪掉了一辈子的希望。她还想上大学，还向往更高远广阔的未来。她需要等待机会。虽然一年年上大学都落了空，但她依旧铁了心，不肯找对象嫁人。

为不让老爸干着急，也得挑三拣四相看几次，几个回合下来又对付过去两年，老爸更坐不住了。有一回，村东“大响号”远房五嫂的娘家哥给介绍了一个部队的战友。“好！”这人的条件，老爸一听就拍了大腿，“人品出众不说，仪表堂堂也不说，关键是人家年纪轻轻都当营长了。结了婚你就是随军家属，人家营长这是挑花了眼，你一个乡下姑娘。”老爸拍着腿决定，不去媒人五嫂家，就在自家相亲，他要亲自把关：“这一回，我看你还相不中人家！”

看样子，这回蒙混不过去了，美来犯愁，到相亲头天晚上，总算想出个主意来。

第二天天高气爽，金三角金万东老汉家飘着熟透瓜果香气的院子里信步走来了那个已经先声夺人的年轻军官。一身四个兜崭新的橄榄绿军装，英姿勃发，鲜红的领章帽徽和喜悦的神情在阳光里光彩夺目，美来只一眼看过去，竟触电般心跳耳热起来。

“大响号”五嫂走在院外，就“嘎嘎嘎”地笑起来。进了院，她先对前头迎出屋门的金老汉叫了声“三叔”，就张开胖乎乎的双臂，一把拉过跟在三叔后面的美来。小河流水一样“哗啦啦”的笑声夹杂在高声大气的招呼里：“哈哈哈，美来大妹子，啊哈。”

五嫂给他们做了介绍，军人恭敬地站在金老汉面前，脚跟一靠，“啪”的一个军礼：“大叔您好！”之后一转身，又“啪”的一个军礼，“金老师好！”全没有通常那些相亲者的怯懦拘谨，一股沙场点兵、阵前挥手的潇洒，席卷了美来浑身每一根神经。那清亮的嗓音、山峰一样伟岸的身材，还有那大海一样睿智和深情涌动其中的目光，都石破天惊，震撼了美来毫不设防的心。

她一下子找不到以往那种淡定从容了，感到从不曾有过的、属于相亲时的羞涩紧张，开始手忙脚乱，甚至没敢对接军人直视过来的热情目光，只微微点头还了礼，就闪身跟在老爸身后，请军人和五嫂先进屋。

“好好好！快请，屋里坐，屋里坐。”金老汉两颊折扇样的笑纹全部打开，眼睛笑得眯成细线，就差一拍大腿了。

在军人和五嫂往屋里走的时候，美来在后面深吸了几口气，压住慌乱的心跳，进了屋，自觉恢复了惯常的镇定大方。

军人和金老汉面朝南坐在地下放的长条木凳上，美来和五嫂向北坐在炕沿东西两头。五嫂的笑声依旧夹杂在扯东拉西的寒暄里：“哈哈啊，嘿嘿，才几天不见，你说哈，俺美来大妹子，又俊了，赶上天仙了啊哈哈！”美来羞得红了脸，低着头，又鬼使神差“怦怦”心跳地瞄一眼军人，却正与他含情注视的目光相碰，忙尴尬躲闪开。

“你说啊哈？今儿这个天，日头艳阳阳的，可就怪好大了哈，今年秋上哇，三叔啊，比年上哈，可热多了啊哈哈……”堂五嫂天一句地一句、南山北岭扯了好一阵闲话，就起身对金老汉说，“三叔，走，咱去西屋，侄媳妇有事想跟你打听。”说着往外走，又回头扔了一个眼神给美来。美来知道这是乡下相亲必不可少的细节：要给当事人留出单独说话的机会。五嫂是要她热情点儿，怕冷落了人家。可屋里只剩下两人对坐时，她不觉又一阵浑身紧张心跳，手脚不知怎么安放，低着头，脑子发热，找不到话题。

之前，老爸夸赞说军人才三十岁就提了正营，美来把嘴一撇，《林海雪原》里的二〇三，人家才二十二岁就是团参谋长，还用兵如神，让狡猾的老匪首们对“小共产崽子”闻风丧胆，你三十岁当上营长算什么！可今天军人一现身，骨子里挥洒出的那种军旅气派，冷不防竟是这般令人窒息、势不可挡。

五嫂和老爸那些早被当耳旁风刮过脑后的一堆介绍，这时“呼啦啦”又变了风向，一股脑重新刮了回来：十八岁入伍、军演标兵、入党、提干、上军校、参加对外边境自卫反击战、立功受奖，等等……

关键是，这些之外，他让美来感觉到了怦然心动，气息相通。

这时他以军人的镇定，端一副正规坐姿，微笑着首先开了口：“金老师，您在学校教的是哪一门课？”声音温和，如三月春风，带着所向披靡的暖意和生机。而美来正如水边岸柳、向阳花蕾。

“俄语。”她看一眼军人，很没底气地回答。

“教俄语？”军人意外加重了语气。

美来尴尬地又看了他一眼。其实她在校读书时，各科成绩就数俄语最差。她收回目光盯住自己膝盖上的手指说：“我其实是鸭子被赶上架的。您不会瞧不起我吧？”俄文中那个字母“P”她至今还是不会发音。可是乡下学校师资缺，当时有个城里来的五七战士当他们的俄语教师，一人教了两所学校所有的年级。后来五七战士回城，推荐了刚毕业的美来和其他两名学生做俄语代课教师。

“绝对没有！”军人忙解释，“我是在想，要是能跟金老师学俄语，那该多好！”他意味深长的眼光在逐一扫视墙上的奖状。美来有些发窘。从小到大各种“三好”“优秀”“第一”之类的证书，金老汉不听阻拦，一个也不少都挂在墙壁上，列成拐了弯的长长一排。

“真会开玩笑，您还学俄语？”美来垂下眼睛。

“学生怎么敢和老师开玩笑，我是说真的！”军人从奖状上收回目光，注视着美来垂挂的浓密睫毛，“我们部队，刚换防到中苏边界，上级要求，必须学习一点儿俄语。”

“那部队上的教官，水平一定厉害！”美来抬起摄人心魄的大眼睛看着他，心底涌出一股深远的向往。

“当然，可我们基本是自学。”他说，顺手拿过放在东面柜顶上美来在钢板上刻好的蜡纸，上面是准备油印发给学生们做的俄语习题。军人钦慕地仔细翻看，感慨地说："我们每天要求记住八个单词，都是晚上背，简直就是生吃！"他自嘲地笑着摇头，看着美来。

美来垂下目光，从不曾体验过的羞涩紧张和心跳，像触电般穿透周身每一根神经，又像槐花蜜一样甘美滋润。

"这个业余指标确实高了点儿。到底是军人，能打硬仗！"美来仍低垂目光，双手捻着衣襟一角，内心惊讶自己居然还有这般信手拈来的溢美之词。

"老师过奖了！"军人的声音明显提高了分贝，又像游鱼跃入溪水。美来不禁心中一动，明白军人不是因为被赞扬高兴，而是因为她开始有了欣赏的言辞。她也受了感染抬起头，用一丝调皮的眼神看着他说："那您，把那个带颤音的字母发音给我听听！"

美来"命令"完毕，把头转向窗外，目光伸延到园中枝头上正在翻飞嬉戏的两只小鸟，侧起了耳朵。

"这……是！教官。"军人瞬间犹豫了一下，立即郑重起立，"啪"的一个立正，像在课堂上回答教官提问一样，笔直站定。然后，美来听到了那个需要吸气收腹、舌尖上抵、胸腔发声、气流震颤上颚发出颤音的准确发音，之后又听到一句郑重的俄语："请教官指示！"

军人这种本能的认真和幽默连在一起的反应，让美来很开心。她的情绪进一步放松，回过头来看着军人，一拍手，也用俄语朗声道："好，准确，口头嘉奖一次！"

两人一齐哈哈大笑起来。接着，他们就像青梅竹马的发小久别重逢，一起温习小时玩耍游戏的情景，一个手势，一丝眼神，全都心领神会。

窗外树枝上的小鸟们上下追逐翻飞，叽叽喳喳叫得更热闹欢快了，悦耳的声音透过老爸昨天刚擦得亮堂堂的窗玻璃，渗进他们一阵阵清亮的笑声中。

西屋里，正在随便唠嗑的五嫂和金老汉四目一对，齐转头朝向东屋。他们嘴上聊天，耳朵其实一直都伸长到那边，终于听到了隔着堂屋传过来的笑声，也随即跟着哈哈笑起来 。

老爸自从军人进门，脸颊上打开的两把折扇就一直也没合上，这会儿更跟喝了喜酒似的迅速放红，差点儿又忍不住一拍大腿。

捆绑着的空气完全松动了。他们随便抽出话题就聊，仿佛酒逢知己，正端着自家酿造的糯米酒畅饮，又像腹中饥饿，面对满桌家乡菜肴，吃什么都香。彼此相通共识的东西太多，都喜欢、感兴趣的话题太多，他们感觉从来都没有这样开心地交流过：谈人生，谈理想，谈军事、教学、诗歌文学，等等，海阔天空，笑声不断。

后来他们聊起读的第一部小说和最喜欢的是哪一部，居然分毫不差，都是那部军旅长篇《林海雪原》，以至于两颗心同时警觉到不能再问最喜欢的书中人物是谁了，因为他们彼此内心都把对方当作了书中的偶像——那个年轻神勇的指挥官少剑波，那个美丽勇敢的卫生员小白鸽，他们在战火中彼此吸引，相爱，成为恋人！

于是慌忙寻找新的话题。美来说自己从小喜欢读军旅作品，看战争故事片，崇尚军旅，仰慕英雄。她执着地询问、倾听他出神入化的军事理论，缠着他给她讲参加边境自卫反击战、立功受奖的情形。

军人拗不过，只得依她讲了一段。那次他奉命带领小分队执行任务，途中意外发现了敌人临时囤积军火的秘密据点。根据当时情势分析，他嗅出敌人很快会有大的进攻动作，必对我方大局不利，决定潜伏到夜晚，偷袭炸毁这个军火库，打乱敌人的计划，为我方争取主动。这意味着，他可能贻误正在执行的任务，同时也要冒行动失败被全部吃掉的风险。没有时间和条件请示，他的副手坚决反对擅自行动。“将在外君命有所不受。”权衡大局利弊，他坚定不移：“机不可失。行动由我个人决定，一旦出现闪失，我自行领受处分。”副手见说不动，就挺身支持他一起行动。为确保成功，他们潜伏到深夜两点才开始行动。偷袭最初一切顺利，即将得手，爆破时却突发意外。由于事先排除的雷区里还漏有一颗没被发现，结果提前暴露了行动，引来了残酷的拼杀，最终还是彻底摧毁了敌人的这一命脉，为我军赢得大局胜利奠定了基础。他的小分队为此集体立功，他也受到了特别嘉奖。

美来双手一直紧握，像看打仗片一样紧张入迷，也第一次对英雄有了伸手可触的真实感，也更深一层地理解了英雄。原来，英雄不仅是那种作战机敏枪法准、冲锋勇敢不怕死的人，还具有驾驭战争的气魄、胆识和超强的大将风度。她内心的羡慕和崇拜就像春风里的花木，在不知不觉中抽枝发芽，又如奔涌的山泉溪水，挡不住地追逐江河，奔向大海。

她起身，给他杯子续了水，端过去送到他手上，自己又坐回炕沿说：“军人可真是了不起，你们所经历的这些，都能拍成电影了。”

“哪有那么夸张。战场上，很多时候，其实是瞬息万变的，要不怎么说时势造英雄？当然，我不是英雄。身临其境的时候，人的潜力其实都是很大的，换了你也一样行。”军人微笑着，双手捧着美来给他的水杯。

“谦虚！应对突发局面和当机立断，那是要见平素修养和底气的。”美来笑着说，随手拿起正在绣的门玻璃挡帘抚弄着。刺绣的图案不是当时流行的南海风光和松鹤朝阳，而是美来自己设计的一幅风竹图：主干挺拔参天，茂密的枝叶在劲风中飒飒摆动，旁边留有一大片的空白。

“能欣赏一下吗？”军人微笑着伸手。美来点点头，微笑着递过去。他端详了一阵，点头赞许道：“金老师真是能文能武啊！”

“此话怎讲？文怎么样，武又怎么样？”

“读书执着，教学勤勉，志向远大，志趣高雅，不是吗？我没猜错的话，这空白处，应该是想绣上两句咏竹的诗句吧！”

美来双眸一亮，问道：“那依你，绣什么诗句好呢？”

军人慢慢喝了口水，看着已经绣成的竹子图案，欣赏的目光中飞出一丝诡秘：“依我看，你这应该原本就是为两句诗而绣。”

美来心中蓦地一震，看了一眼他深邃乌亮的眼睛，屏息静气，仿佛听到《高山流水》的音韵，半天才下意识道：“那你，说来听听？”

军人又笑了，目光更含得意肯定。美来双眸闪动，像夏夜晴空闪亮的星星。

“那我们就来一见分晓。请拿纸笔过来！”

军人像是猜中美来或许会抵赖的小心思，竟孩子气地让拿纸笔来，各人分写在纸上，再对比看是否为同一诗句，还说：“如果不对，情愿自罚，另绣一幅送给你。”

“怎么？你们拿枪动炮的手，还能绣花？”

“你看看这个怎样？能吗？”军人嘴巴一努，让美来看他放在东面柜顶上的军用背包，包盖上面是毛主席手书体的“为人民服务”五个字，他亲手用丝质红线刺绣而成。

美来惊讶地“哦”了一声。不说绣得好坏，是压根想不到，她下意识瞄了眼军人那双端放在膝盖上面修长的大手。她坐在靠近柜头的炕沿，伸手就能够到柜顶上的军用背包。她用五个手指轻轻伸过去，逐一触摸着每一个字，感觉到一股强烈的神秘和亲切。这就是他战场上持枪布阵、指挥兵马夜袭敌营的那双手一针一线刺绣出来的吗？

“我们战士啊，其实很多都会这个，业余时间，就当是娱乐了。”

“怪不得！我见当兵的军用背包很多都是这样，还以为上面发下来就绣好了呢！你这才真正是能文能武呢！”美来说着，两人对视，都开心地笑起来。两人把在纸上写好了的谜底亮开，一对，果然相同，是他们都喜欢的两句诗：“未出土时先有节，及凌云处尚虚心。”

他们不约而同抬起头，四目相对，仿佛一下子接通了彼此心灵的通道。

这一回，他们谁也没有笑，却渐渐脸红耳热起来，屏气敛声，内心都好像同时触到了什么，又都被灼疼了似的闪开目光，一阵沉默。

堂屋灶间地下“噼噼啪啪”传来一阵响动，接着屋门“吱呀”打开。五嫂端了一大海碗鸡蛋水，和“哗啦啦”的笑声一起进来。她把鸡蛋水送到军人手上，又“呵呵呵”笑着带上门出去了。

也是乡下风俗，凡女婿上门一定要拿鸡蛋水来招待，若没有，哪怕就是借，也一定要打鸡蛋水给女婿喝，表示老丈人家对女婿的重视。老爸这是心切，已经拿出招待女婿的礼数来了。军人和美来对此心照不宣。

军人不自在地看了美来一眼。

美来也正红着脸瞥他。她明白军人在等她的反应。

紧抿双唇，绯红了脸，她迟迟没有反应。军人把鸡蛋水慢慢放在了身后的柜盖上面。

她其实很想让军人趁热喝下去，但如果说出口，就等于对亲事点头。在尴尬和窘迫里她猛然想起，自己竟差点儿忘了，今天，原本是要让他“看黄了”

的呀？想起这一初衷，她在一阵局促战栗中犹豫了好一会儿，还是慢慢站了起来。

她站起来，是准备实施昨晚为这个初衷挖空心思想出的一个预谋。但她万没想到，实施这个最初让她窃喜兴奋的预谋，事到临头却让她煎熬手抖，更想不到，这还让她在天长日久的后来，吞饮着一杯难言的掺着丝缕甘甜的苦酒。

她记得自己当时站起来后，脚步有些错乱沉重，磨蹭到柜前，在老爸刚摘下的一大盘苹果中拿了一个，坐回炕沿。她拿起水果刀刚准备削皮，忽然又把苹果和刀子放在炕上，好像脚痒，手伸进鞋筒，在脚上来回挠了一阵，又抓了下头发。之后，手也不洗，拿起苹果开始削皮。慌张中，她的动作一定比设计的生硬夸张。

坐在对面正在讲述的军人，声音瞬间短路，但很快又接通了。

他这时正在聊部队上过春节的情景，说一过春节，不知为什么他们都爱去帮炊事班干活，大家围着圆桌擀面皮、包饺子，蘸着干面粉一帘一帘摆好，等着下锅煮，还要剥好多蒜瓣，拍成蒜泥，兑了酱油、醋，做成蒜酱。又说部队上一到过年就有家属探亲，给大家分吃带来的家乡特产。一位湖南家属带了些干辣椒，有个新兵蛋子把风干的红辣椒串当葡萄干抢过去，一口一个塞进嘴里，结果……

美来一边听着一边削皮，她拿的是一个个大皮薄、浑身红透了的国光。慢慢削着，鲜艳晶莹的果皮均匀地一圈一圈滑褪。他温润醇厚的声音像小溪层叠细浪，在屋子里荡来荡去，渐渐无声无息了。

美来猛抬头，见他正用深情依依的目光出神地看着她。目光一碰，电闪雷鸣，立即都躲回她手中转动的苹果上，仿佛那是一件工艺品，她在一点点制作，他在目不转睛关注。

屋里静极了，连两人一轻一重的呼吸似乎都隐隐听得到。屋外四周也变得静静的。树枝上嬉戏的小鸟不知什么时候飞走了，连西屋堂五嫂一直没间断的笑声也暂停了。整个世界仿佛都在屏息静气，偶尔有一两声过路飞鸟的鸣叫从外面破窗而入，清脆地落在他们中间，随即就被这仿佛酝酿着什么的静给吸没了。

美来手指转动得很轻很慢，担心惊破梦境似的。被均匀剥离削开的果皮，也不知为什么一直没断落，如一根长长的丝带，优雅地在空中舞动伸延着，又像一支难分难舍、曲尽而意犹在的缠绵情歌。

终于，果皮“唰”地断落，如一条被拉开的弹簧瞬间收拢，整齐缩合在宽厚的木质炕沿上，又如刚刚绽开就猝然坠落的花朵，现出难以名状的凄美。

美来把留在手中清香四溢的果瓤端详了一下，徐徐递给军人。她的眼睛并没敢看他，心中更没有了昨天晚上想象这个镜头时的兴奋。

原以为他一定会尴尬，礼节性地接过去，然后像那碗鸡蛋水，放在那里；或者，干脆直接摆手，说“不吃，谢谢”。但他都没有。他笑了笑，双手接过去，说了“谢谢！”就开始吃起来，有滋有味。

美来顿觉进退不得，像个失手撞飞珍贵礼品又无法挽回的孩子，愣在那里，空端着手，结巴着说：“这个，可能，也许会酸，我再给您，给您削一个！”

军人摇摇头，笑笑说：“不用，我就喜欢这个！”又继续吃。

他们谁都不再说话。

他吃着苹果，专心致志。

她手足无措，心猿意马。

终于，苹果吃完了。军人站起来，接过美来递上的用清水投过的湿毛巾，擦了擦手直接挂回墙边。他走到美来面前，站定，目光盯住她的眼睛，像面对一泓清泉，良久，微微一笑，一字一句说：“你想让我看不中你，可我没上当！”

“……”美来蓦地满脸通红，一直红到了脖根，低下头，捏着自己汗津津的手指无语。

军人又微微一笑，也无语。

在短暂的沉默里，两人同时难以察觉地叹息了一声，那种被灼疼的感觉又浮上来。

“你，是我所见过，最好的姑娘，可惜，我没有福分一辈子吃你削的苹果……”

"……"美来略抬了抬头，想说什么，动动嘴唇什么也没说，又渐渐垂下眼睛。

"我其实之前都听说了，你是个不仅聪明漂亮，而且又能吃苦、有志向的好姑娘，如今为上大学的理想一直在等待着，是被老父亲逼着相亲的。可我还是很想试试轻重，碰碰运气。在部队，我已属大龄，这次是带着任务休假的。首长关照，不解决个人问题不许归队，但是我没有更长时间等待了。而你，"军人顿了顿，"看来，我也并没有足够的力量改变你的初衷。但作为同样追求理想和事业的青年人，我能理解，也很钦佩、尊重你的选择。"

美来的心"怦怦"跳着，一直没能说话。抱歉、窘迫，抑或还有遗憾和其他无以名状的东西令她心乱如麻，眼泪也不争气地打转。她一直都没敢再抬眼看他。

"其实，"军人用难以割舍的目光看着美来翘起的两道浓密的睫毛，如清晨挂着细密露珠的芙蓉花丝，"其实这个相亲，一开始我就预料到可能是我的一厢情愿，但我现在一点儿也不后悔。能和你相识，有这样愉快的交谈，是我的荣幸。我一辈子都会记住这个下午，也会为你祝福！"

说完，军人缓缓抬起右手，举过帽檐，郑重敬礼。

美来心中一阵颤抖。或许，一直羡慕别人都有哥姐，独苗一棵的美来，从小到大孤独的心灵中就有一种渴求；或许，就是这种渴求孕育了她情感深处追求伟岸的、兄长型恋人的心理指向。如果说，在此之前美来所有的相亲都是演给老爸的戏，并没有想过要嫁人和嫁什么样人的话，但此刻，她那一直还在一层麻木胞衣裹覆下的青春激情，被眼前这位叫作陈大军的青年军官闪电般一剑剖开了！

气度威武，深情宽厚，她潜意识里所渴望的另一半突然清晰可触，就在眼前。可眼下，她无法放弃多年的梦想，而且，她一个乡下女孩子，就是嫁给他随了军，也不会有相应的工作可安排，只能在部队被服厂钉扣子、叠服装之类。她没办法甘心让自己就这样一辈子成为依附，就这样丢弃自己从小到大渴求读书的理想。

"雪里爬山难上下，冰上过河进退滑。"多年以后，她看了一出山东吕剧，这句戏中人面对所爱难以取舍的唱词曾让她潸然泪下。

她最终还是坚持“看黄了”。她很想对军人说声“对不起”，说声“谢谢”，说声真心的祝福，可是她抬头看了他一眼，半天还是什么也没说出来。然而这一眼，他的微笑，他的双眸，一种阳光、蓝天、高山、大海般的感觉，如同种子，深埋她的心底，挡不住地抽枝发芽，开成了最美丽、最灿烂的花朵，定格成了她守候至今的情感偶像。

那个下午，美来记得，最后她一个人送军人到村西凤凰湖岸，她一不小心脚被绊了一下，身子一趔趄，不及摔倒，被军人一把拉住，扶她站稳。握住她臂膀的大手是那么有力。从小到大，无数次的山路往返，美来记不得摔过多少跟头，她还是第一次感受到这样被保护的力量和温暖。

两颗心火团一样相撞。也许是太突然、太迅速，理性在这一霎中并没失守，两团火只是擦撞了一下，又迅速收住分开，并未改变各自原有的定力。军人见她站稳，收了手。两人对峙片刻，他微笑着又伸出双手。美来也伸出双手。

“保重！”他声音短促，深情。他将她的双手用力紧紧一握，松开了。美来顿觉如鲠在喉，也说了声“保重”，却不知这声音是否发出喉咙，更不知已向前方山坳口走去的军人是否听到。只见他走到山坳拐口处站了一会儿，却终没回头。他的身影拐过岩石，不见了。

她踮起脚，伸长脖子，只觉一片耀眼的橄榄绿色渐渐蒙住了整个世界。她知道，虽然是拒绝了他，可从此，她不再是一个没牵没挂、一心只想上学读书的女孩了。

拖着沉沉的两腿回了家，美来故作轻松整理起东西，却不时望着窗外发呆。只见外面忽然乌云聚集、狂风大作，山里的雷阵雨毫无征兆“哗啦”一声就浇落下来了。她愣了半天，猛地转身冲出去，在厦子里翻出雨伞，抱住就往外跑。

跑到村西水岸，蒙茫一片的风雨中又听到一阵“轰隆隆”的雷声，风雨得了命令般又转眼消失了，太阳光竟跟着就穿透厚厚的云层，一束一束明晃晃斜射过来。远远的云天中还升起了一道彩虹，似笑非笑挂在空中，看不出是为她惋惜还是对她赞同。被浇成落汤鸡的美来呆呆地站在空旷的河边，头发、脸庞、衣襟“吧嗒吧嗒”落着水，眼望前方空茫茫的山坳口。转过山后边就到了与万福和双石桥两县交界的三岔口车站点，他现在，应该是已踏上了归途。美来张望着，双眼突然落下泪来。

那次相亲不久，她民办教师的位子被一个公社领导的亲戚顶掉了。看着卷铺盖回家的闺女天天闷不作声戴着草帽、套袖下地干活，金老汉又心疼又惋惜，唠叨她：“当初人家陈营长那么相中你，何苦就是不嫁？守着军官太太不当，偏偏回家数地垄！”

美来绷着脸，不作声。

金老汉干脆一拍大腿说：“赶明儿我豁出老脸，找你五嫂问问去，托她再给串通串通？你说如今连个民办教师都给顶回来了，哪还有什么上大学的指望？人家陈营长要是还没……”

“爸！”美来从炕上跳下地，摔了门走出去。

她内心惆怅，甚至也后悔过，可当初既然那么坚定决绝，如今人家就是真没另找，还肯娶她，她也是打死不能回头的。上大学，不管有没有机会，就当是个梦去做着吧，也好！

这以后的每一天，美来依旧是白天下地，晚上没事翻翻书本，朗读几篇俄语课文，偶尔也禁不住会想，自己若真和军人在一起了，那又会是怎样的一番红雨随心、青山着意呢？一天下午，干完活收工路过村西凤凰湖岸边，忽想起相亲那日送军人在这里分手的情景，美来内心充满了惆怅，脚步沉沉，眼神空空，没精打采往回走着。他现在在部队那边干什么呢？怎么样了？还学俄语吗？

“哈哈啊，是大妹子来啦啊！”冷不丁听见有人大声招呼，她吓了一跳，这才发现，不知怎么就走到了堂五嫂“大响号”家的门口来。五嫂正站在院中央，手拿一摞一摞穿成串的苞米皮，往过道篱笆墙上挂着风干，见到美来，“嘎嘎”笑着，两手一拍上前拉住她：“你个稀客啊哈，今儿怎么有空，倒出工夫串门来啦哈？”

“五嫂，能蒸几回馒头，你穿这老些皮？”美来站在篱笆旁边，一时发窘不知怎么回答，就伸手捋着一串串苞米皮，反问五嫂。

“哈哈，咱老金家人啊哈，都爱吃菜包子，素常也得蒸个窝窝头、馒头什么的，这些人现在都懒了哈，谁爱上山打椁椤叶？扒苞米顺手穿点儿皮得啦哈。”

“也是，你家人也多！”听说蒸包子，美来想起自家包包子老爸总爱放些大酱拌馅，终于找到来这儿串门的借口了，就说，“五嫂，我来是想顺便要你家点儿东西做大酱，老爸偏说你家酱引子好，做酱有味道。”

“啊哈有，有，等我拿去。先进屋坐坐，老些工夫没来了，正好我刚蒸一锅菜包子，尝尝再走！”

五嫂拉美来进了屋，随手揭开锅盖。满锅黄澄澄的新苞米面皮包子冒着热气。因为蒸帘装不下了，大铁锅边还贴了一圈。这圆滚油亮玉珠垂挂的一圈菜包子，贴在锅上还烙出一层金黄脆生的嘎渣儿。五嫂用铲子铲下一个，递给美来：“快尝尝，趁热。”一面又拿盘子要铲几个给三叔。美来忙推说不用，家里也有。

从五嫂家拿着一块豆酱引子走出来，她狼狈得只觉后背都冒汗了。这才好像明白怎么就走到五嫂家来了。“唉！”她不觉长叹了口气。一个人，若让你牵肠挂肚总忘不了，想想就温暖，就惆怅，大概有谁能提起这个人，哪怕就叫一声名字，或许也是一种安慰宽解吧？至少会有一丝释然。可惜，五嫂半个字都未提及陈大军。

后来有一天，在水库西山坡修梯田，“大响号”五嫂忽然就说，她娘家哥来信提到过，说那军人找了个大学讲师，马上结婚了。当时美来挑着两筐沙石上坡，肩膀突然不听使唤，双膝发软，两脚好像被绊住，身子一歪坐在地上。两个土篮子滑下来，泥土沙石顺斜坡翻滚撒落满地。她强忍眼中打转转的泪水，实在撑不到太阳落山，请了假提前回家，关起屋门，一头扑在炕上，抽抽搭搭，竟哭了一堆眼泪。

后来上了大学，美来看到有很多“老三届”背负着家庭和儿女的重担走进校园，心中不免又是感慨又是遗憾，那一道雨后升起的彩虹，那一片留在山坳口耀眼的橄榄绿，依旧常常无端出现在脑海，有时瞬间闪去，有时就挡不住渐渐洇湿放大，模糊朦胧地铺天盖地。世事难料，谁又会想到，如今会有如此这般的情景变化呢？无奈的是，当年那一见倾心埋下的种子，怎能挡住发芽抽枝？一泓饮入腹中而后反劲的醇酒在她的血脉、细胞中绵延燃烧。从农村到校园，再到参加工作，直至走到今天，一路追逐她的人前往后驱，但从未有谁能在军人陈大军的光环里站起来。

廖强却是个例外。他率真果断，幽默智慧，甚至有一点儿霸气，对她的追求一往情深。最难得的是，他还会时常在一些细节上让美来感觉到军人那种温暖、宽厚、大气。刚认识不久，有一回县里开表彰大会，影院临时调来了大城市还没全线上映的日本影片《追捕》，只映两场，买票的人像开了闸的潮水拥在售票窗口。他托关系搞到两张中午场的，打电话约她："我在入口等你，别晚了！"美来很想去，但顾忌他们之间关系不宜过密，还是没去。开演时没见她的影子，廖强并不气恼，也不在场外台阶上傻等到散场，一个人入场从头到尾看完，又给她搞到一张晚场票送过去，"呵呵"笑着："不想和我一起看没关系，但这片子不看太可惜！"

尽管廖强锲而不舍，非她不娶，尽管廖强处处以大男人的气度和肝胆与她相见，但他有一个先天注定的无法改变的欠缺：廖强，是一个实际上比美来小两岁的弟弟，这让美来由来已久的追求兄长型爱人的情感心理难以接受。

廖强却坚定地驳斥开导她："哥哥还是弟弟，所考验的是一个人内在的气质，和年龄没有关系。"

美来很多时候也确实感到他就是个"大哥哥"，但说不出为什么，内心一直就是拿不起也放不下，始终不能下决心，她和他就这么一直保持着她最初就明确约定的"只做姐弟，只做普通朋友"的原则。

而就在今晚，廖强那番磊落见肝胆的话语让她再次感到他实际上就是"大哥哥"的内在气质。从理论上讲她认可这样说，从实际上看也承认和年龄大小没关系，但感觉又是个什么东西呢？

现在，静静躺在床上望着遥远天空上朦胧的月光，她轻轻叹息着。虽然没有不切实际的目标，虽然没有对陈大军还抱什么幻想，那惊鸿一瞥的橄榄绿早已在岁月里渐行渐远，可为什么，起初心海那一道风景却如显影液中底片上的影像，愈见清晰？

第七章

LGV 公司的董事长兼总经理林嘉伟回到省城，继续治疗几天后很快康复了。刚一出院，他立即就要回正阳。

他原本已经把公司新增建的项目全权交给助理许佩茂处理了。照他以往的风格，绝不会这么急，正可以借身体尚需恢复，在省城办事处清净些时日，翻翻他那已落了灰尘的另一个案头。但这一回，仿佛正阳那边有了心事，有了他急于返回去做的事情。也并不是公司的什么业务，就是一种说不出的渴求，似乎一直在寻觅的什么重要东西露出了迹象。

他打开随身带的行李箱，开始收拾东西，一边放进两套西装和几件衬衣，一边心中又闪现出一个飘逸的身影。那位银行姑娘风度高雅，气质脱俗，和他见过的所有东西方女性都不同。他在银行第一次见到她，就被那种惊心动魄的美所震慑。

来到中国，他最先学会的一句方言就是“绝了”，比如个子绝了高、速度绝了快、天气绝了热、苹果绝了甜。他开始听了觉得粗俗可笑。他的汉语水平不高，虽生长在加拿大那缺少阳光、空气和水一样的语言环境，但借助厚厚的汉语词典，还有从小到大父母硬塞进他大脑的压缩饼干——他把成语典故比作压缩饼干——不夸张地说，还是很能表达一番复杂的东西的。可那天见到她，林嘉伟被镇在那里，面对她的美丽和气质，任凭他的大脑翻江倒海，搜索到“如花似玉”“沉鱼落雁”等一大堆词汇，都觉得不能表达出她特别的神韵来。那时他忽然领悟到，“绝了”这句方言，其实是多么了不起，多么玄妙。

后来，办理公司业务又与她有几次接触，她清亮的目光，花蕾一般含蓄的微笑，温文尔雅的举止，所有一切，都如神枪手的子弹，颗颗命中他的心。他开始感到自己那块空茫荒芜的心田吹进春风一样花木复苏，只是这些萌动的蓓蕾还无法如期开出美丽的花朵。他期望着能有机会接近她，能给心田的花蕾以充足的水分、阳光。在别的女孩面前，他这个一表人才的海外青年华侨、公司老板，感到的是众星捧月般的仰望追逐，而面对她，这些金灿灿的砝码，好像都变成了没有分量的空心纸盒。她清澈的眼神里没有窥视他身后异国天堂的欲望，没有对富商老总呼风唤雨的钦羡，甚至浅浅的微笑都是礼貌地例行公事。

但他坚持认为，像这种禀性孤高、气度超然的女孩，一般都是内心有着更大的热情、更高的追求，所以在现实中才会有所恪守和坚持，一旦遇到真正的理想，必定会矢志不渝、一往情深。这其实也正是这类女孩格外迷人的原因所在。因此，如果没有水到渠成的机会，对这位银行小姐心急求成，只会收获她的反感。

现在好了，上帝居然安排她做了天使，他的血脉里居然流淌着她圣洁宝贵的血液。这些天，他就像得到了蒙娜丽莎的拥抱，甚至暗中庆幸自己能与死神擦肩，好像他们已经成为天造地设的一双了。这种幸运感，真是“绝了”的美妙。此番，他感觉不是要回正阳公司，而是专门去赴一个约会。

东方天际的霞光刚刚泛出亮色，廖强就在正阳大街上出现了。他每天早上都是在这昼夜刚刚交替衔接的时刻走上正阳城这条最繁华的大街的。他喜欢赶在上班高峰之前，街道还宁静，车辆、行人零星稀疏，在清新的空气里迎着东方的曙光大踏步行走上班的感觉。关键是，在这样的时候，让他惬意和享受的是，能应和上这城区刚刚苏醒和启动的旋律。那一阵阵夹杂着油花、葱香、炸鸡蛋、卷煎饼焦脆味的早点叫卖吆喝声，那些大小车辆此起彼伏、匆匆忙忙的引擎发动声，还有正在扩张建设当中这城区外围一些工地所传出的阵阵打桩声："轰，咔，咔，咔……"那铿锵有力、结结实实的夯击声就像火车启动车轮，征程战鼓擂动，恢宏、有力、规整，稳、准、狠。城市新的一天，就在这汇合交响的旋律里，渐渐车水马龙、人声鼎沸。踏上这样的节奏，融进这样的气氛，感觉双脚就像踩着雄赳赳的进行曲节拍，蓬勃的朝气流贯全身。

今天他比以往起得还早，想赶时间先下一趟乡，争取晚上下班前赶回来，约美来一起吃个晚饭。自从上次和美来分手，这些天，他业余抽时间在美来述说的一堆过往的碎片里，展开放大镜一样的目光和思维，提取出了若干影像中的蛛丝马迹，已着手做出初步分析。

美来现在的养父早年就已在县城居住、做生意，却又回到乡下，按一般人的心理，很可能是收养了孩子，为保密才是真正的原因；他既然十分喜欢吃双色五香糕，备不住那家老字号点心铺里有老人还记着他这个当年的吃客；如果他当年就在点心铺附近做生意，那就可能进一步找到周围的邻居，或许会有更新的线索提供。

他找到美来常买双色五香糕那家老字号，果然，抽开了密码破解的第一丝网扣。那是家公私合营商店演变过来的商铺，当年的一位学徒工现在正是店里的面点师。面点师摸着谢了顶的光头，说金万东当年就在商铺对面开杂货店，常来买双色五香糕，有一年两口子抱养了一个孩子，跟着就搬走了，不知去向，还说那孩子是当时居委会的女干部郝大姐送去的。廖强又到辖区派出所找出当年郝大姐的资料，可惜两年前她已去世，找到家里人和她当年的几位同事，也说从没听她透露过孩子是哪儿来的。

线索就这么断了，他便又一次回放拼接那些碎片。就在昨天，他和科里的石毅还有女侦查员薛红玉一起下乡办案，傍晚返回时，三人越过田间的一道小沟坎，薛红玉在后面喊廖强拉她一把。已经迈过去的廖强回头说："不让你来偏跟来，连累人吧？再说你，长胳膊长腿，身轻如燕，还能折在这道小沟坎上？"薛红玉也不反驳，仰着脸笑眯眯站在原地，就是不动。廖强就对后面"嘿嘿"笑着跟上来的石毅努嘴，示意把她拉过来。薛红玉狠狠瞪他一眼，不等石毅伸手，一步跨了过来。

薛红玉是省警校校花，大眼睛，细眉毛，一笑牙齿洁白晶莹，合体的警服外加大盖帽，英姿飒爽。局里开大会，几十个年轻光棍，左右前后，眼睛就像探照灯一样扫过来。她旁若无人，大大方方坐在那里，两眼偶尔也像探照灯。她不扫那些光棍，单扫也旁若无人、目视前方的廖强。廖强承认她漂亮、优秀，可世事就这么一物降一物，薛红玉这一枝花克不了他心中的另一枝花，即使是枝还不肯为他开放的花，就像他一直克不了美来心里那不过是段记忆的橄榄绿一样。

就在薛红玉飞步跨过来的一瞬，裹着她窈窕身姿的警服“呼啦”一下把十几年前那个走在金三角小学校操场、一眼挑中美来的女兵拉进廖强的脑海。他感觉那女兵仿佛笼罩着一团色彩纷纭的迷雾，想这迷雾里会不会就隐藏着可以显像的底片，不觉一阵兴奋，笑着对跟在左右的两个下属说：“咱们的进展不错，等明天再核实几处，有眉目了，我请你们客。”

“哎呀，那太好啦！”两个部下一齐嚷道。

今天，他们又查了几个情况，案子总算有了眉目。薛红玉和石毅就缠上他了：“头儿，今天见了成效，收工又早，正好请客是吧！”

“不行不行，今天不行。”

他正在前面轻声哼着《花儿为什么这样红》，想着就要见到美来，他要约她一起吃晚饭，把了解到的情况和又瞄到女兵这个目标的事再细聊聊。听到他们两个请求，就连忙推辞。薛红玉瞪他一眼，嘴里嘀咕：“说话不算数。”

“怎么不算数了啊？改日，改日一定！”廖强“嘿嘿”笑着。

美来早晨刚一上班，就有电话找她：“金女士，您好！我是……”听到林嘉伟的问候从听筒里传来，美来先是一怔，她没想到林先生这么快康复并要返回正阳。

“请您一定赏光，晚上下班，我准时去接您！”从省城驾车要用半天多时间才能回正阳，所以林嘉伟在早晨出发前，先给美来打来了这个长途邀请电话。

美来爽快地答应了他的邀请，她也正想见见他。

傍晚，下了班的美来准时出现在银行大门口。夕阳柔和的光线里，她的披肩长发、乳白色丝质短袖衫和一袭橘红色束腰长裙，都云霞般舒卷飘逸。

“哈喽，密斯金！”已等候在银行门前车场的林嘉伟眼前一亮，举起手中早就准备好的鲜花，兴奋得忘了是在大陆，用英语大声招呼着，快步迎了上去。正在这时，一辆三轮摩托轰鸣驶过，“唰”地停在美来前面。美来一看，笑了，说：“廖强，是你。”

“嘿，美来，正好你下班了，我想咱们……”廖强立起身话没说完，忽见西装革履、手捧鲜花的林嘉伟春风满面走上前来。他打住话头，用眼睛询问着美来，眸子里两团火一样的光焰“呼啦”亮起来。

“噢，我来介绍。”美来伸出手，很有风度地一指林嘉伟，“这位，开发区 LGV 公司董事长，林嘉伟先生，我们行里的客户。这位，”她又一指廖强，“我们正阳公安局刑侦科副科长廖强，我的朋友。”

两个男人目光砰然相撞，警觉地对视着。廖强忽觉大脑中绷起一根从未绷紧过的弦。他之前以为，那个美来输血救的老板必是大腹便便，戴着金戒指，或者已经毛发稀疏，浑身散发着新鲜猪肉外加港养虾气味的那种人。冷不防，竟是位风度翩翩、仪表堂堂的青年企业家。

他双眸中的两团火焰与林嘉伟含蓄在黛框眼镜片后面的两点聚光一碰，刹那间电光石火，双方都似乎感到了一种挑战。廖强下意识挺直腰背，心里大声提醒自己，决不可让这个“假老外”看出你的紧张，更不能让美来感到你缺乏自信。

“您好，警官先生，认识您很高兴！”

双手捧着鲜花的林嘉伟腾出右手，微笑着伸过来。

廖强伸出手去。他只恨没办法把美来的血从对方身上统统收回来，哪怕让自己再为他输上十倍。他把手用力一握，微笑说：“幸会，董事长先生。认识您我也很高兴！”

“廖强，林先生今天刚从省城回来，我已经答应了他的邀请。”美来及时表态。

“喔，你们照常，照常。我就是刚好路过。回头我还有点儿事，先走了！”廖强笑着说。连他自己都感到，这笑像刚从醋精里捞出来，又酸又硬，就赶紧对林嘉伟点头示意，转身上车，掉头就走。摩托车驶入了车流纷攘的街道中。

美来目送他笔挺的背影离去，转身对嘉伟微笑道：“林先生，早上听您电话里的声音就很好，果然气色也恢复得不错！”美来想起他气息奄奄躺在病床上白纸一样吓人的脸色，又说：“您康复得这么快，祝贺，祝贺！”

嘉伟把鲜花双手奉送给她：“这是我精心挑选的，很希望您喜欢！”他直视她光彩照人的面容，彬彬有礼，微笑着。

一阵清新的花香扑鼻而来。美来笑了笑，双手接过：“噢，很漂亮，谢谢林先生！”

“我们走吧！”嘉伟伸手示意，引领美来一起走到停在一侧的宝马车前，先为美来打开车门，又抬手蔽住上沿，请美来上了车，关好车门，转身绕过去上了车。车子启动了。

正值下班高峰，满街攒动着拥挤的车辆、行人，行色带着疲倦和匆忙。嘉伟开启了音乐，车子慢慢蠕动着。他们谁也没有作声。理查德优雅空灵的钢琴曲汩汩流动在车内花香弥漫的空气中。

靠近正阳城西郊的是新建的经济开发区，一派前卫繁华景象。在晚霞飞扬的夕照里，每家酒店门前，霓虹灯都急不可待地呼应闪烁起来。车开到一座高层大楼明晃晃的通透玻璃门前停下。嘉伟照例为美来打开车门，伸手蔽住上沿。美来不太习惯，顿了顿，还是顺从地下了车。

嘉伟事先并没征求她的意见到什么地方用餐，没去新开的一家情调不错的西餐厅，也没请她品尝他认为精致好吃的湘菜，而是径直开到这家桃源大酒店，他上午就安排订好了座位。

“知道我们今天为什么要选择到这里吗？”嘉伟亲自为美来拉开座椅，请她落座，自己在对面坐下，看着她一双摄人心魄的大眼睛，微笑着轻声问道。

这里美来第一次来。她早听科里老刘绘声绘色地讲过，这儿的御膳全鸭采用的是宫廷秘方，仅一只鸭子就有煎炸、烹炒、烤焙、炖熘、蒸煮、腌卤等多种料理方法，能炮制出六六三十六道美味，最后将鸭架用油炸酥了，与红参、天麻、桂圆、大枣、枸杞、老姜母等药材配伍熬成汤，即成所谓的清宫御用药膳全鸭。据说当年这道菜因其美味大补、养颜健身，深得慈禧青睐，后来流传民间，传承至今。

“因为您认为我和您一样也需要补养。”美来微笑，对着不断摆上来冒着丝丝香气的各色美味说，“您应该还需要补充一下手术带来的消耗。我其实已没事，但我还是要谢谢您今天的御膳全鸭。”

“不敢当，不敢当，应该谢您。金女士，您今天能给我这个机会，我很感激。咱们中国人，崇尚那种……”嘉伟一耸肩，眼睛像课堂上思考问题的学生一样飞快转动着，“噢，对了，滴水之恩，涌泉相报。何况我蒙您的救命之恩！”

“林先生言重了，我只不过是尽我所能，您这样客气，叫我不敢当、不自在了。”

她的淳朴态度让嘉伟出乎意料，内心更生敬佩之感。

“汤来了，这个您一定要多喝点儿，很有营养，也美容……哦，会很好的。”他没让服务生动手，自己亲自为美来盛了汤端过去，又问还要再来点儿什么。美来任由他去做，一面双手接过来，说这满桌子菜够多的了啊，一面慢慢品着汤，点头说真是很好喝。

嘉伟今天特意订了十六层楼大厅临窗清静、视线又好的雅座，一眼可见开发区情调别致的夜景。他希望这样的景色，为他们共进晚餐融入几许别致浪漫的情调。

这时大堂缥缈的背景音乐中忽然有女播音员甜润的声音插进来：“请大家一起欣赏今晚光临这里的林先生为他尊贵的客人金女士专点的一首莫扎特小夜曲，祝福这位美丽的女士永远快乐幸福、年轻漂亮。”

音乐徐徐响起。莫扎特小夜曲的欢快流畅、浪漫优雅，透过悠扬的弦乐演奏，如月光下清泉蜿蜒叮咚，荡漾在宽敞的大厅里。

美来被这突如其来的插曲烫到似的，表情僵滞。她这才发现，明晃晃的大厅里一桌一桌围坐着很多客人，这带着洋味道的浪漫令正在杯盏交错中的吃客受了指令般停下咀嚼，竖起耳朵，转动着好奇的目光四处扫射，有人好像正在往这边看他们呢。好在嘉伟没报出他们的桌号，没有人知道谁是林先生和金女士。她涨红了脸，屏住气息，盯着嘉伟。

嘉伟一脸得意，正笑着在看她。他额头的发际线和两腮的鬓角犹如丹青高手描画的一般，标致地勾勒出一张充满书卷气息的脸庞：深黛色眼镜框后面是双略显细长的眼睛，在专注和沉思的时候，整个神态就像实验室中一件精密严谨的仪器，可当一笑开，竟有两颗小虎牙闪动出天真和俏皮。

一见美来紧张不悦的目光，像在询问他是否还有别的什么节目，他立即慌了，收起笑容连连摇头："没有了，再什么也没有了！"

美来见了，也缓和了下来，微笑道："林先生，您忘了，这是在我们中国，大陆，不是你们的西方，加拿大。"

嘉伟也笑了："我知道，我知道。不过您也忘了，我可是咱们中国人哪！"他孩子般认真纠正着，又给美来添汤。

看着美来越来越红润亮泽的面容，嘉伟思忖着问："我以后可不可以经常请您来这里喝点儿汤，您仍然需要增加营养的。"

美来慢慢抬起头，看着嘉伟，认真地说："林先生，我是山里长大的孩子，其实没那么娇贵。这事要是放在我们农村乡下，是喝上两瓢凉水就能补回来的，您再也不要惦记着总是提起了。"

"那怎么可以！"嘉伟急了，"我欠你的是救命之恩，无论如何要有所报答。我知道，钱是不能抵这救命之恩的重大与高尚的，但我现在也只能借助这个帮我表达谢意于万一。这要在国外，即使请一个人陪伴一时，也是应该付钱的，何况……所以，还请您收下这点儿钱，只是够买一点儿营养品罢了。"嘉伟说着，把装着两万美元的黑色皮夹放到美来面前。

美来的脸"唰"地涨红了。那天警卫大叔转送礼品的时候，那个红包就让她像被蜇到似的不自在，先是有些气恼和受辱的感觉，继而细想，嘉伟毕竟是在西方长大的，彼此文化不同，就理解了他的方式。所以，她今天痛快地答应了他的邀请，也尽量接受了他的那些表达，但她最主要的目的就是想借机把红包还给他，这钱是无论如何不能要的，没想到……她摇了摇头，打开自己的背包，拿出嘉伟之前送的红包，放在那个皮夹上面，郑重地看着嘉伟道："林先生，我已经收下了您的礼品、鲜花，也吃了您的御膳全鸭，心意我都领了，但钱您一定得拿回去，这也是我的原则。”

美来用手轻轻把两包美金一并推到嘉伟面前。

嘉伟的脸也“唰”地红了。两千美金，是他当时匆忙中的一点儿谢意。他知道，现在大陆百姓中先致富者也不过是万元户，两千美金对月薪不过百的美来而言是怎样的概念，他也知道救命之恩用钱是不能报答的，可毕竟也是一份心意，所以又准备了两万美金，今天专程返回就是要当面再谢谢她的。“可是……”他用敬重的目光看着她，许久说，“金女士，我非常钦佩您的品格，但我觉得，您如果救助的是一个没有经济能力表达谢意的人，那人也只好用心意来感激，而我毕竟有能力回报万一。刚刚说过，滴水之恩当涌泉相报，我想您也一定赞同，您不必这样一点儿机会都不给我！”他说着一耸肩，又下意识地把手伸向那两包美金。

他的话也让美来觉得很真诚，但她神色依旧，郑重地看着他：“林先生，生命不会重来，在生死危亡的紧要关头，换了谁都会这样做，也包括您，对吗？您说得很对，施恩不记，受恩勿忘，这些都是咱们中国人讲究、看重的东西。如果我现在有需要的话，会接受甚至请求您的帮助，但我现在真的不需要这些，您就别太在意了，不然我会觉得别扭。好吗？”她的目光平和淡定，却近乎凛然。

嘉伟的手微抖了一下，顿住了，从皮夹上慢慢缩回，终于没有勇气再给她放过去。

他原本还想和美来探讨一下大陆正风行的出国留学话题，看看她是什么态度。他觉得，以她的天资应该出国深造，而不是屈居在小小县城的银行里做职员。但此刻，他踌躇着，没敢再提及这类话题，便把服务生刚摆上来的果盘往美来面前推了推。

“谢谢！”美来点头，用牙签慢慢扎起一块香蕉。

坐在落地大玻璃窗前，居高临下地望着外面夜色里一片迷离的光影，万家灯火明灭闪烁，她内心陡地浮起说不出的惆怅。

廖强没能约上美来，一个人缓缓骑着摩托，在下班的人流中没有目的地移动着。虽然他理解，林嘉伟和美来不可避免地要有这样的约会，但他几乎是在太阳升起前就起跑，直到把太阳追到西山尖，总算赢得了时间，可美来就这么被那“假老外”捧着一束花揽了过去，他的内心像流水被截堵，烦闷一层一层集聚、扩散。他没心情回家，一个人又转回了局里，从卷柜里翻出一包方便面，放进茶缸，冲上开水，一屁股坐进沙发，掏出衣袋里的“大前门”，“刺啦”擦着了火。

加班是他干刑侦以来自然形成的习惯，是必需的，也是自愿的。手里不停有案子，就如一块块带有强大引力的磁石，勘查、分析、调查、取证、抓捕、审讯……他痴迷这环环相扣的侦破过程，常常被吸引着两头不见日头。

三口两口一支烟就吸尽了，烟头被狠狠摁进烟缸。热乎乎的方便面携着速成的香辣气息，一股脑窜入他已“咕咕”叫的胃里。吃饱喝足，又一支“大前门”被点燃。

忙碌了一天的办公室在黄昏的光线里显得空旷。几年来，他已习惯在这一刻的空旷里，一个人歇下来静一静，细细理清一些案件中错综复杂的头绪。在这宽松的时空中，伴着“大前门”缭绕幻化的丝丝烟缕，思维会格外敏捷深刻，很多判断和灵感会在这时神奇地出现。这样的时候，他很有一种享受的感觉。

手里的“大前门”像快抽到了根儿，他又换上一支。抽烟是他的癖好。他抽烟也不是什么牌子都抽，就认“大前门”一种。同事说他就像受了“皇封”，多少年如一日，什么“阿诗玛”“红塔山”“大中华”都不稀罕。他说自己实际上是在抽灵感，只有“大前门”才能抽出灵感。做刑警第一次破案，他遇到的就是个特大杀人案，案情纠结，一直进展不下去。有一天，他和一个老警察奉命蹲坑，深夜寒冷，平时闻烟味就咳嗽的他向老警察要了一支“大前门”，不知深浅，上来就狠狠一口，呛得眼冒金星，咳嗽不止。就是那让他眩晕的满眼金星启发了他，让他对案情线索做出了突破性的分析推断，顺着思路，终于打开了破案的缺口。那以后他便开始抽烟，烟瘾也专在思考案情时上来，平时就跟没事人一样，很少碰一支，而衣袋里却随时都有“大前门”在候着。

烟圈在空荡荡的头顶上升腾，不可思议地变幻着。桌子上电话铃抽不冷子响了起来。他的心莫名地跳了一下。

预感这东西有时是要命地准。“喂！”廖强拿起电话一听，愣住了。

就这台电话的用途，就眼下这个时间，按常理来分析，怎么也不该是美来打的。这是他们刑侦科晚九点前的值班电话，他刚才回来替走了值班的小秦，现在有电话，不是领导询问紧要情况，就是有人报案或侦查组之间进行沟通。美来不知道这个号码，也不知道他此刻在这里，更不会这么快就结束与“假老外”的饭局。但铃声一响，他的直感一下就指向了美来，心跳加快。怎么会想到是她呢？他在心里狠狠骂自己没出息，可一拿电话，那边果真响起了美来清亮的嗓音。

“啊，是我，是我，在吃……啊不，在值班室看卷宗……你那边怎么结束得这么快？”他在措手不及的应对中终于稳住了阵脚，把后面这句问话压在了喉咙里。

“我猜，你准又在稿‘五个一’会战。”

“谁说的？你怎么也知道这个……”

“看来，我是猜对了！”

廖强习惯这时候加班，一个人，一摞卷宗，一部电话，一包方便面，一支“大前门”，被同事戏称为“五个一”会战。

“太棒了！你什么时候把这些底细都给我摸去了，还一猜一个准？我说你有搞侦查的素质嘛，就是不肯来我们局！”

“那好，我现在就想知道你的会战情况！”美来立马转入正题。她知道廖强今天一定是对她的身世初步调查后来找她的，她了解，以他的急性子，可能有了苗头或需要她再做什么回忆。她听小秦说过廖强的一些工作习惯和这个值班电话，分析他此刻多半在这里，所以就尽早结束了和嘉伟的会面，回去果然一个电话就逮到了他。

美来那边结束得这么快，廖强很意外，甚至有些小得意。他执意认为这是美来在意他才会结束这样早，要依了那个“假老外”，指不定要拖延到什么时候。他看了看腕上的表说：“你还是先休息吧今天，明天我抽空找你。”

“才七点多点儿，我们到正阳河大桥走走吧。”美来坚持。

“我这儿刚把值班的小秦放走，电话九点才能转入总值班室，有点儿晚，还是明天再说吧，听话啊。”廖强又拿出一贯的老大哥口气。

“不行，那我就等到九点！”

廖强把听筒从耳边拿下来端详一会儿，又送回耳边，哈哈一笑说：“又犟上了！这样吧，我给小秦宿舍打个电话，叫这光棍再回来。不过你得答应，帮他介绍个对象。这家伙整天缠我，说美来姐太漂亮了，问还有没有妹妹，介绍给他好不好。”

美来说了声“贫”，先撂了电话，顺手拿起小算盘，翻开黑压压的竞赛演算题，想把等待的这段空闲打发了。

刚练了不过一道题，电话又响起来。“这么快！”以为廖强抓到小秦顶班了，美来急忙拿起听筒，却听那边只匆匆说了一句：“别等了，我马上出现场！”不等美来回答，“咔嚓”一声挂断了。

“那你当心点儿！”美来对着已传出“嘟嘟”忙音的听筒本能地叮嘱了一句。廖强那边“咔嚓”挂断的声音重重的，砸得她心头一紧，跟着“嘟嘟”的忙音又叫人一阵怅然。她才仿佛想起，原来以前每次和廖强通电话，从没先听到这“咔嚓”挂机声和随后的忙音。显然，廖强每次都是等她先挂机的。想到此，内心不觉一阵感动，又一阵无奈。如果是和那位军人之间通话，自己会不会也有意识等他先挂了后才挂呢？她颓然坐在那儿，心里想着，难道，人的某些特质，注定只是专为哪一个人而生的吗？

第八章

第二天就有人风传，说昨晚海边养虾场发生了特大持枪杀人案，犯罪嫌疑人持枪在逃，说不定会继续抢劫作案，见人就杀，顽抗拒捕。连上面渤海市局都来人了。大家听了，都唏嘘紧张。美来心里更多了层担心，连着几天廖强都没有动静。

到了周五下午，美来和胡娜正在办公室坐着，听老刘讲公安局好像已锁定目标，凶手应该很快就会落网。忽然科长在外面把门推开，他人没进屋，只探进头来看看他们，优雅一笑，告诉说晚上林先生请客，答谢科里对公司的扶持、服务，请大家都去开发区那边，吃御膳全鸭。

胡娜一听，从座位上“腾”地站起来，等科长刚退回走廊，立刻拍手叫着：“乌拉！林先生，乌拉！”

她又把双手往腰间一叉，学着模特步扭腰摆胯站到美来身边，往后一耸头上的爆炸式卷发，风铃样滴溜转了一圈眼睛，对低头看报纸的美来慢条斯理道：“都请！我说啊，到底是大老板，有气派，金女士，别总端着那副清高的架势了好不好？快看本姑娘我这身打扮，赴宴行吗？”胡娜一说话，两道修成细线的眉毛打拍子一样上下大幅度一跳一跳，同事都提醒她轻着点儿，当心掉地上。

“行，挺漂亮的我看！”美来抬起眼睛，放下报纸笑着伸了伸手臂，眼睛瞄着胡娜点头。

“我也觉得不错。不过最好换双大高跟鞋，要不这喇叭裤效果不够好……”她原地转了一圈，又推推美来的肩膀，摇头说，“我哪能和你比呀，天生的衣服架子，穿什么都好看。不行，我得换鞋去！”

胡娜说着把自己桌上的一叠报表捧起，撂到老刘桌子上道：“喏，就差一点点了，没事别老考我们这字那词的，帮帮忙，把这表给填完。”

老刘斜睨那叠报表一眼，嘴上说：“行行行，放那儿，放那儿。”一面把稿纸上刚写出的一个笔画繁多、大大的方块字推上来要挟：“你再看看这字念什么，我就给你填。”

“去扫盲吧你！”胡娜头也不回，“噔噔噔”人已经走出门外。

美来有些无奈地往椅子上一靠，两眼望着窗外愣神。上次和林嘉伟吃过饭后，他后来曾又邀请过她两次，她都委婉谢绝了。今天是请科里大家一起，似乎不应该再缺席。可是她想等廖强，如果他的案子有头绪了，晚上回来也许会找她的，上次的话题还没来得及谈呢。

胡娜换了鞋，“噔噔噔”又回来了，进门就说：“科长叫我们先过去几个人打扑克，咱这就走吧，你还发什么呆呀？”她走近美来在她肩膀上拍了一下。

“我还要等一个电话呢，你们先去吧，我看门。”美来说。

“那你回头可千万别闪了，又不去了啊！”胡娜转到美来对面，双手按在桌面上，端详着她的脸说道，“我看人家林先生的这个‘请’呀，一小半为科里，一大半可是专门为了女士你呀！”说着精灵古怪地和老刘飞快互对了个眼神，两道眉毛又像风中的柳叶上下飞动。

“瞎说什么呀你！”美来使劲瞪她一眼，挥手赶她快去。

“鬼才瞎说呢！”已和老刘走到门口的胡娜又转了回来，手指美来摇头道，“我就奇了怪了，像林先生这样又年轻又富有、又斯文又帅气的主，在中国大陆的杀伤力，用咱科长的话说，那是‘百分之百’！你说你这里不彪吧？”胡娜指指自己脑壳，眼睛瞪着美来。

“去你的！哪儿来这一套一套的，你才傻。”美来“扑哧”笑了，又使劲挥手，“快去快去。”

“我跟你说啊，”胡娜并不走，又转头把手往窗外一指，“那个铁了心的廖警官，你一直不点头就够犯傻的了，这个漂洋万里而来的海外才俊，你再不买账，就更是有眼不识金镶玉。你没见林先生看你那个眼神啊？我就奇了怪了，你越是冷漠退后，他越是热情上前，偏要在你这一棵树上吊死，你说气人不气人？我们这些不招待见的，就是跳到桌子上面亮相，也惹不来人家多看一眼。”

胡娜嚷完，气嘟嘟地冲还站门口“嘿嘿”笑的老刘喝道：“笑什么笑？走！咱们走，打扑克去。”“噔噔”出了门口又伸回头，压着嗓音吼了美来一句，“你快点儿啊，等你！”

“德行样吧你。”美来“咯咯”笑着嘟囔她。

晚上她到底还是没去参加林先生的宴请。听老刘说，公安局已锁定方位目标，如果案子告破，廖强回来应该会来找她。她越来越感到他的时间太宝贵，随时都可能变成千钧一发，自己不应该反让他再等她，就随便在食堂吃了一口，回宿舍扒拉起小算盘，耳朵却始终留了一只在窗外。

再说廖强，自那晚和美来在电话里分手，立即和局里一班人火速赶往沿海一个叫“老金坨子”的养虾场。犯罪嫌疑人早已逃离，现场勘查完毕，大家分析案情。村干部和乡公安介绍：凶手是中年光棍，曾因偷盗被判入狱三年，无父母，两个哥哥也不来往；前些年刑满释放，村干部帮着介绍到虾场，人家管吃住，可只干了一年就和主人闹掰不干了，还说虾场欠他工钱；村里又把一间旧仓库腾出，给他开了个收废品点，吃住也在里面；安生了两年，前几月，忽然找村长借钱，说要去深圳找朋友一起发展，村里劝他再安心干几年，有了积蓄再说，谁知他又去虾场翻旧账要钱，结果抢钱又动枪杀人，现场直到晚上才被人发现报案。有人半下午看到他上了由丹东开往渤海的长途大客，头上还缠着布条。

大家分析凶手应该是要从渤海逃往外地，那里海陆空出行都方便，去深圳可能性最大。集中意见后，局里决定兵分几路：廖强带一路到渤海截堵；

再有几路分头去凶手邻乡的两个亲戚和一个同期释放的人员家中查访；还有一路去深圳。一时人手紧张。

大家正准备动身，廖强忽地站起来，说：“我这突然还有个想法，是不是再增加一组人力，到去渤海的途中，也就是正阳以西与邻县交界的石松岭。”

“我觉得是这样，”他在烟缸里掐灭手里的“大前门”，“凶犯曾坐过牢，有经验，既然头带着伤，非常惹眼，又知道风头上这几天我们必在要道截堵，所以，尽管是上了大客，他也未必就会真去渤海，极有可能途中下车，而最可能选择藏身的地方就是石松岭。沿途只有那里一下车就连着山岭，且树林茂密，现在是夏天，在山里面猫几天不是问题。他会等过两天头上纱布拿下、关卡盘查松动了再溜。”

领导和大家认为也有可能。可警力有限，推测一旦失误，第一时间侦破常规环节不到位，错过时机，岂不是犯低级错误？

廖强还是坚持，哪怕去嫌疑人亲戚家的两组撤下一组：“他身上既有钱，未必去亲戚家，何况和亲兄弟都不来往。”

最后，领导决定由廖强带小秦亲自去石松岭。两人领命立即出发，连夜赶到。在石松岭路边站牌对面的小卖部，老板说，天麻麻黑的时候，有一个头缠布条、体貌特征极像的人，买了二十根火腿肠和一整箱面包，还有一个圆顶草帽。问往哪儿走了，老板说就看他往对面站牌那边走去了。

两人给小卖部老板交代了情况，又问了这里大致的车次时间等，就出来了。廖强说：“怎么样，没道理买一堆东西扛着去渤海吧？一定是上去了。”他往路对面的山林一努嘴。

“对，看来廖副你的分析是有几分准头。”

“什么是有几分？这是八九不离十的，我告诉你，咱俩可不能叫凶犯在这里溜了。”

“对，看他买那些东西，我分析够三天吃的，说明咱有三天时间围捕。”

“搜山可不行！你想，这么大片连绵的山岭，他在暗处，我们在明处，又没有条件拉大网，不能打草惊蛇。”廖强摇头。

“那咋办，这里四通八达的，他还不随时可能溜掉？”小秦用手指随便点画着左右。

“他也很难逃掉，我们也不用哪里都守。依我看，东西吃完，他应当或是继续买吃的，或是走人对不对？还有，他并没买水，如果山上找不到喝的，他随时可能再来买水，特别是早晚两头。只要想逃，周围只有这车站是必经之路。所以，”廖强也用手指点着，“目标十分准确，咱们就盯住一个车站、一个小卖部就行了。”

廖强又说：“估计他也不会待长，你分析他的东西够吃三天没错，他就是准备买够吃三天的。别忘了他还买了顶草帽，头没好也不耽误走。”

两人说着去了当地派出所。局里为他们打前站早有电话过来，所里民警协助两人化了装。第二天，小秦在小卖部当伙计打杂，廖强也成了卖干蘑菇的山民，蹲在车站标杆附近的几个卖鸡蛋、水果的老乡中间。

过了三天没动静。又过了一夜，第四天一上午还是不见人影。小秦有些沉不住气，问廖强要不要撤。廖强也暗中担心失算，耽误了时间，但他还是坚持再等一天，也许这正是逃犯的狡猾所在呢？

第五天一上午过去了，小秦又急了。廖强说，下午猎物极有可能出现，机灵着点儿！半下午，最后一班通往渤海的长客快到之前，果然一个戴草帽的人走出山林，进了路对面的小卖部，买了面包、饮料，边吃边走向车站。老板和小秦按事先预定的套路，互相递了眼色，老板就喊小秦：“长客就好来了，快拿箱面包上车站等着，卖卖去。”

廖强这边早看到小秦端着面包箱跟在草帽汉后面走过来，到了近前，两人一对眼神，猛扑上去。那人不及反应，已被扭按在地，一搜腰间果然带着匕首，又审出随身带的猎枪藏在麻袋里埋在山坡树下。二人把凶器取了，一问犯罪嫌疑人，果然说担心被追踪，特意在山里吃了些野果，拖延了两天。

“你这回可是又成功地福尔摩斯了一把啊！”小秦竖着拇指对廖强说。“还不都亏了你配合得力吗！”廖强在小秦肩膀擂了一拳，两人押解逃犯，赶回局里。

下班前办完所有手续交了差，廖强看看时间约美来吃饭还来得及，跑步奔回办公室，抓起话筒就拨号。突然，从背后伸过来一只手，按住了电话。

小秦转了上来。他用眼睛上下打量着廖强，怪怪地笑着说："头儿，急着打什么电话，你快闻闻我这一身的味道，都馊了啊。"

廖强这才注意到眼前的小秦头发油腻腻的，满脸都是污渍，衣服沾着灰尘，鞋上还有泥土。他先是一愣，跟着大笑起来，把拳头在小秦眼前一举道："你小子，在看我笑话，走，咱先洗个澡去。"

两人匆忙洗了澡，走出浴池，进了旁边一家快餐大排档，对坐后狼吞虎咽吃起来。他们一直闷头吃，一声不吭，直到全收拾光了才抬头。小秦一伸懒腰站起来，看看表，又对廖强怪怪一笑说："咱俩还挺军事化啊，别说时间还早哪，头儿，我可是要去相亲了。你要不要回去接着打电话？"

廖强抬起拳头照他一比画："你小子吹吧，还相亲呢！哥们儿我还不打电话了，直接去！"说着他人已跃出门去，大步向广信行走去。

美来这里一边打着算盘，一边留神外面，看看快八点了还没动静，便有些灰心。这时窗外忽然响起一阵急急的脚步声，抬头看时，廖强就像踩着《运动员进行曲》似的走来了。美来见廖强两眼明显布满了连续熬夜的血丝，那两团光焰却越发明亮，脸上也堆满了可捧起来的笑，便松了口气，知道可以祝贺案子告破了，就连忙让座，把已经凉好的开水递给他。廖强接了，站在那里"咕嘟咕嘟"喝了半杯，说："要不我们去外面走走吧，屋里怪热的。"

夜幕下的正阳河宁静清凉，月光慷慨地洒满了宽广的河床。它的东岸是丰腴的乡野，西岸就是与正阳老城区连着的新兴的经济开发区。美来和廖强披着月色，站在正阳河大桥上。廖强把前些天陆续查访的经过细述一遍，又把线索中断的情况说了。

"不过，还有一条值得再追溯的线索，"廖强看着美来神情失望的面孔又说，"就是那个女兵当年格外看中你，你母亲死活不肯让你去，这背后的原因也许没那么简单。"他让美来把那个女兵的名字和具体部队番号回忆一下。

美来眨眨眼皱起眉毛，目光变得沮丧迷离，落在粼粼的水面上，摇头叹息说什么也记不得了。见她这样，廖强慌了："你别焦急，不知道也不要紧，不要说你那时又小，又过这么多年，连当年负责接待的有关部门，我去了解，都没有存档和记录了。”

“那怎么办呢？”美来颓然摇头。

“不要紧。我们再慢慢找其他线索，总会有办法，别急。”廖强安慰她。

夜深下来，河面在黑暗中幽幽地一闪一闪，吹过桥上的风起了凉意，美来不觉打了个寒噤。廖强赶紧把自己的外衣脱下要她披上。

美来忽想起廖强这几天破案一定没睡过一个囫囵觉，刚结束就过来找她，就赶紧推廖强，说：“你忘了我是大山里长大的，还当我弱不禁风呢？”说着转身就往回走去。

“不敢不敢！”廖强连忙追上她，笑说，“你看你，还真是个飞毛腿，说走连我都追不上了。”

第九章

人生一世，草木一秋，眼见地里的庄稼又快到了秋收，金老汉就觉得日子像刮风一样不经混。收了秋，吃了新粮，美来就又长一岁，对象还是没有影，真愁人。

晌午在村东金万寿大哥家喝喜酒，他们家三小子结婚。金老汉今天起大早天刚放亮就过去了，和几个本家亲戚一起帮忙，赶在太阳升起之前把迎亲的喜帖贴上，从村前凤凰河桥头开始，一溜两趟，对应着贴双不贴单，直贴到大哥家门前，喜气就像当空升起的太阳一样普照门厅四方了。喜帖上头的毛笔字还是美来前些日子回来帮写的哩，都是些“花好月圆”“百年好合”之类的吉利话。

头些年讲究破旧立新那会儿，结婚不兴吹喇叭、摆酒席，新人在一起，给毛主席像鞠个躬，找上个头面人物把结婚证词一念就成了。有一回赶上魏司令来到军营里，听说村里办喜事，就把手一挥，说：“结婚还是要搞热闹一点儿好嘛！”他叫手下战士用红纸写了喜帖送去，都是“红心向党”“保卫祖国”等当时那些红色口号，像标语一样贴在喜家门前，喜庆红火。那以后谁家结婚都照样。改革开放这些年来，办喜事的样式也多了，但这一条规矩家家都保留着，贴的路程还越来越远，内容也越发丰富，喜帖的下方还请堂三奶精心剪上鸳鸯图案。

金老汉这会儿顺着贴满喜帖的路往家走。吃酒时新人特意给他敬酒，还夸美来写的帖子漂亮，大家又夸美来有出息。

金老汉听着心里又甜又苦涩。人家新媳妇才二十出头，可美来，都三十多了。

唉！他一想这些就心里急，一急大脑就兴奋、膨胀，连晌觉也不想睡了。看看苹果该打最末一遍药了，到了家他就直接进了厦子，拿出家什，去后山给果树打药。刚打完两棵，忽然一阵恶心，胃里也翻搅着往上反，头也开始眩晕，不等吐出来，一头摔倒，迷糊了过去……

美来中午在食堂吃过饭直接回了办公室，拿过桌上一大堆申请小额贷款的资料翻着。他们信贷科上午开了个会，科长简单总结了下当前工作，就给美来安排了一项任务。一开始也并没安排给她。今年上面有政策，要扶持一些企业下岗的职工和贫困的个体户，为他们自谋职业发放小额贷款。这一政策项目已经启动半年多，具体工作还没实施进展。科长为此被行里批评了。具体负责人员称忙不过来，这段时间又身体不好，老是心跳，睡眠也不好，头晕得厉害，等等。科长听后想了想就说，那调一调吧。他掂掂手里一摞早就报上来等待审批处理的申请，先给了一个老同志。那老同志连声说，手里正在忙的那些事都顾不过来了，再给耽误了怎么办？科长就又转给另一位，那人也连声说了一堆“不行不行”的理由。科长这时才大概意识到，这任务轻易是无法安排下去的。他把开会的人挨个扫了一便，就看着美来。美来一想自己还要筹备竞赛，哪有时间？赶紧转头躲开。

“那就——小金接了吧，年轻人多辛苦点儿。”科长的话像是会拐弯，紧跟着抓到了她。美来就摇头说：“科长，我眼下哪有……”不待讲完，科长就接过去说：“知道你现在手头活不少，还要参加竞赛。这样，你就拿去先看看这些申请资料，实在忙不开再说，不行我给你打下手也行！”不待美来再说，科长已走到她跟前，把一大堆材料重重放到她手上。

她此刻一份份看着那些资料，都是些小金额，所涉领域复杂琐碎，逐一核实审批，履行起来的确又费工又费时。

快到上班时间，她听到走廊远远响起胡娜“咔咔咔”的皮鞋声。胡娜推开门，一进来就说：“我一看门开着就知是你，加班呢吧？活该！上午为什么不坚决推回去？明摆着嘛，这个忙那个病的，谁不知道谁呀？打麻将喝酒怎么都有时间。这要是有嚼头的大项目、大企业贷款，削尖脑袋争还来不及呢。这种光出力又没油水的麻烦事就都往后缩，往外推。科长心里明镜似的，不说压给他们，反倒推给你？这不是挑软柿子捏吗？还说他帮你。笑话！他不抓你帮他写这总结、那汇报的就不错了。”

胡娜开机关枪一样，“突突突”上来就冲美来一通嚷，见美来不吱声，又说：“你看你，怎么头都不抬，听到没有？你现在要准备参加竞赛，这是行里的大事，就这一个理由就够了，行里都说了要保证你们时间，不行找行长去。平时见你也没那么低眉顺眼呀？据理力争不是你的强项吗？今天怎这么软柿子，现在还哑巴了呢？”

她见美来还是木头一样低头盯在材料上，就伸出手指，“嗒嗒嗒”敲着桌面，弯腰一看：“你这两眼怎么还红红的？”

美来抬头看她，领情地点了点头，又把手中一沓材料推到她眼前。胡娜见是一个叫“熊向进”的三十三岁男人，先后共递上三份申请资料，想贷一万块钱开个卖烧鸡的门店，还附了封恳请尽快审批的说明，说他原是机械厂工人，因工伤，靠一点点抚恤金回农村老家生活，家中所有土地上的农活全靠年迈的父母。他说前年正赶上秋收回到老家，见弯腰驼背的父母每天天不亮上山，天黑透了摸索回家，就拄着拐杖到山上帮忙收苞米。一大早寒风刺骨，地上冻着冰碴，苞米秆和枯叶上挂着霜花，他跪在地里一棵棵掰苞米棒子，手磨裂了口子，磨出了血泡，皮一层层脱落。一个秋天，他才真正知道，父母一年年到底吃了多少苦，有多不容易。他说腿断了没掉过眼泪，那时却哭成泪人，因为父母已经老了，他却没体能帮他们，将来到父母干不动那一天，他怎么养老人？怎么养自己？“所以，求求你们，体谅一个残疾人的难处，帮帮我……”

胡娜也不作声了。“你再看看这一个。”美来又把另一份材料推给她说，“这是个四十岁的妇女，男人突然车祸去世了，剩她一人拉扯两个儿女，就想在服装一条街租个摊位卖服装，供孩子继续上学念书。胡娜，这点儿要求高吗？说真的，上午科长把话说到了那份上我也并没想接受，我这时间也确实紧。可一看这些申请，胡娜，个个都是平头老百姓，都是两手空空，抱着一大堆困难，他们就想做一点儿针头线脑的小生意，养家糊口，供孩子上学，眼巴巴等着，怕错过政策扶持的好机会。我就想，胡娜，你说国家出钱，有政策扶持，不该在我们这些干这个活的人手里搁浅了吧？不过办办手续而已，有那么难吗？哪怕加加班也就多出点儿力，可对这些人，那就是多了一条活路啊！胡娜你没在农村长大，你不知道。算了，也别推来推去再拖了，说到哪儿去，这也是分内的事，对不对？”美来说完，双手托在脑后，目光望着窗外。

胡娜点点头，又摇摇，低声说：“我也知道，是这个理，不该搁浅，而且，你说人生又有多少时间经得起耽搁？可我就是气不过，就是不平，凭什么有人就只为好处干活，没油水就推三阻四？怪不得人家纠风办总结出一套词说，很多机关门难进，脸难看，事难办。我看咱银行就是这德行，一块坏肉连累满锅汤，何况还不止一块！”

胡娜说着，忽然提高嗓门，风铃一样转动了几下眼睛：“你说人家国外，多好？要是在人家国外，就肯定不会让坏肉有机会进锅里熬汤。不行不行，我还是得想办法出国，去国外，哪怕嫁个老外，只要能出国。”

“对，出国，你这就赶快出去吧。不过国外呀也不见得哪儿都好，没准还有你更吃不消的呢。”美来一边笑着说胡娜，一边把桌上散乱的材料整理好，准备下午就着手开始办理。她起身活动一下坐了一中午有些发酸的腰肢，打开双臂向上用力伸了伸，觉得松快很多，便拿起水杯，倒了水喝。桌上的电话突然响起来。

传来的是村长王向阳上气不接下气的喊声：“美来，不好了，老金大叔，你爸他，昏过去了，在后山，果园打药，可能是中毒了，中毒了，正往乡里送……”

撂了电话美来手都凉了，哆嗦着慌忙收拾东西请假往回跑。胡娜急忙帮她向行里要好了车等在门口。“唉，你说你这国事家事的，大叔不会有事的，别紧张。”胡娜边推她上车边说。

坐车往回赶，美来细想，果树现在是打最后一遍药，用的应该是生石灰水，怎么会中毒？就催司机师傅再快些，直接截住他们拉县城，不去乡医院，别耽误了。

广信行的面包车刚到大王乡，就远远望见从一道沟青云岭后面乡路拐出一辆手扶拖拉机。看见驾驶座上的一团红色，就知是王向阳亲自送老爸来了。

王向阳大美来两岁，上小学就同班。二年级那个夏天，她跟村里男孩挖猪菜，回来时河流忽然下来了山水，她走到河心，水已快到肩膀，脚底不听使唤地发飘，人顺着水流就歪倒着被冲走了。多亏王向阳一猛子扎到跟前，把她硬拉上了岸。两个人的菜筐都被水冲走了。在四道沟上初中时，村里孩子天天结伴一起上下学，王向阳还发明了双钩铁环，走平道和上下山坡都能滚跑。每天早晚，十几个孩子人手一个铁环，风一样翻山越岭，上下学路途忽然就有趣了。美来也学会了滚铁环。男孩子个个跑马戏一样的身手，可是谁也超不过美来。她一个女孩天天领跑。后来才知道，是王向阳对所有男孩下令，谁也不准超过她。他是怕男孩子们都如野马脱缰般在前，剩美来一人落单。后来他应征入伍，当兵后就开始给美来写信，试着表达感情，一再被婉拒，却一再坚持不放弃。美来上了大学，他主动放弃了追求，但两人一直还是很要好的朋友。王向阳至今未娶。他当年从部队复员回乡就当了村长，那时美来民办教师的职位也刚好被人顶掉，回队干活。带着远行过的目光和见识、一心要改变家乡面貌的王向阳，让美来组织一个学大寨宣传队，参加全县会演，他亲自登台吹奏双管，获了一等奖。演出前他拿了两件服装问美来穿哪件好，美来说："还是红夹克吧，精神！"他从此就盯上了红夹克，一有登台机会必穿。那支获奖的《草原之夜》也成了保留曲目，不论演出还是平时，常常会在白天或夜晚，像背景音乐一样徐徐响起。红夹克也渐渐不分台上台下，如今他一年四季的日子都融入了红色，冬天穿红滑雪衫，春秋穿红夹克，夏天穿红背心，以至于乡亲们都忽略了他姓王，叫起"红村长"来了。即使现在书记村长一肩挑，乡亲们也不习惯喊书记，还是叫"红村长"。

他们会合后，美来直接拉老爸去正阳城医院，经查怀疑是脑出血，需立即转院救治，又连夜赶到距正阳两百多公里的渤海市医院，确诊为脑出血，需要手术。手术需要从省城请专家来做，最快要在次日下午才能排上，且最多有百分之七八十成功的把握，还需先预交八千元的住院手术和治疗等费用押金。

“那就明天下午手术。”她看着昏迷的老爸，捏住兜里仅有的三千多块钱，硬着头皮说，费用绝没有问题。来的时候，经行长特批借了两千，自己及几个同事包括“红村长”带来的人凑了凑，还有正准备到佳木斯出差的廖强临开车前闻讯又送过来的几百，加起来还差五千！把现有的先交了，院方好歹答应她明天上午必须全部交齐。她几乎一夜都没合眼，第二天一早打电话回去，行长这会儿偏去省城开会了，没人能批。拖一天，百分之八十的希望就会变成百分之二十，甚至为零。她焦虑地看着腕上分秒向前的手表指针，仿佛在看一枚定时炸弹，细细的汗珠从额头渗出。她下意识地四下张望，见身穿白大衣的高个子护士双手插兜又向她走来。从昨天到现在，她第三次来催款了。

“放心，”美来对高个子护士一笑，点头说，“请尽管准备手术，钱马上就到！”她生平第一次说这种谎话，不知道往下该怎么办，但现在她必须这样说。

在医院肃静的走廊里茫然站着，她脑海中忽然闪现一丝光亮：渤海市广信银行。原来自己和这个举目无亲的城市，还存在着这样一种宏观上的关系。像一个落入无边海浪里的人看见了陆地，她不由分说直奔渤海市广信行而去。

光泽柔滑的蚕丝缎像清晨一片片色彩斑斓的云霞，被设计师裁剪成正方形、长方形、三角形等各种几何形状的款式，经售货员姑娘的巧手，在柜台上空结成一朵朵绚烂的花。

西装革履的林嘉伟站在柜台前，仰头看得眼花缭乱。选一条满意的丝巾，居然比地质断代还要难！他眯起黑色镜框后面有点儿细长的眼睛瞄来瞄去，脑海中想象着一幕幕不同款式衬托美来的婀娜姿态，觉得哪一条都“绝了”漂亮，以至于拿不定主意，挑花了眼。

一想到马上要见到美来，他不禁有些紧张兴奋。自上次答谢她后，美来的品质和她超凡脱俗的美一样令他着迷。能和这样的女孩交谈是一种享受。他一直渴望也创造过机会，都碰了软钉子。他知道这位恬淡优雅中透着清高的姑娘没有合适理由是不会应邀的。

作为从小就生长在西方文化环境中的华裔，他也接受了很好的东方文化的熏陶。除学过汉语课，父母也一直对他有言传身教的东方影响。特别是他那高中毕业又酷爱中国传统戏曲的母亲，到了国外虽生活优裕，可远离亲人、朋友，丈夫又常为生意奔波在外，一个人打发孤寂的日子时，伴随她的是一张一张压缩着祖国传统戏曲的老式电木唱片。年复一年，悠悠音韵在家里的客厅绵延回响。她喜欢的剧种又多，京剧、评剧、越剧、黄梅戏，甚至是豫剧、秦腔、山东吕剧等，她都爱听。这些凝聚东方故国传统文化精髓的戏曲，也雨露一样濡染滋润着他的心神。父亲还给了他一本厚厚的汉语词典，给他讲成语故事。小时候，背成语就像喝咖啡、吃面包，是他每天的必修课，以至于成语成了他汉语表达的拐棍。可以说，他骨子里似乎东方文化的土壤更厚，但对中国大陆当今的情况并无更多了解。对经营企业、打理生意，他并不精通，也无兴趣。地质研究才是他从小到大一直钟情、追逐的人生之梦。他已经得到了这门学科的博士学位，且在这个领域崭露头角。但作为林家偌大产业的唯一继承人，他被迫听从了父亲的安排。正阳开发区的LGV公司是父亲在国内改革开放后回国投资兴办的一个转产企业，也是交给他的一个练兵场。父亲后悔没在早年给他选定经营方面的专业和培养他对经商的兴趣，而是依了他去学什么地质。不过父亲一向认为，真正的企业家可以不懂具体经营，就如军事指挥家可以不会打枪。

问题的关键是他对必须继承经营这份家业，像同性相斥一样感觉无趣和麻木。面对企业管理有如失恋者面对寂寞长夜，能带给他异性相吸与恋情般燃烧感受的是那些洪荒时代地壳变迁、火山爆发的轰鸣回荡中衍生出的千姿百态的地质地貌，是八方周游、勘探寻觅的惊喜发现和精准考证推敲的学术成果。

如今，打理企业的担子无奈已注定落在他肩头，但他从不肯割舍理想，放弃对地质专业的研究。刚来大陆时，在运作一桩生意的关键时刻，听说当地沿海一个村落发现了古人类文化遗址，正在挖掘论证，公司只接到一个“办点儿事”的电话，这人便就地蒸发了。一周后回来，公司职员汇报说生意吹了，损失大笔款项，他却举着手里的资料和几块石头没头没脑地说：“有收获，有收获。”

他从地质学角度不但收集了珍贵资料，还为考古方提供了地质断代方面的佐证。这件事让父亲进一步看出，这个戴着深度近视镜、学者气十足的儿子先天就没有经商的细胞和热情，于是让嘉伟在省城的表哥许佩茂当了他的助理。嘉伟乐得有人帮忙张罗，心思更少往公司放，常常借故待在省城办事处翻资料，躲进他的地质天地里，但整个人还是像在浩渺湖面上游荡翻飞的蜻蜓，找不到可以安宁栖息的落脚之处。他一再试图说服父亲回心转意：“我是学地质的，在地质领域我是个博士，在商海，我连资格证书都没有，也不会拿到，您这样等于浪费我的生命！”

父亲对他的申诉不以为然：“你父亲我也没专门学过什么经商！这其实是一种天赋，一种谋生的本能。”他倒背着双手，在嘉伟面前缓慢踱着步子，“你用心进入角色，只要有思考和运筹决断力就足够了。”还说，“你必须明白，继承家业，也是生命的价值所在。”

他只能继续在湖面上无处着陆地徘徊。昨晚，意外接到远在加拿大的最赏识他也最了解他的恩师M教授打来的越洋电话，通知他回去参加地质学术年会，并说他有论文获奖了。M教授还说，他正进行一个地质学方面的课题研究，希望嘉伟能参与。接到恩师电话，他像骁勇善战的斗士迎上了战机，立即通知省城办事处为他订了今晚飞加拿大的机票。

他要在出发前去见见美来，当面辞行，再送个小礼物，一切应该是顺理成章的事。当然，他想送更贵重的礼物，只是美来不会接受，想来想去，这种近乎文化礼品的丝巾还算合适。可惜来不及邀请她吃个告别饭。

从商场一出来，嘉伟就径直奔去银行。到了三楼办公室，见到的不是心中念念期待的那双摄人心魄的大眼睛和迷人的浅浅一笑，只见胡娜向他扬手打招呼，满脸笑容迎上来。她喷了过量发胶的头发看上去像刚出壳的雏鸟的羽毛一样，油油亮亮。嘉伟笑了笑，礼貌地点头回应，问她美来在吗。

“美来父亲突然病危，昨天就送去渤海市医院了，现在还不知情况怎么样呢。”胡娜给嘉伟让座倒水。她的话，像随西伯利亚寒流飘来的雪花，飘得他心头一阵空凉。

美来这时正像热锅上的蚂蚁，挤在去市广信行的公交车里。她的脑海中飘忽着十多年前的晨雾。那是个蒙蒙亮的初冬早晨，她和老爸一前一后举着火把走在上学路上。

他们走到七道沟黑豹岭时，雾好像稀薄了些，远处隐约传来阴森的低吼声。“有狼。别怕！”老爸一步跨到美来身边，把手中火把递给美来，要她站着别动，自己握住手中用来助行的木棍，猫着腰，瞪大眼睛搜寻。果然发现来路方向不急不慢跟上来一只灰蓬蓬的狼。美来浑身倏地炸了毛，一阵寒栗。

“好，露头了就好，叫它跟着走吧，别怕。”老爸沉着地叫美来在前头走，自己在后，不时回头扫一眼动静。狼跟在后面，你快它就快，你慢它就慢，隔他们大约有二十米。到了一个陡坡前，老爸说上坡不易防卫，一旦狼猛冲上来，人在半坡斗不了狼。他们就在坡底高举火把和棍棒站定。狼在走近他们七八米的样子时停下，不进也不退。就这么面对面对峙着，天色逐渐大亮，迷雾退去，狼慢慢低下头转身走向山林。美来一屁股坐在地上。老爸掂了掂手中的木棒说：“可惜是根糠木头，要不我今天就削断它的腿。”原来老爸居然演了一出空城计。美来抹去额头的冷汗，忽觉得老爸真是个智勇双全的英雄。

美来一直因为曾学过一点儿拳脚，老跃跃欲试想自己走。这一次遭遇令她知道了平时和战时的区分，关键是要像老爸一样有冷静的头脑和胆魄。

可生命竟如此莫测，她不敢相信，昏睡在床的就是铁骨铮铮的老爸。

原来，市广信行领导也去省城开会了。美来只觉脑子“嗡嗡”变大，手腕上的定时炸弹“咔咔咔”向前赶着，再也没有办法也没有时间了。走出银行大门，面对川流不息的大街，她孤独无助地像泄了气的皮球一样，瘫坐在台阶上落泪。就老爸一个亲人了啊！她哭着，忽想起了老爸当年的空城计，立刻又像被打足了气，一骨碌爬起来，她必须马上回去唱空城计，无论如何，要让老爸把手术先做下来。

她满头大汗推开院长办公室的门，院长不在；又去值班主任办公室，告诉主任说，钱马上就到了，手术务必照常进行。主任说，你父亲的手术就排在下一个，但现在还交不上费用，我们只能顺延先给下一个患者手术了，人家已经交足费用，你就是找院长，也没有办法，这是规定。

空城计没演成，她只觉陷进泥潭里一样，两腿沉重，倚里歪斜着回到病房门口。怎么办？半天，她推开门，一步步挪到老爸床前，俯下身子，握住那双蜡黄枯槁的手，焦急，恐惧，惭愧，难过的泪水吧嗒吧嗒掉下来。

突然见那个高个子护士笑盈盈走进来，说："真是太及时了，医院已告诉我通知顺延下一位患者了，只差那么一步，林先生正巧赶到，费用全交上了，还富余很多。手术照常进行。你男朋友吧？可真帅！这么大方有派。"

美来一听，心头倏忽闪过一个身影。这时，果然就见风度翩翩的林嘉伟从外面走进来，专注的目光正凝视着她。他的助理许佩茂手捧花篮，紧跟在后。

美来从心底长出一口气，忽觉头重脚轻，一个趔趄，险些摔倒。到现在她还没吃一口饭。

嘉伟一步上前，扶住她站稳了。"您没事吧？"他关切地问。

美来站定，摇摇头。嘉伟转身接过花篮送上前。

美来心头忽如打开窗户一样敞亮，激动得什么话也说不上来，接过花篮，见烫金彩条上写着"祝金老伯父早日康复""健康吉祥""福如东海"等词句，一看就知是嘉伟自己的措辞。她心头一热，把花篮放好，感激地看着嘉伟，依旧想不出能说什么。大恩不言谢，没有切身经历，真是不能体会这话的实情。

美来把嘉伟他们请到走廊外，在探视休息区坐下。

"林先生，老父当此危难之际，多亏您长途赶来，解燃眉之急，今生今世，我都不会忘记相救之恩。"坐下后，美来还是郑重说了这番话。

"应该的，您不必客气。"嘉伟语气非常诚恳。

"这钱，我一时怕也还不齐，所以想先写个借条，请许助理给我纸笔。"

"密斯金！"嘉伟道，"我这也不过是一时救急，您若能接受，我会很欣慰。

并且，”嘉伟顿了顿接着说，“您说过，换了谁也会这样做，现在，您何苦不给我这一点儿报答的机会？”

美来看着他专注的目光，说：“这是两回事，林先生，我已经接受你所帮的如此大忙，这钱必须还。”

“小金同志，董事长今天可是放弃回加拿大开会领奖的机会专程来的呀！”坐在一边的助理许佩茂笑着接过话去。他一说话就笑眯眯的，还习惯用手做喇叭状半掩在嘴边，贴近对方耳根，若距离远就把脖子伸长，很体己的样子。

美来听了，问道：“林先生今天还要飞加拿大？”

“是呀是呀！”许助理就把嘉伟要回加拿大参加地质年会、得知情况后又改了行程赶来探望的这些过程说了。当过供销员的表哥早觉出他的董事长表弟对这个金女士不单单只是报恩的意思。他也知道，表弟此番回国，企业又要放由他打理，很希望美来能领嘉伟这个情，日后对他们企业也好多一些关照。

美来内心一震。此前嘉伟的一些自然情况她曾听说一些，却不知他经商以外还有这么精通的专业。她如今的工作虽然常和一些企业界的商人接触，骨子里却一直有一种传统成见，倒是嘉伟这并不紧盯生意赚钱、并不纯粹为商的状态让她对他刮目相看，也对经商有了不一样的感觉。

“耽误了您的大事，真是抱歉。”她并没有表达更多，但十分郑重地看着嘉伟说道。

“那小金同志，您就别再推辞董事长的一片心意了。”

“您自己决定吧。”嘉伟知道美来的个性，在心里默念了一遍“秉性难移”，摆手示意许助理不要再勉强她。

于是许助理从公文包里取出纸笔。公司财务那面嘉伟已出过手续，他就写了个可有可无的收条递过来请美来签字，想回头附在一起。

美来也并没细看，随手签了名字，她不过要表明自己还款的意思罢了。

但这时的美来、嘉伟，包括许佩茂本人，谁都不会想到，这一纸收条日后给他们之间的关系、各自的命运带来怎样的波澜。

美来如释重负，看了看表，建议嘉伟说，如果立即取道渤海这边，也许还来得及参加明天的年会。“错过去实在是太可惜了。”她依旧抱歉着，已经站起来准备送他们。

嘉伟摇头。他说参不参加会无所谓，重要的是他必须回省城带上参与恩师项目研究所需要的资料。“再说，”他把两手叉在腰间，就像面对自家的事一样踌躇着，“我不放心您一个人，我现在决定，等伯父手术后再走。”

“这个绝对不行！”美来坚定地说，“林先生，不管从哪里走，您必须现在走，要不，我就没法安心了。”

“那，留下许助理在此照应好吗？”嘉伟退了一步。他担心手术后一旦有什么需要，美来需要有人帮助。

“这也不用，如果需要的话我还有别的办法，您就放心回去好了。来，我送你们。”美来知道嘉伟是真心实意的，不由分说送他们往外走。

嘉伟不再坚持，他又在内心重复一遍“秉性难移”，跟在她后头一同走出医院大门。

聪明的表哥早一个人先行远远地走到了前头停车场。

在长长的林荫甬道上，嘉伟和美来并肩走着。“您不会笑话我像小猫钓鱼吧？对学术不专一，对眼下的公司也不专一。”

嘉伟心里有许多的话，不知从何说起，紧张中好容易问了这句。他是想知道美来对职业方面的一些观念和看法。刚问出口，又觉得此刻不是谈这些话题的时机，便收住话头一笑，改口道：“好了，今天没时间讨论这些，您别再送了，我们就此告别！”

说着他停下脚步，站在和煦的阳光里，内心柳絮般扬起的千言万语全都无从说起了。一大早就去百货大楼选的丝巾，因为确定不了哪一条更好，干脆买下了一打整整十二条，现在也觉得不是时候拿出来。一阵微风吹乱了他黑亮整齐的头发，发丝在光亮的额头上来回拂动。他看着她的眼睛，依依不舍，说了声：“请千万，保重！”就慢慢转身离去。

“一路顺利！”美来目送着回头摆手的林嘉伟，扬了扬手说。

第十章

送走嘉伟回来，美来见有两个警察正在那里等她。他们带来一些营养品和水果。原来昨天廖强匆忙见过美来，自己要立刻出差，很不放心她一个人，晚上一到哈尔滨就给渤海市公安局的两个大学同学打电话，要他们帮忙去医院看看："有什么困难，上刀山、下火海也得给哥们儿顶住！"

一高一矮两个警察都长着圆脸，笑嘻嘻的。矮个子说："金姐，您看还有什么困难需要帮忙，尽管说，除了拿刀动手术，我们哥儿俩干什么都行。"高个子补充说："我们都去问过了，医生说从您父亲的情况来看，现在手术应该很有把握。您放心吧，我们俩就在这儿等，有什么事也方便照顾。"

"谢谢，谢谢。"美来一听又感激又着急地说，"知道你们这工作都那么忙，还抽空过来，现在什么都准备好了，也没什么别的事，你们就先回去好了！"

"那可不行！您千万别客气，出差错了，回头强子非把我们哥儿俩活活烤了不可。"矮个子说着还会心瞥一眼高个子。昨天他们接电话时就问过廖强："这么上心，是媳妇吗？"廖强那边鼻子"哼"了一声："这不正追呢嘛！"

美来听着笑了说："你们可真是哥们儿啊。那这样吧，我记下你们的电话，回头有需要一定打给你们，要不白耽误你们，我也着急，好不好？"

"那，好吧，回头需要可一定打啊！"两个圆脸互相交换了目光，点点头。美来送走他们，心里暖乎乎的，舒了口气。

金老汉手术算是很成功了，但还是留下了轻微后遗症，左腿不便，还需要借助拐杖才行，医生也不敢保证能否完全恢复，还叮嘱美来要当心，会有二次复发的可能。

一周后出院回了家，堂三奶立即送来刚剪好的窗花“美猴奉桃”，让美来贴在窗上，说可避灾驱病，讨个吉祥康宁。

王向阳的红夹克也在美来家院里来回闪动起来。每天到了黄昏，暗红的太阳贴近西山，他就到村西凤凰湖水库岸边，用油炸的香肠做诱饵，挂在鱼钩上，甩进平静且不断打着鱼漂的水面，然后坐在被太阳晒了一天、温乎乎的大石头上，取出揣在怀中的双管，一曲婉转悠扬的《草原之夜》随夕阳柔和的光线，飘荡在炊烟初起的村庄上空。吹双管说来算是他家的祖传技艺，早年，他在山东的祖上原是靠在街头吹奏卖艺为生的，灾荒年景闯关东逃难才到了这边。据说他太祖父流落过来时身边只有这支双管了，在这边虽然靠种地放蚕为生，可老王家几代传承的这门技艺并未丢失。

“想给远方的姑娘写封信，可惜没有邮递员来传情……等到草原上送来春风……姑娘就会来伴我的琴声。”双管悠扬中略带低怆的韵律如山风回转，掠过水面，挟卷起层层涟漪，又一圈一圈荡漾开去。至今仍孤身一人的王向阳把这双管吹奏得越发炉火纯青了。或许，只有美来能更深切地领会到他那吹奏中无言的诉说和期许。也曾怀有读书梦想，也曾走到山外在远方部队里历练见过世面，复员回来的王向阳把志向一锤子砸在了改变家乡面貌中。年复一年，风里雨里，他摸爬滚打，始终热切倔强、不屈不挠。美来每每听到这种背景音乐般的韵律就不由得感慨，内心也总会浮出些许歉意和惆怅。

王向阳坐在岸边，投入地吹着。晚霞里的旋律如大漠苍鹰般在整个金三角上空回旋盘绕，他在心底默默享受着一种难以名状的惬意。深水中的鲫鱼或许也在这荡气回肠的旋律中陶醉了，放松了警惕，中了他的圈套，一口咬住香喷喷的鱼饵，活蹦乱跳蹿出了水面。

于是，红夹克在微风里飘扬起来，转眼到了美来家院子里。他让美来每天都为金老汉熬鲫鱼汤。他说：“鲫鱼是在水下层生长的，营养和滋补效果要比活动在上面的鱼更好。”

每次钓了鱼送来，他都不让美来动手，把红夹克往墙头一搭，自己蹲在水井边，把鱼剖净洗好。美来站在堂屋门口，看他把鱼一条条收拾干净，心头像被隐隐炙烤着。她把一个广口玻璃瓶轻轻放在井边水泥台上说："一会儿你把这个带回去给奶奶，我在渤海顺便买的，冰糖银耳罐头，润肺止咳的，对她的气管有好处。"

"你说你，还有工夫买这个。"王向阳低头盯着手里正在剖洗的鱼，头也不抬地说。

喝了几天鲫鱼汤的金老汉觉得身上清爽了许多，趴在窗前望着远处开始变得沉甸甸的庄稼穗自语着："快要收山了，又是一年！"他好像很感慨，专门回忆美来小时候的事，说她八个月就会叫爸妈了，七岁就上学，比十来岁的孩子还灵；还说美来淘气，五岁那年夏天跟在大孩子身后上山，天黑时美来妈找不到孩子放声大哭，以为她掉进了水库，后来他和乡亲在山腰找到她，手里握着蘑菇，边哭还边往山上爬。那天两口子又是庆幸又是后怕，守着睡去的孩子一宿没合眼。

他握着美来的手，眼神变得看不见底地深沉，目光复杂地游移着。美来看着他的神情，觉得经过这一回虚惊，老爸一定是更加依赖他们的父女之情了。这些天她的心情很复杂，也有了变化。坐在家里的热炕头上，守着老爸，她感到无比踏实。在这默默的依恋中，她已经做出了一个重大决定。昨天廖强过来看老爸时，她已经和他交换了自己的想法。

当时廖强说："这些天也正是个机会，没别的线索，你不妨看情况再探探你老爸的底。"美来急忙压低嗓子，看一眼老爸说："廖强，我已做了决定，不想再寻找了。"她说自己这些天来感到老爸才是生命中最重要的根基，老爸在医院手术醒过来后，她就感到不管这个世界上还有什么亲人，没有谁能代替他。他现在需要好好照料，自己不能分心，再说，也怕他一旦知道，经不起刺激，再出意外怎么办?

廖强听后放下帮她喂猪的潲水桶，愣愣看着她，过了会儿说："我还是不能完全体会你的内心，但我尊重你的想法。缓一缓再说吧。"

美来正在回想昨天这些情景，老爸又说："你越大越懂事，念书学习一点儿不用操心。”美来说：“您还嫌没操够心呀？上学那两年您腿都跟着跑细了。”

美来说着红了眼圈。那些个下雨天，老爸赤脚卷起裤腿，头顶塑料布，大雪天一手拿火把，一手拄拐棍，一跌一滑上下。种种的情景都变成电影镜头闪回在眼前。每每想起这些永不褪色的画面，美来就会两眼胀红。

“唉，要是城里孩子，念个书用遭你那些罪？叫你在山沟受这么些个苦，是爹对不住你呀！”

“是我对不住爹，是我叫爹那么操心受苦。”美来握着老爸的手，看着他折扇样沟壑纵深的两颊。她能读懂每一条皱纹的凄苦。

金老汉抚摸着她的头：“孩子，在咱这个家里，过这样的日子，受这么多的苦，有我这样的爹，你不觉得委屈，我这辈子真是满足啦。这一回要不是你抓得紧，我这把老骨头也交待了。”他眼睛看着远方，心事重重，愣着神。

“是您老人家造化大！”美来推推他。

金老汉回过神，狠劲伸了个懒腰，觉得硬实多了，一拍大腿说：“明儿个我可要下地看看我的庄稼喽，你也回去上班吧。我好了，闺女我全好了，你再给我熬碗鱼汤，吃了晌饭我还有话对你说！”

看来下午要轮到说对象的事了。美来在心里暗想，只要他心情好、爱吃饭，她已不在意他唠叨什么了。一想起对象，她的脑海里就现出廖强豪气的面孔和狡黠自信的笑。昨天他过来居然对美来说打算下海经商，他说如今的暴发户多的是大老粗，凭咱哥们儿智商不信顶不上十个万元户。他眼里两团火燃烧得通亮，乌黑油亮的发丝几乎两寸长还直直竖着，松针一样蓬勃。

美来一听，举双手做出裁判叫停的动作说：“不一样不一样，你的智商是专供破案的，下了海就不灵了。再说，你就那么自信我会要你帮我还钱？”

廖强虎着眼睛盯住她，半天说：“不用我还，借给你行吧？只要你还想还钱！”他故意把“还想”两个字说得又重又长。

美来明白他的潜台词，狠劲瞪了他一眼，但内心还是很感动。她知道廖强的心思，他即便再有胸怀、再自信，嘉伟毕竟是一个各方面都很出色的对手。撇开钱的问题，嘉伟同样很有竞争力。美来理解他的内心，她也看出廖强已经迅速占领了老爸这块高地。老爸很喜欢廖强，要是下晌问起这个事来怎么回答呢？虽然年龄不小了，但不知为什么她的内心就是难以抉择。那一片崭新的橄榄绿，那一双放射着太阳、蓝天、大海般光芒的眼睛，不知为什么一直也不隐退，即使知道并不可能，即使早就没有不切实际的幻想，可为什么……

美来做好了鱼汤，还端上了廖强昨天带来的双色五香糕，他给老爸带的几样礼物中有这个东西，连美来都意外他这么有心。

吃了饭，金老汉浑身越发有了力气，神志也格外清爽。他点上一袋烟大口抽着，说："我好了，这些天可累苦你了，孩子，坐下，爸有话和你说。"美来说："我听着，可您别抽烟，忘了医生怎么说了？"

金老汉扣了烟，下地拄着拐走到柜前，打开上盖，把头埋进去找东西，没有要问话的意思。

一个红士林布包裹被翻出来。他一脸凝重地解开，里面露出个老式军用挎包，还有一个老式的红木首饰盒。他从挎包里取出一个早年间做工精细的云白色软缎绣花手绢。只见老爸盯着那陈年的手绢，眼睛变得茫然忧伤，一股不知从哪个年月透过来的泪水渐渐蒙住了他的双眼。

美来忽觉触电般紧张起来，似乎预感到老爸要说什么了。虽然此前她无数次有过对这一幕的想象和渴望，这时却"嗵嗵"心跳，紧张起来。一下子要知道自己到底是谁，原来也是这样惊心动魄啊！

立了秋的天气，中午还闷热闷热的，山脚下绕村而行的凤凰河静静流着，整个金三角在静悄悄歇着晌，只有知了的鸣叫有一搭没一搭地抛向天空："吱……吱……吱。"金老汉粗糙的手使劲抖着，战战兢兢，一层一层打开绣花缎子手绢，目不转睛地看着美来，半晌说："美来呀，爹我不知哪辈子修来的福，今生今世得了你这么个好闺女。可你爹我……"他的声音压得很低很轻，仿佛从大老远处被风吹过来，"爹我这么多年，一直都瞒着你，对不起你呀……我和你早年去世的娘，都不是你亲生的。这个，是你亲爹娘留给你的。"

他捧着手中打开的绣花缎子手绢，也打开了美来尘封的身世……

美来目不转睛，大气也不敢喘，紧紧盯着老爸，听他讲述三十多年以前的故事：从那个大雪封山的腊月底里十六岁的他如何为救大哥当了胡子，后来如何逃跑躲进城里当了伙计，东家如何招他做了上门女婿，再后来杂货店怎样遭国民党败兵洗劫，岳父母相继去世以及妻子受惊吓小产不能再生育，他重新撑起家业，夫妻俩怎样天天盼着能有个孩子……

“直到那一年，一天中午，外面树上也是有知了在吵闹，村上有个胖乎乎的郝大姐笑盈盈走进家来，她问我，刚从抗美援朝战场撤回来的部队就要开拔执行新任务，带不上这么小的孩子，想不想收养着。当时想孩子都要疯了的我和你娘忙不迭从她怀里抱过孩子，打开一看，就觉得一下子浑身血脉都接通了一样，我‘扑通’跪在地上，对着南天门就磕了三个头，泪流满面，把你抱在怀里。‘美来’这名字原是你父母交代的，我本想改，可是神不神了你说，恰好咱老金家到你这辈，按祖上传下的家谱排名正是美字辈，我想，这辈子既没个儿子，你改姓金，名字就还叫‘美来’吧，正好！”

金老汉说，当时被抱在怀里的美来跟着就和房前屋后树梢上的知了一齐尖着嗓子没完没了地大哭起来。这惊动四邻的哭声让他们又心疼又紧张。为给孩子的身世保密，为避免将来有鸡飞蛋打的那一天，夫妻俩当即商定变卖家当，悄声回乡下老家。在清静的乡间，甚至连他的母亲也一直不知美来不是亲孙女，老人家在世时就疼爱美来。

他说，其实后来在美来的身世问题上，他有过多次矛盾纠结。刚回来那当儿，脑子里还没有城里乡下户口、商品粮、工资、工分这一大套的差别，可他毕竟在城里待过，知道山里山外、乡下城里的日子不一样。在乡下身世瞒严实了，可跟着到来的是，孩子像田里庄稼苗一样天天往上蹿，秋后怎么办？她将来奔头在哪儿，难道就窝在这山沟一辈子？他心里渐渐开始犯愁为难。

那年来挑文艺兵，他就想让美来走。为这，他第一次和美来妈争吵，说就是真遇见她的爹妈被找回咱也得认，把孩子抱养来不光是为养老送终，也得为孩子将来的前程想。

但毕竟这件事对他们老两口至关重要。从那女兵看美来的眼神中，他和老伴都看出来了，她和美来的身世一定有什么瓜葛。美来妈生怕节外生枝，坚决拽着美来不让去。

他最终理解、依从了老伴。其中还有个重要原因就是，当年逃离胡子帮，是妻子说服父母隐藏并收留了他。在妻子做出事关命运的重大决定时，他最终依从了她。

他也深感委屈了美来，因此一次次全力支持美来上学，期盼她能靠自己奔出个好前程。美来在乡下那几年，对象不找，恋爱不谈，又一年年没门路走不出去，他曾动过告诉她实情的念头。当年那个好心又有教养的女兵没能领走美来，临走时悄悄留了自己的地址给他，并说这样的孩子一辈子走不出去太可惜了，将来如果有需要，一定找她。

他曾好几次翻出这军用挎包拿出地址，可老伴临终前的叮咛就像墙上到点就响的广播喇叭，总是及时提醒他："你千万不能露底呀！真的天生是真的，假的天生是假的，她知道了，想不生分都做不到，等你老了怎么办？"老伴的叮嘱叫他也犹豫恐惧，怕万一露了底，自己真落个竹篮打水一场空。

于是他一次次死咬牙关不说，后来国家恢复了高考，美来终于有了靠自己走出去的机会。孩子考上了大学在外读书后，渐渐明显感到衰老和孤寂的他更是再也担不起什么风吹草动，不想惹是生非了，从此就想着严防死守。所以，美来毕业准备进省城机关那时候，他不知怎么的就怕在省城再遇见那女兵，硬是给美来拽回了正阳……

经历了这回"死"过一次后，他突然意识到了将来的情景。在渤海医院一下手术台，他第一个想到的就是：如果这次睡觉一样过去了，美来怎么办？他觉得自己真要醒不过来，最大的遗憾不是别的，是没有机会告诉美来一切了。将来他终究有走的那一天，剩美来孤零零一个人怎么办？再说，人生在世一回，怎能不知亲生父母是谁？他觉得自己以前太糊涂，现在不能了，他有责任告诉美来真相，帮她找到亲人，不然，怎对得起美来叫了他这么些年的爸呢？

窗外知了冒了烟一样的声音"吱吱"地响着。晌午的村庄还是那么静。

金老汉流着泪，布满老茧的手从手绢中颤抖着取出一只玉镯和一条项链，两眼定定地看着美来："孩子，这就是当年你亲生父母给你随身带着的东西。”

镯子润婉的质地说明了它是一只历经岁月、祖上留传的宝物；项链是一串精致的心形蓝宝石花，前端似乎缺失了一枚由螺口连接的项链坠。

美来捧在手里细细看着，好一会儿，颤巍巍贴近胸前，好像触摸到了亲生父母刚刚松开的手，嗓子和眼窝热辣肿胀，鼻子一酸，泪水滴落下来。

“孩子，骨肉关系是命定的缘分，必定能找到，我要在活着时候看着你找到他们，阖家团聚！”

美来紧咬嘴唇，抖着双手捧住亲生父母留给她的东西，也像捧着老爸的一颗心。她一声不响，半晌“扑通”跪在了金老汉面前，声泪俱下地喊了声：“爸！”“呜呜”哭起来。

金老汉颤抖着手抚摸女儿，自己也老泪纵横，泪水落在了美来头上。他嘴里不住说：“好孩子，是爹对不住你，对不住，早该告诉你，那些年让你吃了那么些苦……”

金老汉把美来扶起来坐下。其实他也并不知道美来的父母到底是谁，都在哪里，但他给了美来一条重要线索。那个老式的红木首饰盒里，装着那女兵当年留下的一张纸条。

首饰盒里还有一件和美来身世没有关系的东西，他掂量着也想一并打开。那是美来妈祖上几代传下来的一只金镯子，早年那么困难她都不肯拿出换钱，一心想传给美来做嫁妆。他手术后问花了多少钱，想叫美来把镯子先换了钱应急。美来说正好有下来义务巡诊的专家，没用多少钱，前后总共花了不到一千块。怕美来撒谎，他暗中问了高个子护士和主治大夫，都说是如此。现在，他想把镯子也一并交给美来，可一转念，如今可是没听老伴叮嘱，全露了底，手镯还是缓缓吧，就听老伴的，等将来美来出嫁再给她。

他这么想着，就把首饰盒盖上，又放进红士林布包压进柜底。可他万没想到，这一念之差带来的是日后痛心的追悔莫及。

他把纸条递给美来。美来哆嗦着接在手里。她想不到会有这样的峰回路转，本来暗中偷偷寻找父母的想法都放弃了，现在老爸这样的态度让她更觉恩重如山。她抬起泪眼看着老爸。

美来抖着手，好像着急又好像不忍心。半天，金老汉把纸条拿在自己手里，哆嗦着，打开了。

原来那女兵叫杨云雁，当时是渤海警备区歌舞团的舞蹈队长。留的地址和联系方式都变了，军区也已裁撤，电话也打不通。美来便请廖强求省城公安局的同行，看看能不能慢慢查找，打听出线索、消息。

老爸逐渐恢复饭量，有了精神头，也拄着拐杖到处走，美来就托王向阳和堂三奶留心照顾，自己回单位上班了。上班前一天，她特意叫王向阳帮她把固定在东墙根通往房顶的那把木梯子撤下来，挪放到厦子里。

第十一章

耽误了十多天，积压在美来桌上的活快堆成了小山。她连续加了几天班，急办的都赶着处理过了，就把刚接手还没来得及办的小额扶贫贷款事宜理清了情况准备办理。看看时间实在忙不完，又不想推掉不做，她就去找了科长，要求能不能安排一下辅助人员。科长就动员她同屋的胡娜和老刘帮着分担些程序上的工作。胡娜故意把嘴一噘，能挂住油瓶，先摇摇头，又点点头；老刘把手里的一本《十万个为什么》合起来，也笑嘻嘻地点头。他们就集中精力开始忙活起来。

老刘仍不忘见缝插针，提问她们几个生字和稀奇问题。胡娜就吼他一嗓子："你有时间能不能把这些活都拿去干了？要不像你这样的就该去参加竞赛！"老刘笑嘻嘻地说："两码事，两码事。"照常动不动就提问。

经过一阵加班加点的忙活，他们终于抢在年内规定时限前把所有符合条件的项目全部办理妥当。

科长见任务都完成了，一高兴，就迈着四方步走进他们办公室，对美来说："都完成了哈！好，挺快，挺漂亮！"又对胡娜、老刘说："你们这回也有功，配合得不错，表扬，啊！"

胡娜就噘起嘴，看着科长说："光说几句好听话有什么用？科长你得奖励我们！"

"奖，奖励。明天就犒劳犒劳你们，我领你们仨下乡，去云桂乡那边，有家羊汤馆，百分之百地道，我领你们吃全羊，喝他们自己酿的糯米酒去。”

“好！”胡娜立刻与美来、老刘一对眼神，双手对科长竖起拇指，连声说，“好，好。”

第二天一早，刚上班，科长果然在自己办公室打内线电话过来，招呼他们准备马上出发，说先到那边一个绒山羊养殖场看看，也没什么具体事办，遛一圈就去羊汤馆“打升级”，好好玩几把扑克放松放松。

几个人收拾了刚要走，电话又响了。又是科长，说行长找，他得先上去一趟，回来再说。

从四楼回来，科长径直进了他们办公室，说行长刚接到通知，上头有精神，省、市、县要逐级对所有种植、养殖和山水特产加工企业——特别是享受国家扶持政策的龙头企业——所得贷款和财政补贴资金运作情况等进行全面大检查。行里马上成立由一把手行长牵头、分管领导主抓、相关科室头目负责督察工作的临时领导小组，具体工作主要由他们信贷科和监察科来做，美来还要兼做领导小组的文秘，负责上传下达、总结汇报、整理材料什么的。

科长说完，把刚从行长那儿拿来的一摞上头逐级下发的文件递给美来，还有一份行里领导小组人员和分工名单，要她马上拿出落实方案，行里急等审定后下发相关单位。

“下乡的事明天再说吧！”科长往外走时朝两眼紧追着他的胡娜说了句。美来拿起材料前后翻看，都是一级级套发的文件，到了他们这末端，除了具体时间和分工安排，没什么需要格外变动，依现成路数照葫芦画瓢即可。她拿出纸笔，很快整理完了文件稿。

科长一走就气呼呼一屁股坐下的胡娜，见她这么快弄好，一把推开老刘递来的两个生字，起身去找科长，说：“时间来得及，我们还是今天就去吧。”

“算啦，行长一旦再有别的什么事呢？”科长往脑后拢了拢头发说，“别找不自在，还是明天吧。”

第二天一早准时出发，人员却不止他们几个。科里另两个同事昨儿听说此事，也找科长说“馋羊汤了”，想跟去，科长“扑哧”笑了，指着他们的鼻子说：“好哇，见好处就上啊你们！”

“嘿嘿，下次我们一定见困难就让，”两人说着一对脸，连吐舌头，“不是‘就让’，是‘就上’‘就上’哈！”

科长哈哈大笑：“你们哪！好啦，去告诉大家伙，明天谁手头没什么急事就一起去，反正是周末，科里也好些日子没活动了，就当是工会小组联谊一次吧！”结果全科所有人都要去。科长只好指定一个人留下看电话，答应另有补偿。

一台面包车十多个人，先到了科长说的那家绒山羊养殖场。经理满脸堆笑，大老远迎上来：“哎呀科长，你们来得可太及时啦，要不我这还得去县上一趟。后山向阳坡上那几棵小油栗子年年熟得就是早，都已经熟透开壳了，我叫人全给收拾下来，马上分好，一人一袋，你们装车拉走，这下可省我的事了。”

科长看着他：“你说你个老宋啊，就是啰唆，啊哈！不过再多分一份，家里还有个看门的呢。”随便转了转，东西装好了，大家重新上车，开往羊汤馆。到了那边车还没停稳，里边老板也早拱手迎出门外，连声说：“由科长，由科长，对不起，实在是昨天我早了一步，您打电话说不来，这边羊已给杀好了，又不能留，没办法给卖了。这又派人再下去收，可到现在还没回音。您知道，这份当地的老品种太少了，不好找，今天恐怕……”

这个元宝羊汤馆的老板，名字就叫元宝，圆脑袋，笑起来两个嘴角往上翘。他一脸难为情，一边作揖，一边对皱起眉头的由科长说：“您看这么行不行？把车开到岭南‘三潭印月’去，那里新请了个南方厨子，淡水鱼做得绝了，你管是酱焖、水煮，都管保是味道。我这儿还有两只大骨鸡，回头也给您炖上，用大锅，烧柴火，慢慢咕嘟，再搁点儿榛蘑和地瓜粉条。炖好了我拿摩托车连汤带肉给您送过去，管保热乎，不带凉的。一分钱也不收您的，我请，权当赔罪好不好？”

“你个元宝老板哪！哈哈，少挣我点儿就不错了，还你请。那就去岭南吧，‘三潭印月’！”科长扬头，把手一挥，示意大家上了车。

车边开胡娜边问：“科长啊，以前怎没听说什么‘三潭印月’呀？”

“噢，就是原来云桂水库那儿嘛！”科长用手往后拢拢头发，“云桂乡现在不是联合开发岭南水库和岭北小凉河风景搞旅游嘛，上月渤海市旅游局局长来考察，中午就在水库边一家小馆子吃淡水鱼。那小老板机灵，找了纸和笔墨端来说：‘难得见到局长这么大的官，今天我请，先敬您一杯，请局长给俺小酒馆起个好听点儿的名字吧！’局长喝得正高兴，一听便道：‘饭不用你请，名也不用我起，你叫三棵树酒家是不是，改几个字就行。看那儿！’局长把手一指窗外，叫大家都看，泱泱水库一片开阔水域中有三块礁岩，峰顶隐隐露出水面：‘像不像三潭印月？’不等小老板反应过来，咱们正阳旅游局局长一拍手叫道：‘太像了！局长太有想象力了，还不快谢局长？‘三潭印月酒家’，这名字风雅气派，不光你这小馆子，我看连我们这整个景区都要沾光红火啦！’”

胡娜和大伙听着一乐，说：“怪不得！如今这形势变化也太快了，我们都不知道。”

到了“三潭印月”，时间还早，科长就叫拿扑克来打“对子”，说今天就摆一台，赢的做擂主，继续在上，输的下台换新人，轮流坐庄。

美来和胡娜先上，两人对门一组，打科长和老刘。四人分别坐定，科长左右各看一眼，“扑哧”笑了声说：“要不你俩换换分开？这战斗力也太悬殊了点儿吧，啊？“

“对呀，这不就是大人打小孩吗！百分之百，用科长的话说。”老刘点头窃笑。

“哼！”胡娜瞪一眼老刘，转头又去看美来。美来一笑说：“没事，就咱俩打，能被打倒不能被吓倒。”

仅三把，美来和胡娜这对组合就被打下去了，另一对组合上来接替。站在边上看了一会儿，胡娜就说：“咱到外面透透气去。”

出来绕着水库岸边溜达，看了一会儿水中的“三潭印月”，两人又往前绕到拐弯处一片向阳背风的缓坡下面，见那里还开着些牵牛花、野菊花什么的。地上不知谁种着几棵南瓜、苞米，向日葵随便地长着，旁边还有几棵饽饽花，竟也像晚了半个季节，还开着花。胡娜说：“我一看见饽饽花就觉得它像穿一身漂亮旗袍的美女。”

“哇呀！你还这么能联想啊。”美来站定，看着说，“还真是，就一根高挺的花茎，花朵和大叶贴着花茎直接长出来，上下满满的，还真像身穿花旗袍的美女。我家院里就有这花，花期还特别长。胡娜，你这是有诗人还是画家的天赋啊？”

“差矣，是爱好服装的天赋！下辈子啊，本姑娘我就当服装设计师。”胡娜摘下一朵大红色花朵往美来头上插去。美来一躲，跑开。两人嬉笑着追逐，直转到了后面山坳。前面是一片正哄哄扬扬拆迁的工地，走近一看，是个新建成的养殖场。推土机、大铲车“突突”响，碎石沙尘漫天飞。美来就问是怎么回事，干活的人说不知道：“东家给工钱，俺就管干活。”

“你不觉得奇怪吗，为什么刚建好就拆？”

“哎呀，你管那么多，爱拆不拆，这暴土扬尘的我们快回去吧，我饿了，开始馋小鸡炖蘑菇粉条了，还有水煮鱼呢。”胡娜说着拉美来扭头就走。

“馋猫子！”美来回手推了胡娜一把，两人又追着往回跑。

刚回到酒家门口，就见羊汤馆元宝老板骑一辆摩托，驮了个大木头水桶，上面盖着严丝合缝的圆木盖。

三潭印月的小老板“嗖”地从屋里蹿出来。烫着波浪卷的老板娘胖墩墩的，踩着半高跟鞋紧跟在后。小老板把已点好的“红塔山”递给羊汤馆元宝老板：“哥，你速度可够快啊！”老板娘笑呵呵接过木桶，直接提到屋里，放在已摆上凉菜的两张圆桌前，打开上盖，用木勺把鸡肉蘑菇盛了满满两大盘，又拿筷子把粉条挑出来单独装了两盘，便开始喊窗边打扑克的人：“开饭喽！快点儿，趁热，凉了可不好吃！”

美来和胡娜洗了手，站在桌边帮她摆筷子，倒酒水。胡娜闻着扑鼻的香气，问：“这鸡肉可烂乎吧？我就怕塞牙。”

“烂乎！”老板娘瞟一眼胡娜新潮的菊花开放式发卷，“都是些当地还不到一年的小嫩鸡，要不是那边鸡场拆了，这时候哪能出栏？我抓回那么老些，都叫客人吃光了，亏元宝老板家还剩这两只。”

美来听了，心里猛翻了个个儿，就问老板娘：“后山坡那一片正在拆的是什么地方，好像还是新盖的？”

老板娘瞄了眼美来，顿了顿，没直接回答，含混说：“真有些手眼通天的人啊，人家一听说征地，吹口气就盖上养殖场了，没到两天半就要拆，上头可就得给钱。国家有的是钱，谁有弯弯肠子，谁就捞呗。”

美来听她话里有话，心里更纳闷了。她想起年初办过一个为建养鸡场放贷的业务，就问：“那地方叫什么屯？”

“粉坊啊，云桂乡岭南粉坊啊！”老板娘背书一样回答，又细瞄一眼美来。

“正在拆的就是养鸡场？”

“是……呀！”老板娘眨眨眼，又点点头。

美来一顿美餐吃得无味，回去就开始翻查材料，发现办过贷款的正是这家养鸡场，心里更加狐疑愤懑了。她又查找了相关的规划征地政策文件，核实结果，那家养鸡场果然是在土地冻结期间抢建的。她不觉忽地脑门发热，眼前浮出那片养鸡场被拆得七零八落的情景。这种瞒天过海的事居然就在眼前。她一言不发地坐在那里，到底该怎样拆穿这猫腻，追捕这条漏网之鱼呢？

“这样也许会牵连出意想不到的人，方方面面复杂着呢！”

“又没人追究，无故得罪人，不值得。”

“事不关己，高高挂起，何必认真？”

科里的同事七嘴八舌劝她。“再说那贷款，银行这边当时是你具体审核经办的，虽说他们作假，但手续齐备，不知情的还以为是你的过失。牵连你自己不说，若再给行里造成不好影响，会得罪领导的，不值得，千万别做傻事！”胡娜更是关心劝阻她。

美来说：“当时他们所有手续都齐备，同时很多人申请，就是考虑他们规模较大才决定贷给他们的。那些老老实实守法的人反没得到，怎么能就这么放过蚀空国家的蛀虫呢？”

美来又说：“按程序规定，行里环节上绝对没有失误，但我如果有足够经验，就该再建议相关部门仔细审核，也许能提前堵住漏洞，我也是有责任的。就是真不算过失，现在知道了，能眼睁睁地当没看见吗，让国家白受损失？”

“既然是存心作假，查也难。再说，咱们是各管一段。只要不是咱们的责任，装傻才是聪明人。你以为你是谁？你看大家，谁认真？连科长也没管吧？谁知其中会牵涉什么，你别幼稚自找麻烦了。再说，按照咱们行里的考核规定，弄不好你自己“全年各项工作无差错”一项要扣分，“年终先进工作者”就会被“一分否决”，你已连续四年当上先进，今年再评上，就奖励一级工资，你傻呀？你看有些人，做一天和尚撞一天钟，闭眼不见分外事不说，就是分内事，首先也要看是不是有利可图，工作、国家那是放在其后的。你知道当初叫苦连天说身体不好把这小额贷款硬推出来的那位老兄，现在主动要干什么吗？”

“干什么？”

“政府招待所知道吧，好好的前段时间给卖了，说是商业局要把那地界变成商场酒店歌舞厅一条龙，再给政府盖一处高档接待中心。且不说这其中方方面面掺杂多少利益纠葛，也许的确有利于经济发展，咱就说咱们那位泡病号的老兄，居然争到了为商业局这个庞大工程办贷的业务。美来，咱们为工作不捞好处是对的，也犯不着自找麻烦吃暗亏吧？”

美来听了，长叹一口气，身上好像饿了一样绵软无力。胡娜唠唠叨叨这些话，她听得内心七上八下矛盾起来，手里拿着材料半天，抬头看看胡娜说：“那就再说？”说着拉开抽屉，把材料放了进去。

第十二章

这天下午，胡娜偷空去商店遛了一圈，回来见警卫大叔正从穿绿色工作服的邮递员手里接过一大包挂号信，就代领了，“噔噔噔”走上三楼，又“噔噔噔”穿过走廊进了办公室，见美来一人坐在那里安静地望着窗外出神，就夸张地双手举起信件，“噔噔噔”上前，“啪”地撂在了桌子上，吓了美来一跳。

美来拿过邮包一看，脸上立刻泛起复杂的表情。远在加拿大的嘉伟，接到美来请许助理代转给他的金老汉已康复的消息后，十分高兴，却再也按捺不住一直牵挂美来的心思。夜深了，他还站在家中宽敞的露台上，怅望着遥远的东方夜空。

在大陆，一直觉得游荡在湖面上的他，如今仿佛找到了可落脚栖息的小荷。世界之大，人海茫茫，遇到一个喜欢的人需要上帝的赐予。已经三十多岁的嘉伟，虽生在不乏热情女郎的西方，又得天独厚拥有容易赢得女孩芳心的才貌和家境，但接受了东西方双重文化熏陶的他，骨子里的审美、情操还是以东方传统为主导。他梦想、钟情的女孩子，外形与内涵正是美来这种感觉的。她惊心动魄的美以及清高脱俗的气质就如闻名世界的杭州西湖里的荷花，他倾慕、珍惜，又有些不知所措。西方式的热情奔放与东方式的含蓄深沉他都懂，却都无法收放自如。那天早晨去告别，在银行得知他的情况后，他最后还是宁肯放弃参加年会和领奖的机会去探望美来的父亲，一则为了报答，还有就是，他已经觉得，在自己的生命里，美来和他的地质研究一样重要，甚至更重要了。

不知是不是因了嘉伟那一次重病的缘故，还是因为别的什么，父亲的态度不像以前那样执拗了，那天他们交谈后，父亲居然打了一百八十度的转向，同意他接受 M 教授的邀请，大陆的生意先让表哥打理。

这一切如果发生在他生病手术前，他飘忽的心就会像游子回归故里一样扑进自己的地质世界中。但现在，他人回来了，心却有一半还悬在东方。他现在反倒感谢父亲强加于他的这一番经历。也许这就是“千里姻缘一线牵”？可如今，他生命中的两个至爱远隔浩瀚的大洋，怎么才能一线牵呢？

他在露台上遥望光线朦胧、忽隐忽现的月亮，寄托满怀牵念。可惜，明月清风只是母亲那些唱片里才子佳人传情的寄托，丝毫奈何不了他的惆怅苦闷，于是他回到书房，准备再给美来实实在在地写封信。

他已经写过好多封了，都没发。他写只不过是为了排遣情怀。他知道，建立情感需要醇化渐进的酿造过程，自己和美来之间还缺少情感孕育、发芽、生长的时间和土壤，他不能急于表达而拔苗助长，这一点他现在还不比廖强来得自信和果断。

他铺好纸，想了想又拿起电话打回国内公司，让表哥许佩茂务必抽空再去美来家看看有没有什么需要帮助的，若有就无条件办好。通完电话，他心头才轻松了些，喝了口茶，重新拿起笔。

写毕，他感到再也按捺不住驿动的情怀，就把回加拿大这段日子几乎每天一封厚厚积攒的一堆书信一封一封全封了口，合起来一起寄了出去。书信越过大洋，穿行蓝天，飞到了远在东方的美来手中。

美来手捧一大包信，用复杂狐疑的神情看看胡娜，又低头看看信件，没有说话。

胡娜自己一屁股坐在对面，气喘吁吁。她新做了一款鸡冠花发型，脚蹬一双正在引领潮流的米色尖头高跟皮鞋。刚才她急急地一阵“击鼓传花”，“噔噔噔”从一楼直上三楼，又经过长长的走廊密集地敲打到办公室，将邮包撂到美来桌上，已觉筋疲力尽，仿佛刚才举的是座小山。

她用眼睛斜睨着美来，嘴巴噘得能挂住一只油瓶，拖着长腔道：“哟，密斯金，这么一大包啊？我们大家伙合在一块一张纸片也没收到呢！”她的两道眉毛一跳一跳，嘴唇仍噘得老高。

美来把眼睛从邮包上抬起来，浓密的睫毛忽闪一下，哭笑不得，冲她把邮包一推：“都给你，拿去看好了！”

“存心气我们，是不是？”胡娜瞪美来一眼，又拖长腔，“哎呀！嫉妒死人啦，再气我，当心真和你抢！”

“你尽管来！”美来也拖起长腔，漫不经心地往椅背上一靠，看着胡娜，“到目前为止，咱们之间还不是情敌。”

“是，这我知道。可问题是，是情敌又怎么样？本姑娘我也不是密斯金您的对手呀！”胡娜说完，泄了气的皮球一样趴在桌上，一手托着下巴，眼睛一睁一合。“不过，我奉劝你一句，”她抬起另一只手指着窗外，“像人家林嘉伟、林先生、林董事长这样凤毛麟角的主，咱就是在梦里也得打着灯笼找，就你一天到晚没个数！”

胡娜又恨美来冒傻气，又替自己气不过。论条件，论人品，她自认是不如美来那么优秀，可也算得上很有几分资本了吧，怎么就翻来覆去这么多年还单帮一个呢？她把眉毛在额头上扭在一起，夸张地使劲摇头。

胡娜与美来同岁，却没经历过美来那么多曲折。上山下乡时，家里哥姐先下乡去了，她就顺利享受到“给父母身边留一个”的政策，直接参加了工作。胡娜在夸张的叹息中想，自己打上班就开始找对象，且不断调整方针路线——最初是领导一切的工人阶级老大哥，又到全国学习的人民解放军，后来转向社会地位由“臭老九”直线飙升为香饽饽的知识分子，现在又紧跟时髦，一心将自己打造成华籍美人，期望能遇到一个美籍华人，哪怕直截了当就嫁给老外也成——可老天爷别管哪行哪业，为什么就不赐给我一个白马王子？美来这家伙，也太身在福中不知福了，人家林先生是那么有钱有势又有人品。真不知道如她这等精明，这事上怎么就彪得山响地动？还有那个痴心不改的廖警官，也是个一等一的拔尖人才，她怎么就都不珍惜、不上心呢？

“我说你呀，趁早听劝，别再挑了，真不知道你那么多书都念到哪儿去了，会不会掂量轻重？知不知道该要什么？眼前这两个人，告诉你选哪个都中头彩，再不抓紧，错过了，我敢保你，哼，就是有本事追回春夏秋冬，也没本事找到后悔药来！”

美来听着，像被蜇了下似的，脸色落寞下来。她何尝不知买不到后悔药？

“还说我呢，你这些年倒是一直没放松，也不犯傻，不也没把绣球抛进哪一位怀里？”美来白她一眼，苦笑道。胡娜听了，噘起嘴，慢慢吸口气，转了一圈眼珠说：“我和你可不一样，我已经有了目标，就是还没办法表达。要是你肯帮我写封信，也许还成。”

“你，还用我帮？笑话。”美来“哼”了声，不以为然。

“真的。得用英语。我哪会用英语写信？”胡娜摇头。

“真找老外了？”美来不由盯住胡娜的眼睛，“叫什么名字？”

“里根！”胡娜矜持地一仰头，眉飞色舞，紧绷住嘴唇。

“李根？这也不像外国人名啊，哪国人？听着像中国农民老大哥。”

“美国人！美国总统里根，听清楚了吧这回？”胡娜把桌子一拍，盯住美来。两人对视着，半天“扑哧”大笑起来。

“我还是那句话，你说你那么多书都念哪儿去了，到底识不识数，还挑什么？”胡娜抹了把笑出来的眼泪，继续数落美来。

美来双眼落寞地合了一会儿，又睁开转去望着窗外远方，像是对胡娜又像是对自己说：“这哪是什么书念多少的事啊？我也承认他们两人都很好，我也想早早选定下来，可就是没办法找到那种感觉你知道吗？没办法胡娜，你要心里真正爱上一个人，就知道了！”

“啊？原来你是真爱上了，早有了，还不快拿出来让大家看看，快点儿，谁呀到底？”

“哪有谁呀！只是曾经的过去罢了。”美来摇着头，“其实，连过去都算不上，只不过就是一个擦肩。那时，我还少不更事，不知情为何物，整天抱着作诗做梦的那一种情怀，还全都是理想化的那种，对一切都追求完美，还不知道真正的爱的情感，那种状态没有可能再复制，真就像覆水难收。”美来虚着眼睛，望着远方，像在自言自语，“可我那时不懂，那时以为人生漫漫，人海茫茫，需要找的时候，自然就会找到。如今，我何尝不知自己老大不小了？可感觉是没办法的事啊胡娜！”美来仍然是自言自语的样子，虚着眼睛，望着远方。

“你呀，叫我说什么好。是！我也承认感觉重要，可你这不还是过于理想化了？”胡娜口里说着，却也若有所思，摇摇头，神情也茫然了起来，沉默了一会儿，忽又“腾”地站起来，用一副神秘的样子看着美来，“哎，要不我来给你做个测试？”

“什么测试？”

“就是一种姻缘测试啊，都说管用，你没听说？”

“你这都什么乱七八糟的，我自己都帮不了自己，测试有什么用？你快去吧，该干啥干啥，别烦我。”

“哼！你呀，就知道你这里一根筋，不会信。”胡娜指指自己脑袋，瞪一眼美来，直起腰身“噔噔噔”出了门，不知干什么去了，密集的锣鼓点在走廊响过老远。

美来重重叹了一口气，重新拿起邮包，刚想打开又撒手放下，打量着，仿佛那是一块烫手山芋，或是引燃导火索的易燃易爆品。胡娜的话在她耳边响着。美来当然早就感到嘉伟眼神中含蓄的火热，只是之前她可以心安理得地目不斜视，而老爸手术之后，尽管嘉伟没有乘人之危，但美来觉得，已经到了必须认真应对的时候。

她又拿过邮包，刚想打开，忽然有电话进来。接完电话，她转念把邮包塞进了背包。

晚上，在宿舍雪白的日光灯下，美来一个人悄悄打开了邮包。放在最上面的浅粉色信笺鲜花一样释放出阵阵幽香。嘉伟用中文做了开场白，告诉她说，这些是回到加拿大每天积攒的信，也可以说是他的日记。他说，在工作一天后独对深夜时，会有一种孤独的想倾诉的渴望。事业、生活和心绪，他都想有一个人说一说，没有这个可诉说的人，他会去面对钢琴，弹一曲《献给爱丽丝》。现在，琴声里的爱丽丝已变成一个具体的人，一个他想要面对、倾诉的人，即使远隔千山万水，他也希望她能抽出空闲，喝一杯清茶，读一读他的这些信也罢，日记也罢，就算是彼此聊个天吧！

美来一封一封依序打开，细细读完了所有信，内心反倒松了口气，好像抓住了剪断引线的机会。嘉伟尽管深情炙热，却很有分寸。美来不由对他产生了进一步的好感和敬意。但她觉得，这是个必须抓住的节骨眼，在对方没有挑明之前应先亮出自己的底牌。现在看来，尽管美来目前并没接纳廖强，但在感情的天平上，如果把人分类的话，在她的原则里，廖强是和她属于一类的，而嘉伟不是。这当然和人品、和能力、和身份地位都没有关系，而是一种来源于地域、水土、风俗人情等说不清楚的一些东西。于是她认真考虑措辞，准备给嘉伟回信。她想在随意的谈天说地中谎说自己早已经有了意中人。她相信一贯聪明和有绅士风度的嘉伟一定会明白她的婉拒之意，就此打住。

但她的内心还是很有几分矛盾的。这个有书生气质、绅士风度的林嘉伟，实在是她不忍心伤害的人。她慢慢嚼着榛子，精心打好了腹稿，之后，拿起钢笔就像拿着绣花针，一针针绣好了，又前后细读一遍，生怕有出了格的针脚刺伤他。

第二天准备去发信时，廖强正好过来找她，就陪她一起去了邮局。

“是给那个‘假老外’发信？”他若无其事地问。

美来认真答道：“是。”他点点头，又笑笑，也不具体细问什么，好像信的内容都在预料掌控之中。

廖强是来告诉她好消息的。他憨憨笑了一下，看着美来，挠挠头皮说：“我就要晋升科长啦！”眼眸中的两团火焰灼灼闪烁着光芒。

美来笑了，说：“你专门来告诉我这个呀，就那么想当科长？祝贺你。”

“当然啦！”廖强忽闪着眼睛，神采飞扬，“这有什么不好？我还想当局长呢！难道你不想尽情燃烧释放，发出将军和元帅的光和热吗？”

美来看着他率真的面孔也受了感染，闪动着会说话的大眼睛，望着远处说：“是啊，其实谁都一样，当了领导，才会有更多燃烧发挥的机会呀！”

“就是这话！”廖强得意地仰起头。美来内心挺羡慕他，想想自己，过了年底，工作年限上也具有参加中层干部竞聘的基本条件了，不由又想起这些天太忙，没时间准备年底的业务竞赛。还是要挤时间好好准备，她想。

廖强又笑说：“不过，我哪有那么肤浅，会为这件事专门跑来？其实是你有好消息了！”

“是吗？”美来立刻屏住呼吸，转头盯住他。她预感到找到杨云雁那边的线索了，不觉“怦怦”心跳起来。

廖强看着她点点头，说：“是的，美来，杨云雁找到了……”

天啊！美来后退一步，下意识闭上眼睛。

这个时候的正阳县，正在紧锣密鼓筹备撤县设市，申请好几年了，终于批下来。定了国庆节前进行三天庆典，邀请来省城歌舞团加盟广场演出活动，银行也要参加由四十多支队伍组成的街头巡游表演。在县里参加庆祝活动承办协调会的行长回来立即召集落实，请大家献计献策：“大家说，我们行里出什么表演队伍好？”有人说东北大秧歌行，有基础，大部分人都会。行长没做反应。又有说打花鼓的、踩高跷的，也有说挑花篮的，等等。行长一律摇头，说：“在陕北当兵时，我看过当地的威风锣鼓，那气势！我看咱们就来威风锣鼓怎么样？打出广信行的精气神来！”

行长老花镜框上面的目光在参会的几个人面前扫来扫去，最后落在美来头上。美来赶紧摇头连连摆手，说威风锣鼓听说是好，可大家一点儿也不会，看都没看过。其他人也赶紧避开行长的眼睛，连说不会。

行长回头又看美来。美来苦笑说：“我在大学里倒是参加过鼓号队，也很有气势，适合游行。我们时间紧，可以省略吹号，就用大小铜鼓和铜镲组成一支表演队伍，这个我有现成的鼓点，也会编排行进队列。”

行长松了口气，桌子一拍：“那就这个了，交给你，务必打出气势来。”

美来做指挥，天天下午和同事们进行训练。大家情绪都挺高涨，掰着手指，像小孩盼过年一样等待开天辟地的撤县设市庆典。

可美来自从廖强告诉她杨云雁的地址和联系电话后，心就长了草，怎么也无法静心工作和排练下去了，就想请假，正好利用庆典和国庆节假日一起，去找杨阿姨。

“你叫我临阵换将？除非能再找一名合适的指挥来！”领导为难地说。

指挥的人选可真难找，美来只好动员胡娜。胡娜噘起嘴，眉毛挑得老高：“好吧！那我不会，你得先好好教会了我。”

“我也半瓶醋，关键是要肯出头，你灵，肯定比我强！”

于是美来生吞活剥，把要领灌输给她。折腾了半天，胡娜一屁股坐下，气喘吁吁，张大了嘴：“哎呀，想一气累死人吗？”

美来拱拱手，把倒满凉开水的杯子递给她，自己也坐下喝着。

“再说了，这小鼓点也是，一个劲地东扒拉东扒拉，西边怎么不扒拉？”

美来“扑哧”喷了一地水：“你累到这份上了还贫。”又低头看胡娜的脚说：“还穿高跟鞋，叫你换了不听，表演那天千万记着别穿，能累瘫你。”

“不穿高跟鞋，指挥家的气派能抖出来吗？不开窍。”胡娜眉毛一扬，“那我到时候做什么头型最好？”

“这个别说，还是盘起来好，显个高！”美来说着，“咕嘟”喝干杯子，“来吧，快喝了水再从头来一遍结束，我晚上还得去夜大。”自从金老汉手术后，她就到夜大找了份兼职，每周上三个晚上的会计辅导课。

“你呀，不改变观念，再兼八个辅导课也还不上钱！”胡娜把水举到嘴边“咕嘟”喝下去，喘着气，“给那个林先生回信了吗？别傻，不开窍！”

正说着，传达室警卫大叔送来报刊，有美来的一个小邮包，一看便是海外寄来的。“哎哟，又来啦。执着吧！你自己先慢慢看，我去去就来。”胡娜说着“噔噔噔”出去了。剩美来一人在屋，她对着邮包凝神片刻，取出剪刀，打开包装，里面是一个红色亮皮纸盒，掀开盖子，见是丝绢叠成的十朵玫瑰花组成的一个心形，上嵌一纸信笺。美来不觉“嗵嗵”心跳起来。

打开信笺，果然嘉伟是在明确表白了。他隔着大洋告诉美来，他在中学时代，曾看到父亲收藏的一张合影，上面有一个女孩，美得惊世骇俗，从此他眼里所见的女孩光彩全失。到了大陆第一眼看到美来，他就想起了那照片上的女孩，而美来的气质、品格更是彻底征服了他的心。他说这些“玫瑰花”原是他回加拿大前给她买的告别礼物，十条丝巾，现在就作为心意的表达了，每一朵花都是他亲手所叠，组成一颗心呈献给她。

美来深吸口气，摇了摇头。

第十三章

杨云雁接到美来的电话时就像当年在金三角校园的操场上一眼见到那个张牙舞爪在“叼小鸡”的女孩一样震撼。这些年她好像一直都在等这个电话。十多年过去了，这个摸爬在深山风雨里的孩子，读书，求学，找工作，在最需要的时候都不曾找过她，如今，或许是触摸到了什么隐秘？内心深处的往事像火山一样被这个电话引燃爆发了。她忍不住又向郊外的一片田地走去。

每年油菜花开时，杨云雁都会到这片油菜花田边走一走、坐一坐，望着远方天边的白云，在心底流一回泪。油菜花在她生命中着上了太深的底色。

眼下季节，这一片田地里的油菜花早已开过，菜籽也已收尽，正在生长的是一片续季的大白菜。但她坐在那里，还是看见了三十多年前云南家乡那片波涛汹涌的油菜花海。或许，对美来，一切都需要从那时三个稚嫩青年穿越油菜花海结伴逃婚开始说起……

那一年的春节过后，杨云雁的同窗好友苏兰突然像打了蔫的花骨朵，说父亲为她定下一桩婚事。苏兰到秋天就高中毕业了，她对将来有自己的打算，想继续上大学，全国就要解放了，将来她要做个对新中国有用的人。她的梦不在云南，她更不要和一个不认识又循规蹈矩、遵父母之命、已弃学经商的人结什么婚。

苏兰的父亲苏弘道是云南边陲银州古城的商会会长。他对一向低眉顺眼的妻子说：“女孩子上了高中就蛮好，你叫她趁早收收心，给我嫁人！”

婚期逼近，苏兰仍激烈抗争，居然把婆家下的聘礼——和田玉花瓶摔得粉碎。父亲一怒把她关进阁楼，派人日夜看守。他一向信守诺言，何况婚姻大事？再说，冥冥中他还觉得这桩姻缘是天作之合呢！就在正月里，春风刚刚刷新古城，他和银州商贾踏青游园，当地民间认为这是承接天地阳气、带来生机和好运的时机，在商界，这也是生意上的会晤切磋之机。那天茶商林老板身体欠佳，派大公子林守业前来。简短交谈后，他感觉林大公子是个通商道、有品行的后生。在银州这个历代商贸繁荣的地域，人们的婚俗观念中一直以商贾之间门当户对为上，于是苏弘道要找名目考考这后生。他们是在城西青泉湖堤游赏饮宴。这里的青石山，石材光润细致，经历代渐采形成了高高耸立的石崖，流经山旁的青泉河注入采空的山坳，分流出偌大的青泉湖，绕过石崖后又与主流合拢远行。苏弘道便借眼前景色出一上联：“一石飞来峰千尺。”

“孤崖陡出波万顷。”上联刚一出口，一位老者捋着山羊胡很快对出了下联。

“万木丛生翠丈深。”望着崖上茂密深高的植被，另一儒商紧步后尘也奉上所得。

“……”一时间众人纷纷都有了，忙着呈给会长，与大家分享。

最后，林大公子站起来，拱手道：“晚辈献丑了：‘两水隐去波万顷。’”此联一出，仿佛一锤定音，众人交头赞许，立时不见了喧嚷。

原来，山脚下的河水常泛滥淹没田亩，自从分流出青泉湖后，就再没闹过水灾。于是这个下联便含了明暗两层意思：明是说耸立的山崖遮住了河湖合流后前行的去向；暗是说山崖将河湖分流，消除了水患。苏会长当然知道出诗答对大家都不甚精通，不过借此助兴，顺便看看林公子的素养。林公子能有这一番表现令他暗喜，在酒精的鼓舞下，他当众宣布将女儿苏兰许配给林公子。

如今女儿抗争，他也后悔，但还是咬紧牙关对妻子说：“过了门，公婆面前还不是安分地相夫教子！”苏妈妈心头像被蜇似的，想起自己当年和表哥青梅竹马、两情笃深，拗不过嫌贫爱富的父母，十六岁就嫁进苏家，几十年里虽也是相夫教子、夫唱妇随，但毕竟知道煎熬的滋味，她心疼女儿。

杨云雁和周铁来探望苏兰，被苏家人挡在门外。苏妈妈吩咐请二人进来，让他们去陪女儿说说话。他们三个同窗在校园里接受进步思想，憧憬新派文明生活，追求解放自由。云雁问苏兰打算怎么办。苏兰紧咬干裂的嘴唇看着她，许久说：“这些天我一直在想我们的《向日葵》。”《向日葵》是苏兰和云雁一起编排、他们三个共同出演的校园剧，讲述一群青年人挣脱旧家庭、追求理想文明新生活的故事。她惊奇地看着苏兰，明白了。在突如其来的惊愕中，云雁的目光又与自己的恋人周铁迅速对视了一下，两颗心在这一对视中也灵犀相通了。

“好，”云雁忽地站起来，抓住苏兰，看着周铁，压低嗓音说，“那我们就一起逃！”这句她之前从未想过的话一经出口，心立刻“嗵嗵”跳，要蹦出喉咙。她这个警察署长的千金和一个铁匠儿子门户不当的自由恋爱，必定要在父母的高压下变得前途渺茫，先前她一直为此忧心忡忡，现在，苏兰的境况让她看到了迟早要面对的未来。

苏兰抱住了她：“云雁，这可太好了，有你们一起，我也就能更好地说服娘了。”在这门户深深的宅院，没有娘做同谋，她插翅难逃。云雁至今记得当天佯装无事走出苏家时，她就像偷了皇帝的玉玺，筛糠似的抖着双腿。

他们一走，苏兰立刻要求拿吃的来。苏妈妈闻声来到楼上，见女儿正在喝她亲手煲的鸡汤，蜡黄的脸已恢复红润，欣喜地坐在女儿身边。

苏兰抬起头，难过地看着她许久，说了声：“娘，对不起。”

“我的儿，你想开了，娘满天乌云都散了呀！”苏妈妈长舒一口气，脸颊堆上失去多日的笑容。

苏兰慢慢站起来，不忍看娘转悲为喜的眼睛，忽然双膝“扑通”跪地，闭上眼睛喊了声：“娘，我没想开！”泪水跟着就滚落下来。

苏妈妈愕然半天，忽然明白了什么，刚刚飞起彩霞的脸又落满霜尘，半天心碎地喊出了声：“我的儿！”就把苏兰紧紧抱在怀里。在相拥的哭泣中，母女俩感受着沟通和理解。母亲在三十多年的平静和贤淑中积压在心底的忧郁似乎也随这痛哭第一次得到了释放。哭了半天，苏妈妈抬起头，抹着泪水说：

“孩子，事已至此，为娘支持你！”她把手上祖传下来的一只和田羊脂玉镯戴在了苏兰手上。

第二天，经过苏兰家艳阳高照的后花园，他们三个却像从冰窖里爬出来一样瑟瑟发抖。他们一气跑到城外一片油菜花海面前，大口喘着气回过头来张望才发现，经过这一阵仓皇奔跑，家已远远模糊在含混不清的城池里了。几个人压在惶恐紧张底下的眼泪，顿时反过劲，“哗哗”奔涌而出。

“爹！娘！对不起，娘，别想我……”苏兰跪在地上，泣不成声。杨云雁和周铁也一起跪下，对着家的方向，默默叩拜。

春天里的油菜花海，明晃晃涌动着惶恐、惊悸和希冀的波涛，蝴蝶、蜜蜂在波涛上面翻飞追逐着。穿过花海就到火车站了，从不曾离开父母膝下的雏燕忽然就这么张开翅膀，扑棱棱飞向了天空，而家只能存在于记忆中了，什么时候回来？还能不能回来？他们茫然不知。

他们逃到了当时的北京，经亲友辗转帮助争取，三人一起进北大做了旁听生。

这期间周铁曾提出想结婚，云雁坚持读完书再结，但后来抗美援朝开始，他们三人和无数热血青年一起报名参加了志愿军。战场上，苏兰和周铁先后牺牲在油菜花开的时节里。如今，只剩下她一人，在孤零零的思念中等待着来生……

太阳已经渐渐偏西，坐在城郊田间，对着成片的大白菜，杨云雁眼睛里始终晃动着明黄色的油菜花海，泪水打湿了大片衣襟。可是，关于美来父母的一些情况，她还是没想清楚，到底怎样对她说和究竟该不该对她说。

省城北站，火车进站的长长啸鸣在杨云雁脑海里无端接通了三十多年前银州古城那一片油菜花海。像鱼群一样的乘客从车站出口涌出，杨云雁一眼就认出了裹在其中的美来，和当年的苏兰实在是开在一个枝头的两朵鲜花，太像了，令她瞬间产生了今夕何夕的恍惚。

当年的三个人如今只剩她自己了。而此刻，眼望美来，她忽然有一种他们三个人共同的生命获得了传承之感，这感觉如一股暖流，又像一道厉鞭。当年入朝前，在东北军事培训基地，周铁曾又提出结婚，她不肯。当周铁奉命先期入朝，她顿时后悔莫及。后来她入朝去前线慰问时，竟意外遇见了周铁。那也是在一片明晃晃的油菜花海中，他们忘情地拥抱在一起，和蝴蝶、蜜蜂一样，尽情奔跑追逐。她靠在他肩头，红着脸主动提出，这一仗打完就打报告结婚。周铁抱住她沉默了。经历了战火，变得深沉成熟的周铁抚摸着她的额头说，等战争结束吧。她立即擂他一拳，大声说："不，就现在！"那次战斗结束了，周铁再也没有回来。她只见到他留给她的唯一遗物：他们两人在北大旁听时的一张合影。背面，有他战场上的匆匆绝笔："亲爱的，对不起，来生……"他一定是连"娶你"两字都没来得及写，就没有时间了啊！她捧着照片，一个人扑进那片空旷的油菜花海里，号啕大哭，喊着："周铁，你在哪儿，是我对不起你！"她始终也无法相信，他怎么会一转眼就把她给扔下了。

"杨阿姨！"

美来也一眼认出她，还是当年在金三角选女兵时那样光彩照人。她喊着跑过去。

自从发生身世变故之后，母亲在她心中一直就像茫茫夜空中一颗无法辨认的星星，但这一刻，她感觉像是找到了妈妈。杨云雁也迎上去，抱住了她。

当年去挑女兵，美来被父母阻拦没能走成，杨云雁返程时看到美来站在山坡上眼巴巴望着。她几乎是一步一回头地离开了金三角。这些年里，她一直牵挂美来，几次想再去看望，终是顾虑孩子父母惶恐担忧的心态，没再主动去找。想不到今天再见，美来已经比他们三个人当年的年龄还要大很多了。可是苏兰，你如今在哪儿，看到孩子了吗？周铁，你又在哪里？都看到了吗？我们的下一代长成这么大了啊！杨云雁抱住美来，心底不禁百感交集，泪水模糊了双眼。

美来这时正如经历多年颠沛流离终于望到家园光亮的孩子，温暖还有委屈、心酸也一起涌上，盖住了眼睛。她毫不认生，紧紧抱住杨云雁，把头埋在她的肩膀上时，竟不觉"嘤嘤"哭泣起来。一直控制压抑着内心情绪的云雁被美来的哭声掘开了情感的堤坝，似乎忘记了正身处人山人海的火车站广场，长久淤积心头的伤痛突然井喷般爆发，险些“哇”地哭出声。她强忍哭声，还是禁不住呜咽抽泣，急忙扶住美来想赶紧离开广场，却只觉身子瘫软，腿脚沉重，挪不动步。

过往行人也许以为早已销声匿迹的街头剧又回归了，莫名驻足，好奇地围绕上来。她二人仍相拥痛哭，似乎看不到眼前一切。

一名警察走来，拨开人群，他一定是被穿着军装当街拥泣的女首长镇住了，一时也瞠目结舌，半天才想起举手敬礼，问明情况。

杨云雁想不到自己有一天竟会这样失态。她连说抱歉，请警察帮她们打了车回到住所。虽然一直单身，她还是在军区家属大院享受着独有住房的待遇。在家中小小的客厅里，安顿美来坐下后，她也渐渐平复了心情，给美来倒了茶水，又端来早已洗净的水果。

美来心焦口渴，坐在那里，一边大口喝水，一边抬眼打量着。小客厅墙面四围镶嵌了满满一圈奖状镜框大小的照片，主要是部队的演出剧照和一些练功照片。有两个稍微大些的镜框，其中的照片都是盛开的油菜花，一张黑白，一张彩色，整个画面空无人影，只有风中无际的油菜花海。这时，外面渐渐由多云变为电闪雷鸣，黑压压的乌云聚集着遮盖了天空，大雨如重兵压境，团团围住了纱帘低垂的窗口。

杨云雁此刻内心矛盾重重。昨天她一个人在郊外待了整个下午，反复思考。到底能告诉美来些什么呢？她的母亲苏兰已经牺牲，父亲又……特别是还有导致美来妈妈牺牲的一些情形，这一切美来能接受和面对吗？她最后还是决定，不告诉美来一切。她觉得，与其让美来接受不完美的现实，不如给她留下一些想象和希望更好。

可是经历了刚才和美来身贴身的拥抱、痛彻心扉的哭泣，她好像更深地体会到了做母亲的心疼和做女儿的渴望，无论如何，骨血相认是最重要的，她改变了主意。

瓢泼般的雨柱终于倾洒下来，轰鸣敲击着大玻璃窗。美来坐在杨阿姨面前听她回忆，仿佛看到了年轻漂亮、追求理想和自由的妈妈苏兰在云南校园演出进步剧目，创办新诗刊，看到三个年轻人勇敢地冲破封建枷锁，结伴逃婚，穿过家乡的油菜花海，奔向北京求学，为保家卫国又报名参加志愿军……

从杨阿姨那里她还知道了，在朝鲜战场上，妈妈和一位作战英勇的志愿军团长陈刚结了婚，生下美来后不久，为执行一次特别战斗任务，妈妈牺牲了……

杨云雁脱下自己的军帽，把美来拥抱在怀里，抚摸着她的头，说："你妈妈是为保护战友安全和保证任务成功牺牲的，她是个英雄，是我的好姐妹……"

妈妈牺牲了。无论之前有过怎样的心理准备，美来都深陷在惋惜和痛心中哭泣着，半天才抬起头气息微弱地看着杨云雁。杨云雁难过的目光移向大雨瓢泼的窗外。她知道，美来是在询问爸爸的下落。她也知道，关于爸爸，美来就是有一万种猜想，都不会想到是这样一种情形：她母亲苏兰的牺牲也和她的爸爸有关联。这些美来能接受和面对吗？她还是犹豫着怎样和美来说和到底该不该说。

沉吟、矛盾了半天，她紧紧拥抱着美来，既思念好友苏兰，又恨苏兰的丈夫陈刚。最终，在美来可怜巴巴的目光里，她还是哆嗦着双手从怀里掏出一个地址，递给了美来。

"阿姨知道的和能告诉你的就这么多了，有些情况，让你父亲陈刚告诉你吧。"

杨云雁终于告诉了美来她父亲的下落，想让美来的父亲陈刚自己掂量着怎样告诉美来详情。苏兰牺牲后，有人曾好意想撮合云雁和陈刚结合，可是后来发生的一切变故让她从感情上无法接受和饶恕陈刚，以至于一直也不曾去探望过他。

美来看了纸条上的地址，简直如晴天霹雳，猛然愣在了那里。在她寻亲的期望里，原本有着美满的憧憬，也有对最坏情形的担忧和预测。如今母亲的确是牺牲了、不在了，但她一万个也想不到，父亲竟……军法？监禁？天啊，希冀只是幻影，没有家园的花草、亮堂的灯火，更没有热炕头上骨肉团聚的泪水和笑语。父亲到底因为什么？还有，问及母亲牺牲的情况时，杨阿姨的闪烁其词也似乎与父亲有关。她不肯相信也无法接受这一切。

但还是抱着"不会弄错了吧"的疑惑，美来一个人走在凄迷清冷的探监路上。到那里她才得知，陈刚因多次立功减刑，如今已出狱多年。减刑，说明爸爸当了犯人也是好样的，可是既然出狱多年，难道连杨阿姨也不知道他的下落吗？为什么他不找美来，还是没找到？

杨云雁在电话里听了美来的诉说也很意外。她分析说：“你父亲是个刚强的人，肯定不愿背着包袱见部队的人。记得他老家是在山东。”她让美来去山东看看。

背着父母当年留给她的军用挎包，美来又找到了山东老家。那边压根就没见陈刚回去。但有位曾出外打工的老乡说，头几年前曾在吉林蛟河一带的建筑工地见过他。

蛟河。在那个山东老乡说的地方，美来见到的是一栋栋傲慢的楼房冷漠地站在那里，而那个建筑工程队早已像退了潮的海水，不知流到了哪里。在一个小巷口，有个卖鸭梨的人告诉她自己知道线索。美来买了他几个梨，沉甸甸地往前走。身后呼啸的大风里，响起卖梨人的叫卖声：“脆梨，贼甜，管挑管拣，怎么扒拉不急眼……”

找到了卖梨人所指点的工地，一打听，确有过陈刚这个人，不过几年前就不干了，也不知他现在在哪儿。美来还是空着双手回去了。

第十四章

省里原定年底举办的业务竞赛不知为什么突然提前了，并且拉长了战线，十月初就开始，由各市先自行组织初赛，选拔出进省参赛的代表队，然后再强化训练，年底在省城进行复赛和决赛。渤海市把全市的预赛定在正阳举办，共有十二个区、市、县代表队，需要决出前三名，代表渤海市去省里参加复赛和决赛。

“天时、地利、人和，在我们自己家门口举办，有大家助阵捧场，胜算因素更多。你们都给我听好了，还是那句话，冲到省里去，否则提头来见！”

军人出身的行长并没细想，人多势众与环境熟悉有利于打仗，却并不一定有利于竞赛。现场选手往往更需要无人注目的安静，就像舞台上的演员，台下若坐着领导或恋人，或许会因更紧张而发挥失常。

行长讲完话，两眼炯炯盯住美来。这段时间她一直处于紧张劳累和颠簸中，突然觉得从没有过地力不从心，她迎着行长的目光底气不足地点点头，顿了顿，又面对其他选手使了个眼色，几位也戏谑地拖着长腔：“只可胜，不可败！”

竞赛头一天，上午的书面答题结果公布，他们的成绩位列第一。下午进行公开操作表演和竞答。行长把全系统能脱岗的人全叫来助阵，领队的工会主席和选手们暗中叫苦，又谁也不敢提出反对。

不知是否因为心理压力太大，美来他们下午的点钞、封款、算盘和计算器翻打传票项目以及计算机操作等不断出现失误，得分就像落潮的水面一直落后。待到口头业务知识竞答开始，三轮必答题过了之后，主持人公布各队得分，正阳队总成绩已经出了前六名，落在第九位，也就是倒数第四名了。

美来下意识瞟了一眼观众席。工会主席不知什么时候已经离席，在礼堂后面空地上焦虑地来回踱步，其他领导脸色青一阵白一阵。反倒是行长一脸镇静，笃定地坐在那里，神情专注，盯着台上。她忽觉心情也平和了下来。

行长赛前对他们做动员，用的都是些无关紧要的军事用语：机动灵活、沉着应战、集中兵力、优势强攻等，听着像一堆抽象空洞的战术。此时美来忽然觉得这些很有具体指导价值，就和队友商量说："抢答很关键，反正我们已经被甩出来了，大家放松点儿，灵活应对，或许会有机会扳回。"几个队友互相点头鼓励，心态都有了些缓和。

开始抢答。第一轮是十分题，美来觉得十分题还是有把握的，在大学有过竞赛经验的她，知道这种情况下要抢的是答题机会，就告诉其他队友，每次只管集中精力去按抢答器就行了，答题由她专门负责。果然，毫无这种操作策略的队几个选手一起听题再去抢，有经验的队也只是安排一个人专门按抢答器，所以，每次都被正阳队抢到了答题权，答题连连得分，正阳队的总分数又涨潮一样直线上升，从第九一路追到并列第三。再进一步，就有资格冲进省级比赛了。

观众情绪高涨，一片叫好声和掌声。这时，其他团队表示有疑义："抢答器是不是有问题啊？怎么每次都是正阳抢上了？"坐在下面的一些代表队领队也纷纷提出疑问。于是主持人当场将每台抢答器又检验了一遍。都好使。

台下行里自家的同事们更加群情振奋，不由得站起来齐喊："加油！加油！加油！"

这时行长突然明白过来了，他的选手们此刻需要的是静，不受干扰的静。于是起身回转，面向观众席打拍子一样高举起双手，用力往下一按。自家的兵立刻心领神会，"唰"地安静下来，坐回椅子上。

接下来将进行第二轮抢答，每道题三十分。美来没有把握每道都会，刚才的战术不管用了，须先确定会答才能去抢，否则答错或不答都同样扣三十分。而这轮如果拿不到分，他们基本就没有机会进省城参加决赛了。几个队友都很紧张，美来也感觉心好像提到了嗓子眼，也算曾经沙场的她从没这样紧张过。

头五道题有三道他们会答，可惜都没抢到机会。剩最后一道题了，也是最后一次机会了，当主持人把问题一念出口，美来立刻知道了答案的眉目，只觉浑身血都沸腾了，没等全部念完她已确定了答案。因为太急切，太恐失去机会，只听“叮咚”一声，不待主持人说出“开始”，她已情急按下了抢答器。

犯规，倒扣三十分。正阳队情势急转直下，排名跌落到了第六。台下憋着劲的同事们一个个也像刚登上崖顶却一脚踩空，情绪都随之跌落下去。胡娜叹着气，不耐烦地瞪一眼旁边的老刘说：“跺什么脚，你平常不是什么都会吗？总提问，现在上去答呀！”

主持人宣布，进行最后一轮，风险选择题。选题共分十分、三十分和六十分三个档次，每队只答一题，任选档次，答对加分，答错倒扣相同分数。为稳妥起见，除排名最后的三个队选了三十分题，其余所有队都采用保守打法，全选了十分题。因为这次预选赛同时也算是渤海市广信银行系统内部的业务竞赛，所以，即使不进前三名，不进省参赛，所取名次也同时就是各队在本市的竞赛名次。

这时作为队长的美来已顾不得懊恼刚才自己的失误，权衡所有代表队的得分情况，觉得最后一轮只有选择六十分题，才有可能追上比分，超过目前的第三名，冲进省里去。可这毕竟太冒险了，几位队友都不同意，理由是，风险题本来就难，六十分题答对的概率几乎是零，扣了分差不多就是倒数第一了，进不了省里不说，连在本市的竞赛排名也落到了最后，等于还是没冲出家门，那就丢大面子了，不如选一道有把握的十分题，起码可保住总排名在第六、第七，也不至于一败涂地。

美来想了想，摇头，目光坚定地看着队友：“咱们今天就背水一战吧！即便失败，起码也算头拱地一回。成败在此一举，拼了，好不好？”

“那就拼！”几个队友也提起了心劲，一齐点头。

抽题签时，美来手都有些发抖了。从小到大，她从不怕考试，喜欢各种竞赛，就连平时玩跳绳、跳皮筋、踢毽子，只要论输赢排名次，都来劲，像今天这样紧张还是第一次。

主持人手中的竹筒盛满一支支卷得严实笔直的题签，神秘冷漠地竖着。美来屏住气息，用拇指和食指捏住一支抽出来。编号是十二，刚好与他们今天抽到的桌位序号相同。昨天胡娜他们布置赛场，问美来说："咱这不是近水楼台嘛，你想要哪一号位？"美来苦笑说："我希望最后一个，十二号，可人家是要抽签呀！"后来他们还真抽到了第十二号序位。想不到现在抽到的题签号又和序号重合，美来莫名地有一丝欣喜幸运的感觉。

果然，十二号题是一道美来有印象的题目，她站在那儿答题的时候，全场静得掉一根针也能听到。这道题需要答出五个要点，她已答出四个，最后一个却像被塞进黑洞里，怎么也无法闪一点儿亮光、露一丝踪影了，急得她直看队友。其他队友也都直眨眼想不起来。

一分钟倒计时开始！

大概觉得已经答对四点了，如果想不起来实在可惜，从正阳电视台请来的竞赛主持人看着显示屏上跳动的秒表时间，脸上渐渐露出遗憾。美来的大脑还是一片空白，搜索不到一点儿信息。

最后三十秒了。突然一位队友站起来，回答了两句，并不对，但队友一开口却闪电般给了美来提示，答案瞬间跳出脑海，她立即接过话头，在最后十秒钟补充上了答案。

主持人兴奋地用高八度的声音宣布："回答正确，加——六十分！"

静了两秒，全场爆发出浪潮般的掌声、欢呼声。站在台上的主持人激动得手中的麦克风都在发抖，在大家的掌声、欢呼声里继续大声说："太精彩了，我们刚才看到的，就像是足球赛场上终场哨声即将响起的最后一秒反转局势的一脚进球，祝贺你们！"

全场就连其他地区团队的选手和工作人员也都站起来了，大家长时间地热烈鼓掌。正阳队一举夺得全市第一，冲进了省里。美来和其他几名队友拥作一团，就像共同经历了一场激战后胜利会师，眼泪几乎流出来。

竞赛刚宣布结束，胡娜就率领行里几个年轻人冲过来起哄，要把美来和几个选手抛起来"夯"，却冷不防，两只手被美来握住了紧别在背后。美来笑着逼她说："快叫他们都老实点儿！"

胡娜夸张地"嗷嗷"大叫："放开，快放开，妈呀，你手怎么这么有劲？"

这时行长和几个领导已经送走了其他兄弟区、市、县领导和代表队，满脸笑容地大步走了过来，叫大家别闹了，安静。胡娜甩甩手腕，看着行长挑起眉毛说："不'夯'他们也成，晚上庆功我们也要去，刚才喊加油又不让出声，憋得嗓子都疼了！"

"去，都去，今天我们全都去！"行长一挥手，说完盯住美来，拍拍她的肩膀，"有勇有谋，临危不乱，好兵！"又点着其他几位队员，看着工会主席和其他领导重复说："好兵！都是好兵啊！"美来摇头说："都紧张死了今天，多亏大家配合得好，也是运气好，最后要不是小岳，"她指着身边一位戴眼镜的小伙子，"要不是有他关键时刻那两句提示，我也是白费力气了。"

"这个嘛，就像机会永远属于有准备的头脑是一样的，运气，首先需要你们有冲锋精神才碰得到。你们今天肯选六十分题，这本身我就高兴，就是没答对，也算你们赢，敢拼，我照样请你们，表扬你们！"

行长挥着手，演讲一样激动，然后又背起手原地转了一圈，看看围成一圈的部下们个个情绪振奋，把手一挥说："都上车吧，先去金百合，看我再给你们好好上上课！"

第十五章

杨云雁这些天忽然想起苏兰是长眠在丹东志愿军烈士陵园的，那陈刚现在会不会就在丹东，于是她给美来打了电话，让她到那边再找找线索。

美来这时正在忙着落实对企业的跟踪检查任务，怕再跑空了白耽误时间，便请廖强帮忙，先联系丹东公安局那边，提前查访一下。令美来万分意外的是，很快就有消息回来说，现在她的父亲陈刚居然已经是那边一个企业的总经理了。

他是怎么“暴发”的？面对父亲，美来类乎面对陌生世界，虽有期许，更多怀抱的是胆怯和疑问，她忐忑着上路了。

东方美兰公司在鸭绿江下游附近。

美来到达时接近中午，一个漂亮的女秘书接待她，告诉她等一会儿：“我们总经理一般不在外面应酬，应该会在开饭时赶回来的。”

美来在会客室里等着。墙上挂着公司经营管理条款之类的东西，室内一角还摆着军事沙盘样的企业构架管理经营图。美来这才发现，公司不仅仅经营建筑工程，还经营加工、销售、出口等其他项目。杨阿姨在告诉她父亲陈刚的情况时含混其词。他到底犯了什么军法？妈妈的牺牲和他有关吗？他这些年经历了什么，又是怎样变成今天这样的？

不知为什么，美来这次造访事前没做预约。她也许是想不期然地见见这位让她期待与抵触参半的父亲？

快十一点半了，客厅门被打开，女秘书指引总经理陈刚走了进来。这是一位五十多岁身材挺拔的男人，古铜色的脸膛，目光深沉犀利，铅灰色西装，暗红领带，手执黑色公文包。美来立刻感觉，即便是通身的企业家打扮，他浑身还是透着十足的军人气派。

美来蓦地站起，想迎上去，却原地未动脚步。她突然觉得很窘，不知怎么开头，怎么介绍自己和称呼对方。

这时她发现，似乎当她是哪方客户刚要伸手寒暄的总经理突然瞠目结舌，灵魂出窍般愣在那里，脸色渐渐涨红，半天，指着她语无伦次："你……你，苏兰——美来？是美来！"

心里集聚着渴望与抵触的美来又被叫得一惊，仍不知所措，一动未动，内心却忽有一种双脚落地的踏实感，驱散了飘忽无根的渺茫。她忽觉鼻子发酸，如鲠在喉。

"你，就是美来？"

陈刚下意识拍拍自己的脑门，后退了两步，双眼紧紧盯住美来，涨红了的面孔一阵抽搐。

女儿和母亲天生的相像免去了他们相认之初的复杂细节，而一下子过渡到确认，又使原本就混合复杂的情感陡然间难以化开。美来仍旧矜持地站立着，怯生生把手中拎着的军用挎包双手递到陈刚面前。

陈刚摇头："孩子，什么都不用看，你就是走在人海里，我一眼也能认出你！"他接过挎包，双手紧紧握住，埋头贴近怀里，泪水渐渐溢出："苏兰……孩子……苏兰啊……"他压抑着，嗓音低沉急促，梦呓般沉吟着。

许久，他又看着美来，摇头说："孩子，对不起你呀！"他眼眶中已满是泪水，"这包里有你母亲留下的一只玉镯、一条项链，还写着你的生日、姓名——陈美来。"他抖着手，嗓音沙哑，不用打开就逐一细数包里所有的物件，也让美来确认了，眼前这个人就是自己的父亲陈刚。她拘谨的神经好像渐渐苏醒，心却如八面洞开的城堡，惶恐，矛盾，五味杂陈，交汇潮涌上来。她颤抖着双手抱着自己的头，又跌坐在沙发里。

"孩子，这些年你，对不起……"陈刚沙哑着嗓音又说。

美来只觉喉咙发紧，胸腔憋闷，两眼模糊。这一声声沉痛的“对不起”积压着一个父亲多少痛苦、无奈和愧疚！或许其中有更深层、更复杂的含意？然而，她如潮水翻滚的心头却似乎渐渐淘去了五味混合的杂质，只沉淀下一种对亲生父亲的渴望。她想站起身，扑在他肩头，喊一声“爸爸！”，可始终还是没动，也喊不出来。

“孩子，你看，这就是你的妈妈。”陈刚转头，擦了擦眼睛，在她旁边坐下，把从怀里掏出的一张照片递给她。母亲苏兰身穿戎装，微笑着看着美来。这就是心里常常想象、描绘的妈妈？这是一张多么漂亮而又多么年轻的脸啊！美来双手接过照片看着，捧在胸前，猛一阵血脉相连、抽筋拔骨的疼痛滚过心头。“妈妈！”她不觉低喊了声，眼中涌出泪来。

“我妈妈，她是怎么牺牲的？”过了一会儿，美来抹去泪水，抬头看着陈刚问。

陈刚低头，又抹了抹眼睛，闷闷咳了一声。他没回答美来，起身把一条毛巾拿给她，又指指腕上的手表，压低声音说：“孩子，我们先不说这些，歇一歇，去吃饭吧。”

陈刚带美来到公司食堂，在一个接待客户的雅间里坐下，立刻吩咐厨房再加做一碗宽面条，卧两个荷包蛋。

陈刚给美来倒了杯水，看着她说：“孩子，这些年我一直在找你，一直也没有下落，真没想到今天……”

“我也是才知道不久……”美来把得知身世的前后过程以及见到杨阿姨的经过，还有自己的情况，都简要说了。之后她又淡淡问道：“您现在成家了吗？”

陈刚叹息，摇摇头，也淡淡说道：“和从前一样。”

他们吃着饭，面条上来时，陈刚为她端过去：“知道为什么今天要吃面条吗？”

美来摇头。她的情绪还在阴郁里。

“不记得今天是什么日子？”

美来抬头，瞄着陈刚亲切的目光。

“傻孩子！”陈刚疼惜地说，又从随身公文包中取出一支时尚派克笔，“今天刚好是你生日，这是我给你准备的礼物。”他把笔递到美来面前。

美来狐疑地伸手接过，才想起今天确是自己生日，这么多年他居然还记得！就算记得，他之前也并不知今天的相见，怎么会备礼物？她心下想着。从团长到违反军法，到无业民工，又到今天这公司经理，美来觉得毕竟还太不了解眼前这个父亲。

陈刚似乎看出她的心思，也没做什么解释：“快趁热吃面吧，吃了饭我带你回家。”他的声音低回、嘶哑，像萨克斯演奏的怀旧曲，充满深沉的温情和悲怆。

家是在距离公司不远的一个新楼区里，确切地说是一个楼院——由四座红砖外墙和红色瓦顶的拐角楼合围组成的一个大长方形的楼院。院落中央有红砖砌的大圆形花坛，几棵被保留下来的枝丫弯曲的老槐树不拘章法，摆着老资格似的随意矗立在四处，浓密的树荫落了满地。中间花坛里面，一些颜色不同、大朵大朵的月季花还在开着。老槐树上筑着大大的鸟巢，衬出家园的祥和。

一进家门，客厅迎面墙壁上悬挂的一幅大照片豁然入目，正是刚刚看到的那张照片放大的。一身戎装的妈妈站在开满鲜花的山坡上，笑容如彩霞飞扬，乌亮含情的双眼正亲切地看着美来。

“妈妈！”美来蓦地呆在那里，亦真亦幻低声叫了出来。

卧室里，挂着陈刚和妈妈当年的合影。梳妆台上，还摆着妈妈学生时代的小照，旁边翠绿色的玻璃花瓶新插了几枝刚开的玫瑰。花瓶前面静卧着许多不同年代、不同样式的发卡，好像女主人随时会落座，对着镜子梳理秀发。

陈刚拿起一只老式蝴蝶发卡，深红色的，对着窗口透进的阳光端详了一会儿，说：“我当年和你妈妈结婚的时候，你妈妈就想有一只这样的发卡。她原有一只，落在了阵地上。我只能用槐树枝给她编了一个，插上一朵山玫瑰，替她戴在头上。你妈妈她那么年轻、漂亮，我当时告诉她，等打完仗，我要把全世界所有漂亮的发卡都送给她。”

他沙哑着的嗓音瞬间泛出一丝哽咽，顿了会儿又说：“如今她不在了，可我，还是想送。”过了会儿他又低语重复：“想送，就是想送！”

美来伸手接过那只发卡，默默握住，猛一阵揪心，母亲若还活着，该多好啊！

让美来更想不到的是，这个家里居然还有她的房间，她一进去就看到摆在书桌上的一堆东西。“你的生日我也一直记着，这些都是这几年你生日时我专门买来的。不管有没有实际意义，我都是用心去挑选的，琢磨你能喜欢和用得上的东西，就像真要送给你。”陈刚摇头，指指堆放在桌上的书籍、笔记本、笔、丝巾、太阳镜、电子手表等等，沙哑着嗓音说。

美来这才明白，陈刚吃饭时回答她的“和从前一样”是什么意思，为什么之前不知今日相见，却买了生日礼物。这些年他不仅没再娶，且一直生活在以前的情感和家庭氛围里。她的心不觉又一阵隐痛酸楚，屏住气，认领失物一样，目光逐一抚过一年年默默积累在那里的礼物。

再转头，她看到墙上挂的一幅照片。“这是你刚两个月大时拍的，那天正好有记者来营房采访，给我们留下了这张全家福，也是唯一的一张了。”陈刚把眼睛望向空茫的窗外，眼圈又红了。

美来长这么大，直到十三岁那年去县里参加会演，才和同学合照了第一张照片。如今一下子拾起了那么久远的影子，不觉心头热一阵冷一阵地颤抖。照片上，陈刚把抱着美来的妈妈揽在怀里，笑容堆满英气的脸庞。美来仿佛理解了为什么他还生活在记忆里。她忽然想叫一声“爸爸”，可声音哽在喉头，到底还是没出口。

“我每天，都会想你妈妈和你，想我们当年全家在一起的日子。你那时刚刚出生，在短暂的部队休整间隙，我们一家曾是多么欢乐幸福啊！”

在家里转了一圈，美来一直没说话，重新坐回客厅沙发上，眼光落在墙上照片中妈妈明媚的笑容里，好久才轻声说：“要是我妈妈她还活着，多好啊……可她，到底……是怎么牺牲的？”

陈刚没有回答。他把一杯刚沏好的茶放到美来面前，转身走近窗口，拉开纱帘，打开气窗，外面的空气和阳光透进来。楼院里那些老槐树上几个黑漆漆的鸟巢安安静静，鸟们大概外出觅食去了，那是它们黄昏归来的宿地，夜间依偎取暖的小窝。

陈刚眼望着窗外，说："我当年从那里边出来，一个人举目无亲，有一天走在山路上，黄昏来临的时候，山野空茫茫的，远近不见人影。初冬的冷风'呼呼'吹着，我望见远处避风的山坡下有几棵老槐树，叶子已枯萎，快要落尽，上面筑着几座鸟巢，在暗淡的夕阳下，发出一种家的温暖气息。我看着，不觉鼻子酸了，落下泪来。"

他回头看一眼默默在听的美来，又说："我们现在住的这个楼院原本要把这些老槐树伐掉，不留广场，并排盖起四栋楼房。后来我们公司承建了这个工程，我宁肯少收入些，多方奔走求助，好容易说服建筑方和相关部门修改了设计，保留住这些筑着鸟巢的老槐树，建成了现在这样的楼院格局。"

陈刚走过来，端起茶几上另一只杯子，慢慢喝了口："孩子，不急，我会告诉你，还要带你去看你妈妈。"他就像在说一个还活着的人，"等下我先带你看看公司去。对了，你是学经济的，将来就帮我搞搞管理吧。"

他说着，见美来表情木木的，急忙打住，又说："不过，这要看你自己的意思。要不想，咱就继续当银行职员。你能奋斗到今天，很了不起，和你妈妈不仅长得像，聪明要强也像。实际上……我也并不想做这些。"他摇头，脸色掠过一阵淅沥冰冷的秋雨。

美来只听杨阿姨说过，当年妈妈牺牲，爸爸后来又违反军法，她不得已被送了人。见到陈刚，她急于知道母亲是怎么牺牲的，是想知道到底是不是和他有关。她压根也想不到还会有这样一个家在等着她，想不到这个一时还叫不出口的爸爸这么多年还把妈妈和她天天挂在心头。她理解陈刚不愿触及难过的话题，他们毕竟刚见面，应该多品尝团聚的喜悦。她隐隐感觉妈妈的牺牲和他受军法处治似乎有关。不知是不忍他回首伤痛，还是怕知道这些让自己更难过，她这时也不想马上追问了，很想让自己和陈刚都多些时间感受亲情，尽管她还一直没能喊他一声"爸爸"。

他们又去公司转了转。杨阿姨说他是好样的，是个英雄，眼下他的确又是一番天地，而听他所说的一些经营目标打算和做法，美来对他进一步增添了敬重和好感。

快傍晚，他们去了志愿军烈士陵园。在母亲的墓碑前，美来看到有一束好像摆放了一段时间已经风干了的花朵。美来把带来的鲜花、水果摆放好，燃了香，化过了纸，跪在地上说：“妈妈，我是你的女儿美来，我长大了，上了大学，有工作了，什么都很好。我现在已经找到了爸爸，和爸爸一起看你来了，你高兴吧？”她抚摸着妈妈墓碑上年轻飒爽的照片，惋惜心疼。

陈刚听美来说出“爸爸”两字，心头忽地被烙了一下，又热又疼。美来复杂的心绪使她从见面起一直没叫一声“爸爸”，当站在妈妈的墓前，虽然是生死相隔，她还是有了一家团聚、和亲生爸爸妈妈在一起的感觉。陈刚也跪在地上说：“苏兰啊，咱们的女儿美来找到了，她来看你了，你都看见了吗？她长得像你，也和你一样优秀，是个有出息的好孩子，你要还在，我们一家团聚，多好啊！都是我对不起你，对不起孩子啊！”陈刚低沉沙哑的嗓音在风里抖着，眼泪落在地上。

美来听着，心中更多疑惑，到底当年发生了什么呢？

回去的路上，他们都一直无话。到食堂吃饭时，陈刚说：“今天你很累，晚上早点儿休息，明天我们再聊。”美来点点头，她感觉原本急于知道的一切现在似乎都不想知道了，有什么用呢？妈妈已不在，爸爸重新开始已经很不容易了，一切都已无法挽回。而她，毕竟找到了根，亲生父亲毕竟还活着，这对于从战火中走过来的家庭已经是天大的幸事了呀！美来这样想着，情绪活跃了一些，避开往事，边吃饭边聊起经营和工作上的一些话题。

当晚她住在公司招待所里。第二天一早天刚蒙蒙亮，美来就起来了，在招待所楼下散步。她发现和招待所并排的公司办公楼里总经理办公室的灯光还在亮着，心里不禁有些疑问。散了一会儿步回到食堂吃早餐，陈刚已坐在桌前等她。

“休息得还好吗？”见美来进来，他慈爱地看着她问道，又伸手示意她坐下吃饭。

“嗯，还好。”美来看着他说，发现他看上去不似昨天那样精神饱满，两眼密布血丝，眼圈暗黑，面色憔悴，像是通宵未眠。她心里不禁一阵酸软，张了张嘴，似乎想叫一声“爸爸”，终还是默默在对面坐了下来。

吃完饭，陈刚对美来说：“你先回客房休息一会儿，我还要先开个小会，你什么时候想找我，就打电话到办公室。”

美来回房想整理一下东西，发现桌上放了一封写给她的信，厚厚的，像一块尘封已久、掩映在时光隧道口的板砖。一种一直笼罩着身心、类乎惶恐不安的感觉强烈起来。父亲昨天一直没回答她的问话，看来他昨晚真是一夜未眠，熬了通宵在写这封信，现在要给她一个独自面对的机会？他们家，到底有着怎样难以面对的往事？美来忐忑着坐在桌前，下意识抖着手颤巍巍打开了信：

“美来我的女儿，请允许我这样称呼你。在写这封信之前，我先要对你说一万个对不起。不管你读完信后怎么看我，内心里当我是谁，恨不恨我，认不认我这个‘继父’，我都永远当你是最亲最亲的亲生女儿！”

“继父！”美来大脑“轰”的一声，就像当初给嘉伟输血时被错位的血型炸得一片空白一样。

尽管从杨阿姨那里知道父亲的情况让她在心理上产生了抵触和拒绝，可她还是四处打听，几经周折找到了父亲。现在，他已渐渐给她好感，让她在心底开始亲近、接受他，想喊一声“爸爸”了，怎又会来这样一个荒谬的大反转——继父？他居然不是她的亲生父亲？居然连杨阿姨也不知道？那她的亲生父亲是谁？在哪儿？她的身世究竟还有多少谜团？美来拿着信的双手被芒刺般的一连串问号扎得发抖，费了好大劲才定住神，大气不出，往下看去：

“孩子，我是一个对部队有罪，更是一个对你母亲和你有罪的人，虽然我深爱着你们。从见到你母亲的第一眼我就爱上了她。从你出生的第一天，在我怀抱里大声啼哭时，我就感到内心的温暖和父爱已深入骨髓。昨天，我一直不肯告诉你妈妈是怎么牺牲的，就是想，想要你在心里多把我当一分钟父亲，想让我心中多感受一分钟做父亲的幸福。我多么想我就是你的亲生父亲啊！

“美来，虽然我不是你的亲生父亲，但我真的是太珍惜我们的父女缘分了，太想延续我们这个家了。我知道没有资格这样说，还要你原谅我，可我还是请求你，稳住心，一定要把这封信看完！”

美来倒吸一口凉气，如被凭空落地的一席大雪密密裹住。

“你非常想要你妈妈活着，我也和你一样。我们是在战场的炮火里相识、相爱、结合的。那时她比你现在的年龄还小得多。1951年的春天里，她和前线文工团的战士一起入朝，我们部队在行军途中奉命护送。运输车上，我这个营长亲自指挥战士和文工团演员拉歌。她坐在群星一样的女兵队列里唱歌，就像星空中的月亮。

“我一转身看到了她，不知为什么，忽然心跳、紧张、不好意思起来，忙把指导员推到前面，自己坐到了角落里。二十六岁的我就在那一刻才知道喜欢一个人是什么感觉。我周身沸腾，满脸烧红，感到内心有一颗种子在发芽膨胀，头低着再也没敢抬起来。

“你母亲是随同去总部报到的机要参谋，后来就被派到我们加强师。从那天起我浑身就充了电，一心想多打胜仗，希望再见到她时更有脸面。战场上时刻会发生惊心动魄的变化，三个月后我成为团长。有一次到师里开会，她很客气地和我打招呼，还夸我指挥打仗厉害。我这个战场上镇定自若的指挥官语无伦次，慌忙应对几句就逃了，脱离她视线后又不舍得走，看看天色还早，就转到了山坡上，想在那里消解一下内心从没有过的惆怅。

“山野里开着一朵朵鲜花，我采了满满一把送回来。她很意外，捧在手里向空中摆着，阳光照着她花一样的笑脸，我多么想把心里话告诉她啊！

“战争不滋养缠绵的情绪，在已暗淡的山色里和隐隐的枪炮声中，她很快收拢笑容，郑重敬礼。我立即还礼告别，在黄昏快速来临的山野迈着大步，心中感慨，如果不是战争，这样年轻漂亮的女孩子应该在花园里、溪水边，怎么能在生死线上啊？我全身都升腾出军人的豪气和责任感，恨不得一仗把美国鬼子消灭干净。我没有再回头，心中却一直在感受她的注视，这让我刻骨铭心地幸福，觉得即便此去战死疆场，也没白活过。以至于后来，我一直都不忍和你母亲对证这‘注视’是否属实。

“那天之后我们有很长时间没机会再见。但她这位女机要参谋，却以她的勇敢智慧赢得了‘女诸葛’美誉。一年多以后，我们再相逢，却是在一场生死决战之中。当时我们师参加重大阻击战，我团负责坚守阵地的人员也损失惨重。敌人仍不断有增援上来，师里却无兵力补充我们了。在最后距规定坚守时间还有十个小时的时候，上来一支十几人的增援队伍，由师机关的文书、后勤人员等组成，机要参谋苏兰带队。已经决定与阵地共存亡的我没想到最后时刻能见到她，说不出高兴还是痛惜，我们刚紧紧握了握手，战斗就打响了。

“我们坚持到了规定撤离时间，阵地上只剩下几十人了。为安全起见，我把部队分成两组，留下几人随我断后掩护，其余的先撤。你妈妈苏兰已走在撤离的队伍里，突然发现一位伤员，又回来救护，待背起伤员撤的时候已经来不及了。敌人全线压了过来，你妈妈陷在危险中，我冲过去拼命救出她和伤员。这时，我们留下断后的人已被三面夹击，撤不回去了，最后抵抗着退到陡崖上，打光所有子弹后，全部跳向悬崖下面的河流，活着的泅水撤到了对面森林。包括你妈妈在内，共十个人在山林里辗转迷途，已经粮尽弹绝的我们最终遇上一支朝鲜人民军。

“我们被敌占区阻隔，和部队失去联系，暂留在朝鲜人民军中。后来得到消息，我们师在最后的阻击坚守中全都阵亡了。苏兰带人来增援我们不久，那边战况也突然恶化，师首长们全部上阵了，最后遭到敌机轰炸，所有人包括首长们全部牺牲在阵地。

“我们几个幸存下来的人悲痛不已，你妈妈更是哭得死去活来。我们被阻隔了两个多月仍无法和部队联系上，你妈妈变得焦虑又心事重重，我每天都牵挂、照顾着她。

“后来，我干脆拿出攻山头的劲头，对她背下事先准备的话，吐露了心事。没想到她很平静地说：‘我不像你想象得那样完美，我已是感情上有过经历的人。’我当时立即阻止她说：‘我们是共生死的战友，你不要小看了我的胸怀。我知道你是个好战士、好女人这就够了。你就是以前结过婚、带着孩子，只要你现在愿意嫁给我，我们照样会幸福。’你母亲坚持要说。她说她没结婚，但已经怀了孩子。”

美来只觉大脑又“轰”的一声！她双手用力按住自己的头，紧闭双目，半天又急切地睁开，往下看去：

“我当时被镇住了，半天没有反应。你母亲在我心里就是女神，是勇敢、纯洁、美好的化身，我不能用任何不端正的念头亵渎了她，满怀疑惑地看着她。

“你母亲定定地看着远方，眼里蓦然涌出泪水，半天告诉我：她和爱人在战场上一直把感情封存心底，就在这次大战前已申请并被批准结婚，准备打完这仗就结，可他已在大战中牺牲……我才明白，为什么你母亲一直沉浸在巨大的悲痛中。

“我也流泪了。我默默脱下了军帽，什么也没再问。没有经历过战争的人也许不能理解，刚刚经历过这样一场大规模血腥激战，幸存下来的我那一刻真的没有一点儿杂念，而是庆幸我们师还有这样一个没出生的后代，也为那位牺牲了的战友感到欣慰。那是我们部队的后代呀！我从心里渴望做这个小生命的父亲……”

美来双手抖着，捂住张大的嘴巴，身子伏在桌子上，一股震撼、伤痛和感动的热泪如泉涌出。父辈们流血的悲壮、无畏赴死的温情回眸像钝刀割着她的心。

“你母亲终于答应让我做孩子的父亲。那段伤痛她未再多说一字，我也从不忍心再提起，这成了我们彼此相敬相爱中的一个默契。后来我们终于和部队取得联系，归队后，和清理战场时原加强师抢救过来的几个幸存的重伤员重新接受了整编。后来我的团奉命回国休整，你妈妈也随队回国待产。那时战争已快结束，你的出生让我们都觉得生活有了更加美好的未来，我说我们的女儿就取名‘美来’吧！

“你生下来老是爱哭，为让你母亲在月子里休息好，我每天晚上几乎成宿抱着你。有身边的妻子和怀里的女儿，我觉得，一个经历九死一生的人能拥有这一切是多么不易又多么幸福。

“在甜蜜欢乐里，你要过一百天了，我到街里想买些吃的回来庆贺一下，路过你出生的医院顺便进去，想问问为什么孩子晚上老是爱哭。医生说小孩子这样的情形也不少，并没有什么好办法。几个护士就开玩笑说：‘孩子老爱哭，爸爸抱着就好了。你不是爸爸吗，还来找我们？回去多抱抱就不哭啦！’

“护士们是在开玩笑，可我不知被触动了哪根神经，好像有什么地方被碰疼，突然心中很难过，脑袋也不由自主犯了合计。‘爸爸抱着就好了’，我哪一天不是黑天白日地在抱，难道孩子真是需要亲生父亲抱着才不哭？我又哪时哪刻不是尽着亲生父亲的责任呀？这样想着，我内心忽生一丝委屈，又好像有一种什么复杂的东西被隐隐搅动，忽然非常非常想知道你亲生父亲到底是谁。甚至猜想，他会不会还活着，恰巧也是后来清理战场被抢救过来的伤员之一？这么一想，心里更莫名有些七上八下的情绪渐渐滋长、撕扯着。离开医院，我一个人不知怎么就走到了一家酒馆，进去坐下闷闷地喝了起来，想缓一缓迷乱的心。男人在这样的时候往往错误地希望借助于酒，却恰恰遇上了煽风点火的恶魔。

“不知什么时候，我踉踉跄跄回到家。你妈妈正焦急地盼望我回去，见到我，忙把茶缸倒满水放在桌子上迎接我。我习惯进屋就喝上一杯热开水。可是那天心中的郁闷伴着酒精被这开水的热气熏蒸得更加升腾纷扬，我用布满血丝的眼睛看着她问：‘孩子的父亲到底是谁？’我直直地盯住她的面孔，我也不知道为什么就一下子问出了这句话，打破了我们之间最初就有的那份默契。

“她很诧异地看着我，又一阵凄楚，眼圈红了。我的心抖动着，一阵不忍。我说过也确实不在意这些，我发誓要让她幸福快乐，我打仗、立功、活着，一切都因为有她才更有意义。我爱孩子，想做最好的爸爸。可那一刻不知为什么……

“她慢慢缓过神来，装作没听清的样子，平静地看着我说：‘你喝多了，快喝口水去休息吧！’

“‘我不是最好的爸爸，是吗？孩子一天到晚抱着也哭，是吗？你说！’我本想就此打住，顺势去休息，可不知怎么嘴里又说出来这么多，而且声音很高。睡在床上的你醒了，‘哇’地哭起来。她涨红了脸，一边看着我，一边抱过你，你在她的怀里脚蹬手动地大哭。她摇着，垂下目光，半天慢慢抬起满是泪花的双眼说：‘陈刚，你听着，从我决定嫁给你那一天，你就是孩子的亲爸爸，就是我的好丈夫。’

“我相信她说的是真心话，但那一刻我就是难过，就是很想她能告诉我所有事情，难到作为丈夫，我也不能知道她的一切吗？而她沉默着，神情黯然，不再看我。你还在‘哇哇’哭。

“我开始懊恼不该问起，打破了那份体贴的默契，甚至打破了我在她心目中正直大度的形象。我决不想也不愿在她面前有一点儿小气的表现，可那一刻事情全被我搞糟了。她眼神中那一丝无奈和失望，让我有种进退两难、覆水难收的挫败感，这感觉和着胃里正在后反劲的酒力和你的哭声，越来越搅得我心焦意乱。我哆嗦着把手伸进怀里，想摸一支烟抽，可偏偏摸到了冷冰冰的枪柄。我至今记得，那一瞬间我鬼使神差，就像抓到了救命稻草，居然拔出了手枪。我拿枪恨恨地对准自己的太阳穴，嘴里不知嘀咕着什么，好像一枪下去就能结束刚发生的一切，挽回自己的失态和她的失望。

“看着我醉醺醺的，担心我会干出什么冲动、可怕的事，她急忙放下你，过来想把枪拿开。然而撕扯中，‘砰’的一声闷响。我失手扣动扳机，子弹打中了她的左臂。警卫员应声闯进：‘团长，怎么回事？’你母亲立刻平静地说：‘你们团长擦枪走火了，没事，你忙去吧！’我这时大梦初醒，要送她去医院。她坚决不去。我担心处理不好，还是坚持去，她还是不肯。我明白她是怕声张对我影响不好。可是战时一切瞬息万变，第二天我们团便接到命令返回前线，她也同时接到通知，回部队执行特别任务。出发前一天，我要向组织汇报她带伤不便，又被她坚决制止了。她对我说：‘放心走吧，又没伤到要害，我没事的！’

“我很担心，焦虑不安，很多话涌上喉咙又不知说什么，依依看着她。她也无声地握住我的手，半天‘唰’地流下泪来。我们紧紧拥抱在一起。虽然彼此心中都有准备，但当时真的没想到，那就是我们的诀别。

“那次行动，你母亲因为会英语和懂一些朝鲜语，被编入一个侦察小组，秘密侦察需两个团兵力攻克的一处敌方重要据点的地形环境和火力兵力的分布情况。他们完成任务返程时，必经的山涧便桥十分钟前被美机炸毁了，只能手攀一条简易索道通过。深谷岩壁下乱石嶙峋，激流湍急，你母亲已攀到离对岸一米多远的距离，没恢复好的伤口被拉开，左臂再无力抬起。她用一只手握着绳索，动不了，绳索又不能同时承载两人，岸上同志就差一点点，却无法帮到她。正在想办法时，敌军的巡逻队远远出现了，为不暴露这次秘密行动计划和保护同志们的安全，你母亲只说了声‘快撤’，就撒手坠下深崖。她才只有二十四岁啊，就那么连一句话都没留下，连一丁点儿心事都没来得及托付，一瞬间永远离去了。

“过了那道山涧深崖，山下面就是一片安全的油菜花海了。你母亲只差一步就见到了胜利。那是停战前我团的最后一次作战。那么残酷的阻击战她都活下来，这次就这么走了。我这个混蛋啊，我无论如何也不能饶恕自己！

“和你母亲一起执行任务的同志虽然脱险，但还是被巡逻的敌人察觉出了动静，嗅出了味道。敌人加强了防范措施，导致那次‘摘核桃’的计划被打乱，为此我军受到不应有的兵力损失。停战后，我无法逃脱良心的悔恨自责，主动投了案。

“你母亲是品格正派重感情的人，她对我是真诚的，对之前的情感是忠贞负责的，想来想去，我觉得应该尊重她的心愿和方式。投案时，我没详细说明她负伤的原委，只说是我酒后因为孩子拌了嘴拔枪伤了她，我违犯军规导致你母亲受伤，临阵行动不便以至牺牲，又因此连带令‘摘核桃’计划失败，给我军造成不应有的损失。我被军法处置，判处监禁，只好把你送人。

“美来，昨天见到你，我是多么高兴又多么伤心，我甚至因为怕失去你，犹豫矛盾了很长时间到底告不告诉你实情。但我最终想，你应该有知道真相和选择的权利，你也应该恨我，不接受我。但我无论如何都永远当你是亲生女儿。

“我在监管期间拼命立功赎罪，想早点儿出来找到你。后来我到处找你，也没脸见部队战友。最初，为糊口，我披星戴月将大把汗水流在扛包的码头和搬砖运土的建筑工地上，焦头烂额拿到的只是辛苦钱。有一回，在深圳盖楼，临开工，老板与承包电器活的工头闹掰了，一时找不到人，根本不懂电器的我大胆自荐把活揽下来。我当时想，老子战场上什么作战地图看不懂、什么山头攻不下，还怕个电路图不成？我现去买了电工书，照葫芦画瓢先给工地接通照明，之后边干边学，夜夜熬到三星偏西，还花钱暗中聘请懂行人帮忙。那是我起家的第一桶金。后来，我就由组建电器安装队发展到承包工程。积累了资金以后，我没继续在已站稳脚跟的深圳发展，而是回丹东陪你母亲和慢慢寻找你的下落。

“你也许感觉到了，家里现在的一切都和你母亲在世时一样。你母亲的生日、祭日和我们的结婚纪念日，我都会给她买花和其他礼物。孩子，我知道她不会回来了，可是我们没有来生了啊。每天想着她，让内心和精神一直和她在一起，我就觉得她还活在世上。我不忍心她孤单一人，我愿意这样静静守候一生！

“每当你的生日我也要买一样小礼物放在你房间，虽然你无法收到，但这表达了我对你的祝福和内心的救赎。这些年做生意，我从不喝一滴酒。我原本是能喝大酒的，现在，哪怕就是跑大宗生意我也坚决滴酒不沾。酒，让我伤痛。而且，我现在的拼搏都是为了你妈妈和你。我这样说，你也许觉得不实在，但这是真的。你可能没注意到，我现在这个企业就叫东方美兰公司，用你和你妈妈的名字组合而成。这些年我一直想找到你，希望你过得好，这是你妈妈的也是我的心愿……”

读完信，美来忽然有种刚刚和妈妈失之交臂的感觉，而且妈妈原来是不必牺牲，可以活着看到今天的啊！所有的一切都可以不是现在这样的啊！她只觉五内燃烧伤恸，头昏脑涨，手脚震颤，胸腔像被泥沙堆积淤塞一样憋闷，口渴咽干。她起身去抱起暖瓶倒了一杯水，想平息一下。在模糊的泪光里，她昏昏沉沉的，身子一晃，抱在手上的暖瓶“砰”的一声落在水泥地上，瓶胆爆裂，热水四溅，差点儿烫伤了腿脚。

第十六章

廖强一大早上班，走在清冷的大街上，脚步怎么也踩不出以往那种进行曲的节奏，心里憋着一股愤懑不平。

昨天接到参加组织部年轻干部集中培训的通知，开始他很高兴。这事之前已酝酿一段时间了，市里在各机关选拔一批大专以上文凭、素质好、有一定工作能力和成绩的年轻人，作为单位后备干部培养对象，要进行一次素质培训。

接到通知后，他想起自己曾问过美来，听说她的单位有三个推荐名额，民意测验她得票最多，行里推荐上报时她排在最前，就是选一个人也该是她。他高兴的是不仅自己能参加培训，关键是终于又有机会能接近美来。半个月集中培训，有美人相伴，好！他想着，顺街心花园一边走一边还哼着小曲，冷不防迎头碰见胡娜手拎一双高跟皮鞋匆匆走着，一问，她单位根本没派美来过来。胡娜愤愤道："本来推荐上报的是美来和两个中层干部，批回来却换成了去年不知从哪儿调来的一个姓张的中专生。待在人事科没见她显山露水，凭什么顶掉美来？中午行长正好在食堂吃饭，我不管三七二十一问了。哼，他半天没吱声，后来没头没脑说什么不就是个培训嘛！廖强你说气不气人，这可是后备干部培训，能一样吗？对不对？"

胡娜走后，廖强一个人靠在花园栏杆上，看着街道上来来往往快进慢行的车辆行人，愣了好一会儿。广信行那位部队转业的老行长，他办案中曾接触过，平心而论，感觉是一个正直的人。如今这年头，人事关系，特别是提干任用方面，实在是太复杂了。层层都在讲程序、讲原则，又都说不定会在什么环节冒出冠冕堂皇的变化，神不知，鬼不觉，不用说民意测验，就是决定了的也未必管用。他的一位同学在外地公安局任刑侦副科长，一贯挑大梁，年年得先进，去年老科长退了，即使被平庸无绩的另一位老副科长论资排辈顶替了也情有可原，问题是领导已研究决定由他上任并找他谈过话，就剩开会公布了，可突发案件，他带人赶赴现场，结果第二天上午，仅仅推迟半天，“夜长梦多”这一说法便又一次应验了。一个上头有门路，论资历、水平、业绩都远远落后的人，悄没声地取代了他。一句可以解释一切的“工作需要”，管叫人哑口无言。

廖强想着，愤懑满怀，又担心美来。她已经够烦心了，去丹东的情况怎样还不知道，回来又要添这一层堵，真糟糕。

美来此时像两只脚踩着棉花一样，头重脚轻，裹在汽车站攒动的人群中，脑子一片空白。空中的太阳明晃晃地刺痛了她的眼睛，所有的一切都是白晃晃的，视野模糊一片。坐在返程客车上，她的泪水又开始流。

“孩子，你的亲生父亲到底是谁，是否还幸存，我至今都不知道，也不再想知道。我知道现在怎么做都对不起你，说什么都无法挽回过去。我没有资格请求你的任何原谅，但我恳求你，在需要的时候，请千万当我是你的亲人。这也一定是你妈妈的心愿，因为她原本就把你当作了我的亲生女儿。你也许现在不接受我，甚至恨我、远离我，我都理解，我罪有应得。可我相信，我们之间的亲情无论如何都是割不断的，因为，我们共同深爱着你的母亲。”

陈刚在信的最后对美来做了掏心掏肺的苦求。美来明白了，他之所以用书信的方式告诉她一切，就是要给她一个选择的空间。

她选择了离开。她被戏剧般的命运变幻冲击得眩晕。美来心疼母亲，她才二十四岁啊。而她的生父到底是谁？他是否还活着？他知道母亲的一切，知道还有一个美来吗？他和母亲之间到底是怎样的爱与别？母亲她牺牲前连一句话都没来得及说，她内心该有多少的不舍啊！

恨陈刚吗？可他又是多么爱着母亲和自己呀！

“我回去了。”痛哭过后，美来收拾了一下地上的碎片，在准备出门离开时，还是回身又留了这么几个字。

黄昏来临的时候，她乘坐长途客车到达正阳车站。这是一天里最后进站的一班车。一阵嘈杂喧闹过后，六十多号乘客飞鸟各投林，没入了四面八方的大街小巷。停车场又像一片退了潮水的沙滩，空旷寂静下来。

美来最后一个走下车。一阵萧瑟的寒气扑面而来。

这是正阳一年中秋色最浓、秋意最醇的时候，往往还会坚挺着一股“秋老虎”的余热，仿佛在为大田庄稼已经焐熟了的籽粒再加最后一把火。一般只有到了开镰收割的日子，大地才会渐起凉意，才会有一种冰冷的寒气袭入蔓延，把秋冬的冷峻带来。

而今年，这个时节似乎就没经历什么过渡，气温骤降，转眼携风挟雨的寒流几乎在一夜之间令大地的繁茂枯萎萧杀，抽空了花木、庄稼的水分。街道上铺满凋零的秋叶，它们不时被疾驰的车轮卷起，在空中旋转翻飞着又跌落下去，再随风飘起，再跌跌撞撞落在路边或窝风的墙角，像一群流离失所的难民。

美来拖着疲倦的身子，孤零零地在停车场呼啸的秋风中慢慢往外走。忽见一个熟悉身影，站在出口栏杆外向她高高扬起手，像把一股暖流隔空传递了过来。

廖强并不知美来今天是否回来，可是他还是决定在丹正长客到站的时候来碰碰运气。他迎上前去，见美来情绪低落，觉得事情一定不对劲。难道没见到父亲？还是“暴发户”不肯认女儿？要不就是有了后妈，亲爹变后爸，让她受了冷落？他大脑一阵混乱却没敢多言，默默接过美来的背包，提到广场栅栏外面吉普车前。

原打算到开发区美食城为她接风，可见她一副拨不开云雾的神情，廖强便改了主意，径直开车向城南驶去。美来也一声不响，任凭他开往哪里。不过十几分钟路程，他们到了海边新兴的海鲜一条街。这里家家餐厅都依山面水，大海就像是自家院落一样，坐在这里吃饭的人，不仅为了刚出水的海鲜，更是为了在餐桌上也能观望碧海白帆的那种感觉。

廖强开车从西头穿街而过，把车停在街东头，那里是一条连着观海小山坡的石阶小路。

“要不要先到那儿走走再说？”下了车，廖强嘴巴往小路那儿一努问道。正是落日余晖染红海面的时刻，他把美来拉到这里就是觉得，不管什么原因，应该先让她散一散心，再吃晚饭。

面对大海，美来觉得胸口敞亮了许多，心里对廖强的细致入微很是感激，她长舒了口气，意味深长地点点头，心领他的周到。两人就往山坡上走去。

坡上的灌木丛、柞树，已染上了秋色，在黄昏的凉风里泛着一片片明黄和金红。美来站在高坡放眼望着大海，夕照里海天混沌苍茫，倒映在波涛里的镀了金边的红色晚霞涌动翻滚，从脚下直铺向天边。一群海鸟在“哗哗”的海浪里盘旋着，起起落落，似找不到片刻的落脚栖息之地。美来忽地想起了那个由四座红楼合围而成的静谧家园，院落里的老槐树、鸟巢，晒太阳聊天的老人，追逐戏耍的孩子。她好像看到继父陈刚早晚出入那充满浓厚家园气息的院落，脸上露出迷离复杂的表情。

她停下脚步，回头看着默默跟在后面的廖强，低声说：“放心吧，我们见过面，相认了。我现在……就是特别怀念我的母亲。”

她只说了这些，又默默凝望空蒙浩渺的海面。身世中那些她毫无防范的细节麦芒一样隐隐扎着她的心。

廖强的心至此略觉放下，顺着她的视线，他的目光在一片泛着橘红色的波光上面逡巡。他又在想美来落选的事，告不告诉她？美来生性好强又刚正，他担心若明天她没有准备地突然知道，会更受打击更难过。可看她满面的愁闷，又不忍心再给她添堵。

过了一会儿，天色渐暗，他们下来去了餐厅。怕美来往返颠簸上火，他点了黑鱼汤和两样清淡蔬菜，美来果然大口大口吃着，她已经饿了一天了。吃过饭，从窗口远望着外面渐渐黑黢黢的海面，他想想还是觉得该先和美来说一下。

“后天市里要集中进行青年后备干部培训了，得封闭半月……你们，行里的那个张什么……就是人事科那个中专生，那女的她有什么背景？”廖强眼睛瞄着大海，轻描淡写地问。

美来转回目光，若有所思地看着廖强眼中两团幽幽的光焰。“你是不是想告诉我，我被她取代了？”她问。廖强没说话。美来看他无奈又轻蔑地合了一下眼睛，心中不觉穿过一阵凉气。

她也微闭了下双眼，苦笑道：“放心吧，这结果我其实也有准备。从小到大，我早产生这种抗体了，抗击打，不消说培训，就是准备任用被临时削下，想想又能怎样？”

廖强舒了口气，使劲一点头，又竖起拇指哈哈大笑说：“看来我真是鸡抱鸭子干操心。胡娜也是，一个劲为你抱不平。好，来日方长，这算个什么球！”

第二天早晨醒来，美来觉得头昏沉沉的，浑身无力，胸中也像有一团棉花，堵得慌。后备干部培训的事说是不在乎，可到底有一缕没烧起来的暗火正和着身世中那股伤痛的悲情，隐隐灼得她全身倦怠。她狠劲伸了伸臂膀，想蒙头再睡，或就这么仰望屋顶，静静推过去这一天。

窗外树上传来：“叽喳”的鸟叫，水房响起一阵洗涮的“哗哗”流水声。她翻了个身，想起办公桌上还有一堆的活等着呢。前段时间按督察组分工，她已把自己负责的那些享受国家财政补贴和贷款优惠政策、承担农村开发龙头项目的企业全部都走过一遍，对项目资金运行情况做了初步调查，发现一些企业存在作假谎报等资金使用违规行为，已汇报上级并按规定责令其限期整改，现在要抢前一步跟踪督察整改情况，确保农村富民政策的落实，以迎接省财政和银行的联合检查。美来想着，就一咬牙想爬起来，可是头阵阵昏晕，两眼发黑，摸了摸额头，才觉得滚烫，看来是发烧、感冒了，口也干渴得厉害。

她伸手拉开紧挨床边书桌的抽屉，摸出一帘封在油纸袋里的安乃近片，剥出两片，就着桌上水杯中的凉开水吃下去，穿衣起了床。

上班一进办公楼，正碰上由科长也刚到，二人一起往楼上走。“小金啊，今后得学着活泛点儿，得学会搞关系。”科长从容地迈着他典型的四方步继续说，“这年头，太轴了吃亏呀，你得学人家人事科小张。那家伙，百分之百，多活泛，多会来事！”美来知道他说的是后备干部培训的事，也不答话，绷着嘴唇把头一梗。“你个小金啊，犟，唉！”科长指指她，摇头，进了自己的办公室。

美来也进了办公室。老刘和胡娜还都没来，他们总是踩准点到。她拿起拖布拖了拖地，又用抹布把桌椅都抹了一遍，打了水，这才坐下，拿过一摞报表赶着填写。油笔涩涩地不下色了，美来拉开抽屉，想换一支新油笔芯，见前段日子那份鸡场拆迁情况的资料被静静卷放在一边，眼前不觉浮现出那天“轰隆隆”的推土机声里好端端的砖瓦墙舍粉碎坍塌的情景。她愣了一会儿，心底不知怎么隐隐有一种愧疚愤懑之感。她把材料在抽屉里翻开，又细看了一遍，想了想，突然拿出来往桌子上使劲一拍。

她把材料按程序上报了。有关部门立案进行追查核实，很快有了结果。原来就在那片地方划为旅游区统一规划管理时，案件的当事人——那个鸡场主——拉拢利用村主任虚报了一些环节，将审批资料作假，层层备齐了申请手续，骗取贷款，抢建起这个养鸡场。而后在上面的统一动迁中，村里又违规盖章，认定其享受拆迁补偿资格。鸡场主还串通了有关评估部门人员，扩大虚报拆迁补偿面积，从中又多骗取了三倍国家征用补偿款。

案子得到审理，违法犯罪行为被查处，相关部门、人员责任被追究，国家追回了损失百万余。广信行主动追究案情得到表扬，但有间接失察责任，也受到了批评。

这件事上美来的所为在同事中也包括一些企业里传为佳话，她还暗中得了个绰号“包公脸”。也有人冷嘲热讽，说她出力不讨好，甚至说她损人不利己，何必呢。行里进行工作考核，如胡娜最初劝她不要多管闲事时所预言的那样，按规定条款，美来的确被连带减了分，也就是说年终先进评奖也要被“一分否决”，晋升一级工资的机会当然就前功尽弃了。

“这不等于做好事、坚持原则反要受罚吗？和英雄流血又流泪有什么差别！”胡娜替她抱不平，冲老刘大声嚷嚷，“你说对不对？”老刘摇摇头又点点头，说：“是是是。”又说，“嘿，差点儿忘了，老婆叫我今天买条新鲜刀鱼，我先走一步了啊。”

美来自己也哭笑不得，心里觉得委屈不平，尽管之前有思想准备，可风雨袭来之际，还是会困苦发冷。胡娜时不时想起来又会敲打她几句，令她雪上加霜。可是不这么做内心就会平静吗？她咬牙问自己。

但是，她和大家谁都没想到，不久行里又出台了一个工作考核方案补充条款。行长宣布，年终的先进评比将设一个特别奖，此奖可不受“一分否决”的限制。他还专门以美来为例解释说，美来这种正义的举动就属于特别奖可评选之列。

第十七章

这一天，LGV 公司的许佩茂一大早就来到广信行找由科长。许佩茂现在已经是代经理了。他这段日子不断跑银行，想先探路子再申请贷款，为这事昨天晚上刚请了一顿客，主请的当然是美来他们这位由科长，其余作陪的都是由科长自己点的哥们儿。据说由科长从中午就上酒桌了，晚上又连轴转，到许佩茂名下，已经是第四局了，进门前早已不在状态，还指望酒桌上能说什么。许佩茂这才趁昨天请客的热乎劲，一早又来找由科长，一是为贷款，二是想求由科长安排美来负责他们公司的这次信贷督察。听说省里就要派检查团下来了，按说他了解美来的一本正经、不变通，本该躲着才是，可毕竟她与嘉伟之间有过一些往来，熟人好办事，有什么情况还是应该会向着他们，帮忙打打掩护的。

由科长正拿着一把牛角梳子一下一下向后梳拢头发，遮盖稀疏透亮的脑袋。他寄希望于持之以恒的梳理，没准真能再重返黑发茂密的春天。想当年头发是怎样地茂密乌黑啊，他才三十七八岁的人，怎么就开始谢顶了呢？

不等许经理贴近耳边的嘴巴把话说完，他就把梳子向上一抬，停在半空说：“小事！你许经理的要求百分之百是小事，就派小金去你那儿！贷款，贷款嘛……”他把梳背滑到桌面，“嗒嗒嗒”点几下节拍，又抬起在半空晃悠着，“材料齐了，齐了就报我，不过，你可得准啊？”被梳子指着鼻尖的许经理见他还不是很在状态，立即直起腰身，双手掩着嘴巴，连说三声“准”，就退出了科长室。

许佩茂曾是省城一家企业的供销员，厂子亏损关停，下岗闲在家里。由于嘉伟不肯专心接手经营企业，嘉伟的父亲林守业先生，也就是许佩茂的表姑夫，看重他有经验，才聘用了他。嘉伟更乐得凡事放手。许佩茂带着虎落平阳的郁闷，最初本想全力辅佐表弟一番，也让自己的人生重整山河，可欲望往往一附着上“条件”的边缘，就会像爬墙虎一样逐渐向上伸展扩张，进退取舍是要凭借个人的品质、意志和定力的。他那原本并不过分的初衷没能维持多久，诱人的机缘就冒出来了。公司争取到有政策扶持的农牧养殖加工龙头项目后，他原来单位的一位绰号“大眼皮”的工友和另一个叫“猴子”的技术员专程来找他。

那天，三个人在开发区宝利来酒店喝酒商讨。“大眼皮”已经满脸紫红色，说话拖着长腔：“咱们，今天说这个办法啊，它其实来说，根本来说，也就是哥们儿我和老弟你，原先咱老客户还有，‘猴子’这一手好技术还有，如今你这又有现成的企业，这他妈的来说叫什么？……”也干过供销的这位工友长了一双不容易抬起来的大厚眼皮，好像看人得仰着脸斜睨才能把目光放出来似的。他用被烟卷熏得发黑的手指左右点着许佩茂和“猴子”两个人的鼻尖，喷着酒气：“这他妈的来说就叫万事俱备、只欠东风，只欠他妈的草莽借船！”

“不对，草莽借箭！”许佩茂喝得大脑发胀，胡乱纠正。

黄澄澄的啤酒冒着气泡，酵母一样在他们体内膨胀，灌溉滋养着借钱发财的梦想。三个人越说越斗志昂扬，两眼充血。“大眼皮”手指不断在空中划来划去，拖泥带水翻来覆去说着那些话：“空手套白狼，其实来说，根本来说，挣了归咱哥们儿，败了他妈的来说就归公家……”

“大眼皮”翻来覆去的各种“来说”让许佩茂产生了在自家自留地摘茄子、辣椒的错觉。在大量酒精的冲击下，这些话句句是真理，击中了他蠢蠢欲动的心。

他开始借鸡下蛋，用公司享受的龙头项目政策补贴和贷款资金进行运作，照别人现成的路数。他认为，靠自己的聪明精心周转运作一番，是会轻轻松松两头不误事的，就像“大眼皮”说的那样“空手套白狼”。

很快真收到了甜头。电缆是个有市场的产品，销得不错，也见到了钱。但一段时间后，厂子和供销客户间免不了发生一些三角债之类的事，影响资金周转。眼下他正在为一时挪不出五万元预付款影响一笔十多万元的销售订单的事上火，想尽快再贷一笔款救急，再求美来帮他们在资金账目上打打掩护，将省联合检查团这一关顺利通过，一切就还有希望。

美来早晨刚上班不久，由科长打来电话叫她过去一趟。到科长办公室门口，美来敲敲门。

“进！”科长在里面喊了声。美来打开门进去。

“他妈的，昨晚，哥们儿百分之百喝大了。”科长劈头一句，美来吓了一跳，才看见他手拿话筒在打电话。

“……”对方那边只能听到乱哄哄的哇啦声。

“瞎说是孙子！这帮鸟想灌我，你脚板抹油溜得那个快，不够意思。”科长把听筒倒了个手，脸色潮红，眼皮浮肿，眼中充着血丝，满口余醉未醒似的酒话。

“……”

“理解，市长大秘书，打哈哈？秀才宰相的料，做糖不甜做醋酸，敢不理解？”

美来转身想先出去。科长冲她摆手，又指指沙发。

“我说哥们儿，”科长并没结束通话，“凯旋门，明晚一战你必须亲征，得到场啊！”他一手在毛发稀疏的脑门上反复拢着。虽说正值中年，美来觉得他整个人仿佛熟过了头的西红柿，总有摇摇欲坠之感。他把话筒又倒了一下手，电话线把桌上的水杯、笔筒都碰倒了，水洒了满桌子。美来拿过窗台上的抹布擦干桌子，收好笔筒，又给杯子倒上水。

见美来仍站着，科长放低声音：“我有事先挂了，明晚备两瓶水，到时候咱们对瓶吹，你可得装像了啊……”

科长余兴未尽地放下电话。他平时举止说话也很文气，走路挺胸仰头，慢悠悠，四方步，大板腰，大家送他雅号“由大官僚”，喝了酒就是另一副样子，张口闭口连毛带刺的腔调。他终于撂了电话，看看美来，十二分无可奈何地一摊手，摇着头："这几天，真毁了啊！顿顿大喝……"又指指电话说："今晚还得喝！一早俩企业的哥们儿打过来，上月就要请咱们科，一直没排上，这回放赖了，今天非请不可了。没办法，也为工作嘛，得去。你听没听见？都得去！"

"我可得请假，科长。和你们不一样，我得回大王山。"

"你看你看，人家还专门点到你，说想多熟悉熟悉，方便工作联络。就算给我面子，啊！下周再回。再说明天你们竞赛不集训嘛，你走？你呀，今后得练，年轻人喝点儿酒就想往后躲哪行？"科长不由分说，安排美来负责去嘉伟公司督察的事，又交代她再考虑考虑对方要追加贷款的事。

美来说："好，等我调查核实了他们的情况汇报给您再说。"科长听后看着美来笑笑，用手指点着她说："你呀，小金，去吧！"

美来回屋，见许佩茂已笑眯眯地在等她了，见了她，一只手虚掩着嘴巴迎上前来。美来闪身回自己座位，示意他在对面沙发坐下，告诉他说："科长刚才都安排我了，您先回去，我这两天就抽空去你们公司。"

"您要是忙就不用费事过去，我把材料和报表什么的都详详细细给您准备齐了拿过来，您审一下，省得您忙忙叨叨还为我们来回跑。"许佩茂又站了起来，隔着桌子，手掩嘴巴，笑眯眯看着美来。

美来明白他的意思。在前段检查中，她发现他们公司资金账目有流动不合理和收支矛盾等问题，已经指出，并按规定责成其自查整顿。既然还不是信得过的单位，她就必须亲临实地了解，所以她告诉他说："没事，你什么都不用送，我还是自己过去看吧。"

许经理虽然不高兴，却也并不太担心，以他多年跑供销周旋人际关系的经验来看，尽管美来处事有原则，但无论如何不会拆嘉伟公司的台吧？只要眼下能帮他们蒙混过了省检查团这一关，自己再顺利贷下一笔款，几笔生意下来，就能摆脱眼前的困境并把腰包装满。他心"怦怦"地跳，仿佛看见钞票"哗哗"涌进腰包，自己已成富翁了，于是依旧满脸堆笑，意味深长地看了美来一眼说："那您先忙，先忙，得空欢迎去公司。"他说着边往门口退，边左右顾盼屋里另外两人——胡娜和老刘，又点头笑着说：“欢迎你们都去，都去啊！”

当天晚上，科里一起去吃饭。事先预订在新时代大酒店，两个企业经理打埋伏一样，早提前等在那里，准备妥当一切。科长率众人驾到，被一路迎进二楼叫“泰安厅”的大包间，请客的两位主人一定要把科长让到主位。

“你们请客我哪能坐这儿？”科长推让，坐在左宾位。

“哎呀科长，您不赏光我们上哪儿请客去，您不坐那儿谁坐？这客也是您请，我们不过跑个腿买单不是！”一位留着平头、敦实、圆脸、脖子戴一条细草绳粗的黄金链子、年龄看着比美来还小些的经理，一直堆满笑容点着头，满嘴都是粘着蜂蜜的话。

科长哈哈大笑：“瞧瞧，瞧瞧，有人会说话能听得出来！那我就不客气啦！”他被平头推着边站起来挪动身子边说。胡娜风铃样转动一下眼睛，噘起嘴唇说：“科长，这叫有人会拍马屁能看出来！您快坐下受用吧，我们也好都坐下于动啊！”

平头接过去说：“哎呀呀，胡姐，你今天又换新发型啦，漂亮漂亮！这可不是拍马屁，这叫众星捧月，对不对？您看看，看看这满屋里谁最明亮，大伙说是不是科长？”平头眯起眼，挨个对大家点头，笑着，再看看由科长笑盈盈、光亮亮的脸膛，更加把自己的嘴咧到了耳根。

“油嘴，还不快闭上！”科长故意绷住脸，在主位坐下。平头紧挨科长一侧坐下，另一位经理坐在科长正对面。大家这才“呼啦啦”边谦让边坐下。胡娜和平头经理工作上熟一些，被推到靠他旁边坐下。紧挨胡娜，美来也坐下。大家坐定，平头说：“科长，请示您啊，酒我和大哥杨经理今天还是备了全套啊，都上。这开杯酒，我才学了个新三样，要不咱试试？”

科长抿嘴一笑：“那就新三样。不过新三样太冲，两位女士你让她们自己随意。”平头听后摇头咂舌，又不情愿地点着头。

第一杯叫“烟幕弹”：每人一大杯啤酒，打入一个生鸡蛋，须一气喝下。

接着是“红花雷”：每人一大杯红酒，再磕入五个鹌鹑蛋。

第三杯为“潜水艇”：装满黄米酒的杯中沉入一只盛满高度白酒的小盅，要求双杯一口干。

“好，先来‘烟幕弹’。”平头先把规则讲一遍，命服务员倒酒。因通常都先喝白酒，服务员忙现摆啤酒。平头等得不耐烦，拿起一瓶啤酒问：“小姐，你猜，我拿手指能不能打开？”

服务员看他的手指在瓶盖边上磕着，摇头说打不开。

“打不开！”平头经理手一拍桌子，“你都猜着了我打不开，还不快去拿瓶起子来？”

服务员忙说“对不起，对不起”，一面去拿了来。

“一看就是新来的，一点儿不麻溜。不想转正了是不是！”平头嘀咕。

美来和胡娜看着一桌子男人大呼小叫，忙说：“科长都有指示了，我们随意。”

两人倒了饮料。服务员新端了一盘菜放上来，伸手一指，报了菜名——持之以恒。美来一看盘中，“扑哧”笑了：“原来是‘翅’之以恒啊，谁这么会起名？”说着一边伸筷子，在还冒着丝丝热气的红烧鸡翅中夹起一块，先用鼻子嗅了下，对胡娜说：“好味道，你也来！”

胡娜一眨圆溜溜的眼睛，想起什么，边伸筷子去夹边“扑哧”一笑，拖着长腔，斜过目光对美来道：“得了吧，你金美来什么时候稀罕吃这破玩意儿啊？”

美来立刻也想起什么，白了她一眼，“扑哧”笑了。刚毕业分到广信行那会儿，大学生，天之骄子，漂亮，业务上手又快，工作态度也谦逊认真，大家都当飞来只仙鹤样欣赏夸奖美来。作为同龄人，原来在行里年轻人中算占风头的胡娜颇有些失落，自愧不如又带点儿嫉妒。特别在穿衣打扮上，本来她是行里的“一枝花”，论赶时髦坐的也是头把交椅，每天都能吸引众多目光，享受到各种唏嘘赞美之声。美来来了，也不赶什么时髦，也不见穿什么高档服装，可随便什么简单的东西，只要她一穿上就有说不出的味道，就被赞优雅，就被夸飘逸，就被说风度潇洒。胡娜暗中愤愤不平，细留心，发现美来虽不赶时髦、不追流行，也不穿多贵重的衣服，可每件看似简洁平淡的衣服细品绝不落俗套，不是领口就是袖笼，或下摆，要不就是开襟、纽扣等什么地方，一定会有新颖的剪裁或装饰做工方面的不同设计，大方中有别致，风格统一又必有变化。不同于她自己，一贯大刀阔斧、钢花四溅，色彩也好，剪裁也好，总会对比强烈、鲜明。有人就给出总结性的评价来，说她们两个的风格是轰轰烈烈对云淡风轻，横冲直撞对水乳交融，一个热辣火爆，一个文静隽永。胡娜妒忌又不服气，后来听说美来居然还是从大山沟里走出来的农村人，就更是不服了，明里暗里，总不由自主会找找小茬子，说说风凉话，损一损、挤对挤对她。美来始终端着一种不屑的淡然，这让她更气——一个农村人，说到底有什么了不起，上过大学又怎么样？

有一回月底，食堂结余改善，大家围着圆桌合吃。一盘鸡翅炖土豆块摆上来，胡娜本来也很爱吃，可见满满十个人围坐在一起，一转念，便拿筷子指点说："咱们食堂也太老土了，这鸡翅这么个做法，一点儿都不好吃。我们家每回都是用可乐做红烧鸡翅，那味道好极了。"一边说，一边斜着眼睛阴阳怪气地问美来："哎，金美来，你吃过可乐鸡翅吗？知不知道都用什么调料？会做吗？"

美来连连摇头，笑笑说没吃过，也不会做。

果然正中胡娜下怀。她滴溜溜看一圈圆桌上的人，又笑说："就是，我忘了，大山沟里哪知道有这种洋做法，更别说吃过了。"美来正想夹一块鸡翅来吃，听这话，转去夹了筷子红辣椒丝爆炒大头菜，放在碗里的米饭上，边吃边惊讶地问道："怎么？鸡翅膀你们家还吃？这要在我们乡下，那都是拿它当肥料，沤了种地喂庄稼的，谁稀罕吃它？鸡脯子、鸡大腿还吃不过来呢。"

满桌子人都会意，互相对眼打着哈哈。胡娜一撇嘴，转转眼睛想想又说："如今这农村，嘿，日子可是大变样了啊。前天，我有个海边的同学，你猜怎么说？真是笑死个人了，他们家的猪，每天都跟着人一样吃一个海参，结果吃上了火，鼻子直流血。"

美来"扑哧"笑出了声，摇摇头说："你那同学家的猪啊，还是吃得少了，没适应。我们那边大山沟子里，家家养猪就喂海参，一天三顿当猪食，全都吃服了，别的还不吃，从来也不流鼻血。”

大家听了，憋着笑，桌子底下你推一下我，我捏一下你，都差点儿喷饭。那个把算盘当枪的老大姐被噎得直伸脖子。连胡娜自己也忍不住“扑哧”笑了出来，又绷住劲敲着桌子说：“笑什么笑，都没听过吹牛怎么的？大惊小怪！”边说边起身，端着饭碗挤到邻桌吃去了。

谁知下午她正要溜出去逛一圈商店，忽接到行里通知。原来，按上头的新规定，像胡娜这样“文革”期间毕业的高中生要重新考试，及格后重发毕业证。胡娜已毕业快十年，干脆不想考，不发证书拉倒。可行里这份通知说，凡拿不到新证书者一律从机关清退。她傻了眼，一大堆的功课早忘光了，除非美来肯帮她辅导，可又觉得不好意思相求。

胡娜肠子都悔青了：“谁叫你老有事没事挤对人家？这也就算了，偏偏今儿中午非要损人家山里人没见识过可乐鸡翅，也偏美来今天针尖对麦芒，回敬得自己下不了台。”她怨美来小气，嘴巴厉害不饶人，也恨自己无故找事。到底要的哪门子强？这下好，保不住高中文凭被清退了，想想真丢不起这人。她拿起复习材料翻着，看一眼美来木然的表情，欲言又止。“还是算啦，打死我也不求你。”她又把资料往旁边使劲一撂，双手抱头趴在桌上。谁知美来却抬头笑了，主动要帮她。她不好意思看美来，紧绷着嘴，半天问道：“真的？你也跟着费力陪时间？”

“这有什么？”

“可我以前总爱和你过不去，挑刺挤对你，你不记恨？”胡娜垂着眼睛又说。

“没事斗斗嘴，像小孩过家家玩，挺有趣的！”美来信口说道。

胡娜感到了人家大人不记小人过的率性，难为情地笑了笑，不好意思地竖起拇指，点头说：“到底还是书念得多，心胸大气。美来，我真是后悔，当初不用功，上高中时有一阵不重视文化课。我们班主任教语文，天天骑一辆破自行车，赶早到校，一分钱不多挣给我们辅导，还专门补语法。同学年很多人都挤到我们班听辅导，可我天天不上早自习，老师劝我也不来。现在想想，真想叫老师一声亲爹。”胡娜说着在头上擂一拳，又拉住美来说：“我决定了，这次一定过关，来年报考电大，姑奶奶还非拿一张高等教育文凭。不过，得你继续给我辅导。”

胡娜拿到了新证书，但到了来年，之后又一个来年，她还是没能如愿考上电大，于是打退堂鼓说：“太难了，不考了。”美来瞪着她：“你已经努力两年了，再加一把劲。”胡娜拼命摇头：“不考了，不考了。累死我了一年一年。”美来想了想一跺脚说：“那就交这两年的补课费！”

“交就交，说个数，付钱。”胡娜把嘴一撇。美来盯住她：“两年辅导不上一个考生，我丢不起这个人，外加名誉损失费，一共二十万。”胡娜“扑哧”笑出声来：“你打劫也不带这么狠的是不是？真真皇帝不急太监急。”她使劲瞅一眼美来，想了想忽然又一笑说：“那你得再答应我一个条件，我就考。”

又过了一年，胡娜终于考上了电大，中文系半脱产三年制，如今在读已经快一年了。她当时要美来再答应的条件居然是——今后两个人衣服可以换着穿。美来听了又好气又好笑，使劲给了她一拳。

胡娜回忆着，这边闹嚷嚷开杯酒已喝完，接着所有人都满上白酒。美来、胡娜也被换上白酒盅，满上了五粮液。

边喝边点歌。几个有嗓子的同事都唱了一圈下来，没唱的人就被罚酒。

平头经理看着大家唱，一直眯着眼睛笑，手不时捻几下脖上的金链子，张嘴闭嘴一句话：“几个钱的事！”听说他初中文化不到，养虾发了大财，常年住宾馆、吃饭店。他不会唱歌，被罚了满满一杯，仰脖痛快干了，又说：“几个钱的事，不行我给大伙讲个笑话！”

“讲，讲。”科长一抬下巴，叫他讲。

“说有个小学生啊，”他转着手里的酒杯开始讲了，“上课打呼噜，老师在黑板写了俩粉笔字，指名道姓喊他：‘念什么？’小学生站起来揉揉眼，一看不认识，就说黑板太远看不清楚。老师走到窗前打开两扇窗，一指操场外边的大树：‘那是什么？’小学生答：‘柳树！’老师说：‘那么老远你都能看清楚是柳树，黑板才多远？’”

大伙听了，将就笑了。

“口味都还挺高啊？不行我再讲个，几个钱的事。”平头经理说完自罚喝了杯中酒，“一位法官审判罪犯说：‘你竟敢大白天入户盗窃？’罪犯回答：‘法官先生，十年前，您审判我竟敢深更半夜入户抢劫，请问我到底该什么时候工作？’”

平头经理已经有些醉醺醺的了，忘了是自己请客，应该多给大家机会说话，反从别人手里要过麦克风，大声说：“看来还是不怎么好笑，这回听着，一定好笑。”

“从前，有个生产队长，抓住了偷队里香瓜的小媳妇，队长大声说要罚钱。小媳妇小声说：‘罚多少？’队长又大声说：‘十块！’这是她一个月的工分钱。小媳妇低声说：‘没带钱。’队长盯住小媳妇的脸，左看右看，小声说：‘那带什么了？罚点儿别的也行……’”

带了点儿荤，笑声也多了。科长扫一眼表情淡漠装不听的美来和想笑又不好意思的胡娜，把嘴巴对平头经理一抬：“注意讲文明啊，不准带色。”

“好，好，不带色，不带色。”他又把自己的酒杯拿起来，仰脖干了，“我没醉，没喝多，这回讲个带红色的大伙听。”他把空杯又满上，又给所有人都加满，趔趄着重新坐回去，将自己的袖口往上一撸，眨眨开始充血的眼睛，手指逐一点着大伙问：“你们在座的有谁知道，当年王成，就是《英雄儿女》电影里那个王芳他哥，想起来啦？哈，牺牲时，回头到底喊了句什么？”

大伙一时没反应过来，都注视着他。

“不知道了吧？有回喝酒，操，一哥们儿讲，笑昏了给我。王成炸碉堡不是冲上去了吗，爆破筒扔进去，倒霉蛋美国鬼子扔出来，扔进去，扔出来。王成一看红眼了，翻身就扑过去给堵上了。他回头喊：‘为了胜利，向我开炮！’——这是电影里演的，实际你猜猜，他喊什么了到底？”

平头经理眼睛滴溜溜转了一圈，咧着嘴说：“不知道吧，听那哥们儿讲，给我笑完了……”

他刚要讲，美来忽地站起来，她两眼直直看着半张开嘴的平头经理，心血上冲，大脑膨胀发热。母亲当年掩护战友撒手山涧的瞬间，陈刚所在部队一个团、一整个加强师为了大局胜利在阻击战中几乎全部阵亡的情景，杨云雁阿姨至今守望周铁叔叔孤苦的泪水，还有自己从小到大读过、听过的许多感动流泪的英雄故事一一浮现在眼前。

美来想起这些的眼神就像晴空突然飞起的一朵乌云。她愤愤站在那里，一时也不知说什么，脸孔渐渐涨得绯红。她也知道平头经理没有什么恶意，不过为劝酒哗众一笑。可她无法接受这样的玩笑，更不能容忍他拿自己从小到大敬仰的英雄们编故事取笑。她忽然觉得胸口刺痛，有些反胃上冲，差一点儿吐了出来。

这时胡娜看了她一眼："美来也没喝多少啊，怎么就醉了，脸这么红？"

平头经理忙说："是呀是呀，这才哪儿到哪儿，今儿我们哥儿俩总共备了五瓶，才刚刚开两瓶，哪能就醉了？"

美来这时接过了话茬，她说："是呀，谁说我醉了，我没醉！"她把满满的一盅酒举起来，又转身一弯腰挥手洒了出去，将空杯放回桌上，指着平头经理手里的酒瓶说："谁说我醉了？五粮液，好酒，是吧？可知道是怎么酿造来的吗？再满一杯！"平头经理咕噜一句"醉了"，小心翼翼又满上。美来端起，一回身又洒了出去，再叫满上。

平头经理立刻看一眼科长："科长，这可是真醉了，这都白浪费了不是！"

科长心里正说美来："你这个小金，听听笑话又较上劲了。"见问，就把端在手里的酒杯放下，想先劝美来两句："不就是个笑话吗，嫌讲得不好笑、不对劲，你罚他多喝几杯不就完了嘛！"他把酒杯往桌子上一放，刚要说话，不知是碰了盘边还是谁的腿脚碰动了桌子，或者他刚才几杯落肚有点儿急，手在发抖，反正酒杯没放稳，一摇晃，歪倒了，酒洒了一桌子。他忙抓住一骨碌险些掉地的酒杯。服务生赶紧过来，将桌上的酒水擦干净。

美来仍在盯着平头经理："谁说浪费？经理，既然酒桌上提到了英雄，那不如先敬三杯！"

由科长抓住酒杯放稳，定了定神，看看美来，突然盖住服务员正要给他再满上的杯口，扭头对平头经理正色道："对，三杯，三杯，百分之百，满上，满上！"

这时坐在旁边的胡娜起身劈手夺过酒瓶："我说你，全拿来吧！"她边说边回身举起酒瓶。她今天梳的是武侠小说中江湖怪侠喜欢梳的那种发型：所有头发一总拢到头顶，偏向一边束成高高的一把马尾。她举着酒瓶，把还剩下的酒洋洋洒洒全倾了出去，怪侠马尾在脑后一耸一耸。

科长回头对呆立在门边的服务员说："来，给她们俩倒杯热茶，压压酒！"想了想又说："都上茶吧，剩下几瓶也别开了。上茶，下面换片子，换片子！咱们击鼓传花，输了的，给我统统喝酒！啊不，统统喝茶。"

逢酒必高的由科长每每带着全科出来时从不曾喝大过，今天虽还差得远，忽然也不想再喝了。

"科长，怎么能喝茶？击鼓传花，得罚酒啊，科长？"平头经理蒙头蒙脑，不甘地转着眼珠子问科长。

第二天是星期日，行里把参加竞赛的选手集中起来，搞了一次模拟演练。整整一天，还是有两个科目没进行完，星期一又进行了一上午。结束以后，美来觉得胃已叽里咕噜叫起来，看看就快到点吃午饭了，便直接下楼去了后院食堂。

"哎哟，快帮忙！"胡娜一手端一个盛好了饭菜的托盘，冲刚进门的美来急喊。

美来忙上前接了，两人一人一个托盘端着，走到沿窗台的一排双人座，找了靠里面清静的位置对坐下来。

"还以为你们今天训练得过饭点呢，怕晚了没有油炸茄盒，先替你打好这份。师傅说是小白菜瘦肉馅，你爱吃的。"

"谢谢，你个鬼精灵，不会又是要陪逛街吧？"美来笑说，夹起一个黄灿灿的炸茄盒，送到嘴里咬一口，肉香菜嫩，味道果然好鲜。

"不不不。"胡娜连声摇头，"你正忙竞赛呢。要不你也不爱逛街呀。不过，事还是有点儿。嘿嘿，求你。"胡娜嘴里也塞得满满的。

美来又夹起一个。她真是挺饿，边吃边瞪胡娜："什么事？"

"你说这电大吧，我们这学期不是开文学课吗，期末考试你就痛快出两道题考考得了，谁出的歪点子不知道，还要格外加一份开卷作业，与考卷各占五十分。这作业也难出花来了，你得帮我！"

"开卷不是嘛，能往哪儿难？找书呗。再说了，我也不是学中文的，不如你呢，帮不了。"美来摇头，喝一口韭菜花鸡蛋汤说，"挺好，你尝尝。"

胡娜抹去嘴角的油汁，也喝了一口汤，放横了眼神，看着美来："你就是不学中文，也比我强到天边，必须得帮！求求你啦，啊？"

"到底什么题呀？"美来也横她一眼。

"《五美吟》！"胡娜看着美来的眼睛说，"就是《红楼梦》里林黛玉作的那组《五美吟》，要我们以此为参考，自选现代公认的女英雄或自己认为出色的女子五名，也作一组《五美吟》。要为所选人物各赋诗一首，并作精简小传。诗体倒是不限。美来，你知道，我哪会作什么诗？劳您大驾，求求您了！"胡娜双手在胸前合十。

美来说："这个题啊，你别说，挺特别，出得还真有点儿意思。"她说着，眼睛越过窗口，望着外面。窗前有食堂师傅们种的几株葡萄，光线充足的枝叶茎蔓爬满棚架，一嘟噜一嘟噜的葡萄都已熟透了，紫水晶一样挂在上面。

"那你，都准备选谁赞美？"美来回过目光，端起汤来慢慢喝着问胡娜。

"我们同学互相也讨论，想选的多得是，电影明星、诗人、作家呀，也有女英雄，像秋瑾、江姐、赵一曼、刘胡兰啊，也有很多人要选女排，喜欢郎平……我一开始吧，也没细想，就一作业嘛，随便谁，拿来应付了事就是。"

"后来呢？"

"后来这些天，真要具体确定人物，我心里不知怎么，没法随便。我是说，要选什么人物并不那么无所谓。我忽然觉得，虽然仅仅是在做一份作业，可无论是历史上还是生活中，对那些曾经让你感动和由衷敬佩过的人，若不把她们写进来，好像就有一种抱歉、对不起的感觉，真的。"

"怎么了？"美来看着她望着窗外的眼睛问。

"我们上学期吧，开世界史课，开卷。"胡娜一脸回忆状，慢慢嚼着饭菜，眼睛始终望着窗外飘浮着白云的天空，"但你知道，我们是半脱产，还有四门闭卷课程，够焦头烂额了。世界史这一科内容太过庞杂，哪怕只是地名、人物，你都记不清在哪一章节。开卷又怎样？随便翻书也来不及。我们上届中文班，这一科几乎全军覆没，很多试读生没补考机会，就因为这一科没过，书念不成了。轮到我们，没人肯做这门课的辅导老师了。学校好容易在史志办请到快退休的一位女同志，姓辛，我们一看更觉得没指望。她其实也可以应付了事，期末划划重点，反正全国统考，划不准也正常。可她说：‘你们都上班，有些还拖家带口的，真不容易，试读生更不能马虎。’她也是兼职，天天熬夜起早，居然把这本六百多页的教科书概括整理成一份一百多页、十六开的问题解答纲要，还外加一个查阅这纲要的索引。就是说，整理出的纲要内容也十分庞大，需要利用查字典的办法，根据问题中的第一个字，从索引里搜索到纲要内容所在的页码，这样，才有可能在规定时间答完考题并保证及格。你想想，老师为我们做得多周到。临近考试，她亲自在钢板上一笔一画刻写蜡纸，再一页一页油印装订成册。全班五十个同学，人手一份。同学们捧在手里个个都想哭。我们才知道，为什么每次看到她都觉憔悴消瘦。可我们还不知道，有更可怕的在后面。考完试，听说老师住院了，我们才知已患癌症的她因不肯耽误辅导我们推迟了化疗。我们全班同学都去了医院。班长坐在她床边，把全班都通过了的世界史考试成绩，一个一个念给她听。我们班最大的是个‘老三届’高三学生，我们都叫他大哥，原是渤海市知青，当年和农村姑娘结了婚。知青大批返城时，他因带不走老婆孩子留在乡镇企业，为拿这个文凭把老婆孩子一起带回城，真是呕心沥血了。他也是个试读生，这次若没有辛老师，学籍就得丢。他流着泪在床前贴近老师耳边说，等将来回了城，就算是教小学，这辈子他也就想好好当一名老师。”

“老师她，现在，还好吗？”美来小心翼翼地问。

“已经走了。就在上周。”胡娜眼睛已经红了，长叹一口气低下头去。美来也沉默，两眼潮湿。过一会儿，胡娜抬起头说：“美来，我这个人不像你，总有那么一种崇尚英雄啊、正义啊什么的情怀，我是大大咧咧粗心大意那种人，可这回真是被老师感动了，领略到一种精神。真的，辛老师她不是什么英雄，也没做过惊天动地的大事，可我就觉得，她身上有一种东西了不起。”

美来抹了把眼睛说："对，其实，我觉得，这就是一种大义、情怀。"

"那天晚上，咱们在酒桌上说到王成，不知怎么，后来我忽然就想到了我们的辛老师。"胡娜少见的一脸严肃，"还有我的一个小舅舅，当年去辽沈战场上支前，牺牲了，我妈说他才不满十八岁。那平头经理，讲那样的笑话，我也听着来气，就该让他们觉悟。"

美来似乎有些意外，又若有所思地看着胡娜，沉吟半天说："我们从小在课本里学到英雄的故事，那时被感动得流着泪朗读黄继光、董存瑞的事迹。如今，我就是觉得，怎么也不能拿英雄在酒桌上编故事取笑吧！曾听说韩国每个月都从民族英雄中轮流选两个代表人物，称为'护国公'，把他们的画像摆在公园或展馆门口，供国民参拜。以前我最反对走形式，现在忽然感觉，有些形式其实很重要，起码能提醒大家一些应该记住不忘的东西。"

"就是。"胡娜点头，"哎呀，咱俩，你说算不算位卑未敢忘忧国呢？"

"算！算臭美吧你！"美来也笑了。

胡娜说："美来，这个《五美吟》，我现在不准备选女明星写了。虽然我很羡慕喜欢她们，但还是决定选女英雄，而且，我还要选我们的辛老师。"

美来点点头，说："我也觉得你说的这位辛老师，身上就是有那种英雄的精神。"

"那你，帮不帮我啊，作诗？"胡娜做出愁眉不展的样子，瞄着美来，声音有些耍赖。

"你呀！"美来瞪她一眼，"作就作，没有黛玉那水平，打油诗还行吧。"

"乌拉！"胡娜忘了是在热气腾腾开着饭的食堂，大声喊了一嗓子。

第十八章

又过了一周，美来接到许佩茂在公司打来的电话，说："哎呀！您要是忙不开，那还是我送去吧，各种材料都齐全现成。"美来说："不用，我明天就去。"她其实是故意晚点儿过去，想给许佩茂多留一段时间整改。她是从心里希望他们公司不要有问题。

许佩茂立刻就像吃了嚼不烂的生黄豆一样不对味。几天没动静，还心存侥幸，或许她一忙就不来了呢！第二天在办公室窗前看见美来走进公司大门口，他眉头一皱，赶紧转身一溜小跑下楼去迎，远远地，就把手举到嘴巴边，将喇叭筒伸过去："哎呀，您可来啦，我这正天天地盼哪！"

美来仔细检查前后账目，发现问题根本没改。她抬头看看许佩茂，始终叫坐不坐、立正哈腰、一副唯命是从的样子，又看看一堆明隐暗藏的账目，感觉一阵肝火上扬。她想起前些年自己的乡亲们曾经遭遇欺骗的痛苦。那时大王乡有许多乡镇山民养肉鸡，说每一只国家都有补贴，可结果家家白忙活一场，肉鸡收上去了，补贴一分没下来。农民叫苦，说上头政策咋说变就变，后来才在一起违纪枉法案件中了解到，是有个在城里搞基建的黑包工头研究了这个政策，通过关系行贿欺蒙，在上头就把项目包揽过去，截留了国家给养殖户的全部补贴，仅花少量钱从农民家中把鸡收购上来，一分钱补贴都没给农民，害得农民们白白辛苦空忙活一场。

她站起来说："许经理，再放宽一周，问题必须整改，不然银行将采取措施，不能等省里检查团到来出现被动。”

许经理被浇了瓢冷水。他原本也怕美来死板不变通，侥幸偏要她来是觉得美来父亲住院时受了嘉伟的帮助，不看僧面看佛面，应该知恩图报，想法袒护他们，所以主动要求由科长派美来过来。

问题是，许经理挪用的专款连同赚回来的钱如今全陷进三角债，还被他那“大眼皮”工友骗了一部分，现在的局面是他好比骑在老虎背上，想整改也没可能。他现在后悔不该盲目听信别人鼓动，可是已经走了歪路，眼下想回头也难，只能心存侥幸：什么省检查团、市检查团，哪一级不是走马观花？只要有地方上罩着，就是中央检查团来能怎样？兴许连他们公司门都不会登。

这么想着，就又说：“金同志好，您可要抽空多来关照关照我们啊，也体谅体谅企业的难处。我保证，有些问题一定下不为例，您看……”许佩茂说着，又做出一副不是外人的样子伸长喇叭筒，“您知道，林董事长回去后，公司全交给了我，我得知恩图报，不能捅娄子不是！”他又凑近一步，“告诉你吧，你们由科长都没这么难说话，您知不知道？”他把“知不知道”说得很重，又说，“我相信您也一定能让我们感受到关心的热度、友情的温度、照顾的力度。”他一股老油条的腔调，点头哈腰，像一个饥肠辘辘的人眼巴巴望着冒香气的饭锅。

美来向后闪了闪身。她知道没道理可讲了，就摇摇头，苦笑说：“可我也不能不遵守规定呀！”

“遵守，当然遵守，你看谁不遵守？要不怎么说得您多关照！您冰雪聪明，近水楼台先得月，向阳花木早逢春，只要您肯关照，我们不就是向阳花木、近水楼台了嘛！”

这么美的诗句居然被他引用到了这上面来。美来端起双肩，把手斜插在上衣兜里，使劲垂着眼睛，怕一旦抬起会射出子弹。尽管和LGV公司有着特殊关系，可这样的原则问题能当没看见吗？在以前，这也许只是一种朴素的情感对立，而现在，经历了这些日子的许许多多，她仿佛更质感地触摸到和强化了“责任”“集体”“国家”这样一些概念。

美来回去了。许经理还是不甘心，供销员出身的他想，嘉伟白送给美来父亲治病钱她不肯要，不等于说公司得到她关照帮忙后给她酬劳她也不要，她既然清高，就要找一个给她钱的理由。他就不信，谁还能和钱有仇，换别人索要还来不及呢。

于是第二天，他专门又去找到美来，趁屋里没人，进一步和她通融："国家的钱就是大家的钱，不拿白不拿，您不这样，别人这样！再说了，又不用您格外做什么，您只当没察觉就是。您关照我们，我们会知恩图报……"他用双手拢起掩着嘴巴，虽然屋没人，还是像告密者，怕旁人听。

美来知道他想说什么了，站起来沉着脸色道："许经理，不用再说了！"她把眼睛看着窗外，"别人怎么做我没办法，但在我自己分内，弄虚作假违背政策，什么时候都不能做。让你们的情况拖延这么久，我已经是有违操作规则，只能到此为止！"

许经理忽地脸红到了脖子，她的态度让他两眼冒火，发根冒汗。他愣着，看着美来，半天摇摇头，什么话也没再说，一副走着瞧的样子出了门。

许经理出去不久，科长就打来电话，把美来叫到他满是烟雾的办公室去，专门问了她一些 LGV 公司的事。美来明白许经理找了上司说情，就把公司最近的情况和自己的想法又做了汇报。

科长听着，发福的身体稳稳往椅子背上一靠，牛角梳子在头上慢条斯理反复梳着。不喝酒的时候，他总是端着一种优雅姿态。过了一会儿，似漫不经心，又像别有用心，他叹了口气说："现在的企业，百分之百，贷的款能还了就是好样的。你年轻，有些事好较真是好事，其实有时候也要灵活那么一点点，别太死板，净做出力不讨好的事。"

他见美来低着头没接话茬，又说："有多少企业老板，贷了款就挥霍，你就是把他告进监狱还不是照样拿不回钱？你记着，咱们银行啊，只要能把贷出去的款收回，那就是成功。"他拿起桌子上的保温杯，一看是空的又放下。

"科长，关键是这样下去贷款根本还不上。再说，"美来给科长倒了水，"咱们这种专项贷款的目的是要让国家的发展资金得到收效、增值，而不是让少数人巧取豪夺捞好处。昨天开会还讲案例：南方一个酒店，骗国家桑蚕补贴，在高速路边盖几间简易房，摆几架机器，收一堆茧和大丝，买几批丝绸摆进库房，年年应付上头检查，套取扶持资金，真正的蚕农得不到扶持。科长，您不是也一直说要坚持原则、维护纪律吗？”

“书生气，太书生气了呀！道理上百分之百对。我何尝不明白这些事理？想当年，我刚毕业，那也是血气方刚、一片冰心啊！可社会不是真空，理想不等于现实，救世主不是那么容易当的！我们都处在方方面面的关系、环节、局限之中，明白吗？”

科长也有些慷慨激昂起来，跟着又压低声音：“可有些事，不是应不应该那么简单，很多东西有着千丝万缕的复杂联系，得学会一点儿圆滑。唱高调谁不会？吃力不讨好也无所谓，可往往会带来更大、更复杂的麻烦。你年轻，经验少，咱就别那么犟了好吗？咱们还得为方方面面考虑对吧？”

科长对牛弹琴似的，激动得脸都跟着涨红了。

“其实科长，我不是唱什么高调，我也没多高觉悟，可职责内，连守住起码的底线都做不到，那我真干不了。”

“这是哪里话，耍小孩子脾气！你还年轻，看不到深浅。你还得学，学会多角度看问题。要考虑企业也不易，我们都丁是丁、卯是卯，你叫它们怎么活，是不是？”由科长激昂地说着，俨然弄虚作假是一种正常，美来才是大惊小怪。

他又深叹口气：“你聪明、勤奋，科里工作数你得力，可咱们这种工作呀，我告诉你，包括很多工作其实都是这样，我觉得啊，要干好，多有学问、多有知识、多认真都不一定那么重要，而经验，才是最最重要的！”

他说完抿起嘴，用力点头，似在为这番话下面点上着重符号，接着又指指自己脑袋：“你呀，就是这里太缺少经验！我说这些，都不是以科长身份和你说，而是以老大哥的身份说的。你记住，随和些，对人对己都有好处，对工作也不一定是坏处。现在人家都说，凡事要看它怎么能行，不要看它怎么不行嘛！经验啊，要往心里去！”科长好像品味佳肴，咂着嘴，点着头。

“科长，我也不是不理解企业的难处，但这还是两码事，不是方式方法的问题。我是缺少经验，我也知道您这些提醒都是为我好，可是照顾到方方面面，对自己也有益处了，偏偏违背了政策原则，就是再怎么好，那能算好吗？再说，我也不是在吃、拿、卡、要，专挑问题，凡可行之事尽量行。科长，您说我幼稚也好，书生气也好，可我总不能帮他们瞒天过海、损公肥私吧？”

科长侧着耳朵一直在听她说，当然不是听她讲道理，他是想做一种认定——听出来了，她是解不了这种浑水摸鱼的“风情”的。他摇摇头，无奈地叹一口气。平心说，由科长是喜欢美来这样的下属的，业务好，单纯，没私心，不给你惹事捅娄子，有事交给她能认真完成，这年头能有这样的下属是领导的福分。他觉得她平时也听话，尽管死板点儿，应该能开导好，没想到上来犟劲这么不听劝。于是他端起水杯，慢慢喝着水，若有所思地盯着美来。

“你说的这倒也是啊，不过再考虑考虑方法，一点点解决，别一下子把路都给堵死啊。”他一边喝着水，一边和她闲聊了些别的什么，之后又说：“对了，听说你老父亲手术后恢复还不错？不容易啊，这种病弄不好能把身边人拖累死。该做复查了，一定要防止二次脑梗。这段时间你一直忙，也怪我关心不够，别不好意思说，该去看医生就去，手头有什么活先交给我。这几天就给你个假，去趟渤海医院复查复查，车我来安排。”美来说：“谢谢科长了，暂时还不用。”

从科长室出来，美来心中不由也犯了嘀咕。毕竟刚才科长说了那么多，也有为她好的意思，自己若太固执不肯通融，也的确难有容得下的环境啊。

她想，刚才科长苦口婆心说了这么多，不管怎样，那毕竟是自己顶头上司，她若一味固执坚持，科长怎么办？换一种角度想问题的话，科长讲得也对，终归需要工作下去，太较真得罪人不说，也会把自己的路堵住。

可这样一些实质性问题怎么能马虎呢？举一反三，她真是不会，也很难做到。但她毕竟生活在复杂的现实中，这份内心的坚守自己到底能坚持多久？或者，这次就分别对待？毕竟嘉伟公司与自己关系特殊，权且放行，下不为例？她这样想着，一时犹豫，拿不定主意。

回到办公室，推开门，却见 LGV 公司的林老先生——林嘉伟的父亲端坐在那里。

见她回来，胡娜的柳叶双眉立刻飞舞起来，眼珠滴溜溜紧追她的脸，张大嘴巴，说着话却不出声，只用口型一张一合地对着她：“快去吧，老公公都等急啦！”边说，边用手指在脸庞上夸张地比画着羞她。

前天美来去嘉伟公司，往回走时，刚出厂区大门，一辆白色轿车迎面驶近停住。一个身穿白色西装一看就是华侨打扮的老人下了车，像从大海里捞到了针一样盯住她。美来冷不丁见了他，也觉得有些眼熟。

那人近前又围着她上下打量，神情却像飞在万里云外。

“苏兰！”那人突然梦游一样手指着她喊出声来。

“您……认识苏兰？”美来猛吓了一跳，脱口问出。

“……”那人哆嗦着双手，只是点头，说不出话。

“您说的苏兰，是云南银州人吗？”

那人仍旧哆嗦着，仍只是点头，半天才说：“姑娘，你是苏兰的女儿？”还不等美来回答，就上前握住她的手，连声说：“不会错，不会错，孩子，你妈妈好吗？她现在在哪里？”声音就像拉风匣一样急促，表情惊喜又复杂。

美来黯然摇头：“她，妈妈她早已……”

那人的脸色、目光顿时黯淡下来，变得十分沮丧。

这时许经理已迎了出来，笑着为他们做了介绍。

原来老先生是嘉伟的父亲林守业。美来恍然大悟，父子相貌虽不怎么像，但举止风度流露着天生的神似。看林老先生脸上分明写着复杂的语言，美来想起来，嘉伟说过他老家在云南，父亲年轻时就出国定居。世界有时就如此之小！看来林老先生和母亲似乎也远不止是一般同乡的关系。这么一想，她突然灵光乍现地惊呆了——她和嘉伟，林老先生的儿子林嘉伟，他们两人有相同的罕见血型，是巧合还是……她呆了，大脑中升起一片云雾，直愣愣站在那里。

两人都心情复杂地看着对方。

许经理趁势又挽留美来，说中午还是别走了，大家正好聚一聚。美来摇头说今天的确还有事。

林守业今天是专门来邀请她的。

美来见胡娜打着哑语，手舞足蹈一副滑稽样，哭笑不得，瞪她一眼说：“这上的是什么神呀，你？”

其实自那天见到林老先生，美来也一直盘算如何与之联系再见一见，即使不能解答心中的疑问，遇上一个母亲当年相识的老乡也很难得，让她有一种见到亲人故旧之感，渴望叙一叙。

美来请了假，就和林老先生出去了。林守业边下楼边说，开发区有一家叫“紫云轩”的茶艺坊，环境不错，问美来去那里好不好。“好哇，去哪儿都可以。”美来点点头笑说，“不过，一定要我来请伯父，难得能见到您，何况您还是我妈妈的同乡。”林老先生朗声笑道：“好孩子，那怎么行！”

美来和林老先生出去后，胡娜莫名地忽觉一阵失落袭来，令她哭笑不得，仿佛恨铁不成钢似的。她气嘟嘟站起身来，扯下头上鸡冠花一样密密麻麻的卷发，重重摔在办公桌上。老刘吓得把脑袋往后一缩，抬眼看，原来她今天戴了顶假发。

这时，办公桌上的电话突然响了。胡娜悻悻抓起来，很不耐烦地“喂”了一声，一听声音又赶紧站直了身子。

竟是行长打来的，要美来去他办公室一趟，马上。

算算时间，追下楼肯定人已上车，来不及了，胡娜情急之下打开窗户，把头探出三楼，见他们果然已经下了门前台阶，正向停在一旁的白色轿车走去。

“金——美——来！”胡娜扯开嗓门，大声冲美来正准备弯腰上车的背影喊着。

美来穿一条米色长筒裤，上身是乳白色高领绒线衫，外面敞披着浅苹果绿色长款风衣，愈发映衬得肤色红润娇艳。忽听喊声，她挺起腰身，抬头向楼上望去，一只手从风衣兜里抽出，优雅地举过头顶，遮住明晃晃直射向眼睛的阳光。微风吹拂着她瀑布般垂落肩头的秀发，宽敞的风衣下摆也随风飘扬摆动起来。

从楼上窗口探出头喊了一嗓子的胡娜俯望着美来直腰、回身、抬头、扬手的瞬间，翩然若惊鸿，婷婷如荷花映日，竟不觉被惊艳得呆若木鸡。

“什么事，胡娜？”见楼上胡娜俯望无语，美来也大声喊着问道。

“啊，啊是……”胡娜一时竟忘了喊美来干什么，急忙飞快转动双眼，回过神来，一伸手指，指向楼上，“行长，是行长找你，开会，马上！”

噢！美来只好摇摇头，向林老先生致歉，回转上楼。

“哎呀呀美来，你刚才那样子，真是美艳绝代呀，简直是二十四个画家都画不出啊！”美来上来刚一进门，胡娜就冲她拍手嚷叫，“我刚才，都看呆了，真的，你就是徐志摩最是那一抬头的潇洒，不胜骄阳之……”

美来脱下风衣，抬手挂上衣架，拿起笔和本，边出门边回头说：“错啦错啦，疯子，是胡志摩，是你胡志摩的大作好不好！”

行长见了美来，边让她坐边要起身倒水。美来忙说我自己来，给行长和自己倒了水，在沙发上坐下。

“找你，是因为我下午要开个会，哦，其实也不是什么会。这样，你下午替我去参加个扶贫调研现场会。”行长看着她说。

按归口管理要求，机关企事业单位都层层成立各种领导小组，分管计划生育、普法、综合治理、植树、防火等，主要领导挂帅，分管领导主抓，再以办公室、人事、监察科等头头为成员。基本一套人马，小组也不过是一个虚名，应对年终“两个文明”检查，各口倘有什么具体工作，一般由办公室出人兼顾一下就是了。昨天，广信行新成立了扶贫对口帮小组，破例增加了两名成员，一个是美来，一个是上次取代美来参加后备干部培训的中专生。二人是以专干名义加进去的。不知是这项工作上头重视，还是行长想借此培养年轻人，抑或为给美来一丝安慰。

“我本来想啊，和你谈谈，看你的状态又觉得不用谈什么了。你有素质，有能力，年轻人，来日方长，好好干。”

行长有些雾里看花似的说了一番后，接着又说：“我刚才说要去开会，其实，你大概也知道，我们渤海市体委每年不是都举办领导运动会嘛，今年据说为了等在中央党校学习的市委书记回来才推迟到现在。这两天市领导正加紧训练，临阵磨枪嘛！人哪，比赛都想拿第一。政府办林主任刚才打电话，叫我下午去陪领导练练排球。说是陪练，还不就是去买单？比赛经费肯定包括不了这么多前期训练活动。找到你了，那就得当工作对待。其实也可以推了不去，可你也知道事情不那么简单，不说别的，单是每年各种名目的双百分评比考核，就算是走形式你也不想排在后面是吧？我一想，还是去，调研的事就安排你了。这对口帮是硬性任务，凭上面直接分配也行，我之所以要去，是想从中选一个有发展项目的村子，格外进行贷款扶持，会更有长效。你去，考察一下，选定一个对象。”

“我？行吗？”

“行！不行我怎么能叫你去！”行长把市里印发的活动方案递给美来，目光从眼镜框底下看着美来，鼓励地点点头。

下午，农委用一辆中巴拉了参加考察的人员在几个贫困乡转了一遍。教育局首先选定了一个村小学急需桌椅的村子，说城里一所新建中学正有不少旧桌椅和黑板、篮排球什么的，可支援他们。还有一个蚕农多的村子被物资局挑走，因为扶贫的同时也方便为职工搞一些新鲜蚕蛹做福利。大家陆陆续续各取所需选定了不少。有一个准备发展绒山羊养殖的村子，美来选了这个村。

最后他们看了一个自然条件差、经济又十分贫穷的大村落，暂时什么开发项目也没有，且有个村敬老院，近年房子失修，急需翻建。村书记介绍说，敬老院中有六个是立过功的老军人，当年支前，这个村一拨就去了四十几人，后来都参了军，跟八路军打小日本，又参加解放战争、抗美援朝，最后就剩下这六个人了。国家有抚恤，可他们当年落下伤病，常需治疗，吃药钱都紧巴。他们都说，比起当年打仗把命撂在了战场的那些战友，能活到胜利、和平还说什么？他们还说，死不怕，苦不怕，就是不想被忘记了……

往回走时，见几个老军人靠在院墙外边晒太阳，神情恬静，目光平和，想到他们正需要一个不是危房的住所，美来心里忽觉有说不出的感慨和难过。她想重新选这个村子做行里的扶贫对象。可行长明明交代过，要选有发展项目的对口帮单位。她暗叹一口气，默默上了已经“突突”发动的中巴车，回头再看，渐渐被撂在后面站在墙根晒太阳的老人都颤颤巍巍在远远地招手，美来忽然想掉泪。于是她从座位上站起来，扶着前排的靠背，对坐在车前面的扶贫办领导说：“对不起，徐主任，我想改，改选刚才这个要盖敬老院的村。”

那位领导回头，看她的身子被坑坑洼洼的村路颠得前俯后仰，想了想说：“那你把两个村的情况都带回去吧，明天研究确定了，再给我们打电话，来得及。”

第二天美来向行长汇报。两个村的情况她分别介绍了一遍，之后说：“虽然养绒山羊那个村更符合选择条件，光明村暂时没有什么发展项目，但我个人还是倾向选光明村。”

行长仔细听过，并没立即决定，若有所思地看着美来。

“如果您不同意，我就给扶贫办回话，还是选绒山羊那个村。”

行长摇摇头，又赞许地点点头，说道：“你的想法很对，我们就选光明村，马上帮他们翻建敬老院。”

美来连声应着“是是”，起身飞跑下四楼，回办公室立刻就打电话。

老刘正用手指点着稿纸上写的一个“砳”字，考问胡娜念什么。

美来刚放下话机，他就抬头伸伸懒腰说：“小金，你没弄错吧？行长什么意思，怎么能不选绒山羊那个村呢？最差，一年也得请咱们喝两回纯羊汤，对吧！”

胡娜白他一眼：“你以为行长都和你一个觉悟呀，扶个贫也想好处！”

老刘笑嘻嘻的，一副不屑对牛弹琴的样子：“哼，不和你们掰扯了，到底念什么，这个字？”他又去追逼胡娜。

美来在桌前坐下，望着窗外洁净的蓝天，沉思了一会儿，拉开抽屉，踌躇着拿出关于嘉伟公司违规情况的报告。她本来已经起草好了，没最后上报，也是因为心里一直在斗争、矛盾。可是昨天去乡下走了这一圈，看到那么多贫困的村落，看到那些老战士当年背井离乡把血洒在战场上，带着从枪炮下捡回的伤残身躯，带着对那些留在战场上的战友的怀念，回到故乡都默默无求，只希望他们和已经死去的战友不会被忘记，她就觉得拿在手里的材料突然变得沉甸甸的，心里猛地坚定了，终于决定整理好手里的材料，提交报告上去。

第十九章

快到中午，按昨天分手时的约定，林守业老先生的车子已在楼下等候美来了。

他们还是来到了昨天说的紫云轩茶艺坊。这是正阳开发区最好的一家茶馆，室内装修也很有特色。穿一身竹绿色旗袍的女服务员引领他们到楼上老先生预订好的茶室。美来抬头一见门楣上的名牌，内心不觉一动——心兰厅。

茶室内的侧面墙壁镶嵌着青黛色仿真毛面理石，中间挂一幅正方木质镜框装帧的茶花苏绣，暗香浮动；正面墙上则是满满一幅彩印的风光实景画面，远山飞瀑，衬着近处一片金灿灿的油菜花海。触目间，美来和林老先生两人的心弦似同时震颤着一缕回音。

“这里，竟然有这样好的喝茶的地方。”坐下后，林守业笑着对美来说。

“也是开发区这边才兴起的。您看，我还不太懂如何点茶呢。”美来把服务生放在面前的茶谱双手递过去。林守业笑着接过，浏览一下，很快为美来选中一款八宝茶。

“要四川配方的，有吧？”他问服务生，眼睛在继续浏览。

“有，先生！”

“甚好，就四川的！”他用中指一点桌面，“这八宝茶呀，可是回族和东乡族待客的上品，味道极清雅，滋阴润肺，清热明目。而四川配方又增加了美容养颜的功效！

他说着，一边又指指茶谱，为自己点了一款珠兰茶，要了几样茶点。

“林老先生，您这么在行，想必很懂茶道。”美来琢磨能引发他对早年怀想的话题便称赞道。

“何止是懂，不客气地说，算是精通！”林老先生感慨仰目，望着美来背后墙壁上那一片油菜花海，“我早在云南老家，做的就是茶生意，如今在海外，业务里还有茶叶经销这一块。”

“是这样啊！”美来扬起两道清秀的眉毛。

“金小姐，我这次回来，最重要的目的就是要当面对您道一声谢谢！”他站了起来，“您救了嘉伟，就是我们林家的大恩人！”说着，郑重对美来鞠了一躬。

“老先生您言重了，倒是我多次承蒙贵公司照顾！”美来忙起身还礼，请老先生坐下。

“你是个心地善良、品格高尚的孩子，我知道最多也只能说声谢谢了，没准备什么礼物。这是嘉伟母亲亲手绣的一个小如意化妆包，收着吧。嘉伟是我们的独生子，我妻子过意不去，本该前来面谢，但她身体不好，这是一点儿心意。”美来起身恭敬接过，又请代转对伯母的问候和谢意。

“唉！真是光阴似箭啊！那天见到你，我一时竟觉时光倒流，恍惚就是当年的苏兰站在眼前。”林老先生端起茶杯，目光依旧望着那片油菜花海感慨道，“你母亲是个很了不起的女性，也是对我一生影响最大的人。我当年没能兑现自己的诺言，这些年压在心底的愧疚和歉意也一直没有机会对她说，可遗憾的是如今……”他垂下湿润的双眼，摇摇头。

“我今天，很想把心头往事说给你听听，想听吗？”他的眼神在一种飘忽的回忆中。

美来“怦怦”地心跳起来，本想要探探老先生的底细，他竟主动开门见山了。照理，按母亲当年生她的时间和经历，她的身世只能与部队、与军人有关。可林老先生提及母亲时的眼神、看她时的复杂表情和急切要诉说的歉疚态度，都说明他们之间不是普通的相识。况且，眼下毕竟还不知道他的全部经历。

“我出生才几个月母亲就牺牲了，当然非常想听。”美来控制着心跳，心下急切地猜想，他们是同乡？北京时代的同学？还是……但她无论如何也想不到是林老先生所述的这种情形。

“和你的母亲苏兰，我们当年，在云南老家的银州古城，你大概怎么都想象不到，仅仅差一天，我们两人就拜堂成亲了。”

美来瞠目结舌。

杨云雁阿姨曾讲过他们当年匆匆忙忙的逃婚。原来，这个林守业老先生竟是当年那场父母包办未遂的婚礼中的准新郎，是那个被母亲逃婚的林家大公子！

“在人生的长河中，一天的时间有时候甚至可以忽略不计。但这一天对你母亲和我而言，却成了改变彼此一生的里程碑。”

林老先生的话像影片中深沉的画外音，他的眼神里闪烁着一片回忆的星光。“当时你刚刚十八岁的母亲如同抛掉一本不屑打开的线装古书一样把我这个沉浸在婚前喜悦中的准新郎挥手抛弃，像小鸟一样，连一片羽毛也没给我留下，连一个盘旋的影子都没让我见到，倏忽间就飞走不见了，只把变成一锅粥的两个家庭和风言四起的古城留给了我。”这画外音凝重缥缈，古筝一样低回沉缓。

关于母亲抗婚出逃以及后来入朝前后的大致过程，云雁阿姨都跟她说过，但对逃婚出走后家里的情况并未说起，美来此刻才突然知息。的确，那一逃就是一瓢凉水倒进热油锅里，两个家庭会是怎样地炸开？整个古城会是怎样地沸腾？新郎家当然要登门问罪，街坊邻居也少不了耻笑非议。苏家上下无地自容，局面实可想象。毕竟，两家都已下过请帖，远道的亲朋好友已经启程动身，甚至到了家门，一应的婚庆礼仪都在紧锣密鼓中万事俱备，就好比戏园子里观众已爆满，锣鼓敲起，大幕拉开，要登场亮相的主角却不见了，怎么面对黑压压的观众？怎么安顿满堂等待喝喜酒的亲友宾朋？应该说，从他们林家的角度，再怎么闹腾都不过分。

眼前的林老先生当年和家人会是怎样气急败坏地大闹苏家？外公外婆又是怎样赔礼还情、安抚人家？美来不觉倒吸一口冷气，看着老先生，一时竟有捏一把汗战战兢兢不知所措的感觉。可是，林老先生刚才明明又说对母亲有愧疚和歉意，这又是为何？究竟后来怎么样了呢？

服务生走进来为他们上了两样刚刚烘烤好的点心，新续了热水。林老先生又点了两份干果和水果。服务生点头出去。

“我那时正得意，如展翅的大鹏鸟扶摇翱空，却突遭暴雨雷电，一头坠落，昏了过去。”

美兰从林老先生口中得知，在母亲逃走的当天下午，家人确认已成定局无法挽回时，外公派人去通报了亲家，并说晚上要和夫人一起到林府赔礼道歉，退回所有彩礼并做赔偿。

林老先生从准备迎亲的云头上一头栽下，被众人呼叫，掐了半天人中，才缓上一口气来。他随即就把自己关进新房，不见任何人，不说一句话。外面一片砸门呼叫声，他都不闻不理。几个小时过去，他终于走出房间，对正准备纠集人马讨伐苏家的亲友们大声说：“既然是我结婚，这件事就由我来解决！”

“我去了苏兰家。就在你母亲出走的当天傍晚，我去了你外公外婆家。”

外面急得浑身是汗、满脸泪水的父母见他终于肯出来说话见人了，不敢再惹他。他说要去苏家，家里立即派伙计牵马陪同。他拒绝了，一个人只身飞马而去。

“在去你外婆家的路上，我甚至还不相信这一切是真的，还一次次怀疑是不是梦境。路过一片开得望不到边的油菜花海时，我的心里涌起无限的眷恋。夕阳下，油菜花海泛着金红色的波涛，我走在其中，泪雨滂沱。我在学校时就见过苏兰演校园剧，知道她是新校刊《自由风》的编辑，心中早生爱慕。后来两家定了亲，我的心就像整天浸在蜜里。有一回，我望见她和那位杨云雁小姐穿着背带裙子，系着粉色头巾，在花丛中追逐蝴蝶。那一幕印在我脑海，天天闪现。我去了首饰店，定做了一款蝴蝶玫瑰花的足金胸针，想在新婚时送给她，告诉她我远望到她时的心情和我一生一世的心愿。可就在我一个人手捧胸针想着洞房中送给她的甜蜜情景时，她抛下我独自飞去……”

事隔三十多年的今天，美来仿佛看到他眼眶中仍转动着当年的泪水。

“我需要收拾起自己破碎的心，昭示我满怀的爱，需要为自己讨个说法，打一个圆场，释放一腔的怨恨和委屈。但我知道，这一切，都不是那种和苏家刀兵相见的方式能解决得了的。我要用我自己的方式解决。这种方式是什么我也不清楚，为什么要到她家去我也不知道。可我又能到哪里去呢？她走了，我的心也跟着走了。后来我曾听苏兰说过，她中午出逃时，惶恐穿过的，正是我路过的那一片油菜花海。”

原来母亲和他后来到底还是重逢过！得知林老先生就是被母亲逃婚的林家大公子时，美来已打消了与嘉伟血型相同所起的疑念。现在，这疑念又复活了。她双手握紧茶杯，内心“咚咚”七上八下。

林大公子到了苏家，满怀愧疚的苏家父母像两棵在一夜秋风中凋零枯萎了的老树，忙不迭摇摇晃晃迎上去，连连拱手，要下跪赔礼。这让他那颗义愤填膺的心一下子全剩下了伤痛。在这场变故中，受伤的远不止他一个人啊。他急步上前扶住两位老人。三人哭作一团。

在一泻千里的恸哭中，他渐渐觉得心绪不再朦胧，清楚地找到了自己想要解决问题的方式。

他问二老：“苏兰之前是否有说过她不同意这门婚事？为什么？若说过，又为什么不曾提前退婚？”

苏家父母说：“苏兰确实说过，也一直不同意，因为还想继续读书，因为想要婚姻自主。但我们一是看中了后生你的人品，二是不能言而无信，三是以为婚后苏兰自会安心相夫教子。实不承想会酿成今日的悲剧，说什么都对不起后生你和你的家人！”他听罢站起来说：“我都明白了！现在我对二老有三点请求：一，不劳二位去寒舍赔礼；二，不必退还彩礼，更不用赔偿；三，请二老及亲友明天照旧去寒舍一聚。”

第二天，在众人齐集的林家婚庆大堂上，当着所有来宾，林大公子倾吐了一夜未眠的满腔情愫，对苏兰做了一番真情表达，对满堂亲友宾客做了一个解释，为自己做了一次抉择。

他说：“今天，原本是要请各位来喝喜酒的，现在，就请大家一起喝个亲友聚会的酒吧！”

他说的大概意思是：婚事在双方老人看来门当户对，在他看来称心如意，但只是一厢情愿。苏兰思想新潮，追求自由，向往有共同志向的伴侣，她不认识、不了解、不肯嫁他，反抗不成，只有逃婚。他也难过、遗憾，可缘分已尽。想她一个女孩子为此流落在外又有多难，他之前不知情也有责任。他本也不想上学，也想出外闯荡有番作为，却没有她这般勇气。顺从父母，放弃学业，仅凭这两点就无法赢得她的心。

他又说，苏老先生一诺千金，直到女儿绝食也不肯退婚，而他一个年轻人，竟然以为有了父母之命、媒妁之言就只欠东风了，如果早一些沟通，何苦把苏兰逼到今天？请大家理解她，她现在下落不明，他很后悔、很担心！

“你们老人不就是爱面子、怕舆论、怕被笑话才搞成今天这样子吗？现在我就当大家面把要说的话都说开，都说开了不就再不怕议论了嘛！”

他说完还向苏兰父母鞠了一躬，说这件事让苏兰出走，安危不知，让二老为此担心受苦，他很内疚。

林大公子完全出人意料的新派态度，看似荒唐，却也打动了在场的人。带着负荆请罪之心而来的苏弘道对此十分意外和折服，他一生心性侠义磊落，面对这样以德报怨、胸怀大度的后生，想想苏家给林家造成的损失，他羞愧难当，拱手对林家父母和众人大声说：“我苏弘道没有福分得到这样好的女婿，却为看到我们银州城有这样的好后生高兴。我宣布，我这个商会会长，要让贤给这位有胸怀、识大体的年轻人！”

美来深深吐了口气，半天，起身为林老先生续了茶，问：“那后来呢？”林老先生说，经历了这场变故、折腾和当众表白，当年的他像大病初愈，虚弱的躯体里掀动起新的欲望和生机，他谢绝了苏会长让贤的好意，生平第一次宣布了自己的选择，要离开云南到外面闯一闯。父母看着他两眼闪烁出从没见过的光彩，没敢再做阻拦。

“我选择了去北京。”珠兰茶袅袅的清香飘在空气中，林守业沉浸在昨夜星辰的光辉里，“尽管我和你母亲苏兰的关系已经结束，但此前我一直储蓄在心底等待婚礼盛大开启的情感却刚开始释放，我的爱已无法止息。平息逃婚风波就是我情感的一次抒发。这情感像魔法驱动着我，我痴心地期望着能追寻到你母亲，哪怕仅是见上一面。我满腔自信，觉得如果之前我们相识、了解，她会喜欢我。她是为自由、自主而逃走的，即便是讨厌我，我也要当面问问清楚，把我对她的钦慕和爱告诉她，也好结束得明明白白。”

林老先生的眼睛眯缝成了一条线：“冥冥中，潜意识告诉我，志向高远的苏兰一定去了北京。孩子，偌大个中国，偌大个北京，我们真的相遇了，就在人流如潮的长安街上。”

美来忽地屏息静气，却心跳如鼓。

“不过我们相见不是在当时，而是快两年后。当时以我对苏兰的揣度，她一定会去众学子仰慕的北大。我们老家出产一款珠兰茶，此茶以每年春季的茶芽配一种珠兰花制成，色泽、味道都很雅致，因为喜欢苏兰，我也喜欢珠兰茶，就是今天我给自己点的这一款，难得这里有。”

美来蓦地升起一种如梦般的感觉，惊异、伤感的目光落在老先生双手捧着的茶杯上。

“我听苏家佣人说小姐也喜欢珠兰茶，就在北大校园附近开了茶庄，取名‘珠兰茶庄’，对伙计交代，有说家乡话的姑娘来一定留意。后来真见到了你母亲，知道她确实在北大读书，也真去过珠兰茶庄。只是，离开云南她就讲普通话了。我那时实际上已经先期办理了出国移居手续。我的一位伯父早年旅居加拿大经商，七十多岁了仍没有子女，为传承家业，在林家兄弟中他选定了我。我到北京的第二年就去了加拿大。我知道苏兰当年弃我是看不起我循规蹈矩、听命父母，可我确没有她那般勇气，虽然一时由义愤鼓舞我飞了出来，但胸中那一股叛逆的激流最终还是被家族驯服。我当时来，是想把北京的生意全部处理后定居国外，和伯母的外甥女结婚。

“我最终没能主宰自己，心里也困惑。当时抗美援朝刚开始，国人保家卫国情绪高涨，各方人士踊跃参军、捐赠。我带着失落惆怅的心绪，离境前找到了捐赠处，也似乎找到了化解心绪的渠道。我捐了款，又到旁边看大学生宣传演讲，冥冥中觉得苏兰一定会在这样的队伍中。那天我没见到她，一个人走在长安街上，忽听背后有人喊：‘同志，请等一下。’我在回头那一瞬，呆住了。

“苏兰，你的母亲如仙女下凡，就在我面前。她脸蛋冻得绯红，口中呼出团团白气，闪动着大眼睛，睫毛上结着霜花。她剪了短发，比在云南老家演校园剧时更端庄漂亮、英姿飒爽了。

“她看我愣着，又说：‘同志，您刚才捐款还没领证书，您是今天捐赠最多的人，希望能接受我们的采访。’

“我依旧盯着她，半天喊了声：‘苏兰！’她退后一步。

“‘我是林守业呀！’我上前一步，鼓足勇气，报出了家门。

“她又退后一步，内心突如其来的复杂心绪写在绯红的脸上。我也不知所措。

“终于她露出笑容，大方伸手过来说：‘哎呀，真想不到是您！’

“她一定要请我喝茶，她要了珠兰茶，问我，我也要珠兰茶，出口不觉红了脸。沉默了一会儿，她突然站起来，弯腰对我深鞠一躬：‘林先生，请接受我真诚的道歉和谢意！’我猝不及防，慌忙站起来！

“她请我坐下，郑重地说：‘林先生，今天能见到您真是上天给我致歉的机会。我当初情急、自私，不顾一切，离开后才想起这会给您和父母造成多大伤害。我对您愧疚，也担心我父母受到责难，内心日夜不安，但您没难为他们，那么大度地处理了一团糟的局面，我实在是欠您太多，很怕没有说声对不起的机会，想不到今天……’”

苏兰逃婚后，辗转得到家里消息，大出意外，她甚至后悔自己不该逃婚，伤害了林守业这样一个好人。

“如果能回到从前，您还会逃走吗？”林老先生说他听了苏兰那番话后才明白，为什么刚才她会说见到他太高兴了，不知怎么情不自禁就问出了这一句，之后等待判决似的低着头。如果苏兰重新接受他，他说他会再一次不顾一切。

苏兰沉默好久，低头说：“林先生，您是个好人，如果真能再回到当时，我想我不会。”但她清亮的眸子又望着远方，低语道：“只是，经历了这么多的变化，很抱歉，我们无法再回到从前了。”

林老先生说他当时并不具体清楚苏兰所说的变化是什么，但他明白世事微妙难料，阴错阳差，得失常在俯仰间，如今能听到苏兰这一番话，在他已经足够了，于是说："实际上，今天能见到您，能听您说这些话，我已经很满足了。"

林老先生说，那天后来他执意要请几个老乡吃饭，他们几个就那么不期然地聚在了一起。林老先生说着从怀里拿出一张有些发黄的照片指给美来看，是苏兰、林守业和杨阿姨、周铁叔叔的合影。那上面的苏兰和美来真的是太像了。照片就是当时拍下的。林老先生在离家进京前还专程去过周铁家里，给他的父母送过些银两。为此，周铁连敬三杯，他们都喝得半醉。这时候林守业才得知，他们三个都已经报名参加了志愿军，很快要去东北参加培训赴朝了。他似乎明白，为什么苏兰会说到"变化"和"无法再回到从前"了。这使他很震动，又很惭愧，觉得同为青年人，自己却老是摆脱不了家庭的束缚，连一个女孩子都不如，就说回去做好安排后也要回国参军。三位老乡一齐瞪大眼睛看他。他面向苏兰，目不转睛地说："我现在比当年更理解、更钦佩你，请相信我绝不是一时冲动，我们战场上见。"

美来的心跳再一次怦然加快。她屏住呼吸，紧握茶杯的双手微微抖动。"那后来呢？"她追问。

这时服务生又走进来，为他们上了两小碟葡萄干、无花果，一盘绿豆糕和蛋卷，一个香蕉、菠萝、哈密瓜切块的水果拼盘，又为他们各自的杯子分别续了茶水。美来给自己又加了一杯珠兰茶。

林老先生接着叹息道："一回加拿大，伯母和她外甥女，也就是我未婚妻，一起扣下了我所有的证件，把我困住了。"就在这时，他的大伯突发脑血栓病逝，林家企业的管理之责推到了他面前，令他无法脱身。他打理起伯父生前所有的产业。为安抚内心那一股平息不下的豪情和失信的歉疚，他开始经销起老家的茶叶，珠兰茶也在其中，且很受欢迎。他又筹集到一些资金，想回国再做捐赠，但因种种阻隔终未成行，直到改革开放后才再回国。他在海外经营茶叶，将珠兰茶这一款所有的收入年复一年地单独积累，和当年准备的那笔捐款放在一起，尽管一直没能有机会再做捐赠，但那似乎是他内心留有的一丝抗争、一线对理想的坚持。

他想起当年和苏兰最后分手时她对他说的话：“如果我回不来了，希望来生能有机会报答你。”她竟然果真就没能回来。然而，因缘际会，美来却以如此方式救了嘉伟。“苏兰，你今世还是给了我林某这般恩重如山的回报啊！”林守业老泪纵横，踹跚站起身，把一杯珠兰茶双手举过头顶，俯身洒了出去。美来也默默敬洒了一杯，扶他坐下来，重新斟了热茶，一种就像是面对自己亲娘舅的感觉油然而生。

第二十章

刚刚进入十一月中旬，天气便更加寒冷了，不时有细雪飘落，预示着一个严寒的冬天即将到来。广信行系统原定年底进行的全省复赛、决赛提前，马上进行。与此同时，省联合检查团也通知近日开始检查。美来因要去参赛，就把所负责的备检汇报材料和一份关于政策扶持项目企业资金运转情况汇总，以及已经整理好的包括嘉伟公司在内一些具体问题的调查报告，一并提前交到了科长那里。

由科长接过材料。在窗口斜射进来的强光里，他毛发稀疏的脑门被牛角梳翻来覆去梳着，像秋后的草地。

怎么这么多？他翻看了一下后，脸上渐渐浮起一层尴尬，想说什么，抬头看看美来笃定的神情，又咽了回去："好吧，先放这儿。"

美来把工作交办利索，第二天和行里其他选手一起，由一名兼工会主席的副行长率领，参加竞赛去了。行长其间不断和前方通话，跟踪战况进展，天天听到好消息：团体比赛，一路被看好；经过复赛，已进入全省前十名，取得决赛权；美来和另外一队友参加十项全能达标赛，队友通过六关后被淘汰，已够获优秀奖了，美来闯过九关，最后一关账目分类是她的拿手科目，全能标兵应该跑不掉了；正阳广信行这回总算在省里打响了。行长越听越兴奋，有些坐不住了，就像指挥官面临决胜战局，渴望亲临阵前。

正在这时，又传报告，美来已经闯过去的九关，其中可能有一关不能算数，因为没按规定方式操作。原来十项业务技能中有一项点钞考核。这一项要有一定的训练积累，美来之前没接触过这个项目，速度离达标差得太远，备战时能挤出的时间都集中保证算盘这一项了，所以，点钞压根没练。她在省城上大学时，有一次去电影院，见售票员拿着一摞一摞的一毛、两毛钱在数，不是用通常那种一张一张数的办法，而是像打扑克那样用手将一摞钱捻成扇形，再一五一十地数，速度非常快。她第一次看到这种数钱方法，印象很深，所以这次干脆学这办法点钞，结果又准又快。后来不知是谁提出操作方法不当的异议。行长一听，直接把电话打到比赛仲裁那里。

他质问道："我现在是攻山头，正面冲不上去，我从侧面拿下了阵地，你们要不要我退回去重来？钱数错了吗？时间超过了吗？"

仲裁小组最后研究，还是算数。行长于是一鼓作气，直奔省城，要亲自督战，看美来冲击全省冠军和个人全能标兵。

就在行长到来这一天，出事了。行里纪检组领导和检察院的人随后也来了。组织上收到一封实名揭发信，要立即对美来进行隔离审查，让其交代受贿问题，争取宽大处理。美来开始还以为自己写的调研材料受到重视，听明白后又丈二和尚摸不着头脑，说："误会了吧？"

她实在没想到，自己坚持上报的督察工作材料，首先把由科长变成了热锅上的蚂蚁。他第一时间给许经理打去电话，告诉他说："你那边必须要想办法了，你们的问题已被追得很紧，我是尽力了，你好自为之吧。检查团这几天就到！"他拿着电话说完，一屁股坐在椅子上，胖乎乎的手下意识在荒芜的头上胡乱抓拢着。

放下电话，许经理立即跳起来。本指望有由科长罩着，美来再通融一下，撑过这一段，他就咸鱼翻生了，不想美来成了程咬金。为打点由科长还有工商、税务等一揽子关系，他已经下了血本，如今是开弓没有回头箭，金美来这块硬石头既然通融不了，就只有搬掉。

在私欲的岔路上欲罢不能的许佩茂，此时终于把内心扒拉过多次的算盘端出来。这是他手里能抓住的最后一根稻草。金老汉做手术，美来不肯接受嘉伟的资助，曾写下一张收条，因为原本嘉伟已有支出处理，这张收条并无实际意义，无意间还留在他手里。从美来到公司督察感到苗头不对时，他便做了这最坏的盘算。现在他只能用这张牌破釜沉舟了：举报美来受贿，把他挪欠公司的资金指为用来替公司办贷款时作为回扣给了美来，手里有收条一切都好办。他捏着手指取出那个收条，一笔改了日期，拿在手里端详着："别怪我,这可是你逼的。"他从牙缝里挤出几个字,手心里出了一层湿漉漉的冷汗，仰头把垂下额头的一缕头发往后一甩，面色变得苍白可怕。

行长和其他领导都提出请求，一切等竞赛结束再说，毕竟无论集体还是美来个人都机不可失。而且他们也不相信美来会犯这种错，其中或许有误会。但一切必须依照程序行事，美来被不由分说带回去隔离审查了。

行里临阵换将，免不了乱了一些阵脚，虽没夺冠和进前三，还是取得了第七名不错的成绩。而美来个人的十项全能，只差一步成了泡影。

廖强这段时间出差去广州，正赶上刚开幕的广交会，事情结束等返程车的时间他去转了转，不想一条连衣裙入了眼——款式大方别致，面料质感柔和，花色霞光一样绚烂且写意抽象，简直是气象万千又行云流水。他生平第一次发现竟有这么漂亮迷人的服装，如果是美来穿起来，别提有多光彩夺目了。他目光灼灼地想着：好衣服，其实也是可遇不可求啊。于是不管美来肯不肯收，他一指裙子，笃定地叫服务员包好，付了钱，自言自语："买下再说，谁叫遇上了呢。"

回到正阳交代了公务，廖强第一时间就拨了广信行的电话，不待接通，笑已在脸上堆满。他要把对裙子的感觉先给美来描述一番，哪怕她自己出钱，也一定要穿在她身上。那边电话里是胡娜的声音："美来出事了……"

胡娜愤愤地告诉他经过。她满嘴炒豆，噼里啪啦："你说美来成天那个犟劲，不说和钱有仇，可品格、原则这两样她是放在最前面的，说她受贿，打死我都不信……"

廖强"啪"地一掌击在桌上。他铁青着脸，眼中两团光焰"呼啦"燃烧起来，咬着牙根道："好你个许佩茂，看我不扒了你的皮。"

尽管并不知道具体手段和动因，但以对当下各色经济案件的了解，他心中已八九分明白了对方葫芦里的药。像是被拒捕的凶犯打中了暗枪，廖强无法按捺住心里冲撞向上的怒火和恶气，直接去了LGV公司。

找到挂着经理牌子的办公室，他直接抬脚破门而入，没有任何前奏，像猫抓耗子,上手就逮住了坐在老板椅上的许佩茂,厉声喝道:“天堂有路你不走，地狱无门你闯进来。不想进去，趁早给我去把阴谋交代清楚，算你主动自首。说，为什么诬陷美来？”

许佩茂自觉无路可退，也失去了一贯笑眯眯的耐性，缩着脖子向后挣脱衣领，从老板椅上傲慢地站起来，一手仍习惯地往嘴边罩着，龇着牙说：“既然横竖都是个死，我他妈就背水一战了。”

“还反了你了，和法律叫板！”

许佩茂梗着脖子：“当今时代，我的游戏法则也不一定不好使！”

“你给我住口！”廖强已高举起拳头，半天又落在桌上，没能对鸭子一样伸长脖子的许佩茂砸下去，他满脸已涨得通红，两眼光焰燃烧，“告诉你，姓许的，你现在给老子回头，还不晚！”

“那我的损失怎么办？好好的三月三，她给我弄成了六月六，她不写报告不就什么事都没有吗？你叫我怎么办？她姓金的偏海猫不知潮流，咬根硬木头给麻花都不换，能怨我吗？活该吧她！”最后一句话出口，他自觉过分了，急忙咬住没把住门的嘴唇。

只听“啪”的一声，胸中恶气一直在往上冲腾，廖强拼命按捺，终于被这一句“活该”激得扣动了扳机，连他自己也不知怎么就抡圆了一掌横扫过去。

许佩茂只觉头“嗡”的一声，两眼金星四溅，身子像被掀翻的一堵废墙，砖瓦沙石坍塌了一地。

“陷害忠良你还理直气壮。老子今天就教训你了！”廖强原地挺立，甩甩手腕，俯视着许佩茂，“你今天，就是骂老子十句，我都不动你一指。陷害美来你还幸灾乐祸，等着瞧！”他一转身，拿起刚进屋就甩在桌上的警帽，扬长而去。

美来的案子一审定了受贿罪，被判刑，上诉后，又传来可能维持原判的消息。

这期间嘉伟也回大陆来了。他像摘下一根生了虫的黄瓜，把许佩茂从公司里摘除，一次次到法院证实："这是栽赃，栽赃，我了解金女士，绝不可能，我担保。"他在空中举着拳头。他对美来的信任丝毫代替不了证据。许佩茂手里的一纸收条提供了铁证。

廖强什么也不说，也许那一耳光让他多少平息了冲动。为此科里人都十分为他惋惜又不平。"那姓许的明明是诬陷，迟早会被收拾，你何苦这么冲动，犯纪律，丢了升职机会？"小秦忍不住数落他，"再说，就算'冲冠一怒为红颜'古来有之吧，可你这一巴掌，把眼看升上的科长打跑了不说，人家也还不就是个普通朋友，冤不冤哪你？不行我得告诉她去，不能老是端着！"

"你停！谁也不准给我和她提这事。我是冲动了，不该动手，犯了错，可再来一次还是得打。这不是红颜不红颜的事，她也不是什么在端着。你不懂，明白吗？"

小秦白他一眼，嘴一撇："你懂！"

廖强不后悔，虽然丢了科长他也气恼，可总得把眼前这口恶气先吐出来吧。只有心头之怒平息了，他才可能静下来，思考怎么帮美来有效地申诉和上访。为这，他就觉得值。以他的经验来看，目前这样的结果，姓许的那边肯定做了什么手脚，他决定亲自送材料到省检察院申诉、上访。省法院他有同学，可以求同学帮帮忙。

廖强去省城的时候，嘉伟一定要开车送他。

行驶到郊野人车稀少的路上，廖强说："我看您还是早点儿回去吧，这边一有结果我会立即告诉您的。"嘉伟摇头，一定要等到水落石出，还说他要把企业安排妥当，再回加拿大专心搞专业，同时，安排美来，一起去加拿大："现在我决心已定，一定要说服她出国深造。这次的变故，我想也应该有利于促成此事。"

他的声音像突发的海啸，海水漫延而上，把廖强这些天原本压抑的情绪又深淹其中。

他紧抓住手里装着材料的档案袋，不让自己失态。他的自尊绝不允许自己在嘉伟面前有一点点示弱。他目视前方，压着呼吸的节奏。公路两侧，山野林木在风驰电掣般掠过。

他努力让自己落水的情绪渐渐浮起，抖掉水珠爬上岸边，迅速登上峰顶，他要居高临下，面对嘉伟的攻势。他明白嘉伟这是在对他公开宣战。他相信，以不变应万变的冷静姿态就是他始终可居高临下的峰顶。实际上，他一开始就已经把自己由内到外打造成一座水晶样通透的山峰，屹立在那里，剩下的完全交由美来自己选择、决定。所以，他能很快让自己平静下来。“你个自以为是的‘假老外’！”他在心里愤愤说了声。

嘉伟握着方向盘，继续告白，说他虽接到美来婉言拒绝的回信，却没有罢休，反倒把不想尽早奏响的主题曲提前演奏起来了；说他不仅能演绎东方的含蓄，也能挥洒西方的热烈。和美来，他相信“千里姻缘一线牵”的中国老话，既然相遇就决不放弃。他要对所有阻挠宣战，他相信美来会慢慢转变，会接受他。

“现在，又出现了这样令人不愉快的事情，我的决心更坚定，把握也更大了。大陆这边的气候有时候太复杂了，美来的单纯率真并不适合这里，她应该走，必须走！”汽车在上一个陡坡，“突突”发出加大马力的轰鸣。

“这个，依我看，肯定行不通！”廖强仍旧目视前方，声音像石头一样硬邦邦的。

“为什么？”

“你去问她自己嘛！”

“你是说，她不会接受别人的安排和帮助？这个我早知道，所以我要让她变被动为自主。”嘉伟一耸肩。

“自主？”廖强的目光犀利地射过来。

“如果她接受了我的求婚，一切自然反客为主了！”嘉伟摆出挑战的神情。

“这个，当然没错。关键，她不会接受你的求婚！”

“为什么？因为有你吗？即使她准备走进教堂了，我也要做最后一搏！

况且，按大陆习俗，你们不是连订婚之约也没有吗？”嘉伟嘴角上扬，泛起一丝得意。

“我们是什么仪式、约定都没有，什么关系都没确立。但这实际上并不重要，重要的是我们有在精神上休戚相关的基础。您虽然熟悉和喜欢中国文化，但想领悟中国文化的细节与博大精深，是要靠在这块土地上生存和日积月累地培养的。”

廖强也一仰头，摆出自信、挑战的神色。他像是品了一口经年窖藏的好酒，又说：“在中国，年轻人有时候会为一个举止、一个眼神、一种气息而全然无凭地守候一生。美来她是个有定力、有主见、不会随便改变自己的女孩子，不管她最终选定谁，但绝不会为了逃避而跟你走。而且，我认为问题无论在哪里都会存在，她不仅会坚守，也有能力应对和不断提高。”

“这个，我相信，我也恰恰喜欢她这一点。不过此一时彼一时，经历了这一次变故，她应该明白，她的性格、才华更适合在国外发展。发展，您懂吧？目前在大陆，出国深造发展不也是有志青年的梦想吗？美来是个优秀的女孩，怎么会没有梦想？而我，就是想帮她实现梦想。”

“是会有梦，但她是个真正有梦的人，就是说，是个肯为梦去徒手拼搏的人，我认为她不会接受你的好意，这是很重要的一方面原因。实际上我们不用讨论，这事只有她自己说了才算。”

廖强夸张地一摆手。对美来，他说不出哪儿来的信心，而且，他甚至觉得，美来就算不选择他，也未必就会选择嘉伟。

“廖警官，你说得没错，我们当然都会尊重她的选择。”嘉伟也不失绅士姿态。

陈刚自美来那日不辞而别，心绪便纷乱不安，如坐针毡。美来当时虽是悄悄离去，但到底还是给他留下一张便条：我回正阳了。

就这么几个字，让他心头热乎乎的，知道这是要他放心的意思。这让他看到了苏兰身上温柔善良的影子。他当时抬脚就想去追，冲出门外，还是稳住了双腿。美来是需要时间的。他转而一个人慢慢回到家中，翻开陈年的旧皮箱子，取出压在箱底几十年一直谜一样封存着的一个日记本。

这本厚厚的日记本他曾多次捧在手里，渴望拨开迷雾一样急切地打开，却还是一次次忍住冲动，从不曾翻开过哪怕一页。当年整理苏兰的遗物时，他发现了妻子这本日记，见标注的时间是婚前，想必其中会有那段经历。婚后她没有再用，是为封存那一段感情吗？三十多年了，他一次次控制自己，到底没有翻开。他觉得他应该尊重苏兰，尊重她的方式，那段被妻子封存甚至令她付出生命的情感，他绝不应该去触动。

现在，手捧日记本，他又陷入矛盾之中。多年没有下落的美来不辞而别，他虽早有准备，可还是被刺疼了心。他理解美来。现在他不知道是否应该打开手里的日记本，找寻美来想要的答案。

他不知该怎么做，就怀揣起日记本参加了一个登山活动。这是他出狱这些年养成的一个爱好。开始，他只是想一个人登高望一望，静一静，想一想，后来渐成习惯，登山成了他释放情绪和感受生命的一种方式，成为他生活的一种需求。近年，他还参加了一个沙龙式的登山组织。这次他特意选择回山东老家登泰山。在故土的山水和草木间穿行、攀登、感受，站在泰山极顶环顾群峰，他忽然觉得，只有美来有权利打开母亲的日记，她有权利知道自己到底是谁，自主做出属于她的决定和选择。

从泰山下来，他立即到正阳去见美来，却不想见面居然成了探视。他憋得满脸通红，“嗵”地擂响桌子，咬牙切齿道：“就是告到中央，我也给你申冤，不信共产党的天下收拾不了这般恶人！”美来说廖强已去省城了，还是等结果吧。

陈刚的情绪平息下来，点点头，声音沙哑，半天又说：“孩子，你受了这么多磨难、委屈，是我对不起你。”他内心又涌起悔恨歉疚的痛楚。

“不提这些了！”美来垂下眼睛。

“我这次来，是要专门送一样东西给你。”

陈刚把苏兰留有日记本的事告诉了她：“我想，你母亲能告诉你的，这日记中一定都会有。现在不便，等出去看吧。”美来听了，忽地站起，下意识在衣襟上擦着双手，好像看到日记本就在眼前。从陈刚那里回来，亲生父亲的线索已没有希望了，没想到还会有母亲这本日记存在。一股悲喜交加的激动令她两眼泛红。

陈刚见状，也把模糊的双眼转向窗外。

陈刚从探视室走出，内心沉痛复杂，胸口似有一团乱麻堵着。他喘息急促，步子像喝了酒一样蹒跚，他将身子慢慢靠在路旁的一棵老树上，仰望远方，喃喃自语："苏兰啊，对不起……"

他没马上离开正阳，一个人悄悄去了大王山。他想看看和感受美来从小到大生活、成长的地方，想弥补一些对她的亏欠。带着心中的思念惆怅，他梦一样游走在大王山。在美来上过学的路上，在她教过书的校园，还有扛锄下地的田野、打柴搂草的山坡，他逐一转着，看着。后来，他从当年魏司令的大王峰八盘道上面走下来，打听到了金老汉的家，佯装过路人，讨碗水喝。

金老汉为他倒了一大海碗热水。他端着，边喝边房前屋后转着，又去和坐在院门口午后阳光里搓草绳的金老汉唠嗑。金老汉身边堆了一些从山崖上割来、喷过水、浸润得湿乎乎的红巴草，他说着话，干裂了的手始终没停下来。他说搓这个外面有收的，给蔬菜大棚做草苫子用，没事闲着也是闲着。

陈刚一挽袖子在草堆旁坐下，拿过一把草，起了头，也麻利地搓起来。金老汉看着，"呵呵"笑着点头称赞。两人边搓边唠。陈刚问："家里都有什么人啊？"金老汉就开始津津乐道起宝贝闺女从小到大的事——多伶俐懂事不惹人生气，多吃苦努力念书进城，又多孝顺每回回家都买他爱吃的……陈刚听着，又难过又羡慕，他好像亲眼看到了美来这些年在风里雨里渐渐成长的影子，觉得这才好像是真正找到了美来一样，眼圈竟不知不觉红了起来。

"老伙计，你这……有心事？"金老汉诧异地看着他，把卷好的旱烟递过去，自己又装上一袋，先点着，伸过去给陈刚对火。

陈刚忙接过卷烟，说不大会，这老旱烟劲冲，干咳了两声，忙又说："真羡慕老哥您啊，命好，有这么好的女儿。"又说，自己也有个像美来一样好的女儿，可惜没有老哥您这样的福分，孩子隔得远，不在身边。

金老汉看着他落寞的表情，蓦地若有所思，眯起眼，茫然点了点头。

陈刚起身说："天不早了，打扰您了，谢谢老哥！"说着告辞了。

古道热肠的金老汉连忙起身送他，又被陈刚按住坐回去。陈刚一个人转身快步离去，走出一段路后，远远回过头望着，半天，对着还坐在阳光里低头搓草绳的金老汉，弯腰深鞠了一躬，转身抹了把快溢出眼眶的泪水，默默离去。

第二十一章

连着几日阴天后，太阳终于露出了笑脸。省检察院办公大楼矗立在一片清新的晨光里。魏中华迈着矫健的步子走进大楼。军人出身的他，总是走在时间前头，身为检察长，每天早晨，他几乎都是第一个走进大楼。

推开门，走进办公室，一阵幽微的清香飘来。窗台上那盆葱郁的兰花提早盛开了，密集的花朵像繁星闪烁。检察长径直走上前去，把花盆移到阳光刚斜射进来的一侧。他习惯经常这样把花盆随光线挪动，让花每天尽可能沐浴在阳光里。

办公桌对面墙上，悬挂一个书法横幅：德润人心，公正天下。这是他自己的手书，在全国公检法系统书法大赛上拿了银奖，现在挂在办公室，每天可自勉自赏。除工作外，书法是他平生最大的爱好。秉承祖上几代和书法先圣们的经典风范，他每日在家中书案上，早晚都要练上一砚墨。当然，有时他为赶时间，会换上大号毛笔，一阵挥毫。总之，一砚墨不能剩。眼前这幅作品，就是在这种情势下挥就的行草，过后，他从中选出一幅，竟成为银奖作品，他说这叫功夫所在和不为名利驱使，顺其自然，必有所成。

他坐下开始翻阅文件。进京开了三天会，累积的文件不少，他习惯每天在上班之前把需要圈阅批示的文件处理完。干工作就应该像行军，能往前抢一分，就不往后推一秒。

吃午饭时，秘书小黄在食堂左右扫了一圈，没见到检察长。他昨晚又读了一回棋谱，想等检察长中午有空试试新招。可领导到现在还没露面，该不会是为处理自己转呈的上访材料吧？前几天正阳公安局的同学廖强亲自到了省城，托他呈上一封申诉材料和上访信，要他务必以最快的速度面交检察长亲启。的确，全省四面八方寄送过来的大量上访信，检察长不可能每一封都亲启，正常程序只能由文书先登记阅选，分报处理，拣重要的送检察长批示。为能尽快并确保检察长亲自审批，他今天一早专门“截堵”了领导。

黄秘书正想着，忽听检察长在背后叫他：“小黄，明天，我们去趟渤海。”

“是为正阳那封上访信吗？”听说去渤海，小黄直觉可能是廖强上访的案子，话刚到喉头又觉不便多问，就只答应：“是！”

“为什么替那个廖强转信？”检察长目光犀利，看着他。

“因为我了解他的人品和行事作风，为确保所申诉案件能拨乱反正。”小黄立正站姿，一字一句，硬邦邦地说出来。

“他真是省公安厅十大标兵？”

“是！”

检察长准备下楼吃午饭时想起小黄早晨转呈的上访信和申诉材料，阅看后心中有些激动。信中内容如果属实，一审和渤海中院准备维持原判的结果明显有问题。这次北京的会议分析了当前的社会形势，新时期各种犯罪情况复杂，业内执法舞弊现象也有所增加。如果这个案子确有问题，金美来这样的正直干部绝不能蒙受诬陷。他准备亲自出马，案件无论涉及了谁都不能手软，还要借此案例进行警示和教育，推动提高全省司法人员队伍的拒腐秉公素质，在改革开放发展经济的历史新时期，能够保持本色不变。

检察长信心坚定，丝毫想不到，这一次的“不手软”将让他面临怎样的考验。

“你马上给渤海那边打电话，把金美来案子的卷宗材料准备一下。”他一边吃着小黄为他端来的米饭，就着白菜炒肉和清炖鲅鱼，一边吩咐。小黄一听，忙不迭答应“是”，转身去了。

到了傍晚，快要下班，有人叩开检察长的办公室。一个五短身材、大眼睛、厚嘴唇、面带急色的人一步跨进来，冲检察长“啪”的一个立正。

来人正是检察长要去找的渤海市中级人民法院的院长。他原是检察长在部队时的属下。美来一案上诉到中院时，院长发觉原判案过程中确有取证细节疏漏等一些问题，案子有需要进一步审核的东西和推翻重判可能。准备着手时，检察长的儿子给他打来电话，请他帮忙把许佩茂那件案子尽早解决，免得给企业经营带来不良影响。话虽没多说，但意思明白。他还是觉得，疑问如果核实，原判不能不究，并不属于可办可不办之类，超出原则的面子，他是不能随便给的。

谁知中途生出枝节，那个许佩茂听说原判可能被推翻，竟主动透露说自己送了三千元钱给检察长的儿子，摆出鱼死网破的态度。这让他如同冲锋时刻发现敌营中还有自己人，进退两难。关键是，身为现役军官的检察长的儿子受贿情节一旦查实，一生的前程就全毁了。检察长作为自己的老首长，对自己恩重如山，怎么忍心让他唯一的儿子在自己阵前落马？清官还真是难当啊。没办法，无论许佩茂所言是否属实，为免节外生枝，他准备顺水推舟维持原判。老首长的脾气他知道，这事没敢向他透露，不想老首长却直接接触并要督办这个案子。为不造成被动，一接到小黄秘书的通知，他就火速行军，赶了过来。

他坐在沙发上，“咕嘟咕嘟”喝下检察长亲自倒的一杯茶水，随后从公文包取出一叠宣纸，说自己到省里办事，顺便看望一下老首长，新近收藏了一幅名家书法，想请首长帮忙鉴赏鉴赏。

他好容易编出这个借口过来，想借机做个火力侦查，看能否找到什么搪塞的事由，让首长不去接触这个案子。

检察长接过宣纸，铺在书案上——是一幅草书，毛主席的七律《长征》。他不禁哈哈一笑，叉起腰，俯身仔细品鉴。这位部下受他影响喜欢上书法，练了一段时间，觉得没有什么长进又改为收藏。他的收藏有一个重点，就是内容为毛主席七律《长征》的作品。他说，当年有一次见首长站在桌子上面，手持长笔，在一面洁白的墙壁上挥毫书写毛主席的这首诗，那姿态风度极为潇洒，他当时端着红油漆跟在身边，一面挪步，一面看那笔锋沙场挥剑般酣畅淋漓，一下子就喜欢上了书法，也喜欢上了毛主席这首气势磅礴的《长征》，后来练书法就喜欢写这首。现在搞收藏，凡有机会向人索要笔墨，只要方便提议，必求人家写这首，手中已有好几十幅不同书法家关于这首诗的书法了。

“好了，你给我老实说说，今天急着见我，真正目的是什么？”

检察长看完书法，不似往常兴致勃勃地来一番品评，只点头说了声“很好”，就单刀直入转了话题。从眼前这位跟随他多年的部下坐在那里的神色，他一眼就看出并非是顺便来看他和鉴赏什么书法。难道那件案子真有猫腻？

部下瞪着圆溜溜的双眼，看着老首长犀利逼视的目光，这是他所熟悉的洞察秋毫的眼神，知道没必要绕弯子了，就把案子的前后情况和盘托出。

室内光线已经开始暗淡下来。墙上挂钟的秒针“嘀嗒嘀嗒”奔跑不停。检察长像横遭空袭，全身僵直，一动不动。他戎马一生，膝下就只这一个儿子，再经不起什么风吹草动了。他胸口剧烈起伏，满头白发在夕阳斜射进来的余晖里，像深秋的一声悲叹。老部下看着心头一阵沉痛，立正在首长面前，顿了半天说：“这个案子，首长，实应回避，请您相信我们会处理好此案。”

检察长就像没听到，毫无反应，仍雕塑般一动不动，坐在夕阳里。

“首长，您？”

检察长轻抬了下手，仍静坐不动。墙上挂钟“嘀嗒嘀嗒”的声音像一颗被摧残撕裂了的心脏正在滴血。

又过了一会儿，他慢慢站起来，缓缓踱到窗前，望着远方烧红的天际，好一会儿，声音低沉、一字一顿地说：“要回避。但无论我回不回避，这都是一场必须要打好的硬仗啊！”

“首长，您的意思？”

“你听着，”检察长转过身看着部下，目光含着悲壮，“我们都是军人，都经历过冲锋陷阵、流血牺牲，对历史和今天，对人生和社会，都有我们清醒的认识和思考。所以，这是一场硬仗，你我都知道该怎么做和为什么要这样做！”

部下看着他发红的眼睛和渗出了汗珠的额头，举手敬礼道：“是！”

夕阳浓烈的余晖从窗口涌进，为检察长身影的轮廓镀上了一层金色的光芒。他那双在逆光中更显深沉的眼睛里泪水突然夺眶涌出，仿佛是从心底涌上的血。他急忙背过身去。

这一天，嘉伟又去探视美来，见面就兴冲冲喊起来："金，我发现宝藏了，在东方，我也能追寻梦想了！"他两手在胸前一握，像是握着刚发现的宝藏。

美来眼中放出光彩。她打心眼里希望嘉伟能有开心事。一个人如果总是拒绝他人的好意，也会有一种歉疚感。听嘉伟说有好消息，她好像得以补偿他似的十分欣慰。

嘉伟上次来探视，一股脑向美来诉说了他的精心设想。他说："您现在正好有时间，拜托好好考虑考虑。我其实在渤海医院看望令尊时就有此打算，当时情况危急，不敢冒昧。现在，出了这样令人不愉快之事，我这个想法更坚定了。希望你能认真考虑到国外发展，工作或继续读书深造，总之，你只需要有'愿意'两字的决定，剩下的就都不必操心了。"

为避免美来误会他是在趁火打劫，他把早已想好的三个条件也同时摊牌，随便她怎么选。当然，第一是答应他的求婚，他早已表明过自己的感情；第二，即使不接受，美来还可以以朋友的身份出去；第三，只要她愿意，哪怕选择和廖强一起去，包括带上老父亲，也是可以的。因为敬重和感恩，他不计任何方式，只想为她做点儿事。

美来知道他是一个懂得进退的人，相信他每一个条件都是真心实意的。她感激地看着嘉伟，点点头，一时不知说什么才好。嘉伟殷切地看着她，目不转睛，一脸由衷的渴望之情。美来垂下眼睛，还是轻轻摇摇头，笑着说："嘉伟，谢谢您这样为我好意安排，可我还是不打算出去！"

她谢绝了他，说得平静极了，对唾手可得的华丽转身，就像随口说一句"不想去逛街"一样淡然。她是从哪里得来这份荣辱不惊的心性的呢？嘉伟看着她如明月般清澈宁静的目光，他不止一次领受过这样的平静，知道不用再劝。

但他不能放弃追求美来和想要给予她帮助。他知道一切源自美来的过于自尊自立，在没接受自己的感情时决不会接受其他帮助。怎么办呢？归期已近，嘉伟心中的一片眷恋像春雾一样缭绕不尽。在这绵绵的情意里，他恍恍惚惚去了美来的家乡大王山。他也不知道为什么要去，就是觉得那里有他想要探望、寻找和亲近的东西。

嘉伟请了一位向导，带领他全程走过了美来当年上学的山水之路。这样的路，一个小女孩四季里每天往返，即使是有勘探经历的大男人也目瞪口呆。他不觉阵阵心疼，似乎明白了美来性格中那种倔强、坚定和无视宠辱的气度是如何而来的了。他觉得，在这样艰辛困苦环境中成长走出来的人也许会慌不择路、逃之夭夭，也许会练就一切不在话下的淡定大气，而美来，无疑是历练成钢了，做什么都能自主坚定。他多希望她不这样啊，可如果不这样，他还会如此迷恋她吗？看来只有改变自己，向她靠近了。但如何能舍弃自己钟爱的地质专业，怎么改变呢？

他在大王乡奇异的山水里，凭着眷恋和不舍迷茫地走着，心中厚厚的云层却渐渐照进了阳光。作为地质专家，那双仪器般的眼睛告诉他，这里的地貌很可能是冰川时期形成的，就是说，在他目前进行的项目研究中有很重要的学术价值，他可以向导师申请，把项目的一部分内容放到这里来进行。这道灵光照亮了他和美来之间剪不断的关联，他的地质梦，也可以在地球的东方生出飞翔的翅膀。

不仅如此，灵感的万花筒还折射出另一道光芒。大王山地貌奇异，而且不知为什么，和历史上大唐时代帝王将相们的东巡戍边有着千丝万缕的关联，孕育出诸多故事和传说。诸如兵御沟、观驾山、天女木兰峰、歇马山、帽盔岭、靴子沟、铠甲岭、梳妆台，等等，每一处传承神秘故事的地貌中潜藏着多么巨大的旅游资源啊。他在做地质科考申报时也同时考虑了一个开发旅游的初步建议，准备一并提交到主管的武副市长那里。

他是在去年的一次招商会上认识了这位由省城下派的副市长。她姓武，却是一位举止文雅、相貌俊秀的女士，皮肤白皙，典型的东方杏核眼清澈水亮，梳着蓬松干练的发型，言谈风趣，思维敏捷前卫，是个学者型领导。嘉伟对她很是欣赏钦佩，而武副市长似乎也很重视嘉伟这样的学者型商人。他们一见如故，像老朋友一样谈得很多。旅游目前在大陆刚刚兴起，凭感觉，嘉伟认为她一定会重视自己的设想。一旦争取到政府在大王山开发旅游，美来的家乡不就随之迎来发展变化的机会了吗？他惊讶一向无心经营又没商业细胞的自己怎么突然会冒出这么多创意和热情，他觉得自己似乎把大王乡金三角当成自己的家乡了。

“你看，都在这里，一式列的。”

嘉伟中文虽好，却总不乏把“一系列”说成“一式列”之类的错误。他把自己设想的报告递给美来，仪器般专注的眼睛在镜片后面一直盯着美来阅读，就像考生在等待老师阅卷。

美来一口气读完，抬起头，用一贯平静的神情注视着他。嘉伟被看得紧张起来，但仍很自信地对视着。她的冷艳、优雅，真是绝顶地美。

“你呀，到底是科学界里的商人，还是商界里的学者？”

嘉伟关于引进地质学术研究方面的设想和利用天然资源开发旅游的探讨，都让美来刮目相看。她想起上次老爸手术时嘉伟关于小猫钓鱼的话题，就扬起眉毛笑着问。嘉伟明显感受到她平静神色中闪动的兴趣。

“你赞同了，金？”嘉伟兴奋地耸肩、点头，“我现在发现，自己还是有经商细胞的！”他开心地大笑，两颗小虎牙调皮地闪现出来。

“我赞不赞同有什么要紧？重要的是市长也能赞同你这一式列才行。”美来故意也说成“一式列”。

“可是你不赞同市长就无法赞同呀！”嘉伟越发得意起来。

“荒唐！”

“No！你不赞同我就不申报，凭谁也无所谓赞同啦。”嘉伟目光热烈，捕捉着美来的眼神。

她转头望向窗外碧蓝的天空，过了会儿收回来，平静地看着嘉伟，郑重地说：“我要是市长，就会考虑这个意见。”

“这么说你是赞同啦，那我就准备申报了。”

嘉伟见美来心情好，很高兴。这几天廖强外出办案，嘱咐他多去看望美来。这难道还用他提醒？嘉伟一天巴不得都能待在美来身边。可他不明白廖强为什么不反对他们接触，反倒督促，他可是已经明明白白亮出了竞争底牌的呀？

这事其实连公安局小秦都劝过廖强好几回。“要小心，你怎么就那么放心？”他使劲摇头说，“没见那‘假老外’在大弹《凤求凰》吗？”小秦也爱叫嘉伟“假老外”。

“哼，弹去呗！”廖强鼻子一哼，胸脯一挺。

“大意可能失荆州啊！你们这要在西方，那都差不多得决斗啦！”小秦双手一摊，学老外那样一耸肩。

“去你的！”廖强竖起拇指，往自己脑门上一指，“咱们中国男人，讲的是精神决斗，这叫……你呀，是不懂。”

他们都不知道，廖强采取的是他自己叫作正面交锋的策略，而不是回避战术。警察业内有句话说“在风口浪尖上经受考验”，就是要见真正立场的意思。在感情方面他也这样认为，只有让美来和嘉伟接触，美来才会充分地衡量，做出选择，才会对自己的选择不怀疑，嘉伟才会清楚美来的选择是为什么。而回避，往往会留下不确定的隐患。他要的是真正经得起考验的感情。他还认为，越是大气自信，美来越是会欣赏他，他必须要赢在精神气质上。当然，这样做他也是把酸溜溜的心提在半空，甚至想呐喊一声：“既生瑜，何生亮？”但他情愿大度地承受煎熬和冒这个险。美来应该有她的选择机会，不管将来她选择了谁，这一生他的心都注定不会变。

自廖强去省城帮她做申诉上访，美来便在度日如年中等待，急盼能有个公正的清官还她清白，又担心老爸察觉了刺激病情。本来他一条腿还没好利索，她已够担心，现在她几个星期没回去，去竞赛的理由也难再编下去了，若他知道了再上火，旧病复发怎么办？这几天晚上，她老是梦见父亲，不是摔了，就是昏迷着又住院，急需手术，又要凑钱，急得她惊醒过来满头是汗，心中不免又生出许多困扰担心。

胡娜这日下午手里没什么急办的事情，老刘有个项目下乡考察，回来多半也是直接被请去酒店喝酒，自己一个人待在屋里闷死了，就想溜出去逛一圈街，说不定能买到什么漂亮衣服，要不去理发店换个发型也行。于是她起身拎包就走，到了走廊忽听屋里响起一阵急急的电话铃声，又扭头返回身来。竟是金三角打来的电话，说自己是“红村长”，要找美来。胡娜一听吓了一跳。

果然是金老汉病了。最近美来说要进行训练和去省里参加竞赛，好长时间没回去，他就心里牵挂烦闷，又把被美来搬走的梯子从厦子里搬出，没事就爬到房顶瞭望，下来时一脚没踩稳，从半腰摔下来。王向阳跑去，发现他的脚踝肿起来，骨头不知怎样，更不知心脑血管的状况，怕旧病复发，想送他去正阳医院，以免耽误。

胡娜听了，一屁股坐在椅子上。美来叮嘱过，她的事情千万瞒住家里边。可金老汉的病情又怕一旦要紧。她转动着圆眼睛，支吾说："那，就快快送过来吧。我先去医院找个熟人大夫，就在医院等你们。告诉大叔，美来她刚好今天去省城，开始竞赛了，还不确定什么时间回来呢。"

挂了电话，她坐在那儿紧张地喘息了几下，立即拿出电话簿急急翻找。正阳医院的周会计，她丈夫前些年停薪留职，下海办水产品冷冻加工厂，为贷款她和周会计打过交道。她找到医院会计室电话，拨打一遍号码，接通了却没人接，再想想，又没有别的熟人可找，过一会儿又拿起电话拨打了一遍。这一回正好是周会计本人接的，说刚进屋，中午单位来客人，别人还在那里陪唱歌跳舞呢，因有人等拿支票她先回来了。胡娜就说了要请她帮忙的事。周会计那边听了，一口应承，说："小事，都有我呢。小金以前也没少帮忙，连一杯水都没喝过我们的。"

胡娜松了口气，又急急翻公安局电话，找到刑侦科，刚好是廖强接听，她张口就机关枪一样扫过去："美来他老爸病啦，正送这边来呢，我们得赶快商量……"

两分钟后，廖强的摩托车就停在广信行楼下。听胡娜细述后，倒松下口气，他原以为老汉已经病情复发了呢，就说："先瞒住他们。我想办法，等准备出院往回走时，安排美来去医院见一下，再编个理由，推一段时间，估计案子会很快有结果。"

胡娜点头，叹口气："你说美来，多么冤屈，无辜受陷害不说，眼看已到名下的全省什么旗手还是标兵的，也丢了；还有这个月，我们行里正赶上搞中层干部竞聘，她绝对有戏，这下也丢了。机会，你知道，过了这村没这店。这个许恶人，真就该掐死他。"

"红村长"拉金老汉到了正阳医院，周会计和胡娜早安排好在等候了。拍了片，确诊是脚踝骨轻微骨裂，主要是软组织拉伤严重，打了石膏，用了舒筋活血消炎的药，再就注意养着就行。

听说美来去省里比赛，金老汉不让告诉她，直说要回去：“我在家养着就行了，指定再不上房顶就是，赶快往回走！”

但医院认为他还需要再住两天院，对旧病情做观察。王向阳对胡娜和刚赶过来的廖强说：“你们都去忙吧，我正好这几天函授考试，有个辅导要听，大叔也不需要太多照顾，我每天只要下午抽空去夜大听两节辅导课，临时托付病房里谁帮照料一下他就行。剩下的白天、夜里我都没问题。”

胡娜就说：“那也好，本来应该我们单位安排人来的，这样就我来吧，每天下午我过来，换你去听课。他太忙，就不用再管了。”她用下巴冲廖强一努。事情就这样说定了。

廖强回去的路上想，美来即便探视，也顶多只能一两个点，大叔可千万别真旧病复发了啊，那可就麻烦了。他想着，无论怎样还是得先和美来说一声，一则让她有个准备，二则请领导特批探视也要提前申办。

美来见廖强上班时间过来了，心中先是高兴——一定是申诉上访有消息了，跟着又紧张——万一没得到平反呢，冤狱还要坐多久？她大气不敢喘，眼睛定定地跟着廖强。

“你别急啊，没什么大事，是大叔把脚扭了一下……”廖强没敢说从梯子上摔下和需要观察的事。美来还是如当头一棒。渤海医院的医生一再嘱咐老爸避免摔碰，她心里清楚病情一定没那么简单，一着急，只觉两眼发黑，头晕气促，身子一晃，险些栽倒下去。廖强一把扶住，叫人倒了热水，她慢慢喝下去，才渐缓过来。廖强轻轻拍几下她的后背，微笑说：“真没事，就是觉得反正是来了，顺便再做做检查更放心不是嘛。要不怕老爷子怀疑，我干脆就不想告诉你。现在来就是想商量让你们怎么见一面，又不引他和‘红村长’起疑心。”

见美来情绪稳定了，廖强就把自己的想法说了。美来知道，他想得已经尽可能周全了，心中感激，只是用力点着头。廖强就又嘱咐了一番要她放心的话，便匆匆回去准备申请特批出狱探视。

两天后观察结束，金老汉万幸没有什么事，医生又嘱咐些以后的注意事项，说可以出院了。因之前知道美来他们竞赛的事，金老汉和王向阳都没多想。王向阳白天夜里陪着，胡娜替了他两个下午，辅导课也听了。到第四天可以办理出院返程了，正好美来结束竞赛从省城刚刚“赶回来”。廖强亲自开车，送她到医院来了。

廖强去接美来时，她一言不发上了车，坐下就开始哭。出事以来，她还没让自己这样哭过，此刻心中悲酸，百感交集，疼老爸，也为自己委屈，又愧疚照顾不上，又感念廖强、王向阳、胡娜他们的情意和辛苦。

薛红玉和另一位短发女警察都穿了便衣，也跟在车上，想劝她，廖强摆手，示意让她哭哭吧。

金老汉见了美来，眯起眼看了半天，心疼地摇头说：“看看你，这些日子都瘦了。”

胡娜说：“可不是嘛，这一气事就多，都赶一块儿了，累的。这不，明天一早，她还要去渤海市里那边参加一个业务会，下午就得提前走呢。”

金老汉一听，看着美来说：“那你赶快回去，比赛刚回来，先歇歇。我挺好的，这就往回走，你一点儿都不用挂念我，我今后小心，可不再上房顶了。”美来不觉落下泪来。金老汉又笑了说她：“你看你，多大人了，还哭。”

王向阳也笑了，说：“就是，看你！放心吧！回去你等我把梯子给他卸了拿俺家去，收起来。”

美来握住老爸的手，他的脚踝还打着石膏呢，自己不能在身边照看，怎能舍得和放心呢？眼泪仍是止不住。还有，老爸再相信她，包括王向阳，心里多少也会有疑问的。竞赛没办法，这再去开会真的不是理由了，银行又不是她自己的。她不想老爸为这些有一丝不好受，可有口难言。

廖强跑前跑后，帮着办理出院手续，又把事先替美来买好的双色五香糕和治疗跌打损伤的膏药什么的一并从吉普车里拿来放到拖拉机上，又和王向阳扶金老汉上了车。两个便衣女警察也上前帮着忙活。她们都说是美来的同事，时间不早了，要尽快送他们走，让美来按时回去。

美来把老爸棉帽两边的护耳放下扣紧，身上围严了挡风的棉被。“这些天辛苦了，路上慢点儿。”她又转过头，对王向阳说。见王向阳脖子空空的，风这么大，就把自己戴的红针织围巾拉下来，逼他戴上：“路这么远，冷。”拗不过她，王向阳红着脸接过，一边往脖子上缠，一边说：“真不要紧，这简直，不冷……”

廖强就笑着说：“哎呀，你快系上吧，还没你那棉袄红哪！”

美来看着他系好，两眼不觉又涌出泪来。王向阳就又笑着说：“你看你，放心开你的会去吧。都有我。”

看着他们走远，剩下的四人一声不响上了车。顺路先送胡娜。到广信行门口，胡娜打开车门，下了车。一路她和美来两个默默握着手，并排坐着，谁也没说话。她下了车，回头俯下腰对车上的薛红玉和短发女警笑着说：“多谢两位警察姊妹啦，拜托好好关照她。”她又看一眼廖强道：“你，她回来少一根汗毛，看我找你算账啊！”她知道自己这是废话，就是和廖强打个招呼。薛红玉看一眼廖强，回头一指坐在美来身边的女警说：“都是她的功劳。有我们廖哥在，谁敢怠慢美来啊！”短发女警也微笑点头：“没事，放心吧！”

“放心放心，回头我请客啊！”胡娜说完，拍了下美来的肩膀，两人对视点了点头，一切尽在不言中。

于是胡娜回手关上车门，目送吉普车开去。

第二十二章

又过去一周多，经渤海中院重新审理，案子疑点澄清，美来很快平反。银行领导把她接回去，一切工作恢复正常，她坚持原则的精神和行为得到肯定和表扬。

陈刚随后把苏兰的日记本交给了她。当天夜晚，美来一个人坐在宿舍白昼一样的日光灯下，把日记本拿出来，是旧时代那种老式二十四开日记本，厚厚的，绛红色细纹油布面硬壳封皮上是“笔记本”三个字，烫金，繁体。压抑着“怦怦”的心跳刚翻开封面，蓦地似飘出一只蝴蝶来，她慌忙小心捧在手中。

细看是一朵小花，像是山百合花，久已失去水分的花瓣薄如蝉翼，依稀可见当年盛开的红粉色彩，缄默地固守着春天里久远的芳华。她的鼻子一阵酸楚。

翻开首篇，看到母亲当年还带有学生稚气和拘泥的笔迹，心中不由又一阵疼痛。她一页一页细看，并没略过之前了解过的情节急寻答案，而是从头细细往下看，渐渐地，身心就像贴近了母亲年轻生命的激情热血和战场惊心动魄的炮火硝烟。

从标记的时间年月看，日记正好纵贯母亲当年逃婚离家、北京读书、入朝作战的过程，直至与陈刚结婚为止。这些经历经杨阿姨、陈刚及林老先生追述，美来已知基本轮廓，而一些关键性的空白，她相信会在日记里找到答案。

母亲从云南逃婚到北京，平生第一次看到了下雪。那一天，在母亲生命中，也可谓是里程碑式的一天。

这些，母亲当时是不知道的。美来也是在读完全部日记后，甚至是了解了后来的一些经历之后，才逐步清晰感受到的。那一天，母亲的日记记载得很详细。

> 清晨起床，见外面天地皆是白色，我们尖叫："雪，大雪！"
>
> 在家乡，总会把大片熟透的棉花想象成北方的雪；今儿见这大雪，便忽想起家乡那白茫茫的棉田。在南方，常有雨中登山的意趣，但不知雪中登山又是如何。是故，我们决定去长城。
>
> 八达岭游人稀少，不知这样的天气，他们心下又是怎样的感受？
>
> 我急于快些登顶，云雁则拉着周铁慢悠悠转，我便送人情给周铁，相约到上面会合。
>
> 登上最高的烽火台，放眼远望，万山齐集，千里银浪，令人豪情满怀。我挥舞帽子呼喊："长城……秦始皇……孟姜女……"
>
> 帽子在山风中飞出去，挂在城墙外的松枝上。我去够，一跳险些滑倒，感觉背后一双有力的手臂扶住我，又从空中接去我手中的树棍。回头见是位身材挺拔威武的军人，披一件军大衣。
>
> 那帽子很爱捉迷藏似的在风里躲闪不定。他用树棍慢慢瞄准，终于将那调皮蛋逮住，这才微笑着看了一眼身后的我，帽子却并不归还，又高举在阳光里。
>
> 帽子是用红色绒线编织的，他像举着一支火把，看着我微笑，我忽觉自己像一朵春寒料峭里的小花遇见了阳光。
>
> "这么漂亮的帽子，以后不许再甩丢了啊！"他声音亲切，把帽子递给我。我却灵魂出窍，仿佛看到从小就仰慕的三国时代智勇双全、武功盖世的大英雄赵云赵子龙持枪跃马而来。从云南至此，正是为今日之邂逅吗？
>
> 他又近前一步，把帽子送到我手上说："天太冷，快戴上。"

他已和同行的几位军人下山了。始终不见云雁、周铁，我即随他们之后下山。

返程的路真是好快。一排松树下停着吉普车。他最后一个上车，一闪身间，目光径直向我回望过来，我慌忙避开。吉普车已“突突”开去，雪地上空留下两道车辙。阳光穿过松枝，筛出刺眼的光束，明晃晃的，令人没来由一阵惆怅。

我这时才想起，还不曾对人家道过一声谢谢，拜问尊姓大名，一切都是未知之S。

云雁、周铁妖怪一样背后拍一下我。原来云雁滑跌了脚，两人并不曾上去。我有些无精打采地说：“回去吧。”

结束在怅然若失中的这篇日记让美来不知为什么毫无根据地预感到：这个被母亲称为“S”、已经消失在大千世界的军人，或许并不是母亲生命中的过客。

但其后一年多的日记里，“S”都没有再出现，也没有被母亲提及。

终于，在嘉伟父亲林老先生当年与母亲于北京不期相遇那一次，“S”到底还是出现了——当然并不在现实里，而是在母亲心中。

母亲当天记录了见到林老先生的情景，曾用一句话诠释了林老先生当时不明白她所说的“变化”指的是什么：“林先生为人宽厚，品格纯正，早些时候在家乡我们如相识，应该不会有后来逃婚的节外生枝，可如今，面对他，我感受不到长城邂逅‘S’那种震撼和沉醉的力量。那种力量，绝不仅仅是林先生的宽厚、纯正、可靠等所能取代和企及的。”

“变化”果然是在“S”这里，美来觉得，事隔一年之多，母亲却仍信笔提起，说明那次没有下文的邂逅在母亲内心留下的印象多么深刻。

当母亲和同期入伍的学生志愿军在东北军事培训基地为入朝队伍开欢送大会，美来终于读到了母亲和“S”再一次相遇的故事。

走出礼堂，竟然是“S”站在面前。一种短兵相接的紧张袭来。而他老熟人样笑着招呼我：“小鬼，当兵啦！”声音和神情还是那样亲切。我拘谨地回答：“是，首长。”原来他也一直记得我吗？

“那你，也是明天出发吗？”我回答，还要留下参加外语和机要方面的培训。

他又说：“你的诗写得很好，朗诵得也好，选《志愿军之歌》配乐更好！”刚才在欢送大会上，我朗诵了自己创作的诗歌《保卫和平》。我仍紧张得不知说什么。

一位战士跑过来报告车已备好。他点点头，再转过身来，目光只剩下了严肃：“我马上开会，明天一早赴朝，再见小鬼！”他郑重举手敬礼。

我突然如鲠在喉，哪怕什么都不说，就这么相对注视一会儿也好！“葡萄美酒夜光杯……”这样的诗句，若非身临其境，怎能体会深切?

他已上了吉普车，雪地又空留下两道车辙。我对着远去的车子还礼，才想起，关于他，一切还是个“S”。

晚上，和云雁一起去找周铁告别，他这批入朝。不想，队伍已提前出发。徒然扑空，云雁“哇”地大哭。直至今天下午大会，我还似站在看台上注视战争，现在，突觉身在其中的冷峻。那么“S”也提前出发了吧？我紧握住云雁的手，也落下泪来。

1951年夏，母亲与云雁阿姨和各类培训人员一起，与一支作战部队一同出发入朝。当天下午到达鸭绿江边，晚上开始过江。选择夜行是为躲避敌机轰炸，军车需要熄灯，就着星光，开得很慢，天亮了，路才走了一半，且有战友已在夜袭中牺牲。母亲说，一程程开进，虽然一切还没有开始，但一夜行军，且在车上，业已感到战场之血腥残酷，可见以前对战争所想是多么苍白。但她还是为自己骄傲，即便死，也要成为光荣的战士。

到达总部，各类人员大多分在各军。她们还打听到，周铁就在云雁要去的那个军的工兵连。苏兰被分到一个加强师任机要秘书。报到时，平地惊雷，“S”就站在苏兰面前。

“S”上前握住她的手。苏兰不敢相信自己的耳朵和眼睛。他居然是加强师的一位首长。他很高兴，但看不出是因急需的军务机要人员及时到达高兴，还是因这个报到的人是苏兰高兴。不管怎样，苏兰对这意外十分兴奋。当天她明确写下，来到“S”身边感到无比踏实。

但不知为什么，母亲日记中一直没有改变称谓，明确称呼他的职务或姓名，这使美来无法知道“S”姓甚名谁，但凭一些情况的描述分析，“S”应该是这个加强师的参谋长。

一次，母亲从“S”的警卫员那里知道，这位首长早年有过结发妻子，解放前夕家乡遭国民党轰炸，妻子和刚出生不久的儿子一起遇难，“S”一直再没成家。

母亲的机要工作业务并不多，有时间就读读书和研究资料。某次大战前，“S”整天开会，对着作战地图思索，吃饭时间都没有，笑容更是少见，似乎变了一个人。

母亲工作中常有事要直接对他做请示汇报，尽管他冷峻深沉，但她觉得自己崇拜的正是这种深沉坚毅和意志力。

大战取胜，首长们都很高兴，“S”也露出笑脸，但很快又开始思索研究。苏兰凭借工作的优势和过人的聪明猜出了原因。在我军当时采取的运动战略方针中，她清楚他们部队目前在战略格局中的定位，下一步他们将面临的任务是什么。她断定“S”一定在提前思考。

一天上午，苏兰手拿书本，透过窗口望着远方山野，脑海中演习着一个大胆的设想，这是她几天来从书本里和现实情境中碰撞出的灵感，是不是实用不好说，但她准备把设想向“S”汇报一下。

敲开了“S”的门，他正在写书法。“S”不像其他首长，有空和想换思路时就下棋，他爱写书法。这也是他工作上的一个方法。需要反复琢磨问题时，笔下一定是楷书，稳稳的，横平竖直，一笔笔仿佛在勾线描图；当有了头绪、定了方案时，就会挥洒草书。

苏兰喊“报告”，“S”并没抬头，只应了声“进来”。窗口的阳光照在案头和他的脸上。苏兰见他聚精会神在写字，便轻轻走近，把文件悄悄放在桌角，站了两秒，转身离去。

“等一下。还有什么事？”“S”叫住她，目光仍专注于笔端。

苏兰转回近前，伸手按住铺在桌上的纸的一角，看他正写的是什么。以往他在书写一些古诗词时，偶尔也会叫苏兰给他朗读、提词。苏兰就会伴着他行云流水的笔锋节奏，轻声吟诵出他正挥毫书写的每一句诗词。听他一问，苏兰知道他这会儿没事。只见他正在写王昌龄的一首边塞诗《从军行》：

青海长云暗雪山，孤城遥望玉门关。
黄沙百战穿金甲，不破楼兰终不还。

他已经写完了，放下笔，惬意地往椅子上一坐，又问：“有事吧？”却见苏兰目光停在他刚写过字的一堆战地报纸上。他突然忙着去整理散乱的报纸。其中一张上写的竟是那次东北军事培训基地欢送会上苏兰朗诵的诗歌《保卫和平》。苏兰没想到，他至今还能一字不差地写下来，不觉一阵激动。

“说吧，我现在没事了。手里拿着什么？”为掩饰窘态，他拿过苏兰握在手中的《三国》连环画，用拇指“唰”地从头至尾一翻，“怎么，还看小人书？”他笑着问，“有什么灵感，说说看？”问得苏兰一惊，见他洞悉一切的目光盯住她，周身原本充溢鼓荡的勇气突然如灌满水的木桶被穿孔，汩汩流失。为鼓足勇气，她郑重地看着他。这种下级与上级的目光对视让她没有了退路：“报告，有一个可能是纸上谈兵的想法，请首长批评。”

“哦，那我还是先来‘批评’一下你‘批评’这两个字用词不当！”“S”重新回到椅子上坐下，“想法到底有没有价值还不知道就请求批评，这属于过谦；直接要求采纳，又属于过骄，应改用‘参考’，怎样？”此刻的“S”心情似乎非常之好。

“那就请首长参考！”苏兰放松了不少，她说，“根据目前战局、我师的军事部位和整体功能，感觉306高地必是很快来到的任务。”

“S”用欣赏的目光鼓励她往下说。

“306高地这样的地形，强攻等于让敌人一点点吃掉，智取又因敌人阵营太庞大、复杂不易收效。我想了一个智取和强攻结合的方案。”

显然，起初没想到她的思考这么在行，“S”的目光变得郑重严肃。这时苏兰已没有紧张感，像是站在舞台上的演员，不是注重观众反应，而是全神贯注于自己的表达。她的方案却与他几天来的大胆构想所见略同，更加坚定了他的设想。而她为保证取胜策划的一个“抓舌头”的方案是他还没想到的。他很吃惊，这个聪明漂亮的女战士有如此在行的军事韬略。

在后来的作战方案讨论会上，“S”提出的方案基本上和苏兰的建议是一致的，还采用了她“抓舌头”的计划，又进一步完善了关键性的环节。方案上报，很快得到批准。

攻打306高地让苏兰真正亲历了作战，也由学生成长为一名战士。

“抓舌头”刺探军情是整个行动的关键和开端。“S”开始并不同意苏兰参加。夜探虎穴对没有作战经验的女孩太危险。但全师只有苏兰和作战参谋小刘能进行较复杂的英语对话，苏兰坚决请求参战：“语言是这次刺探行动至关重要的武器，我去，就会多一份准确可靠的保证。”

“S”答应了她的请求。九人行动小分队趁夜幕降临，摸到306高地前方长满齐腰深茂草的缓坡上。正是这一片草地给了苏兰最初的灵感，她翻阅“草船借箭”时联想到从望远镜中清楚看到的这一片草地。战争的智慧中从来就离不开想象力和冒险精神，她近乎离奇的大胆想象在这特殊的地理环境中确然可行，或者说是势在必行。

按之前的情报，到夜里十点才能行动，还有六个小时，他们要一动不动潜伏在茂草里。挨到天黑光线暗下来，刚稍松下一口气。空中突然飞起燃烧弹，有两颗落在他们前方，好在逆风又潮湿，火没烧过来，浓烟慢慢消散。没等他们再松口气，荧荧火光中现出一条乌漆漆见首不见尾的大蛇，大概受不住烟火熏烤，举着头颅，从烟雾中向他们卧倒的草丛游过来。

所有人都惊呆了，谁也没有对付这大蛇的经验，队长下意识拔出匕首，压底气息说：“别出声！”蛇爬过来了，把战士当成山石，慢慢爬上爬下，爬到苏兰身边。苏兰没带刀，把一条手绢塞进嘴里咬紧，浑身被瘆得流着冷汗。偏偏大蛇从苏兰身上爬过去后又绕了回来，她深埋着头，两手死死抓住草根，浑身筛糠般抖动。

旁边的队长情急中想起蛇怕烟袋油渍味道的说法，掏出旱烟袋扔过去，想熏走它。不知被激怒还是受惊吓，大蛇突地高举头颅，猛回身向队长扑过去。挨近的一位老兵和队长同时出手挥刀，大蛇霎时身首三分，血雨横飞。

刀未收回，那落地的头颅瞬间咬住了队长左手的小指，死死不放。“是不是毒蛇？”他们不知道，但已经没有辨析和犹豫的时间了，队长猛一咬牙，又一挥刀，小指断掉了。暗淡的光线里，他额头青筋暴突，满脸豆大的汗珠子。

苏兰魂飞魄散，还在紧咬住手绢，双眼直直盯住队长的手，木鸡一样呆愣。队长抹一把额头，龇着牙冲她点头。大家也用鼓励眼神看她。

好在天黑，草丛无声上演的惊悚一幕并未暴露。夜里十点哨兵换岗后，两名战士黑暗中不声不响摸上去，俘虏了新上岗的哨兵。一名战士乔装成哨兵在原地站岗，苏兰和参谋小刘在另处审问俘虏。

到了十一点，军官准时查岗，又被“哨兵”和另一名埋伏的战士缴械，再经单独审讯，之后苏兰和小刘核对了两人的口供，按事先设计好的方案，把两人押出一段距离后放下，又把他们的枪带走一段距离再放下。等俘虏取回武器，小分队已安全撤退。进退都失去时机的俘虏怕暴露机密被处决，不敢声张。到十二点再换岗时，一切如什么都没发生一样。

有了这最前沿的准确情报，固若金汤的306高地就成了鱼缸里的金鱼，在一个大雾蒙蒙的拂晓被我军四面进击一举击破。加强师也为之声名大振，苏兰受到嘉奖，还得了个“女诸葛”的雅号。

那以后，苏兰觉得“S”看她的目光变了，克制的眼神后面多了欣赏、赞许的光芒。他们的话题多了，有时还会一起谈论些古今中外的经典战役，就像看了电影或小说要咀嚼品评一下精彩片段，十分惬意。而彼此的爱慕之意，也在相互的目光里传递、伸展和成熟，心照不宣。

一次，加强师打了一个漂亮伏击，胜利后，大家一起去战场查看。在刚刚被炮火轰炸过的山坡下，“S”采下一株硝烟里依然完好盛开着的小花，轻轻吹落花瓣新溅的泥土，递给苏兰。苏兰接过，闻到一缕带着深情的隐隐的芳香。

读到这里，美来情不自禁又去拿起夹在扉页的那一朵小干花，看着，心中感慨万千。就在那一次战地赠花传情之后，“S”向苏兰摊牌了。

他找到苏兰，表情郑重严肃地看着她说：“现在我们谈一件重要事情。”她以为有任务，拿出记录本。他尴尬地笑了下，眼神闪现出一丝慌乱和温情，起身给她倒了杯水。

他终于又开口：“今天我必须告诉你，我爱你！”他目光已不再慌乱，言辞精准，毫不闪烁，像在宣布总攻方案。入朝以来，甚至可以说是在长城邂逅以来，这感情由隐隐到明晰再到强烈，她期盼已久，姗姗来迟，又猝不及防。

他站起身，向她走过去。她面红耳赤，低头垂着目光。不知多久，慢慢抬起目光，见他在一步之遥被钉住般一动不动。

她慢慢站起。他按住她肩头，就像在长城上双手扶住她那样有力。也许一切就是从那一刻开始。

他说：“苏兰，自长城邂逅我就喜欢你，再邂逅又错过，直到现在又走到一起。我承认一直在克制，而感情却日渐增长，今天必须告诉你！可是苏兰，对不起，我决定，我们彼此明确感情后还要再做封存，等战争结束再打报告结婚。现在，作为指挥官，我必须全神贯注于战场！我知道你是个聪明坚强的好姑娘，会理解支持我，怎么样，能做到吧？”

苏兰万想不到“S”会采用这样一种方式表白。当然，她其实更迷恋他的这种高度的理智，这种铁血深情的军人气质。她觉得，在他面前，她首先是一个兵，也觉得，隔着窗户纸，情感实在是太煎熬，战局中他不想分神，又想让彼此安心，这样明朗后再共同封存，的确是一种两全之策。她虽委屈，但并不生气，甚至陶醉于他们这样一种深情大义的情操，于是，绷住脸，噘起嘴巴看着他说：“是，首长！”

美来看着，紧张而感动。“S”和母亲因为战争又因为那无法阻挡的爱，采取了先定终身再做封存的缓兵之计，“S”是自己的生父吗？一切到底……

在后来的日记中，美来感到，这样一个承诺，或者说仅仅是一种默契，在当时真的是胜过花前月下，对他们已经很足够了。他们要全身心投入打击侵略者的战争中。

而那压在心底的爱，会让他们感到周围多了一道阳光。再忙再紧张，即使他们彼此一个对视的眼神也没有，也都同样会感觉到属于彼此的那道阳光。

但最终，他们因战争而克制压抑着的感情，还是因为战争，迅速触发到了极致。

就是陈刚信中提到的那次重大阻击战。战情危急中苏兰请求上阵，已经做了牺牲准备的她，当晚去“S”那里送留存的文件，也是做最后的告别。

她把收藏了半年多的一小瓶战利品从衣袋里拿出，对“S”晃了一下，用轻松的口气说：“没想到吧，我这儿，还有法国红酒。”

“S”伸手慢慢接过红酒，又把她拿在另一只手中的缸子也拿过去，一起放在一边桌上。他手里做这些，眼睛却一直看着她，对视着，两人眼睛都忍不住泛红。苏兰紧咬嘴唇忍住泪水，在这或许就是诀别的时刻，深深的眷恋突然无比强烈地上升。

“S”从怀里拿出一串精致的蓝宝石花项链，说：“苏兰，我今天已经向沈政委汇报了我们的关系并做了请示，他已批准我们结合。打完这一仗，我们立刻就结婚！”

苏兰扑进他怀里，点头应了声“哎！”，眼泪就止不住落下来。

“S”给她擦掉眼泪，半天说：“原谅我，苏兰。”

他把项链给苏兰戴在脖子上，说：“这是一件特殊的战利品，以后告诉你其中的故事。”又将项链的蓝宝石吊坠，默默拧下放进自己怀里，之后突然将她抱紧。这是他们定情一年多来，第一次相互拥抱。

他又把自己腰间的一把小手枪取下，别在她腰间，说：“记着，回来我们就结婚。再请大家喝酒！”

苏兰默默点头，抹去又落下来的泪水，猛地转身，大步向门口走去。推门的一刹那，心头像被什么猛地拽住，双脚突然不听指挥地掉转了回来。

“S”就定定站在原地，一动不动看着她。时间一分一秒赶着。出发定在明天拂晓，也许这是生命共同拥有的最后一个夜晚，也许……他们相望着，渐觉世界只有他们自己了，终于，相互忘情地展开双臂，扑向对方。

周遭难得地安宁，远方隐约的冷炮也已歇息，战争，在这个星月高远、六合茫茫的夜晚里，忽然疲惫地沉静下来，唯有早春的风不分白日黑夜、和平战乱、田园沙场，势不可挡地穿越广袤无垠的原野、山谷、河畔，席卷过每一寸生机勃勃、春意萌发的大地。

这个特别的夜晚就这样在战争的瞬息万变中突然降临，就连他们自己也始料不及。后来的情形正与继父陈刚信中所说情况相同。母亲在日记中写道：“‘S’已牺牲，但我珍惜这个在我们准备为和平赴死时勇敢来临的小生命。我愿意，无论承担什么，都给‘S’留下这唯一的根。”

决定和陈刚结婚时，母亲把除开“S”的身份之外自己的一切状况都坦率地告诉了陈刚，母亲的这本日记也就此封笔：“我所要沉默的，是对‘S’的尊重、负责；所要坦言的，是对陈刚的忠诚。‘S’也就此是我对过去的记忆和对来生的祈求；而陈刚，则是我要用今后一生去爱和报答的人。”

美来潸然泪下，合上了日记本。

她既痛心又感慨，在战争的残酷背景下，一切都显得多么微不足道和不容分说！她又把那朵完好如初的小花捧起。一朵薄如蝉翼却固若金石的小百合花穿透了炮火硝烟，带着妈妈灿烂的笑容和勇敢的神采，还有父亲伟岸的身影，浮现在眼前，却不知为什么，父亲始终只是一个背影……

她感觉自己像一个刚刚从战场上九死一生闯过来的人，渐渐有一种揾英雄泪的悲怆和崇敬在心底涌起，灵魂接受洗礼获得升华。她觉得幸运，给予她生命的是那般神圣伟大的爱。她欣慰，她的父母爱得是那样浪漫美丽。不是风花雪月的浪漫，也不是花团锦簇的美丽，是经了战火锻造的华美，是为保卫家国和平无私奉献的浪漫。

不知为什么，她已没有了原本急于找到父亲是谁的冲动，也没有了最初对继父陈刚的怨恨。她觉得，应尊重母亲的态度和意愿，生父无论是生是死，自己似乎都不该再搅动那份已沉淀了的宁静。裹挟在轰鸣跌宕的历史大背景下，个人一切的圆满似乎难以也不必奢求了。想想血与火的历史，看看风和日丽的今天，自己，包括所有的后来者，觉得真正重要和应该思考追求的到底是什么呢？夜深了，她还在雪白刺眼的日光灯下静静坐着。

第二十三章

凤凰河绕过金三角村前，流经村西山坳分流出凤凰湖，又随地势漫延出许多大小水潭，当年魏司令抓备战防务时进行了整合治理，使它们脱去自由散乱，串通汇聚为一体，成了一座偌大的水库，取名“凤凰湖水库”。水库中，当年那位闯荡南方的前辈带回的荷花繁衍至今，已成簇成片。环岸有种类繁多的树木植被，茂密参差，横斜随意，自在生长着，甚至连北方罕见的毛竹也挤在其中，简直就是植物界的大荟萃。

美来沿水库北岸大王峰脚下的一片平缓向阳山坡往上缓慢走着。案子平反后，她不仅受到层层表扬，单位又给她加了更重要的担子，而且已是拟任信贷科副科长的人选了，一切正向着自己的工作目标发展。可现在心中似乎有一样新的、一时还认不准、理不清、把握不住的另一种东西在朦胧发芽，脚下的路忽然又觉变得迷离了。星期天回到家，她想一个人捋一捋杂乱的思绪。

她找了块平滑的山石坐下。老爸手术后，腿的后遗症需要康复治疗，她不想让好强一辈子的老爸才六十多岁就拄拐杖。而且，医生说他还有病情复发变化的可能，这次摔扭了脚万幸没出问题，不然，钱又成了头等大事。想起钱，内心新发芽的东西就在蠢蠢涌动，令她陷入迷茫。如果不接受嘉伟的感情，她决不想再拖着欠款。廖强明确表示：“如果你选择嘉伟是为了感情，我没有二话。可如果……”问题是她并非在他们两人之间犹豫。她为的是心灵深处那一片不肯褪色的橄榄绿啊。还有嘉伟，坚信自己会用真情打动美来，最终选择他。这次他就坚持说服她先出国深造和发展。美来的确认可他的人品，相信他的真情，感谢他为她所做的一切资助和打算，但她没想要接受和嫁给他。他们之间无论怎样接近，甚至互有好感，终究还是觉得隔山隔水。为什么？还说不清。

她现在最大的迷茫不是婚姻，而是今后前方的路该何去何从。她喜欢现在的工作，喜欢当管理干部，喜欢那种投入——付出——收效的工作状态和过程，喜欢由工作效率和成就所带来的尊严和神圣感，这些都让她很享受。这是自己从小把眼睛瞄向山外就滋生在血液里的一种东西。这其实也是老爸最看重的。老爸说他就敬重当官的人，不是因为他们有权势，是因为这些人都是有韬略、能做栋梁的大材料。他认为美来就是个大材料，一定会有大大出息的一天。美来更是一直在努力思考实现人生抱负，渴望有成就、有作为。

但这一次的经历和眼下面对的实际情况使她内心这些根深蒂固的观念如风化的岩石开始松动，或者说是受到了冲击。她需要先解决还款问题，还要做好老爸病情再复发的费用准备。她不能不重新考虑、选择要走的路。

可她喜欢现在的工作，不想为了钱、为了还款就放弃这么多年的奋斗，放弃已经扬帆启航的前程，也不想为了钱去选择爱人，不想为了钱放弃自己为人处世的一些原则。可是……一切真的是很难取舍。大王峰顶，云雾缭绕，聚了又散，山谷松涛一浪推动一浪，阵阵袭来又传向远方。这件事没有人可以商量，一切要自己决定、承担。而她到底又该怎么选择呢……

不知过了多久，一阵摩托车的颠簸响动声由远而近传过来，这声音闪电般把廖强的身影带入她的脑海。举目一望，果然正是神采飞扬的廖强从天而降，摩托已经冲到了山坡底下。

“廖强！”她喊了声站起身。他出差时她还在等待结果。事情解决得这么快，全仗他及时奔波。一见他来，美来竟有一种悲喜交加的感觉涌上来，鼻子酸溜溜地往坡下走。

“美来，你好吗？”

“好，廖强，我们胜利了啊！谢谢你。”她迎上走近的廖强，看着他眼中的两团光焰。

“嘿，那就为你庆贺吧，来！”廖强变戏法一样“呼啦”从身后抖出一束花。这是他第一次送花给美来。昨晚刚出差回正阳，他没想到美来的事情已经解决，一高兴大早上就骑摩托过来了。金老汉告诉他，美来到村西水库那边了。

“你还别说，这儿的风景真是美啊！”廖强环顾四周，好像第一次看到这里的风景。

美来接过花，眯着眼睛闻了闻。

“我们回去吧，中午吃菜包子，我要叫老爸杀一只鸡犒劳你。”

“哎呀，算了！鸡留着下蛋、打鸣干什么都好，我可不吃。你真要谢我？”廖强诡秘一笑，“我给大叔带了双色五香糕和盐水火腿。中午咱们就在这儿吃野餐好不好？我已告诉大叔了。”

美来抬头，见那两团光焰炽烈的眼睛正看着她，就说：“那好啊，就吃野餐！”说着两人下了山坡。

“还有，我上次去广州，在白马大厦给你买了条连衣裙。不是我有意的啊，实在是那条裙子太需要你打样子做模特了。我今天带了，刚才让大叔给你收起来了。”

“你呀……”美来欲言又止，顿了顿，“那先谢谢了，算我欠你，回头我请吃饭。”“好极了，嘿！”廖强好像闻到饭香，抽抽鼻子。

两人来到水库岸边，廖强飞快地从摩托车上取出钓线和钓钩，麻利地挂上火腿味子，很在行地往水中接连甩了进去，又把几根钓线的一端固定在岸边马尾松上。他从摩托车上解下坐垫，笑着递给美来说：“喏，你就坐那儿等吃现成的吧，烤鱼香着哪！”

几条不大不小的鲫鱼先后被拎出水面。美来帮他拉好钓丝挂上钓钩，说：“你这随身工具还挺全呢！”

“还不都是为蹲坑打掩护吗？你等下回，我扮个磨剪子抢菜刀的，你看像不像！”

说着话，他已烤熟几条黄焦焦的鲫鱼和几块玉米饼子，又拿出刚从美来家院里拔的几棵长脖大葱，剥了皮，两人坐下吃起来。

“听说你下周五要出席省里劳模大会？这回可出大名喽！”

“更正，是省广信银行系统的先进表彰会，别故意讽刺我行不行？”美来假装绷着脸。

“哪里，我羡慕还来不及。我是在想啊，到时候能不能有时间让咱们一起去，鄙人没资格参会，就串个门啥的！”廖强挠挠后脑勺，眸中光焰花一样盛开。

“你是想去看检察院黄秘书，你那同学？”

“聪明！”

听廖强说到这里，美来用力点点头，说：“好哇，我还正想顺便去看望检察长，谢谢他呢。”

对于检察长的秉公，美来心中感激。但这种百姓对清官的感激一般都是化为内心的敬重，并不一定要面谢。她要去看望检察长，有更重要的另外两层意思。

廖强那位秘书同学提过，说检察长就是那个当年带兵在金三角驻扎的魏司令。这让美来有种意外找到了失散亲人的感觉，脑海中立刻浮现出那个身材挺拔、满头白发、威风凛凛的司令员，他高昂中掺着沙哑的声音又似白云出岫般在耳边升起。对这个当年带领天兵天将在金三角呼风唤雨的魏司令，美来一直觉得给了她人生重大启蒙的人就是他。是他使美来少年朦胧渺茫的心有了一种定力，一种关于志向、追求的醒悟和执着，让她像窥见了广阔蓝天的井底之蛙，望见了无边海洋的小溪河流。还有他“坚持，走向胜利”这句话，总是像一股能量，一路滋养、鼓舞着她。

如果说检察长就是魏司令是一个可喜的巧合，那么还有一个痛心的巧合。魏司令唯一的儿子居然也牵涉在此案中，为纠正美来的冤案被牵出，目前已被审查。检察长不徇私枉法，让美来在感激、敬重之外又多了歉意，这歉意她希望能当面表达。

“对，应该去。只是我想起来了，下周还是走不开，要不就稍候几天我们再一起去，倒更显郑重，好不好？”

“不好！”美来摇头，目光清澈淡定地看着他。

“为什么？”

“哪来那么多为什么？问你自己的时间，什么时候能预测准？我还是一个人借开会这一次顺便去了好，不想再耽搁。”

“也是，那我就暂不做伴驾的奢望了！”廖强又挠挠后脑勺，“要不下午干脆带你一起回去，准备点儿礼品什么的？”

这时飘旋的山风里断断续续传来低回悠扬的旋律，似在执着地叙述着一个痴心的梦。廖强侧耳听了会儿，忽然叹息一声，扭头看看美来问道：“这就是那个王向阳吧？”他的表情突然有些凝重、感伤起来。

“你怎么知道？”话并没出口，美来是用眼神问他的。

“噢，还不是你们大王乡派出所里几个哥们儿说的。也不是什么秘密了吧？大家都知道，他早年就一直追你，明知没有希望，这么多年却一直未娶。还说他的双管每到了星期天必吹，且一定比平时更美，就这么一直还在守候着你。”廖强叹息摇头，“唉！人哪……”

他沉默了一会儿，忽然抬头对目光望着远处水面的美来说：“你别说，我还真有点儿惺惺相惜的感觉。上次陪大叔在医院见过，他是个好男人！”

美来苦笑了下，回过眼神看着他说：“你别瞎说，他现在并不是还在守候我。你想，他一直是个有抱负、有理想、有追求的人，在我们这里属于念书多的了，出去当过兵，现在又在读函大，精神已经处在另一个层面了，当然不会像一般的山里青年，早早便找一个姑娘结婚生子。他其实是在自己内心有一份守候。他在等的是一个能和他对上气息、有话说、有一样梦想和追求的人。”美来说着，叹了口气，眼睛望向远处，沉默了一会儿，“唉，所谓高不成低不就，不过是自己的那么一种感觉，可其实，大家还不都是一样吗？”

山风和着双管低回悠扬的旋律起伏回旋着。静了一会儿，美来仍旧看着远处说：“以前我也很替他可惜和着急，怕他就这么给耽误了。但现在，见他在村里带领大家摸索致富之路，搞田园种植，想各种路子发展经济，觉得他很有前途，将来会有他中意的姑娘到这里来听他的《草原之夜》的。”

“有诗意，大有诗意！弄不好我可要惨了。和‘假老外’林嘉伟抗衡，那我是坚决竞争到底；可回头，你要再喜欢上‘红村长’了，要陪伴他的琴声，那我可是不忍跟他争啊！”廖强双手抱住后脑勺，眼觑着水面，似感慨又似调侃地说道。

“我其实一直就很喜欢他。”美来依旧望着远方，“但这些都跟爱情没关系。再说了，你当我是能由你们来争的啊！”她口气中没有傲慢，表情淡然，木木地说。

“绝不绝不，你当然是要自己选，自己情愿选择我！”廖强目光看着美来，一脸坏笑，连做赔罪的手势。

“又来了！对了，你刚才说买礼品，我想下午到山里转转，看能不能找到药材，像天麻、野灵芝之类，不是更好？”

“净想好事！”廖强不屑地“哼”了一声说。但他也觉得，见魏司令，当然是带金三角自产的更稀罕，哪怕是山里红、黑核桃，“那我陪你进山，等傍晚再让摩托送我回城，如何？”

“我一个人走走就行，你还是早点儿回去吧。还有，刚才我们也说到了，尽管我和‘红村长’不可能，但我尽量不想伤他。咱们之间不管是什么关系，他见我们一起进进出出，心里多少会不好受，我不想他难过。”美来平静地看着廖强说。

“绝对理解！”廖强用力点头。

于是美来就要进山。廖强又把随身的军用水壶让她带上，嘱咐她当心点儿。

美来走了几步，回头对还站在那里的廖强说：“这儿山很安全，路我也很熟，你放心回去吧。”说着大步进山了。

傍晚，她竟真捧着一棵约有手掌大的灵芝，在一片霞光里走下山来。

猛见廖强竟还在山脚下，松柏似的挺立在夕阳的金晖里，美来忙快步跑过去说：“你呀！”瞪了他一眼，后悔自己没早些下山。

“哟，到底是魏司令有运气，还是你有运气？居然找到了灵芝。那我先回去了，你自己回家吧。”廖强记着美来刚才的话，一人骑上摩托先走了。看看很快灰下来的天，美来追着他的背影大声喊：“路上慢点儿开啊！”

金老汉听美来说要去看检察长，就把自己收藏的一棵老山参让她带上。他后来知道了美来被诬告，但不知详情，他感谢检察长秉公办案。美来好不容易有了工作，铁饭碗，既该守住根本干工作，也不能受了冤屈。美来笑了，说有棵灵芝就行，一点儿心意罢了。可爸说的这“铁饭碗”，让她忽觉莫名忧虑，还要不要一直端着。

省广信银行系统总结表彰大会开了一整天。第二天上午美来就去见检察长。事先已约好，但检察长还是临时开会去了。他嘱咐廖强的同学——那个黄秘书，让金美来在办公室等他。他也很想见见这位从大王山金三角走出来的年轻人。国家发展经济，改革开放，上级的富民政策再好，执行监督不好，就成了少数人捞取钱财的捷径。

黄秘书热情招呼了她。在检察长宽敞明亮的办公室，他满脸笑容，为美来沏好热茶，一面怕冷了场，口里滔滔不绝给她讲检察长秉公执法的件件故事，一面指给她看书柜里满满的领导喜欢读的法律、历史还有古诗词、书法等书籍。美来入神听着、看着，脑海浮现出那个挺拔威武、在风中滔滔演讲的魏司令的身影。虽然他此时不在面前，她一样能感受到那种令人仰慕敬畏的气息。

这时，她发现检察长宽大办公桌的一角放了盆兰花，正沐浴在从玻璃窗射进来的一片阳光里，还有一个用炮弹壳做成的高脚台灯，卫兵一样立在旁边。美来从来没见过长势这么繁茂的兰花，满盆洁白的花朵繁星似的正在盛开着，在这庄重肃穆的氛围里，像铁面包公的一丝微笑。美来不由自主过去端详着。

黄秘书拿出一幅字，走过来在写字台上展开，说：“这是检察长昨天专门给你写的。我刚去裱好。”

四个大字：天道酬勤。美来大出意外，忙恭敬立正，仔细端详欣赏后小心翼翼收卷起来。看看时间实在太晚了，检察长还没回来，领导这么忙，自己还是不打扰了吧。于是她给检察长写个便条，留下东西，就离开了检察院大楼。

省政府大院就与检察院大楼隔着一片广场，她举目望了望，想起当年大学毕业时政府机关准备录用她，后来不得已放弃，因留恋不舍，曾在细雨中一个人跑到大院里徘徊。正在恍惚回想间，好似有人在背后叫她的名字。

转身一看，竟是大学同窗刘小米。

“我一看这漂亮的背影就认定是你，一喊还真是你！”刘小米上来就抱住了她。她是省城人，毕业时分到了遥远的甘肃那边。不年不节的怎么也回来了？

“我现在自己做服装啦！那边天高皇帝远，撇家舍业的，被我给辞掉了！”两人拥抱着，刘小米告诉她，自己现在下海当老板了。原来她上大学前曾在一家服装厂学过裁缝，在校时就常给同学做点儿小东西，大家就叫她“刘巧儿”。她说在甘肃那边老是水土不服，身体老是感觉不舒服，又调不回来。“干脆我就不干算了，拿出以前的手艺又研究一番。早知道哇，当年还不如学服装设计好了。”她说回来后先开了服装裁缝店，自己专门设计，雇人加工制作，没想到一下就红火了，“每天下来多少这个，你猜？”她捻着手指，做了个数钱的动作问美来。

“这么多！”“刘巧儿”冲一脸茫然没做出反应的美来亮出三个手指，又得意地补充说：“可是三位数哦！”

“每天三百？”美来一吐舌头。如今人家本钱多了，已经办起服装厂了。刘小米拉住她就要带到服装厂去看看，说：“再找几个同学一起，晚上我们好好聚一聚，我请客。”

如果是以前，美来还是会为她惋惜，也不会对什么服装厂感兴趣，可这时竟有种此一时彼一时的感慨，倒很想去看一看。她看看表，还是推辞谢绝了，说下次吧，这次实在来不及了，下午要赶早往回走。两人只好又叙了叙旧，留下联系电话，告了别。

嘉伟双手给美来打开车门，待她上车坐好，轻关了车门，自己才快步转身上了车。前天他听说美来要到省城开会，立即找出事情也正好要回省公司办事处一趟。谢天谢地，美来答应了搭他的车一起走。没想到临出发时，胡娜穿一双橘色高跟鞋，忽然从地缝里冒出来一样，一脚跨进他的宝马车，还说自己晕车。美来非让她坐前面不可。她额头新做了“仙人招手”式的刘海儿造型，高高竖起，依旧喷着浓浓的发胶，说不上好不好看，倒很是惹眼。

胡娜事先招呼也不打一个，就风风火火坐定，这才朝他把头一歪，道："怎么，不欢迎吗林先生？我要去省城买过年衣服，搭您便车了啊，也好长途遥遥解解闷。"

嘉伟哭笑不得，摇着头，使劲一耸肩，说："岂敢岂敢，欢迎！"胡娜热情洋溢又大大咧咧的，性情实在也有美来所不及之处。可美来一身高雅又淡然的气息，坐在身边，即使一路无话，对他也是莫大的享受。

美来也笑着在后面坐下。不想胡娜去省城住到姨妈家里，正赶上子女不在身边的姨妈心脏病复发，胡娜得留下照料几天，所以，回返便是他失而复得的宝贵路程了。为这，他昨天一晚上都在做天女散花的美梦。想想啊，有七八个小时单独在一起的车程，他准备了饮料、水果、小吃，可以一起听音乐，谈天，聊一些话题，可以在高速公路服务区吃午餐，晚上回去了还可以一起去开发区吃御膳全鸭，或去海边一条街吃活海鲜什么的，都行。他真是好幸福激动，堪比一次共同旅行了啊。他见美来一直有些沉默，不便轻易开口，就轻轻扭动了电钮，有音乐在他们之间流动，不用为赤裸裸的没有话题紧张了。他选了自己在工作寂寞时喜欢听的舒伯特的《小夜曲》。

音乐一起，美来一直有些复杂不宁的心绪舒缓了不少。令她放松的不仅是音乐的空灵优美，还有嘉伟的风度。他一向都很绅士，不会逮住机会就进攻的。

车子出了市区，到了更开阔的远郊，视野中的景象疏朗明快起来，在一段很少有车辆的公路上，嘉伟放慢了车速，同时关了音乐。

"怎么不听了？"

美来这一问，嘉伟立即就欣喜起来，他最怕的是她继续沉默。

"我们聊聊行吗？"他看了一眼美来此刻恬静的神色，"是我要在金三角申请考察项目的一些想法，想说给您听听。"聪明的嘉伟知道现在聊点儿什么更合适。

"当然可以啊，我很想听听您的高见。"美来礼貌地欠了一下身。

嘉伟就把这几天自己关于在金三角引进地质考察项目的一些具体想法说给美来听。

"您不会笑话我是小猫钓鱼吧，学术研究不专一，经营公司也不专一。"嘉伟说。他想起自己曾想和美来探讨却一直也没有合适机会的这个话题，就郑重问道。他是想知道美来在职业方面的一些观念。

"您还知道小猫钓鱼呀！"美来转移了话题。

"当然，我学中文不仅是听戏曲、背成语，也是读过教材、课文的。"嘉伟固执地说，"请直接回答我的问题。"

"小猫一会儿捉蝴蝶，一会儿捉蜻蜓，说明它兴趣广、本领多、张力大。"美来还是不动声色。

"您是在笑我的野心？恰恰相反，我力不从心，只能做一种选择，金，您觉得我应该选哪一种才好？"嘉伟一是一、二是二，定要美来做出取舍。

美来垂下眼睛沉吟道："这个，也简单，如果是有选择可能的话，那我会选择自己喜欢的。"

嘉伟靠路边停下车来，用十二分渴望和真诚的目光看着美来那双"绝了"漂亮的大眼睛。"您这是……"他用一个手指在自己太阳穴边画了两圈，"要是我用词没错，您是在闪烁其词，并没回答我呀！"

美来想了想，微笑说："好吧，我以为，一般来说，一个商人如果对科学感兴趣和有所投入，应该是值得称道的一种精神；而一个科学家如果对经商有欲望，不能说错，但也许是一种浪费。"美来摄人心魄的眼神注视着嘉伟观测仪般凝重的表情，又说："林先生，我想您首先一定是选择了地质也酷爱它，经商或许有逼不得已的原因，而您还能不放弃初衷，有所坚持并有所成就，这已经很了不起了。"

捕捉到美来赞许的神色，嘉伟的心灵似掠过一阵春雨，一种知己般的幸福感和亲近感包围着他。车子继续慢行，他又另选了一首圆舞曲。

检察长魏中华几天来的心情颇不宁静。这异常是美来给他那一纸留言带来的。那天开会回来已经太晚了，没能见到美来，心中着实惋惜。打开放在桌上炮弹壳支架台灯边的礼物，他会心地笑了。在大王山那段时间，虽然只是备战，可他摩拳擦掌的军人激情还是得到了一些挥洒，他怀念那段日子和那个地方。小姑娘到底是聪明，听秘书小黄说他就是当年的魏司令，竟想到从大王山上选宝，也是叫他非收不可的意思了。他真的有见到家乡特产那种亲切感。又拿出她留下的便条打开，眼神不觉渐渐变了：

尊敬的检察长，您好！

承蒙关注，冤情昭雪，很想当面对您说声“谢谢”和“对不起”，可惜时间不及，日后有机会再做拜望。

谨此，权且如面。

致敬礼

金美来即日拜上

让检察长眼神变了的并不仅是这姑娘能有心以他这代人习惯的书信口吻留言，让人觉得诚恳和亲切。那个中午，他在屋里反复踱着步子，一种深远的惆怅小草返青般洇透了他的心。这联想或许是自己神经过敏了，但美来那字迹，他自信并非与自己熟悉的某人风马牛不相及。他一生钟爱书法，对字体颇有研究，具备敏感的辨识力，他认为一个人本身自然的笔迹中是有某些遗传的。他一眼看出，美来的字带有一种特别的笔迹，这笔迹穿透了他内心封闭最严又最敏感的深处。

他告诉自己，字迹有遗传相似性，但相似的字迹并非都有遗传关系，就像有相似面孔的不一定都是血亲。可是由此引起的联想是挡不住的。他不怪自己这样过敏，起码，这个过敏的联想会给他再允许自己沉浸一回的理由，无论幸福还是痛苦，怎样都好，他长久沉寂的心需要回忆的触痛，这触痛就是一种抚慰。他走到窗前那盆开在阳光里的兰花前站定，久久发着呆。

后来，一阵电话铃声响起，渤海市法院那位当院长的部下兴奋的腔调像高音区跑了调的音阶：检察长儿子的问题调查清楚了，结论是并非谋私受贿。紧接着部队首长也打来同样兴奋的电话。他拿着电话，像绝地逢生一样，高兴得只有应着的分，激动的眼泪已流下来。他立即叫车，去接儿子。

检察长本出身于书香门第，祖上世代教书，到他这一代，还是教书，可他心中跃动的梦却是驰骋沙场。抗战时期，父亲的一位学生到家里看望老师，那位黄埔军校毕业的年轻师长见到他两眼一亮，请求老师说：“学生看中华很有军人气质，不如随学生从军报效国家去吧！”

那时他刚成婚，父亲没有答应他离家。可是他的心从此被点燃，国难当头，热血男儿哪个不想挺身奋起？妻子一向宠着他，相敬如宾的两个人私下商议已妥，她为他打点了行装，第二天像送丈夫出城办事一样，平静地送他上路。

谁知一别几年。他经过了黄埔军校和抗日战场中的锤炼，已在军中担任要职。直到1948年年底，已秘密加入中共地下党的他，参与傅作义部队和平解放北平时，为执行秘密联络任务掩人耳目，借父亲病重取道回了一趟老家。临走时他对依依送别的妻子说：“马上就要全国解放，很快我们就再不分开了。”但就在解放前夕，家乡遭遇敌机轰炸，他得到消息，妻子和刚出生还未见面的儿子都遇难了。之后他和已经避难乡下的家人一时失去联系，直到抗美援朝快结束，妻子的表妹带着父亲的书信随慰问团到部队找到他。父亲信中的意思是要他和表妹结婚，以便孩子有个熟悉也有感情的继母。原来，在当年那次敌机轰炸时，儿子被表妹救过来，又辗转找到流离乡下的家人。表妹已无亲人，便住下来，帮忙照料老人孩子，一直未嫁。得知此情，手捧从天而降的儿子的照片，他思念贤惠妻子，又感恩情深义重的表妹……

儿子现在是个出色的军人了，这次出了意外，他像受了致命的重伤一样震惊心碎。刚才在电话里才知道，原来那个许经理为不输官司，起诉时已做了手脚，一审赢了，在二审时又找到了他的老同学，也就是检察长的儿子，帮忙疏通关系。儿子不知详情，并不答应。许经理拍着胸脯说，自己就是急于结案，不耽误企业经营，让老同学也不必帮自己什么，就打个招呼抓紧办理结案就行。经验丰富的许经理深知，只要有他的电话本身就够了。

见老同学当面给院长叔叔打了电话，许经理就又硬塞钱给他，红了脸说：“这和案子没关系，老同学，就当见面吃顿饭，成不成我来都不能空手吧？”后来当他听说案子可能被推翻重判，就交代了这些，并诬陷检察长儿子索要了钱才帮他说情。他原来是想，一旦案子重纠，他只要把检察长儿子牵出来，法院绝不会为个银行小职员得罪检察长。但他没想到恰恰碰到检察长的枪口上，检察长既不放过他，也不放过自己儿子。他更没想到的是，当初检察长的儿子硬挡不住他把钱撂下就走，又拉不下脸再退送回去，就把钱如数以许佩茂的名义捐到了一家孤儿院。现在经过各方面取证调查，情况属实，问题的性质完全改变，检察长的儿子立即解除了审查隔离。

去接儿子的路上，检察长心头一块石头落地。尽管事情没有酿成大错，但让他内心波澜惊起。他觉得，如今一些人的腐败变节，首先是因为精神上的迷失，忘记为了今天的国泰民安曾有多少人奋斗牺牲。作为一个老军人、老干部，他准备好好和儿子谈一谈。改革开放推动了社会经济的发展，也考验着人的品格道德。老一代不仅自己要坚持清正不变节，还要教育影响年轻人坚定信仰、恪守品质。

他还叫黄秘书把儿子的事情立即转告美来，以免她为此歉疚不安，心里也一直想找一个机会见见美来。现在想见她，不仅仅是因为对案件的重视关注，还有一种更特别的原因。

第二十四章

从省城开会回正阳这段时间里，天气时好时坏，西北风不时凉飕飕地刮着。美来内心也一直在冷热矛盾的徘徊中纠结着。她手里拿着一纸文件，心被烤得阵阵焦灼。选择，实在是人生中的难题。

老爸的旧病好比一枚隐埋的地雷，她想尽快还清欠款，还要再预备下一笔今后可能会需要的手术费用，前段时间父亲做复查，医生告诉她要随时防止病情复发。想到上次被钱憋得团团转，美来就不禁心有余悸，后背发紧。她知道，这些钱，不是靠一个月一个月积累工资、省吃俭用和业余兼职代课所能尽快解决的。自从老爸手术后，她就开始在夜大代课兼职。

到底怎么办，她一直也拿不定主意，但发觉自己的心态不知不觉在起变化。以往，对工作，她有一种仰望的心态，好像在山脚下仰望山巅。那是一种通过工作仰望前程的仰望，心怀的是自古华山一条路的专注。如今，在观念和制度的渐渐变革中，在个人经历这么多事情之后，她觉得自己似乎从山下走到了峰顶，也就是有了俯视工作的气魄——不是对具体工作的俯视，而是宏观驾驭面对人生命运的心态。

现在，上面不断有政策倡导鼓励下海经商，很多人已先行了。她手里拿的就是新近鼓励在职人员打破“铁饭碗”下海创业的文件。

她原本打算尝试着先停薪留职一段时间，不彻底辞去公职。但按这个新文件的规定，辞职，她就可一次拿到足够还清所有欠款和日后备用的钱——

前提是必须彻底辞掉公职。这种人生前程一百八十度的大转折，所需放弃的是多年打拼、追求赢得的安身立命的“铁饭碗”，且日后成败未卜。她难以抉择，一次次走到正阳大桥上，在河上任冷风不断变换方向，吹得她丝缎般的长发飞扬，像站在充满诱惑与恐惧的海岸边，左右犹豫着不敢往下跳。

就在这期间，金老汉突然重感冒发高烧，又病倒了。美来回家照顾他连打了三天吊瓶，才好转过来，虽然旧病没犯，但她结结实实担惊受怕了三天。这担忧让她把抉择的砝码全部挂在了下海辞职这一边：不再犹豫了，不能错过政策时机，先拿到这笔钱为老爸治病，有备无患再说。至于日后，她相信，自己是一个农村长大的孩子，工作这些年对涉农企业也有所了解，做做农业方面的发展经营，摸索一段，应该能闯出路子。她终于下了辞职的决心，默默紧握的两只手，手心已被汗水湿透了。

“丢了铁饭碗，捡回个泥钵子，洗脸盆子扎猛——你不知深浅，多少年的苦都白吃了吗？”老爸一旦知道了，必这样冲她吼。他太看重美来现在的身份和工作了，那是他的骄傲和体面。她想先瞒住老爸，等有了看得见的成果，老爸自会不那么失落。

她也不想把打算马上告诉廖强，还是等一切手续办妥后，新的工作有着落了再说。嘉伟，她倒无所谓瞒不瞒，他头脑里天生就没有“饭碗”这一概念。

奇怪的是，无端地，她这个时候内心强烈地想着一个人，一个不知如今在何方却一直在她心底的人，那崭新的橄榄绿，那蓝天、大海、阳光一样的神情。她多想能有一个人和自己分担一下这些呀，哪怕仅仅听她诉说。她闭上眼睛，竟觉鼻子一酸，双手捂住脸孔。

第二天，坐在对桌的胡娜发现美来有些不同——早晨来得比平时晚，进了屋二话不说，看也不看一眼她新做的波浪卷发，趴在桌上一写就是半晌。胡娜看着仍低头写字的美来，故意使劲咳了一声，不奏效，又掏出一面镶着刘晓庆头像的小圆镜子，左右打量自己，斜瞅一眼，美来还是不抬头。

小圆镜子伸到照在桌面上的阳光里，轻轻转动着，耀眼的反光斜射过去，刺在美来的眼睛上。胡娜边转动镜子边“哧哧”笑着。

美来忽地直起腰，抬手对她一挥，揉着眼睛。胡娜“嘿嘿”笑着伸过头去，看她在写啥。

小镜子“叭嗒”脱手掉落。胡娜触了电似的僵了一下，跳起来手指美来愣愣看着，半天嚷道：“你干什么啊，要辞职？疯了吗？下海可不是闹着玩的！”边说边又伸手触一下美来额头：“没发烧吧？我说你脑筋会不会转呀？路多的是，你辞什么职？别是真想通了，要嫁给那华侨林先生出国吧？”她已经离开座位绕了过去，站在美来旁边想仔细看看她刚写好的辞职书。

“开玩笑一样，你怎么变得这么幼稚？”见美来把辞职书关进抽屉里不给看，胡娜又生气指着她嚷，“咱就说那林先生吧，对你，那谁看不懂？他要只是仅仅有钱，我绝不说这些话；他要只是年轻帅气，我也不叫你和他好。人家那可是要人品有人品，要事业有事业，外加要多少钱有多少钱，要多帅气有多帅气，要多痴情有多痴情！”胡娜一根手指一根手指扳着数，最后合起来说：“这么一大把，你还嫌不够多？为什么放着阳关道不走，偏往风浪里跳？不就是需要点儿钱吗，嫁给他不就得啦？再说，慢慢来别的路也有……”

见美来木木的眼神没听见似的看窗外，胡娜知道她已经是吃了秤砣铁了心，也知她不是早一出晚一出说变就变的人，再劝她也没用，就用手指着她，半天摇着头，转身“噔噔噔”一边走一边回头大声道：“不听拉倒，本姑娘我这就找林先生去，求婚，嫁给他！”

写好的辞职书放在抽屉里，没马上就交。美来起身给自己倒了一杯水，坐下慢慢喝着。老刘下乡，屋里只剩她一个人了，静静的。她开始清理东西，把手上的工作事无巨细、一件一件，像在收拾自家责任田里的庄稼，都整理了；又把一些已开始前期准备、需要有后期接续的逐一列出，做了备忘；再把所有工作资料归拢整齐，码放编号；之后拿来毛巾，把卷柜、桌椅甚至笔筒都擦了一遍，干干净净；窗台上摆着两盆仙客来，一盆红色，一盆粉色，都已打了骨朵在准备开放，也分别浇足了水。她默默做着这些，一丝不苟、一样一样做着。

出去转了一圈，“噔噔噔”重新回屋的胡娜静静坐在那里，不再相劝，看着她做这一切，内心一种说不出的滋味。

最后，美来把到广信行工作这几年每年用过的台历都拿到桌子上。这些她自己用心挑选的登载百科知识、世界之最、唐诗宋词、名言警句、民俗节庆等各种内容的小台历，像涓涓小河，载着她过往每一个工作的日子。她找来一张崭新的牛皮纸，把台历放在上面，包存起来做个留念，一面包着，一面忽觉鼻子发酸。想起自己当年在乡下一心向往大学，苦苦等待，甚至错过了人生最宝贵的初恋。后来恢复高考了，她先是请不了假，差点儿没能参加，后来她终于走进了考场，她至今记得把名字写上考卷那一刻，心就像一个流浪儿坐上了通往家园的快车。可还是出了意外。一位考生偷看她卷子，监堂老师视她为同谋，也抢了她卷子，影响了总成绩，没进录取线。或许苍天不负她，后来她收到了省城财经大学试读生的录取通知。一年试读期，没有补考机会，转正前不提供食宿——到校报到她才知道这些，除家住省城的同学，其他外地同学没一个应招。她租不起房子，晚上就去火车站候车室，前半夜看书，后半夜睡一会儿。一个多月后，学校一对年轻讲师度蜜月回来，清晨下火车，发现了长椅上蜷缩的美来。两人把她领回，安顿在一位退休老教授家暂住。老教授独居，乐得美来陪她，还能帮她整理学术资料。一年后，她顺利转正成为正式生，还担任了学生会干部。

到了毕业分配，大家纷纷找门路。她恰巧参加大学生演讲赛，被正在选人的省政府机关选中。到此，她感觉自己这株一路压在厚土层底下摸爬滚打的小草终于伸展出来，要做吃商品粮的城里人，进大机关，当国家干部了。

不想老爸竟说，就一个闺女，隔远吊线望不见，别说留省城，就是留中央有什么用？咱大王乡听说缺个秘书，在乡上当个干部谁不敬重，又守家在地，不正好？他也不像妈当年那样吵，就一个劲抽烟，瞅着房梁叹气不吭声。

临近决断，她一人去了省政府大院，默默徘徊了一圈又一圈。天空下着细雨，打湿了她的发丝。在铺着方砖的林荫步道上，她靠在路边高大的银杏树下直想哭一场。她踮脚摘下一片银杏树叶，握在手中，一步一回头离开了政府大院。为了老爸一袋接一袋的闷烟和孤独背影里的重重叹息，她咬着牙，忍着泪，提出了回乡申请。

还是堂三奶说动了老爸，让她折中去正阳县城工作。可是政府和其他机关都没有指标进不去，银行算是不错的安排了。

一晃，如今都好几年过去了，可眼下……她想着，眼泪几乎要落下来了，赶紧背过脸，走到窗前，看着大街上川流不息的人群。胡娜走过来，从背后默默抱住她。

下午正要上交辞职书，科长忽然急匆匆推门而入，手拿一摞资料，交代她要上报一份工作材料，最迟明天上午得赶出来，着急。美来接住，迟疑了一瞬，点点头说“好”。胡娜使劲瞅了她一眼，摇摇头。到傍晚快下班，她把报告交给科长，怕需调整，辞呈没一并交上。

第二天一早上班，美来去了科长办公室。

“好啦，就这么定了，我这边还有事哪！”科长正在通电话，见美来进来忙挂了，笑着看她，“怎么样，今晚上再练练去？都是朋友。你今后得练，百分之百，什么年代了，年轻人不能老一本正经，总那么绷着，刀枪不入，哪行！”

美来知道科长又是昨晚饮酒的余兴未尽，漫不经心笑了笑。她把手中的东西放在桌子上。

科长也漫不经心摇摇头，拿起美来刚放下的材料，一看，两只充血的眼睛立刻像接通电流的灯泡一样，直直瞅向美来：“小金，你这是，要演哪一出？”科长把辞职书往美来面前一推：“收回去，收回去，开玩笑！”

他在心里继续说：“真他妈百分之百一根筋，不就借几个鸟钱嘛，这好差事谁不想得头痛，换了别的主都能干出花来。你说你捧着金碗要饭吃，简直百分之百……”

见美来没动，他又说：“你从山沟里念上大学，走出来不容易，有这份好差事多少人羡慕，辞了职，那可就百分之百回不了头了！我告诉你，年轻人做事不要冲动，冷静，要冷静！”

他又开始一板一眼往脑后拢着稀疏的头发，也一板一眼继续说：“现在下海时髦，百分之百，上级又是鼓励又是给予优惠政策。说实在的，可那是混不下去和有赚钱门路的两种人才去折腾的，你，咱们，放着这么好的工作，大好前程，不好好守着，扯那个，等着后悔那天！”

平心而论，科长是真心舍不得美来——工作认真，有好事不眼红、不发贱，就是有点儿死板，这总比工作稀松平常、毛病一身、专会钻营取巧捞好处、三天两头捅娄子那些鸟儿强多了吧？当今能有这样的下属，那是做上司的福分。你去泡个酒局，打个麻将，有什么事撂给她也省心。他希望挽留住美来。

他坐在椅子上，抬头看着一直站在那里的美来，手指一下一下敲着桌子说："你那点儿债务更不用愁，慢慢想办法，何况，你眼下可走的路还有很多。"

科长没说透的话，美来都明白什么意思。

"谢科长好意，我已决定了，您要是不帮忙递上，我可就直接送上头啦？"她对桌上的辞职书一努嘴。平淡的表情，让科长看出不必徒劳。他无法理解世上怎么会有这样的人，摇着头，胖乎乎的手又犹豫着拿起辞职书。他看着美来，半天，摇着头像是对美来说，也像自言自语："真要挥手啦？这么大的决定应该不是一晚上做的吧！昨天交给你任务时，我竟没看出你有一点儿迹象，金美来，你这，还真是个境界啊，哈！"

廖强连日来为案子下乡查访，这天下午带着小秦、石毅在乡下一个村里蹲坑。他们换了便装，戴着狗皮帽和羊羔绒棉手闷子，在结冰的池塘上面，就着当地老百姓凿开捞鱼的冰窟窿口，佯装钓鱼，收工的时候还真钓了不少，用稗草茎穿了一串。

"我说老百姓怎么在这儿刨这么多窟窿，鱼还真不少，净大个儿的。回头别忘了，科长给拎回家吧。"回去的路上小秦说。"我不拎，你们谁拿回去？"廖强应道。小秦看一眼廖强，又说："要不，等回去了先找家烧烤店扔那儿，晚上没事咱们去吃烧烤，再把广信行那个'便衣警察'也找上，咱们行动小组是不是也该聚一次呀？"当年那次黑龙江之行后，小秦一直戏称美来"便衣警察"。

"也好，那你安排吧！"廖强说。

"那好，农资公司经理我找，'便衣警察'还是你打电话吧，我怕不够面子。"小秦对石毅一挤眼睛。

“哼，不来拉倒，咱自己吃。喝两口，今天也都冻得够呛。那个谁，经理，我说就别找啦，弄不好成叫人家买单了，是不？”廖强说。

“也对！”石毅和小秦在后座一撇嘴，又一点头。事情就这么定妥了。回到局里，怕银行下班，不待上楼，廖强三步两步就先进了传达室给美来打电话。

出来时只见他脸色突变，急匆匆衣服也顾不上换，冲站楼梯口等他的两人说：“你们再找谁去吧，我有点儿事不去了。”说着人已急匆匆走出老远。小秦、石毅摸着脑袋，互相对望一眼。“用帮忙吗？”两人齐喊。廖强抬手向后一挥，头也没回走远了。

他匆匆赶到广信行，直接穿过大院拐到职工宿舍，一见美来，就吼起来：“金美来，可真有你的！亏我看你一向沉稳，处事周全，却偏是在这关于安身立命、人生前程的大事上草率。”

廖强脸红脖子粗，两眼光焰燃烧，胸脯一起一伏。刚才打电话，是胡娜接的，透露了两句说金美来已经辞职。

“我办的经济案件多了，经商下海，有那么容易？我是曾想过下海，可我是男人，你何必在风浪里冒险？”廖强嗓音又高了八度，“你招呼不打一个，一点儿前奏没有，上来就动真格，跳下去了。”

“好，是，我是没资格，我没什么资格要求你必须告诉我，必须我同意。可大家是朋友吧，起码事前说一声，一起有个商量，总不至于把公职转眼就丢下，一下子就没余地，成无业游民了啊。”

“就因为知道你会是这态度，才没先说。”美来看着廖强眼中燃烧的火焰，听他劈头盖脸一连串大吼，觉得他态度过激，但都能理解。以廖强的观念，美来这样做他感到受伤。二人早已有言在先，即使是做朋友，他也要做哥哥，理当帮她一起拿捏和应对这种关乎生计前程的大事。美来懂得他此刻需要一个缓冲期，就任凭他爆发，只低声说了这句就不再作声。

廖强仍像打足了气的篮球，“嘣嘣嘣”一直吼，到最后分手，还是气鼓鼓地转身摔了门，头也不回便走出去。回到家，仍觉浑身气得像连蹲了八天坑一样疲惫没力气，心里也堵得像闷进地窖，晚饭也不吃，生气和痛惜像两个硬窝窝头把胃塞得满满的，早早上床躺下。可直到深夜，翻来覆去也没睡着。前两年，他们局就有一个同事好端端的警察不当，辞职下海，倒腾什么大同煤块，转眼赔了本，叫苦连天，再回来哭哭啼啼找领导想上班，一点儿门都没有，眼巴巴人都愁病了。后来开饭店也黄了，老婆也跑了，现在一个人整天酗酒。哪有那么容易！他想着，使劲捶了几下涨乎乎的头，还是睡不着。忽然，又想美来这会儿不知睡没睡着，是不是也没吃饭，也在生气，他从来没对美来发过半点儿脾气，今天这样，她会不会受不了真的恼了？一想起美来会恼，他突然浑身像被火烤了一样忽地紧张起来，一紧张，思想也跟着变了，就开始站到美来一边去想问题了。

本来嘛，能有今天，她从小到大经历了多少苦难拼搏，决定这事，她内心一定是经历过七七四十九回挣扎，自己没给她宽慰，反泼冷水、甩沙石。一辈子的公职不能随便丢，但守着，眼下的坎儿怎么过？另闯天地既然不是儿戏，既然已经选择不可更改了，你就只能表示两个字——支持。什么叫朋友？什么叫大哥哥、大丈夫？什么叫解决问题的态度？

他忽觉自己犯了比猪更蠢的大错，一阵发烧脸红。他又觉得，美来既然如此选择，起码是不想接受对嘉伟的依靠，可恨自己没给她心心相印的理解。平心而论，他也一直认为嘉伟很优秀，对美来是一片真情，美来如果选择接受他也不为过，也不必那么辛苦冒险。想到这里，他不禁倒吸一口冷气，打了个寒噤。

这转念而来的种种想法像汹涌的浪潮，把他从床上忽地卷起，掀翻在地，他趔趄着在地下站稳，立即就要去找美来，这才发现，已是半夜十二点整。窗外的世界早已沉睡。美来怎样了呢？

再说美来。她虽理解廖强，但毕竟处在特别的状态下，心理上既坚强又脆弱。廖强发脾气说明他对她关切焦心，可当此际，她更需要雪中送炭的温暖鼓励，而不是麻辣烫式的批评指责。她再坚强，再有承受力，也是血肉之躯，再独立自强也需要朋友支持。如果廖强发一通火后能转换态度理解她，美来就什么气也不会生，但廖强分手时那黑铁板似的背影，让她内心一下子被抽掉了什么，空落下来。

很快，空落下来的心又被一堆乱纷纷的东西渐渐塞满，堵得难受、发慌。她闭上双眼，突然被浓烟呛了一样，鼻腔连同整个上颚一阵酸麻，对工作、对国家公职的留恋，对多年摸爬滚打孜孜以求的荣誉和价值的失落，一齐触发上来。她扑在床上，眼泪“唰唰”落下来。俗话说：“一碗眼泪一碗血。”流了不知多久，她只觉心虚气弱，浑身散了架一样，动都不想动，饭更不想吃了。

就在她心沉沉、意冷冷的时候，嘉伟不期然出现了。美来挣扎着伸出手，取下挂在墙上的宿舍串联电话机，听到了嘉伟亲切的问候声，像饮了一杯温泉水。他诚惶诚恐地要请她一起吃晚饭，说准备回加拿大一趟，想做个告别。

美来接听电话时，忽觉口干舌燥般焦渴，正在落难的情绪如同在悬崖底下触摸到上攀的藤蔓一样，立刻答应了嘉伟的邀请。嘉伟笑了，问：“那我们可不可以去吃西餐？”

“什么都行！”美来不假思索。

他们在开发区一家酒店的西餐厅订了位子。正阳还没有专门的正规西餐馆，嘉伟怀着歉意说请美来将就一些，好像是他准备不周。美来当然无所谓地摇着头，在嘉伟亲手为她拉开的座位上坐下来。

“本来，我今天约您，是想为明天回加拿大做告别的，”嘉伟看着美来紧抿双唇投来询问的目光，“但我现在更换主题了！”

嘉伟没有立即回答美来询问的目光，而是郑重又得意地宣布说：“要把主题改为对您的祝贺。”

美来的心“咯噔”一下，慢慢垂下眼睛。她忽然明白嘉伟的所谓祝贺是什么意思了。他之前的电话是直接打到宿舍去的，还是在将到下班的时间里打到宿舍，说明他已经往办公室打过电话，知道了一切，且有人告诉他怎样打通宿舍内线电话等。她刚才接电话时心乱，并没反应过来这些，但他在电话里却像什么事都没发生过一样。

“您觉得，这是件该祝贺的事吗？”美来扬起眉毛，眼睛盯住嘉伟洋溢着书卷气息的脸庞。她好想听嘉伟的祝贺从何说起。

“实际上，对您辞职这件事情本身，我很难说对与错，也没什么要祝贺的，但您面对困难不退缩，敢下最大的赌注去面对，这种勇气和果断，我想应该祝贺。”

美来听他从这样的角度理解和赞赏她，心里觉得熨帖许多。看来嘉伟的确大气，虽然他在心里也会觉得美来大可不必为钱辞职，而且他先前早对她有过明确态度，但美来一旦决定，他就毫不反对，且充分理解赞赏。

她暗叹了口气，想起廖强，明知道她的不易还和她过不去，指责挖苦她。她礼貌地看着嘉伟，点点头微笑说："谢谢您这么想！"

"您一定要把钱先还给我，我会接受也理解，但下一步打算怎么办、做什么，如有需要随时再取，哦不，再借。反正，都由您决定。而且，"嘉伟习惯性地双手往上触一下镜框，观测仪般注视着美来的眼睛说，"您如果一时没有更好的选择，我的公司假如您肯屈尊，不胜荣幸。"

嘉伟切下一块烤牛排，叉好，蘸了酱汁递给她："我这次回加拿大，就会商定地质研究项目的引进和在金三角的考察内容，正阳市也已决定规划开发大王山风景区了，如果父亲支持，我会带项目回来搞研究，同时还想在大王山搞旅游工艺品开发，您无论选择到公司总部工作还是选做工艺品开发管理，都随便。"

他的态度和各种计划设想，听起来像温暖冻土的春光，美来下意识舒了口气。不用怀疑，嘉伟是真诚和深情的。她又想起廖强，相比而言，廖强少了嘉伟的潇洒，多了患得患失，当然美来也毫不怀疑廖强的指责是真诚和深情的。同样真诚和深情，他们为什么表现出截然不同的态度？

美来想不明白，她只是觉得嘉伟和廖强都让她感到了关爱，嘉伟是宽容大气的，让她有受宠的温暖；廖强却是霸气火暴的，让她觉得痛楚委屈。这就是所谓的性格差异吗？她也想不清楚。在心神不宁中，她接过嘉伟递过来的八分熟的牛排，看着上面隐隐的血丝，一咬牙放进嘴里。

一晚上，嘉伟细心照料，轻松侃谈，两人零零碎碎吃了些美来叫不上名字的各色西式菜点，喝了果汁、红酒，嘉伟居然花掉了八百多，是美来和廖强合起来几个月的工资。嘉伟把一千块钱顺手往账单上一放，摆手示意不用找了。美来觉得他就像从口袋里摸出一枚硬币，买一支雪糕。这感觉使美来一晚上理不清的混沌思绪突然变得卤水点豆腐一般清晰，她瞬间想起两个故事。一个是历史上某朝，某皇帝灾荒年听说百姓没有吃的饿死街头，十分不解，问大臣他们为什么不喝肉粥；另一个是连续多年的灾年结束，终于丰收，下来新粮，孩子们吵着要吃一顿纯面馍馍，母亲摇头说不可一时贪吃，万一日后再闹荒呢，还是掺了糠菜。

用这样的故事比喻嘉伟和廖强，美来情知并不贴切，却似乎帮她认清了嘉伟的潇洒大度和廖强的气急焦虑各有各的本源，让原本从廖强那里感到的气恼委屈变为一种入骨的亲切。和廖强，她是有着共同生存背景和相似跋涉经历的。听廖强说，当年插队时为了表现好些早一点儿回城，就为大队上的一句话——知青户过年也得有人值班，防火防盗——他便自告奋勇，一连三年没回家过年，一人在青年点土屋里点着油灯，睡着凉炕，吃着萝卜咸菜、苞米面饼子。年三十，村支书打发老婆送过来一盘油炸地瓜丸、一碗白面饺子就算过了年。他们那时就是这样渺茫地在等待着有一天能刮起命运的东风。他后来争取到的工农兵大学生文凭，如今国家和社会又不稀罕了，现在还要在职去夜大考取一张法学文凭。他们都曾为太多的东西，诸如户口、商品粮、城市农村、工人农民等做过困苦挣扎。她一下子明白了，历经坎坷、卧薪尝胆的廖强和与生俱来就衣食无忧、前程锦绣的嘉伟，他们原本站在不同台阶上和背景里，又怎么会有共同的感受和态度？

第二天，美来早早醒来，想打个电话和廖强再聊聊，他一定还在为自己焦虑。但一向矜持的她还是不肯主动打电话，且在心里为廖强设定了时限，廖强若在时限内来给她道歉，她就决定不再生他气了。

廖强其实整个晚上也没再合眼，就像接了紧急大案，一点儿倦意都没有。第二天一早，没等街道上响起车水马龙交响曲，他就走出家门。

美来内心给他设定的道歉时限是晚上下班后，没想到他竟在早晨上班前就来了。更令人意外的是他的方式。他们之间，买一束花做请罪道具虽并不合适，至少该说一句道歉的话做敲门砖吧。可他一进来就像昨天什么也没发生过一样，从公文包取出一沓信纸，往桌上一甩，交作业一样笑嘻嘻看着她：“请金老师圈阅！”

这是他昨晚一夜不眠做的功课，上面列满美来辞职后立马要面对和解决的一连串大小问题，并附有各种解决办法。美来这才注意到他眼睛布满血丝，两团永不消失的光焰看起来因为燃烧过久而变得凝重浓烈，于是也忘了要“晾”他一会儿的前奏，接过信纸，两人并坐在桌前看起来。

无怪廖强叫她“金老师”，他列出的第一条再就业的路就是回去当民办教师。美来瞪了他一眼：“我辞职可不是走回头路。”她认为，既然已冒风险，就要尽快赚钱。辞职得到的钱刚好够还借款，要尽快再有新的积累，以备足以后可能的需求。

“那好吧。那这一条？”

美来没去看他指的那条是什么，她依序逐一看下去，见他方方面面想得很详尽，包含各种力所能及的项目，还有资金怎么筹集、经营采取什么办法、食宿怎么解决等等。有一个需要投资多一点儿的项目，他甚至把自己的积蓄都计算在内……

美来眼圈又红了，感动和说不出的更复杂的东西壅塞在胸口，她渐渐开始落泪。廖强反倒一直笑着，看着她哭，不哄也不劝，过了一会儿，他把毛巾递给她说：“好了，就哭今天这一次，往后就是刀山火海，咱也说好不掉眼泪了啊。”

第二十五章

刚进入腊月，乡下赶集的人流就稠起来，大包小卷拎来拎去，也有自行车后座驮着一整箱啤酒或礼花炮的“嗖嗖”穿梭，偶尔空中还会有零星的小鞭和“二踢脚”爆响。这些都在提醒人们，前方“年”的脚步已经临近。

乡下人不像城里人，城里人过节都是平常心，连春节这样的大节也不很动声色，对买不买新衣服、大不大扫除、置不置办年货并不那么上心，穿的、用的跟平时差不多，虽少了热闹，却省了忙碌和劳累。

乡下人过年时间也很长，一般从腊月初八这一天喝腊八粥开始就正式启动了，最长的直到过了二月二才算过完年。腊八过后，除了一趟趟跑供销社、商店，买穿的、吃的，家家陆续开始宰杀年猪，烀肉的香气到处飘着。到腊月二十三过小年这一天，备年更是步步紧了，做豆腐，蒸年糕，蒸馒头、豆包，炸丸子，炖鸡，准备福字、春联和门神、灶王爷，等等。家家还要竖起个鞭架子，挂灯笼，放鞭。正月里，整个村子远看过去一片高高的鞭架子，上面插满迎风招展的小彩旗，“呼啦啦”的煞是惹眼。

金老汉和乡亲们个个怀揣喜悦，脚不沾地，细数着口袋里的票子，盘算着过年的开销和安排一天天的活计。这天一早，金老汉打算起来到后山砍两根松枝，留着扎鞭架子，显得有生气。他现在腿已经基本好了，该准备的东西早点儿置办了踏实。打开屋门，满眼一片白色，昨晚这一夜的北风里还飘了这老大的雪！

他站在门口，就着袭进来的寒气三口两口先抽完一袋烟，又装上一袋，就拿铁锹扫帚清理院子和屋顶上的雪。有起早的人家院里也传来铁锹划地的刺耳声。山前坡后家家房顶渐渐开始升腾起煮饭的炊烟。烟柱在空气中很快交织成片，凛冽的空气便似有了些暖意。接着又有了鸡飞狗跳的响动，孩子们的尖叫声，夹杂着女人们大嗓门的呼喊声。这时候，太阳已经渐渐升起，把一整个雪后晴朗的日子带给了金三角。

收拾打扫利落，金老汉站在院子里，手抱在前怀，“吧嗒吧嗒”抽着烟。雪大弄不了松枝了，他就闲站着四处张望。天地白茫茫的，风“呜呜”呼吼。他忽然想起了年轻时钻山打猎的情景。那时人烟稀少，大山沟到了冬天被雪一封，更是棍打不着人影，鸟兽们在一步一个雪窟窿的荒山野岭吊锅断顿，从巢穴里跑出来觅食，一不小心撞上猎人等待的枪口或下了套的陷阱，就变成了草屋炕桌子上热腾腾的下酒菜。

想起这些，他上了烟瘾一样匆匆走进厦子里。早年打猎的火枪早交了公，只翻出个装苞米的大柳条笸箩来。“嘿嘿，这玩意儿只能捉拿个小麻雀喽！”

打开后门，走到半坡几棵生长多年的老梨树下就有些气喘。年轻时翻山涉水是何等身手，眼瞅那些个山峰崖岭，哪个不在脚下！

“能吃飞禽二两，不吃走兽一斤！”他嘴里嘀咕，手上已在老梨树下给小麻雀们支起了笸箩。安顿好了，拍拍两手上沾的雪，直起腰，又拿铁锹在后墙根堆起一堆雪，准备捕到麻雀先冻在里面保鲜，等美来回来，用黄泥包了，再用炭火埋着慢慢烧熟，香着哩。

现在的麻雀真精，飞来飞去就是不进大笸箩，半头晌好歹罩住一大两小三只。周围漏网的麻雀“呼啦”飞没影了，却有两只飞上老梨树，“叽喳”叫个不停。金老汉明白它们为什么不走，木木地看着鸟们里外呼应，惶恐凄切地叫着，半天，又去掀开大笸箩，扣住的三只麻雀突地飞起，和树上的一起远去了。

他一人站在雪地里，愣愣追看了老远，空落落的后院一下静下来。呼号的北风中，忽然仿佛听到一声“爸”，转看时，四处什么也没有。

这么大的雪，山外国道不知能不能通车。他往坡上走，站在高处瞭望了一会儿。要是美来这会儿在村口露头了有多好。嘿！远处白茫茫一片，他想，就是国道通了车，山道也哧溜滑的不好走，美来上星期没回来，明儿个星期天好着急回来了，干脆去打个电话，道不好走，就别回了。

村里妇女主任正扯开大嗓门，和一群妇女们在讲计划生育：“都听着啊，过年了，外面打工的爷儿们回来，可都憋着劲，到时候别都光顾着稀罕高兴瞎忙活了，忘了措施可不行。”

一堆老娘儿们看金老汉从外面走进来，先是捂住嘴笑，又七嘴八舌地嚷：“三叔，刚才瞅你站高坡望风了，想美来妹子啦？今年干脆上城里过年得了，在街里逛游逛游，不更热闹？”

金老汉受用地听着，笑呵呵说：“过年城里还真赶不上咱乡下讲究热闹。我给美来打个电话，单位忙，又下大雪，叫她明天别往回跑了。”

“哎呀三叔，俺还想明天给她个尺码，哈哈哈，叫她在城里帮俺买件大红尼龙绸棉袄，俺过年是本命年，穿红的喜气，啊哈。”侄媳妇“大响号”高声嚷嚷。

“不要紧，我这就给打电话。谁还想要什么，都一块儿告诉，叫她买回来，买回来就是。”金老汉笑呵呵地得意应承着，走过去拿电话。

电话要通了，刚说找金美来， 却听到那边好像回了个炸雷：“金美来辞职了，别再打这个电话啦。”电话里说美来已经不在银行上班了。他被震哑了，愣了半天，这哪可能啊？一定是错了。“喂喂！”又赶紧再问，对方早已经挂了。

美来事先对科室所有人叮嘱过帮她先瞒着家里，偏偏金老汉打电话这会儿，一个外科室过来的人顺手接了电话，见胡娜在那边连摆手带摇头，好歹明白过来，没敢再回答什么，连忙挂了电话。

金老汉一屁股坐在椅子上，眼冒金星，看着那些和他一样目瞪口呆的妇女，一个个都是双影，有的好像在挤眉弄眼，听不清嘀咕什么，耳朵里嗡嗡的。他拼命挣扎半天，站起来又抓起电话。刚才电话一定是打错了，号码打错了，拨到别的地方了！他嘀咕着默背了一遍号码准备再拨。可是不对，刚才明明拨的是这个号码，那边明明说了是广信行，明明说了美来的名字啊！他战战兢兢还是又拨了号，想细问到底是怎么回事。不待接通，又转念想，还打什么电话，当面去找美来弄清楚哇！他撂了电话，低着头，急急走出村部，脸火辣辣的，恨不能一步走远，避开身后芒刺一样盯住他的目光。

不料迎头碰上了堂三奶。堂三奶被他灰突突气急败坏的脸色吓了一跳，一问，他先是支支吾吾，后来还是说了。堂三奶也说美来从来做事有板有眼，劝金老汉别急，可能有什么岔头没说清，等天好了美来回来再细问吧。心中烧着了火一样的金老汉直摇头说不行、不能等，转眼人已蹿出老远。天大的事你说辞就辞，翅膀硬了，眼里没有爹了，事前连句话你都没有，还让不让我过年了？

要说美来知道不是亲生的就疏淡他，金老汉也是一百个不信。可是美来为了这份工作，为了一辈子的前程，吃了多少苦，熬了多少年，容易吗？现在谁不眼热他金老汉有个好闺女？辞了职，书白念了，苦白吃了，一辈子的饭碗白撂了。我呢？我怎么办？我怎么再见一照面就打听、夸奖的乡里乡亲！

巨大的失望和心火像被压下去的弹簧强烈反弹着，支撑他在雪地里一跐一滑地走着。金老汉两眼金星四溅，头上冒汗，嗓子冒烟。大雪不知什么时候又纷纷扬扬下起来，他明知国道通不了车，可见不到美来他停不下，豁出命来，就是一个劲地走。他走着，忽觉头上“呼啦”几只麻雀飞过，不由停住脚步抬头去望，眨眼麻雀已不见踪影了，心想也不知是不是早起才放了的那几只。“这大雪天，别再到处瞎跑乱飞了啊……”他摇摇头捂着胸口自言自语，又低头往前走。

美来近几天一面把与廖强一起想的几个路子逐一思考筛选，一面帮嘉伟研究制订一个方案。嘉伟那天晚上请她吃饭，提出了两点请求，希望美来务选其一，算是帮他的忙：一是到公司做他的助理；二是如果不去公司，在没最后选定做什么之前，能帮他搞一个方案。他要强化公司技能水平、团队精神、对外形象和知名度等“一式列”的企业文化建设。

美来谢绝第一项邀请，答应做做第二项。她在大学里做过学生会宣传干部，和搞企业文化虽不同路也同理，她有兴趣。当然，她明白嘉伟实际上是想要帮她的忙，有一个给她报酬的理由。而她答应了这个，是想正好借此为嘉伟无偿做一点儿事，答谢他的帮助，同时也增进自己对企业经营和市场方面的了解。

这一天，她待在宿舍，整理出几天来的考察和思考结果，为嘉伟公司写企业文化建设的初步方案稿。

辞职后，她本打算搬到廖强在市体校为她另租借的寄宿处，但行长在接到她的辞呈时很郑重地找她谈过话，一再挽留，说："你听着年轻人，虽说这是好事，政策也在鼓励，但你必须考虑好，辞职不能再复职！"行长还说："经济上有什么困难，行里会帮助你慢慢解决。你是个有发展前途的好苗子，行里寄予的希望很大。"尽管在说这些话时，行长也对如今官场的一些东西表示出无奈和困惑，但还是满怀信心一再鼓励她会有前途，把殷切挽留的目光从老花镜的金边上面伸出来，严肃中含着慈爱，盯住美来。这目光让一直把仕途作为人生奋斗正统方向的美来觉得心头一阵温热和酸楚，她微微垂下了有些湿润的眼睛。

对于辞职的可惜和再创业的心虚，她都是有的，但这些在思考辞职这个过程中渐渐消减，她的思想观念也在改变。她已经不认为辞职完全是前功尽弃了。正是曾经付出的努力才使她今天敢于或者说有能力做这个决定和面对新的选择，虽说冒险，毕竟如今可供就业的道路有了更多的选择。她要闯一闯，在人生道路上，她不是在下滑回头，而是在爬坡向上。她抬起眼睛，用感激和坚定的目光看着行长，深深鞠了一躬："谢谢行长！我都想好了。"

行长没有再劝说。对这个外表文雅淡泊、内在倔强坚定的年轻人，他是了解的。行长胖墩墩的身子从座位上站起来，一步一步走到美来面前，伸出双手握住她的手说："好吧，那就闯一闯。我相信，做什么你都是好兵。"行长还特别关照她不要再找住处，一切没有着落之前，食宿照常在行里解决。美来想谢绝，行长说这也是行里的一种支持："凡有类似情况都一视同仁，你不必推辞。"

她在宿舍里写了一天，快到傍晚时方案才脱稿，看看时间，赶紧起身去泡方便面，准备吃了去给夜大学生上课。这时她忽然想起外面天气不好，走冰雪道是该多提前一些时间，于是撂下手中的方便面，抓了把榛子揣进兜里，骑上自行车赶往夜大。

再说金老汉，被满心火气架着，靠两条腿和一根棍子，硬是从日头偏晌开走，一步一个雪窟窿走上了国道。客车不通，好在遇上一辆“大解放”，搭了一半路程的便车，还是直到夜里才到正阳。大街上早没了人影，齐刷刷的路灯一排排立着在看他。转到广信行大楼传达室，见窗口还透着光，他摸索着推了推已经上锁的铁大门，见中间套着一个小便门没锁，就打开进去，穿过空荡荡的大院，走到北面的一栋宿舍前。美来说过她住的门号。屋里早黑了灯，睡了也得叫，金老汉气冲冲“咚咚咚”地敲了几下门，停下等动静。

借着院中微弱的雪光，他忽然从门上玻璃镜子里看到了自己，野人一样，浑身上下冒着的热气和外面的冰雪寒气相遇，让他从头到脚长出了厚厚一层白毛似的密密麻麻的霜花。他先吓了一跳，又赶紧上下拍打，别等美来冷不丁出来吓坏了。

折腾半天，里面还是没声音，他又想再敲，这才发现门是锁着的。他的心忽地提起来，全身冰凉，两腿瘫软，差点儿坐在地下。

身后传来动静。回头看时，竟是“红村长”和堂三奶，一前一后，也浑身挂着白霜急急赶来。三人还没搭腔，后面又跟上一个人，是传达室警卫大叔。他说门是专给美来留的，一开始听到门响，还以为她从夜大回来了，并说：“以前回来得都比这早多了，今天……”

“夜大！”“红村长”一听说，拉着金老汉和堂三奶转身就走。他正在读的函授大学每年期末辅导课和考试就在那里，那是正在新建中的一片城区，离这儿不但道远，还有不少挺空旷的正在施工的路段。三人坐上拖拉机全速赶往夜大。

堂三奶上午喊不回金老汉，就转去找王向阳，偏偏他住在五道沟的舅舅因为闹分家被儿媳妇气病，他一早去五道沟看舅舅，快傍晚才回来。他听后开着拖拉机就走，堂三奶也不放心美来和金老汉，跟着一起来了。

三人往夜大沿路寻找。深夜的北风吼着，刀一样刮着脸，天又飘起雪来。拖拉机轧着路上的积雪和碎冰“突突”开着，声音在空旷的街道传得很远。

到学校那边一看，早就下课了，大门紧闭，没有人影。

这样的天气她应该不会去别处。三个人的心火被忽地燎起。他们担心美来是不是骑车摔在了哪里，从广信行到夜大，有一段偏远又多处在施工的路段。开着车又细细寻了回去，还是没有。他们又想会不会是她来的时候就摔在了哪里，这边车辆、行人稀少，没被发现。于是就沿路另一边又寻回学校，叩开了警卫室一问，警卫说九点多下课看到过美来推自行车出了校门。三人惊慌地对望，现在十二点了啊！金老汉额头冷汗已出来，险些倒下，哆嗦着被王向阳抓住。“怎么办，报警吧！”金老汉说。王向阳想了想说：“再找找吧，若没事惊天动地也不好。我先给廖强打个电话，商量商量！”他们在学校传达室给公安局值班室打了电话，说是廖强的亲戚，问到了他家里的电话。

廖强像空降兵一样降临。他让堂三奶和金老汉都在校传达室歇着别动，自己“咔嚓”点上“大前门”走出去。王向阳紧跟其后。他站在校门口，在夜色里向四面望。大门正前方不远处是一个新建的公路环岛，周遭出口四通八达，路灯还没上全，加之建筑稀疏，夜空格外低垂空旷，远近星光灯影交错阑珊，夜里出了校门，稍不留意，极有可能走错了路口。就是说，美来很可能走在贴近回广信行方向的另一条路上了。廖强知道那条路施工地段更多，又是冰雪夜行。“不好！”他掐灭烟头飞身跳上摩托，对跟着跳上的王向阳说，“天这么冷，一旦摔在哪里，会冻伤出危险的！”话音未落，车已飞出老远。

摩托车沿路边喊边开，一直没发现美来。王向阳说，是不是再找找其他几条路。廖强说，他凭感觉还是走脚下这条路可能性大，刚才急着搜索，没寻找细处，再返回去看看。

这回，他们在一些修路有障碍的地段细看，见有一处沙石占满路中间。廖强想，行人走到这里应该会选择绕到路边通过，于是下车细看，见路边有一道深陡沟堑，沟底果然像是有人卧在那里。

两人飞身跳下去，正是美来，全身落了一层雪花，自行车半压在身上，身边还落着几颗榛子，人已昏迷。

送到医院，经过一番急救检查，美来除了额头、腿和手臂擦伤，没有大事。医生说她是因太疲劳又没吃东西，摔下深沟就昏过去了。天气寒冷，如果再晚一步发现，就有被冻伤甚至心跳停止的危险。几个人听了，面面相觑，满心后怕。

已经苏醒的美来还需输液恢复体力，再观察一下。金老汉和堂三奶一人抱着一只美来冻得冰凉的脚用手焐着。见美来没大事，虽说后怕，金老汉还是忍不住内心急火：“你稳稳当当的工作辞了不做，东奔西忙去上课，出这么大危险……”他一肚子话壅塞在嘴边，看看气息微弱正在输液的美来又不忍心开口，就把廖强拉到门外，问他知不知道，好好的，忽然辞了，到底为什么。

廖强看着他熬红了的眼睛，挠挠后脑勺，说：“您先别急，就算辞职了，也没什么。现在很多人辞职经商赚大钱，连我也眼红。美来优秀，干什么不行，您说？”

金老汉摇头叹气，忽然想起什么，忙推廖强快回去：“美来没事，你赶紧回去睡吧，三更半夜的明天还上班！”

廖强说不急，两人又回屋。“红村长”不知什么时候出去了。堂三奶和脸色好转多了的美来正在说话：“孩子，到底都为了什么呀？你不说，你爹心里上火，还有大家伙都急。难在哪儿，别一个人扛啊！”

一直不敢先提话头的美来，刚苏醒就明白一定是露馅了，见惊动老爸连带大家，知道再瞒不住，正愁这前前后后的情况不知怎么说，听堂三奶这一问，忽觉苦辣酸甜一股脑涌上，眼泪“哗”地先流了下来。

“哭，现在知道哭！你从小主见就硬，现在更硬了，连声也不吱。你爹我是老了不中用，可好歹把你供到这个份上，说辞就辞。早年一心要念书，为什么呀？”金老汉终于一口气说出这些，一拍大腿，老泪纵横。

“爸，别，千万别急，您听我说……”

“说！说什么也晚啦，我就问你，再回去还行不行？”金老汉用手里的烟袋指着门外，喘着，说不出话来。

“爸啊！……”

“金万东你冷静点儿好不好，吓着孩子。”

这时，王向阳从外面急急进来了。他刚才见美来苏醒过来没事，就去了广信行，给传达室警卫大叔报了平安，顺便打听到了情况。

听王向阳诉说过前后详情，金老汉一拍大腿，一屁股坐在凳子上，哑木头一般愣住。美来大声喊他，他仍一动不动，脸上红一阵白一阵。

原来是自己害得孩子丢了工作，你还有脸怨孩子？他使劲跺脚，捶打胸脯，半天大声喊："都怪我糊涂呀！"他不停地捶打自己，又喊："你爸我一辈子明白，糊涂一时，对不起呀孩子！"美来听着愣在那里。

"他三叔，你有什么话慢慢说……"堂三奶说。

让金老汉痛心的是，他手术后问过美来，听说只花了不到一千块钱。他也多了个心眼背后查问过，没想到美来会和护士、医生串通了。在当初告诉美来身世那会儿，他就想把金手镯的事一起告诉她。要是告诉给了她多好，孩子哪知道家里还会有这个，不瞒着还能让你上火呀？他恨自己，害得孩子为难，还受了诬陷，如今又丢了铁饭碗，他恨不得一头撞死自己。他双手抱着头，把美来妈把那只祖上传下的大金镯子留给美来的前后都说了。大家听了，也都眼观逝水一样惋惜无奈。

美来也意外地愣在那里。刚刚辞掉的毕竟是多年汗水挣得的"有出息"的前程，下海也毕竟成败未知。"都怪我，事前没和您说。不过现在时兴下海，国家鼓励……"她愣了半天，转念觉得还是宽慰父亲要紧。

"你你你，孩子……"金老汉又用烟袋指着门外站起来，结结巴巴，"孩子，咱还能不能，我去找行长，变过来！咱退钱！"

美来笑了，摇头说："爸，这件事没有反悔余地。您做事从不反悔，这一点我像您，咱另做打算！"

廖强也故意说："现在上头鼓励，时兴。我们局这次也有几个人辞职下海。"

金老汉一屁股坐回去，半天一声不吭。美来赶紧说："以前找工作就一条路，现在有很多选择。乡下人也可以进城做生意，搬进城里住，户口也有新政策。开发区那边都可以投资买进了。等将来赚了钱，我把你的户口也迁进城，重新成为城里人，你别上火了。"

"孩子说得多好，你只要别上火，就是帮孩子大忙了。"堂三奶点着金老汉说。

王向阳也劝："三叔，这样也好，美来是大学生，干什么不行？"

金老汉还是咬着烟袋不作声，眼望着窗外，吐了满屋烟雾。手术后医生要求他戒烟，只是一时无法太彻底，美来忐忑地看着他，想不让抽又不敢。

突然，他一拍大腿站起来，两眼紧盯美来："孩子，经商做生意难啊！好在早年我在你姥爷身边也算是'跟着瓦匠干三天，不会盖房会搬砖'，既这么着了，你就干吧，爸帮你！"

大家总算松了口气。

第二十六章

正阳图书馆就在广信行大楼对面街心花园南面。美来一大早就往那里去，想找几本参考书。到夜大兼辅导课，发现那里不像全日制高校，到了期末考试前，教师会给自己的授课内容划一划重点，学生备考也好有个范围。而夜大是全国统考，没人划重点范围，学生们就像胡娜说过的，完全靠题海战术，就算六十分万岁，也得拼个昏天黑地，还是很多人不能考过。学员大部分在职就读，压力很大。听说，有人期末复习期间晚上干脆在教室里过夜。那些还要照顾老人、孩子的中年妇女更是拼命。看到这些，她内心总有诸多感慨。听了胡娜讲的世界史辅导老师的故事，她也想学前辈为学生们开开小灶。这段时间嘉伟邀请她去一趟加拿大，想让她考察一下国外的企业，再把企业文化建设方案完善一下。既然有时间和条件让自己开眼界提高，她答应了邀请。她想在动身前到图书馆找几本参考资料，筛选一些题例，印发给学生们，也好尽量为大家期末应考提供些帮助。

美来穿过街心花园，走到图书馆大楼近前，见门外场地上聚集了很多人。大门口上方挂着巨大的红色横额，上有大字标语“正阳市经济开发千条信息发布会”，仿佛一道彩虹挂在那里。门前上空还斜拉出一道道五彩缤纷的油纸彩旗，在风里飞动。

走进大楼，一层阅览大厅便是发布会现场。她先上了三楼，在借阅室选了两本考试参考书，捎带又帮“红村长”找到一本大棚蔬菜栽培技术的科普书，一并办了借阅手续放进背包，便下到一楼阅览室。那里开幕仪式已结束，领导和记者们都已离开，剩下一些参观的人，手里握着记录本来回穿梭。美来见书架上、阅览桌上都临时摆满资料，空中还横拉起一排排钢丝绳，挂满印有各种信息的彩色纸张。

她一条一条浏览着。大都是些公告性信息，可用的不多，给人不是宏大高端就是花拳绣腿的感觉。也有一些具备可操作性的，像举办裁剪、理发培训班，卖织毛衣机器，开服装店，等等，美来又觉自己不适合做。转到最后，在农牧区域，她被一则信息吸住了眼球。

几天以后，金三角村前的凤凰河东岸，沉寂了多年的青年点，被一块“养殖中心”的牌子掀动得热闹起来。

在那天的信息发布会上，美来被一则信息吸引住了眼球，了解到风云变幻的国际时装市场眼下一夜间推崇起獭兔家族的漂亮皮毛，使得獭兔养殖业迅速走红，成了新宠。关键是在这方面情况的信息资料中摆着一纸醒目的正阳市科普协会的红头文件，文件介绍了相关情况，并介绍了技术指导和出口的销售渠道等。

经过一再权衡，在已经探讨过的所有项目中，美来最终选定信息发布会上科普协会推广的养獭兔项目。她决定立即成立养殖服务中心。选中这个项目，不仅是看中有官方文件推广这一保险，还因为在乡下长大的她这些年越是在外见世面，越是不平于家乡的贫穷。乡亲们在仙境般的环境里家徒四壁，这两年包产到户虽能温饱，但零花钱多是指着院里的几头猪和几只老母鸡。乡亲们有的是力气，又不吝惜汗水，如果她能做这个桥梁，开辟养殖基地，不仅能为乡亲们带来机会，也能直接为要强的老爸争争脸面。于是她谢绝了嘉伟去加拿大做企业考察的邀请，开始投入养殖中心的筹备。

但首先要解决的还是资金问题。美来不想卖掉母亲留下的手镯，毕竟是几代传承下来的东西，只想先送当铺。可换回的钱还不够投资的一少半，再贷款，没有抵押又贷不了，左右还是干不了，放弃又没有别的好项目。若在之前，还可慢慢想办法，现在又怕老爸跟着上火，她急得一夜之间满嘴起了水泡。

廖强看到她，心中也上把火，嘴上却笑着安慰说："你等着，我有办法！"过了两天，他把四万块钱送到美来手上，说是一位养虾的朋友借的，先用着。"红村长"一听有这么好的项目，干脆把当年知青点的空房作为村里的扶持投资，于是金三角獭兔养殖中心的牌子就挂起来了。他还成天在村广播站大喇叭里做宣传介绍，学着电台里那些广告节目，播一遍宣传内容，号召乡亲们参与，再放一段音乐，不过他不是放现成的唱片，而是自己吹上一段双管。

听说是美来领头，不仅金三角，整个大王乡各村都闻风而动，涌来众多加入养殖的乡亲。

美来开始忙上忙下，联系购买种兔，培训技术人员，为养殖户代买饲料，发放防疫药品，定期做饲养指导等。乡亲们起早贪黑侍弄着獭兔，一天一天期盼着出栏日期，扳着手指计算能换回多少票子。美来看着，对辞职也有了新看法，甚至觉得有了在职都比不上的意义了。连老爸的心情也转变了。乡亲们个个夸她："书念多了就是有用处，好样的干什么都是好样的。"

美来的脑海里白天黑夜也都是兔子，做梦都是在一车一车送往外贸出口，又一沓一沓给乡亲们数钱。这看似一马平川、直奔丰收的阳光大道，万想不到下面的路基并没夯实，一遇风剥雨蚀，路面就会塌陷，她日后正是掉进了这潜在的窟窿之中。

过了春节和正月十五，又过了二月二和三月三，皮毛油亮的獭兔在金三角乃至大王乡大人孩子们的手中渐渐长大，一只只肥嘟嘟的，毛梢锃亮，等待出栏。乡亲们仿佛已手握新崭崭的票子了。

在美来兴奋得睡不着觉，准备拉开出栏上市大幕的时候，国际市场风云突变，风靡的獭兔已经失宠。而科协的文件原来只是根据一些表面文章和预期，草率做出这个推广项目，与代理商在外贸方面并没有严格意义上的经销合同。当国际市场价格不看好时，当初说得天花乱坠的那些商家成了缩头乌龟潜入水底，而科协的盲目支持不过让那些推销种兔、技术、饲料、防疫药品等中间环节的过路商获得了利益，需要为损失买单的是美来这样的养殖公司和底层掏腰包花钱流汗的老百姓。

美来说什么也没想到，所依托的官方文件只是一纸稀里糊涂的空文，下海后这满怀期待的第一网就撒丢了本钱，也坑害了信任自己的乡亲。

全市其他乡镇也有不少和他们一样的养殖户，都在科协门口结队蹲着上访，闹得科协领导和工作人员东躲西藏。美来情知闹是无用的。她恨自己没有经验，恨官僚们不负责任。她一个人一口气登上了大王峰。

大王山和凤凰河蜿蜒远去，村小学操场上，当年魏司令的声音仿佛又在响起："坚持，走向胜利。"从小到大，她一路拼搏，上学、工作、下海，抱定的态度都是坚持。可如今给乡亲们带来这覆水难收的损失，她无颜见江东父老。她要怎么坚持？怎么去走向胜利？

她用力踹着脚下的山石，碎石带着响声冲下山去。大王峰渐渐被一片暗红的暮色笼罩下来，远近山峦的轮廓也越发收窄，似乎瞬间变得凝重迫近，令人感到挤压和窒息。大脑终于被挤压得爆发了一个让她自己都震惊和恐惧的想法，但她义无反顾了，只有这个选择，才能平息她心头的愤懑和愧疚，才能给那些把化肥钱、种子钱甚至是口粮钱都押到养兔上的乡亲们一个交代。

想好了这个不是办法的办法，下山时，她仿佛已经出了口恶气。

很快，按照她的决定，金三角和其他大王乡所有的养殖户都领到了一份收购定金。

这钱本应该用来支付给正阳宏宇公司的药品、饲料欠款等。正是这家公司在扩张多种经营中盲目引进了这个养殖项目，并争取了科协发文支持推广，他们赚取了大量中间环节的旱涝保收的钱，而把销售的风险和亏损给了农户。

"红村长"当即提醒美来，按合同，这笔费用现在必须付给宏宇公司。

美来说："我知道，但既然是出了问题，就不能只让老百姓一方面承担后果，更何况，他们原本就存在着过失。有没有欺诈且不论，他们是单位，抗风险能力总要比老百姓强。"

"红村长"说："话虽这样说，但款还是要还，否则要吃官司。"

美来轻吸一口气，说："你放心，还款的事我自有办法，你这几天只要以最快速度安排把钱全发到乡亲们手上就是了。"

几乎是在同时，廖强接到了宏宇公司对金三角养殖中心的诈骗违约举报。

他如同猛触了高压线，从椅子上蹿起，又愣着半天反不过劲。这件事情虽说老百姓无辜，但美来这样做要直接承担法律责任。她是清楚的，既然做了，凭他对她的了解，必定已经准备好了。而他，第一时间要做的是执行对美来的收审。他双手插进发丝中，又“砰”的一拳砸在桌子上：“美来呀美来，你这聪明人怎会如此？”

那天廖强的警车刚到金三角村前河岸就被闻声赶来的众乡亲拦住，他们手里操着家伙，里三层外三层堵住了通往养殖中心的路口。

“要蹲监狱就大伙都去！”乡亲们干脆就地而坐，和廖强的人对峙着。“红村长”、金老汉也赶来了，站在两方人马中间。

“美来犯什么法了？她没把钱装腰包，凭什么抓好人？”

“公安局不是专抓坏人吗？怎不去抓骗子？”

“还有昏官，月月国家给开饷，可惜了共产党的大米饭了，怎么不抓？”

“还有没有公道？官官相护吗？”

廖强倚在警车前，掏出“大前门”，点着。虽说事情的内在性质不同，但他还是想起了和美来的第一次相识：在冰天雪地里赶赴黑龙江，在那个和乡镇企业工人对峙的大院里，还是美来帮他解了围呢……

他并不急于行动，一支接一支抽着烟，就那么让乡亲们和他对峙着，听他们七嘴八舌吵吵着，有赞美美来的，有愤愤不平骂大街的……

一直到了晌午，也闷在那里不停抽烟的金老汉抬脚在鞋底扣扣烟灰，对乡亲们拱拱手说：“老汉我谢谢乡亲们啦。虽说美来是为了给大伙留个本钱，可情是情，理是理，能顶替，头一个有我！”他一拍大腿，一眶老泪潸然落下。

乡亲们都抹起眼睛来。一直没有动静的廖强这时大声对乡亲们说：“大家先回去吧，美来现在必须得去。我向乡亲们保证，她很快就能回来。”

“红村长”也大声对乡亲们说：“大伙听着，我们现在不妨碍公务，先让一让，相信廖警官，相信我们会有办法让美来很快回来！”

乡亲们悄悄放下手里的家伙，随警察一起，“呼呼啦啦”往养殖中心走。老知青点的一排红瓦房在阳光里静悄悄的。进了院，打开门，办公室空无一人。

怎么？难道美来会跑了吗？廖强脸色“唰”地变白了。

“这孩子一大早就说要到办公室来呀！”金老汉的脸也红到脖根。

廖强镇定下来，美来是明事理敢做敢当的。他相信，如果逃跑，她就不会这么做了。进了屋，廖强的眼睛迅速扫视，发现桌上放着一张稿纸，拿起一看，长长舒了口气。

大家焦急地把目光聚在他脸上。

“放心！大家放心！”廖强把扬起的双手往下一压，举举稿纸说，“这信，是美来留给‘红村长’的，说她需要三天时间去办件事，之后自会去投案，请帮忙照顾老金叔。”他说着把信递给王向阳。

应该说，刚接到报案时，廖强虽知道美来文雅的性情中藏有桀骜不驯的一面，但出此对策，他还是大出意外。而刚刚经历了一上午和乡亲们的对峙过程，他开始理解她了。她是在这里长大的，她眼里看到的和要天天面对的是乡亲们的孩子哭、老婆叫，这是她没有办法的办法。现在，他甚至觉得，这个过激的对策，在美来，实在是有一点儿“义举”的味道。

省检察院黄秘书叩开检察长办公室，把下周检察工作现场会几个拟定地点的资料送给检察长，请他最后敲定。检察长看了看几个地方的具体情况，抬头对小黄说：“就定在正阳吧，正好我还想看看那个小金。”

小黄连忙说：“那我这就去打电话，先通知一下。”

“也不用，等当天看时间再说吧，也许还会有变，提前惊动不好。”检察长说。自上次见到美来给他留的便条，他就一直想再见见她，曾有过两次外出机会准备顺路过去，不想临时又有变。这次现场会终于是个机会。他翻了翻这几天的几幅草书习作，选了一幅递给黄秘书，叫他拿去裱了，去的时候带着。

黄秘书去了，检察长踱到窗前，瞭望远方天际飘浮着的洁白的云朵。这个小金姑娘，到底是个什么样子呢？

这个时候，还有一人远在南方珠海，也默默挂念起美来。上次美来的案子得到纠正，陈刚去把苏兰的日记本交给了她，之后便带人马来到珠海。这里有一个他们公司承揽的建筑工程。为赶进度，大家连春节都没回去过，都说等到五一交了工一起拔营，就不来回折腾了。昨天下午，他一个人走在广场上，看到一个父亲弯腰屈膝扶着扭伤了脚的小女儿，一步一步慢慢往前走着。他迎面走过，又回头看了很久，忽觉心头一热，鼻子发酸，双眼竟潮湿了，随即停下，在花坛边坐下来。

广场上四方都是来来往往的行人，两两相伴的，三五成群的，老幼相偕，说说笑笑。他呆看着，越发觉得身心孤独冷清，怔了半天，恍惚回到当年。美来才两个月大，一天他在团部值班，忙到深夜，要睡下时却惦记起美来，一天没看见他，不知哭了多少回，就觉心里空空的放不下。外面夜深人静，他披了大衣、踩着月光走到家属区，远看家里已熄了灯，明知美来睡了，还是走回去，站在窗口，静静听了一会儿，才觉心里踏实了，回去睡下。

美来这段日子也不知忙什么，工作和心情都怎样，想着想着，陈刚牵肠挂肚地不放心起来，于是决定回去一趟，办点儿事，也抽空去看看她。

美来此刻正一个人走在去往千山的路上。去年春天，广信行工会组织去千山旅游，她当时被安排在第二批也就是今年春天去，可惜辞职没机会了。不承想如今说来就来，时间还更早了些，只是没时间看风景。她垂下眼睛苦笑了下，打开嘉伟送她的微型收录机。下海时他坚持送给她这个，说只当是个工具罢了，随时听听广告信息。“你什么时候也有这根筋了？”美来觉得嘉伟实际真不欠缺经商细胞。

“不是时势造英雄吗？人是会因各种原因而变的呀！”嘉伟笑说。美来闻出了潜台词的味道，便不再往下说。

她把这工具随身带着，常常收听。去千山就是因为听到了那边一家肉联加工厂招揽生意的广告。既然獭兔已出不了口，她想把手里这批往日的贵族变为普通肉兔和兔绒出售，尽管等于是赔本买卖，可毕竟乡亲们急需的是变现而不是吃兔肉、穿兔皮。

到了千山那家工厂一打听，价位压得太低又要得不多。她就又去找了两家工厂推销，几家厂子听到情况介绍，答应可以都要，但皮毛不能加工，说什么也不收。说好三天后投案，没时间再找买家了，美来只好按期直接返回，去了公安局。

廖强一见美来，哈哈大笑，说："回来啦，到底是讲信用！"

边说边关切地上下打量她，见除了消瘦些，好好的没少一根发丝，这才放下心来，两眼中的光团燃烧起来，脸上的表情也好像是在踏雪赏梅。

"别急，啊，这种案子就是个还款走人。"他把自己最好的一盒西湖龙井茶泡了一杯，端给她，"有我担保，你连在这里候着都不必，我已和对方协商好了，咱这就立马办手续走人。钱可以分批慢慢还。"

美来满以为他要比"辞职事件"更山呼海啸，一时摸不着头脑，就说："我现在可是在案的人了，做警察的要避嫌才是。"

"在下明白！"廖强挺起腰身，"触犯了法律的也不一定都是坏人，也要看动机和后果。咱们一不为私利，二没造成严重后果，有过即改，照常是良民。"他双手抱臂，大声笑着。

美来冷笑道："我何尝不想做好人？既选择了进来，就不打算出去。"

"什么？你真想犯法？告诉你，这件事情我虽不支持，但能理解。做了就做了，问题是既然协商好了，为什么还要……咱不能拿自己的高洁清正去和那些不法卑劣的行径同归于尽。"廖强声音急促，越升越高。

"我也不是存心的，但我认真做过考虑，你知道，我别无选择。"

"不要再犟了，再这样，我真恼了。"廖强站起来。

美来不以为意，看着天棚："我要是恼了，也绝食，而且连水也不喝，你信不信？"

廖强眼里的火苗收聚起来，如两颗耀眼的钻石射出强烈的光束："美来，我一开始就说过，你可以拒绝我的感情，但我们的友情什么时候都在，我是绝不会允许你伤着自己的。"

"那我想按自己的方式解决问题好不好？"

"我是警察，有权阻止你这种不当方式。你这样太过刚强，并不是解决问题的方式。办法总比问题多，不是还有大家吗，为什么偏要自己扛，走极端？"

美来的目光慢慢从天棚上垂落，霎时闪出泪花："廖强，我是思考再三才这么决定的。用一年时间抵值八万，为乡亲们多少挽回一点儿指望过日子的钱，也让那些只顾赚钱不要良心、责任的可恶之人付一点儿代价，好不好？我这不是在走极端，不是同归于尽，也不是逞强。当初是我带大家走到这一步的，这是我于法于情都必须要做的一个承担，要付的一份代价。我是宁愿坐一回牢了。”

美来说完，把眼睛转去看着窗外远方。

廖强知道没戏了，便不再劝，看看她憔悴的面容，心疼地摇摇头说：“看你，还说上理了。好了，也别再上火了。对了，我已找人帮忙联系到一家毛纺加工厂，也许兔绒多少还能卖点儿钱。”

第二天“红村长”来了，告诉美来：“千山肉联厂派人收兔子来了；廖强给联系的毛纺厂的人也来了；还有，好像你们行长不知怎么知道了，也安排人给联系了一家皮革厂，人也来了。几路人都商量妥当，已经开始收购了。这样，兔子的肉、皮、毛就都能卖钱了，给的价位还挺高，加上你已经返还的款，养殖户回来三分之二还多的本钱，乡亲们都挺知足。”

美来听说这些，长舒了口气，很是感慨，特别是行里领导居然还出手帮忙。看看王向阳说得轻松，样子却很疲惫，嗓音沙哑，嘴唇都干裂了，她心中狐疑，又问：“没什么别的事吧？看你有心事的样子。”

“红村长”赶紧说没事，不过这几天到底有些累，眼下都好了，没事。说着还从怀里掏出一把山里采来的经了霜雪的火红的灯笼果，让美来泡点儿水喝，清火。美来感激地点头苦笑了下。

“你放宽心吧，美来。我去找裘乡长，他说尽快帮助凑钱，村里乡亲也都要先退钱，等都齐了咱就出去，就这么定了啊！”他说完，不等美来吱声，头也不回一步迈出门外。

王向阳告诉美来已有各路厂家来收购，可他瞒着美来没说的是，现在实际上只能成为收购意向了。因为这几天獭兔不知为什么突然拉肚子，不吃东西，且病情迅速蔓延，差不多所有兔子都奄奄一息，根本没法出售了。他跑去请乡里兽医用了药，不见好，一股火嗓子也急哑了。今天来，他还要专门去市里兽医站请人。再治不好，一是各厂家等不及，将撤回收购；二是兔子也有可能都死掉，那损失就大了。刚才说那些都是安慰美来。

廖强那边见美来不听劝，就琢磨另想办法逼她出来，想来想去唯一的办法就是马上筹一笔钱，立刻把款还清，那她就只能出来了。可这钱一时很难凑够数，他便想到了陈刚。对陈刚，他并不知详情，一直以为美来因为他曾犯军法被处置的事冷落他。不管怎样，这件事他觉得有必要告诉陈刚，就找出上次记下的电话，联系了陈刚。

陈刚这几天正好从珠海赶回，接到廖强的电话，才知这段日子竟然发生了这么大的变故、这么些事情，立即赶往正阳。

王向阳看过美来后找到市里兽医站，一打听，负责这方面疫病的兽医的父亲刚手术住院，得陪床照顾十天半月。王向阳一听，眼冒金星，连忙赶到医院。头发乱蓬蓬、脸色憔悴的兽医，正在病床前弯腰给老父亲喂饭。王向阳做了自我介绍，二话没说，接过碗来就给老人喂饭，又说："听说就你和妻子两人在父亲身边，妻子还要照顾一岁的孩子，老人白天黑夜就靠你。你先去睡一会儿吧，这里交给我。"兽医几天来早熬得两眼昏花，腿肚子发软，蜷曲在旁边很快睡过去了，天快黑时才醒来，见床前又多了两个人，正在给老父亲按摩不便翻身压麻木了的双腿。原来"红村长"给村里会计打了电话，会计立马领着自己的侄子带一筐鸡蛋赶了来。兽医腾出身回家休息了一晚，第二天一大早就和"红村长"去金三角，留会计和侄子照顾老人。他说："你们为了大家的事这样尽心尽力，真让我感动。疫情紧急不能等。"

陈刚去见美来时，忍不住眼圈红了，赶紧一仰头，佯装哈哈笑说："你这孩子，还真是仗义啊，这件事做得足见赤诚慷慨，但却不是积极态度啊。美来，我即刻办理还款，你马上出去。"

他俨然不同于上次见面时的小心翼翼，一副下命令做主的态度。美来有些愕然，还是固执地说："我已经安排好这一年时间了，这事就想这么解决。"

"美来！听着，生命要用来创造，而不是用来逞快赌气、抵债浪费的。战场上一分钟能决胜负，你知道吗？不管你动机多纯粹、多正直，这种方式就是简单闹意气，也不是讲法律的态度。事情既出，就要从中找教训，正面解决。如果其中有猫腻，就更要有为民请命的态度，依靠和配合政府为所有受损农户争取利益，而不是采取这种消极抗争的方式。美来，不管你怎样看我，内心当我是谁，这件事我必须批评你，也绝不允许你这样做。我肯定，你母亲也一定会支持我的。一年时间，能做多少事情啊！”

他目光严肃，情绪激动。美来垂下目光，想反驳，却没有词语回敬，觉得有道理，想依顺，又不甘心，就始终不表态。

陈刚想了想又说：“我记得第一次见面就叮嘱过，你在需要的时候一定要找我。我不奢望你把我当成父亲，但我和你的母亲永远都是夫妻。我说过，我永远都当你是我的女儿。”

美来的心被蜇痛，嘴唇动了动，眉毛紧拧在一起。

“我这次来，还想和你细说一件事情。”他神色凝重，如同蒙了一层寒霜，嘶哑的嗓音仿佛也带着一层霜花，“在给你那封信中我说过，我现在所做的一切都是为了你母亲和你，这是真的，你母亲虽然不在了，可我知道她的心愿是什么。当年我们一起憧憬战后和平了干什么，她说有很多事情想做——去孤儿院抚育那些爸妈牺牲的孩子们，去写话剧、诗歌，为那些保卫和平的战士歌唱……可惜她失去了实现这些心愿的机会。很惭愧我也没能有机会实现愿望，但我几十年一直都记在心里。我现在挣钱，就是想帮你母亲完成心愿，不管能做点儿什么。我想，你，甚至还会有更多的人，都会这么想，也不仅是为你母亲……”

美来听着，感慨母亲他们在炮火中还心存这些愿望，更想不到陈刚几十年了还铭记在心。她想起读完母亲日记时曾有过的一些思考，心有所动，但一时还是转不过劲来，不想接受陈刚的援助，也不想便宜那些投机商，就一直不出声。

陈刚并不等她点头，说完站起来，平静却坚定，不管她出不出去，他都会立刻把钱还上。他发布命令般的果决和随即转身离去的坚定背影，令美来不由心生一阵敬畏。

第二天上午，廖强就来告诉她，结案手续正在办理之中，很快就可以出去了。他知道美来还没有转过弯来，就说到底是军人，作风果断霸气。见美来依旧不作声，就不再多说什么了，又从背后变戏法一样拿出一个卷轴给美来。

打开，只见上书毛主席的一句诗词。

美来觉得字体好眼熟，看落款，果然是检察长。“昨天检察长来正阳了！”廖强说，“省检察院在正阳召开一个现场会，下午一到，我同学黄秘书打电话找我，说检察长要在会后见见那个广信行的金美来。我就只好替你去了。”

廖强停下，看着美来。

“你去替？谁要你替，为什么不告诉我……”美来说了一半，又噎回去了。

“哼，我可没想要替你。人家那么大领导，会后也不过待上十分钟半小时，总不方便兴师动众，来阁下您这儿见驾吧！再说了，方便暴露您在此屈尊吗？”

“怕丢面子？”

“不全是，怕让这样的好官再为你担心。我向他汇报了你辞职经商和目前的情况。当然，我骗他说你的养殖事业一切都好，他也知道你那里路远赶不过去。我还说你现在经商有的是机会去省城，以后会再去拜见他。”

美来舒了一口气。

“不过，那检察长可真是英明神武，果然有水平，现场会上那番总结演讲，不拿稿，没一句废话。哪像有些人，拿着打印材料，装腔作势。”

“那后来呢，这又是怎么回事？”美来抖抖手里的书法。

“他听我汇报完你的情况后，沉默了一会儿，就叫我同学黄秘书去拿来这个，说：‘正好我给她带了一幅字，请你转交她。’”

“天地转，光阴迫，一万年太久，只争朝夕！”美来看着检察长龙飞凤舞手书的这句毛泽东诗词，竟恍然觉得似乎转过弯来了。

于是，她决定立即出去。“不过，”她对陈刚说，“这次的学费，我将来还是要自己付的！”陈刚笑着说：“你呀，真是你妈的女儿。”

出去后，美来联系其他乡镇的养殖中心一起反映情况，配合调查解决问题。经有关部门协商，最后企业也做了一定风险赔偿，政府另给予一些政策补贴农民的损失。如此，整个风波算得到了较为圆满的解决。美来自觉经此成长了不少。

第二十七章

从乡政府汽车站旁下了国道，几十里山水画廊峰回路转，层峦吐翠，山花蓄蕾。廖强开着三轮摩托，迎着和暖春风，送美来奔驰在回金三角的路上。

“美来，听陈刚说，他有意向帮你在金三角办一个果品加工厂，我看这是不错的路子，你就别再犟了，先干下来，怎样？”

坐在旁边的美来沉吟道：“的确是个好路子。在去千山时，看见人家那边的加工厂，我就羡慕。大王山如果有加工厂，那些卖不出去冻在树上的苹果、鸭梨，落了满山没人捡的野山楂、圆枣、山葡萄，就都变成钱了呀。还有种植养殖业，都会活泛起来。现在若能让它一步到位，是痛快。可是廖强你想，公司的资金难道是等在那儿专门为我做这个那个的吗？周转肯定也不易。”

“这也是。不过先干起来，一点点运转，好了再说嘛！”

“还是想其他办法吧。我不能只是靠别人的帮助，也不能就此趴下。”

“好！”廖强点点头，天无绝人之路，总会有办法的。他忽然眼睛一亮，指着前方拐角岭上一处崖口，只见在向阳坡面上，一簇簇迎春花已经打开花苞先一步开放了。“啊，快看，好哇！”廖强戛然停下，说了声“看我的”，人已跳下车往山崖上奔去。“我也去！”美来随后也跳下车，跑了上去。

他们采了些初开和含苞的迎春花，美来满抱在怀里，回到家，找来几个广口玻璃瓶插好，放在堂屋高桌和东西屋的窗台上，屋里屋外都觉得充满了暖意和生机。

美来就每天坐在插花旁边，调着半导体波段，专听广告节目，又翻看一些报纸杂志的各种广告，脑子里好像只有“项目”这两字，却始终也找不到任何合适哪怕是贴近的项目可做，心里就像窝了团火。

一天傍晚，王向阳兴冲冲赶过来，进屋就说刚从乡里开会回来。听说正阳街里影剧院明天有个经济合作洽谈会，其中好几家搞农副产品加工，要物色资源条件好的村镇合作。“咱们要能争取到可就好了。就说这回的獭兔，你算算，咱要是自己有加工厂，收入能多几倍？”这次的獭兔疫情，多亏他及时请回了医生，处理得当，才很快得到控制并好转，才没有失去各厂家收购的机会，也没有将全部投资泡汤。美来回来才后得知了这些，心里更是敬重和感激他。

一听他说的消息，美来立即起身要连夜进城，怕路远明天去晚了错过机会。金老汉赶紧收拾端上晚饭，留“红村长”一起吃，又说：“大晚上，黑灯瞎火，明天起大早走，越走越亮，也能赶到。”

两人听着也是，互相点点头，第二天匆匆赶到了正阳影剧院。一楼南面休息大厅举行的活动果然刚刚开始。现场一了解，共有五家准备开加工厂，其中四个是在沿海搞水产加工，只有一家目标是搞山区农副产品加工。很多个和美来他们一样来争取的村镇已早早等在那里，排了大半上午才轮到他们。刚介绍情况，人家就直摇头：“你们距离太远了，交通又不便，不行，不行。”

“我们是远点儿，可我们资源充足，各方面条件也比别的地方优惠，还可以商量再优惠一些，能不能再考虑考虑？”“红村长”又恳求说。

“就便就近，这是我们老板定的原则，不能改。你们那儿肯定不行，别磨了。”

两人满心鼓鼓的希望就像新出土的瓜秧被强光晒打了绺，他们无精打采走出来。天已晌午，一阵带着蛋炒饭香气的微风，把他们的目光引到影剧院广场对面街心花园的矮栅栏旁边，那里有流动小吃摊亭，周围围着过往的游人吃客。美来和“红村长”起大早赶路，肚子早“咕咕”叫了。“走！”美来伸手一指说，“先吃饭去。”就穿过广场向小吃摊走去。

“庄——面——子——削——刀——西——山——宗——正？”王向阳

拖着长腔，手指一家小吃摊亭挂的红布横额念着，拧脖子回头问美来：“你看这叫什么名头？”

“啊，哈哈……”不想美来一听竟也像“大响号”五嫂那样，不等开口先哈哈笑弯了腰，“那是……”美来上气不接下气，“你得，倒过来念啊！”

美来把眼泪都快笑出来了，捂着肚子。王向阳倒过来从右向左又念了一遍：“正宗山西刀削子面庄！”“扑哧”也笑了，摇着头，“好好的怎么写反了？要不，我们就来两碗这刀削面尝尝？”

“好！”美来也被横额引得好奇。他们最初奔着蛋炒饭和卷煎饼香气去的双脚，改变了方向。摊主是个二十几岁的小伙子，见人来，笑呵呵地迎上前，表演似的削起面来。美来站在一旁，看他左手举面团，右手握一把弧形刀，对着汤锅，“嚓嚓嚓”，一刀赶一刀，削出的面片柳叶一样在空中连着画出弧线落入汤锅，锅里汤滚叶翻，面条欢快戏水。两人看得入神，互相点头，说：“给我们来两碗吧！”

“师傅，我还以为这样挂招牌的是位年长的老者呢，你这么年轻，为什么把字从右往左写？”美来手向上一指横幅，对正用笊篱在锅里搅动煮面的摊主问。

“这个嘛，嘿嘿……就是想逗个人呗，当广告，吸引大家伙好多来吃面啊！”小伙子摇着戴白厨师帽的脑袋，咧嘴笑着，孩子样天真又精灵。美来点头“哦”了一声，接过小伙子麻利捞出锅、装进大海碗、加了卤汁佐料的刀削面，就近坐在旁边花坛台阶上，和王向阳两人大口吃起来。

左右附近，一些看光景的、吃东西的闲散人等吵吵嚷嚷。“你是不是像我在太阳下低头，流着汗水默默辛苦地工作……你是不是像我整天忙着追求……我知道我的未来不是梦……”影剧院二楼挑台上，高音喇叭也响起了候场歌曲。一个推自行车的中年妇女贴着花坛边走过来，喊着一串背书样的叫卖声：“面包、饮料、火腿肠，五香瓜子、口香糖，日报、晚报、正阳报……”

当她第二遍转回来时，美来摸出五毛钱，买了份《渤海日报》。她简单翻看几眼前后题目，就去细看报中缝，里面的广告虽没找出有什么可用的，但看着看着，突然抬头对刚跑去买了两杯热奶茶端回来的王向阳说："我想起来了！你看今天人家都打印了介绍自己的材料，咱们得知得晚，也没来得及想到准备这些。一会儿晚点儿走，也写份情况介绍，给他们放那儿，管他们用不用的，就当是做宣传了好不好？"

她说着，眼睛一直望着刀削子面庄摊主故意倒着写的横额，又说："等回去，把你那个函授大学的招生简章给我找找，回头我也报个工商管理、营销什么的专业念念。"

王向阳把手里的奶茶递过去，让她趁热喝，又点头说："对，是应该留份材料和电话才好。不过，你堂堂重点高校毕业生，还念什么函授？"

美来喝着热乎乎的奶茶说："对呀，我要是还在银行当然不用学。你看现在，哪怕卖个面条，都有很深的经营学问在里面。我们刚才为什么放弃了煎饼和蛋炒饭？要干一行容易，要干好，就得有驾驭武器的能力。你看，光溜溜的冰场，咱上去了摔跤，人家就能在上面跳舞；咱下海去会呛水淹没，人家能出没海底把海参捞上来。想要会就得学，要不孔子怎么说活到老学到老呢？"

"有道理，回去我就帮你找简章。可这话是孔子说的吗？"

"反正老话这么说啊！"美来喝完了，站起来。

回去的第二天上午，美来去村部翻阅报刊广告。正往村部去，碰到裘乡长，他陪几位领导和来宾往村西凤凰湖水岸走，一见美来，就笑着说："你在这儿哪，我正有好事要找你！"

不等美来回答，前面忽有领导回头喊了声："裘新贵！"他于是急忙忙快走几步，一面回头说："等明天，等我电话啊！"

第二天什么动静也没有。美来想打电话追问，又觉不妥。又过了几天，她忽然想，那天洽谈会上，不知哪个乡镇被人家企业选中了，如果加工厂干起来，应该会需要大量原料，或许，可以组织这边的各种水果什么的做做供给销售，不也是一个路子吗？想着，便兴冲冲去村部打电话，先了解一下情况。

刚到村部，见裘乡长带着一位客人，正让"红村长"派人找她。见她来了，裘乡长便站起身，要给她和客人做介绍，却发现两人笑着打招呼，竟早就互相认识。

原来这位人称“九州大侠”的客人是正阳城里最早带人出外搞基建包工的。当年渤海市有座地标建筑——九州大厦，那是他承揽的第一个工程，以最低预算中标，以最过硬质量交工，几乎没挣什么钱。可他说：“要的就是赔钱赚吆喝！”到底这一炮创下牌子，从此生意红火，还得了个“九州大侠”的雅号。现在他想回来兼搞农副产品加工，这次也利用前两天的洽谈会，考察选择一下。现场负责洽谈的人把初选目标汇报给他，他觉得自然条件都好，就是“人”这一块还没底。“买卖好做伙难搭！”他多有感慨，举棋不定，把剩下的资料也拿来翻着，翻到美来后来留的介绍，突然拍桌子道：“有啦！就去大王山，金三角！”

原来，美来刚下海时，村里把知青点后面一片松林作为投资投进了养殖中心。当时已成材可用的松木被这个“九州大侠”的工程队收购了去，付钱的时候，资金周转临时出了问题。那时已是年关，所有往来业务单位一股脑要钱，听说出了问题，都哼鼻子甩脸，有的整天跟在屁股后吵闹，有的打官司上告，追得这位“大侠”东躲西藏。只有美来，虽也急等用钱，却点头说：“都不免有个意外什么，我不着急，您千万别上火。”他听了心中暖乎乎的，差点儿掉下泪来，说要钱的这些债主，有多年的朋友，有跟着他干工程赚到钱的，如今说翻脸就翻脸，还落井下石。“妹子啊，咱们第一次打交道，你这钱我还失了信，你不怪我，还说暖心话……”

美来没想到，如今就是他的公司要投资加工厂。他看到了美来留下的那份介绍，心头一乐就拍了板。身边人提醒，那里偏远，干的人也年轻，没经验，不合适。“大侠”说，有经验、道道多的人不少，可干企业，最重要的不是靠怎么谋算，还是靠怎么做人。因为和裘乡长很熟，他就提前先给裘乡长打了电话。

“原来裘乡长您说的好事可真是大好事啊！”美来高兴地说。王向阳一面笑一面冲美来竖一下拇指，意思是多亏她那天留下介绍材料。

双方很快就谈妥了条件。美来签下经营承包合同，开始筹备办厂。

乡亲们这一回更是一呼百应，纷纷投奔了过来。不承想，直到一切都筹备得可以开张了，做罐头和酿酒方面的技术人员还是聘不到。美来和王向阳又四处打电话，天天看报缝、听广播，到处托熟人，心焦上火吃不下饭。

这天村口桥头走来两个外乡模样的人，和人打听美来在哪里。原来是千山那边的加工厂主动找上门来了。他们是在收购兔子时听说了美来的事情，决定投靠过来。两人说："跟着这样仗义的人干心里踏实，不用担心吃亏受骗，不用担心被变着法子扣工钱。"

两个人带着他们做罐头和酿酒的技术在金三角签约住下来。于是，一夜之间大王山几乎一草一木的身价都改变了。往年落了满山遍野没人哈腰捡的山楂、野枣、糖梨和小面梨，还有一串一串的山葡萄，如今颗颗变成了珍珠玛瑙；各种山菜、蘑菇、木耳、榛子、核桃，只要加工厂需要，乡亲们就忙着进山去采摘，去种植。家家户户，包括周边乡镇村民，都把山上采到的野山货，还有自家院里种植的往年卖也卖不出去不值钱的苹果什么的，一门心思搁在金三角这条船上了。

这时，上面对在大王山开发旅游有了明确意向，已经投入前期筹备运作。大王乡直通金三角的公路也要开始修了。

美来又接到已经回加拿大的嘉伟来的信，说在金三角进行地质研究相关考察的计划已得到导师的支持同意，他很快就可以回来，从事科考，并兼顾打理生意。嘉伟还说，他带回去的堂三奶那幅凤凰牡丹团花剪纸，母亲和一些华侨亲友喜欢得不得了，那边的外国人见了更觉稀奇喜欢，还要他日后方便再带一些回去呢。尽管很快就要回来了，他还是忍不住要写这封信告诉她这些。

他最后还说，写信好比在做一道菜，他正捧了词典，像大厨一样精选食材佐料，从中挑选着"梦想成真""心驰神往""比翼双飞""举案齐眉"等一些美味，要烹出华美的佳肴，空投过来和她分享。

"好个地质学博士，还真有钓鱼又捉蝴蝶的本事！"美来看着信，忍不住为嘉伟高兴。想起那回嘉伟在金三角说起他母亲喜欢艺术品，美来就带他去了堂三奶家。堂三奶一个人住在陈旧的屋子里，到处摞着一年年积攒起来的剪纸，满墙挂的都是龙凤呈祥、凤凰牡丹、锦鸡芍药、鸳鸯莲花、鲤鱼跳龙门、新嫁娘、牧童短笛……嘉伟看得眼花缭乱，左看右看，赞不绝口。堂三奶送他一幅凤凰牡丹团花剪纸，他高兴地收下，还要给钱，堂三奶说什么也不肯收。

想到这里，美来忽然大脑灵光一闪——堂三奶一辈子的技艺可是派上用场了啊，还有，村里会刺绣、会柳编的也不少，上面不是要搞旅游吗，如果搞一些剪纸、刺绣、柳编等作品，既可做旅游纪念品，也可以为这些工艺品寻找更广的市场销路。对金三角来说，这是个十分因地制宜的项目。村里既有现成的行家里手，还可以通过培训扩大人员队伍，所用材料成本又低，又方便分散居家制作，无需厂房，先摸索着开发，寻找市场，逐渐发展，可行又稳妥。

这样想着，她兴奋得几乎跳起来，立刻找来王向阳、堂三奶，还有会刺绣、柳编的“大响号”五嫂和几个妇女，把想法说了，问大家怎样。大家听着互相对望，似乎都觉得茅塞顿开，说是啊，早该想到这么做了，又七嘴八舌讨论起要做的细节来。

堂三奶的眼圈都红了，握住美来的手说：“美来，真不敢想，凝结着我一辈子心血的这些东西会有登堂出头的一天。”

大家又细算起来，人力、材料、设计、培训、加工制作、销售等环节都需要相应的投入。美来就看着王向阳说：“前期先做些样品设计什么的吧，再适当做做市场调查，资金慢慢筹措，应该会有办法，怎么样？”

王向阳和大家都同意，说：“行！”

令美来想不到和感动的是，六十多岁的堂三奶有十二分的敬业精神和能力，就如一个厚积薄发的大师，不长时间就拿出了一批作品，除传统的福禄寿禧财和花鸟虫鱼等民俗、自然方面题材的剪纸外，还创作出一些名著中人物的肖像，如《红楼梦》中的“十二钗”系列肖像，还有一些著名历史故事中人物的肖像，如苏武牧羊、郑和下西洋、昭君出塞、文姬归汉等，以及现代英雄人物如刘胡兰、江姐、杨子荣、阿庆嫂等的肖像。

美来知道，堂三奶原本知书识字，不是普通乡下女人，战乱中嫁到乡下，丈夫早年被日本人所害。美来隐约能懂得她多年一个人清净平淡的日子深处挣扎着怎样一颗坚忍凄苦的心，所以她的内心装着那么多的英雄人物。她甚至觉得，自己和堂三奶有某种相通的情怀。

看到堂三奶这些作品，还有其他人的柳编、刺绣等，美来更有底了，开始加紧筹备资金。

嘉伟飞了回来。他听说后，看了那些样品，双手竖起拇指看着美来说出千斤重的一句话："我来投资！"

他说："既然旅游开发已经动起来了，我就先筹建一个旅游纪念品公司，再逐渐开发其他渠道的市场。"

嘉伟还对美来提出，请她做旅游纪念品开发项目的顾问和经理："金，虽然我这只小猫有钓鱼和捉蝴蝶的双重欲望，但拜托您体谅我实际上的力不从心，出手帮忙好不好？"

美来听了，就把"红村长"和堂三奶都找来，说："您需要帮忙，我给您推荐最合适的人选：咱们'红村长'，做管理有经验、有能力；三奶呢，不仅是最合适的顾问，她会剪纸，刺绣、柳编也都会，做设计、培训都没问题。"

事情按部就班地铺开。堂三奶、五嫂她们设计创作的剪纸、柳编等作品不仅受到大王山渐渐增多的游客的欢迎，也得到了文化部门的重视。正阳文化馆还专门来到这里举办了一期各乡镇文化站长、艺术骨干参加的剪纸及其他民间艺术培训班；金三角还被省、市、县文化部门命名为"剪纸艺术基地"和"民间工艺基地"。

一时间，村里几乎所有男女老少都操刀拿针，剪纸的，刺绣的，柳编的，这些在金三角就像杂技在吴桥，大家都能摆弄两下。"哈哈，你说现在，坐炕头上都挣钱，啊哈！"五嫂"大响号"见人就亮出手里的绣花绷子。

堂三奶的剪纸作品《龙凤呈祥》《〈红楼梦〉系列人物十二金钗》在省里举办的展览上还获了金奖和铜奖，她本人被省里评为民间艺人。

美来把养殖中心逐渐恢复发展起来，主要为加工厂服务，所承包的加工厂也搞得越来越红火，还带动了金三角乃至大王乡，包括周边乡镇山民的种植养殖业，发展势头蓬勃兴旺。

美来一时间在正阳市成了带动发展庭院经济的排头兵，各级相关部门纷纷把她拿来当作自己培养出的典型。“巾帼创业标兵”“青年致富能手”“科技脱贫榜样”等桂冠先后戴在她头上。她的名字也常常出现在正阳的报纸和广播中。

她还当选了正阳市人大代表。市里已有意向将她作为后备干部培养，准备送她去上级市干部管理学院进修培训，眼下，要任命她做乡长助理，体验锻炼。

每个人都看到了美来眼前展开的大好前程。金三角和整个大王山又一次传出当年她被选拔当女兵时那种赞叹和轰动。

第二十八章

心中就像开了花的金老汉为美来前程的柳暗花明笑得合不拢嘴，两把扇子整天打开在脸上，连睡觉也不见消失，一切又像回到了美来刚考上大学、刚参加工作那会儿一样，让他心里舒展甜蜜。

美来在一片欢声里内心陷入矛盾。组织部门通过考核，准备研究任命的时候，她提出“考虑考虑”的个人请求意见。

当然，美来也很意外和高兴有这样全新的开始，毕竟摆在面前的是她从小就抱定了要“有出息”的选择。那些她曾以精诚和热情去拥抱的上班时光，曾含泪告别的连着事业前程的工作环境，又峰回路转摆在面前了。

然而现在，经历了这许多，她对事业和理想的追求似乎已经有了更新、更宽广、更深层的东西，尽管方向不变，但具体目标似乎已不尽相同了。她要为母亲完成一点儿心愿，也并不仅仅是完成母亲一个人的心愿。尽管还不确定具体要做点儿什么，但她觉得，这心愿实际上是战争年代留给那一代人的一种情结。在追踪身世的过程中，她仿佛亲历了一场战争，觉得自己就是一个战争的幸存者。这成了她一种不能释怀的情结。她眼前常会闪现炮火中战士冲锋的身影，以及他们流血献身时对世界最后一瞥的留恋眼神……

不愿错过新的机会，也不想放弃越来越萦绕于心的新念头，美来大脑中像有两帮人在争吵。因为矛盾纠结，又因为新的想法越来越占上风，她迟迟没有回复接受组织的任用安排。

这把金老汉急得抓心挠肝。虽然一个庄稼汉没能力让人“看父敬子”，可从美来当年为念书绝食那会儿，他就认定美来必是块“大材料”，他必会有被“看子敬父”那一天。为这一天，他苦苦做了能做的一切。美来辞职，打碎了他一辈子的愿望。这回可不能放弃。

他从早到晚地劝，嘴皮子都快磨出水泡了：“美来呀，说是‘三百六十行，行行出状元’，可人生在世，为官从政，自古那才是光宗耀祖的正途哇！当年你毕业没让你留省城，爹我这些年肠子都悔青了。这回说什么也……”劝说的话加起来说了一马车，他又左右搬兵求援。

堂三奶一听，连夜剪了“马上封侯”，乐颠颠送过来：“美来呀，人往高处走，水往低处流，一小我就看你有出息，眼下你得能走多高走多高。你爹一辈子要强，多少年来不容易。你也不容易，就当孝顺你爹了，别让他再上火了……”

王向阳也找她，沉默半天说：“我相信你也矛盾，要是有什么打算和想法，可以说说，看我和大家能不能帮你。这机会，毕竟难得，再说，你在外面发展好了也是咱金三角的荣誉，也更能帮得上咱村发展。我觉得，还是应该接受安排。”

裘乡长居然也来了，还说是专门来劝她的。“你呀小金，好事多磨，终于出头了，难得！你也做到了，也是赶上好运气了。如今强调干部‘第三梯队’的培养，像你啊，”他亮开一只宽大的手掌，“你听我给你分析：一，年轻；二，有大学文凭，属知识分子；女性，这是三；第四呢，非党员；最后还沾了少数民族的光，咱大王乡被审批为少数民族乡，也算。这是第五！”他说一条就按下一根手指，最后把五指握成的拳头在美来眼前一举，好像那是个王冠。

他又说：“在干部任用考核条件里，你这叫一星举五！好家伙，你说你一个人占了多少有利条件，全啦！细想想，那么多年轻干部都有能力、有业绩、有基层经验，可不是都像你能占这么多条件啊，就是做省级班子后备队培养，你也是有机会的！我今天可是以老哥名义特意来提醒你：千万别没有数，坚决不能放弃这步好棋，你将来坐火箭上去的机会都有！”

裘乡长说得激动起来，好像自己跟着也来到了人生的关键路口，感慨道：

“人生在世，谁不想大鹏展翅啊？小金，今天就当是老哥提前祝贺你啦，啊哈！”

人人的话都有理，是她太不识时务、太偏激了？可她同样也是想要事业，要成就，要人生前程啊？

见堂三奶、“红村长”、裘乡长都说不动她，金老汉更心急上火，冲美来吼道：“这一回机会要丢了，你就是不认我这个爹。”

话这么一说，他也觉得重了。可对付美来一贯的倔脾气就得这么说，就得下狠招。于是一不做二不休，他像当年不让美来留省城，又一袋接一袋抽起了闷烟。

天刚亮美来就闻到呛嗓子的烟气，起身穿过灶间，见东屋老爸石头一样坐在炕头，抽得满屋是辣眼的烟雾，见美来过来，还说饭也不吃了。

这一回美来可不想妥协，可很快想起，老爸手术后医生不让抽烟，因为一下子戒不了，只好定量少抽慢慢戒，照这样，病情复发怎么办？

她在里外屋来回转，把门窗都打开，皱着眉头想想说：“要不，您再给我两天时间，我再考虑一下？”听她有了缓和，金老汉赶紧答应：“不抽了，不抽了。”立刻下地做饭去了。

吃了早饭，美来一人又上了大王峰。是抓住眼前重新到来的机会，还是遵循心灵的召唤，去做现在想做的？她反复思考过了，现在已确定选择新的意愿，而且认为，这意愿与原来的要“有出息”也并不矛盾。她站在大王峰，在早晨安谧的霞光里望着远近山水，见峰岭、河流的走向、纹路无论怎样纵横交错，都蜿蜒有序地由北向南趋向一个方向，棋盘一样摆在面前。看来，居高临下就是看得清楚。那么人生应站在什么样的高度去审视，才会如此了然于其走向呢？

这时，美来仿佛听到隐约的摩托车声，循声往下看去，果然，廖强的影子忽隐忽现在盘山道上，声音也越来越清晰，很快，车已冲上山顶。

“你怎么一大早过来了？”美来意外。

“快到中午了好不好？不过我的确是一大早出发的，这都拐了几个弯了你算算？”廖强弯腰解下摩托上的背包，抬起腕上的手表，晃了晃。

“我说嘛，怎么胃都叫了。你怎么，该不会也是来劝我的？”美来看着一脸问号的廖强，摊开两手苦笑道，又指指旁边一块岩石，让他坐下，自己也坐下来。

“大叔昨天傍晚打电话给我了。不过我不是来劝你的。”

“那就是来支持我的？”

“也不是！”

廖强打开背包，从里面拿出两罐饮料，还有面包、火腿肠。“饿了吧，先吃点儿。我也饿了。”他把面包封口撕开，连纸袋一起递给美来，“不过你说世界发生了这么大的事，我能不来看看吗！”他把饮料也打开，给她递过去。

美来瞪她一眼，叹口气说：“我其实早想和你聊聊，知道你忙不是嘛。你还有心思开玩笑，我都愁死了。你也快吃点儿，赶这么远的路。”

两个人坐在峰顶，一边吃，一边说着话。

山风吹着树叶“哗哗”响，白云一朵一朵，仿佛就在他们背后和头上飘动，听他们说话。真有坐在半天空云彩里的意思。

“我的这些想法以前咱们也交流过，你是最能理解我的……”

廖强听她说着，感觉美来的想法、愿望都很好。问题是关乎前程大事，这“好”是一码事，是否该不顾一切去选择又是一码事。他想起金老汉在电话里嘶哑的嗓音：“你再不劝住她，她这一辈子的机会可就没有啦！”

“美来，你做什么样的选择都不要紧，关键是这里面的不同，你需要真正想清楚。”廖强把一根火腿肠用牙咬开一头，撕开皮递给她，“我记得你说过，当了领导才能更充分地燃烧和发挥自己，对吧？”

“对。不过眼下的选择或许才是我最好的燃烧方式。你的观念、老爸的观念还有大家的观念都不错，只是我在经历了这许许多多之后，对一些事情的感受和看法确实不同了。我也不是说觉悟有多高，你说是家国情怀也好，承担应尽的责任也罢，问题是，恰巧我有了一些特别的经历和感受，或者说是命运让我有了这份东西。廖强，你知道，其实人生的各种经历，甚至哪怕只是一些道听途说，多少都会如同种子，渗入人的身心和生命，而价值观就如同开出的鲜花，这两者画不了等号，却有必然的联系。我说这个，或许也只有你能更多一些理解。”

她顿了顿，又说：“我现在想完成母亲当年的心愿，做一点儿铭记战争历史、珍爱家国和平这些方面的公益活动，现在虽还没想好具体做点儿什么，但内心既有念头，就想尽可能去做。”

“美来，从大处想，你是对的。既然下了决心，那我支持你。只是老爷子，你拿他怎么办？”

“所以，我需要你帮我，想办法劝他。”

“我？反帮你回头劝他？”

“现在怕他上火、犯病，成了我的紧箍咒。”

“就是难在这里。他本来是找我劝你的，我这再反倒火上浇油，能听进去吗？”廖强快速闪着眸中的光焰说，“找一个什么角度劝好呢？”

“对，找到一种角度，或者说是一种高度，这很关键。这些天，我都一直在找，今天站在这里，看着脚下的山脉河流，不知怎么想起了从前听的光荣院老战士做过的报告。说当年他们十几个新战士跟老班长一起端日本鬼子的碉堡。碉堡四围有好几米宽、一人多深的壕沟，灌满了水。初冬时节，他们摸黑泅水渡过壕沟，爬到碉堡跟前。班长说，先一起投弹，见硝烟一起，就冲进去。几个人把手榴弹投进碉堡，从投弹到拿下碉堡不到两分钟，可再看，活着的只剩他和班长两人。他说自己活到今天，从没有一点儿追求私利和计较待遇、讲享受的想法。因为他永远忘不了，就在那两分钟内倒下的十多个战友都才只有十八九岁。廖强，这就是角度和高度。老爸一下子不一定能接受，但我捋清楚了，我面对的两种选择其实是一致的，因为我从小到大一直在追求的‘有出息’就是想要有作为，而作为与做什么工作无关，与对社会的意义、价值有关。对我个人而言，做这个选择也许会更有作为。我其实就是觉得，站在历史的角度，我们都是当年红色先驱的后人，铭记这些，才会在发展改革开放的时代中面对各种诱惑时守住本分，不忘责任。说这些，也许别人会觉得夸夸其谈，在我，真的就是内心感受。”

廖强看着她，半天，慨然点头：“你这真是一个有境界的角度啊。其实我们都应该有这么一番认同才行。听你这么一说，我也更觉坚定了，支持你。

现在，让我动动脑子，找到帮你劝说大叔的角度。”

“太好了。”美来用力一点头，“我可看你的了，廖强。”又说，“从哪个角度劝才好呢？”她用手抱住自己的后脑勺，看着天空。

“有啦。”廖强将大拇指竖起冲自己鼻尖一指，“你等着，看我的吧！”他站起来，左右舒展臂膀，活动了一下肩颈，又笑着看美来一眼，说：“待会儿我们下去买两瓶啤酒，你再去把‘红村长’给我动员好，也请来，我必须和他有一个配合才行。”

“怎么配合？”美来看着他。

“你想啊，大家都支持你了，大叔的心理才能平衡不是？”他说着，目光巡视空中，仿佛是在寻找不知什么时候柳絮一样飘上来的双管韵律。

“那就看你的了！向阳那里肯定没问题。”美来也抬眼望着空中，点点头。

下了山，廖强和被美来动员来的王向阳先在外面悄悄碰了头，商量了一个“智取”金老汉的办法，然后拎着刚买的啤酒进院就喊，要好好喝一喝。

金老汉一听很高兴，正好叫他们一块儿劝劝美来，把两人让进里屋，忙拿来画着棋盘的三合板放到炕桌上，叫他们两人先下盘棋，又拉美来帮他多弄几个下酒菜。父女俩忙炒了青椒肉丝和土豆片蘑菇两盘热菜，凉拌了拉皮和芹菜花生米，开了两瓶现成的罐头装盘，又把廖强带来的烧鸡切好，便打开啤酒。美来给老爸倒了大半杯果汁，只加了一点儿加工厂自酿的蜜枣酒。自己也一样。

王向阳和廖强举起满杯冒泡的啤酒，一起敬金老汉。金老汉指指自己的酒杯，端起来摇头苦笑：“你说美来，给我的这叫什么酒，你说？”说着一口气喝了大半。三个孩子都笑了，一齐给他夹菜。

王向阳就开始问廖强：“最近忙吗，怎么有日子没见过来？”

“可不就忙嘛，要不能不来看大叔？案子多了去。”廖强大口吃掉一块黄桃罐头，“你还不知道我们，整天就是没完没了地办案，五花八门的各种案件，案犯叫你又头疼又憎恨，有的还让你心疼惋惜，各种情况，简直让人筋疲力尽。”他使劲摇头，猛喝了口酒。

“罪犯还有什么好心疼惋惜的？”王向阳眨眨眼，端着酒杯也喝了口。

“最近啊，正阳服装厂有个女大学生，唉，真是可惜，可惜了，我都不忍心……”他说着又仰头喝了一大口，还是摇头。

“怎么回事？”“红村长”追问。金老汉和美来也停下看着他。

“这女大学生吧，上海人，原是轻工学院学服装设计的，到厂里安排做质检，她就一直不安心，就想进设计室，工作中常常溜号走神。结果厂里加工一大批贵重的出口服装，在一个纽扣钉法的环节上照加工单要求出了偏差，她是应该提前检验出来的，却给疏忽了。就黄豆粒大点儿的小错吧，结果整个成品加工出来，打包装箱发货，到达国外被甲方验收时检查出来，按照合同全部退货，工厂还要赔偿违约金，损失重大。女大学生被追究问责，吃了官司，大概得进去五年！”

“啊？这可太可惜了呀。”王向阳瞪大眼睛，看看金老汉，又看看美来，摇头。

美来看出廖强在编故事，也配合两人，摇头叹息说：“这种情况真是太可惜了，那上海女大学生，她就是一没留神出了点儿错，也不是故意破坏，难道就不能通融一下吗？”

“两码事！”廖强给金老汉杯里加了点儿果汁，“合同有法律效力，法律无情，犯错了，有心无心都没用，老外要追究，有办法吗？你又不是不知道。等待她的，只有坐牢。”他又猛喝一口酒。

“是啊，是啊！”王向阳搓着双手沉吟着，“这不安心，就会精力不集中，精力不集中，保不齐就出错啊。坐牢，年轻轻的，你说……”

金老汉听着，拿着筷子出神，脸上红一阵白一阵。

廖强趁机对美来说道：“要不说，这一心不可以二用，一个人干什么都得专心致志。我办这个案子时心里就担心你，知道吧？你如果这次组接受织安排，就一定得把别的心思都放下，要是放不下，整天心不在焉，到什么重要岗位上恐怕也干不好。当领导做的可都是大事，出了差错那就是大乱子。”

“可不就是这样吗，你可不敢大意了！”“红村长”点头附和。美来低着头，半天说：“我当然是想放下啦，可也不是说说就能放的啊。”

“这叫什么话？你要这样可真不行啊我告诉你。”廖强又猛喝一口，把双手十指伸进发根，从额头使劲向后脑勺一捋，“刚才在大王峰顶，看来我白劝你了。这样的例子我看多了，你这心态可不行。”他把已经开始发红的脸转向金老汉，摇摇头说：“要不，大叔，我看这样吧，实在不行，咱先缓一缓，她这样我真怕，就先给她些时间好不好？让她做点儿想做的，尽尽心愿。至于机会，其实以后也不一定没有，刚辞职下海那会儿，也没想到有今天哪。何必非逼眼前这一步？”

“红村长”趁机添上一把火说：“加工厂这边的日常管理我可以尽量多帮你，你就拿出更多时间去干想干的事，干出眉目，有了成效，再要干什么不行？”

金老汉看看这情形，也不敢硬坚持，狐疑地看看他们三个年轻人，只好退了一步，摇着头说：“那就缓一缓，以后再说？”三个人一对眼，赶紧一齐举杯，恭维他：“您老人家真是开通、明事理啊。”

第二十九章

组织上批准了她的请求，暂不调任。那么，到底该做些什么呢？美来一个人坐在山坡上望着凤凰湖里成片的荷花。陈刚说过，当年他和母亲交流过对战后生活的向往。那时生命随时会交付战场，所以，就更会有憧憬。母亲曾说想到孤儿院，为那些牺牲的战友的遗孤补偿一份母爱；想写剧本，歌颂保卫和平的战士。可母亲到底没有机会了。如今时过境迁，当年的那些遗孤最小的也和她一样大了。她想，母亲的心愿其实应该就是为那些牺牲了的战友们尽尽心，让那种献身精神不被忘记。但到底具体应做什么呢？

那些天她思考着，睡觉、吃饭也觉无味，经常在当年魏司令修建的战争防卫工事附近徘徊。她还抽空去了军事博物馆，瞻仰了人民英雄纪念碑，到图书馆翻阅了战争史料，脑海里似乎有一种意向在渐渐滋长、形成，但始终看不出眉目来。

后来，她专门去了一趟丹东。与当年的战火一水之隔的江岸似乎很能理解她的情怀。站在江边，鸭绿江断桥默默地挺立着；江对岸，朝鲜新义州梦一样的林野土地似乎闪现着志愿军的身影。她记起母亲日记中记载的一段：一位战地摄影记者坚持到最前沿的阵地采访，在战斗进入白热化的关键时刻，他用胶片留下了我军将士与敌人肉搏的壮烈场景。而他，也在那次战斗中流尽了最后一滴血。他记录下的宝贵镜头，通过战地报道，激励鼓舞着千军万马同仇敌忾。

暮色悄悄笼罩下来，江岸匆匆的行人开始稀疏，江边广场散步和跳舞的人渐渐聚集。一台立体声录放机在栅栏边播放着乐曲，伴着人们起舞的脚步。鸭绿江在黄昏和夜晚交接的暗淡霞光里，轮廓清晰凝重起来，断桥仿佛隐进冷峻深沉的历史中。

身处这乐曲和舞步里，美来的心就像一个从炮火里走过来的老兵，面对昔日的战场和今天的笑语欢歌，既觉欣慰，又觉惆怅。那个战地记者拍下火线镜头的情景又浮现在她眼前，这些历史和现实的场景在脑海中交替，她的心里渐渐有一种破茧成蝶的灵感生出，这些日子脑海里灵光一闪的意象和内心的积淀被霎时点燃。她张开双臂，飞奔回江边宾馆，一口气记录下了喷发的构想。

之后美来下到一楼，这里有一个咖啡厅，她在靠窗清静的座位坐下，要了杯浓咖啡，想让自己在彻底兴奋燃烧的状态下把刚刚的思路再细化整理一下。

浓烈的咖啡和着淡淡的音乐，她思绪飞扬，很快将一套大写意般的框架构想形成线条细致的素描一般的思路方案。她仍觉余兴未尽，于是起身结账。她知道廖强今天在值班，现在快到九点交班的时间了，正好回房打电话向他发表一下刚刚构思好的方案，却不想什么时候钱包不见了。

陈刚以闪电般的速度，几乎是放下电话就赶过来。他什么也没多问，结完账，提起美来放在桌子上的背包就送她回房间。

“你来了就该通知我，公司招待所和家里都不能待吗？”陈刚走在前头，美来乖乖跟在后面，她以为陈刚一定会这样数落她，但陈刚一言不发，默默走着，出了咖啡厅，又把她让在前头，自己跟在后面，仍旧不作声地上楼梯。

到了酒店房间，逐一察看了门窗各部位，他又从怀里掏出一沓钱放在桌上，说了声“早点儿休息吧”，便转身准备往外走。

美来说：“我明天就准备回去了，前台还有押金，足够用了。”她把钱塞回去。

“出门在外，就当是备用吧，不早了，休息吧。”陈刚神色深沉，说话声音也有些沙哑，把钱重放回桌上，又转身往外走去。

“对不起，之前没和您联系，本来就是想随便走走看看，就不打扰您了，结果还是……”美来对着陈刚的背影，声音充满歉意。

已经走到门口的陈刚停住脚步，一手从裤兜抽出，往上一抬，停在半空。

美来打住，等他下文。

“孩子，不怪你，是我对不起你。”陈刚慢慢放下手，身体并没转动，只慢慢回望了一眼，灯光下，眼中布满血丝。

美来明白他的心情。对陈刚，她心里虽说最初就本能地结下了疙瘩，但从情理上还是能理解他的。特别是读了母亲的日记，随着渐渐地了解，他的品格、情感都让她心生感慨，再回到他的角度，就有了更多的理解和敬意，甚至觉得他不该对母亲和她背负太沉重的包袱。虽然他所做的一切都出于真诚的意愿，活在记忆里觉得欣慰，但他还是应走进新的生活。在读完母亲的日记时，美来就想在适当时候和他谈一谈。她也知道，实际上他内心一直在等待她的一个“宣判”。今夜，或许是由于咖啡因的刺激作用，看着他孤独转去的背影，美来很想和他聊一聊，就请他再坐一会儿。

陈刚还是站着不动。美来只好叹息说：“母亲的日记我反复读过了，现在也冷静下来了。战争的复杂和残酷注定了某些意外和不幸的产生，我很感谢您让我了解了我的父母亲，知道了他们都是了不起的、值得我骄傲的人。至于您，”美来的声音顿了顿，把目光从陈刚的背影上移到了光怪陆离的窗户上，接着说：“从您给我的信和母亲的日记中，我已经知道了：品质上，你们都是高尚正直的；情感上，你们都是纯粹真诚的。我想告诉您的是，我母亲，她的确如您所说，是一个品格纯正、感情忠贞端正、值得您对她如此用情的人。”

陈刚身体猛地抖了一下，眼泪渐渐溢出。

“至于我，虽然生长在和平年代，但如今经历了这许多，不仅更了解、敬重所有为今天付出牺牲的前辈，也对今天的社会、人生，对很多问题，都有了不同角度的看法和思考。通过一段时间的反复思考和这次来这儿的一些触动，我决定创办一个战争方面的艺术展馆。这是我现在的愿望，也将是我今后的一项事业。"

一直站着的陈刚猛转回身。他含着泪光的眼睛突然变亮，整个人也好像一下被照亮。他相信美来会有好想法，万没想到竟是这样大的想法："要搞展览馆？"

美来把座椅往前挪了挪，让陈刚坐下了。"当然，这方面的举措国家早就有了。而我是觉得，民间创办博物馆，不管能做到什么样，能收藏到什么，收藏的藏品达到多少，都不重要，重要的是一种态度和情怀。我还想，这种从艺术领域来进行收藏与展览的方式更容易做到。古今中外，凡与战争相关的文学艺术作品，像图书、绘画、摄影、书法，甚至电影，都可以进行收藏。也可以收藏真实史料和组织原创作品展等。博物馆的名字就叫'战争艺术展览馆'，向全国甚至全世界开放。"美来一口气说了这么多。

陈刚听着，很激动，说："你想的这种方式很好，也一定是你母亲最想要的。她当年，就有过想创作剧本的愿望。"

"其实，想到这种艺术收藏展览的方式，我也是受了身边一些事的启发。上大学时，有一年，记得是在端午节，学校放映了一部香港影片《屈原》。片中，那个优雅漂亮的婵娟姑娘抚琴高歌屈原的《橘颂》，那一曲绝唱，瞬间风靡当时的整个校园，同学们被屈原忠贞爱国、图强御敌、刚正不阿的形象感动。现在想来，也让我感到了那种艺术的力量。"美来说着，把刚完成的构想草稿拿给陈刚。

陈刚就着灯光，眯起眼睛一气读完，抬头看着美来连连称赞："好，好啊！一代一代人应该也必须记住和传承为和平和家国奉献的牺牲精神。孩子，谢谢你。我替你母亲，也替所有经历过战争牺牲了和活着的人，谢谢你！"

美来郑重站起来说："这我怎么敢当！但我决心已定，也在进一步思考。橘生淮南则为橘，生于淮北则为枳，可见土壤和气候条件的影响之大。人何尝不是如此？其成长离不开社会文化风尚等环境的影响，如果创办这样一个展览馆能为社会为人们心灵成长的土壤增添一份养料，我愿意努力好好去做。"

"好，好，我们一起做。"陈刚提高了嗓音说。

美来松了一口气。她刚才说得有些激动，脸都涨红了。她又为陈刚倒满水，给自己也倒满，然后坐下来笑了笑说："具体怎么办，等我们以后再做商量吧。今天既然打扰您了，正好有些话，我还想对您说一说。"

美来沉吟着垂下目光。陈刚也似乎预感到她要说些什么了。

"在我寻找身世的过程中，我自觉经历了许多，也成长了许多。还有，我了解了我母亲与父亲的情感、您和母亲后来的情感以及您对我母亲至今的念念不忘，这些都让我看到真情的神圣、纯粹，让我感动。"说到这里，忽觉鼻子发酸，她顿了顿，"也让我为母亲欣慰。但我还是想说一句其实我并没有资格说的话，您是经历过战争的人，会更理解战争意味着什么和战争为的是什么。这么多年，您对我母亲的情感依旧是鲜活的，这让我感动，也真的很心痛。"她的泪光闪动在眼眶中，"可能我，无法完全理解您的经历和情感，但您这样太深陷其中，我想母亲她在天有灵，也一定会难过的。为了今天，她和无数人已经失去生命，没有机会再享受阳光、看见花朵，但他们一定是天天期盼自己还幸存在世的亲人能好好活着，能开开心心过日子，您说呢？"她的泪水落下来。

陈刚的嘴唇抽搐抖动着。美来的话刺痛了他，又温暖了他的心窝，也让他有一种修成正果的悲喜交加。美来这孩子今天能有这样的一番话，他还要什么呢？好像这么多年等的就是这番情景、这番话。

他把脸埋在双手里，过了一会儿，慢慢抬起，哑着嗓子说："美来，好孩子，我真的很感谢你这番话。"陈刚用力控制，声音还是抖，"我也知道，但我，孩子，只有这样，才觉得她还活着，没离开我，我才不会挖心挖肺空落落地痛苦。我知道没有必要这样，但我还是愿意这样，因为我不忍心让她离去。我在给你的信中说过，她太年轻了，我们的生活几乎还没有真正开始，我不忍心她孤单单一个人离去……"他的声音突然失控，"孩子，我就是想让她活着，活着，因为我们没有来生了呀……"

美来紧咬嘴唇，抹去泪水。他们都沉默了，内心想着同一个人。

过了一会儿，美来抬起目光，看着陈刚红肿的眼睛说："母亲的日记读完后，我就一直想找机会和您好好谈谈。今天我们谈了很多，我觉得还应该把我的一个想法告诉您。我的亲生父母亲，我敬仰他们，爱他们，也理解和尊重母亲所持的态度和方式。就我个人来说，在身世问题上，了解到了自己的父母都是情操品格高尚的人，这就足够了。我觉得，既然是在那样一个特殊的战争背景之下，我知不知道自己到底是谁，实在也已经不重要了。”

美来说得很笼统，又有些游离、零碎，但她相信陈刚会有他的理解。

陈刚似乎早就知道她会是这样一种态度，她的话像一股苦辣酸咸的水流，直冲他的心。半天，他站了起来，看着美来说：“你真是个好孩子，不管最终你们能否相见，也无论身在天上还是人间，他都是你的好父亲，你都是他的骄傲。美来，你有生父，有养父，还有我这个不管配不配做、你承不承认的继父，你都比所有孩子更幸福。”

美来回去后把自己构想的方案和大家说了，得到一致赞同。

“艺术的伟大爆发力和感染力是排山倒海的，想得好啊美来！”廖强在空中一挥拳，像终于找到了案件的突破口，“关于战争题材的书目，我可以为你们提供。”他的一个同学在北大图书馆做安全保卫工作。王向阳说：“对了，有了书目就好收集了，歌曲方面我多做收集整理。”美来说：“这些很重要，不过单靠我们这些人肯定不行，还是要想想怎么争取一些社会支持。”堂三奶正在那里修改一幅新设计的剪纸作品《穆桂英挂帅》，听美来说要建展览馆，放下手里活，神情落寞又有一些激动，呆坐在那里想着什么，口里像是自言自语：“是啊，如今多好，太太平平，白天下地干活，晚上收工回家，上哪儿去都不慌不忙，不用躲飞机、怕轰炸，不用躲扫荡、跑胡子、兵荒马乱抓劳工，安安稳稳过日子多好……”

大家讨论，首先第一步，当然要建馆舍。陈刚说：“原来公司准备在省城买一块地皮搞开发，那个位置用来建馆最好，毕竟展览馆就应该建在繁华地带，人流充沛，方便开放观展。”美来也这样认为。但资金预算下来，如果不用作商业建筑，一时还是不够运作。

这时刚好嘉伟的父亲专门给美来打来越洋电话。他的声音远隔万里却满含着激动：“听嘉伟说了你的这个打算，我才觉得，如此，终于了却我一桩多年的心愿了！”林老先生说，他对当年那笔资金没能捐到抗美援朝前线，一直心中有憾，现在总算可以用上了。美来想起林老先生和她见面那次确说过当年曾筹备捐款且一直留待兑现之事，既然这样，展览馆的建筑资金就解决了，剩下内部设施配备和馆藏建设，再逐步分期想办法完成。事情可以说干就干了。

在美来准备和陈刚动身去省城选地址时，嘉伟专门找到她，说有个建议要谈。美来没想到，嘉伟对馆舍选址提出了与自己南辕北辙的看法。他认为，展览馆完全可以就在已经开始开发旅游的大王山建，一可以借助景区游客云集的条件吸引更多的人参观；二可增添景区游览内容，推动旅游发展，或许还可以争取到政府零地价政策和其他相关方面的支持。他从推动和利用旅游业发展的角度提出的解决问题的思路，令美来觉得眼前一亮。她笑了笑说道："行啊博士，谁说小猫只能钓鱼不能同时捉蝴蝶呢？"

"这个嘛！"嘉伟也得意地一笑，露出两颗调皮的小虎牙，"您不会是笑我在班门弄斧吧？其实这也不是我的创新。大陆的旅游刚刚兴起，旅游业是一个系统工程，其中的景点内容越丰富越吸引游客。展览馆建在繁华都市固然不错，建在景区里却更好，络绎不绝的游客使它也可以处在更广泛、更多人的视野中。"

美来专注地听着，点头赞同："博士就是博士，讲得很有道理。我们大王山景区的崇山峻岭，那种永恒、凝默的气势将更能承载这种纪念的含义。这里的一切更有一种时空凝固的感觉，那些永远不要重来也千万不可以忘记的历史可以被人们更恰当地记起。"

"哇！金，你说得太棒了，又很浪漫！"嘉伟笑着一耸肩。

"你别那么夸张行不行？"美来哭笑不得，瞪他一眼说。

于是他们觉得就在金三角凤凰湖水库岸边建馆不错。但金三角已经成为旅游规划区，一切要层层上报请示批准，方案也许会被拖很久，甚至被否决。两人说着沉默起来。突然嘉伟向上一托黑框眼镜，仪器般的目光盯着美来，片刻伸手向上指了指说："我们可以直接找武副市长啊！"

他在申办金三角地质科考项目和呈报开发旅游业建议的过程中，进一步感受到了这个学者型领导身上干练务实的作风。他让美来立即拟好请示报告：“我这就回城，给你直接送到武副市长办公桌上。”第二天，美来就接到政府办公室王秘书的电话，说武副市长要见她。

去政府见武副市长，她心里还有些紧张，想不到一进办公室，武副市长上来就拉住她的手，笑容满面地说：“小金，今天终于见到了你！”武副市长说其实早听说过她，一直想见见，想不到如今她又要有新创举了。

美来想，武副市长事前一定详细看过自己的报告，听到她用“创举”两字，不觉心中暗暗放松，有一种预感——或许自己将得到支持？

武副市长亲自为美来泡了一杯浓浓的乌龙茶，自己也坐在长沙发另一端，促膝谈心似的，让美来品一品茶叶味道怎样。她说自己看文件、写材料、读书思考时，就喜欢喝浓茶，要是个男人，一定抽烟，说着笑起来。她笑的声音和样子像校园里的大学生，美来一下子有种声气相通的愉快。她一向对那些爱端架子、动辄拿腔作调、误以为粗鲁强悍就是女强人的女干部很是不屑。武副市长的水平从嘉伟那里已有耳闻，令美来没想到的是，她的态度举止竟如此端庄平易，果然是有水平就不会虚张声势。

她们直聊到秘书敲门催大家去吃午饭。武副市长详细听她讲述了方案构想，给出一些指导意见，又赞赏美来是在为正阳乃至全社会的两个文明建设出力，还随即对秘书做出指示，要求正阳市所有文化艺术部门尽量为美来他们提供各方面的人力和资源支持，让美来一下子有如鱼得水的畅快。

开始实施具体方案时，美来越来越强烈地想要找到一个人。她像禾苗渴望雨露般，需要一个亲临过战争、有足够资历的军人做指导顾问。她想到了父亲。虽然不知道他长什么样子，但她觉得自己早已见到过他。在母亲眼睛里，在那本记录炮火硝烟岁月的日记里，她觉得父亲英武大气、沉勇智慧。不知为什么，她相信他还活着，他一定是后来清理阵地抢救过来的几名重伤员中的一个。他要是活着，到底知不知道有自己这样一个女儿，到底想不想见到和认她？她觉得自己其实感情上是多么想见到父亲啊。

最后，她只能把目标放到了检察长身上。检察长是历经戎马生涯的军人，有足够的资历和品格。上回美来打电话给他，感谢他托廖强转赠她的书法，检察长一再嘱咐有什么需要尽管打电话。她决定这回就不客气地去打扰他一次，到省城，向他汇报自己现在建馆的情况，并请他做顾问。

事情总有凑巧，美来拿定主意准备动身时，却接到电话，检察长居然要来金三角，说那个案子他儿子觉得非常对不起美来，很想当面致歉，但部队忙脱不开身，他想先代儿子道歉，过来看看她和她的父亲。

“这样也好吧，还能实地指导呢。”挂了电话，美来自言自语着。

检察长还是当年那样清瘦笔挺，满头白发如雪，目光炯炯，声音也依旧如大王山深谷升起的白云，整个神情和美来一遍一遍回忆的当年在操场上的阳光里演讲时一样，熠熠生辉。

从上次美来去省城留下便签，检察长见字后内心产生波澜疑问，曾两次想找时间见她，又都临时变化没见上，这次他专程安排好了，首先是替儿子道歉，更主要的是，不管美来和他有没有关系，他内心深处都有一种要见一面的渴望。他是快中午十二点时才到达的。金老汉和美来早已准备了丰盛的乡土午餐，因为是私访，检察长事前嘱咐不让惊动别人，就只请来了“红村长”，还有廖强，嘉伟及其助理也正好都在这边。

检察长一路上都在做着种种准备和设想，他要试探、观察，总之希望能发现所期望的蛛丝马迹。但一切都太出意外，他看到的，就是活脱脱一个当年的苏兰。而且，他当年亲手戴在苏兰脖子上那条项链就戴在美来脖子上。美来也说不出为什么，自开始筹备展览馆，她就悄悄戴上了这条项链。

虽然此情此景正是心中所盼，却万想不到会这样地开门见山。几十年来牵肠挂肚、辗转寻访，突然间伊人却出现在眼前。他恍如置身梦境，眼盯着美来，怔在那里。

大家都以为他是赶路劳累，忙请他快坐下歇息。只有美来察觉出他神色不对。在他们目光碰撞的瞬间，她看到了一种熟悉的东西，杨云雁阿姨、继父陈刚、嘉伟的父亲林老先生，他们在最初见到她时，都是这样的表情。

“您喝口水。”美来捧上事前预备的用一个大搪瓷茶缸装的浓茶水。她觉得这只是一瞬间的内心感应，不能借此做出什么判断，便努力平复了心情。

“我的血压近来不太稳，大概路上颠簸久了，有些晕，我们可是一大早就开始急行军啊！”检察长双手向后一拢大雪样厚密洁白的头发，极力镇定，接过缸子，连喝几口温热茶水下去。谁知一股压在心底的隐痛还是急切地刺破神经，穿过胸腔直冲上来，锥子一样尖锐地顶在左下颚的一颗后槽牙上。三十多年前，右侧的一颗牙就是这样突然疼痛，最后被拔掉了。他又向后拢拢头发，想强行忍住不被看出，无奈黄豆大的冷汗珠子已渗出额头。

“您这是？”

“没事，我这牙怎么突然有点儿疼。”见大家关切，检察长忙轻描淡写地说。

“得！正正是赶路上火了。”金老汉一拍大腿，“赶快，向阳，找二两白酒来，高度的。美来去拣两个红皮鸡蛋，再挖两大勺白糖，拿双筷子。”他挨检察长坐下，拉过手来，“好在我这方子百试百灵。”

王向阳已返回端来白酒。金老汉起身接过大海碗放在炕沿，从身上摸出火柴“刺啦”把酒点着，燃起一片蓝色火苗，又接过美来手里的白糖慢慢往酒碗里撒，边撒边用筷子搅。火苗有些变红，他又叫美来把两只红皮鸡蛋磕开，打散搅成糊，待碗里的火焰烤出水分又转成蓝色，把鸡蛋也细细倒进去搅着。火苗又变红了一阵。

“当年我那老丈人一上火就走牙上。”金老汉一面搅，一面说，“有年三伏天，门外大街上来了个卖西瓜的，围一群人，人们买完都走了，就剩我老丈人站旁边不动。卖瓜人说：‘你老也来个解解渴？’老爷子摇头，‘嘶啦’吸气，说牙疼。‘那你不去医院还看卖瓜？’‘去那儿有吗用，就会拔。’卖瓜的听了，点头说：‘你要信，我传个方子你试试。’老爷子听完说：‘我这就家去试，要好使，明儿买你一麻袋瓜。’那人哈哈大笑，说：‘我等着。’”

金老汉看看碗里火苗已熄了，只剩半碗腾腾冒气的糊糊了，就用毛巾垫着放到检察长身旁说：“稍一凉，趁热喝，俩点管保好利索。”

检察长感激地点头笑着说：“刚才听您说，我就好多了。”

“可不？当年美来她姥爷吃完，一个钟头就不疼了，出去见卖瓜的还在，就指着剩下半车瓜说：‘一个不留，咱包圆了。’那卖瓜的哈哈笑说：‘牙好了就好，哪能真要你买？快回屋吧，酒劲没过，别吹风冲凉。’后来，好多街坊用过这方子，都好使。”

说着，金老汉伸手试了试碗边温度，端给检察长。美来忙把预备的瓷勺也递过去，看着他喝下去，又递上凉好的开水。她心里涌起一股特别的温暖和痛楚，就像伺候自己的老父亲。一种类乎第六感的东西在心里蔓延，这感觉还提醒她，检察长内心一定另有文章，且这文章的中心，一定和自己的身世有关。他和母亲是旧识还是战友？甚至，他会不会就是“S”？她特别注意到检察长看到她脖上项链时那瞬间复杂的眼神。

故作沉静的检察长，内心压着翻起的千层浪。他确认，笔迹、长相、项链这些巧合集中在一起，美来一定就是苏兰的女儿，也就是说，很有可能就是他的女儿。即使退一万步，美来不是他的女儿，就如今自己的心态来说，只要是苏兰的孩子，他在经历了三十余年苦苦牵挂寻找，内心里也早已把她当成亲生一般了。

两人内心都在掩藏，又都在犯难。美来原本是要请检察长做顾问，现在她的心全乱了。检察长如果真是“S”的话，他会知道有美来这个女儿吗？继父陈刚并不知道谁是美来的父亲，母亲的日记也只是记到和陈刚结婚为止，之后的事情她无从得知。但以她对母亲的理解，即使生父后来真的幸存，她也不会告诉他这一切了。那么如果他就是“S”，自己应不应该以及怎样去面对这一切？一切都如突然扑来的浪潮，猝不及防，她被冲击得晕头转向。

检察长因触动隐痛又强行压抑，才爆发了牙痛。此刻他借金老汉的方子，努力缓解，让自己冷静，再冷静。这个复杂又敏感的事情，在这里，尤其在用血汗养育美来、与美来相依为命的金老汉面前，更不能随便露出一丝半点儿。

喝下去不到十分钟，牙疼就开始减轻，半小时不到已全不觉得疼了：“老哥，您这方子真神了！”“可能是初起，见好就更快。”金老汉笑起来。大家都松了口气，开始摆饭。

检察长让把他带的一瓶茅台打开。他一定要亲自给金老汉倒酒，站起来郑重敬他——感谢他的盛情款待，谢他刚才的妙方，更是为了深深感谢他对美来的养育。他夸金老汉是个好爸爸，夸美来是个好青年。他仰头干了杯，又说："谢谢您，老哥。这么多年风风雨雨拉扯孩子不容易，谢谢您把孩子养大……"他忽觉鼻子一酸，又怕话说过了，忙一举杯，连酒带泪都吞咽下去，"我是说，老哥把女儿培养得这么好，成了优秀的年轻人，应该感谢您啊。"

金老汉忙说："这可怎么敢当，检察长，要谢谢您才是，没有您就没有美来今天，我和美来该好好谢您哪！"检察长听着，心中的苦辣酸甜更是翻涌起来。

"红村长"也插空敬酒。他站起来先敬了个军礼，说："检察长，我也曾当过兵。真没想到您就是当年的魏司令，金三角的老少爷儿们至今唠起嗑，不出三句话准提起您。感谢您，感谢部队当年对村里的建设。咱们金三角的年轻人今天还是人人抢着入伍当兵！"

廖强、嘉伟也轮流敬过酒。看看天色不早了，美来为什么还只字不提建馆请顾问的事？廖强就忍不住了，看了美来一眼："美来！你不是说有事情要请教检察长的吗？"他把"事情"两字说得又重又长。

"什么事，尽管说！"检察长认真看着美来，问道。

"噢，是……就是我们的经营，不是还想再扩大些嘛，有个项目拿不准，也不敢轻易上，想咨询一下您。不过我现在也有了一些相关资料，觉得还是不太适合。"

"这个，我现在知道了你们的情况，以后会多留心，有什么可靠又适合你们做的，会及时沟通，在可行范围内，尽量帮你们努力。"

"那太好了。"美来点头说。

廖强飞快地挠挠后脑勺，张了张嘴，心中不解，但也没敢再问，又转去和检察长的司机碰杯，问他一些自己老同学黄秘书的情况。司机开车，喝的是饮料，他就什么都是酒，敬了，自己喝。

送走了检察长，美来说累了，想休息，送走余下所有客人后，一头扎在炕上，浑身一点儿力气都没有了。

第三十章

省城的夜空已经缀满星星。匆匆赶回家中的检察长无法按捺住心绪，把自己直接关进书房，打开抽屉，悄悄拿出一张泛了黄的旧照片，在宽大的书案边坐下来。

当年在朝鲜战场，他为苏兰拍下这张照片，苏兰在上阵前那个夜晚又送给了他。“苏兰！”他轻唤了声，内心一阵疼痛，像粘着伤口的纱布被撕开。他抖着手，铺开案头的宣纸，提笔蘸满墨汁，写了两行诗句：

天长地久日月随，春夏秋冬我伴君。

这诗是苏兰题赠给他的，就在照片背面。这两句话，他每天练字都会写上一遍。其实，他现在每天早晚练习书法已经成为一种生活习惯、一种精神的抒发和寄托了。这样的时候，他感觉苏兰似乎就在身边，就像当年在战场上，偶有空闲或庆功乘兴时，苏兰就会帮他研墨、看他挥毫一样。现在，他写毕，又抬头看着苏兰的照片坐下来。今夜，他要和她促膝长谈……

“苏兰，三十多年了，你每天都在我的心里。但我很少具体去回忆和你在一起的日子，因为经验告诉我，一个人面对回忆，无论是幸福还是痛苦，都是一种折磨。

“但今夜，我要再一次回忆，任是心碎也要痛彻一回。美来找到了，苏兰，我的感觉不会错，她一定是我的女儿。像你，聪明、漂亮、有志。你若在世多好啊！

“苏兰，很遗憾，三十多年前的烽火里，我们每天在一起，却没有时间对你说出许多心里话。今天我喝了点儿酒，我要从头到尾和你好好叙一叙……

“当年，在八达岭长城，第一眼看到你，感觉就像一朵初春刚刚开放的花朵，我久已沉寂的心被你的清纯和朝气打动。你那顶帽子，火炬一样点燃了我。

“临上车的瞬间，回头猛与你的目光相撞，我就知道，那一阵过山风同时席卷了两颗心。那以后每到一地，我的目光就会情不自禁地寻找，明知不可能有你，也忍耐不住要找。

“苏兰，在东北军事培训基地，我们又一次相见。没有那次邂逅，或许便没有后来朝鲜战场的再见。那天，我去俱乐部看演出，好像就在等待你的出场，当你真的出现在台上时，我居然霎时双眼含泪。

“俱乐部门口，我是专门等在那里。我准备好了，这一回就是插翅也不让你飞掉。可在我们谈话时，警卫员过来报告准备出发，我才清醒过来，我是要回前线去的。苏兰，作为一个经历过战争和生死离别的人，在即将出征的时候，我想我们无论如何不应该再有开始了。我只能毅然和你再次失之交臂。

“但后来你们赴朝，我正在总部开会，看到名单，猜想你应该就在其中，不由得在名单中寻找你的名字。这时才想起，关于你，我还并不知道名字。可我的目光就是舍不得离去，居然从一串陌生的姓名中认定了你，我毫无根据地坚信，那就是你的名字。我莫名感到那两个字散发出的正是你芬芳优雅的气息。是我把你选到部队的。

“我们在一起的日子，我虽不露声色，却如注射了强心剂。战时没有花前月下，作为一个指挥员，我必须全身心关注战场。可爱的种子既逢春天，就挡不住发芽，在那次胜利的喜悦里向你表白后，我感到心中石头落地一样踏实。但为战争大局，我们又必须封存这份情感。

“你是个伟大的女性，是值得我无论在天上还是人间都倾心守候的人。你从不让我分心，却会在铁石般的沉寂严酷中，让我感受到只有我懂的目光和眼神。

“那次阻击战的最后时刻，我和其他师首长都在阵地先后倒下，他们相继牺牲，只剩下我和沈政委重伤。我们相扶在一起，他对我说：‘恐怕不能给你们主婚了，你小子如能活着，苏兰这次就是光荣了，你也一定要给她这个名分。’沈政委牺牲了，我也昏死过去。后来清理战场时我被救。部队这边也以为你们都牺牲了。

“失去你，我的生命像失了血一样虚脱，每天勉强支撑，夜里辗转难眠，在悲痛中还没跋涉出来，你们却奇迹般地回来了。而你，却已嫁给陈刚。我虽如遭霹雳，但内心还是充满高兴和感谢，因为看到你还好好地活着，怎能不高兴！你告诉我，听说我已牺牲，和部队又失去联系，陈刚在战场上为救你负了伤，你才答应嫁给了他。我后来才悟到，这些并不是事情的全部。但当时我信以为真，就打起精神暗中祝福你们。为了按捺住这颗心，我准备试着接受我妻子的表妹。

“表妹和我发妻都是我当年学校的同学。妻子在空袭中遇难，儿子又被表妹救护过来，找到我家人一起避难乡下。表妹那时随慰问团到部队，还带来了我儿子的照片和家信。父母说，她这么多年一直在照顾他们和我儿子，不肯嫁人，希望我这次给人家一个名分。我当时打算战后再做考虑。可是，就在战争要结束的最后时刻，你却不幸牺牲，我又一次心碎。

“停战后，陈刚主动自首，说他当时酒后与你为孩子发生口角，导致对你误伤等。但只有我能嗅出其中更深层的意味，我才恍然大悟：在那次战役后，你们被阻隔在敌占区，和部队失去联系，又误以为我牺牲，一定是为了这个孩子，才那么快就结婚。关于孩子，我是在你牺牲后发生的这些变故里推测的，尽管只是推测，但我坚信是真的，因为我懂你。

“我断定美来是我们的孩子。当年我得知这些，失去了理智，拔出手枪就要冲出去，我想亲手毙掉陈刚那个混蛋。表妹拦住了我，她那时已加入我军后勤团。她说：‘死者不能复生，无论对你有多重要，都已成为过去。你还要面对和负责的是活着的人，是年幼的儿子、年迈的父母，还有你的部队和这么多年一直关心你的人。’我停了下来，但也停下了准备接受表妹的感情。至今，我都在一个人的回忆中，与我们在一起那段时光里的你相守。这对于我，一个战争的幸存者，已经是足够的了。

"我又急切地寻找我们的孩子。表妹打听到收养孩子的人家已搬走不知去向。我两眼一黑，第二天，头发全白了，嗓音也仿佛一夜锈蚀，镀上了一层沙哑。我告知表妹今生不会再娶。她是个聪明善良的好人，实际上已多少洞明了我的心迹，她说她能理解从战场上走过来的人，理解经历过战争血雨的感情。

"我的心在选择了要一生陪你的时候才又活了过来。但万没想到，表妹居然始终不肯再嫁，一心做我儿子的姨母。苏兰，我知道对不起她，但身不由己，我没有办法。

"我看到美来脖子上戴着当年上阵前我给你戴上的那条项链。那是入朝第一次遭遇战，我们与数倍于己的敌军交战周旋，最终突围，反过来吃掉他们。联军的一个中尉重伤被俘，垂危之际一定要见我部指挥官。我去见他。他用湛蓝的眼睛看着我，吃力地说，作为军人，他必须来东方前线；作为指挥官，他感叹志愿军作战英勇但装备差，认为他们绝无赢得这场战争的可能，希望早一天结束战争；作为普通人，他向往和平，向往爱情和欢乐的家庭，他为己方死难的士兵哀伤，为他们的家人哀伤。

"他拿出一条祖母留给他的蓝宝石项链，说在准备送给心爱的姑娘定情前，他上前线了，告别时不忍心把项链给姑娘戴上，是因为怀揣再见的希望。他们永远没有机会再见了。他恳求我收下，转赠我的妻子。他说这不是项链，是一个阵亡军人对全世界所有军人的妻子或恋人的祝福、对和平和团聚的祈祷。我点头答应了他。

"项链我上交组织，上面决定让我保留，赠给我将来的妻子。我想战后再送到展览馆吧。你上阵前，我忽然就很想把项链给你戴上，上面那枚项链坠被我留下放在怀里，真的是希望还有机会再将它接上去！如今，你已不在，那位中尉的女友，当年不知在万里大洋彼岸又经历过几回的误识归舟？

"苏兰，美来她是知道自己的身世了吗？怎么知道的？又知道多少？我实在矛盾，想要认她又觉无论如何不能认。那个忠厚的农民老汉含辛茹苦将她抚养长大、培养成才，珍珠一样捧在手里，怎能伤他的心轻易相认？还有……但不管怎样，见面了，知道她的情况，这比什么都重要……"

夜更深了，毫无倦意的检察长站在窗前。天幕上撒满亮晶晶的星星，一闪一闪眨着眼睛。“苏兰，哪一颗是你呢？”他仰望静谧浩渺的夜空，霎时不禁双眼模糊，仿佛天地万物此刻浑然相通。

堂三奶的娘家侄子明天要结婚，今天有人来接她回万福大德兴街准备喝喜酒。自家的孩子结婚，当姑的早就想尽尽心亲手做点儿什么。如今不时兴早年绣的什么被面、枕头之类的东西，绣什么好呢？想来想去终于有了。哥哥和侄子们一起承包了一家木器厂，家里条件很好，侄子结婚时听说冰箱、洗衣机、电视机全都买上了，就给他们绣一些罩吧，又好看又能保护这些高贵东西。头半年她就上大王乡商业合作社买了些粉红色的确良布和各色丝线，早早就绣好了。剩了一块布头，还格外给新媳妇做了个小围裙，飞上折边，绣一对蝴蝶牡丹花。做好了，堂三奶拿在手里端详着，想象着小两口过日子，新媳妇系着绣花围裙里外倒水端饭的情景，眼中不觉溢出泪光。今天她把绣好的东西和剪好的窗花都找出来包好，又找出准备出门穿的衣服，就等回去喝了喜酒，再多住上几天。

可喝完喜酒，第二天下午她就回来了，拿着包喜糖急忙去了金老汉家，进门就笑着对美来说，这趟喜酒还喝出了点儿新门路来。

她边让美来和金老汉吃喜糖，边夸侄媳妇长得俊：“一双眼睛水汪汪的，小手葱白一样，才刚刚二十三。我一看就想起了美来，还不着急你说？”美来嘴里含着糖，以为她看到了什么好生意，一听这话，噘起嘴就往外走：“三奶，您这喜酒喝的，没醒哪。”

“别走哇，还没说完。”三奶拉住她，“有你爱听的，别走。我那侄媳妇不是在新房铺了块地毯嘛，上头的大花一朵一朵，又有活气又好看，说是丝质的，还冬暖夏凉，织得那个精巧……”三奶陶醉的眼神扑朔迷离，这一瞬，曾经是缫丝厂主大小姐的堂三奶，或许想起了当年身边的各种漂亮丝缎和做工精细的衣物。

堂三奶说，侄媳妇是那边一家乡镇丝毯厂的会计，厂子主要是给外贸加工出口这种丝毯。堂三奶听说是搞外贸加工的，就想是不是和这边做的手工活一样。细一打听，丝毯厂就在大王山背后的边界地，于是她没心思再住下，急急赶回来了。“我想咱们现成的好手多的是，妇联隔三差五分给点儿外贸绣编活，妇女坐在炕头上忙活一阵，零花钱就赚啦，可就是活太少不够干。要是咱们也能揽到织丝毯那样大宗的活，不就好了？”

美来“哎呀”一声：“三奶啊，您这可真是发现了个新大陆啊。咱们信息就是少，看来，我这就得去打听。”

美来到村里打电话和正阳妇联联系上，一问，人家说没有活。她想起武副市长上次一再叮嘱，有什么事情找她，千万别客气，思量了一会儿，还是打通电话，简单汇报了下情况。武副市长说马上就给你们问，放了电话很快就有回话过来，说渤海市妇联也说没有，省妇联也问过了，还是没有，又说等再想办法打听其他渠道，要她别急。美来谢过后挂了电话，想想还是着急，就和“红村长”直接去了那家丝毯厂。一了解，那边是活多人手缺，听说金三角有人手，就有意向联合他们一起出劳务。

两人一听高兴了。可暗中一打听给的价钱，还不到加工费的四成，剥去的皮也太厚了。美来就说回去考虑考虑，那边就又加了点儿钱，算算也只有加工费的一半。王向阳就说：“答应了吧，闲着也是闲着，多少挣点儿辛苦钱也行。”美来摇头，她觉得让大家辛苦加工，至少也该得七八成，就说还是再考虑考虑吧。厂家就说：“想干的人有的是，我是看中你们那儿有好手，这活咱渤海市你打听去，没第二家有了。”

这话一说，美来忽然听出了什么。往回走的时候，她眼睛望着大山外远方天际飞起的霞光，对王向阳说：“武副市长说省、市妇联口都问过了，没有，这边丝毯厂又说渤海市再没第二家干的，难道是从省外贸渠道来的？这么看来，省外贸也是可以直接打通关系的！”她望着天际瞬息变幻的缤纷晚霞，想起自己一位在省外贸局工作的大学同学，就说：“要不，我们也试试，去找找关系，不能坐等。”于是，她准备去省城看看，能否要回点儿“戴笼头”的活给大家加工。在省外贸局，美来见到了那位同学，虽不是什么违法要求，可事到临头，这种不够正大光明的请求也实在难以开口，支吾了半天说不出来。

同学因为事先知道她辞职下海在做经营，就逼问是不是有什么需要帮忙的："说出来看看，怕什么？犯法的事你叫干我也干不了。"

她终于把事先在心里整理了好几遍的意思讲了出来，又赶紧追加说："要难办，你千万就当我没说！"

"你看看你，我当是要倒腾文物了，这有什么难办的？出力赚钱又不违法，无非走个小后门，我这儿就是吹口气的事，你等着！"他拿起电话就打过去。劳务输出科那边立刻就答应了，不是加工丝毯，而是毛线针织和刺绣这两样活，美来他们从此可以和省外贸局直接联系，不用再走市、县妇联那两道口，加工费能提高一倍，而且能干多少给多少，保证随时都有。美来听了，"腾"地从座椅上站起来，脸都涨红了，连声说："谢谢谢谢，晚上我请吃饭！"

"到了省城还用你请？晚上'光临'就行了啊。"

晚上，几个老同学聚在一起吃饭。那个刘小米刘巧儿也来了，听说美来的情况，立刻一拍手掌："真是我刘巧儿又巧了，昨天刚接了一单出口加工生意。甲方的这批服装需要有专门手工钩织的那种蕾丝边，正愁没人给钩织这批东西呢。金美来，你今天送上门了，你们就干了吧，这一块的加工费人家那边单给，还挺高呢。"

美来说："我今天运气可是太好了，谢谢你，哪是什么找不到人干哪，明明是想帮我！"

"什么呀！给你干我才放心，你知道，这种出口加工活，质量要求可是严格得很啊！"刘小米双手举过肩膀，做出那种挠头的表情。

"这个我肯定能保证，你放一百个心。"美来说。于是大家举杯，祝她们两个合作愉快。

美来把带的两箱加工厂自制的榛子酱和滑子蘑罐头给每人分了几瓶。老同学们微醺的眼睛一亮，说这回自己能做榛子酱蛋糕吃了，金美来，你们那儿怎么还有这个呀？

饭后美来谢绝了大家继续去舞厅玩的邀请，谢绝了同学车送，说住得也不远，想自己走走。

夜晚，省城大街上灯光闪烁迷离，人流、车辆来来往往，既熙攘喧闹又让人觉得疏离空旷。她默默走着，脚步快不起来也慢不下去，心情怅惘地想，会不会检察长的身影突然就出现在前面呢？

那天在她家里，尽管检察长的言行神色引起了她的联想、猜测，却并未有确切依据表明他就是自己的生父。但美来相信自己的直觉不是空穴来风。读过母亲的日记，虽然已决定放弃寻找，但察觉了检察长的“可疑”迹象后，她感到内心那份渴望还是那么难平。检察长对于她，是少年时代乃至今天都给她人生重大影响的人，是她内心崇拜和有亲情感的人。人生无法预料冥冥中注定的事，尽管她不相信天命，却相信这是上天赐给她的补偿。现在，父亲就像太阳当空，让她无法抗拒拥抱温暖。她也怕一旦进一步确认，自己或许难以保持沉默。然而这渴念就像心头一簇“噌噌”上蹿的火苗，无法压住。她开始反悔了。没办法，不同时刻、条件下的人难道真是会变的？她决定明天去见检察长。当然，她还是相信自己是有定力的，能恰当地掌控情绪的。不管进一步确认的结果如何，她觉得这过程也是一种慰藉。如此也就够了。

检察长这边得知美来到了省城并要来看他，就请副检察长替代他参加了本来要去的会议，推掉了其他所有的事情，自己寸步不离，这一回就等在办公室里。这在他是史无前例的事。他第一次感到拿自己没办法，又叫来秘书小黄去买了水果和糖酥榛子仁。他记得上次金老汉说美来爱吃榛子。

在检察长办公室，美来看到他明显消瘦了，眼中布满血丝，精神却显得很好。他让美来坐下后，自己忙着倒茶。美来要起身，被他按住，说：“你来省城，能来看我，我真是高兴！”他倒了茶水递给美来，在对面沙发坐下。

美来心头震颤了一下。她双手接过杯子，喝了口茶，笑着说：“应该的，就是担心打扰您。”

她仍是心慌紧张，边说边用目光打量四壁。对面墙上挂的几幅书法条幅，上一次来时因为坐在对面，匆忙中竟然没留意到。中间一幅，是中规中矩、坚实稳健的楷书，上书毛泽东的七律《长征》；靠里边的是苏东坡的《赤壁怀古》，“大江东去，浪淘尽，千古风流人物……”龙飞凤舞的狂草在章法上不拘成规，首处开篇字大而疏，渐小渐密，有一种浩荡汹涌茫茫不尽之感；靠外的一侧，挂的是四个大字的隶书条幅——春夏秋冬。

这四个字一入眼帘，“咚”的一声，如空中水珠落入深潭，美来清晰地听到了内心的回音，这回音打开了母亲日记中曾记述过的一幅照片。

那是在母亲和“S”定情后的一次夜行军，天亮达驻地，前方崖壁垂挂着一道瀑布，崖上开满簇簇山花，清晨彩霞飘浮空中，一种少有的静美笼罩周遭。“S”背着手端详着，忽然转身从随军记者手中拿过相机，让苏兰和其他几个人随意站好，亲自为大家拍了张照片。有一天，他单独把照片送到苏兰手上，低声说：“请接受我的礼物！”

照片上，苏兰正背依瀑布，像披挂了一件珍珠长袍，空中一抹云霞刚好飘浮在发际，如云锦华冠。

“S”有些不自然，说：“苏兰，我那天，其实就是想送给你一个礼物。戎马倥偬，我只能借天地风物，以赠此心！”他翻过照片，背面有他用隶书亲题的两行字：

剪五彩祥云，做天下第一霞帔；
裁高山流水，赠人间最美长裙。

苏兰把照片捧在手里，这军人胸襟、铁血柔情的馈赠让她感到巨大的幸福。她绯红了脸颊。如果不是战争，她会牵他的手穿过林间小溪，漫步田间绿野。然而，他们只能在激情澎湃中凝视片刻便转身离去。

后来，苏兰在上阵前夜将这张照片又送给了“S”，并也以隶书写下两句回赠，表白心迹：

天长地久日月随，春夏秋冬我伴君。

美来此刻毫没来由地想起了母亲日记中记载的这段情景。是眼前这四个大字让她产生的联想吗？她觉得，这几个字在时间表述上，是一个周而复始、完满有序的概念，而单独作为字联条幅，就似乎显得无从谈起，只能理解为个人情感的抒发。这似乎是潜藏着数不清、道不尽、难以名状的四个字，再看那饱蘸浓墨的隶书，也是那样地丰腴圆润和委婉含蓄。

总之，这四个字在美来心海中掀起一阵飓风，尽管她清醒地告诉自己别太敏感，别太过草木皆兵，但因前一番检察长在金三角见她时瞬间的特别表情，她还是不可避免地把此与彼联系了起来，一时心头酸痛，那种揾英雄泪的悲怆感慨又莫名涌上来。

她赶紧端起茶杯埋下整个脸孔，慢慢抿一口茶稳住情绪。“您送我那两幅字联，我也挂在办公室墙上。”她开始找话说。

“你喜欢书法？”检察长看着她。

“书法本身我不懂，不过很喜欢那字联的内容，我觉得一般能上字联的文字，无论是诗词对联还是警句格言，都很经典，能给人启迪警策。”美来抿着嘴停顿了下，“不过您的这几幅书法倒叫我突然对书法有了一种领悟，好像从字体到章法都体现了对内容的表达，又的确起到了相得益彰的作用，特别是这一幅。”美来突然将目光转向“春夏秋冬”，还故意加重音调念了一遍。她一时好像不由自主又似乎蓄谋已久似的说了这些。

检察长神色绷紧，注视着她：“怎么讲？”他声音低沉，心底的激动却使脸色渐渐发红。

美来避开他的眼睛，她觉得自己已没有退路，最初掌控自己的自信已不知飞到了哪里，甚至无法与他平静对视。

“因为这幅字内容不比一般，”她沉吟了一会儿，终于忍不住说。对方哑然，检察长没有接她的话。

美来只好接着说：“它虽不是警句格言，也很少见有人将其作为题字赠勉，却能让人感到一种无与伦比的涵盖力，产生一种循环永恒的博大的寄托感。而这种隶书的感觉古老端庄，圆润又幽深空灵，正是对这种内涵最好的表现，而且……”

脑海里那张照片的故事和眼前墙上挂的书法题字，让她周身神经中的所有控制关卡仿佛全部松动失效，挡不住滔滔悬河冲口而出的话，既似具体有所指，又觉没头没脑不着边际，且不知为什么越说内心越震撼，六神无主，难以掌控。她眼看着神情激动紧张的检察长，想停下，却不知如何收住。

恰好，此时有电话进来，美来于是赶紧抓住机会起身告辞，说打扰这么半天了，还要赶时间，就仓皇告退离去。

她这次还是和嘉伟一起到省城的，就住在嘉伟公司在省城的办事处。回去后，她一头倒在床上，浑身无力，对着天棚发愣。

嘉伟纯粹是借机陪同美来，要办的事情也是捎带的，所以端着一摞科考方面的资料心不在焉地翻着。见美来回来躲进自己房间，他也不去询问。他在内心很希望美来的事情多花一点儿时间，如此便能有机会和她在一起，让他有不亚于获得地质发现的那种开心。

过了一会儿，美来回过神看看时间不早了，就起身去找嘉伟，说："我们回正阳吧。"嘉伟冷不防，犹豫一会儿，抬头看看天色，说："我看天色有些阴，天气不太好，时间也有些晚，我们明天再走吧，从容些好，免得赶路不安全。"

美来看着他，没立即做出反应。

嘉伟高兴起来，试探说："我今天看到上海越剧团来这里演出的海报，今晚是首场。以前在母亲的唱片里多次听过这出《追鱼》，想看一场表演，咱们一起去好不好？"他的情绪像盛开的茶花。

美来沉吟，她并不像嘉伟那样喜爱戏剧，特别是对越剧道白的吴侬软语，简直是鸭子听雷，但那唱腔的温婉和激越确是很美，现场感受舞台演出，肯定更不同。可是和嘉伟一起去看虽没什么不可以，只是她一没心情，另又觉得这样对嘉伟并不好。

"也好，那我们就明天走吧。"她避开嘉伟热切的目光，还是给了令他失望的回答，"你去看戏，我就再找省城同学聚聚，正好答谢答谢他们。"她说完把目光移到别处，有些不忍看见嘉伟惋惜的眼神。答应改日再走是因为心头渴望父亲的那丝一直往上蹿的火苗又占了上风，燎得她不能平静，并非真要和同学再聚。

"那要我陪你还是送你？"嘉伟并不勉强她，用绅士的口气回应，并在这一句体贴的话里把自己的叹息轻轻送出去。

"不用了，你去看戏吧，回头好讲给我听。"不忍看嘉伟的眼睛，她笑笑故意安慰说。

回到自己房间，美来内心又开始矛盾，不知到底该怎么办。她觉得既然自己和母亲长得很像，检察长若真是“S”，就会一眼认出她来。即使他并不知道还有美来的存在，也一定会惊奇于她们的相像而有所反应。即使他原本知道美来的存在但不知道是自己的女儿，也应该有所询问。事实上检察长没有明显的持续的反应，这说明两点：一是检察长根本不是“S”，也不认识母亲苏兰；二是他就是“S”，且知道她就是自己的女儿，因不方便认才不做反应。对于后一种可能，美来给自己的解释是：他们的心态彼此彼此，自己不是曾决定不再找父亲吗？他一定也有他的想法。这层窗户纸到底应不应该捅开？

在渐渐暗淡的夕阳的余晖里，她望着人来车往、交错有序的马路，突然心中有了主意。快下班时，检察长接到美来电话。她说有事耽搁了今天没走成，想请检察长一起吃个晚饭，又说还有一点儿个人的事情，请他帮忙拿个主意。

她觉得，如果不直接询问检察长，而是让他做旁听者，把自己的故事全部讲给他听，不是既可试探虚实，又能让他知道她的真实情况和态度吗？如果他果真是“S”，那主动权就可以交给他了！这想法让她浑身激动不已，便向检察长发出邀请。

检察长这边，上午美来匆忙一走，让他心中又乱又空。自上回去金三角，他一直在想这个孩子，渴望见到她，尽管还不能相认，但能看到她，在一起聊一会儿，是多么温暖幸福啊。此刻一接美来电话，他连说：“有时间，有时间！”他告诉美来不要动，等着他安排。

会问什么事情呢？放了电话他心中发问。上次金老汉曾说美来从小听过他的动员讲话，就一直对魏司令尊崇信赖，他真是又欣慰又惭愧。孩子从小到大他没能尽到半点儿责任，若当真给过她影响，那或许真是冥冥之中的父女缘分！

定了地方，他就亲自驾车去接美来。正赶上下班堵车，怕美来提前出来了等他挨冻，他急得汗都快出来了。心急火燎地好容易到达美来住的地方，果然见她立在门口的北风里，上车后忙问她等了多久、冷不冷。到了酒店雅间，菜已快上好，他就对美来说："有什么事情我们待会儿说，现在咱们专心吃饭，别都凉了好吗？"

美来本准备了一些想说的话，都不知到哪里去了，看桌上一片热气腾腾，心底只觉热乎乎的，像回到家里的亲人面前，连连点头说："好，好，吃饭！"

他照东北口味点了一堆海鲜山珍，坐在她边上不停地给她夹菜，问好不好吃、平时都爱吃什么。

他们只是互相照应着吃饭，不说别的什么，心里却都在想同一个人，彼此也都心照不宣似的，感到温暖又悸动、紧张。美来尽量把他夹的各种菜多吃了些。她也剥开一只螃蟹，剔出黄和蟹肉，一起放在壳里递给检察长。检察长也不推让，微笑着接过去，大口吃着，内心满是温暖和酸楚。

美来心里也酸楚着，但即使事实百分之百地偏离了预期，那她也心甘情愿做一回这样空欢喜的假想和体验。

检察长看着美来，时时想起苏兰当年的样子，她们两人除美来个子更高些，简直就是一模一样，心中一阵悲凉一阵欢喜。

已经吃得很饱了，两人还是谁也不主动提及别的话题，就对着桌子上转来转去的菜肴慢慢吃着。检察长又问美来再上点儿什么。美来用有些不好意思又带着些女儿向父亲撒娇似的神情摇头说："我今天真吃太多了，从来没吃过这么饱。"

这时有人轻推门进来，是服务员端来果盘，脸上挂着分寸适度的职业微笑轻轻放下说："这是酒店赠送的果盘，请慢用。"服务员转身走出去，而她始终挂着职业微笑的脸孔仿佛仍留在屋里，凉爽的清风一样提醒了美来内心还未触及的主题。

沉吟片刻，美来为检察长夹了几块水果，说："检察长，我在电话里说了，有一件事情想请您给我一些意见。"

"啊，什么事？"检察长神色郑重，看着她。

"其实，是关于我的事情，有一些困扰，不知该怎么办。您知道我一直敬重、信赖您，今天冒昧想说给您听，请您给我些建议。"她把两只手握在一起，眼睛垂在上面，心里先把开场白打了一遍腹稿，这才鼓起勇气抬头看着检察长，“我今天来，其实是有一个不知道怎么办的问题，想请您……”

也许因为紧张，话一出口就变得吞吞吐吐，而且漏掉了“身世”这个关键词。

看着她的神情，检察长内心已有所预感，作为身经百战、临危不乱的指挥员，他第一次感到一种措手不及的紧张、激动。

于是他起身，指指一侧墙边摆着的沙发说：“那我们就喝点儿茶水，慢慢聊吧。”说着，起身走过去，倒了两杯茶，放在茶几上，二人就在沙发上坐下。

美来把茶杯端了起来，说谢谢。有了这瞬间的缓冲，忽然觉得好像喝多了酒被凉风过了一下，冷静了些。她不知为什么忽然拿不准这“捅破窗户纸”的想法是不是欠考虑，已经提到喉咙的话又噎在那里没有出口，但却潮涌一样顺着血液漫过脸膛，直冲头顶。她努力掩饰，涨红了的脸还是把内心活动呈现了出来！

“对不起，是关于身世方面的问题。”她觉得不说是不行了，而“身世”两个字一说出来，立即觉得没有退路一样，反倒平静下来。于是，她把解开身世之谜的前前后后，包括见到杨云雁、陈刚、林老先生，以及通过他们的追述、书信和母亲的日记了解了生父生母之间的情感、情怀后自己的感动，决定不再寻找父亲却又渴望相认的矛盾，还有养父主动要她寻找双亲的态度，等等，都和盘托出。她在诉说的时候眼睛始终不敢看检察长，一直望着窗口迷离的夜色，最后说：“我现在真的不知道该不该继续找父亲，该不该与他相认，所以才想说给您听听。”

她长舒了口气，眼睛虽一直在看着窗外，却仿佛看到检察长表情复杂的脸，看到他的心被撕裂般痛苦。她知道，站在他的角度，面对的同样是方方面面的纠葛矛盾。

这时服务员又轻推门进来，脸上依旧微笑着，把一壶新沏的热茶送过来，又给他们每人重新倒了一杯，放好出去了。而她始终挂着的职业微笑，依旧像凉爽的清风一样，拂过美来激动的内心和面孔。

她思忖着，鼓起勇气看了眼检察长，低声又说：“不过，这实在是很难拿定主意的事情，我今天能有机会在您这样的长辈面前说出这些心事，其实就很满足了，心中突然有种踏实了的感觉。”诉说完之后，她的确轻松平静了很多，特别是经过刚才一阵清风一样的冷静，真的觉得其实也不一定就要父女相认。

检察长听了她的诉说，确认美来千真万确就是自己的女儿。她长这么大了，这么聪明懂事，多好的孩子啊！

他站起来了，踱着步子，也是在掩饰内心的激动。金老汉告诉了美来实情，他含辛茹苦这么多年把她养大，他为人厚道，是个好人，希望她找到自己的亲人。可告诉归告诉，寻找归寻找，如今自己真的这么认下美来，他能受得了吗？不失落、不难过吗？何况他们是父女相依为命啊。还有，苏兰如今已经不在了，虽然他们当年为大局克制情感，虽然他们后来已申请并得到批准结婚，然而后来……如今，自己能找到女儿并在心里相认，比起牺牲了的那些战友已是天大的幸运，还奢求什么？好在，懂事的美来也已有多方面的考虑和准备了……

这样想着，他无限感慨地看着美来，坐下来意味深长地说道：“孩子，你能这样信任我，我很感谢，很高兴。我也是经历过战争、曾走过那段历史的军人，你内心的想法和矛盾确实是很有道理，我都理解。往事迷茫，战火中的事情纷纭复杂，如今透过历史的尘烟，有些事仍可以细辨清楚，但有些特定的东西已如历史的化石，虽永存却不能重生了。这种遗憾是注定难以挽回的。孩子，你能理解你的父母是有血有肉的普通人，更是富于奉献牺牲精神的军人，你能理解那一代人血与火的经历和情感，我想，你在心里已经找到他们了。而你的父亲，无论是生是死，都会感到欣慰，都会为你骄傲，无论和你相认与否，都一定是因为爱你和对所有人的爱与负责。你能理解这些很好，但也要放宽心，快乐生活才更好。”

美来靠在沙发上，咬着嘴唇，泪水还是忍不住涌出来。检察长看着，把茶几上的纸巾抽出递给她，自己眼圈也红了。

沉默了一会儿，美来擦掉泪水说：“这些，我都能想透。您放心，经历过这一段，我也成长了很多。生逢战时，很多东西只能遵从历史的命运安排，包括那些特定的爱情、亲情，也只能抱憾了。”

对检察长刚才的一番感慨和态度，她似乎早有预料。她相信也似乎更期待，父亲就是这样的胸怀和气度。

于是，她振作了一下，看着检察长又说："我还有一件在做的事，今天也要汇报给您。"她把要建战争艺术展览馆的前后经过、想法以及形式，还有想请检察长做顾问等事情都做了详述。

检察长听着，就像打了一个意外的胜仗，十分激动，看着她不住点头，胸口一起一伏，又站了起来，甚至来回踱着步子，控制着内心的激动。他说："孩子，好孩子！我为今天能有你这样的好孩子感到骄傲，为你的父母亲骄傲，我们的民族、国家只要红色精神永远传承，就永远有希望发展强大。这是件大好事，我全力支持。"

检察长乌亮深邃的目光蕴含着历经沧桑的感慨和豪气，脸上充满着类乎大战前面对一幅决胜蓝图的振奋，让美来从中读出：无论是作为军人、领导干部，还是一个父亲，他的内心充满了希望和欣慰。这也让美来情感上有一种类乎升华般的自豪和兴奋。她想了想，一歪头说："那我们展览馆的牌匾就请您来写。"

"这个我可以帮你们另请高人，不过，我准备整理出一套战争题材的诗词作品，奉送给展览馆收藏。"

他想了想，望着窗外远方的天际，像是对美来说，又像是自语："孩子，你想的方法真好。艺术，有时候，也许是那些难以保存的东西所能得到的最好的归宿和境界吧。"

过了一会儿，他忽然又说："还有，展览馆，我看不必请示地址耗资新建，当年大王山的战备山洞现已闲置，属于平战两用设施，你们此举正可让它们派上用场，就用其中一部分空间做展厅。一切我来协调安排！"

美来忽地站起来。如果这样，等于展览馆已就地建成了，可把资金和精力立刻转入藏品的收集。她按住激动说："那太好了。还有，说定了，展览馆第一件要列入收藏的就是您的书法了。"

"孩子，你这任务我一定完成。我还要再请些专家为你们做些指导。"

"既然这样，关于整个馆藏方面，我心里已经有一个初步的想法，很快就可以拿出初稿，那我就不急着回正阳，先列出个框架方案给您和专家看看，好吗？”

看着她的雷厉风行，检察长浮起一丝会心的自豪，赞赏说：“那好啊，我也马上着手联系解决馆舍问题，咱们说干就干。”

回到嘉伟公司的住处，美来一头扎进自己房间，准备连夜拿出馆藏方案。

忽听有人敲门。原来嘉伟并没去看戏，他进门来一脸高兴，耸着肩膀眉飞色舞地比画说，大剧院晚上观众爆满，临时又加演了一场，所以他也没看首场，已经换好了加场的票，在等她呢。“你现在回来了，时间正好来得及，咱们能一起去吗？”

出乎美来意料，但嘉伟放弃了首场一直等她到现在，一脸希冀和殷切的样子，她实在无法再推辞，点点头说：“那好吧，来得及我们就去。”

第三十一章

省城白天鹅大剧院灯火辉煌。广场上是乌压压一片等待入场的观众。外线高音喇叭中，女播音员嗓音脆亮："敞门入场，对号入座。"这说明观众已经爆满，无须逐一检票。提前十分钟，剧院四个大门同时打开。观众如开闸的潮水涌了进去。

广场上继续缭绕着广播中女播音员的声音："观众同志们，演出马上就要开始了，没有入场的观众请您抓紧时间入场，场内请勿吸烟、喧哗……"

临近开演了，一辆宝马缓缓驶来停下。嘉伟打开车门先行下车，转身又去为美来开车门，扶她下车，旁若无人。嘉伟还高傲地向后一甩自己的背发。

天空不知什么时候飘起了雪，美来和嘉伟都穿着呢子大衣。美来肩上披一条红色毛围巾。广场依旧灯火通明，高音喇叭还放着歌曲，似乎专为他们在演唱。飘飘洒洒、漫天飞舞的雪花中，美来红色的长围巾在风中飞扬起来。嘉伟挽着她，慢慢走到剧院门前，踏上台阶，向场内走去。

"美来！美来！"

廖强跑得满头大汗，从后面追上来，大声喊着。美来转身回过头，惊讶地看着他。他站在雪地里，鼻孔、嘴巴喷着白气，纷扬的雪花，落得他满头满身都是。

嘉伟依旧紧挽着美来的手臂。廖强一步上前，拉住美来，用力往回一拽，不想脚底一滑，身子一个趔趄，整个人跌倒在地。所有灯光突然熄灭，四周一片漆黑，伸手不见五指。大喇叭里的歌曲也哑然无声，一片静寂。廖强急忙站起，伸手又去拽美来。左右空空的，什么也没有。他定了定神，使劲睁大眼睛，发现自己坐在床上，刚才竟是个梦，离天亮还早着呢。

“嘿！”他一伸手“啪”地打开日光灯开关，满屋像大剧院门前一样雪亮刺眼。想起昨晚睡前看电视，天气预报说省城有大雪，还看到广告宣传，有外地剧团来省城演出。他自嘲地咧嘴笑了，摇摇头嘀咕一句：“什么梦，真离谱。”

重新关灯，回到黑夜，他又怎么也睡不着。美来在计划应该回来的时间内没回来，廖强心里难免有种被木炭熏烤般的烦躁。他其实可以不受这煎熬的。美来这次本来是约他一起去的，想同时也一起谢谢他那同学黄秘书，是他自己没时间，才建议由嘉伟送美来。

为他们制造机会似乎很蠢，但他还是希望他们之间有来往，纠葛多一些，这样美来考验、分辨、确定的依据也就多一些。他觉得，美来拒绝嘉伟或许不排除是一种观念先导的拒绝。就嘉伟本人而言，不能否认他的优秀，廖强不想美来选择自己是因为勉强或错觉，想给美来更多感受和辨识的机会。在感情上，他希望美来真正幸福，也希望自己得到的是真实的情感。可这种理智的举动考验的不单单是自己的心胸气度，还有情感承受力。他不是英雄，爱情面前也不想学雷锋，内心同时也惶恐煎熬。他必须承认，他不知道如果美来真做了另外的选择他将怎样面对，能不能承受得了，但他还是愿意咬着牙，扛着。

后半夜就一直睡不着了，快天亮时掀开窗帘，见外面居然真的大雪纷飞，说不定美来他们会被雪阻隔，一时回不来。他干脆起身，开始整理那些已经基本搜集齐全并请图书馆工作人员帮做了初步分类编目的书籍目录，准备等美来回来给她一个惊喜。

几乎在美来从省城回来的同时，检察长那边把拟将大王山原战备用山洞改作战争展览馆的申请提交了上去。武副市长也高兴地亲自打电话告诉美来，市里同意并经省批准，就在大王山建馆，她还筹集到一笔社会支持资金，如今馆舍解决，就可以投在展品收藏上了。她还说，市里要把建这个展览馆作为精神文明建设项目，安排文化局、文联等部门分工协作，帮助落实具体事务，比如收集中外相关图书资料，收集战争题材摄影、绘画作品，收藏拷贝相关影片等，还要组织文艺工作者搞些写实创作……听了武副市长周到的安排，美来觉得自己如浅滩上挣扎的鱼一下重回大海深处，好像看到展览馆从一辆慢悠悠的牛车换成了快马，飞奔向前了。

各路人马不断推进，事情进展很快。特别是一些原创的东西，更让美来觉得感动和兴奋。文化馆有位抗战时期参加革命、抗美援朝时上过战场的老摄影师，把自己多年拍摄和收集到的几十幅有战争故事背景的国内外桥梁的照片悉数整理出来；还有一位已经退休的老文化馆馆长，完成了他早年就构思过的一套抗美援朝战争连环画的初稿，拿出来征求意见。美来深受启发，有意创作一幅绘画长卷，包括从南昌起义、井冈山会师、红军长征、抗日战争、解放战争、抗美援朝、剿匪平叛等内容。她的建议得到支持，文化部门已组织人员开始创作了。

这一天，飘扬了一下午的雪花到了黄昏才渐渐收小了些。金老汉早早熬好楂子粥，锅边贴了几个小玉米面饼子，煮了咸鸭蛋，炖了雪里蕻豆腐，外加一盘山里捡的榛蘑炒的土豆片，就叫正在屋里书桌上翻看展览照片的美来吃晚饭。

“这么早！”美来收了照片，放了炕桌，摆好碗筷，帮老爸收拾了饭菜，爷儿俩就盘腿坐在热乎乎的炕上吃饭。

“你五嫂上午告诉我，说省里外贸那边加工活的料包要是发来了，她找人到乡邮电所去取，不用等他们来送。”金老汉把一只咸鸭蛋在桌面上敲碎一头外壳，剥开，用筷子抠出少许蛋白搁在自己碗里，露出油汪汪的蛋黄连壳递给美来，“刚腌好，新鲜的，尝尝咸淡。”

美来听他说“大响号”五嫂的话，知道是手头没有活加工着急了，就说待会儿吃完饭，去村部一趟，打电话问问，看省外贸那儿怎么回事。金老汉说：“黑灯瞎火的，雪又滑，明天问吧。”美来说没事。

去村部往同学家打了个电话，那边说已经开始发了，很快，让她们等着就是了。美来忙道谢，松了口气，又随便唠了几句别的闲嗑，就挂了电话。再到外面，见雪已经停了，天也晴了，空气也格外清新，便不急着回家，想一个人随便走走。

借着已经跳出云层的月光，雪夜里的村落白蒙蒙的，混沌空旷了不少。每家每户的屋顶、草垛、苞米仓盖什么的，都盖着厚厚一层雪，样子有些变了形。远处坡野上，挂满雪的树木在风中摇动，影影绰绰。美来不知怎么就想起了中苏边境冰雪天地里那一团橄榄绿，她赶紧收回目光。转过神来，发现双脚正站在后街堂三奶家的院门口。堂三奶落满了雪的小院静静地反衬着清冷月光，院门和屋门都已紧闭，窗帘也已遮严，人像是熄了灯已经睡下。

这么早就睡了？美来站在院外雪地里看着，心想，别是身子不自在了。仔细听听又没什么动静，正要离开，忽觉屋内似有光亮闪了闪，细看，窗里面像是点着油灯或蜡烛。明明有电灯，怎么点这个？要真睡了可危险！她伸手解开秫秸秆篱笆院门，走进去。院内覆盖的积雪松软平整，一步一个脚印。她走到光亮朦胧的窗前听了听，伸手轻轻敲了几下，悄悄唤道：“三奶，睡了吗？我是美来！”

房门“吱呀”一声开了。堂三奶探出头来：“哎呀，美来！快进来，外面生冷生冷的，怎么这会儿出来？”

美来告诉她自己刚才在外面的担心。堂三奶笑说：“哪天睡这么早了？这大雪天我寻思老早关门闭户干点儿活。你来了就坐会儿，说说话。”说着便推美来快上炕暖和。见美来双眼直直盯着她身子在上下看，忙低头一看，自己板板正正地套了一身早年间的银红色古香缎夹袄夹裤，不觉凄苦一笑，垂下眼睛摇了摇头，半晌说：“是觉得怪？上炕，上炕，三奶今儿讲故事给你听。”

炕上放了张长方形小饭桌，一头点着盏油灯，火焰不时忽跳几下，一头堆着红纸和用旧报纸订成的收夹花样的册子。美来和三奶坐在热乎乎的炕头，一床小薄褥子，一人一头，盖着腿脚。

“这上面描的是你三奶我这些年天天记在心头的往事……”

三奶捧着一连几天点灯熬夜描出的一摞图样，两眼直直地落在油灯投映在棉布窗帘上的光影里。她在久远岁月中积淀的生命就像一本厚厚的书，慢慢地回翻到了开篇。

堂三奶原是大王山西边万福县大德兴街里人。当年一家生意红火的缫丝厂厂主家的大小姐便是堂三奶。大王山这边许多蚕农家的后生成了她家的雇工。大小姐不仅人漂亮，又识字，还有一双巧手，剪出的绣花样子让满城姑娘争抢着照着扒样，留着绣嫁妆。

十六岁那年，一家绸缎庄的恶少看中她，求婚不成便买通商会的汉奸会长，向日本人告发，说她爹给抗联送药品。父亲被抓进监牢。日本人早对她家的缫丝厂垂涎，借机抢占了去。

跟她父亲学徒的有一位高个子后生，夜里偷偷摸到那恶少家，一把火烧了临街绸缎庄，趁乱杀了正在后院喝酒、醉醺醺的日军小队长。母亲怕再遭不测，把女儿许给那徒弟，匆忙打发他们逃回大王山九道沟老家成了亲。那后生，便是美来的堂三爷金有亮。

堂三爷是金氏族中末支人，辈分虽高，年龄却和美来的父辈仿佛。他们家兄弟五个没分家，三奶嫁过来，要和另外四个妯娌轮班做二十多人的饭菜。金枝玉叶的大小姐能咽下庄户人家的粗茶淡饭，却吃不消起早贪黑做饭、拉碾子、推磨。妯娌们都乐意帮她，替她下来，让她给大人孩子们做针线，稀罕她绣花一样细密的针脚。

新婚的小两口甜甜蜜蜜，堂三爷恋她、疼她。一天晚上，天飘过一阵小雪，窗外雪地里的月光也像今夜这样明亮。堂三奶就穿着今天这套银红色古香缎夹袄夹裤坐在炕头，堂三爷把煤油灯擦得锃亮，灯芯挑得很高，满屋亮堂堂的。他笑眯眯地坐在堂三奶身旁，看她转动着手里的剪刀和红纸在剪花样。她剪出了一幅龙凤呈祥的绣花被面图案，拿在手里端详着，发着呆。

就着油灯忽闪跳动的光亮，堂三爷看见堂三奶手里祥云朵朵、牡丹花开、龙飞凤舞，在摇曳的灯影里栩栩如生。堂三奶轻声叹息说：“我一直都想绣这么一床龙凤呈祥的软缎被面给自己做嫁妆，没想到，婚事这么匆忙草草，一辈子的心愿啊……”

第二天天不亮，堂三爷就起身了，说要上趟街。外面兵荒马乱，堂三奶担心说：“有什么要紧事？不去吧。”堂三爷的大手抱住她肩膀，笑眯眯地看着她粉桃花样的脸蛋，说：“大白天怕什么，在家等我啊。”

堂三爷去了。堂三奶一整天心里慌慌的，看着太阳从东边升起，又一直落到了大王山后。她先是巴望太阳快点儿过午，过了午，又到了半下晌还不见堂三爷，她就开始害怕太阳再往下动，恨不得用竹竿支住它别再走。太阳低着头匆匆下山了，堂三爷还是不见影子。她悬着的心“怦怦”跳，又趴在窗前眼巴巴看着月亮从东落到西。村口河岸桥头上，还是看不见丈夫的人影。她一夜也没合眼，第二天晌午有人捎信来了，说堂三爷在德兴街里买了一床大缎子被面，准备往回走时，在街口被抓青壮劳工的日本军队抓走了。堂三爷好容易见到熟人，千恩万谢托人家把被面捎回来，还有一包堂三奶爱吃的酥糖。堂三奶这才明白，他是为让她盖上龙凤呈祥的被面才招来这灭顶大祸。她狠命捶打撕扯自己，头发被一缕缕揪了下来，那张剪纸花样也被撕得粉碎。她扑倒在炕上哭了三天三夜。

那一床大红色的软缎被面，堂三奶就着昏暗的油灯，和着断了线的泪珠，也不用图样，一针一线地绣了又绣，绣好后板板正正放在那里，等着堂三爷回来。

只听说三爷被抓到北边的营口做了劳工。直到日本人投降，堂三爷也没回来。后来辗转听说，堂三爷在劳工营无法忍受非人折磨，组织工友暴动逃跑，被鬼子杀害了。可怜他临终也不知道自己已当了爸爸。堂三奶在堂三爷离家八个月后生下了他们的女儿，起名‘金望北’。娘家几次来人接，她都不回，一辈子没有再嫁。女儿长大，结婚随军后要接她去一起生活，她终是不肯。她说：“你爹他每年过年是会回家来的，我走了，他到哪里去找家啊！”

就为这想象的亡灵会回家过年，堂三奶孤独地守候在这大山沟里，年复一年。每次过年，她都要把那床用血泪绣成的大红缎被面放在供桌上面摆一摆。

堂三奶的身世美来早就知道一些，却并不知这细节深处的血泪深情，她抚摸堂三奶打开的那床被面，心一阵翻滚绞痛，也联想起了许多，眼泪不觉涌出来，赶紧扭头抹去。

堂三奶抹着泪，说这些天她每天晚上都早早关起门，穿上当年这套堂三爷喜欢的衣服，点上这盏一直保留着的当年他们一起看花样的油灯，坐在炕头，想着，描着，一笔一画，就想把装在心里一辈子的血泪故事用剪纸说出来，给美来创办的展览馆增添一份藏品。

美来默默抱住堂三奶瘦削的肩膀。她本想劝劝，却不知能说什么，后来还是堂三奶先止住泪，也替她擦去眼泪，催她早些回去。

受堂三奶的启示，美来有了个新想法，她稍做梳理，写出报告，想争取上面的支持，组织人员收集整理一些口述故事或写实作品，包括照片、物件等，开辟一个纪实性的展厅，让战争中那些普通官兵、百姓真实的经历、故事和纪念物品等得以展示。她觉得，这些普通人的收藏品或许会有更难以估量的感召力。

报告递上，很快就接到武副市长亲自打来的电话，她说很赞同美来的想法，并要过来看看堂三奶的作品。在与武副市长不多的接触中，美来觉得自己之所以喜欢、敬重她，不仅因为她在行政过程中的决断干练，而且因为这位学中文、记者出身的女副市长有一种大多数官员特别是一些女强人身上少见的审美意趣，美来感动于她体恤、欣赏民间普通艺人那种温暖清纯的眼神。自从见到嘉伟的旅游纪念品后，她每次下乡过来都会叫上美来，一起去看看村里女人们的剪纸、绣品和柳编什么的。

美来挂了电话，在村部等着副市长的到来。"红村长"忙里忙外，准备茶叶、水果，红夹克像火烧云一样四处闪动着。"红村长"这段日子就像自己当了市长一样忙乎不停。面对金三角这些年不断的变化和发展，他像变了一个人一样兴奋，打从部队复员回乡立志干一番事业，这些年翻来覆去地折腾，直到现在才算上了轨道，他从心里感谢如今的政策和所有为金三角带来发展的人。特别是美来，是他最想报答的人。他忙里忙外，一心想把这里的企业都办好，让金三角发展起来，让乡亲们都乘上脱贫致富的列车有好日子过，让美来把要做的展览馆做好。

武副市长的车停在村部门口，人没下车，只把给村文化室带来的两捆图书撂下，立即拉上美来和"红村长"直接去了堂三奶家。她带了人来，主要是想让大家从堂三奶的剪纸作品中看到她内心的故事。她觉得每一个参与这项工作的人都应该在心中尽量多地感受到战争年代的气息，才会生发出更多创作的灵感。

堂三奶正坐在自家堂屋高桌前，浸泡准备做属相灯用的颜料。正阳这地方，家家户户每年正月十五晚上人人要点属相灯，求个安康兴旺、好运吉祥。

乡下人原本都是用豆面做属相灯，颜色就是豆面的本色，黄澄澄的。后来美来家从城里搬来，美来妈会用夹桃花做颜料，把属相灯都做成了红色。堂三奶也学会每年夏天摘些盛开的红夹桃花放在通风口晾干收好，到正月十五前，把这些花润上水，加一点儿盐，泡出浓厚的红色汁水用来和面，黄色的豆面就变成了红色，做出的属相灯格外漂亮喜庆。现在她是要做一些工艺品样品。

堂三奶正往干花里加盐水，就听外面一阵汽车响动，是武副市长领着人到自己家来了。屋里一下挤满人，热闹起来。武副市长一进门就脱下棉鞋，上炕在火盆边坐下，像是姑娘回了娘家。她的司机从车上把带给堂三奶的点心放在柜子上。市长对忙着招待大家的“红村长”说：“中午饭不去饭店了，就在这儿吃。你找个大嫂帮帮忙，烀一锅新苞米面饼子和地瓜，再炖上猪肉酸菜，就可以了。”

“这怎么行？”“红村长”听了有些不知所措，两手空端在胸前，直看美来，连说：“这怎么行？”眼神和动作分明是在求美来表态。乡里的裘乡长电话早打过来了，武副市长不让乡领导们陪，他就指示“红村长”：“交给你小子了，必须得给我安排好。”

美来就笑了。依她的感觉，武副市长要这样不仅是为避免铺张，她一定也喜欢。她是个有文人情怀的领导，喜欢和大家一起，找找散淡谈天的感觉。她又不喝酒，在频繁的应酬场面中一定也会有感到累的时候，偶尔这样一回，坐在庄稼院火炕头上，吃点儿农家菜，放松随性，也是别有情趣。于是美来告诉“红村长”：“那咱们就听武副市长的吧。对了，酸菜别忘了放点儿粉条，再剥一盘大葱白，炒点儿肉末酱就行！”说着一边请大家坐在地上摆的长凳上，一边自己也上了炕，在火盆边陪武副市长坐下。武副市长对正忙着拿来花生、苹果的堂三奶说："您就交给他，快上来坐吧。"她指指自己的司机，一个刚从部队警卫连复员回来的机灵鬼一样的小伙子。堂三奶就被机灵鬼推上炕头，也在武副市长身边坐下。

随行的有政府办分管主任、文化局和文联领导、辖属业务部门和搞创作的负责人等，武副市长看他们齐刷刷竖在地下，笑说："怎么？还等会议室和沙发呢？"大家"哄"一声笑了，有人低声说："我们也想坐炕上！"武副市长"扑哧"笑了，说："好哇，都上来坐吧！"于是大家"呼啦"一下一齐脱鞋上炕，嘴里嚷嚷着，这也盘不上腿呀。乱哄哄一阵，八仙过海，随便什么姿势，都围火盆边坐了一大圈，边坐边说："现在火盆在乡下也很少见了，啊！"

堂三奶满屋四壁墙面贴着各种剪纸，有人物、花鸟、传说故事、果树，还有螃蟹、对虾。大家左右观看，有人指着一幅《老鼠嫁女图》说："嫁妆里怎么还有一串红辣椒呢？"

武副市长就笑着说："我们当年啊在长白山那边插队，一到冬天就盼着下大雪，不用出工干活了。知青们在房东家火炕上像这样围着火盆坐一圈，把地瓜、土豆放在火盆里烤着。外面鹅毛大雪，北风狮子大开口，"呜呜"吼着吓人。我们坐在屋里火炕上，暖烘烘的，炭火的烟气和烤地瓜的香气混合着，大家一边吃刚烤熟烫嘴的地瓜、土豆，一边抢着聊平时压在心里、和下地干活毫不相干的话题。有一回，正聊一个女同学的花棉袄好看，房东家十二三岁的小姑娘从外面雪地里一跐一滑跑回来，头和身上落着雪花，小辫上戴着两只亮晶晶的干辣椒，红红的格外惹眼。有人顺口吟出两句诗：'谁把金刀收绝艳，醉红深浅上钗梁。'

"念诗的同学是位书法家的儿子，他说这是他父亲喜欢书写的诗句，又说这是宋代书法家蔡襄当年在杭州游玩赏花时看到两枝艳丽盛开的芍药，有感所得，书呈一起同游的苏才翁共赏的诗作。不知为什么，在当年那种闭塞偏远、令人感觉地老天荒的大山里，听到这样的诗句和这样的诗话故事，就像在无边荒野上见到一片绿叶，在沙漠里听到汩汩的泉水，我一下子就喜爱上诗词了。我父亲是个数学老师，我本来也有数学的天赋，理科成绩好，可从那以后，我喜欢上了文学，以至于后来恢复高考，背着希望我研究数学的父亲，报考了中文系……”

“啊哈，哈哈哈……”正听得入神，一串笑声破窗而入，把大家从长白山大雪天、热乎乎的火盆边拉回，有些拘谨的气氛也都消散了。美来一听就知道是五嫂被“红村长”安排做饭来了。五嫂“嘎嘎”的笑里夹杂着高声大气的话语：“你说美来大妹子哈，市长都请到咱家炕头上了，多大官你说啊哈，赶上魏司令啦！”五嫂进门没直接去做饭，硬要先过来看看女市长是什么样，说上两次来她都没看见。

她进屋，见了坐在炕头上的武副市长，说：“哎妈呀！市长这么年轻啊！”又“嘎嘎”笑开了。她把手里拎的一袋野生油栗“哗”地倒在火盆边，另一只手又递进块铁板放在火盆上。大伙立即心领神会，把眼前的花生、栗子捧上去烤着。

“哈哈哈，俺去做饭给市长和大伙吃啊！”五嫂转身往灶间走。美来叫住她，说：“五嫂，我想起来了，你再叫‘红村长’让加工厂送几瓶准备出口的猴头菇罐头来，让咱们自家领导先品尝品尝！”

“就是啊，哈哈，你说怎么做法？”

“就家常，用土豆片清炒，多加大葱丝，再给烙些你拿手的芝麻火烧，切成块。对了，拿几瓶啤酒来，请大家随意，啊！”五嫂“哈哈”笑应着，转身去了。“简单点儿啊，别太麻烦。”武副市长随后追了一句。

堂三奶听说要烙芝麻火烧，说：“那我刚好有新做的槐花酱，蘸着吃正对味道。”

“什么槐花酱？”武副市长问。

美来诡秘一笑：“这可是三奶的秘制！早年闹粮荒，家家都采槐树花蒸槐花糕吃，这些年没人吃了，堂三奶还年年到花期了就采些刚开的花朵，加一点儿红辣椒丁，在开水中焯一下，撒上精盐、白糖，晾好了就像罐头一样连汤汁一起封进玻璃瓶，过上半月二十天就好了。看上去色泽通透鲜亮，开瓶后香气扑鼻，口味微辣甜咸，滋润清爽。再滴上一点儿香油和米醋，淋在切成块的芝麻火烧上，吃起来口味特别香。今天正好，咱们都有口福尝到了。”

“是吗？这倒要品一品。槐花糕早年我也吃过，槐花酱从没听说。三奶您这是个发明啊，既然这么好，今天大家就一起看看，你们加工厂能不能增加个新产品？”

美来蓦地盯住武副市长的明眸皓齿，半天惊喜道：“是啊！怎么我们早没往这上面想呢，‘红村长’？”她又转眼去看也一脸茅塞顿开的王向阳。他不住点头说：“是啊，是啊，我们怎么早没想到？”

“好了，一会儿吃饭，你记着请他们给取个品名，咱们也创创牌子！”武副市长用拇指对围坐的文化界精英们指了一圈，“你们各位专家听着，一会儿饭桌上，限每人至少拿出一个名字来参考，讨论一下，给他们定个叫得响的名字。”

“那谁的要被采用了，市长可有奖？”文化馆一位搞美术出身的青年馆长踌躇满志，笑着问市长。

“当然有啦！“武副市长看着他，想了想点头笑说，“我还要请你这个画家回头把大家确定的品牌名称设计成商标，再捎带给注册了，叫他们少跑儿趟腿。”画家馆长神采飞扬起来，说：“得令。你看，我这一兴奋，怎么连广告词都跟着跑出来了。”

“到底是才子，不含糊啊，还不给我们念念，趁市长在这儿，把关定夺了，还会有奖呢。市长，让他念念吧。”大家七嘴八舌。武副市长听了，笑着扬起眉毛，一努嘴：“好哇，念念。”

“那在下可就听命献丑了啊，请市长和各位批评。”馆长仰起头，举目望向窗外的云空，清了一声嗓子，拿腔拿调地念道：

> 浩浩大王之山脉，纵横百里；绵绵凤凰之河水，蜿蜒千年。重峦叠翠堆槐雪兮，上苍之独赐；水润云蒸漫清香兮，造化之钟灵。雪映宝石红，槐花酱聚天地之精华……

“好，好！”武副市长笑着拍手道，“怎样啊，还用往下听吗，美来、‘红村长’？”她居然也把王向阳叫成“红村长”。

“太好了！”美来也一拍手说，“要不怎么市长夸都是精英呢，这出口就成诗赋，拿来做广告我都觉得太过奢侈了！这还未及品尝呢，评价就如此精彩啊！”

馆长说：“刚才听你的一番介绍，我已经是见其色，闻其香，如饮琼浆了啊。”

美来说：“不过听到其中一句，关于名字，我倒忽然受到启发了。”

“嗯，我也是，可能还和你的一样。”武副市长也兴奋地看着美来。他又问大家：“你们呢？都好好酝酿酝酿啊，一会儿吃饭我们讨论。”

接着，武副市长让拿来堂三奶那套剪纸，请大家观看，又让美来把纪实展厅的一些想法、打算向大家汇报了一遍。武副市长征求了一圈大家的意见后，当即做出了相关的落实安排意见。

下午，送走了市长一行人，美来兴奋不已，感觉展览馆像一颗已完成制造的卫星，进入调试阶段，就等发射了。她帮五嫂和堂三奶收拾着东西，见王向阳也在帮忙，就笑说：“你给我们吹上一曲听听吧。”五嫂就“哈哈”大笑，拿了凳子让“红村长”坐，说想听《年轻的朋友来相会》。

美来听着欢快的曲子，收拾着，心里高兴的是，中午大家品尝过味美色鲜的槐花酱，一致同意定名为“红宝石牌风味槐花酱”。

武副市长还说，可以把大王山及周边资源整合，开发出系列产品来。

桌子上多少喝了点儿酒的专家们七言八语，说干脆开发一下“宝石牌”的系列产品。比如水果罐头，统统冠名“黄宝石牌”；干果就为“金宝石牌”；蔬菜类为“绿宝石牌”；鲜花类就以槐花领衔，为“红宝石牌”。还有一个“蓝宝石牌”，王向阳提出要留给凤凰湖水库的各种鱼，大家说用淡水鱼做罐头土腥味太大，怕没市场。

市长就笑了说，记得《红楼梦》里刘姥姥在大观园里吃茄鲞，不知是什么东西这么好吃，王熙凤就说出她家做这个菜的一大堆烧制办法。美来一听，说：“对呀，我们就研究用各种佐料去腥提鲜，做出特殊风味的‘蓝宝石牌’淡水鱼罐头。”

美来边听边收拾边想着，仿佛看到他们的各种“宝石牌”闪闪发光，摆满商场货架和家庭餐桌。

第三十二章

嘉伟自从搞了大王山旅游纪念品开发，他觉得自己还真有点儿钓鱼的同时能捉蝴蝶的本事，对搞企业也有了兴趣和思路。新开发的工艺品不但在景区有人喜欢买，有的东西他觉得拿到国外也会受欢迎，就准备试探一下加拿大等国的华人市场，同时他地质专业方面的研究项目也有进展。最近他和加拿大过来的一位助理经常吃住在金三角。

这一天，他在山里考察取样之后，按计划准备赶回正阳，就去找美来告别。美来看着已经滑到西山尖的太阳说，明天再走吧，天这么晚了。

嘉伟说明天要赶往省城参加地质学院的一个鉴别会。“那就快动身吧。”美来又催他。嘉伟笑着点头，却左右磨蹭，说想喝杯茶再走。美来起身为他和助理一人泡了一杯，端过来。这时村里广播喇叭突然响起。

“好消息！乡亲们，好消息！”“红村长”通知说，“乡里放映队晚上要来金三角，放映《柳堡的故事》。”场地就在村西水库岸边那一片缓坡上。在这种露天的野场放电影，嘉伟还是前几天听“红村长”吹双管时才聊起过，觉得很稀奇，一听广播就来劲了，转头用英语对助理说：“咱们留下，看一场露天电影再赶夜路，一定很有趣的！”带点儿卷发的年轻助理很巴不得的样子，连声笑着说“OK”。美来并没具体听懂嘉伟说什么，却大致明白他们的意思，就看着天色摇头说：“要走就还是趁早吧，下次有机会再看。”

“看完再走，没事。”嘉伟说着把茶一口气喝完，又孩子气地笑着恳求，

“我们从来都没看过啊！”

因事先没给他们派晚饭，现在晚了，美来只能领嘉伟和助理回自己家去吃。

这时，黄昏的天色里炊烟四起，村庄上空阵阵双管的韵律缥缈着。兴奋的小孩子们四处奔跑，扯着嗓门呼喊：“演电影啦！演电影啦！”进进出出的男人女人们脚步明显加快，脸上挂着匆忙和喜悦。整个金三角人的心思已兴冲冲提前奔向了村西水库岸边。

这样的田园牧歌气息，嘉伟在书本中也不曾读到过。他如今在大陆越久，来金三角越多，就越能体验到另一种生活状态，其中有辛苦，更有欢乐。他也越觉得，自己渐渐能够更多地读懂美来了。

他们沿小路一起往家走着。嘉伟好奇地问美来：“听小孩子们玩游戏，总喊那句‘不见鬼子不挂弦’，还有‘高家庄’‘马家河子’，这到底都在说什么？”美来“扑哧”笑了，想了想说：“这个啊等下次吧，我叫放映队来，专门演《地雷战》《地道战》，你看完就知道了。”

回到家，晚饭已经摆上了。一见又来客人，金老汉急忙现加了两个菜，一盘黄灿灿的炒大骨鸡鸡蛋，又拍了个黄瓜拌海米。吃了饭，美来就带他们一起到村西水库岸边。

嘉伟发现，原来放电影的银幕就悬挂在波光粼粼的凤凰湖岸边。晚风吹过来，银幕鼓起来又凹进去。人们从四面八方条条道路陆续涌来。孩子们围着幕布奔跑，手里还举着晚饭桌上吃了一半的玉米棒子，蜻蜓一样，一圈一圈追逐着，有的身后还跟着一条摇着尾巴的大黄狗。幕布前面，一小片平整的空草地上，放映员正在调试刚刚安放的两个落地麦克风。美来告诉嘉伟，放映员是乡里文化站站长兼任的，他特意提供条件，让那些爱好演唱的文化骨干们有机会在放映前活跃活跃。本来骑着自行车驮着放映机、幕布、音响什么的四处翻山越岭就够难的，可他每次都会带上这些啰里啰唆的支架麦克风。嘉伟听着，一脸诧异，内心又一阵感慨。

“大响号”五嫂这会儿正“哈哈哈”笑着，拉另一年轻妇女走上去，在麦克风前面，连扭带唱：

谁家的媳妇哇走呀走得忙呀，
原来她要回娘家。
身穿大红袄，头戴一枝花，
粉红的胭脂她的脸上擦……

在闪烁着星光的夜空下，电影开演了。女人们大多带着小板凳靠前坐在草地上，一堆一簇地嗑着瓜子，前后扇着扇子毛巾，不时发出一阵哄笑。男人们多在靠后的外围，叉腰抱臂，也有光膀子的，站在那里，叼着烟。青年男女喜欢挑更高一点儿的半山坡，错错落落，三三两两，互相扔东西，推扯着，低声喊叫嬉闹。也有从附近十里八村赶了来的，听说年轻人都这样，各村屯间互相串，一部电影有人跟看了十几遍。小孩子仍围着幕布转，电影中的声音空隙，还会挤进蛙声虫鸣和孩子们的尖叫。整个场面，就像是一个郊外大联欢。原来，《柳堡的故事》早已在金三角和周边村落上演过多次了，观众自然是醉翁之意不在酒，只有几个老人和美来、“红村长”他们一起，坐在从村部拿过来的几条长凳上，陪着嘉伟和助理，关注着银幕上的剧情。

嘉伟平生第一次感受露天观影和这样的人情场景。银幕上忽明忽暗的光影，挂在树杈上的黑色扩音喇叭里发出的瓮声瓮气的声音，还有蓝色夜空上的星星，银幕后幽幽粼粼的水波光亮，远处模糊的山影丛林，周围一簇簇一层层的乡亲，仿佛都浑然融在一起，戏里戏外，都是从没见过、体验感受过的情景，奇妙极了。特别让他意想不到的是，当电影里插曲一起，银幕内外，居然有无数张嘴一齐唱了起来：

九九那个艳阳天来哟，
十八岁的哥哥坐在河边，
东风呀吹得那个风车转哪，
蚕豆花儿香呀麦苗儿鲜。
……

看完电影，已是八点半多，美来和“红村长”都留嘉伟明天再走。嘉伟说路很熟没事，十点就能回去，也不晚，还是告别他们往回走。

送走嘉伟，美来看看时间，回去给廖强打了个电话，他果然又在搞“前门大会战”。美来问他这几天有没有机会到大王山来，顺便帮她在城里买一箱碘钨灯管，给展览馆展厅和走廊增加点儿照明灯光。廖强说没问题，正好后天星期天要到金三角邻近的八道沟村搞取证材料，傍晌午就可以过去。

星期天，已经晌午了还不见廖强影子，也没有一声电话。这都是怎么了？连嘉伟也怪了，照往常，回去了立即会有电话报平安，这回到现在也没动静。美来正站在屋门口想着，忽听大门外喊了声：“来客人了！”跟着“红村长”推开院门，又闪身把身后一个姑娘先让进来。美来一看，大叫道：“胡娜，是你！”她张开手大步奔出去，“今天是什么风，把你吹来了？”

“思念的风呗！恨死人了你，老也不回去看我们。”胡娜扬起臂膀迎上来，两人小鸟一样“叽喳”喧闹，抱作一团。

“那你怎么也不说来看看我？”

“是早就想来了，动不动有一些活老是忙。以前有你，我清闲多了。再说了，你家这也太远了吧，难怪你走路老像跑。”

“红村长”提着纸壳箱不声不响送进屋里。

“哦，碘钨灯管，给你送来了！”胡娜嘴巴朝“红村长”手提的纸壳箱努一下说，“今天一大早我就出了家门，好久没逛街了，刚到百货大楼门口，就碰见公安局的石毅，说和廖强买了碘钨灯，准备顺便捎给你。现在突然有案子，廖强已出发了。他要抢救病人送医院，只好抓我把灯管送车站，找乘务员捎到大王乡派出所，让派出所转交给你。”胡娜说她到了车站，一想找这个那个的太麻烦，干脆自己直接送来，顺便看看美来和大叔，不想下了车一打听金三角还得走二十里地。“妈呀吓死我了，幸好遇上‘红村长’拉化肥的拖拉机，捎脚过来了。”

胡娜眉毛荡秋千一样上下跳着，又说：“前段时间看到正阳报上旅游搭台经济唱戏的报道，介绍了金三角发展旅游和庭院蔬菜大棚的经验，还登了‘红村长’的大照片呢，穿的就是这件大红色衬衫，我一眼就认出来了！”这时“红村长”把东西放进屋里出来，对还站在院里的两人说：“你们进屋唠吧，我先回去了。”

美来连忙留他一起吃饭。他说回去家里还有点儿事。胡娜把背包里带的麦乳精和糖果点心拿出来，要分一半让他带回去给小孩吃，“红村长”的脸“唰”地红到脖子，直摆手往外走。胡娜追到大门口，见他已经走远。

美来还没见她这样客气过，也跟在后面喊了声“红村长”：“下午我和胡娜去你家看大棚啊！”“欢迎！”“红村长”头也没回，逃离的背影早转过拐角了。

美来回过身一巴掌掴向胡娜：“叫你胡说！小孩小孩，人家还是个未婚青年哪！”

胡娜一缩脑门，吐着舌头：“妈呀，还真该打！你们乡下人不是结婚都早吗？看他老大不小的，还以为早当爹啦。”

“他能多大？就大你两岁罢了。”胡娜听后放平竖起的眼睛，眨了眨，说了一句莫名其妙的话：“你们这金三角，还真是个金三角啊！”

吃饭的时候，隐隐听到一阵韵律幽婉地升在村子上空，白云一样缥缈舒卷。

胡娜侧起耳朵，问：“是什么乐器这么好听？谁在吹？你们这样的乡下地方怎么还有人会这个？”

美来瞪她一眼又垂下目光，心中几分感慨又几分得意，想想也说出一句她自己也不很清楚的话：“因为这里是我们金三角呀！”

下午胡娜开了眼界。坐饭桌上吃各种反季蔬菜时，大家常会说“大棚把季节搞乱了”，看了几位农户和“红村长”家的大棚，胡娜才真正有了这种感受——但绝不是“搞乱”，而是神奇的“变换”。

从小在城里长大，她还是第一次这么近距离接触到乡下人的生活。看到他们在泥里水里、在污浊的气息里弯腰流汗，卷着裤腿，两手泥巴，那种劳苦和干劲让她受到触动。听说滑子蘑一旦开伞日本人就不要了，为抢采摘时间，连小孩和老人都点灯熬夜齐上阵。在“红村长”家，见到他八十多岁的老奶奶，患着严重的老慢支，动不动咳喘得直不起腰来，可一到要紧时，弓着腰硬帮孙子剪了好几帘蘑菇。胡娜看着老奶奶精瘦枯黄的脸色，眼睛都泛红了，不由暗中握紧美来的手，好像第一次接近她。

听王向阳说，乡亲们扣大棚需要的就是资金，她觉得可以争取银行正要开展的农村多种经营扶持项目，就主动介绍。美来立刻说：“叫你来看，就是要你脑袋挂上号。这可正好，回去就帮争取一下，以后我们‘红村长’直接和你联系，可不准拿架子啊！”

胡娜瞪她一眼，说：“我哪会那个！”

美来叫王向阳安排人，等一下送胡娜去车站。王向阳说不用，他自己正好还要去一趟乡里农业办，顺便完成任务就是了。

美来说：“那现在时间还早，你给我们吹一段双管好不好，就《草原之夜》。”晌午听说曲子是“红村长”吹的，胡娜说什么也不信。看他木讷讷、黑黝黝的，怎么会？美来就想要她当面听听。王向阳有些不好意思地泛红了脸，起身去另一间屋拿双管去了。

美来和胡娜坐在这边喝水，看王向阳挂在墙上的一幅画：村西大王峰脚下，顺山坡伸延的开阔湖岸上有各种树木、花草，近水有沙石、软岩，天空飘着云朵，湖面上是大片荷花；另一侧水岸，还凭空画上了鱼库样的大房子，水中有小船，姑娘小伙们咧着大嘴笑，正在喂鱼；近景还有一个水上演出台，岸边草地有座席和遮阳草棚。美来还是第一次看到，想是他新近画的。她想起小时候有画家来写生，王向阳就爱蹲在后面看人家的画笔和颜料。那时上图画课，老师总叫他们用蜡笔画出心中梦想的家乡。

胡娜也站在她身边，打量着眼前这幅技法并不算高超却很有特点的绘画。是那种农民画风格，色彩鲜明，大红大绿，景象丰富，构图夸张，随心所欲……两人静静看着，似乎都有一种会心和感慨。

要送胡娜往回走时，她恋恋不舍：“别说，你们这里还真是挺好，很多东西都挺让人意外的啊。哪天我还来，看看你那个展览馆。”正说着，美来接到武副市长秘书的电话，通知她：正阳市在当年甲午海战旧址建爱国教育基地，明天上午举行大清战舰将士塑像揭幕仪式，武副市长想要美来去参加。美来知道这是武副市长给她提供的学习机会，忙把明天请电工安装碘钨灯的事托付给“红村长”，自己要马上收拾一下，提前和胡娜一起回正阳，明天好按时去参加活动。

搭上颠簸的拖拉机“突突”赶路时，望望空中压低了的云层，美来心中惦念起廖强，也不知道他今天遇上的究竟是什么要案，有没有危险。又想起嘉伟，居然也没来个报平安的电话。

原来今天一大早，廖强和石毅买好碘钨灯准备去大王山。有机会为美来“效劳”，他就像中了奖，兴冲冲地刚出商店门口，就见有个骑自行车的人，一溜歪斜，折了翅的飞雁一样摔落在他摩托车前。被扶住后，那人上气不接下气，手抓廖强的衣袖求救说：“我，我认识您，廖警官，上次揍姓许的那王八蛋，快救，救我们的……”

原来嘉伟前天晚上看完电影回正阳，顺利出了山路，在临近城郊的国道上，发现前面影影绰绰似有人影晃动，走到近前，见其中一人捂着胸口病重的样子。“快停车！”嘉伟用英语对助理说。车停下来，几个人果然要求送病人去医院。上了车，病号突然变成了歹徒，三把刀从后面逼住嘉伟和助手的喉咙。二人被绑架了。

第二天，公司刘会计接到绑匪的电话，命令他拿二十万赎人，还像打闷雷似的恐吓他：“报警，就撕票。”惊出一身冷汗的刘会计瘫坐在椅子上，哆嗦着拿起电话，犹豫半天，还是没敢报警，赶紧备好了钱再等电话。今天一大早接到绑匪通知，指定他在二十分钟内骑自行车到正阳河桥头，在第三棵大柳树边的青石条底下取接头地点，并说过了时间或发现有可疑人在左右，就等着撕票。刘会计紧张过度，出了门眼冒金星、手脚发抖，骑着车子走八卦路一样，三摇两晃支撑不住，一头撞在廖强脚下。

这个精瘦的南方小个子结结巴巴，好容易说清绑匪指定的接头地点和方式，竟紧张得昏厥过去。

廖强看表，什么都来不及了。对方显然是有经验的绑匪，用的是一些定时、定点、变动、连环等有利于金蝉脱壳的接头办法，又在暗处可监控，使受害方没有对外联系、设计埋伏的时间和空间，一切只能凭他们掌控。现在必须按其要求立即去接头，才能保证嘉伟他们安全。不容分说，他立即指示石毅送刘会计去医院和汇报上级，自己把手枪也取下交给石毅，赤手空拳，好在今天穿着便衣，假扮刘会计，骑车赶往正阳桥头。

按绑匪电话指定的地点，廖强在那棵柳树下取出纸条，一看，果然是转换到另一个接头的地点和接头时间。他料定周围必有盯梢他的眼睛，就忙藏了纸条，急急骑车又照指定地点赴约。如此反复了两次后，得到的指令是：他必须不再骑车，步行，在一小时内赶到指定的东城郊外杨家店桥头去。廖强熟悉那里，视野开阔，行人稀少，是更便于被绑匪监控和方便他们进退的地方。估计是最后一个地点了，就撂了自行车，徒步朝那里走去。

公安局领导接到石毅的报告，紧急组织人马，研究解救方案。同时因属涉外大案，上报后，市局和省厅十分重视，分别派人员赶来参与破案。原来，早在半年前省公安厅曾有过通报，有一绑架团伙在东三省几地流窜作案。其作案手段、方法与当下发生的这一起基本相同，不仅能周密狡猾地摆脱掉警方的追踪，不留蛛丝马迹，而且不断转移流窜，所以，至今还没破获。这一回，大家估计可能遇到的就是这一团伙。这样的要案，常规上是要组织专案组周密部署侦破解救行动的，廖强却在毫无准备的情况下遇到他们，且单枪匹马，匆忙上阵，他要经受的是经验、智慧、胆量等多重考验，不但要成功解救人质，也要兼顾自身安危。刑侦会议室里空气紧张，虽然大家对廖强有信心，但此案实在突如其来，复杂凶险，大家都为受害人和孤身出马的廖强捏一把汗。

而当躺在医院的刘会计苏醒过来，病情平稳，开始详细汇报情况时，紧张的气氛忽然升级到了一触即发的地步。因为大家忽然发现事情有一个潜在的巨大危险，所有人，包括省市陆续赶来的专案组人员，一下子全都把心提到了嗓子眼。

原来这刘会计一张口便是尖声细气的南方口音，让大家一下子意识到，他几次和绑匪通话，从对方手段的老辣精明看，是绝对会留意到这个特征的。而廖强之前和刘会计并不熟悉，此番又只是紧张地交谈了几句，匆忙之中赶去接头，很可能会忽略这一细节，绑匪则轻易就会发现破绽，那后果不堪设想。

石毅用拳头狠砸自己脑门，大叫：“我该死！真该死！”他说自己当时几乎被突发状况撞蒙，根本就没注意到这一点，现在才反应过来，更别说给廖强提个醒了。而廖强当时匆忙弄明原委，急急赶时间，忙乱中怕是更难留意到这个细节。他说着面红耳赤起来，狠劲捶打自己。

远在市郊区以东杨家店桥头，廖强已经步行到达了指定的接头地点。这地方地势高，四周芦苇密集，行人稀少，车辆又少，能远远观察动静。廖强心想，以绑匪的狡猾，自己肯定一直在他们的跟踪监视中。一会儿，果见有一辆清洁车驶过来。两个戴着防尘帽、墨镜、口罩把面孔与外界隔绝的人，从车里先后下来，像剧场里打扫卫生的清洁工。廖强断定就是他们了，内心忽地蹿起一股怒火。他迎了过去，按纸条明示的接头暗语，准备对话。

站在两个绑匪近前，就在张口说话的一霎，廖强脑海中鬼使神差般闪出刘会计上气不接下气的样子，耳边响起他尖声细气的广东音。“不好！”像突然发现脚下的摩托冲到了悬崖边，他猛一个急刹，几乎用尽吃奶的气力，把已发出喉咙的声音压在齿后。

“哥们儿，沉着！”他在心里喝令自己，脊背已不觉冒出一阵冷汗。他佯装疲惫地咳嗽，拍着自己的胸口缓和了一下情绪。

他迅速找了找刘会计南方口音的感觉。局里技术科有个法医就是南方人，平时没事大家老爱学他开玩笑。入了戏，他才又做出疲劳口渴状，使劲咽了咽吐沫，向来人问道：“里们，西不西有卖拉个黄瓜啊？”

“我们是收黄豆的，牛皮纸也行。”对方答。东北口音。

“啦个里们就把介一些黄毛巾买去好吧啦！”

对上话了，廖强就要和人质见面。对方说：“人质并没带过来，还在另一处呢，钱放下。我们道上也是讲规矩的，回去老大指定放人。”

“介个不可以的啦，不见到人我西不会给钱啦。”

两人看看廖强紧紧抱着铁皮密码箱，迟疑着互相点点头，就示意他上车，将他的眼睛用黑布蒙住，绑了，才开车走。车开了有一个多小时，到达目的地，进了一间仓库样封闭无窗的屋子后，二人才打开他眼睛上的黑布。

关在里面的嘉伟和助理见到他立即紧张起来。嘉伟上前刚要说话，廖强抢先开口，一边使眼色，一边操着刘会计的南方腔调说：“董席长，钱我全数带了来啦，介边答应讲规矩，钱到就放我们走的啦！”嘉伟猛地会意，用力点头，口中“嗯”了两声便不再说话。守在巢穴里的绑匪老大是个秃顶黑胖子，也包着大半面孔，不露长相，手握一柄匕首，围廖强转着圈，一双黑洞洞布满血丝的眼睛上下打量。见廖强蜷曲着紧张颤抖的样子，刚想叫松绑，突然又上前用刀逼住他的喉咙，龇着牙挤出声音：“听电话里刘会计的口音调调像是个瘦小个，南方人有长你这么人高马大的吗？是个警察吧？”

“哎呀呀！误会的啦，兰方人也西有好多高的嘛。毛主席，毛主席啦，就西湖兰人嘛！好高的啦！钱，钱我都拉过来了，里们快检查一下放我们走好啦！”老大竖着耳朵，转了转眼珠子，叫打开钱验过，之后放开了廖强，又说现在还不能放他们走，要等傍晚确认没有“尾巴”，再送他们出去。说完就把他们又锁在了屋里。

剩下他们三个，嘉伟急切地上前问：“你怎么……”廖强忙用手制止他。一面指指紧闭的门，低声说：“一接到电话，我也吓坏了，什么都不敢多讲啦，照介边要求，急忙凑够了钱，就过来的呀！”

嘉伟这才想起，他们都是被蒙着眼睛带进这间仓房似的空屋子的，隔墙有耳，外面环境是什么样一点儿也不知道，就连忙配合说：“对，漏了风声，被警方知道了，那就麻烦了，咱们只要平安回去就好。”

“就西，就西的啦！”廖强边回答，边掏出“大前门”点上，狠狠吸了一口，眼中聚起两道钻石般闪亮的光。他扫视一遍整个屋子。四围是土墙，只一面墙上方留了一孔小窗透光。地上有零星没扫干净的鞭炮纸屑和引信，墙角处水泥地面上，一处堆过黑色粉末的痕迹很清晰，屋内好像也有鞭炮火药的气味。看看再没什么其他特别之处，他才缓下紧绷的神经说：“哎呀，好累好累，我得歇歇啦。”说着只顾闭起眼睛不作声。

嘉伟很不安，他不明白情况，以为是公司那边报了警，一旦被绑匪发现蛛丝马迹，就不敢保证营救行动百分之百成功了，也就意味着自己不一定能脱险。他以为廖强真在休息，但有些话不说怕没机会了，就坐过去，压低嗓音，和廖强进行了一番对话。

“您不该来。一旦我们都回不去，她怎么办？”

“现在最重要的是你们的安全。我来最合适。这是职责。”

“即使您救我，我照样和您竞争！”

“我就希望竞争取胜。”廖强一直闭着眼睛，不想和他啰唆。

“我知道，你们是同一块土地上的树木，天然亲和，我更像移植嫁接过来的，缺少先天基础。”

“有自知之明。”廖强仍闭着眼。

“但我还是有实力和自信。”

“和有实力的选手竞争才过瘾！”

“我们都希望她幸福，所以您不该来，万一有……”

“博士，别悲观，我保证，让您亲眼看到我最后的胜利！或者……”廖强用力按住嘉伟的肩膀，心想，看来你个“假老外”还是条汉子，“或者，是我亲眼看到您的胜利。好了，别再多说话了。”

嘉伟拉住他的手，默默握住了，不再作声。

公安局各路人马齐聚，多方撒网，始终没有廖强和绑匪的任何音信，无从下手。直到晚上八点，正阳市东边的东瓜川乡派出所报告，廖强在邻村一个小卖店打来电话，说他一小时后赶到东瓜川乡派出所，让他们立即报告局里：两名人质都已安全解救，请局里火速派人到东瓜川乡派出所与他会合，研究抓捕绑匪行动；同时先悄悄查询一下，东瓜川响马河西岸一带是否有鞭炮制造场所，包括废弃仓库之类。

“好小子！”公安局长一拍桌子，率人马利剑出鞘，迅速奔向东瓜川。

绑匪是在临近傍晚确认了“刘会计”没有带来“尾巴”时，把廖强他们三人蒙上眼睛一同带上车的。沿着与来路相反的方向行驶一小时后，停在邻县一个路边山坡的野地里，才把他们撂下车。等他们三人摸索着互相打开反捆住的双手，解下蒙住双眼的黑布，绑匪的车子早消失在黑暗中不知去向了。

这是什么地方？廖强判断着，带二人摸到附近光明山村的一家小卖店，找到公用电话，打回去。汇报之后，又找到这个村的治保主任说明缘由，请他帮忙用车送他们到东瓜川乡派出所。

原来，廖强和两名绑匪接上头，在被蒙了眼睛带上车的瞬间，就开始暗中通过行车速度、时间、转弯方向、上坡下坡、行走的是国道还是乡道、周围声音环境等因素，分析车子行驶的路线、方向、距离，判断大致到了什么地方。

根据口音和作案方式，他已分析到绑匪很可能就是省厅早有通报的那个团伙，不由激动紧张："好家伙，送到老子手里了！"他暗暗叮嘱自己："沉住气！这回不但要解救人质，还要摸准位置，抓到你们这伙混蛋。"

多年办案，他跑遍整个正阳城乡，对山水形貌、大致地形、基本路途几乎烂熟于心。他一段一段推断行车的方向、路段、地点，后来判断绑匪的车子可能已进入东瓜川乡一带的国道。这时，果然听到路边有农贸市场夹道买卖喧嚷的声音，车子好像还被人群和走在前面的一辆牛车挡着开不起来。他记得这一带农历逢五有集市，看来果然是在东瓜川乡国道。再往前走可就到邻县的地界了，那边地形不熟，摸不准位置。他正焦急，突然感觉车左转向北下了一个陡坡，应该是驶入了东瓜川乡地界。

"太好了。"廖强大松了口气，到这一带地形他更烂熟了。去年冬天，这一带突然刮起一阵"黑眼风"，就是有几户人家的草垛半夜被人点着烧光。得罪人或街坊发生矛盾，就会冷不丁遭遇一场"黑眼风"。他和小秦专门来这里明察暗访了好些天，侦破了两起，煞住了这股势头。

现在，他判断车子应该是奔向响马河一带。响马河因河床中大小山石错落，流水冲击就会发出声响而得名，但因不同季节水量不同，有时候也不一定有响声。车行了一会儿始终没听到水声，无法确定位置，这时正好一名绑匪说道："桥面太他妈窄，慢点儿。"廖强一听，心里落定。响马河有一条很窄的跨河便桥，到此，他确定对路途的判断一定没错，估计绑匪的据点就在响马河对岸附近。

果然车子过了桥又拐向北两里左右，到地方了。后来在关押他们的屋子，凭借观察到的屋内的一些特征、痕迹、气息，他分析这可能是一个废弃的鞭炮库房，所以就在电话里让先暗中调查。

邻县这边光明山村治保主任知情后，亲自开着一辆大解放把他们送到冬瓜川，和局里人员会合。廖强汇报了自己的分析、判断和思路后，领导和大家一致认为有道理。这时，已经得到通知的响马河村长和治保主任赶来报告，响马河东岸的一块空荒地原有个鞭炮制造点，后来公安局搞安全整顿时被废弃，几间空房子还在，前几天有外地人来预交了两个月租金住进去，说是想收购点儿当地土货什么的。

听到这里，亲自上阵的公安局长用犀利的目光和廖强火炬样的双眼一碰，高声命令："出发！"

再说几个绑匪，撂下三人就喝酒庆祝去了。紧绷了两三天又得了一大笔钱，他们太需要放松犒劳一番自己。他们实在是相信，三个人来去都被蒙了眼睛，又经了山回水转绕来绕去，最后被远送至人生地不熟的邻县地界，会和以往绑架过的人质一样，弄不清东南西北，更别说找回他们藏匿的地点。即便是报了案，警方漫天撒网，不等摸到半点儿线索，他们明天一早就跑得干干净净了。

几个人猜拳斗酒，痛痛快快，回到住所后，正在忙着数钱收拾东西，准备明天拍屁股走人，冷不防有人破门而入。措手不及的绑匪，钱入口袋还没焐热，就被一网打尽。他们交代，一年来到处流窜，采用的都是这种办法，到正阳后，刚摸好路数，第一网就捞了个大鱼，但见有一个是华侨，觉得悬，所以准备明天一早就转移，万没想到连夜被端了窝。这回到底犯在哪儿了？

绑匪被押解上了前面的警车。

石毅和大家迫不及待，回头一拥而上围住廖强，就要把他抛起来。

"OK！福尔摩斯廖！"跟着警车一起返回来的嘉伟和他的助手也忘情地跟大家呼叫，要把廖强抛起来。却不料，廖强突然身子一晃，"扑通"一个跟头跌倒在地，昏了过去。

队友赶紧上前呼叫，把随行法医叫过来，检查一番，没发现受伤和其他状况，就赶紧将他抬到车上送往医院。路上石毅说，廖强这几天办案连着熬夜，犯了胆囊炎，今天突发案情，一个人急三火四冲上去，一整天没吃没喝又连着熬了大半夜，应该是过度劳累吧。法医不断催促司机开快点儿，他担心廖强出现其他异常，突发危险。

第三十三章

因为提前过来，美来一大早就到了政府大院，等待集体出发。武副市长见了，高兴地对她说："还担心你路远会来晚呢。昨天就提前过来了，怎不过来找我？"

参加揭幕仪式的队伍陆陆续续到齐，统一乘大巴开往现场。在正阳东南沿海一片宁静开阔的海域，曾有学者考证，这里历经清代抗击日寇的甲午海战，记录了大清战舰与日军入侵战舰激战的悲壮历史。如今，在海战旧址悠长的海岸线上，连绵林立的山岩卫兵一样日夜守望着大海，大清战舰全体将士们的塑像就落成在这片悠缓开阔、鸥鸟盘旋起落的海岸边。当地乡镇也组织来了很多工作人员、学生和民兵，还有许多自发赶来的村民，黑压压汇成一大片，涌动在海岸边。

临时搭建的一个观摩演出台，两侧分别排列着五门乌亮威严的大炮，指向远方的炮筒仿佛在齐声宣告：祖国的海疆神圣不可侵犯。每个炮筒上面，还挂着用锦缎扎着的大红花，更衬出欢乐祥和的庆祝氛围。恰好，这里还有一支解放军野战部队正在进行训练演习。仪式活动也包括了地方政府对部队官兵的慰问和观摩军事训练表演等内容。

一阵鸣枪和礼炮声之后，海战将士塑像揭幕仪式宣布开始。军地领导和方方面面的代表做了讲话之后，军事演练开始了。先有战士列队在海岸沙滩做徒手格斗、障碍跨越、海空飞行物和海面漂浮物射击等表演。最后上阵的是千人集体泅渡表演。正值大海满潮，一千名战士集体跳进汹涌的大海，在层层浪涛中击水向前。战士们的身躯不时被扑上来的大浪盖住，压进水底，在一个接一个小山一样的排浪里，与起伏的浪潮斡旋，搏击向前。部队首长说，很多战士当兵前还从没见过大海呢，演习前不久根本不会游泳。美来看着，只觉惊心动魄。渐渐地，不知为什么，眼前的大海变成了北方边境一片白茫茫的冰雪，一直萦绕心头的那一抹橄榄绿忽又蒙住了她已在感动中湿润的双眼。

军事表演结束，正阳市剧团、文化馆和当地乡镇文化站联合准备的文艺节目就紧接着开始了。美来看了开场歌舞就站起来，悄悄走出场外。

她一个人沿着山脚下的缓坡，在部队临时扎营的帐篷和演习工事边缘静静走着。军营的气息，总会隐隐唤起她亲切和惆怅的感觉，让她享受温暖也感受折磨。她不想这样，却又很无奈。慢慢走着，她心里对自己说："十年了，都三千多个日子了，这是最后一次，你从此不再这样了，好不好？收收心想想身边的人，好不好？"她对自己这样说着，满眼、满脑子里晃动的还是那一片橄榄绿。

"喂，同志，请停下！"猛然听哨兵在喊。她停住，才恍然发现自己进入了警戒边缘，忙致歉转身告退，准备返回去看演出。

"金老师，请留步！"刚走几步，忽听有人背后叫她，声音带有一种不可思议的耳熟，在她心中轰然激起一种预感。她也不知道为什么，莫名地就是有这种预感，但她不得不承认，那触发预感的东西一直都蛰伏在心底深处，雷达一样探测扫描着，一丝一毫的风吹草动都会引发牵丝挂缕的敏感判断。

她蓦地立住，好像突然踩住了时间的机关，一动梦境就会消散。她大气不敢出地压着心跳，下意识捋捋被海风吹乱的头发，慢慢向后转身，刹那间不知是梦是真，呆立在那里。

"真的是你吗？"她仍呆立着，不知是在心底还是在喉咙问了这一句。

不远处，那一身耀眼的橄榄绿，那一双放射出太阳、蓝天、大海一样光芒的眼睛，天啊！她耳热心跳，绯红了脸颊，瞬间回到当年相亲那刻骨铭心的情景中。

陈大军也呆了，站在原地，一动不动。

海风轻轻吹着，涛声、鸟鸣、音乐声、歌声在空中阵阵飘浮荡漾着。他们毫无知觉。一丈开外，四目相对。

美来只觉胸中有一团东西，“突突”蹦撞、上扬，噎满喉头，闷住呼吸，刺进鼻腔，渗入眼眶，霎时热泪盈眶，泪水“哗”地滚落腮边。她赶紧背过身去，擦掉了，复又涌出。

“陈大军，真是你？你，你怎么能现在才来啊？”她心里在大声喊。这突然的相见让她忽然好像忘了他们之间并不曾经是恋人，忘了“大响号”五嫂告诉过她陈大军早已经结婚，忘了当年是她自己不肯答应人家的相亲。她自己也不知道怎么竟会生出这样的幽怨委屈，脸上是反复擦不干的眼泪。

她无法控制住泪水。不管怎样，难道她不该怨他吗？十年了，她就像一个脱离凡尘削发为尼的出家人，高高供奉起内心那一份纯情。守护的是什么？要完成的又是什么？那是一见倾心又渐渐深入骨髓的初恋之情啊。此一时彼一时，然而，这情怀永在。

她矜持着，终于还是稳住了自己，手忙脚乱拢着风中纷乱的长发，掩饰一瞬的失态，抹去不争气的泪珠。

陈大军也在这猝不及防的相遇中呆住，原地站立了半天，才一步步机械地向前动着脚步。走到近前，看着一言未发泪先落下的美来，突然一阵痛心，眼里也涌出泪光。顿了一会儿，突然没头没脑说了句：“对不起，美来，对不起。”

四目相对，他们就像之前毫无几千个日子的相隔和片言只语的未曾相通，他们好像只是参加昨天晚上的约会迟到了。这感觉让他们更觉彼此相通，心痛，无语凝噎。

他们又好像自当年一别，各自东西，心中就守候着一个长久的共同约定，此刻，是经历十年风雨千里迢迢九曲十八弯赶来赴约的，彼此心照不宣，无须所有见面例行的询问、寒暄、客套，只是流着泪水，相互握着手，让对方感知你终于到来了！那些长久以来的思念牵挂、点滴辛苦，都化在默默的对视中。

“美来！”大军双手握住她的手。他已先镇定稳住了自己，说道：“刚才，我只远远看见你身影一转，不知凭什么就那么肯定，脱口叫住你！”

“一听声音，我也——一下子就觉得是你！”美来终于没管住自己，低声说。

海风吹动他们的衣襟和飞扬的发丝。大军一直下意识拉着她的手，说：“来，我们走走吧，我带你看一看营区！你不是一直崇尚军旅吗？”美来跟着他走了几步，犹豫着慢慢抽回手。大军忙松开，尴尬一笑。他们都努力回到了现实中的平静庄重。

他们在山路上并排走着。美来知道了陈大军这些年里个人的一些生活情况，知道了他的部队已从冰天雪地的中苏边陲换防到东北地区，他已经担任了这支演习部队的师参谋长，因为在修改调整部队演习训练方案的一些具体内容，没参加今天的军地联谊活动。

大军询问着美来，也知道了她这些年里一路的起伏历程、生活工作的情况及现在正在筹建展览馆的事情。

“美来，”他停下脚步，用深邃的目光看着她，“你果然是个有大气象的人，我当年就没看错你。这些年，你，也真的是不容易。”他无限感慨，摇着头，“美来，对不起，真的对不起！”

美来慢慢垂下眼睛，叹息道：“是我，是我对不起你！是我那样坚持的。那时候啊，想想怎么就那么一根筋？”

“还是我的错。我比你大，阅历也多，可还是不懂，真的不懂人生……我当年，其实，也大可不必执行那个好意督促的命令。我应该等你。唉，那是我人生最重大的决策失误。”

或许这话题太突然又太沉重，美来有些紧张和不自然，忙找话题道：“今天来这里，真的是开眼界了，刚才看到，在那么汹涌的海浪里，部队上千人集体搏击风浪，场面壮观极了。你们军人可真是了不起！”她说着，把目光转向大海，放眼望去，只见远方的海天之间，一道彩虹正绚烂地悬挂当空。

正阳公安局成功破获东北地区流动绑匪团伙一案上报到国家公安部，被作为典型案例总结经验，在全国公安系统交流。廖强因过度疲惫饥饿，一时昏厥，输过两天液之后，身体恢复正常，被记功嘉奖。正阳公安局、东瓜川乡派出所、响马河村治保委员会以及邻县光明山村治保主任等，都受到省厅通报表扬。

嘉伟去省城地质学院参加完了会议，匆匆赶回，立即去找廖强。

“密斯特廖，多谢！没有您挺身及时解救，我怕和助理已见不到今天的太阳了！现在我要好好请您吃顿饭。也祝贺您立功受奖。”

“停！”廖强一边喊，一边举手做出裁判叫停的手势，“你停，咱先说好，喝酒就喝酒，不许再拿那案子说事，这是纪律。纪律，懂不懂？”

嘉伟知道这并非什么纪律，是他不想张扬，就连忙点头：“好，纪律，不提。只喝酒我们。”

“还有，以后你给我少来什么‘密斯特’‘密斯’这些哩格儿楞，哥们儿不习惯听。想请客是吧？好哇！”廖强突然一脸坏笑，“那咱们就这个星期天，到金三角，找上美来和‘红村长’他们，一起好好喝一把。你个假老外，在我们大王山又做生意又勘探，还真该请请我们大家，是吧？”

“当然，当然！”嘉伟明白他在另找名目，笑着点头说，“那就星期天，我们去金三角找他们。还有，我也不是什么老外，你何必还要加上一个‘假’。”

廖强“哈哈”大笑，使劲一点头：“接受批评！以后你是真华侨！”嘉伟仍摇头笑道：“我是真华人！”

到了星期五，廖强忽然接到胡娜的电话：“明天你去不去金三角？”胡娜问，她想让他捎个脚一起去。

“哎呀！这是怎么话说的啊？”廖强阴阳怪气的声音从听筒传来，“密斯胡，您那双漂亮眼睛不是一直都盯着地球西半边打转吗？什么时候有空，也惦记起东方的大山沟来了啊？”

“是又怎么样？我爱盯哪边就盯哪边，管得着吗你？盯着西方、国外，那是羡慕人家发达、先进，我胡娜就是爱追求先进的东西怎么了？要去大山沟沟又怎么了？还不是你，叫我去送什么碘钨灯。现在，我又得帮他们办贷款。真讨厌死了，都是你，给我找麻烦！”胡娜满嘴炒豆，一顿回敬过去。

“哎呀呀，姑奶奶，好事呀好事，看来在下明天不去都不行，那就一定去，带上你就是。”

星期天，嘉伟和助理开着宝马，一起去接廖强、胡娜，兴高采烈开到了金三角。他们到了村口凤凰河岸一个新开的酒家，因为天气好，就在外面水岸边酒家用木材搭建的如水榭一样的亭子里摆上菜肴，围坐一圈，满上了酒。

王向阳一大早还到凤凰湖钓了几条新鲜的活鱼，亲自下厨做了红烧鲤鱼和鲫鱼汤。坐在嘉伟身边的年轻助理调皮地吸吸鼻子，一耸肩，用英文对嘉伟说：“中国美食，花样这么多！”

美来看他双手分别握勺捏叉，就叫服务员拿来大盘，把红烧鲤鱼、排骨炖芸豆、小白菜猪肉馅油炸茄盒子等好多菜都夹进盘中，放到助理面前：“那您就快点儿学会这个，吃我们中国美食可得有技术哦！”她用英语说着，把自己手里的筷子对空夹了两下。助理和大家都笑了。“来，还有，”美来又把刚端上的鸡肉炖蘑菇给他拨了一些，“尝尝我们这儿的大骨鸡，好吃，你就是走遍全世界也吃不到。”

既然是嘉伟请客，廖强就说：“你快先来个开场白，我们好开喝！”嘉伟笑着点头，端起酒杯，环顾了下四周，见花木葱郁，流水缭绕，景色很是怡人，就想了想，一板一眼说：“呦呦鹿鸣，食野之苹，我有嘉宾……”还不待他说完，廖强把酒杯上前一碰，大声说：“喂，你个假老外，整这个，比我还会酸！”嘉伟赶紧摆手说：“不不不，两句，我就会这两句，听我妈妈常念，今天的情景，让我想起来了……”大家于是一齐碰杯喊道：“鼓——瑟——吹——笙……”

他们几个人像多年不见的朋友，互相敬着酒，诉说着。王向阳不胜酒力，才喝过两杯就开始上头，话也多了，反复举杯，意味深长地看着美来说：“这客最应该我请，一定得我请，今天。你们都给金三角带来帮助，太大了，太大了，我早就想请！”他张罗着又敬了一圈下来，脸色已经变得跟猪肝差不多了。

这时候，胡娜忽地站起来敬酒。她爽快地连干三杯后，向大家发布了三条爆炸性新闻。

胡娜今天一改往常的奇装异服，穿一身天蓝色运动休闲装，脚底一贯的高跟鞋换成了刚买的旅游鞋，花样翻新的头发也利落地收在脑后束成马尾，人变得纯朴很多。她上午一到金三角就直接先去了“红村长”家。在错落拐弯的草舍院落中，她似乎是凭着空中隐约缥缈的双管乐曲辨认出了那个家门。上回来的时候，得知“红村长”的老奶奶有严重的气管炎，时常哮喘咳嗽。胡娜家中有个专治气管炎的秘方，说是早年在一个祖上曾是宫廷御医的人手里讨到的，胡娜爸爸小时候有哮喘病，就是用这方子治好的，后来还有许多人也用过，都有效。胡娜今天把已抓好的四服草药，连同抄好的药方一起送到“红村长”家，感动得老奶奶和家人一个劲谢她。

“我今天，有三件事，要向大家宣布。”

三杯落肚，胡娜面如桃花，口齿依旧伶俐。有人说，在酒桌上，只要敢主动敬酒的女人都有过人的酒量，喝多少也不怎么会醉。胡娜就是。这会儿她举起右手一个指头，风铃样的大眼睛转动着：“第一，我要嫁给‘红村长’！”

“咣当”一声，王向阳手中的汤勺落到水泥地上。其他人也跟着目瞪口呆，一齐盯住她。

“可，可不敢开这样玩笑，胡，胡娜您，您是喝多了……”王向阳语无伦次，本已被酒精烧红了的脸膛一下红过了脖子，连手脚都跟着烧热起来。他下意识扫一眼美来，低下头连连摇着。

廖强和嘉伟也先是一愣，又对望一会儿，似乎震惊之余都被一种惆怅和失落从头浇到了脚心。

“当然，‘红村长’娶不娶我要另说，但我是真心的。你们可能都认为，我一直想出国甚至想嫁老外，怎么忽然就三百六十度转弯要嫁农民？告诉大家，我胡娜不是朝秦暮楚，追求的目标也并没变！”她眉毛向上高高一挑，“如今，我们中国农民发家致富都上报纸了，金三角如今发展壮大，种植加工产品远销国外，国内怎么就找不到梧桐树？我胡娜天生就喜欢追风赶浪，谁先进新潮，谁进取时尚，我就羡慕谁、追求谁！其实和‘红村长’在医院照顾金大叔时，我就看出他是有人品、有情义、有理想追求的人，也听美来讲过他的情况。送碘钨灯来金三角，我亲眼看到他带领乡亲们弯腰流汗、发展开拓。经过这段时间的逐渐接触了解，我对他更是敬重钦慕。不管‘红村长’接不接受我，我今天都想做这个表达，要和他们一起追求明天。”胡娜几乎是慷慨陈词，显然早有准备，不是酒后心血来潮。

满桌鸦雀无声。静了好一会儿，忽然廖强端起酒杯站了起来，对王向阳说：“‘红村长’，我很羡慕你。胡娜，你也很让我感动！”说着自己一仰头干了杯，“痛快，痛快！”他居然还亮开嗓子，唱起“姑娘就会来伴我的琴声……”

“来来来来……”嘉伟也一改书卷气，站起来，主动干杯，跟廖强唱起来。

美来看出两人似有借题发挥的意思，也不去理睬，端起酒杯，看了看窘得鼻尖冒汗的王向阳，转去对胡娜用力点头，笑着说：“胡娜！真有你的，真是太好了，慧眼识人，我支持！”美来说着和胡娜碰了杯，把酒喝下。她觉得有些激动，又觉得好像一块石头落了地，再看一眼还埋头不敢看大家的王向阳，仿佛刚刚喝下的是多年所期待的一杯贺喜酒。

“我的第二件大事，”胡娜的眼睛专注地盯着王向阳，“是要为村里扩建蔬菜大棚、发展种植引进一项投资！”

王向阳又是一个激灵，再度碰翻了酒杯。胡娜今天过来一见到他就说银行贷款的事办不成，给他眼巴巴等了十多天的心浇了一盆冰水，现在怎么又说投资？他抬头，两眼盯着胡娜，等待下文。

胡娜说她家有个亲戚多年经营药材生意，最近听说要选地方投资种植药材，像什么枸杞、怀牛膝、沙参，等等，她就给亲戚介绍了金三角这边的情况，亲戚听了很满意，下周就要过来研究定夺。

“金三角，真是越来越好了，大家都这样关心支持。胡娜，谢谢，我，我从心里感谢。”“红村长”大喜过望，此刻是酒醉人醉心不醉，他忽然发现，胡娜圆溜溜的眼睛原来也很漂亮。

胡娜含情地看他一眼，紧接着又转头面对大家：“我还有第三件事要宣布，就是，我也想到农村来发展。”

满桌子的耳朵又被她提起来：“难道你也要辞职？”大家的目光传达出这样的疑问。

“我可没美来那两把刷子。”胡娜神秘又有些不好意思地说，“我是听说啊，广信行要建支行。这边如今经贸、文化、旅游各种事业不是都在繁荣发展嘛，还有什么摄影、美术培训基地的，林博士新近又勘出了温泉要开发，所以呀听说这支行要选在大王山这边建，我想调支行工作。”

“哈哈！你是恨不得调金三角来吧？”廖强一脸坏笑。

“是又怎么样？”胡娜不理他，看着美来，“听说市里在你们这儿成立了旅游、餐饮、工艺品开发、展览馆什么统一的旅游管理中心，你这回已经答应了做管理中心主任？我说金主任，你可得帮我争取争取啊。”

美来笑说：“这又不是管理中心说了算的。不过你也不是来当支行长，有什么难的？”

胡娜说：“现在不当，将来可不一定。反正我要过来。”她转头看一眼“红村长”，脖子一梗说。

“胡娜！我觉得这很好，我支持。”美来高兴地举杯。

第三十四章

几个人的酒直喝到半下午，廖强、嘉伟他们才开始往回走。送他们出了门口，正好，骑着绿色自行车的乡邮差赶来送信件，一见美来，立即喊了声："正好，这儿有你一封信。"

美来刚要过去接，胡娜双手从背后套住她脖子，身子也像软胶皮管一样倚在她身上，把她推逼到旁边，满是酒气的嘴巴搭在她肩上，含混地说："还没问你呢，美来，你到底，到底，是确定了没有哇，究竟要哪一个呀？"

"什么哪一个？"美来扳开套在脖子上的手，扭着头问。

"哎呀，就是廖强、嘉伟两个呀，你到底要选他们谁呀？"胡娜手还绕着美来肩头，身子已磨到前边，脸对脸。胡娜今天的酒还是喝得过了量。

这些天，美来心头正纠结煎熬，听胡娜一问，瞪了她半天，不觉红了眼圈差点儿落泪，拍了拍她，说："选什么选呀，快上你的车！"就连推带拉把胡娜弄上车。

廖强从邮差手里接过信，上车前默默递给她。她握在手里，本该欢乐甜美的心却夹着一种被切割的疼，看着他们远去，忽觉浑身酸软疲惫。她一步步回了家，一头扎进屋里把自己紧紧关起来。

信是陈大军的。这个十年来空白虚无却一直像种子一样在心中拔不出、挥不去的身影，那天在海边从天降临，依旧带着他排山倒海、所向无敌的魅力，一下子就让她旋进巨大的情感冲击中。她沉醉，紧接着又惧怕，后悔不该来参加这个活动，不该再见到他。可没想到，世事就是这么无常，两人走在山路上，大军说当年被她拒绝后就再也没心思挑下去，很快找了个大学讲师结了婚。婚后两人感情平淡，过了两年多，讲师出国留学，后又定居国外，他不肯转业随她出去，如今两人已分手三年。

这虽不是什么好消息，对她，却是漫漫寒冬后一丝解冻的暖意。她多想张开双臂拥抱这其实一直潜在梦中的春天啊。然而，廖强的影子，不知为什么，这时候却意想不到地矗立起。这个一直被她关在心门之外的人，尽管始终没有逾越最初只做普通朋友的约定，但这些年来，做朋友也好，做姐弟也罢，他伴随在美来身边的是实实在在、不计回报的关心，这情意能就当是流水逝去，说转身就转身吗？为什么现在才有这样的感觉呢？她也不知道。

陈大军在刚刚寄来的信中说："如今我们相遇了。我相信，那天在海边，我们是因为彼此久已在内心期盼才有可能相遇的。当我看到你无声的眼泪，就知道你这些年是怎么过的。美来，我现在一刻都不想再辜负、耽误你了，军训过些天一结束，我马上休假看你去。"她看着信，再次陷在矛盾中。

连着几天，她只觉浑身无力打不起精神，这天又一夜辗转反侧，听着外面风雨雷电交加，断断续续一夜没消停。快天亮刚迷糊过去，忽听老爸从外面回来，说"红村长"他们都在学校那边，这几天连阴雨加上昨晚这一宿雷雨，村小学那些危房这回都塌了。

美来赶紧起来，匆忙赶到学校，见操场上汪着一湾一湾的积水，"红村长"和几个村委会干部叉着腰站在一片狼藉的校舍前。塌陷了几间教室，没塌的也漏了、裂了，歪歪斜斜都成了危房。有些村民也站在边上耷拉着脑袋叹气。旁边的简易篮球架底下，一堆孩子瞪大眼睛站在那里。

"还愣着干什么？赶紧安排重盖吧。就先用加工厂那笔钱。"美来走到王向阳身边，也叉腰看着一片湿淋淋坍塌的瓦砾，喘着气说。

"那怎么行？这是你好容易才凑齐的，急等改造设备用，不能动。"加工厂因为当初没经验，买了人家的淘汰设备，产品包装质量常常通不过出口质检。王向阳扭过头对美来摇头说："再耽误下去，还牵涉投资方，人家是要索赔的。我再想别的办法。"

"能有什么办法我还不知道？就算给加工厂个赞助机会吧。你也别犟了，厂子那边我再设法贷点儿款解决，不过推迟一段时间，投资方我再和他们沟通。实在不行，损失多少，加工厂再逐步抵偿过去。"

"那也不行，眼下要签的这批出口订单就得泡汤，赔不起，更何况……"

"唉，先不想那么多，村里孩子没地儿上学，厂子再有效益有什么用，你说呢？赶紧组织人，要不我可接着干啦。"美来瞪他。

王向阳也瞪美来，相持半天，把搭在肩头的红衬衫拉下，用力一抖说："那就先这么办吧。干活没问题，全部出义务工。"

王向阳一声召唤，村民们纷纷加入，热火朝天动起来了。美来赶紧回到办公室准备材料，看看到了上班时间，就给胡娜打电话，想申请贷款。只要有了更新设备的资金，把产品质量搞上去，厂子运转得好起来，钱晚赚一点儿、少赚一点儿有什么？

电话接不通，一直是占线的忙音。她忽然紧张起来，心生疑虑，会不会前段的贷款政策有变化了呢？要是贷不了款，一切可真要瘫痪了。她焦急地又要拨电话，就见加工厂技术员灰着脸从外边进来，说新试制的罐头质检还是过不了关，设备问题必须马上解决，要不就耽误眼下这批订单的生产了。美来双手抱在脑后说："我知道了，你先忙去吧。"技术员走了，她拿起电话再拨，接通了。胡娜那边果然泼来一盆冰水，说条款刚刚有变化，暂时贷不了款。

美来愣住，贷不了这笔款怎么办？举着响着忙音的听筒，她半天才挂了电话，重重坐回去，粗粗喘着气，瞬间一股火从心底上蹿，嗓子冒烟一样发干，隐隐肿疼起来。

门外又一阵脚步声，村会计推门进来。他是过来取支票的，刚才在外面已听到美来和胡娜的通话，就犹豫着说："那我回去告诉'红村长'吧，学校那边先清理清理，眼下天也不怎么冷，在外面上课也行。等加工厂改造好赚钱了再说？"

美来深吸一口气，摇头说："那怎么行？转眼天就冷了呀，孩子们还小。你赶紧，别耽误了，支了钱进料开工，也别对'红村长'说这些，你也不用担心，我还有别的办法。”会计看看她，半信半疑，办理了手续出去了。

美来坐在那里心抱一线希望，她想只能看看陈刚和嘉伟的公司了。忽又想起陈刚那边正赶工程，资金都垫押在里面还紧张呢；而嘉伟，她得先试探一下底细，看有没有这笔可暂用的资金。于是委婉地问了那位南方腔的刘会计，得知他们暂时也并无可用资金。这下她仿佛看到加工厂也像校园那些危房，在风雨中飘摇，一点点坍塌，忽觉喉咙肿痛得更剧烈，满口的牙也麻的麻、疼的疼，一阵阵钻心。她起身想倒口水喝，拿起暖瓶摇摇，也是空的，就出了门去村卫生所，想找几片止痛片。可巧卫生员不在，锁了门。她捂着腮帮子回头就往家走，牙疼得越来越厉害，得叫老爸赶快用偏方治。急急路过旁边村部时，她忽听屋里电话在响，没人接，就推门进去。

谁呢？快步上前抓起电话，竟然传来胡娜尖溜溜的嗓音：“哎呀美来，腿可真快，打你电话不在，我就追到这里看看，果然在这儿。好消息，好消息呀！”

“怎么，能贷款了？”美来正在疼的牙好像“唰”地灌了止痛药。

“能贷能贷！啊，不能贷，还不能贷。”

“那是什么情况，你快说！”美来几乎喊起来。

“哎呀，不是贷款，是，是给你们，能给你们找到赞助款啦！”胡娜一急，话都说不清楚了。她说：“刚才把你的情况跑去向行长反映，求行长能不能想办法特批，行长研究了几方面路子都暂时行不通。不想咱们科长——由科长——听说这事就把我叫过去，一指正在办贷款的那个平头经理。忘啦？那次请客老讲笑话段子、戴大金链那个，就他。现在又承包了一家木器加工厂，要贷款上马流水线。科长居然张嘴就叫他说，给你们学校一百套新桌椅，先给小学生做点儿好事再说，又说可以找开发区那边一家企业赞助学校一点儿，最次也是借用，叫你放心，明天等他消息。美来，这真叫我对咱那位由大官僚刮目相看啊！”

“是啊……”美来的确也想不到科长居然有心帮做这些，她愣了一会儿，“你先替我谢谢科长啊。”

胡娜说：“那位金链子立刻就答应了帮忙买桌椅，还说看到报纸上你们建展馆和征集展品的报道，他想起了很多事。当年家里穷，小学没念完，现在有钱了，还是羡慕念书人。他说三年级写过篇作文，老师在班里读，全班同学都听哭了。写的是村里一位农会干部，当年土改时为保卫乡亲被反动派杀害了。他说二十多年过去了，他还一直保留着那作文本，叫我问你，能不能也做展览用。科长说他也看过你们建展览馆那个报道，又叫我问你展馆还需要什么，叫金链子赞助。金链子说，作文要能展，需要什么都赞助！美来，我真也对这经理刮目相看了，他那次讲段子那个待人恨，现在也居然……能展吗？”胡娜一口气又说了一堆。

“他就是什么也不给做，这篇二十多年前的小学生作文，也一定能展。”美来被打动了，像是自言自语，回过神又和胡娜说了一些感谢的话，就挂了电话。

第二天一大早美来就去办公室，一边翻看王向阳他们早就做好的设备改进方案，一边等胡娜电话。

窗外响起一阵脚步声，抬头看时，人已推门进来。

“你怎么来了？”美来惊奇地站了起来，问急匆匆进门的廖强。

“到底是有喜事了，还哼着曲了。”廖强进屋，一反常态，不冷不热道。

“我唱曲了吗？你一早过来，有什么事？”美来笑着忙要泡茶。

“无事不登三宝殿，当然有事。你不用忙乎，我要和你谈谈。”廖强不等美来搭腔，“对不起，我假公济私，石毅还在村头等我，咱开门见山——那天的信，是不是那位军人寄来的？而且，如果我没猜错，你们最近已见过。”

美来蓦地看定他。她内心那份情感积淀，曾在最初拒绝他时，对这位“兄长”讲过。听他一问，已明白他今天为什么态度这么冲。美来把手里刚放了茶叶准备冲开水的杯子放下，垂下眼睛，慢慢道：“克格勃呀，你？”

“说对了！”他颓然摇头，“何须那么高超，一连串明摆着的信息嘛：部队番号、邮戳地址、海边军演、仪式活动，等等等等啊！关键是你拿到信件一瞬间的表情。当然，我就是在分析，想证实一下。你也没有义务必须回答我。”

美来想起，那天喝完酒在饭店门口，胡娜和她纠缠时，廖强随手接过邮差送来的信。他凭无意间的一眼，竟把信件的来龙去脉辨析得这么清楚。她看着他眼眸中两团燃烧的光焰，轻叹了口气，没作声。这些天来一直矛盾交织的心更觉烦闷。

廖强故作轻松。她却看出他脸色明显黯淡，人也消瘦了许多。

她奇怪，自己此刻，无法以惯常那种淡定面对他不到黄河心不死的劲头。当然，之前她不是没有多次说服自己去接受他，爱他，偏偏感觉这怪物说服不来。当然，之前她也并不曾期望能和那位军人有今日的重逢，早听说军人已结婚，她不犯这个傻。可她还是在犯另一种傻。偏偏，这傻让她犯着了。命运让他们重逢了。陈大军在那天的来信中说，马上要来金三角，渴望在这里度过生命中最美好的一次休假。

虽然感受到疼痛，但她不能不承认，读着信，她的身子还是像气球飘在空中，天从来没这么蓝，云彩从来没这么美，夏花开得竟然这么如火如荼。虽然从理智上说，她似乎更应该接受廖强，可她还是发现，内心对那位军人的渴望已是春天发了芽的种子，抽了茎蔓，打了花苞，她实在是没有能力抵御那种自然而然的生长力。

“能介绍我们一见吗？”廖强有些凹陷的眼睛光芒如炬，看定她的脸。凭借着职业的敏感、难以解释的第六感，以及对美来为人处世风格和她那份旧情的了解，他不但断定信是军人发来的，还断定他们一定有了重新开始的机会。

“当然，以后大家会见面，认识、做朋友。”美来诚惶诚恐，一阵心乱，不知怎么面对廖强，或者说，是不忍面对。

廖强“腾”地站起来，又慢吞吞坐回去，“腾”地又站起来，又坐了回去。他艰难地微闭了下眼睛，仿佛在吞咽一枚苦涩冰冷的坚果。

“做朋友？那我必须去会会他了！”廖强第三次站起来，迫击炮发射一样撂下这句话，头也不回出了门。

“你要干什么？”美来追出门口，大声想叫住他，却只听见“突突”一阵远去的摩托车轰响。想不到廖强今天会这样冲动。她站在门口想着，急忙转身回到屋里，想打电话给他的同事，劝阻他别这样。她气喘吁吁拿起电话，拨通刑侦科的号码，那边“嘟嘟嘟”传来忙音。坐下等了一会儿，想再拨时，紧绷的大脑忽然有些转动：打电话是不是唐突了？这样没头没脑的电话，反会对廖强影响不好。可是不打，看廖强从没这样激动过的样子，万一……她看着水杯中还没来得及给廖强冲泡的茶叶，矛盾着，发着呆。手边的电话抽冷子响起，吓了她一跳。

胡娜终于打来了电话。可没想到，科长那边的资金并没谈妥。胡娜说科长又找了两家企业，也都暂没办法解决，叫她再等等看吧。放了电话，美来木木地望着窗外。

过了一会儿，电话又一次响起。加工厂技术员说，最近一批送检的榛蘑刚刚又被全部退回了。天哪，这意味着接下来的加工合同要被解除，将连带造成赔偿以及接连的订单丢失，等等，一系列的问题接踵而至。

这时王向阳来了，在窗外就急急喊她。会计后来还是告诉了他银行贷不了款的事，他过来商量办法。他先给乡里打了电话求助，乡里那边也根本没有办法解决。美来只好硬着头皮又给合作投资方“九州大侠”打电话，想和他们进一步探讨合作解决的办法，可那边厂里会计说，总经理刚出国考察去了，而且厂里暂时也挪不出这笔资金来。美来没想到会一连串地找不到出路，自觉额头一层汗珠凉凉地冒出来了。

在海边演习的陈大军接到了演习驻地派出所所长转来的一封邀请信。一个名叫廖强的警察，约他单独见面。他不认识这个人，但信中说：“事关美来，务必相见！”

和美来意外相逢，交谈了很多，也互通书信，她不曾提及此人。凭借男人的直觉，他已隐约猜出这个廖强是谁了。美来这么优秀，身边怎么能没有追求者呢？他忽然有一股莫名的兴奋，就像每次面对沙盘分析判断敌方动向，部署己方用兵方略。他指挥的队伍，无论实战还是演习，还从未输过。

地点约在部队驻地西面的一片山峦中，在一个叫“双雄会”的山峰下面。那峰顶远望就像两头虎视眈眈的雄狮。陈大军选这个地点，就有向对方示威之意，不觉更对这个见面心生几分期许。

如约到了见面地点，看看表，已过约定时间，周围并不见人影，陈大军正纳闷，忽听旁边林中有窸窣的声响，循声音望过去，还是不见究竟。陈大军喊了声也无人应，就向那声音走去。

忽然，觉得脚踝一紧，脚底一松，他心说“不好”，不及做任何反应，人已腾空而起，头下脚上，被倒挂在一棵大树旁。

“哈哈，军官先生，委屈您了！”一个人从树丛后面拍拍手，大模大样走出来。大军冷不防，着实吓了一跳，细看来人，目光如炬，眉卧双剑，脸上挂满不屑，嘴角藏着一丝霸气。他心念一闪，猜着是谁了，只是不想对方竟如此不讲套路。那人一步步向他走近，就像事先设计好了。

廖强背着手，在被自己俘获的师参谋长面前站定。他从军人眼中看到一闪而过的恼怒，却看不到一丝慌乱。“哼，好钢口！”他心底说了声。刚才，他早在山岩后看到身材魁梧的大军走上来，步伐矫健，一派神勇不凡的气概。他突觉心中升起一股难以名状的悲喜交加之感。不用看，他其实也早就知道，美来十几年耿耿情怀中的那个人，一定就是这样。

“军官先生，我就是廖强。”他仍背着手，仰头傲慢地自我介绍。

“初次见面，廖警官的邀请和待客之道很是特别呀！”陈大军倒挂着，血液涌到头部，说话声音他自己听来都有些怪。他竭力控制，一字一句，清楚沉稳，努力去像平时说话一样。

廖强“哈哈”一笑，并不在意他话中有刺，说道：“初次见面？或许在参谋长先生看来，我们是初次见面，而在我这里，您是神交已久的老朋友了。”

“老朋友”三个字他故意加重语气，然后停顿下来，等待陈大军顺话提问。陈大军却只是看着他，并不作声，等他继续。

做刑警多年，审讯和询问过不计其数大案要案中的当事者与相关之人，此番一探便知遇上了高手，廖强心中不觉也兴奋起来，继续道：“四年多以前，我和美来相识且摆明要追她。不久她便坦然告诉我，心中有一个无法忘记的人。虽然我不认识那人，但他既在美来心中，从此也就在我心中。军官先生，如此，我们算是多年老友了吧！”

“不胜荣幸！”陈大军语气平静，内心却难掩感动。和美来再次相逢，彼此都知道这些年谁也没有忘记对方，而此番听廖强说出，又是另一番心境。

“所以，作为老朋友，我想劝你。”廖强双手抱臂，继续说，“听着，既然你十年前没选择等她，十年后就不该回头再打搅她，让她纠结、两难。这些年来，是我，一直在她身边，风雨同舟，共同经历面对了很多事情。我了解她，我爱她，愿意为她做一切事，我会给她幸福的。如果不是拜你所赐，她会孤单至今吗？所以，我请你离开她。”

陈大军听了他的直言表白，不觉心中动情，虽是初次见面，但他相信眼前这个男人深爱美来。他也有一点儿嫉妒，这些年是他陪在美来身边而不是自己，当然更多的还是愧疚和遗憾。要不是因为自己，她怎么会孤单至今？廖强说得对，生命中自己和美来相识，如果说第一次错过了，那么第二次，自己绝不能再错过了。

“您用了四年多时间了解关心她，能给她带来幸福快乐，这一点，我不怀疑。但我会用今后五十年、六十年乃至一生的时间来陪伴她，和她一起经历岁月，我会让她更快乐、更幸福，这一点我确信，也请你相信。所以，我们还是把选择的权利交给美来自己吧！”

陈大军声音不高，倒控着说出来的话，吹在风里有些断续、变调。可廖强听得字字不落，觉得就像身后这座双雄会的峰岩一样，坚实矗立，清晰可见。

廖强静默，脸色渐渐暗下来。“哼！你让美来自己选择？四年多时间她都不肯选择，如今你让她选择？军官先生，我知道你不想放弃她，那就只有放弃你自己了。”廖强一字一顿，从腰间“霍”地拔出匕首，当空一亮。

“呵！真没想到，人民警察队伍里会有你这种人。”陈大军冷笑。

“所以，你看到了，我今天特意没穿警服。”廖强伸手弹去一片落在胸前白衬衫上的叶子。

陈大军嘴角向上，翘出一丝轻蔑的笑意：“我现在知道了美来为什么四年都不肯选择你。看来，即使没有我，你也配不上她的选择。”

“我们不必废话！再最后问你一句，到底离不离开？”

“决不！”

“真的不怕死吗？”

“十年前，我没能做到她不嫁、我不娶。现在，就是死，我也决不放弃她！”

“好！为爱献身，好，好，好……”

廖强握着匕首的手紧了紧，冰冷的寒锋抵住大军的喉咙，从牙缝里挤出声音道：“听着，我让你最后再选一次，情感、生命和前程，到底要什么？你还是军人吗？”

“当然是军人，我今天，就是要你见识见识军人的气节、军人对爱的坚守！”

“好，是条汉子，那我就成全你，二十年后再做好汉吧！”话音未落，只见他挥起手臂，寒光一闪，“噗”的一声，军人应声落地。惊得枝头飞鸟四散，“呼啦啦”远去。

廖强缓缓上前，俯下身来：“怎么谢我啊，英雄？”他扶军人坐起，解了绳索，伸手过去，“来，握个手，祝福你们！”

“你！”军人稳稳握住廖强伸过来的手说，“可是……”

“换了任何别的人，我都绝不会如此拱手相让的，而你不同！”廖强慨然仰头道，“不过，我仍然相信，我只是输在你的先入为主。宿命吧！其实我已和你虚无的影子竞争了这么些年，也没能胜出，如今你是王者归来！当然，我是因为感动和心疼她内心的那份坚守，如今，我应该为她高兴！”

廖强麻利地收好匕首，微笑着看一眼军人：“你是个真正的男人，值得她倾注这份痴情！不好意思，冒犯了，海涵。”他说着拉军人站起来，笑笑，“走，请你喝酒，我赔罪！”

“过奖了！这怎么敢。”军人也怅然摇头说，“你是个真正的男人，今天的酒，应该我请，算我欠的。这个时间我必须归队，改日，咱们一定找时间醉一回。”

目送军人下山的背影渐渐消逝，廖强颓然靠在粗大的树干上，仰头透过树冠枝杈密布交织的缝隙，眯起眼睛看着飘在蓝天的白云。他笑着，笑着，眼泪流了出来，他也不擦，双手往地上一扑，两脚腾空而起，搭在树干上，倒立在那里，任凭泪水横流，一串串落在地上，打湿了一片泥土。

他就这么一直竖着自己，一动不动，像一棵倒立的树。世界好像都不存在了，肢体也已麻木了，只有不断线的泪水一直在流。不知过了多久，也不知自己是怎样找到了嘉伟。傍晚的时候，在一家酒店里，两个人对坐着喝起酒来。廖强说：“嘉伟，今天，你想不想听我给你讲故事……”

黄澄澄冒着泡沫的啤酒一杯接一杯，如山涧溪流，汩汩流淌着。廖强讲起与美来当年不打不成交的相识。“我当时，就像一块铁屑靠近磁铁，身不由己啊，落入她巨大的磁场之中，从此不想也不能自拔……”

他不停地举杯，又讲述了美来曾如何告诉他她与大军那段刻骨难忘的旧情……

“知道她不是冰做的美人了吧？”酒精已使廖强说话的气息开始变粗，“她就是一个痴，我告诉你，深情如痴。对每一份深情，都是如此，如痴，她实质就是痴情人一个，我告诉你！”他又举杯，自己干了进去，使劲摇头。

“可你说，谁又何尝不是如此？我告诉你，嘉伟，这人啊，一生若能遇到那么一个人，叫你对上了眼，入了心，化了神，哪怕一辈子没有机会，也还是愿意收藏在心底，那也算是没白活过了，是吧？如今，这美来，她窖藏在心底最纯、最美、最甜的酒，居然就有机会铁树开花重新开启了，哥们儿，哥们儿，哥们儿……你说呀你，是该为她高兴是不是？”

廖强把杯里的酒又“咕嘟咕嘟”喝下去。“你！”他手指嘉伟，“你也干，也痛快干！”

他已变成了红脸关公，呼吸粗重，又告诉嘉伟，今天是如何在双雄会替美来做审查官。“那家伙，敢有一丁点儿的不够格，我今天必结果了他，哼！”他一副快意恩仇的神态大笑着，又自干了一杯，“现在啊，嘉伟，你给我听好了，我决定，退兵，决定了，礼让，退兵。”他连说带比画地看着嘉伟，说不出是豪气、伤心，还是悲壮。

嘉伟一直在听，觉得意外、突兀。他几乎一句话也没接，像是在听《一千零一夜》。他对这个军人的横空出世毫无准备，毫无了解。如果他是个旁观者，这故事听来是多么传奇美好啊！可作为相关人，他只觉心阵阵颤抖。想想这两年多来在大陆传奇般的种种经历，对美来的一见钟情，与廖强、“红村长”、胡娜还有很多朋友们至真至纯的友谊，他感受到情感和品格这两样东西的美好、高洁。美来虽始终不曾答应自己的追求，但他深信戏曲里精诚所至、金石为开的道理。唯独想不到，原来她的“精诚”竟在此处。为美来，他和廖强彼此一直摽着自信分庭抗礼，难道瞬间就同是天涯沦落人？他能凭廖强这一席话就轻易退出吗？决不。廖强的态度让他很意外，很不解，当然也很钦佩。他很明白廖强此一番与他喝酒倾诉的更重要的一层意思，但他决不认同。那位军人即便再先入为主、出色优秀，他也坚决要竞争到最后！凭什么他的旗帜一到，兵不血刃，自己就得俯首称臣？

他忽地站起来，和廖强碰了个满杯，心底电闪雷鸣，滚动着两个字。一种怒发冲冠的豪气鼓舞着他，他仰头将杯中酒一饮而尽。他又给廖强和自己斟满了酒，端起来，仪器般专注的目光盯住廖强，“决斗”这两个字，已涌上心头。他一扫往日的书卷气，仰头又干了杯中酒，双手举起空杯，准备摔杯为号，他要向廖强、向全世界宣告两个字——决斗。

廖强眼中的两团火焰此刻褪去了惯常炽烈的光芒，如燃烧了一天开始扬手告别的夕阳，大气而宁静，凝重而透亮。嘉伟看着他的目光，渐渐垂下举起的酒杯，咽下了已到唇边的那两个字。

他是了解廖强的。他的表情提醒他，不能说出这两个字。但他决不想与廖强苟同。面对爱情，他以为，“礼让”如果是一种高尚，“决斗”也不失为一种风范。想那美来必是被军人的英武气质所迷，可他林嘉伟，自信有挑战军人威武的胜算。在加拿大，他曾学过拳击，得到过绝技传授，虽非专业拳手，却绝对有把握一招制胜。他想象自己连胜陈大军三局的情景，眼中不觉放射出亢奋的光芒：“等着吧，我会让美来看到，天下不只他陈大军一个英雄！”

廖强瞄了一眼嘉伟镜片后面两道专注发光的眼神，心中似有一股直觉闪过。“怎么了，小子你有心事啊？”他皱起双眉手指嘉伟。

嘉伟一愣，回过神，忙对眼前的福尔摩斯一笑，答道：“有什么心事？还不是和你一样！”说着忙把廖强和自己的杯子又倒满，举起酒杯，千言万语忽地涌了上来，不知从何说起，突然想起了来大陆在酒桌上常听到的一句话：

“都在酒里。”以前老觉这话可笑，等于什么都没说，此番和廖强举杯相对，他忽然心领神会，这简单的酒话，含意是多么博大精深。“都在酒里。”嘉伟主动碰杯，仰头就要干。

“慢！是不是有点儿少了呀，你今天？”照已往明显喝多了的廖强，一指嘉伟，“你杯还没满呢，满上，再听我一句，咱们再干。这酒，还是得喝透！”

他又给嘉伟和自己的酒添满，然后手按住杯口，看着嘉伟说：“哥们儿，你听我说，这人啊，这爱情吧，要说其实有好多种层次，对不对？两情相悦，那是多么美好；终成眷属，那又是多么皆大欢喜啊！”他收敛了光焰的眼神隐着眷恋、陶醉，“可是只一方单恋的，此一种，是为平常、平庸；不成爱，就成仇，这叫小人，卑鄙；而牵不了手，爱不成，也要做朋友，此为不俗，大不俗啊。”他无限感慨地一仰头，自干了杯中酒，拍拍胸脯说，“还有一种，那就是成全。成全，哥们儿，那才是最高境界！最高……”他粗重地喘着气，竖着拇指，呵呵笑着，“怎么样，嘉伟，林董事长，先生，你们西方人，呵呵，是不是不懂？”

嘉伟当然明白他此番酒话的弦外之音。可既说每一份爱都是一份“痴”，就该再加一种——为爱出手、竞争，也是一种磊落！但他知道不能和他争辩，于是说：“西方人也懂，福尔摩斯廖，何况我不是西方人！”

两人的包间里装饰着一扇银色夹层的大玻璃窗，映着雪亮的日光灯，像刚刚飘过雪花又明晃晃露出太阳的白昼，这假象让他们看一眼有阳光在，再看一眼仿佛阳光还在，老以为天还早，太阳还老高呢。

“来，都在酒里！”他们一遍遍高举着酒杯，不知道早已过了深夜。

第三十五章

一连几天，美来都忙着和一些客户沟通商量，看合同能不能做些调整，结果都遭到拒绝，且一些有意向签单的也纷纷放弃，难道加工厂一下子要面临倒闭？后来她到加工厂和技术人员一起研究调查，虽然退回的产品达不到出口的保质期要求，但兴许可以缩短保质期呀。如果能找到短期消费市场，不是也可回收一笔资金吗？

于是她请有关部门检测鉴定，果然保质期最低可达三个月。找市场时，科长帮了大忙。他叫美来清点库存，有多少算多少，结果给找了几家上千人大企业的食堂，全部销了出去。资金回笼，解决了一大部分问题，可剩下的还是没有出路。

正发愁时胡娜打来电话："又是好事啊，美来。"原来因为最近雨水太频，全县不少乡村校舍坍塌或变成了危房，上头开会，要求各行业出力，帮助解决问题。行长说："那咱们就选金三角好啦！帮他们重盖新校舍，也算援助一下小金！怎样？大好事吧！"

"胡娜！"美来高兴得差一点儿眼泪都出来了，"太感谢你了胡娜，我回头再给行长打电话，感谢他和行里。"她又大声对着话筒说："等都忙完了这段，我们请行里同事都过来，到我们大王山金三角旅游，好好玩一玩。"

这天上午，“红村长”联系了一家乡镇纸箱加工厂，准备为工艺品加工提供包装盒。现在游人和顾客要求越来越高，买纪念礼品时，包装也喜欢挑精美一点儿的。上次文化馆有人来，他就请人家帮助设计了几款很别致的包装盒。美来听说王向阳下午准备去纸箱厂送样品，就说也想一起去。刚说完，就接到陈大军从省城打来的长途。他们部队已结束演习，回驻地休整了。他在电话那头宣读喜报一样告诉美来，这就过去看她，当晚乘火车，明天天亮就到达正阳火车站。

美来惊喜地从座位站起来：“那你到正阳后，就乘最早一班六点半的长客，八点就到大王山。我会在车站接你。”

挂了电话，她徐徐坐回去，眼望着窗外，心里不觉又渐渐后悔，想改主意。

第二天一大早，陈大军下了火车。正阳城还在一片朦胧的晨曦里。他随一拨乘客穿过站台走出大厅，匆匆奔向马路对面的客车站，目光却受了感应般向站前广场扫过去，忽觉一亮，仔细定睛，分明看到那里站着一位天使般的姑娘。难道眼睛花了？他下意识举腕看了看表。时间才过五点，且这里是正阳城火车站，不是大王乡路边站点。

昨天上午，放下陈大军电话，美来心里后悔，在桌前默默来回踱着。王向阳似乎看出了她的心思，就鼓动她说：“你别去纸箱厂了，正好我顺路送你去车站，今天提前去正阳，明天一大早去火车站接他，那多好！”

美来下午提前到了正阳，先在火车站订好住处，就去照相馆。嘉伟的父亲林老先生正在加拿大为他们的工艺品找市场。武副市长听说后，要美来写几篇介绍这类民间工艺品的文章，先在相关刊物上发一发，寄给林老先生配合宣传。现在，她手头有了几篇发表过的文章，还拍摄了一些剪纸、刺绣、柳编等创作情景的图片。王向阳上午劝她提前过来，让她正好顺便去把照片洗出来，和那些资料一起寄给林老先生。

从照相馆出来，美来不由自主去了街对面的发廊。平素她头发总是扎成马尾或挽在头顶，很少去发廊。她想修剪一个披肩发。她知道，披肩发更适合她。理好发，站在镜前端详一下，只见秀发瀑布般垂在肩上，发梢和额头刘海儿还被理发师用电热棒卷出一道迷人的波浪，如微风中灵动的荷叶。

镜子里，两个满头发卷等着烫发的女人坐在那里交头接耳，好像夸她像某个演员。她红了脸，走出发廊，又去了开发区商业街的一家礼品店。她要送大军一件礼物。到礼品店不是买礼物，而是给之前早备好的一样东西打包装。

确切地说，送这份礼物是多年的一个梦。实际上，在和大军十年的空白之间，细算，他们还是有过一丝联系的。那是当年恢复高考时，全国城乡压抑了十年的青年人兴奋地流着泪，请假的请假，回家的回家，复习备考。美来当时正在全县一项水利工程大会战的工地上做广播站的播音员兼记者，领导不给假，说一时找不到合适人选接替，这又不是田间地头，成千上万人的会战工地，宣传喉舌一天也不能停，得以大局为重，再等等吧。

道理上无话可说。可这么多年，美来为上学一直被卡、被压、被顶替，如今可以凭自己考了，要她放弃再等，简直要崩溃了。眼见工地上的知青和回乡青年都请假回去了，找人帮助补习，听辅导课，复习备考，她每天一点儿复习时间也挤不出，想撂挑子走人，毕竟又害怕不敢，急得满嘴都起了水泡。时间一天天过去，考期临近，不到十天了，领导还是没安排人员接替，她再也等不下去，就收拾了东西又去找领导，请求立即回去备考。领导也为难，可工作第一，人山人海的大会战第一。“你必须分清主次，哪怕做出牺牲。”领导态度坚决，不准她走。她急得眼泪都流出来了。就在这时，县宣传部一位老领导来工地视察，了解到她的情况，沉吟片刻，对工地指挥部领导说：“国家都给机会了，咱们就尽量别再耽误年轻人了啊。让她回去准备，我马上想办法，给你们安排人过来！”

美来当时高兴得弯腰感谢了领导，连中午饭都没吃，转身就跑去赶车往回走。路上她算着，只剩不到十天时间了，自己一个乡下学生，考大学是怎么个题路、难度、范围，要从哪儿下手，完全摸不着边啊，只能回去摸黑把以前的课本复习复习了。

回家一进门，就见书桌上放了个邮包，无寄件人姓名，也没有详细地址，里面是当时根本弄不到手的高考复习参考书，特别是有一册各科历届高考题例选编。这简直就是救急的宝贝啊！

邮包没有附信，没留姓名、地址，只有那方盖在邮票粘贴处的邮戳无声地告诉她，书是从遥远的中苏边界寄过来的。在大王山以外的世界，只有远在那片冰天雪地戍边部队里的那个他知道，大王山金三角这山沟深处还有一个一心一意想要上大学念书的金美来姑娘!

老爸说收到一个月了,知道她在工地白天晚上忙,怕再加码熬夜累坏身子,就没送去。

美来把邮包捧在手里，像捧着一包沉甸甸的金子，说不出的复杂情感一涌而上，眼泪禁不住“唰唰”落下来。她忍不住走出屋外，一个人不知怎么就到了村西凤凰湖边，在那里徘徊着，满脑满心都是当年那个下午两人相亲的画面。站在送他离去最后分手的地方，眼望前方山隘，军人离去的身影，那一片橄榄绿，仿佛就在那片寂静的崖口一拐，不见了。她抚摸着还握在手里的那本题例选编，仿佛触摸到了那一片纯正的深情和温暖的心意。

之后，美来每天像打了鸡血般不分白天黑夜翻阅咀嚼那些资料。她后来多想告诉他，那些资料对她是多么重要；告诉他，她考上了以及考试中经过的一切啊。可她知道自己该怎么做。她一声不响，一字不寄，将那份感动、那份谢意，压制成了无法磨灭的心底的遗憾。或许，一个人萦绕一生的痴情有时就产生在这种游丝般的全然无凭中？她的敬重、情意、牵挂一直深藏心底，表达只能在难得出现的梦境中。她才知道，日有所思并非就能夜有所梦。有一回，她终于梦见他了。她得到一本线装的《孙子兵法》，就想把这兵书送给他。不知走了多少路、走了多久才找到他，他笑着，接过兵书，同时握住了她的双手。她一羞，慌忙缩回手，梦竟醒了过来。梦中被他紧握住的双手，温热有力的感觉仿佛还在。从此，她喜欢上了《孙子兵法》，找来一本硬笔书法字帖，一有空，就一笔一画临摹，终于从头至尾工工整整抄出了一本来。她又模仿梦境中那种装帧，一针一线亲手订制成一本线装仿古兵书来，偶尔会拿出，闭上眼睛，想一想送给他的情景。却想不到，这样的一份礼物也好，心境也罢，今生竟真会有亲手赠送给他的机会。

晚上，美来回到站前的旅馆，天淅淅沥沥下起了雨。想起“关门雨，下一宿”的谚语，她就把背包里带的一件外衣拿出来。已经过了立秋，早晚清凉，下一宿雨，明早恐怕会冷。站到镜子前把手里的牛仔外衣披上，美来看着，眉头不禁皱起来。这是和牛仔裤配套的上衣，走的时候裤子洗了没干，腿上穿的这条裤子没有合适的外衣配，她就拿了这件，没想到，平时和牛仔裤配套大小正合适，配这条筒裤却显宽大，很水的感觉。糟了，她颓然坐在床上想，走时再匆忙也该试一下，怎么会这样难看不合适？颜色不和还可以，毕竟牛仔有百搭的能力。这大小肥瘦平时也就算了，如今怎么可以？她后悔早就想买件衣服配这条裤子却一直没买。现在商店下班了，明早不及开门就得去车站。美来又站在镜前转来转去，怎么看也通不过，于是干脆脱下叠了，装回背包。“不穿了，冷就冷！”上床，关灯，睡觉。

窗外雨还在下，还一阵阵刮起了风。翻来翻去，床垫“吱吱呀呀”，美来好久也睡不着。黑暗里，外面风雨敲窗的声音好像在回放着很多的画面，她想起了和大军第一次相见，送他离开，她在雷雨交加中又追至凤凰湖岸边，眼泪混合雨水流淌的情景。大军是根本不知道这些的，就像她一直也不知道大军当年在那场突袭的雷雨中是怎样的情形。“君问归期未有期，巴山夜雨涨秋池。何当共剪西窗烛，却话巴山夜雨时。”她此时忽然记起这首诗，想想这些年的内心煎熬，似更能体会到诗的深长意蕴，不觉眼眶一酸，一股热泪渐渐溢出，嗓子也涩涩地发咸。

她抹去泪水，翻过身，强迫自己什么也别想。刚闭了眼，面前却又隐隐浮出两团模糊的光亮，且逐渐变得清晰炽烈。那是廖强双眸中永远燃烧着的光焰。她又翻了个身，深深吸进一口气，双手紧捂住面孔，长叹了一声，喃喃说了声：“真是对不起了，廖强，今生，我们到底是没有这缘分……”

陈大军在似真似幻的感觉里揉揉眼睛，不远处，分明站着他心心念念的姑娘。美来宛若晓荷，亭亭玉立。

美来也在涌出的客流里一眼看到大军，心早“怦怦”跳起来，双手不由自主交握在一起，心要立刻迎上，脚却还是站着未动。大军早飞奔过来，到近前，停下，还是像当年一样的双脚一靠，“啪”地一个军礼，虽然一身便装，挥洒出的依然是一派英武之气。

两人相视着，不禁都“扑哧”笑了。美来垂下眼睛，又慢慢抬起，在玫瑰色的霞光里，他们四目相对，一时心头涌上千言万语，却都一句也说不出来。一阵晨风拂过，大军发现美来竟只穿了件薄衫，忙脱下夹克外衣替她披上：“你呀，还是过来了，又穿这么少，早晨冷，当心着凉！”

他说着，把刚才撂在一旁的旅行袋打开，翻了翻，从中抽出一件衣服，嘴里说：“刚好，昨天我见天气凉了，就给你买了这件风衣，来，快穿上！”陈大军变戏法一样，手上的衣服在美来眼前“唰”地一抖：一件大翻领、宽松式、质料柔实且有垂感的银灰色长款风衣。他一面帮她穿上一面说：“昨天售货员问我多大尺码，我说就按最高个子、最细腰围拿一定行。你看多合适！”

美来羞涩地抿起嘴笑了笑，“呼啦”转了一圈，看着他说：“谢谢！”又去拉开自己的背包，拿出一件用海蓝色电光纸打了包装的礼物。她原本想等他往回走时再送给他，不想一紧张就拿了出来，便不由自主，双手托着送到他面前。他正在重新穿上刚才给美来披的夹克外衣。

“给你，这个！”她看着他。大军惊喜，忙伸手过去接过礼物，同时也握住了她捧着礼物的双手。和梦里的情形一模一样。美来绯红了脸颊，悄悄抽回手去。他捧住礼物，贴进怀里，缓缓抚摸，目光渐渐深情凝重起来，半天，一字一句说：“美来，我猜，这是一本书！兵书，《孙子兵法》，而且，还一定是手抄本……”

美来惊讶地看着他。这不是梦吧？还是他们曾做过同一个梦？大军一步上前，再次紧握住她的双手，慢慢拉近到自己身边，就像拉回已悄悄流逝的无数个日子，两眼渐渐涌出泪光。

广场上，刚刚下车的旅客搅动的波澜这时已消退了，恢复了拂晓的空静安谧。霞光冉冉，天地微笑，像是专门为他们留出了这片刻的宁静。整个世界也仿佛只剩下两颗剧烈跳动的火热的心和渐渐涌出泪水、默默相对的眼睛。

这时，广场对面街道边，早餐大排档开张的吆喝声隐约传来：“油条、煎饼、豆腐脑！”清新的空气中夹杂着丝丝油炸葱花、姜末的香气，徐徐飘过来。两人这才恍然从腾云驾雾的空中落回到地面。

美来悄悄抽回双手，低声说：“你听，我们过去吃早饭吧，你坐了一晚上的车，一定饿了！”她说着转回身，取过放在花坛边长椅上的背包，回手一甩背上肩头，挺起身一扬下巴，示意大军也把旅行袋提上。

大军深情地看着她潇洒的神态举止，说：“昨天，那售货员一听我说出的尺码就说，像你女朋友这样的身材，穿这款风衣，最潇洒耐看了！她说得可真对！”

“谁是你女朋友！”美来嗔怪地瞪他一眼，转头就走。大军朗声笑着，跟了上去，伸手去取她肩上的背包，说：“把包给我。”

两人并肩走过车站广场，在马路对面冒着腾腾热气的大排档，找了座位对坐下来。服务员端来豆浆、油条、鸡蛋。美来又给大军点了白米粥、豆沙包和芹菜、豆芽两样小咸菜。两人各自先拿起一个温热的煮鸡蛋，剥了壳，同时递给对方，于是都笑了，开始吃饭。彼此感受着对方深情的注视，惬意和温馨像明媚的阳光一样包围着他们。

吃着饭，美来改变了饭后取照片直接回大王山的打算。她内心里，这会儿忽然涌起了许许多多这些年积压着的愿望，就如一群蹲伏枝头的小鸟“呼啦啦”张开翅膀飞起来，盘旋着。她看看表，刚六点，于是问大军：“你今天还有别的什么事吗？”

大军微笑，看着她摇头道：“报告，没有，全凭金老师指示！”美来忽地想起当年相亲时提问他俄语发音的情景，忍不住一笑，瞬间重温了那种类乎霸道撒娇的小女儿情怀。这么多年了，还是第一次。

“那好！时间还早，我们到正阳河堤散步去。河水可清了，空气和风景都特别好。”美来想象他们在堤岸柳树下并肩漫步，燕子和小鸟“啾啾”歌唱，竟忘了自己多年不会散步这码事，“说不定到了入海口处，还能赶上看日出呢！”

“是吗！太好啦，那现在就出发！”大军又像吃了蜜糖一样笑起来。两人就去车站寄存了东西，往正阳桥头走去，沿柳树成荫的河堤渐渐走到入海口，又一口气登上岸边一座小山崖。居高遥望，冉冉红日早已经升起，五彩云霞浑然铺满天际、海面，一种无限空阔的磅礴宁静摄人魂魄。近前，成群的海鸥在空中起伏盘旋，海浪和礁石撞击拥抱着，发出阵阵欢呼合唱声。他们似梦似真，沐浴着朝霞，吹着清凉的海风，眺望着，聆听着，流连忘返。等到想起看表，上午最后的发车时间已经到了。两人愕然，相视了一会儿，同时大笑起来。

于是二人牵手走下山坡，就近找了部公用电话，美来给王向阳打电话告诉他下午再去接站，然后去了照相馆取照片。美来请大军帮她选出几张意境和效果都好的，与资料一起寄走。两人就把照片摆在面前，一张一张分析、交流、挑选。美来感到了一种从未体验过的拥有和分享的幸福。

下午三点才会有车，美来说："上午不走正好，我们去邮局寄完东西就去影剧院看一场电影。"两人起身去了照相馆对面的邮局。美来在服务台等着办理邮寄手续，大军先一步出去了。

美来出来，见大军正在外面门口的电话亭，只听他连声说："谢谢，您让我自由行动，就是最高礼遇了。"见他挂了电话，美来走近问道："你有什么事就尽管办吧，时间是我们自己的，电影也不一定非得看。"大军就说："没事，就是上次到这儿演习，军区一位首长要我顺便请地方领导帮他亲戚通融点儿事。反正工作上需要接洽会面，我就帮忙问问，回头把情况汇报给首长交差。没想到在见面酒会上，你们那位分管农业的贾副市长人特别爽，有海量，说他也是当兵出身，对部队有感情，有什么需要尽管言语。"

"我们喝了不少，借着酒劲我就问了。上面有专项资金支持农村建养鸡基地，我们首长的亲戚是做酒店生意的，按规定并不符合条件。没想到贾副市长说，政策是死的，办法是活的嘛，运作一下看看再说吧。"

美来就说："建基地的事我也知道。各乡镇都在争取，想不到这些根本不挂边的人也来掺和。"大军说："我本想了解一下具体政策规定，回头汇报给首长，没想到贾副市长这么热情帮忙给办，又说他小舅子在南方当兵，找个姑娘嫌那边热不去随军，一直要调回北方，想请我们那位首长帮忙。我们首长听后，正好这边也有要求调南方去的，打打关节就算对调也不难，叫他报情况过来。这不，我刚才是通知贾副市长把资料先寄过去审核一下。贾副市长说基地的事他也初步有了变通办法，争取给我们首长的亲戚一部分份额。刚才是贾副市长要给我接风！"

“噢！”美来听着，怅然点点头，又闷闷叹了口气。大军看着她摇摇头，说：“唉，这事！我啊，其实一向不愿掺和这些，可有时候阴错阳差，没办法。”两人就默默往影剧院走。大军举腕看看表，说：“时间还早，陪我去趟百货大楼吧。”美来明白他的心思，想想说：“还是直接去影剧院吧，听说那儿这几天有农村庭院经济展览，我想先看一眼。”

两人到了影剧院。大军先到窗口买了票，就陪美来看展览。下了正面台阶，准备转到南门进侧厅展区，路过墙根拐角，见靠墙处有两个摆摊的人并排坐在那里。一人面前摆着擦鞋箱，一人面前摆着象棋盘，中间立一块黑黢黢的木牌，一笔一画竖写着两排白色粉笔字：擦鞋，一双一元；赢棋，一局两元。

几个人在围着看。大军和美来走到跟前，见正在给客人擦鞋的那位旁边放着一根拐杖，棋盘旁对弈的那位左手走棋，右臂衣袖空荡荡的，揣进了衣袋。两人身上都穿着退役的旧军装。大军弯下腰，细看他们的脸，只觉一股心血猛冲到喉咙，大声喊道：“铁龙，柱子！”那两人一个激灵，应声抬头，起立，齐声回应：“到！”

大军扑上去，把他们揽在一起，紧紧抱住：“怎么是你们两个？怎么在这里？”

“连长！是我们俩，怎么是你？”

站在一边的美来已看明白八九分，就上前对擦鞋和下棋的两位顾客说对不起，今天就不做了，说着边收拾摊位边给他们一人两块钱。两人谁都不要，摆摆手走了，其他几个闲看的人也散去了。美来把鞋箱装好，又把用两块薄板中间装上合页做成的棋盘折叠起来，发现上面还镂刻着抠手，可以一手提起来。

“那咱们先去找个地方坐下聊着，好不好？”美来把东西收好说。一句话提醒了大军，他回头看着美来，点点头，说：“那这就去吧。找一家川菜馆最好。”大军提起两人的东西，拉着他们一起转回剧场前面去打车。美来悄悄把电影票塞给窗口排队的两个学生模样的男孩，摆摆手示意送他们了。

在美来印象里，正阳并没有专门的川菜馆，便就近找了一家饭馆，看着菜样点了辣子鸡块、辣烧鲤鱼、辣炒肚丝、麻辣豆腐等辣口菜，又要了瓶白酒。

进到包间刚坐定，两人一起站起来，郑重给大军敬礼，齐声道："报告连长，我们没给您丢脸，没给咱部队丢脸，也没给过去的荣誉丢脸……"大军又和他们拥抱在一起。

美来给他们倒了茶，坐在旁边听他们交谈。三人是边境自卫反击战时的战友。大军当连长，两人都是排雷战士。一次急行军中，他们及时发现了雷区，完成了排雷任务，保证了全连的安全和战机。因行动紧急，排雷过程太急，为赢取时间他们都挂了彩，一个断了左腿，一个失了右臂。上面给记了功，他们复员后回到四川乡下老家。他们告诉老连长说，回去后虽说有伤残抚恤金，有地方政府照顾，再靠自食其力，生活没有问题。可就是这些年，渐渐地，人们看他们的目光由当年欢迎英雄的崇敬变成了怜悯，甚至还有个别人投来轻蔑和歧视。比起把命丢在战场的战友，他们不抱怨，可活着毕竟又有活着的很多复杂和不易。"我们不是懦夫，战场上我们不怕死，可是生活是漫长的、复杂的，有那么多的无奈。我们就是想在一个陌生的地界，没有熟人，没人知道我们的来历，靠双手，过过内心平静的日子……"

大军上前搂住他们，说："那一次，没有你们，咱们全连就葬身雷区了呀，更不用说胜利和活着回来。你们不是懦夫，是好样的，走到哪儿都是英雄，是功臣！"

美来坐在一旁听着，忽然想起去扶贫村那次，敬老院那些蹲在阳光里晒太阳的老军人说他们死不怕，苦不怕，就怕被忘记了，不禁抹起泪来。

后来要分手时，大军说他可以帮他们在城里找个合适的福利企业，安顿下来。美来也说，如果愿意到乡下，到金三角去干点儿什么也行。两人都谢绝了，说现在这样挺好。大军想想，又把兜里仅有的差不多一千块钱掏出塞给他们。两人反复推辞。"这是命令！"大军红了眼圈，"替我，给远在家乡的父母亲们寄回去！"

两人不再推辞了，也默默红了眼圈。

大军到金三角第二天，参观了一圈展览馆的基本筹建情况。"很好。"

他说。他们从半山腰展厅的最底层平台出发，一直上到最高层峰顶平台出来，等待评价意见的美来终于松了口气，看着大军说："参谋长大人，人家在等您提建议呢！"

"有哇，且一定是高见！"陈大军看着她清澈黑亮的大眼睛，故意抿嘴，"不过现在太渴了，等回去吃了午饭再说好吗？"

"那怎么行？你们军人还说什么渴不渴？快，马上说，快快！"她停下脚步站在原地等待。他回过头就势握住她的手臂，拉到近前，眼睛都不眨一下，看着她脸颊上泛起的红霞，说："我就欣赏你这股劲。来，你看啊，山洞中从上到下的走廊岩壁不知之前量过没有，我刚才估算了一下，起码也有两千米左右的取直长度，可不可以仿照敦煌壁画的形式利用起来呢？比如把长征、抗日战争、解放战争、抗美援朝等史实故事绘制成壁画，或是采用摄影等其他形式都可，那不是更会有你想要的氛围吗？"

"果然是高见！我天天苦想，这样大气派的方式怎么就想不出来呢？之前我们有一些已完成和正在创作中的连环画，正好可以在这长廊展出，太好了。"美来高兴地举起双手，又冲他竖着拇指，"参谋长大人，您怎么会想出这么伟大的高见？"

大军双手叉在腰间，挺胸昂首，站在山峰顶上放眼遥望。听美来如此说，就转头笑着说："我是燕雀，偶尔飞高一点儿，怎么能和金老师的鸿鹄之翼媲美？"说着，将双手在她肩上轻轻拍了拍，扬起如剑的双眉看着她，目光突然升高了温度。

"论艺术，你可能成不了雄鹰，不过……"美来本来脱口想说"在我眼里，你就是雄鹰"，可当看到大军那火热的眼神又打住，改口说："不过论军事，你要是谦虚过分，可就是骄傲了呀！"她想不动声色地表达自己的赞美欣赏，可还是惊诧于自己的声音竟然这般甜润。她以前从不知道。

"好，那我就不骄傲！"陈大军终于挡不住心中的激动，看着她水晶葡萄一样乌黑闪亮的大眼睛和红艳润泽的双唇，双手抱住了她的肩膀，想把她揽进怀里。美来翩然挣脱他的手臂，灵巧地转到旁边一棵大树后面，偏过头"咯咯"笑着，喊他说："我们比赛，看谁先到达那座峰岭好不好？"不及回应，已迈步向连着大王峰的侧峰飞奔过去。

“哎呀，当心！慢着点儿！看摔了！”大军紧随其后不停喊着，追过去。两人在树木间来回穿梭追逐，一串串笑语欢快飞扬。微风荡漾，云雾缭绕，在这群山簇拥拔向云空的大王峰上，与自己心爱的姑娘驾云追日，陈大军平生第一次感到像风一样清爽豪放，像梦一样欢快自由。甜蜜幸福包围着他。

两个人，几天来好像把过去压缩折叠的日子都伸展打开在田野里。山坡上，小溪中，河岸边，丛林里，大王山的无限风光中穿梭着他们比翼双飞的身影，洒下他们发自心底的欢笑。

时间流水一样过去了十多天。在大军准备返程的前一天，他们之间不期然接连发生了激烈的争执和意想不到的变故。

那天一大早，寄宿在村部的大军回来吃饭，进屋就对美来说：“请示你啊，能不能准个假，我想今天下午就提前走。”美来说那不准，就是明天也不许他走了。大军笑了，坐下吃饭。美来把盛好的小米粥放到他面前，又拿了馒头片和已经剥好的鸡蛋给他。金老汉每天总是早早先吃了饭去果园转悠，美来就和大军面对面坐下吃饭。见大军不语，她就说：“说笑话呢，当真啦？”大军摇头叹了口气。他给美来夹了她爱吃的绿豆芽红椒丝小咸菜，又把自己手里金黄冒油的咸鸭蛋黄都扣到她的粥碗里，看着她说：“其实我是不想走哇！也不知该怎么和你说。昨晚，我们军区那位首长在电话里说，他的亲戚一定要把养鸡基地项目全部拿到。我已经把上面的规定和他都说了，争取到的这一点已经属于违规变通了。可他还是坚持，一定要我想办法促成。所以，我是想提前到正阳找一下那位贾副市长，看他能否想出办法。”

“什么？”美来很意外，瞪大眼睛，看着大军。

“你说怎么办呢？我也很为难，不想做，可只能这样了。”大军看着美来，摇摇头。

“看来你还真想给他办成了？”美来眉峰蹙起，“我和你说，”她把另一碗盛好凉在那里的粥给他端过去，“在可行可不行间照顾照顾关系就罢了，如今超出规定给他争取了一份已经是大不应该。我知道你内心也不情愿，可现在竟还要帮他全部垄断了去。上面那是上百万的政策投入啊，他们这不是明摆着钻空子谋私套利吗？这样的先例是不少，套走国家补贴，弄虚作假搞点儿糊弄人的假象，让真正的农民受损，得不到政策实惠，国家发展项目也无法落实。”

“我也一向反对这种行为，更从不参与这些。可是，这一回，实在有点儿特殊，我也不得已。”大军把刚才美来端给他的粥拨进自己碗里一半，又接过美来为他剥好的另一只煮鸡蛋。

“可是，他是我们军区主管干部的首长，我如今，你知道，正处在不进则退的关键口上，又正好赶上有一拨晋升机会，也是唯一的机会了。美来，我不是官迷，这你知道，可我很在乎我的军旅生涯。我热爱部队，客观说，我是具备条件晋升的，我不能就这么半途转业了啊！”他避开美来的眼睛，看着门外面，“这一次是没有办法了。下不为例，我保证，一定，好吗？”

“大军！”美来垂着眼睛，停了半天，“大军，”她又说，“我能理解你。你知道，我也崇敬军人，更珍惜你的前程。可是这件事，真是太出格、太直接牵动眼前身边很多人的利益了，要我眼看他们都遭到横刀打劫，心里没法过得去。你是没那么多体会，可我能看到，孩子没钱上学，年轻人等钱娶亲，春耕的种子、化肥需要钱买。眼睁睁等着国家这些扶持项目来缓口气、直直腰的乡亲们，他们眼下需要的不是做生意发财，是要把一天一天的日子过下去呀！”

大军沉默了，过了一会儿叹息说：“美来，对不起。你说的是，你在其中，会有太多体会。我知道你刚正，这也是我喜欢和钦佩的。可如今，社会上的事情远比你见的复杂又微妙得多，不一定就是黑白分明。就是违法乱纪，也会打着公平与合理的旗帜冠冕堂皇地去践踏公平与合理，就算我不肯帮也会有别人帮忙，就算没有我们首长做或许还会有别的什么人这样做。”

“是，你说的是。可我始终觉得，别人怎么样我们管不了，起码可以管得了我们自己，看来，洁身自好也……”

“美来，你总是那么理想主义，这我真的很欣赏，也何尝不想自己是如此？我不是说环境如此我们就有理由屈从，可我们毕竟不是在真空，其实说句不谦逊的话，以我如今的职位权限，能做到像我这般清正的已经不多了。”

“我相信你其实也一样地理想主义，相信很多人也都是，只是一旦社会风气泛滥，就渐渐身不由己、随波逐流了，所以才见坚持的可贵。现在有些事情确实没有办法，我也不想你因此影响了前程，但即使再不得已，再必须妥协，也还是得守住最后的底线是不是？这件事，站在底层者，内心真的会很难安。”

“美来，做这件事我真的很违心。可我真的不想让我的军旅生涯因一个闪失中断，以现在的情形，不办真的不好确定结果会公平。你知道，献身军旅是我一生的追求！美来，原谅我这一次好吗？我们不争了，好吗？我得先回去收拾一下东西了。”大军起身，拍拍美来肩膀，出去了。

美来颓然愣了半天，站起来，踉跄着进到里屋，忽然感觉浑身一点儿劲也没有，一头扑在炕上，脑子乱极了。

大军刚刚离去的背影，还是这些年一直萦绕心头的那片橄榄绿吗？十年不见，那些曾在领土保卫战中将生死置之度外，让她一见便倾心崇拜的英雄气质和风范，真的已被岁月稀释了吗？然而为了军旅梦，大军当年曾忍痛放弃对她的倾心钟情，也解体了后来与大学讲师的婚姻，如今，事关前程，逼不得已，她是不是不要跟他太针锋相对了？可是，就在昨天下午还见过后山坡四楞叔和赵六婶子，他们都打听扶持养鸡户的指标，眼巴巴在等着挣钱给孩子交学费，给老人看病拿药。唉，她好像被两只手左右撕扯着，自己没有决断的力气了，不觉流下泪来。

金老汉从外面回来，在院里菜畦子顺手割下一把韭菜，拿到水井边洗了洗，准备中午做大军喜欢吃的土豆丝丸子，说放点儿韭菜末提味。他进了堂屋，把韭菜放在菜板上，又向里屋问美来再做点儿什么吃好。美来赶紧擦了眼泪坐起来，说：“别做土豆丝丸子了，他下午就走，包饺子吧。”

金老汉看看从里屋出来的美来红着眼睛，以为是不舍得大军走。“不是明天吗，怎么说改就改，有命令追来了？”不及美来回答，“那他爱吃韭菜馅还是芹菜馅的？”

大军从外面进了院里，手里没拿行李袋，却提着一尾用草茎穿了直摆动的大鲤鱼，高声说：“别费事包饺子了，大叔，吃简单的吧，我来做鲤鱼。”

“那哪行！上车饺子下车面，老规矩，你下午要走，得包！”金老汉说着已走进院里的菜畦，问大军爱吃什么馅的，好弄菜。

“大叔，”他叫着大叔，眼睛转向美来，“我决定还是按原定计划，明天再走，就不提前回正阳了。”又转头对金老汉说：“您歇着，看中午我做条红烧鲤鱼，您尝尝。”

美来把手里正准备和面包饺子的瓷盆放在高桌上，定定地看着大军。

金老汉一拍大腿：“不走了好，那你们就都别动手，说话去吧。我给你们做鱼，做土豆丝丸子。你们快都放下，去，都去吧！”

外面的天蓝蓝的，有几朵白云飘着。微风里，能闻到丝丝泥土和草木的香气。大军和美来在村东山坳一片果树林里慢慢绕着。

“大军，这么说你是不想给那位首长办这事了？我怎么反而又担心起你要受影响……”美来一根一根扳着自己的手指说。

“不想那么多了。我其实从在连队当战士，直到如今做了师级干部，一路走到今天，也从未走过什么关系门路。这一回，也是正好赶上这节骨眼。我已经过了三十五岁，这恐怕是最后的机会了，竞争确实又很激烈，微妙的因素也往往重要，主要是机不可失，才会这么紧张担心。”他摇摇头，自嘲道，“不过，还是要相信公平，公正始终是主流。走正路，靠真实力，即便一时蒙受了不公正，或者失去了机会，我也认了，至少能够做到坚守底线，这本身也是一种成功。再说，我不能丢了在你内心这么多年崇高的形象啊。”

“自吹的吧你！”美来抬手抚摸挂满青果的果枝，看着大军说，“你说，这些都是明摆的道理，搞歪风、牟私利的人也明白，也在讲，可照旧在搞，可见，说着容易做着难。我是想知道，你究竟怎么拐过弯来的？”

大军把手轻轻放在美来肩上。他的眼睛透过树枝的缝隙看着远方：“我出门回村部，在路口，被一个小妹妹撞了满怀。她哭着说家里给弟弟治病没有钱，爹不让念书了。美来，不知怎么，当我用手摸着那孩子汗津津的头发，突然就觉得更理解你了，心里有些乱，就绕到水库那边山坡走了走。

在那片丛林里，我恍惚走在当年边境自卫反击战的山路上，想起有那么多的战友都永远留在了战场。美来，你是对的，到什么时候，操守不能丢，起码的底线要守得住。如果连他们过日子的需求都要侵害，我穿这身军装又有什么用？”

美来紧紧握住大军的手，目光也望着远方，说：“现在这都是怎么了，天天喊反腐倡廉，可就是有那么多不正之风、不择手段。大军，你能有这样的情怀，我真为你骄傲！”

“惭愧，惭愧！”大军摇头，“我有时会想，一个国家，一个民族，尽管一代一代人的生活和追求不同，可有着共同的背景和目标，这一点是永远不能变的！” 他说着，一面拉美来往山坡上慢慢走，一面不断伸手为美来拨开挡在前面的枝叶。果林不时有小鸟鸣叫，飞来飞去。

“那这样回去，那位首长给你的任务完不成，怎么办？”

“嘿嘿！能怎么办？谁让他的任务没有你的指示重要哇！”大军笑了说。

“不怕穿小鞋？”

“穿小鞋？那我就光脚！”两人都禁不住“哈哈”笑起来。大军突然想起什么，停下摸摸自己口袋：“喂！刚才把给两位战友剩下的一点儿钱都给那小妹妹交学费了，明天，明天……”他孩子似的摊开两手。

“好哇，没钱买票啦，那就不用走了啊！”美来举起双手，得意地笑着。

“那好，这可是你自己说的，我就不走啦！”大军上前拉住她的手，把她紧紧搂进怀里。

两人回了家，金老汉已做好饭菜，还格外炒了盘黄灿灿、油光光、撒着绿色香菜叶的滑子蘑，说是“红村长”送过来的，刚剪下来都还没开伞，让大军尝尝鲜。还有堂三奶自己发的绿豆芽、“大响号”五嫂新做的豆腐，因为家里有客人，就都送过来一点儿，金老汉做了，都端在桌上。

大军“嘻嘻”笑着，闻闻菜盘丝丝冒着的香气，瞟一眼正在笑眯眯看他的美来，说：“好味道，我真的不想走啦！”

“就这么好诱惑呀！”美来也笑了，瞪他一眼。

到了晚上，他们没有如往常吃过饭后去河边散步。两人目光依依，对坐在美来的书桌前，随便闲散地聊着，眼角眉梢掩着惜别的离愁。

终于找不到话题了。沉默一会儿，美来起身从柜子里拿出一个盒子，放在大军面前。上次去省城，老爸要她把这个盒子里珍藏了多年的一棵老山参带给检察长，她觉得有一棵灵芝表达一下心意就行了，多了怕检察长会不高兴，就没带。

她把盒子放在大军面前，打开，用手指着说："这是一棵有年头很难得的老山参了，我爸如今的身体状况不合适用。我想，我想你就把它带给那位首长吧！"美来似乎在做不光彩的事，有些不好意思，好像自己面对的不是大军，而是那位首长。

"这不必，这个不必。"大军摇头。

"你到了我们大王山，算是带一点儿土特产，也很自然。那个事情我们坚持没给他办，就算是一点儿补救。办不办也许事不大，你对人家的态度也很重要。我们这也并不是在钻营，你本来有能力、具备条件，我们只求得到公正待遇罢了。"

"真的不必。"大军一摆手，"多年来，我其实就是这么走过来的。我想过了，这一回，也绝不改风格。就算到了脱军装回地方那一天，也是一样。"他目光笃定地看着她，"美来，不是还有大王山的战争艺术展览馆吗！"

"大军！"美来抓住大军的双手。

"哦，对了，还有一件事，"大军抚着她肩头的秀发，"我这次来，要给许佩茂那个案子中被我'说情'伤害到的那位银行的姑娘，专门道个歉。"他说完，双手扶住美来，自己退后一大步，郑重深鞠一躬说："我的好银行姑娘，对不起了！如今在下知错，甘领处罚！"

美来像突然挨了一个焦雷般僵住，一动不动，愣着，直着眼睛盯住大军。大军以为她动了气，忙抓住她突然变凉的双手，求饶求罚。美来半天抬抬手指，结结巴巴问道："你，你，检察长是你爸爸？"

"是！啊？"

"天啊，开这样的玩笑吗？"美来双膝一软，瘫坐下去。

"什么玩笑？这事来之前，我也不知道是你，问父亲具体怎么找那位银行的姑娘，他细说后，我才对上了号，当时惊喜得差点儿跳起来。我脱口说，这么巧！父亲忙问：‘什么巧，你认识？’我当时忙谎称说曾在报纸上看过你介绍工艺品的文章，搪塞了过去。他还信以为真了！我是想，等带了你回家去，给他个惊喜！”

大军兴高采烈地说着，心想美来一定也喜出望外，却见她像中了枪弹一样，霎时气息微弱，面色苍白，双手冰凉，身子渐渐靠在桌上，忙去摸她的额头，问怎么了。

美来立刻拿下他的手，推开说：“你父亲就是检察长，为什么你不，不，不早说？”她双手捂着胸口。

“你怎么啦？哪儿不舒服吗？”大军又伸手要去摸她额头，又被拿下，推开。

“我这不就在告诉你吗？而且，这有关系吗？”

“……”美来垂下眼睛，趴在桌子上，浑身散了架般一点儿力气也没有了。

陈大军看着她花瓣样鲜亮的脸色突然变得木然黯淡，惊慌追问：“你到底怎么了？不会为这个真生气吧？”他的手又要摸她额头，又被挪开。大军弯着腰，不知所措地站在美来身边。

“噢，对了，父亲后来还要我把这个转交给你，”沉默了一会儿，大军又小心翼翼掏出一个信封，“父亲说，这是当年朝鲜战场上他一位牺牲了的战友留下的，请你看看是否收为馆藏？”美来只觉大脑“嗡”的一声，似乎已经猜到是什么了，手颤抖了半天，才抬起来接住。

打开果然看到，正是母亲留给她那条项链上的蓝宝石花吊坠，所附简要说明也与母亲日记提到的细节吻合。一切的确都是真的了。明察秋毫的检察长肯定怀疑大军是在故意隐瞒，也由此一定认为或者联想到大军和她之间可能的关系，才决定把这枚项链坠交给她的。因为那次在省城她向他诉说身世故事时，曾特别提到过项链的细节，他知道她看到这坠子就会更确定明白一切，会懂得该怎样处理好她和大军的关系……

美来想着，仿佛身落冰窖，连心都成了冰块，感觉双眼模糊、天地旋转，眼前的东西都在晃动变形。世界如此之大，战争已时间久远，为什么啊？那血腥的硝烟，还要残酷地在下一代人的骨髓里弥漫？

陈大军当然无法得知父亲与美来这心照不宣的遥远默契。他端着刚倒来的一杯水，先试了下温度，让美来喝口水，不停地问：“你怎么了，哪里不舒服？”

美来趴在那里说：“我没事，好像凉着了。你先回去休息吧，我想自己待一会儿。”她口气冷冷的，近乎要结冰的感觉。

大军慢慢坐在了旁边，心里着急，一时又不知该说什么，眼睛落在桌子旁的一排书架上，感觉有一个很眼熟的牛皮纸邮包，伸手取下端详，原来，竟是当年高考前他寄来的那套资料，连同包装都保存完好，只是上面格外系了一道打着蝴蝶结的粉色丝带。他默默打开，当年自己东借西买、一本一本匆忙收集、悄悄寄来的参考书都在；还多出一个纸夹，打开看时，竟是他陈大军这十年里陆续发表在《解放军报》上的每一篇军事文章，整整齐齐，剪贴成集，每一篇上面，还用钢笔标注了发表日期和版面；而在剪报中另有一张稿纸，上面是美来新近作的一首咏菊小诗：

> 历尽三春花不发，又经炎暑仍蓄芳。
> 秋风送来知音在，一片深情为君开。

他看着，不觉鼻子一酸，眼泪涌了出来。问世间情为何物，这些年，他自知甘苦，更何况美来？这是个多么理智坚强又深情痴心的姑娘啊！可现在她怎么了？是生气，气我与那件案子有过牵扯？原委她已知晓了啊。是怨我这次想给首长亲戚办事谋利？已经决定不办了呀。还是因为父亲是检察长，怕有攀高之嫌？她也不会这等小家子气啊。那到底……

美来仍默默趴在那里。她从桃红柳绿、日暖风和的四月天一步跌进了冰天雪地。这只能是一个无言的结局，也只能由她自己一个人在内心承担了。可是大军，他这一关怎么过呢？他是绝不会轻易退却的啊……她趴在那里渐渐让自己平静，觉得当务之急不是舔舐自己的伤口，而是找一个借口给大军，让他离开。她用尽力气搜肠刮肚，头昏脑涨一片混乱，想不出什么理由能拒绝大军。吞不尽的泪水一个劲往外流。

“你回村部休息吧，我也想休息了，天不早了，明天还要早起赶路。‘红村长’会送你到车站的。”美来又低声催道。

“可你，那也总该让我放心，知道你怎么了才行啊！”

“也没怎么，就是你要回去了，有些东西必须面对，心里有些矛盾，也很难过。”她准备现在就和大军摊牌。

“美来！”大军一听舒了口气，“我们分开不会太久，你马上就可以去部队探亲！”他说着亲昵地伸手去捋她的长发。

美来忙拿开他的手，起来坐直，看着大军，又转开眼睛看着别处，说：“大军，我不是那个意思。我是想说，这些天，虽然我们很快乐，但我内心也很矛盾、痛苦。我其实也不愿这样，也许是应了那句话，相见真的不如怀念。也许我们之间真的没有那种缘分。你也知道，这些年我身边，一直有被我忽视的人和情感，现在越来越发现，真要放弃时，其实还是抛不掉，还是很在乎、不能割舍的。对不起，大军，对不起，是我不好。我们不能……”

大军忽地双手一下子按住美来的肩头：“不！美来，好好的，你怎么突然胡思乱想，胡说些什么？”

“我没胡说，我真是觉得，有些东西没办法放下的……”

“你在撒谎！看着我，到底为什么？告诉我！”大军不等她说完，抢过去蹲下身来，捧起美来满面泪痕的脸。美来突如其来的变化如莫名的炸雷，轰得他浑身每一根神经都在震颤。他想给美来擦去泪水。美来偏过头去，自己拿毛巾擦了擦。

“美来，我们都是成年人，经历了这么些年的磨砺，有什么问题不能面对？知道吗，我们永远在一起！现在有我和你共同面对一切，我们什么也不用怕！你所说的矛盾心情很正常，我能理解，但这绝不是真正的原因。你心里有什么，一定告诉我，我们一起战胜，相信我！”

美来看着窗外：“我说的都是真的，我真的是感觉自己其实放不下廖强。对不起了大军，你回去吧，我需要休息。”

“我再说一遍，美来，这绝不是真的，一定另有原因。拜托你了，快告诉我！美来，我已经是扑不灭的火焰山了，不管你是为什么退缩，就是化成灰烬，我也要燃烧到底，我不会和你分开，绝不会！”

大军说完，站起来，又给美来重新倒了杯水，让她早些休息，又去和金老汉告了别，就一人回村部了。他原本想等一切定下来再告诉父亲，可目前美来的态度令他反复分析也找不到理由，他认为问题一定出在父亲身上。或许是父亲的检察长身份令美来有了障碍？她太过自尊要强了，毕竟有过之前的案子瓜葛。有道是解铃还须系铃人，美来敬重父亲，如果父亲出马，她必会放下包袱，回心转意。于是大军把说服美来的希望寄托在父亲身上。

金老汉送大军出门后，转回屋里，对正在洗脸的美来说："真快，大军的假转眼就到期了，就得走了，你说。"他又呵呵笑着说："如今，你爹我这心里的石头啊总算落地啦，闺女呀，爹可真高兴，为你高兴哩！"金老汉虽然很喜欢也很不舍得廖强，但大军毕竟是他多年前一心相中的人，美来又一直念念不忘，如今真能走到一起了，多好。

美来听老爸这样说，心中一酸，又觉得全身都凉了。她有气无力地依偎在金老汉身边坐下，不忍告诉他实情。他们的变故只能日后慢慢编理由告诉他了。听他高高兴兴地叨叨，忍不住又落下泪来，她偷偷抹去泪珠叹了口气，扯过爹的手，握着，半天说："您也累一天了，早点儿歇着吧。"

陈大军回到省城家中，一口水都没顾得上喝，拦住父亲，把和美来这些年前后的感情一五一十和盘托出，求父亲想办法为他说服美来。

"别说了，这绝对不可能！"检察长虽有心理准备，仍如五雷轰顶。世事怎么偏偏会这么巧？他越听越觉得心慌、心疼、心急，像落进深海却四肢突然抽筋，不能游动。他面红耳赤，满头的白发如雪上加霜。

父子俩猝然僵住了。半天，检察长抖着手，轻轻抚摸着一脸迷雾的大军，沙哑着嗓音说："对不起，大军，刚才我心急了。我是说，就是觉得一切顺其自然的好。儿子，我们应该尊重美来的想法，她若有顾虑，我再出面劝，不是给她压力，让她为难吗？"他试着缓和语气，委婉地劝说大军。

大军摸不着头脑了。父亲一生磊落大气，更不患得患失、心胸狭窄，这事怎么会这样想？他应该支持自己、鼓励美来才对呀！他说自己决不放弃，又求父亲帮他劝说美来。想不到父亲更是严厉拒绝：“这不可能！”他不明白父亲怎么突然像变了一个人，陌生，不可理喻。

父子两人平生第一次你来我去地争吵，还渐渐唇枪舌剑激烈起来。一向和睦的父子突然针锋相对，都痛苦不堪地病倒了。检察长更是整个身心备受折磨，如秋天的秫秸一样日趋虚枯。

第三十六章

大军回去后，美来也重重地病倒了，感觉浑身中了毒一样，头重脚轻，昏昏沉沉。到了晚上，一个人对着低斜入窗的月光辗转抹泪，不能入睡，人一圈一圈瘦下去。她知道，除了检察长，有谁会懂得她的苦衷？而检察长内心不也一样痛苦吗？她多么希望这一切都是一场梦啊！

这期间，她陆续收到了几封来信，是廖强和嘉伟的。她的这两个情同手足的朋友和追求者，都在军人陈大军重现之后，未加抵抗地选择了转身撤退。嘉伟另当别论，廖强的不抵抗却令美来的内心矛盾疼痛。反倒是廖强鼓励她不要犹豫了，遵从内心，全心全意去接受陈大军。那次他找过大军之后就曾对美来坦言，说放弃她使自己痛苦，但如果美来为了他再拒绝大军，他同样不会感到幸福。因为他最知道美来这些年心中抹不掉的是什么。他亲自试探，亲眼看到了大军对她的坚定赤诚，也更体察到了美来对大军那种燃烧灵魂的深情。所以他对美来说，他一开始就有做一辈子“好哥哥”的准备，现在只有这个结局是他最想要的了。美来理解他说的都是真心话，就斩断犹豫，一心接纳大军。而廖强，如今已应深圳公安局在全国各地的招聘，赴任就职一个多月了。

廖强在来信结尾还捎带了一句说，局里与他同去应聘的薛红玉，就和他分在一个队。其实美来知道，这些年薛红玉一直在追廖强，美来明白廖强提这一笔是什么用意，心中更是感激难言，也更感觉到他“大哥哥”般品格的纯厚。他赴深圳报到前曾答应她为他饯行，可临了，美来去了还是扑了空。那时大军也是刚回去，她整个人还在两人爆炸性的变故中心碎，是金老汉提醒她和廖强约定饯行的事。她强打精神梳洗一番，反复提醒自己，必须拿出精神饱满的状态。世事就是这样的阴错阳差。她现在绝不能干扰了廖强，他已以优异成绩赶赴深圳，开始了新的征程。

那天她去公安局刑侦科，见屋里空落落的，只有小秦一个人正在接电话，声音也很空荡。后来小秦放下电话，几乎头也没抬地告诉她，廖强昨天已经出发了。

美来心中一颤，颓然坐在椅子上，喉头被噎住一样，眼圈慢慢变红。小秦只顾看手里的卷宗，好像屋里根本没有她这个人。过了半天，美来有气无力地对埋着头的小秦说，她想请他喝杯茶。

“科长这一走我们更忙晕了，哪有那闲工夫？等下我还要去医院看他老娘呢！”小秦仍低着头，瓮声瓮气说。

“廖大妈病了？是……怎么？那我，我们一起去吧！”美来忽觉挨了一闷棍，老人家一定是为儿子远行难过的缘故病了。

“你去？那不用！也没什么大事，就是血压低、头晕！”小秦连忙摇头，终于抬头上下看了一眼美来，顿了顿，欲言又止。

“小秦，我知道你在为廖强生我的气。”美来无奈地看着他，“你现在还没恋爱，不会理解我，也不会理解廖强。等你将来有了经历，就会知道，会理解。这种时候，人其实都是拿自己没有办法。”

“我是无法理解啊。可我始终相信‘人非草木，孰能无情’这句老话。他那么爱你，痴心痴情，这些年眼里、心里就没看到过这世界上还有别的姑娘存在，这你不是不知道。你的事，就是他的事。他为贷款帮你，连自家房……”他陡然打住，涨红了脸，忙低头看手里的卷宗，任凭美来再追问就是不吱声。

美来已经猜到了。当初她办养殖中心时需贷一笔款，又没有相应的财产抵押办不了，廖强只说了声“看我的”，很快拿过来四万块钱，说正好一位朋友兑出了养虾场暂时有闲钱，让她就先借用吧。小秦现在的话让她才反应过来，廖强原来是用自家房子抵押贷的款！

美来又像挨了一闷棍，愣在那里，半天才起身，默默往外走，到门口忽又转回，从包里拿出三百块钱，看着小秦说：“那就麻烦你，买几只老母鸡给大妈炖汤吧，记得放点儿黄豆，补血升血压管用。”她把被他反复推掉的钱使劲推过去按住，含泪说：“就算姐姐求你了，也当是替廖强做的，好吧？”说完头也不回出去了。小秦默默走到窗口，望见已下楼出去的美来边走边抹眼泪，不觉也红了眼圈，用拳头狠狠擂了自己一拳。

嘉伟已经去了新疆，接着做他的地质考察研究。他也没有忘记在来信中告诉美来，这一回同去的除了那位一句汉语也不会讲的助理，还有新近在大王山保护区地质研讨会上认识的一位女地质学家同行，并说对地质的着迷使他们有很多共同话题。美来也明白，无论是真是假，嘉伟这一笔的醉翁之意何在。实际上，嘉伟后来在陈大军到大王山的时候专门去拜访过一次。他是一定要亲眼见一见这位大兵，看究竟是怎样的白马王子能凭空掠去美来这颗高傲的心十多年。他是做了决斗的准备的。他要为自己的情感宣战，决不像廖强那样拱手相让。

可是那天在金三角凤凰湖岸边，他见到美来和大军的时候，他的态度就改变了。他们两人坐在依依垂柳边一块泛着白玉般光泽的大石块上面，美来捧着一大把鲜花，正甜蜜地任凭大军把用蔷薇和百合花编好的鲜花项链为她戴在脖子上。

他看到，他们眼角眉梢那种两情相悦，是无以言表的，感觉到他们整个身心都浸泡在蜜糖里一样，即使走在冰天雪地，也会让人感到他们正经历桃红柳绿；即使暗夜冒雨，也会让人看到他们正沐浴阳光。他们呼吸的空气，是弥漫着山谷花香的；他们喝的水是满含甘甜的；他们在一起传达出的那种幸福快乐的气息，是嘉伟之前从不曾在任何一对恋人身上见到的。他被震撼了，也才明白，自信霸气的廖强为什么会拱手退出。看到美来这样快乐幸福，他林嘉伟，一个始终优雅的绅士，一个真心爱着美来的人，还有什么理由决斗？唯有好好祝福他们吧！

美来此刻读着他们的信，深领两个大男人的纯真之情，也在内心期盼着两位都能早早觅得知音。可在信中一再祝福她的他们，谁又知道和理解此刻她内心的苦衷？

距展览馆开馆时间越来越近了。她只能勉强克制自己内心的痛苦，做着准备工作。她把那条终于完整合一的项链拿出来准备收藏。检察长在给她的附信中，以第三人称叙述了项链的故事。她看了既感动、难过，也为母亲感到骄傲、欣慰。母亲为和平付出了年轻的生命，但属于她的爱从没有褪色，依旧不折不扣活在爱她的两个男人心中，他们忠贞地守候着属于各自的那份真情。作为女人，母亲应该是幸福的，她短暂的生命因保家卫国而辉煌，又因拥有这样一往情深的爱而丰足饱满。

美来把项链和检察长的附信一并作为藏品收纳，并提笔为这一展品写了如下说明：

> 一条普通的项链，穿越战争，见证东西方的爱情，告诉我们，国家有界，种族有界，文化有界，而人类对爱与和平的共同心愿和向往，无界。

开馆典礼定在国庆节前。典礼前一天晚上，美来忙完一切，准备睡觉，躺在炕上，将明天的全部活动流程依序过了一遍，确认没有什么疏漏之处了，这才关了灯，狠狠伸了伸疲惫的腰身重新躺下。睡意便像突然降下的大雾，一下子让她迷糊了过去。

第二天一大早，天刚亮，美来就一个人上山了。大王峰通往山洞的入口很多，最上面的是靠近峰顶窑洞一样的门面入口，前面一块地势较平坦，新修了个小场地。雾霭在山涧荡来荡去。她一个人走着，不时侧耳，好像期待着什么。

仿佛一阵汽车声响起，转头车已停在眼前。走出来的正是检察长。

美来惊喜地上前，陪他走进展览馆。前厅迎面是巨大的剪纸模型，一群衔着橄榄枝的和平鸽围绕盛开的百合与玫瑰飞舞，衬出欢乐祥和与博大凝重的氛围。

到了展厅，在当年“S”送给苏兰的那朵小百合花和那条已安上了吊坠的蓝宝石项链前，美来看到检察长隔着展柜的玻璃伸出青筋绽暴的大手颤巍巍地抚摸着，往昔征战、生死离别的情景和藏在心底的温暖深情，一定如回头潮在猛然冲击他的心怀吧？美来只觉胸中难抑激动，终于忍不住喊了一声："爸爸。"

检察长身子一抖，双手捂住胸口，脚步蹒跚，靠在了岩壁上，半天抖着嗓音喊了声："孩子，我的好孩子……"

美来只觉心头积聚的东西太多，却想不起说什么，就像站在舞台上一急忘了台词，好容易想起该痛快地再喊一声"爸爸"，却怎么也喊不出声音来，急得直张嘴。突然一缕强光透过天幕直射双眼，刺得她捂住眼睛，再睁开看时，窗户已被晨曦照得大亮。

刚才竟是一个梦。她猛一骨碌爬起来，愣了一会儿又闭上眼睛蒙头倒下。怎么就醒了呢？

她重新起来，收拾好了。时间还早得很，仪式十点半开始。原定九点有车统一送工作人员先上去，不知为什么，她想自己走一走，就一个人先上了山。

刚走上盘山道，就仿佛听到有汽车声，侧耳细听，却只听到风声。盘山路新装了照明灯，上面挂着大红灯笼。半空还有一群群盘旋的鸽子，那是堂三奶她们的柳编作品，冷不丁看时就像真的。峰顶悬挂着一排排条幅和主题标语，就像空中的彩云。太阳出来了，似乎在把这庆典的欢乐和庄严传遍城乡山外、五湖四海。

美来仿佛看到正往这边赶着的宾客：检察长，怀抱亲笔手书的战争诗词书法；林守业老先生，从海外捧着自己编撰的贺联专程飞来；武副市长带着各部门许多人员；还有他们广信行的领导和同事；陈刚、杨云雁，他们脸上挂着穿透时空的凝重和欣慰。杨阿姨还说退休后要来战争艺术展览馆义务服务。或许，神奇的艺术真的能把被战争夺走的种种宝贵和美好偿还给人们些许？无疑，它会令人们铭刻在心的、不能释怀的一些东西得到一种托付与安顿。

所有来宾昨天都已最后落实过，只有检察长的电话一直没打通，她心中不由一阵阵担心。陈大军回去后，父子会发生怎样的碰撞？毕竟检察长已年迈，经不起强烈的伤痛。

工作人员已经到位，陆续有领导和嘉宾上来了。乡长派人来喊美来帮助陪同接待客人，美来只招呼过武副市长，就又走出来。这时她觉得自己不知为何心绪不宁。所有嘉宾都陆续提前到达，检察长一直没到，电话也一直没接通。

她一个人站在山上不断张望，凭借对八盘道的熟稔，从山林的空隙中，她发现了闪现在半山腰的越野吉普，不由飞也似的迎下山去。她相信这一定是检察长的车。在七盘道他们相遇了。

车门打开，走下来的是一脸疲惫沉重的黄秘书。胸口起伏着的美来，心猛一下子提到了喉咙。

“检察长这些天身体一直不太好，昨天突发心脏病。他交代我把这些手稿务必赶在典礼前送过来。”

“他有危险吗？”

“凌晨四点，我出发时还没脱离危险。”

美来哆嗦着双手，捧过检察长亲笔抄写的诗词手稿，忽觉脚底变成荡在浪里的甲板。“黄秘书，等一下，我送上去，交代了就跟你一起回去。”她抱着手稿就往上跑。

黄秘书叫她坐进车里，边往上开边说：“等典礼结束，我等你。”

“一切事情都安排好了。我上去交接一下，请个假就可以走。检察长为展览馆倾注了许多心血，我要过去当面向他汇报。”

他们的车子飞驰下山的时候，美来的心跳越来越快，在松林匆匆掠过的山路上，她的泪水已夺眶溢出，她在心里对母亲说：“妈妈，您在天有灵，保佑父亲平安吧，不管我们能否相认，我们彼此已经在心里相知了！”

山风呼啸，松涛汹涌，汽车穿越大王山缤纷的景象向省城飞奔。

第三十七章

大王山山清水碧，鸟语花香，蓝天白云下面一派灿烂春光。当五月的鲜花开满田间院落的时候，金三角村委会院里传来阵阵欢声笑语和喜气洋洋的奏乐声。金美来和陈大军，这一对痴心相爱的有情人，即将在这里举行婚礼——原来，他们并不是亲兄妹。

早在半年多以前，国庆节前的开馆典礼当天，美来匆匆赶到省城时，检察长已经生命垂危。在急救室见到插着氧气管子昏迷中的检察长，她只觉两眼一黑，双膝发软，“扑通”就跪到了床前，分不清是眼泪还是汗水，“吧嗒吧嗒”落在了检察长冰冷的大手上。在阴阳两界的弥留挣扎中，检察长一定是听到了美来的哭泣和呼唤，他那已风干龟裂了的心田似注入一丝清泉，枯竭的细胞渐渐充盈，经络也滋生了活力，心率竟奇迹般渐渐恢复，正常了起来。

检察长终于脱离了危险。之后，美来在他身边照料。有一天，检察长和陪着他晒太阳的美来聊天。他用随意闲聊家常的方式告诉了美来一段令她大出意外的往事。

原来，当年检察长的妻子和刚出生不久的儿子在那次国民党飞机的轰炸中其实都遇难了。一起遇难的还有学校里的一对同事夫妇，他们怀抱着的和自己的儿子同样大的孩子转眼成了孤儿。检察长气息奄奄的妻子在生命最后一刻把同事的孩子搂在自己的怀里，拉住身边也受了伤的表妹，说：“这两个外乡同事此地无亲人，老家也不知在何处，这孩子我就收养了，交给你。你姐夫魏中华从军在外，如今生死不明，老迈的公婆断然经不住媳妇和刚出生不久的孙子一起离去，请表妹日后千万把这孩子就当成我们魏家的亲孙子，替我找到交给两位老人抚养吧。如果中华还能活着回来，见儿子还在，也会少一些揪心……”

表妹流泪答应了她，依嘱托在离乱中辗转找到乡下两位风烛残年的老人，给了他们莫大的安慰。为了死去的和活着的人，她一直守口如瓶。后来，检察长也一直以为表妹带到他身边的孩子是亲生儿子，为纪念妻子，他让儿子随妻子姓陈。聪明善良知分寸的表妹对表姐夫当年那段隐情曾有过揣测，如今当她看到父亲在儿子婚姻问题上的反常态度和两人都陷在欲罢不能的伤痛中，她更加确定了自己曾有的判断，也果断做出决定，就把大军身世的实情一五一十告诉了检察长。

她说：“姐夫，大军如今已是奔四十的人了，人生最难得的就是遇到一个倾心中意之人，所以，有些事，我如今权衡，还是告诉你真情原委吧……”

检察长听表妹含泪追诉当年往事，既怀念结发情深的妻子，痛惜襁褓中未曾见面的亲生骨肉，又欣慰于现在大军的出息和陪伴，同时也感激表妹的一片苦心。

“表妹啊，对不起，对不起啊。这么多年，我谢谢你了……”

他含着眼泪，万分感激歉疚，看着早把陈大军当成亲儿子的表妹，千言万语无以表达，半天仍只重复一句：“对不起，谢谢你！”

表妹沉吟半天，感叹道：“姐夫啊，大军和美来都是好孩子，如今他们能有今天，是天地有情啊！你就答应他们吧。这是缘分，是他们的缘分，也是您的福分，是我们这一家子的福分啊！”

检察长明白这话。他依旧看着她，忍不住老泪纵横。是啊，饱经战争创伤和生离死别，他虽不是唯心主义者，但宁愿相信和感谢冥冥中上苍的眷顾厚爱，让他和美来得以团圆，让美来和大军两个孩子能幸福地结合。

经过一番郑重考虑，检察长还是把身世的实情也告诉了大军，并让他回中原老家那边寻访拜祭了自己的父母和其他亲人。

美来和陈大军准备结婚了，婚礼不在省城办也不在部队举行，检察长坚持让他们就在大王山结婚。这个决定让金老汉心中乐开花又自觉不妥。“咱是嫁闺女啊，怎么能让检察长从省城到乡下来办婚礼？”

美来明白检察长对大王山的种种特殊情感，特别是对老爸的一片心意，就说：“检察长对咱们大王山有感情，他想在这儿办，就在这儿办好了。”

金老汉于是一拍大腿：“那感情好！”他笑得合不拢嘴，两颊上折扇一样的笑纹睡觉时也不肯合上，脚下不停，整天忙里忙外，收拾新房，准备婚宴，出了东家奔西家，早早就告诉金三角每一家每一户的老亲故邻们大喜的日子定在哪一天。他为美来也为自己到底修来了这功德圆满的一天，高兴得心里就像开了花。

陈刚提前就来帮助张罗了；杨云雁阿姨也专门请了假，和陈刚一起过来帮美来准备嫁妆；堂三奶精心剪了一摞又一摞的喜帖，上面鸳鸯双宿、彩蝶双飞、莲花并蒂、合欢连理，各色喜庆吉祥图案活灵活现；一群妇女“叽叽喳喳”，在准备举行婚礼的村部小礼堂挂满五彩缤纷的电光纸拉花和气球；“红村长”带着几个年轻小伙子一遍又一遍演练着双管。如今金三角是正阳市双管演奏培训基地，很多后生都跟着“红村长”学会了吹双管。今年八月份的“正阳之夏乘凉晚会”，金三角村还将代表大王乡，承办一台“大王乡之夜”的晚会。武副市长的意思是，要他们借此宣传一下当地的资源。“红村长”也想借着为婚礼助兴的机会好好演练一下节目，现在正在排练的是喜乐的吹奏曲子《欢天喜地》和《我们的生活比蜜甜》等；妇女主任也带领五嫂她们一群好动活泼的妇女吵吵闹闹在排练大秧歌，准备婚礼上好好扭几段，助助兴热闹一番。如今，村里无论大事小情，只要一有集会，这群老娘儿们就要跑来要求说：“先等一会儿，叫俺们先来扭一段秧歌好不好？”

整个金三角都沉浸在欢快喜悦之中，好像每一家都要办喜事。

到了婚礼前一天，一切已经是万事俱备了。大家没什么大事要忙，就聚在金家随便拉拉话，临时做做零星细活。东屋放着炕桌，头天傍晚赶到的检察长一大早就站在桌前亲自为他们写喜帖。嘉伟说正好要回正阳办点儿事，也提前几天就从新疆那边赶回来跟着张罗了。他站在一边，帮检察长把三奶剪好图案的喜帖按尺寸裁好，一摞一摞码放起来，又一张一张为检察长铺在桌子上。陈刚就在另一边把检察长写好的再一张一张收起来摆在柜顶上，晾干墨迹后整理收齐。

金老汉坐在堂屋的高桌旁，一边包喜糖，一边乐呵呵地念叨，“红村长”已安排了六个小青年，明儿一早就过来帮忙，太阳一出就把喜帖全发出去。

杨云雁和五嫂在西屋新房贴窗花。五嫂手举团花端详着，哈哈大笑说：“你看啊哈，三奶给咱们美来这个凤凰牡丹铰的，可真是太好看了啊哈，哈哈哈！”

正笑着，忽听胡娜尖叫一声：“哎哟喂，忘大事了！”

她在昨天下午就过来了，这会儿正在写字台前弯腰给他们摆结婚照片，突然起身喊着，还一拍手，指指站在对面大立柜前对着拉门上的穿衣镜在试穿羊绒衫的美来大叫：“你应该去烫个头，烫一个就那种，大波浪，披肩的，那种长发，啊？”

她又对自己的脑门敲一下：“我怎么就忘了呢？都怪你，太漂亮，叫我都忘了帮你再打扮了！”胡娜一屁股坐在椅子上，看着美来刚穿在身上的大军托人从上海买来的大红色蓬肩翻领羊绒衫，胸前还缀着一簇簇圆润闪亮的珍珠，一边点头夸赞好看，一边问：“你烫不烫头去到底？现在还来得及。”

“哈哈啊，就是啊！怎么就忘啦啊？美来再把头一烫，叫大伙看看，俺老金家闺女比不比天仙还俊十分，啊哈？”听胡娜一说，窗上的“大响号”五嫂立马“嘎嘎”笑着回头，眼瞅着站在美来身边帮她试衣服的大军，特意夹带乡间土话说笑着逗他，看着他红了脸美滋滋地微笑着。

东屋的嘉伟也像听到了，隔着灶间堂屋，突然手拿喜帖往西屋新房晃一晃，连连说：“OK！OK！”大家听着都笑了，附和说：“好，那现在就去吧，叫大军陪你，还来得及。”

美来在镜子里看一眼大军。她也很喜欢那种大波浪披肩发。见大军正在注目欣赏她的秀发，且带着一种不舍的别样神情，她立刻就懂了，那是他们之间才能领会的意蕴，于是回过身来款款地对他说：“大军，过几年我再烫头吧，你说好不好？”大军拉起她的手，会心一笑，点头说：“好！美来，你怎么样都漂亮！”

“哼！”胡娜酸溜溜地一撇嘴，“这还要问他？”说着转头又去摆照片。美来与大军对视一笑。

这时，桌上的电话忽然急切地响起。美来忙走过去拿起话筒。

她以为应该是廖强打来的。他之前打电话说过要提前一周休假，早点儿回来帮她忙活忙活，可已晚了这么多天，现在应该是回来了吧？

电话是薛红玉打来的，听声音语调，就像是北方寒冷冬天房檐上的冰溜子冒出的冷气。她说：“廖强昨天临时执行任务去了，不方便回去，来不及告诉你，委托我打个电话。祝贺你们。”

可美来分明感觉不到一丁点儿的祝贺情绪。廖强之前定好说要提前一周休假，怎么会等到昨天的临时任务？美来疑惑，追问是怎么回事，薛红玉那边答话吞吞吐吐，隔着悠悠晃晃的电话线更觉缥缈不实。再细问，那边语调更是不对，冰溜子滴水一样开始抽泣，蚊子叫似的说了句“再见”，匆忙就要挂线。

美来一急，直着嗓音大声喊道：“好妹妹，别挂别挂呀，快说，廖强，是不是……他到底怎么啦？”

大军关切地走过来，握住她冰凉的手。房里屋外所有人都放下活，屏息静气，便是掉下一根针也能听到。

电话那边的抽泣声忽然“哇”的一声放开升高。美来的脸色“唰”地变白了，拿着话筒的手开始抖动。大军扶住她。大家都聚拢了过来。

薛红玉遥远的声音颤抖断续，说廖强准备休假的前一天参加抓捕边防重大走私贩毒集团行动，不幸受重伤，目前胸部枪伤已处置妥当，但左眼已经保不住了……

她那边“呜呜”哭起来。美来像被冷枪突然击中，愣愣地举着听筒，目光僵直。大军一手扶住她，一手接过电话，让那边的薛红玉别哭，慢慢说。

薛红玉哽咽半天止住哭声说，现在，只能寄希望于移植手术了。可角膜源太难找，多方寻求都没结果，医生昨天傍晚通知，最后四十八小时，再找不到，移植也没有希望了。“好好的，怎么一下子就要眼睁睁等着变瞎了啊！”

千里之外，薛红玉放声大哭，哭声鞭子一样抽在美来心上。

挂了电话，她手脚冰凉麻木，浑身也僵直着一动不动。大军扶她慢慢坐下。她仍一声不吭，两眼也直直的，呆愣愣望着窗外远方，额头青筋暴起，渐渐渗出汗珠，苍白的面孔渐渐涨得通红，半天“哇”的一声，竟是一口鲜血吐了出来。

大军顿时脸色煞白。他双手慌忙地按压住她的穴位。大家急忙帮她收拾，端水漱口，又倒了杯温开水来。

大军扶住她，轻轻拍着说：“你心里难过，就大声哭出来。”美来抽抽嗒嗒，终于“呜呜”哭出声来，过了一会儿，缓和些，喝了口水，转身抓住大军的双手，眼巴巴看着他，半天不语。

大军拍拍她肩头，说：“先别急，再喝点儿水。”他把杯子送到她嘴边。

美来又喝了口水，仍抓住大军的双手，看着他，含着泪水欲言又止。大军看着她的眼睛，把落在额头前面的一缕发丝给她捋到头上，轻声说：“美来，你想说什么，我听着。”

美来垂下眼睛，泪珠已经滚动在眼眶。“大军，”她气息微弱，哽咽着艰难地说，“我，我，有个不情之请……”

大军看着她，迟疑了一下，立刻微笑说：“美来，没关系，你若想，我们现在立刻就动身去深圳看廖强！”

美来含在眼眶中的泪水“唰”地就滚落下来，不断线地挂在脸上。她使劲摇头，半天又说：“大军，谢谢你！可是我，我是想，是想……”她顿了顿，大军焦急地看着她。

美来仰头，大军俯过身来，美来附上他肩头，在耳边悄悄说了几句什么。

大军表情突地僵住了，脸色变白又渐渐变青。他抓住她的双手，又一把将她揽进怀里，紧紧搂住，连连摇头，半天，两只大手颤巍巍捧起她的脸，定定看住那双水晶葡萄般乌黑清亮的大眼睛，脸色渐渐又涨得通红，额头上也暴起了青筋。

大家悄无声息，似乎都听到了，更确切地说是都猜测到了美来刚才说了什么。深圳那边廖强的不幸像刀一样扎进每个人的心，而美来的话又猛地把刀深按了进去。这无论对谁，都是血淋淋地疼啊，更何况大军！

大家知道美来的心性脾气，一时不知怎么相劝。金老汉拉过美来冷冰冰的手，颤巍巍地说："孩子，你都急糊涂了啊，明天，是你大喜的日子啊。什么都定下来了，准备好了，大军和你明天就结婚了啊。廖强他吉人天相，会有办法，一准能闯过这关去。闺女，先喝口水，顺顺心气。"

陈刚铁青了脸，弯下腰看着美来说："好孩子，你一个女孩子，你才多大啊，人生路还长呢！千万别急，也不能冲动。"他直起腰又看着大家说："咱们也都别急，一切情势都是瞬息万变的，说不定眼下那边就有好消息，有转机了，就都不成问题了。美来，你这边可别再先急出个好歹来，是不是啊？"

"就是就是啊！"大家七嘴八舌附和着说。

检察长双手叉在腰间，呼吸急促，看看美来，又看看大军，轻拍大军肩头。大军感觉到他在颤抖的手。他看了眼父亲，扶他坐下，然后对一直咬住嘴唇一言不发的美来说："是啊，美来，先别急，先冷静，一则兴许会有转机，二则我们一起想办法，会有希望的。再说，你这样急，只能伤害身体。无论怎样，我们必须保存实力才能应对战局，对吧？"

"可是，现在急的是时间啊。大军，对不起，真的对不起，我，他其实……我实在不能眼看着他这样。他是个警察，不能没有眼睛啊！"美来拼命摇头，流着眼泪声音哽咽，"大军，这些年，在我最难过的时候，都是廖强全心尽力帮助我，甚至救过我的命。去夜大讲课迷路那一回，要不是他准确判断及时找到我，深更半夜恐怕我的命就丢在冰雪深沟里了。我刚辞职下海，摸索起步，需要资金，他竟背着我把家里的房子都做了抵押。这些我也是他到深圳后，才从他同事那儿知道的。大军，我没有兄弟姊妹，一直当他是弟弟，而其实他一直在做我的哥哥。他如今为什么抛开这边一切去了深圳，我比谁都清楚。在那边，他的事业才刚刚开始，他那么心高气傲，那么要强，那么爱警察这一行，我不能看着他折了翅膀啊。论感情，这么多年是我辜负了他，这没有办法，而论友情，我欠他也是太多，如果此次不能帮他，我今生都会不安。我去，如果四十八小时内没有别的希望，大军，金美来我，我今生就对不起你了。求求你，答应我，我们来生……"美来泣不成声。

“美来！”一直没作声的嘉伟抢在大军前面开了口，他情绪激动，大声说，“美来，大家说得对，先别急。陈参谋长假期不长，依我看，明天你们婚礼照常进行，之后，立刻去深圳。廖强那边，美来，我请求你给我这次机会！”

嘉伟仪器般专注的眼神盯住美来。他把双手举在空中，用力往下一按，示意大家不要打断他：“你们先都听我说，我是认真的。廖强，他曾经冒生命危险与绑匪周旋，解救我和助理；美来，你们也都知道，是她为我输血，挽救了我已经垂危的生命。他们两人都是我的救命恩人，咱们中国人不是讲‘滴水之恩，涌泉相报’吗？美来，你当时不肯接受我的酬谢，说没必要，叫我不要在意，见我不肯，又说以后如果需要会接受我的帮助。现在，我就要求你答应我。我来做这件事，不是帮你，是给我一个报答你也报答廖强的机会！”

金老汉、陈刚、检察长、杨云雁等都说：“你们都还年轻，要去也是我们更合适。”

美来泣不成声，摇着头：“我欠他的，总不能让我再欠你们大家的吧！”

大军站了起来，向大家摆摆手。他说：“咱们都别劝了，美来的性格大家知道，谁劝也不会听的。”他看着几位长辈又说：“那我们就先过去看看吧，你们也不用太心焦，一切还都在变化当中，也许会有别的希望。”说完，他抬起手腕看表，对美来说：“好了，别哭坏自己。我说过，今生，我们共同面对一切，无论你想怎么做，我都在你身边支持你。现在马上准备，我陪你，一起去深圳！”

“大军！”美来泪流满面。大军给她擦去眼泪，复又流出。

嘉伟也一定要一起去。“红村长”和胡娜也都要去。陈刚说他开车，直接送大家到机场。金老汉慌忙翻找出收藏多年的一块鹿茸和一瓶獾子油，不知道这些有没有用，一定要美来带上。检察长把带的钱悉数放进美来的背包。其他人也一起凑钱、收拾东西。

下午两点，陈刚开面包车拉美来、大军、嘉伟、王向阳和胡娜，一起赶往渤海市机场。一路上，谁也没说一句话。到了后，大军说有战友在这里工作，他先进去找战友帮助办理机票，让大家原地等着。很快他就又回来，告诉大家说，去深圳的最后一班飞机刚刚起飞，战友给他们订了明天八点最早的航班。

说着就领一行人先到机场附近宾馆，办理手续住上后，要美来和大家先休息，自己复又出去。“我得去和战友一起聚聚，也是好多年不见面了。”他说。美来知道他心情不好，就嘱咐他晚上一定少喝点儿酒，早回来休息，看着他去了。

晚上已经九点多了，大军还不见回来。宾馆里的几个人都担心他会不会喝醉酒。美来也并不知他有多大酒量，正着急，有人喊三〇六房间金美来女士接电话。大家和美来一起慌忙下楼到前台。美来抓起电话，听到的却是大军在千里之外遥远的声音。原来下午离开机场宾馆后，他立即坐上飞广州的航班，到达广州，已有战友提前安排好车，直接将他送往深圳。现在他已经和医院及有关部门联系上了，了解到捐赠的有关规定后，他还是提交了自愿进行角膜移植的书面申请，强烈要求若没有角膜源就用自己的，并已做好了体检。他说无论如何要抢在有效时间内让廖强做手术。一切都是保密进行，廖强全不知情。

“对不起，美来，”他电话里最后说，“没和你商量，就这样决定了。但我说过，要和你共同面对一切。这么多年我都没能照顾到你，如果这次不能为你分担，我一辈子都会不安！”

“大军啊，你怎么能……”美来心碎肝裂，叫了一声，险些昏倒过去，大家忙扶住她就近坐在旁边的沙发上。倚着胡娜，美来“呜呜”哭了起来：“大军，你怎么能，能在我心上又插一刀啊……”胡娜也跟着一起落泪。半天两人才被劝住。

美来被扶回房间时，已是心力交瘁，靠在床头，呆呆望着窗外机场的方向，不时听见飞机的起降轰鸣。一轮圆圆的明月挂在夜空中。从小到大，她就爱看这最圆最圆的月亮。她遥望着，如今才体会到，其实，经历了多少次亏缺，才会有一轮圆满的明月啊。

第二天，一行人早早到了机场，偏偏飞机不明原因地一再推延起飞，居然晚点三个小时。美来的上下嘴唇昨天一晚全起了水泡，这一耽搁，又起了一层。

深圳白云机场，陈大军站在出口大厅，迎面接到了他们。

大家一见，都呆了，细问才知原委。昨天后来又来了一位志愿者，是这次搜捕的贩毒集团中的一名成员，最后关头倒戈，曾提供过重要线索，行动中被原同伙击中要害。临终之际，妻子赶到医院告诉他已经怀孕。那人极度痛悔，要求政府再给他赎罪的机会，要做器官捐赠，只希望政府能发给妻子一张证书，将来告诉孩子，他父亲也做过好事。但他的角膜与廖强并不匹配。就在大军再一次强烈要求捐赠时，天无绝人之路，又一位被廖强事迹感动、曾立过捐赠遗嘱的志愿者刚刚病逝。廖强接受的是这位志愿者的捐赠，手术一切顺利。

美来忘情地扑过去，紧紧抱住大军，忍不住又哭出来。大军拥抱着她，心疼地拍着，轻拂去她脸颊的泪水。

于是大家高兴地簇拥着一起去医院，先向那位可敬的志愿者做了最后的告别并看望了他的亲属，又去看廖强。薛红玉正好也在，大家拥在一起，就像生死重逢，又哭又笑，乱作一团。医护人员也都高兴，没提醒制止他们。

廖强术后一切恢复得很好，大家陪着他都很高兴。但他还是连哄带诈地从薛红玉那里得知了大军、美来推迟婚礼过来看他原本的意图和已经准备做的一切，内心震撼感动又歉疚心疼，但表面仍佯装不知情。他闭着眼睛在床上装睡，郁闷了一晌午，不知如何才能补偿一下他们，就问薛红玉。她一时也想不出什么好办法。后来薛红玉开始给他读报纸。

他听着听着，突然说有主意了，让薛红玉去请美来推他晒太阳。薛红玉一噘嘴："我没有手脚，不会推你吗？"

"叫你去你就去。"廖强闭着眼睛说。

美来和大军来了。他们推廖强在草坪附近晒太阳。廖强说："大军，麻烦你去给我买一瓶水喝吧。"大军走后，廖强就和美来说了刚才报纸上的消息：团市委倡导新风，要在广场举办集体婚礼。他建议他们在此参加集体婚礼。美来摇头不肯，说这又何必。廖强说："我就怕你不答应才把大军支走，他马上就要归队了，婚礼又不知要拖多久。他当然不好意思逼你，可我必须逼你，你一定要听我的，就当是我求你，就当帮我、安慰我，好吗？也真的就是，不然你让我如何心安？"

美来理解他，心中感动，又为大军一想，就点了点头说：“好吧，我听你的。”

深圳的天空万里晴朗，一片湛蓝，白云朵朵如莲花般飘浮绽放。阳光灿烂和煦，风送花香笑语。在深圳广场万众汇集，几十对新人正在这里举办集体婚礼。

廖强和美来、大军等人的故事被当地媒体竞相宣传，成为佳话。共青团特邀大军和美来一起参加当地举办的集体婚礼。

嘉伟和胡娜给他们两人做了伴郎、伴娘，陪在左右。日渐康复的廖强由薛红玉、王向阳、陈刚和一群警察队友们陪着，坐在观众席间，和大家一起不停地鼓掌。

在满天放飞的气球和抛撒飞舞的玫瑰花瓣中，在欢快悠扬的礼乐声中，一对对新人手挽着手，闪亮登场。美来和大军手捧鲜花，迎着灿烂的阳光，站在最前面，沉浸在一片欢乐祝福的海洋中。